Brigitte Melzer

Rebellion der Engel

otherworld

Das säurefreie und alterungsbeständige Papier EOS liefert Salzer, St. Pölten
(hergestellt aus chlorfrei gebleichtem Zellstoff aus nachhaltiger Forstwirtschaft).

ISBN 978-3-8000-9525-4

Umschlaggestaltung von init, Büro für Gestaltung, Bielefeld,
unter Verwendung von Fotos von © Mia Takahara und
Thomas Callsen/plainpicture, Hamburg
Lektorat: Luitgard Distel

Gedruckt in Österreich
7 6 5 4 3 2 1

www.otherworld-verlag.com

Schweigend klammerte sich das Mädchen an die Hand seines Vaters und starrte auf den Sarg, der langsam in die Grube hinabgelassen wurde. Der Pfarrer stand daneben, seine Lippen bewegten sich, doch die Worte gingen im Rauschen des Regens und dem Wispern trauriger Gedanken unter. Ein Meer von schwarzen Schirmen umringte das offene Grab, die weißen Klappstühle dahinter waren nass und verlassen.

Regen rann dem Mädchen über die Hutkrempe, tropfte ihm ins Gesicht und mischte sich mit den stummen Tränen, die über seine Wangen rannen. Ihr Vater war der Einzige, der keinen Schirm hielt. Er hatte jeden fortgeschickt, der ihm und der Kleinen einen angeboten hatte.

Je weiter der Sarg in der Tiefe verschwand, desto mehr drängte es das Mädchen danach, zu schreien. »Hört auf«, wollte es rufen. »Lasst Mommi da raus! Ihr dürft sie nicht einsperren!« Beim Anblick des Vaters blieben ihr die Worte jedoch im Hals stecken. Er würde nicht wollen, dass seine Tochter noch einmal die Fassung verlor und ihn blamierte, wie sie es bereits auf der Trauerfeier getan hatte.

Bis zu diesem Morgen hatte man ihr erzählt, dass ihre Mutter jetzt an einem anderen, besseren Ort sei und nicht mehr nach Hause kommen würde. Dann hatte sie sie gesehen, in dem dunklen Sarg, umgeben von Unmengen weißer Lilien. Ihr Gesicht war anders gewesen, als das Mädchen es in Erinnerung hatte, bleich und fremd, nicht länger die vertrauten Züge der Mutter. Jemand hatte dem Mädchen eine Hand auf die Schulter gelegt und erklärt, dass es der Unfall war, der ihre Züge verändert habe. Der Unfall. Zwei Worte, die seit Tagen unausgesprochen im Haus hingen. Sie waren überall, schienen beinahe greifbar zu sein, doch niemand wollte dem Mädchen erklären, was passiert war. Nicht einmal der Vater sagte etwas, der sonst immer da gewesen war, Trost und Wärme gespendet und selbst für die kompliziertesten Fragen einfache Erklärungen gefunden hatte. Seit jenem Abend, an dem die Mutter nicht nach Hause gekommen war, hatte er kaum ein Wort gesprochen.

Am Ende der Trauerfeier, nachdem alle noch einmal vor dem Sarg innegehalten hatten, manche weinend, andere schweigend und wieder andere mit Abschiedsworten auf den Lippen, kam ein Mann in einem dunklen Anzug und schloss den Deckel des Sargs. Das Mädchen stand neben seinem Vater und starrte auf die dunkle Oberfläche. Weder die Verzierungen noch die verschnörkelten Griffe konnten darüber hinwegtäuschen, dass es nichts weiter war als eine Kiste. Zu klein und zu eng, um die Mutter darin atmen zu lassen.

Das Mädchen hatte zu schreien begonnen und versucht, den Sarg zu öffnen. Es hatte mit seinen kleinen Händen an den Verschlüssen gerüttelt und sich dagegengestemmt, bis der Vater es gepackt und fortgezerrt hatte. Das Mädchen hatte sich gegen den Griff gewehrt und versucht, seinen Vater davon zu überzeugen, die Mutter aus ihrem Gefängnis zu befreien. Blumengestecke waren umgestürzt, entsetztes Gemurmel hatte die Stille gefüllt, die schwer auf dem Raum gelastet hatte. Schließlich hatte der Vater seine Tochter von sich gestoßen, die Züge im Zorn verzerrt. Ehe sein Donnerwetter jedoch niedergehen konnte, schob sich eine Tante dazwischen und schloss ihre Arme um das Mädchen.

»Deine Mama ist jetzt an einem besseren Ort«, hatte die Tante unter Tränen gesagt. »In dieser Kiste ist nur ihr Körper.«

»Aber wie kann sie dann woanders sein?«, hatte das Mädchen verständnislos gefragt.

»Ihre Seele ist es.« Die Tante erklärte dem Mädchen, dass

die Seele der Kern des Menschen sei, jener Ort, der auch das Herz in sich trage. »Du kannst sie nicht sehen, Liebes, denn sie ist jetzt bei den Engeln, aber ein Teil von ihr wird immer bei dir sein.«

Ehe die Kleine noch weitere Fragen stellen konnte, hatte der Vater sie bei der Hand genommen und nach draußen, über den Friedhof hin zu einer offenen Grube geführt.

Als der Sarg außer Sicht verschwand, schloss das Mädchen die Augen.

Schließlich hatte die Gesellschaft, eine Mischung aus Verwandten, Bekannten und Menschen, die das Mädchen noch nie zuvor gesehen hatte, den Friedhof verlassen und war zu ihnen nach Hause gekommen. Es gab Kuchen und Schnittchen, alles schmeckte nach Traurigkeit.

Die Gesichter der Männer und Frauen, die an dem Mädchen vorüberzogen, es umarmten, ihm über den Kopf strichen und es in leere Phrasen über rasch vergehenden Schmerz hüllten, verschwammen hinter mühsam zurückgehaltenen Tränen. Das Mädchen musste sich auf die Zunge beißen, um die aufgesetzte Zuversicht der Leute zu ertragen, und kämpfte gegen das Bedürfnis an, sich in den Armen seines Vaters zu verkriechen und sich dort zu verstecken.

Doch der Vater war nicht länger der unerschütterliche Fels, der er vor dem Unfall gewesen war. Er war nicht länger der Mann, der unter das Bett seiner Tochter schaute, wenn sie schlecht geträumt hatte und davon überzeugt war, dass sich darunter ein Monster verbarg, und auch nicht länger der Mann, der ihr Tee brachte, wenn ihr schlecht war, oder Geschichten erzählte, um die Zeit während eines Gewitters zu vertreiben und sie vergessen zu lassen, dass sie sich vor Blitz und Donner fürchtete. Er war jetzt jemand, der selbst Trost brauchte, aber von seiner Tochter wollte er ihn nicht annehmen. Sie hatte es versucht, hatte für ihn da sein wollen, so wie er immer für sie da gewesen war, doch selbst jetzt, da sie unmittelbar neben ihm stand, hatte sie das Gefühl, als wäre er unendlich weit weg. Er griff nicht nach ihrer Hand, und wenn sie ihre Finger in seine schob, entzog er sich ihr. Selbst ihrem Blick wich er aus.

Nachdem die letzten Gäste gegangen waren, standen sie allein im Wohnzimmer. Das Mädchen sah die Trauer, die aus den Augen des Vaters in seine müden Züge floss. Da schlang es die Arme um seine Taille und drückte das Gesicht gegen seinen Bauch. Statt seine Tochter jedoch in die Arme zu schließen, wie er es früher getan hatte, nahm er sie bei den Schultern und schob sie von sich.

Das Mädchen versuchte sich an ihn zu drücken, doch diesmal lag mehr als die gewohnte liebevolle Strenge in seiner Stimme, als er seine Tochter auf ihr Zimmer verwies.

Wortlos folgte sie seiner Aufforderung.

Oben war es still und einsam. Das Mädchen kniete sich vor das Bett, faltete die Hände und betete um einen Engel, der seine Mutter in den Himmel geleiten und hier unten auf seinen Papa und sie selbst aufpassen sollte.

Schon bald zogen sie in ein anderes Haus, der Vater arbeitete viel und das Mädchen wuchs unter der Obhut wechselnder Kindermädchen auf. Mit dem Tod der Mutter gehörten auch die gemeinsamen Familienabende der Vergangenheit an. Wenn der Vater nicht ohnehin bis spät in die Nacht im Büro blieb, schickte er seine Tochter nach dem Essen auf ihr Zimmer und blieb allein im dunklen Wohnzimmer sitzen, trank Whisky und starrte in den Fernseher.

Nacht für Nacht wünschte sie sich einen Engel herbei, einen, der für sie da wäre und sie von der drückenden Stille befreien würde, die in ihrem Zuhause herrschte. Doch der Engel kam nicht und eines Tages hörte das Mädchen auf, an Engel zu glauben.

… einige Jahre später …

1

Ein Frühlingsgewitter zog auf dicken grauen Wolken über den Dächern von Seattle heran. Entferntes Donnergrollen begleitete den einsetzenden Regen, Blitze zuckten vom Himmel herab und durchbrachen für einen Moment die näher rückende Dämmerung.

Akashiel stand mit einer Kaffeetasse in der Hand an der Fensterfront seines Wohnzimmers und blickte an den Wolkenkratzern vorbei, hinüber zur Space Needle, über deren Spitze sich der Himmel violett verfärbt hatte. Die Aussicht von seinem Apartment im siebenundzwanzigsten Stock des Metropolitan Towers war unglaublich. Je nach Wetterlage änderte sich das Licht, das den Himmel und die Stahl- und Glasfronten der Wolkenkratzer in die unterschiedlichsten Farbtöne tauchte. Ein Anblick, an dem er sich niemals sattsehen konnte.

Dass es sich bei seinem Apartment um eine Dienstwohnung handelte, die ihn keinen Penny kostete, war ein weiterer Pluspunkt, auch wenn ihn das wieder daran erinnerte, dass es an der Zeit war, den noch ausstehenden Tagesbericht zu verfassen.

Er kehrte der Aussicht den Rücken zu, verließ das Wohnzimmer, wobei seine Schritte keinen einzigen Laut auf dem dunklen Parkett verursachten, und ging hinüber in sein Arbeitszimmer. Er stellte seine Tasse auf dem Schreibtisch ab und knipste die Stehlampe an, die neben seinem Laptop stand. Dabei streifte sein Blick den metallenen Ablagekorb, der für gewöhnlich leer war. Jetzt lag ein braunes Kuvert darin.

Akashiel verzog das Gesicht, nahm es und ließ sich damit

auf das abgewetzte Ledersofa fallen, das schräg gegenüber dem Schreibtisch vor der Wand stand. Skeptisch betrachtete er den Umschlag. Üblicherweise schickte der Chef seine Aufträge per E-Mail. Ein braunes Kuvert bedeutete, dass es sich um einen Altfall handelte.

»Zum Teufel damit«, knurrte Akashiel.

Die Weltbevölkerung war explosionsartig gewachsen, während seine Abteilung gnadenlos unterbesetzt war und sie alle Hände voll zu tun hatten, um mit den akuten Fällen auf dem Laufenden zu bleiben. Warum trotzdem immer wieder Altfälle auf seinem Schreibtisch landeten, von denen die meisten sich im Laufe der Jahre ohnehin von selbst erledigt hatten, wusste nur der Chef allein.

Je schneller er sich darum kümmerte, desto eher konnte er wieder an seine eigentliche Arbeit gehen. Akashiel riss das Kuvert auf und zog das darin liegende Blatt heraus. Ein Blick auf den Betreff genügte ihm, um zu erkennen, dass es sich um eine routinemäßige Nachkontrolle handelte. Er musste lediglich einen Abstecher zu diesem Klienten machen, sich davon überzeugen, dass alles in Ordnung war, und schon konnte er die Akte schließen und seine Aufmerksamkeit wieder dem Tagesgeschäft widmen.

Akashiel überflog die Zeilen. Obwohl es bereits einige Jahre her war, erinnerte er sich noch gut an den Auftrag und auch an seinen Widerwillen, ihn zu übernehmen. Er kümmerte sich nicht gern um Kinder. Die meisten Fälle waren ohnehin Fehlalarme, da die verwöhnten Gören lediglich um himmlischen Beistand beteten, weil ihre Eltern den Kauf der neuesten Spielkonsole oder anderen Unsinns verweigerten.

Nicht so bei Rachel Underwood, einem sechsjährigen Mädchen, das seine Mutter bei einem Autounfall verloren hatte. Abend für Abend hatte die Kleine um einen Engel gebetet und in ihrer Traurigkeit nicht bemerkt, dass längst einer an ihrer Seite war. Akashiel hatte ihr positive Schwingungen geschickt, die es ihr erleichtern sollten, den Alltag zu meistern, doch was sie wirklich brauchte, hatte er ihr nicht geben können: einen Menschen, der für sie da war.

Sosehr er sich auch bemüht hatte, es war ihm nicht gelungen, zum Vater der Kleinen durchzudringen und sein Herz zu erweichen, damit er sich um seine Tochter kümmerte. Mehr hatte er nicht tun können, denn seinesgleichen war es verboten, sich zu zeigen. Früher hatten die Menschen seine Anwesenheit gespürt und seine Nähe willkommen geheißen, auch wenn sie ihn nicht sehen konnten. Heute gab es nur noch wenige, die überhaupt bemerkten, dass er da war. Die meisten hatten zu glauben verlernt.

Über mehrere Monate war er Nacht für Nacht bei Rachel gewesen, hatte über ihren Schlaf gewacht, die bösen Träume von ihr ferngehalten und ihr positive Gedanken eingeflüstert. Dann jedoch hatte ihm seine Arbeit keine Zeit mehr dafür gelassen. Trotzdem hatte er sich später noch oft gefragt, was wohl aus dem Mädchen mit den traurigen blauen Augen geworden sein mochte.

Heute würde er es erfahren.

Er prägte sich das Muster ein, in dem ihr Name auf das Papier geschrieben war, obwohl er ziemlich sicher war, dass er ihre geistige Signatur auch so wiedergefunden hätte, und schloss die Augen. Es hätte ihn nur einen winzigen Moment der Konzentration kosten sollen, um sie zu finden und sich zu ihr zu teleportieren. Zu seinem eigenen Erstaunen bedurfte es einer Menge mehr Energie, sie aufzuspüren.

Einen Herzschlag später fand sich Akashiel auf dem Rücksitz eines Wagens zwischen Jacken und zwei Handtaschen wieder. Das erklärte, warum es ihm so schwergefallen war, ihre Signatur auszumachen. Metall schirmte das

Muster des menschlichen Geistes ab und verhinderte seine Entdeckung. Hätte es sich nicht um ein Cabrio mit Stoffverdeck gehandelt, wäre es ihm überhaupt nicht gelungen, sie zu finden. Nicht, solange sie den Wagen nicht verließ.

Ein grauenvolles Gejaule, das die Menschen als Rockmusik bezeichneten, mischte sich mit dem Gelächter zweier junger Frauen. Rachel saß hinter dem Steuer. Ihr Blick schweifte immer wieder von der Straße, an deren Horizont die abendliche Skyline von Downtown Seattle näher kam, zu ihrer Beifahrerin. Die beiden Frauen waren in eine heiße Debatte vertieft, doch selbst wenn sie geschwiegen und ihrer Umgebung mehr Aufmerksamkeit geschenkt hätten, müsste er sich keine Gedanken machen, entdeckt zu werden. Solange er nicht bewusst zuließ, gesehen zu werden, war er unsichtbar. Der Job verlangte es so. Es war die oberste Regel und sie hatte durchaus ihre Berechtigung. Sich einem Klienten zu zeigen, würde nur unnötiges Aufsehen erregen, das ihn von seiner eigentlichen Aufgabe ablenkte.

Auch wenn er es bedauerte, Rachel nicht einfach fragen zu können, wie es ihr ging – und während der letzten Jahre ergangen war –, wusste er, dass es so besser war. Ein paar Minuten stillen Beobachtens und er konnte an seinen Schreibtisch zurückkehren und den Fall Rachel Underwood zu den Akten legen.

Damals hatte er sie insgeheim Schneewittchen getauft. Es war die erste Assoziation gewesen, die ihm beim Anblick ihrer hellen Haut, der roten Lippen und des dichten schwarzen Haars in den Sinn gekommen war. Der Vergleich passte noch immer. Lediglich die süße Unschuld des kleinen Mädchens von einst war aus ihren Zügen verschwunden. Rachel Underwood war erwachsen geworden.

Einmal mehr richteten sich ihre blauen Augen auf ihre Beifahrerin, eine Schönheit mit üppigen honigblonden Locken und einem Gesicht, das ein Bildhauer nicht besser hätte meißeln können. »Müssen wir das wirklich tun, Amber?«

Die Blonde nickte. »O ja«, gab sie entschieden zurück. »Du wirst schließlich nur einmal im Leben fünfundzwanzig, und ob es dir gefällt oder nicht, das werden wir feiern!«

»Dafür müssten wir nun wirklich nicht nach Seattle fahren.«

»*Matt's Café* ist wohl kaum der geeignete Ort dafür.«

»Und auch nicht das einzige Lokal in Ruby Falls.«

Die Blondine stieß Rachel in die Seite. »Komm schon, gib es doch einfach zu, dass du es kaum erwarten kannst, für einen Abend dem Kleinstadtmief zu entfliehen.«

»Du hast mich durchschaut«, rief Rachel theatralisch. »Ich bin nur in die Kleinstadt gezogen, um ihr wieder entfliehen zu können.«

»Wofür du dich übrigens ziemlich aufgebrezelt hast.«

Akashiel reckte sich, um einen besseren Blick auf Rachel zu erhaschen. Sie trug ein weinrotes Abendkleid, silbernen Schmuck und dezentes Make-up. Ein himmelweiter Unterschied zu dem Mädchen von damals. Ihre Augen blitzten vor Lebensfreude, ihre Gesten waren voller Energie und in dem freundschaftlichen Spötteln, das die Frauen miteinander austauschten, lag so viel Wärme, dass die Worte nicht über das Einvernehmen hinwegtäuschen konnten, das zwischen den beiden herrschte. Sie hatte ihren Platz im Leben gefunden.

Fall erfolgreich abgeschlossen.

2

Ich verkniff mir ein Grinsen und richtete meine Aufmerksamkeit wieder auf den Verkehr. Das Gewitter verzog sich langsam und der Regen, der eben noch im Takt zur Musik auf das Stoffverdeck getrommelt hatte, ebbte zu einem feinen Nieseln ab. Ich schaltete den Scheibenwischer auf das niedrigste Intervall herunter.

Es gab Tage, an denen Ambers Versuche, mich zum Ausgehen zu bewegen, einfach nur nervtötend waren. Heute war keiner dieser Tage. Auch wenn ich es ungern zugab, war ich froh, an meinem Geburtstag nicht allein zu Hause sitzen zu müssen und auf den einen Anruf zu warten, der nicht kommen würde.

Amber hatte schon immer ein gutes Gespür dafür gehabt, wann ich Ablenkung brauchte. Wir kannten uns seit unserem ersten Tag an der Junior High, an dem wir uns nach Unterrichtsbeginn auf den verlassenen Gängen begegnet waren, beide auf der Suche nach unserem Klassenraum. Wie sich herausstellte, war es derselbe. Der Tadel, den wir uns vor der gesamten Klasse dafür eingefangen hatten, gleich am ersten Tag zu spät zum Unterricht zu erscheinen, hatte uns zusammengeschweißt. Das und die Tatsache, dass wir vom ersten Moment an auf einer Wellenlänge gelegen hatten.

Schon damals war es zur Tradition geworden, dass Amber meine Proteste ignorierte und mich Jahr für Jahr aus dem Haus schleppte, um meinen Geburtstag zu feiern. Es waren keine riesigen Partys, nichts mit Konfetti, bunten Papierhüten und Luftschlangen, sondern lediglich gemütliche Nachmittage und später Abende mit meinen Freunden. Selbst nachdem Amber und ich nach Ruby Falls gezogen waren, ließ sie sich nicht davon abbringen, meinen Geburtstag zu organisieren und wie gewohnt all meine Freunde in Seattle zusammenzutrommeln. Nur einen hatte selbst Amber nie dazu bewegen können, meinem Geburtstag Beachtung zu schenken – meinen Vater.

Ich verscheuchte die finsteren Gedanken, nicht willens,

mir davon die Vorfreude auf den Abend verderben zu lassen: Ein schönes Abendessen in einem der tollen Restaurants im International District, danach ein paar Cocktails und später noch einen Abstecher in einen der angesagten Nachtklubs, ehe wir bei Tagesanbruch nach Ruby Falls zurückfahren und ich nach einer schnellen Dusche zur Arbeit gehen würde.

Obwohl der Tag danach meistens die Hölle war, freute ich mich jedes Jahr darauf, für einen Abend aus meiner gewohnten Routine gerissen zu werden. Es war nicht so, dass ich sonst nie ausging. Ich nutzte alle Möglichkeiten, die es in Ruby Falls gab, ging ins Kino, ins Café oder in eines der Restaurants – zumindest wenn Amber mich mitschleifte. Ansonsten neigte ich eher dazu, mich an den Abenden auf meine Couch zu verkriechen. Ich liebte Bücher, Kekse und heiße Schokolade. Eine unheilvolle Kombination, zumal Sport nicht auf der Liste meiner Lieblingsfreizeitbeschäftigungen stand. Glücklicherweise war ich groß genug, sodass sich die Kekse gut verteilten und selbst bei genauerem Hinsehen noch als weibliche Rundungen durchgingen.

»Hat er sich gemeldet?«, riss Amber mich aus meinen Gedanken.

»Mein Dad?« Ich schüttelte den Kopf, setzte den Blinker und zog an einem langsameren Pkw vorbei, dessen Lichter sich auf der nassen Fahrbahn spiegelten. Der Nadelwald, der sich zu beiden Seiten der Straße entlangzog, erhob sich in die Nacht wie eine Mauer finsterer Schatten. Vor uns lagen die Lichter der Großstadt. »Er hat mir eine E-Mail geschickt.« Das letzte Mal, dass ich mit Dad gesprochen hatte, lag schon eine Weile zurück, und damals hatte er nur angerufen, um mir mitzuteilen, für wie dumm und wenig einträglich er Ambers und meine Idee hielt, nach Ruby Falls zu ziehen und dort eine Buchhandlung zu eröffnen. Wir hatten es trotzdem getan. Für uns war es die Erfüllung eines Traumes, und obwohl es, gerade in der Anfangsphase, nicht immer leicht gewesen war, hatte ich es keine Sekunde bereut. Dads Unkenrufen zum Trotz lief der Laden seit zwei Jahren, und auch wenn wir nicht im Geld schwammen, reichte es, um zu leben – was ich meinem Vater gesagt hätte, wenn er sich auch nur ein einziges Mal erkundigt hätte, wie es mir ging. Ihm genügte es, das Horrorszenario einer unausweichlichen Pleite in den Raum zu stellen und sich dann nicht weiter damit – und mit mir – zu befassen. Wie jedes Jahr machte es mich wütend und traurig zugleich, dass er nicht einmal genug Interesse für mich aufbrachte, um an meinem Geburtstag anzurufen. Statt zum Telefon zu greifen, schickte er eine unpersönliche Mail, die vermutlich auch noch seine Sekretärin geschrieben hatte.

Ich hatte mir mein eigenes Leben aufgebaut, hatte einen Beruf, Freunde und ein hübsches Zuhause, trotzdem schaffte Dad es immer wieder, mir den Eindruck zu vermitteln, dass das alles nicht zählte. Dass *ich* nicht zählte. Er konnte mir mit einem einzigen Anruf – oder dem Ausbleiben desselbigen – das Gefühl geben, ausgeschlossen und allein zu sein.

Allein. So hatte ich meine Kindheit verbracht – bis ich Amber begegnet war. Mit ihren honigblonden Locken, den braunen Augen und der zierlichen Figur ist Amber nicht nur äußerlich das komplette Gegenteil von mir. Sie ist einer dieser Menschen, die überall sofort im Mittelpunkt stehen und die Herzen im Sturm erobern, während ich mich lieber zurückziehe. Wenn es um meine Stimmungen und Gedanken geht, hat Amber allerdings eine Art Radar entwickelt, mit dem sie zielsicher alle Schwingungen auffängt.

»Ich weiß, dass es schwer ist, Rachel«, sagte sie in die Stille zwischen zwei Songs hinein, »aber du bist mittlerweile alt genug, du hast dein eigenes Leben. Vielleicht ist es an der Zeit, loszulassen.«

»Du meinst, ich soll vergessen, dass ich einen Vater habe?«

Der nächste Song setzte mit einem Gitarrenriff ein und zwang Amber, die Stimme zu heben. »Nein, aber du solltest dich von dem Gedanken verabschieden, dass er sich je ändern wird.«

Seit neunzehn Jahren wartete ich darauf, dass genau das geschah. Eine plötzliche Einsicht, die mir den Dad zurückbrachte, den ich aus meinen ersten Lebensjahren kannte. Doch wann immer ich ihm begegnete, war er derselbe abweisende Fremde, zu dem Moms Tod ihn gemacht hatte. Womöglich war es wirklich an der Zeit, loszulassen. Aber wie sollte man den eigenen Vater vergessen?

Ein eigenartiges Gefühl überkam mich, kroch meinen Rücken hinauf in meinen Nacken und ließ mich schaudern. Als starre mich jemand an. Mir war klar, dass das lächerlich war. Dad saß wohl kaum auf der Rücksitzbank und verfolgte unsere Unterhaltung.

»Weißt du was«, meinte ich und versuchte, mein Unbehagen abzustreifen, »lass uns zumindest heute nicht mehr über ihn sprechen.«

Amber nickte und lenkte die Unterhaltung sofort auf die Frage, welche Kriterien ein Mann zu erfüllen habe, damit sie sich heute Abend in ein Gespräch verwickeln ließ. Während ich mich im Augenblick nicht darum riss, mich in eine Beziehung zu stürzen, war sie geradezu von dem Gedanken besessen, endlich ihren Mr Right zu finden. Sie hatte alles, was sich ein Mann nur wünschen konnte, vom Aussehen über den Verstand bis hin zum Humor, trotzdem zog sie immer wieder Typen an, die in ihr nur eine Trophäe sahen. Erst vor ein paar Wochen hatte sie Bradley, einen angehenden Investmentbanker, in den Wind geschossen, nachdem sie herausgefunden hatte, dass er sich nicht für sie interessierte, sondern sich lediglich mit ihr schmücken wollte.

»Ich habe diese oberflächlichen Idioten satt.« Amber setzte sich so ruckartig auf, dass ihre Locken wild hin und her schwangen. »Alles, was einen Anzug trägt, kannst du gleich von der Liste streichen.«

»Wir haben eine Liste?«

»Jetzt schon. Und ich kann dir sagen, die Seite …«

Ein Prickeln in meinem Rücken blendete Ambers weitere Worte aus. Wir waren definitiv nicht allein! Beinahe glaubte ich, eine Hand zu spüren, die mit kühlen Fingern über mein Genick strich. Die feinen Härchen auf meinen Armen richteten sich auf, als sich eine schmerzhafte Gänsehaut über meinen Körper ausbreitete. Ich hatte Mühe, den Verkehr nicht aus den Augen zu verlieren oder panisch auf die Bremse zu treten.

Da ist niemand, versuchte ich mich selbst zu überzeugen. Hinter uns versteckte sich kein durchgedrehter Axtmörder, der nur darauf wartete, uns abzuschlachten – wäre er da gewesen, hätte ich ihn entdeckt, als ich meine Jacke und die Handtasche auf den Rücksitz gelegt hatte.

Ich zwang mich, den Axtmörder aus meinen Gedanken zu verbannen und mich wieder auf die Unterhaltung zu konzentrieren, doch das ungute Gefühl ließ sich nicht abschütteln. Unwillkürlich wanderte mein Blick zum Innenspiegel. Der Spiegel hatte einen blinden Fleck am linken Rand, von dem ich hätte schwören können, dass er vorhin noch nicht da gewesen war. Sah dieser Fleck etwa wie eine menschliche Silhouette aus? Ich unterdrückte das Verlangen, mich umzudrehen und nach hinten zu sehen.

»Stimmt was nicht?«

Es dauerte einen Moment, bis Ambers Worte zu mir durchdrangen. Ein defekter Spiegel und ein dummes Gefühl, schon drehte ich durch. »Der Spiegel ist im Eimer.« Ich zwang mich zu einem Grinsen. »Ich dachte doch glatt, da sitzt jemand auf dem Rücksitz.«

Amber lachte. »Dabei hast du noch gar nichts getrunken.«

»Entweder sollte ich das dringend nachholen oder heute lieber die Finger vom Alkohol lassen.«

Wir liefen auf einen alten Camry auf, der mit nicht einmal fünfzig Meilen vor uns über die Interstate zuckelte. Ich setzte den Blinker und warf einen Blick in den Außen- und dann in den Innenspiegel, um zu sehen, ob die Spur neben mir frei war. Wieder bemerkte ich den blinden Fleck. Diesmal nicht mehr am linken Rand, sondern in der Mitte des Spiegels. Er war größer geworden. Als beuge sich jemand zwischen den Sitzen nach vorne.

»Was zum Teufel …?«

Nicht allein, schoss es mir durch den Kopf.

Dieses Mal drehte ich mich um – und starrte einem Mann ins Gesicht, der keine Armlänge von mir entfernt saß. Ich schrie auf und verriss das Lenkrad. Der Wagen schoss von der Interstate, die Böschung hinunter und überschlug sich.

*

Dunkelheit und Stille umgab mich wie ein schützender Kokon. Tief in mir wusste ich, dass ich die Augen öffnen und aufstehen musste, mir war nur nicht klar, warum. War es Zeit, aufzustehen und mich für die Arbeit fertig zu machen? Noch während ich mich das fragte, drang ein nervtötendes Piepen an mein Ohr. Der Wecker. Verflucht, was hätte ich darum gegeben, noch ein oder zwei Stunden liegen bleiben zu können.

Was für ein Abend! Ich konnte mich nicht einmal erinnern, wie ich ins Bett gekommen war. Moment mal, ich konnte mich nicht einmal an den Abend erinnern, nur an die Fahrt.

Und den Mann auf dem Rücksitz.

Ich fuhr hoch und riss die Augen auf. Statt in meinem Bett saß ich im regennassen Gras am Fuß einer Douglasie, die über mir in den Himmel ragte. Jetzt erinnerte ich mich wieder. Ich hatte die Kontrolle über den Wagen verloren und war von der Straße abgekommen. Wir hatten uns mehrfach überschlagen und … dann endete meine Erinnerung.

Ich musste aus dem Auto geschleudert worden sein, auch wenn es mir ein Rätsel war, wie das mit angelegtem Sicherheitsgurt möglich sein sollte. Vorsichtig sah ich an mir herunter, suchte meinen Körper nach Verletzungen ab. Da war nichts. Keine unnatürlich verrenkten Gliedmaßen, keine Schnittwunden, nicht einmal Blut. Trotzdem war ich mir sicher, dass ich verletzt sein musste; ein Unfall wie dieser ließ sich unmöglich unversehrt überstehen. Dass ich keine Schmerzen hatte, schob ich auf den Schock und das Adrenalin, das durch meinen Körper rauschte.

Langsam und ein wenig wacklig kam ich auf die Beine. Gebrochen hatte ich mir zumindest nichts. Du meine Güte, so wie es aussah, hatte nicht einmal mein Kleid etwas abbekommen. Das war auch gut so, denn es hatte mein Budget bei Weitem überschritten, sodass ich es mir nicht erlauben konnte, es gleich beim ersten Tragen zu ruinieren. *Was denke ich da?* Wie konnte ich mir Sorgen um ein blödes Kleid machen, während mein Wagen vermutlich ein totales Wrack war!

Der Wagen.

Amber!

Ich fuhr zur Straße herum und geriet ins Wanken, fing mich jedoch sofort wieder. Die Interstate war etwa fünfzig Meter entfernt und von zwei Streifenwagen mit blinkenden Blaulichtern für den durchfahrenden Verkehr gesperrt. Dahinter standen weitere Fahrzeuge: Polizei, Feuerwehr, Rettungsdienst, ein paar zivile Wagen, die vermutlich Zeugen und Ersthelfern gehörten. Rot und blau blinkende Warnlichter tauchten alles in einen unwirklichen, viel zu grellen Schein. Geblendet kniff ich die Augen zusammen und versuchte mir einen Überblick zu verschaffen.

Im Grünstreifen, vielleicht zehn Meter neben der Straße, lag mein Wagen auf dem Dach. Die Karosserie war verbeult wie eine zerdrückte Bierdose und im Verdeck klaffte ein langer Riss, doch die Windschutzscheibe war unversehrt. Wie zum Teufel war ich aus dem Wagen geschleudert worden, wenn nicht durch die Scheibe?

Ich kniff die Augen zusammen und konzentrierte mich auf den Beifahrersitz. Er war leer. O Gott, hoffentlich hatte jemand Amber herausgeholt und kümmerte sich jetzt um sie. Oder musste ich fürchten, dass sie ebenfalls irgendwo am Waldrand lag, unentdeckt wie ich?

Mein Blick streifte über die Fahrzeuge, die auf der Fahrbahn abgestellt waren, bis ich Amber entdeckte. Sie saß auf der Ladekante eines Notarztwagens. Ein Sanitäter stand bei ihr und versorgte eine blutende Wunde an ihrem Kopf. Weitere Notärzte liefen hektisch hin und her, holten Geräte und Medikamente aus dem Wagen und brachten sie zum Straßenrand.

Ich drängte mich zwischen den Helfern hindurch, die allesamt keine Notiz von mir nahmen, und hielt auf den Krankenwagen zu. Mein erster Impuls war es, nach Amber zu rufen, doch abgesehen davon, dass meine Rufe vermutlich ohnehin in der hektischen Betriebsamkeit der Hilfskräfte untergegangen wären, traute ich meiner eigenen Stimme nicht.

Mit jedem Schritt, den ich mich dem Krankenwagen näherte, wurde Ambers Gesicht deutlicher. Im grellen Licht, das aus dem Wageninneren nach draußen strömte, sah sie bleich und mitgenommen aus. In ihren Augen lag eine Traurigkeit, wie ich sie noch nie an ihr gesehen hatte. Sie zitterte und Tränen verschmierten das Blut, das aus der Platzwunde über ihre linke Gesichtshälfte rann.

»Ihr Handgelenk ist gebrochen«, hörte ich den Sanitäter sagen. »Davon abgesehen haben Sie vermutlich eine Gehirnerschütterung. Das werden sich die Kollegen im Krankenhaus genauer ansehen.«

Ich bezweifelte, dass Amber ihn hörte. Ihr Blick schien ins Nichts gerichtet und ihre Lippen bewegten sich unaufhörlich. Erst als ich noch näher herankam, verstand ich, was sie sagte. Es war mein Name, den sie immer und immer wieder murmelte.

»Ich bin hier«, sagte ich und wollte nach ihrer Hand greifen, wagte es jedoch nicht, da ich nicht wusste, welches das gebrochene Handgelenk war.

Amber wiegte sich leicht vor und zurück. »Rachel«, murmelte sie. »Rachel, Rachel. O Rachel.«

»Ich brauche noch etwas zur Beruhigung!«, rief der Sanitäter seinem Kollegen im Inneren des Notarztwagens zu.

»Rachel. Rachel.«

»Mir geht es gut.« Meine Stimme bebte, nicht mehr lange und der Schock würde mich lahmlegen. »Es ist alles in Ordnung. Du fährst jetzt ins Krankenhaus und lässt dich wieder zusammenflicken. Ich werde da sein, wenn sie dich auf dein Zimmer bringen, okay?«

Amber antwortete nicht, sie murmelte nur weiter meinen Namen. Es war gruselig, sie so abwesend und neben der Spur zu sehen. Ich wusste nicht, wie ich ihr helfen sollte, denn sie nahm mich ebenso wenig wahr wie den Arzt, der sie versorgte. Am liebsten hätte ich sie in den Arm genommen und festgehalten, bis die Angst und die Traurigkeit aus ihrem Blick verschwunden wären; stattdessen machte ich einen Schritt zur Seite, damit der Sanitäter ihr das Beruhigungsmittel spritzen konnte.

»Sie kommt doch wieder in Ordnung?«, fragte ich ihn.

Er sagte nichts.

Sein Schweigen versetzte mich in Panik. Ging es ihr so schlecht, dass er mir nicht einmal versichern wollte, dass sie wieder gesund werden würde? War es nicht die Aufgabe eines Arztes, den Menschen Mut und Hoffnung zu machen? Der Kerl schien davon noch nichts gehört zu haben. Er legte die Spritze zur Seite, half Amber auf die Ladekante und legte sie im Inneren des Wagens auf eine Trage. Ehe ich einsteigen konnte, schloss er die Türen vor meiner Nase und sperrte mich aus. Zehn Sekunden später fuhr der Wagen an und Amber war auf dem Weg ins Krankenhaus.

Ich sah mich nach jemandem um, der mich ebenfalls ins Krankenhaus fahren konnte. Abgesehen davon, dass ich vermutlich bald ein Beruhigungsmittel nötig haben würde, wollte ich Amber nicht allein lassen.

»Entschuldigung«, wandte ich mich an den ersten Polizisten, der meinen Weg kreuzte.

Der Mann ging einfach weiter.

Auch, als ich ihn noch einmal ansprach, reagierte er nicht. Er sah mich nicht einmal an. »Wie sieht es aus?«, rief er einem uniformierten Kollegen zu, der am Rand einer größeren Menschenansammlung stand. Dieser drehte sich um und schüttelte lediglich den Kopf.

»Officer?«, versuchte ich es noch einmal, doch er ignorierte mich erneut und ging zu seinem Streifenwagen. »Dein Freund und Helfer«, brummte ich und hielt auf seinen Kollegen zu, der dichter an die Menschentraube herangetreten war und zwischen den Leuten hindurchspähte. Bevor ich mich bemerkbar machen konnte, kam Bewegung in die Menschen. Sie traten zur Seite und machten einem Sanitäter Platz, der eine Trage an uns vorbei ins Zentrum der Menschenansammlung schob.

Da sah ich es.

Mich.

Umringt von Menschen und Sanitätern lag ich auf dem Boden, den Arm unnatürlich verrenkt, Kopf und Körper voller blutiger Schnitte, das Kleid am Oberkörper zerrissen, sodass nur noch der BH meine Blöße bedeckte. Zwei Männer knieten neben mir, einer verpasste mir eine Herzdruckmassage, bei deren bloßem Anblick ich schon meine Rippen knacken hörte, während der andere Luft in meine Nase blies. An der Uni hatte ich einen Kurs in Erster Hilfe besucht und schon damals hatte ich die Vorstellung, einen Fremden beatmen zu müssen, ekelhaft gefunden – zu sehen, wie ich selbst beatmet wurde, war nicht viel besser.

Ein hoher Summton erklang, dann rief jemand: »Defi bereit!«

»Wie lange wollen die das noch versuchen?«, hörte ich jemanden sagen. »Die ist schon seit Minuten tot.«

Tot? Hatte der einen Dachschaden? Ich stand doch hier und fühlte mich kein bisschen tot. Mein Blick wanderte zu den Sanitätern. Andererseits lag ich dort unten und atmete nicht.

Ich hörte den Schlag, als der Defibrillator seine Ladung abgab, und das Summen, als er erneut aufgeladen wurde – und plötzlich begriff ich, warum Amber so durch den Wind gewesen war und weder der Polizist noch der Sanitäter mit mir gesprochen hatte. Sie konnten mich nicht sehen. Mein Körper lag auf dem Asphalt.

Leblos.

Aber wieso war ich unter einem Baum zu mir gekommen? Und vor allem, *welcher* Teil von mir war dort zu sich gekommen, wenn ich hier, umringt von Sanitätern, auf dem Seitenstreifen der Interstate lag? Hatte es meine Seele aus meinem Körper katapultiert, als ich gestorben war? War ich überhaupt tot? Ein Blick auf den angeschlossenen EKG-Monitor und die von einem Dauerpiepton begleitete Nulllinie machte mir wenig Hoffnung, dass es anders sein könnte.

Entsetzt wandte ich mich von meinem reglosen Körper ab und zog mich ein paar Schritte aus der Menge zurück. Niemand berührte mich und niemand sprach mit mir.

Tot.

Für immer futsch.

Kein Wunder, dass mir nichts wehtat. Die Wirkung des Schocks glaubte ich jetzt allerdings zu spüren. Obwohl mir weder kalt noch schlecht war, überkam mich das dringende Bedürfnis, mich zu setzen und den Kopf zwischen die Knie zu stecken.

Ich ging zum Straßenrand. Ehe ich mich jedoch ins Gras fallen lassen konnte, bemerkte ich eine Bewegung am Waldrand. Die Augen zusammengekniffen, starrte ich in die Dunkelheit – und stellte fest, dass sie meine Sicht nicht länger einschränkte. Im Schatten der Bäume stand eine Gestalt. Ein schwarz geflügelter Engel.

»Der Engel des Todes«, flüsterte ich.

Obwohl ich nicht das Bedürfnis verspürte, mein Leben hinter mir zu lassen, ging ich auf ihn zu. Im einen Moment sah ich ihn noch in aller Deutlichkeit vor mir, keine fünfzig Meter entfernt, im nächsten war er verschwunden.

Mein Blick streifte über den Waldrand. Plötzlich fühlte ich mich beobachtet, als wären dort noch andere wie er. Ehe ich mich jedoch vergewissern konnte, schrie hinter mir jemand: »Wir haben sie!«

Dann wurde ich in meinen Körper zurückgerissen.

3

Akashiel stand im Schatten einer Douglasie am Waldrand. Er schaute auf die blinkenden Lichter, die die Unfallstelle in zuckenden roten und blauen Schein tauchten, und zwang sich, Rachel nicht anzustarren. Der Tod hatte ihre Seele aus dem Körper geschleudert, jenen Teil, der nun wie eine geisterhafte Erscheinung zwischen den Helfern am Unfallort umherirrte. Sie begriff nicht, was passiert war, und obwohl es seine Aufgabe gewesen wäre, brachte er es nicht über sich, zu ihr zu gehen und es ihr zu erklären.

Er verstand immer noch nicht, wie der Unfall überhaupt hatte passieren können. Sie hatte etwas von einem kaputten Spiegel gesagt, kurz darauf hatte sie sich umgedreht und einen Herzschlag lang hatte er tatsächlich das Gefühl gehabt, sie sähe ihm geradewegs in die Augen. Was nicht möglich war! Niemand konnte ihn sehen.

Akashiel wusste nicht, was schlimmer war – zu beobachten, wie ihre Seele zwischen den Menschen hindurchstreifte und sie versuchte, sich Gehör zu verschaffen, oder zu sehen, wie die Sanitäter auf dem nassen Asphalt um ihr Leben kämpften, ein Kampf, den sie längst verloren hatten. Rachel Underwoods Lebensfaden war gerissen. Er hatte die Leere am eigenen Leib gespürt, dort, wo ihre Seele mit dem Körper verbunden sein sollte.

Auch wenn es ihn schmerzte, er musste dringend mit ihr sprechen, musste ihr alles erklären und ihr helfen, mit der neuen Situation zurechtzukommen. Er schloss die Augen und konzentrierte sich auf das Muster, das ihn auch in ihren Wagen geführt hatte, als er einer anderen Präsenz gewahr wurde. Jemand seinesgleichen. Er sandte seine Sinne aus, spürte der Anwesenheit des anderen nach und stieß auf eine ihm bekannte Signatur. Sofort zog Akashiel seinen Geist zurück.

Sein Blick schoss den Waldrand entlang, zu der Stelle, an der er die Präsenz gespürt hatte. Dort stand er, halb im Schatten der Bäume verborgen: Kyriel. Der schwarz gefiederte Engel – was sollte der Quatsch mit den Flügeln? – machte sich nicht einmal die Mühe, seine Anwesenheit zu verbergen. In dem Moment, in dem ihn Akashiels Blick traf, sah er zu ihm herüber. Ein spöttisches Grinsen umspielte Kyriels Mundwinkel. Er nickte Akashiel kurz zu, dann war er verschwunden.

Akashiel spürte seiner Signatur nach, doch der Dunkle Engel war fort. Allerdings spürte er noch eine andere, ihm unbekannte Präsenz, jemanden, der sich sorgfältig verborgen hielt.

Zwei Engel am selben Ort waren bereits ungewöhnlich, wobei sich Kyriels Anwesenheit damit begründen ließ, dass er wie üblich etwas im Schilde führte. Für diese dritte Präsenz jedoch hatte Akashiel keine Erklärung.

Laute Rufe an der Unfallstelle zogen seine Aufmerksamkeit auf sich. Sein Blick streifte Rachels Seele, die in diesem Moment zurückgerissen und wieder in ihre sterbliche Hülle gesogen wurde. Die Seele, ein durchschimmerndes Abbild der echten Rachel, schlüpfte in ihren Körper zurück, wurde mehr und mehr eins mit ihm, und in dem Augenblick, in dem sie nicht mehr zu sehen war, tat Rachel ihren ersten Atemzug.

4

Das Letzte, woran ich mich erinnerte, war der Engel des Todes, jene schwarz gefiederte Kreatur, die gekommen war, um mich zu holen. Danach folgte eine lange Zeit der Dunkelheit, lediglich durchbrochen von endlosem, nervtötendem Piepen und von Stimmen, deren Ursprung ich nicht zuordnen konnte.

Als ich das erste Mal die Augen öffnete, lag alles hinter einem weißen Nebel verborgen. Die Welt fühlte sich warm und dumpf an, nichts darin wollte sich fassen lassen – nicht dass ich versucht hätte, mich zu bewegen. Ich hatte das Gefühl, dass es mir nicht einmal gelungen wäre, einen Finger zu heben. Es war mein Verstand, der nicht erfassen konnte, wo ich mich befand und was geschehen war. Während ich noch versuchte, hinter den Nebel zu blicken, der meine Augen und meinen Geist umhüllte, driftete ich erneut weg.

Bei meinem nächsten Erwachen stand eine weiß gekleidete Frau neben mir und hielt meine Hand. Blinzelnd suchte ich nach Flügeln oder einem Heiligenschein, irgendeinem Anzeichen, dass ich tot war. Als sich meine Sicht jedoch langsam klärte, fiel mein Blick auf ein Namensschild. *Schwester Sue,* stand dort geschrieben und darunter: *Northwest Hospital.*

Kein Engel also.

Ich wollte sie fragen, was passiert war, doch meine Kehle war so trocken, dass ich lediglich ein heiseres Krächzen herausbrachte, das schnell in einen schmerzhaften Hustenanfall überging. Schwester Sue setzte mir einen Becher mit Wasser an den Mund und ließ mich ein paar kleine Schlucke machen, ehe sie ihn auf den Nachttisch zurückstellte. Überall an mir waren Kabel befestigt, die zu piependen Monitoren führten, auf denen meine Lebensfunktionen in Linien, Kurven oder Zahlen über den Bildschirm flimmerten. Eine Infusionsnadel ragte aus meinem Arm, der daran hängende Schlauch führte zu einem Gestell, an dem gleich mehrere Beutel hingen. Ich setzte noch einmal zu einer Frage an, doch ich hatte vergessen, was ich wissen wollte. Einen Moment später schlief ich wieder ein.

Wilde Träume verfolgten mich, von Axtmördern auf Rücksitzen und Dunklen Engeln, die am Straßenrand standen und mir zuwinkten, während ich langsam mit dem Wagen vorüberfuhr. Als ich genauer hinsah, hatte der Engel Dads Gesichtszüge. Die Flügel schwanden und im nächsten Moment war ich nicht mehr auf der Straße unterwegs, sondern lag in einem Krankenhausbett, an meiner Seite mein Dad. Ich sah ihn nur unscharf und verschwommen, doch er war es zweifellos. Er saß in einem der unbequemen Besucherstühle und betrachtete mich nachdenklich. Ich blinzelte, doch statt ein klareres Bild zu bekommen, war er plötzlich verschwunden.

Tage vergingen, in denen ich keine Kontrolle über meinen Zustand hatte, mein Bewusstsein kam und ging, wie es ihm gefiel – und meistens entschied es sich ausgerechnet dann dafür, sich zu verziehen, wenn ich drauf und dran war, mit einem Arzt oder einer Schwester zu sprechen.

Schließlich hielten die wachen Phasen länger an, sodass ich endlich Gelegenheit bekam, einen Arzt, der sich mir als Dr. Fiedler vorstellte, mit meinen Fragen zu überhäufen. Streng genommen war es nur eine und selbst die wollte mir erst nach längerem Räuspern und ein paar Schlucken Wasser über die trockenen Lippen kommen. »Was ist passiert?«

Der Mediziner beugte sich über mich und musterte mich eingehend. Er war ein gut aussehender Mann mit kurzem blondem Haar und freundlichen grauen Augen. Zweifelsohne hätte er es auf Ambers Liste der Männer geschafft, mit denen sie ausgehen würde. »Wie fühlen Sie sich, Miss Underwood?«

Eine Gegenfrage zu stellen, war unfair, vor allem da ich mir nicht sicher war, ob ich mir so lange merken konnte, was ich wissen wollte – oder ob ich lange genug wach bleiben würde, um die Antwort zu hören. »Sagen Sie es mir.«

»Nun«, meinte er mit einem breiten Lächeln, »die Patientin ist zu Scherzen aufgelegt. Das würde ich als gutes Zeichen werten.«

»Kein Scherz«, brachte ich hervor. »Ich will nur Kraft sparen.«

Das Lächeln schwand nicht aus seinen Zügen, doch in seinen Augen stand nun eine Ernsthaftigkeit, die mich vermutlich erschreckt hätte, wenn ich ein paar Schmerzmittel weniger intus gehabt hätte. »Sie hatten einen wirklich aufmerksamen Schutzengel.«

Schutzengel? Hätte ich nicht befürchten müssen, dass es schmerzhaft werden könnte – ich hätte darüber gelacht. Zu gern hätte ich sein Gesicht gesehen, wenn ich ihm vom schwarz gefiederten Engel des Todes erzählte. Allerdings fürchtete ich, dass er wohl eher meine Schmerzmitteldosis erhöhen würde, als mich ernst zu nehmen. Vermutlich war dieses Wesen ohnehin nur meiner Fantasie entsprungen. Ich konnte nicht einmal sagen, ob ich diesen Engel tatsächlich gesehen hatte, oder ob er erst später in meinen Träumen aufgetaucht war und ich ihn im Medikamentenrausch für eine echte Erinnerung an den Unfallort hielt.

Ich hob einen verkabelten Arm. »Das habe ich wohl kaum dem Schutzengel zu verdanken, oder?«

»Nein, das waren wir, seine irdischen Hilfskräfte.«

Entweder fühlte ich mich noch nicht gut genug, um Humor zu ertragen, oder aber Dr. Fiedler gehörte doch in die Kategorie Mann, die zumindest ich von Ambers Liste streichen würde. Immerhin begann er endlich zu reden. Ich hatte einen Milzriss davongetragen, der erst im Krankenhaus entdeckt worden war. In einer Notoperation wurde die Blutung gestillt und die Milz entfernt. Mein Kopf war gegen das Lenkrad geprallt, wobei ich mir ein Schädelhirntrauma zugezogen hatte, das CT sei jedoch ohne Auffälligkeiten gewesen. Neben diversen Blutergüssen hatte ich zwei gebrochene Rippen, beide waren der Herzdruckmassage zu verdanken. Es war jedoch der Milzriss, der mich um ein Haar ins Jenseits befördert hätte. Tatsächlich, so erklärte mir Dr. Fiedler, war ich mehrere Minuten klinisch tot gewesen. Länger, als gut für mich war.

»Wir wissen noch nicht, ob durch die Unterversorgung mit Sauerstoff irgendwelche bleibenden Schäden entstanden sind«, fuhr er fort. »Das werden wir nach und nach testen, sobald Sie sich dazu in der Lage fühlen.«

»Falls Sie wissen wollen, ob bei mir eine Schraube locker ist«, meinte ich, »können Sie sich die Mühe sparen. Ich war schon immer so.«

»Sie haben ein paar wirklich ernsthafte Verletzungen und offen gestanden ist es ein Wunder, dass wir uns miteinander unterhalten können.«

Er hatte also entweder damit gerechnet, dass es mich noch erwischen oder aber dass mein Gehirn nur noch gekochtes Gemüse sein würde. Mein Gehirn schien zu funktionieren, der Gedanke jedoch, womöglich doch noch abzutreten, beunruhigte mich. »Doc, werde ich …« Ich brachte es nicht fertig, meine Frage auszusprechen.

Dr. Fiedler verstand mich trotzdem. »So wie ich es sehe, liegt das Schlimmste hinter Ihnen. Machen Sie sich nicht zu viele Sorgen, Rachel. Sie sind über den Berg und müssen jetzt nur noch gesund werden.«

Ich war mir nicht sicher, ob ich mich *über den Berg* fühlte. Alles an und in mir fühlte sich merkwürdig an, eigenartig schwer, als hätte jemand meinen Körper in Watte gepackt und versuchte nun, ihn auf das Bett zu drücken. Und was war mit meinen Augen? Warum sah ich immer noch verschwommen? Ganz zu schweigen von dem Nebel in meinem Kopf. Das alles wollte ich Dr. Fiedler fragen, doch alles, was ich herausbrachte, war: »Ich fühle mich seltsam.«

»Haben Sie Schmerzen?«

Ich horchte in mich hinein, aber da war nichts. Nach allem, was er mir aufgezählt hatte, *sollte* mir etwas wehtun – irgendwas –, aber da war nichts, nur dieses Gefühl der Taubheit. Langsam schüttelte ich den Kopf und versuchte die aufkommende Panik zu unterdrücken. »Ich spüre nichts«, presste ich hervor. »Heißt das …?«

»Dass Sie bis zur Oberkante mit Schmerzmitteln voll sind.«

Das würde zumindest den Nebel erklären. »Keine Lähmung?«, schob ich trotzdem hinterher.

Er griff in die Tasche seines Kittels und zog etwas hervor, das ich nicht erkennen konnte, dann machte er zwei Schritte zum Fußende des Bettes und hob die Decke ein Stück an. Ein kühler Windhauch fuhr über meine Beine hinweg. Den könnte ich unmöglich spüren, wenn ich gelähmt wäre, oder? Einen Augenblick später stach etwas in meine Fußsohle.

»Au!«

Dr. Fiedler zog die Decke wieder zurecht und ließ eine kleine silberne Nadel in seiner Kitteltasche verschwinden. »Keine Lähmung«, erklärte er entschieden. »Und ein Test weniger, den wir später machen müssen.«

Ich war definitiv nicht in der Verfassung für diesen Humor.

Plötzlich durchzuckte mich ein anderer Gedanke. Hätte ich auch nur ein bisschen Kraft im Leib gehabt, ich wäre senkrecht hochgefahren. So reichte es gerade einmal, um den Kopf zu heben. »Amber!«, krächzte ich. »Was ist mit ihr?«

»Ihrer Freundin geht es gut«, beruhigte mich der Doc. »Ich habe sie für die Dauer der Visite rausgeworfen. Sie wartet vor der Tür.« Er deutete auf den Nachttisch, auf dem mehrere bunte Blumensträuße standen, die meisten davon bereits ein wenig welk – und ein Strauß weißer Lilien mit hängenden Köpfen, deren Ränder sich langsam braun verfärbten.

Erleichtert sank ich in die Kissen zurück. Ich hatte noch unzählige Fragen, doch die wichtigsten waren erst einmal gestellt und beantwortet. Für mehr reichte meine Energie im Augenblick nicht aus.

Dr. Fiedler verabschiedete sich mit einem Lächeln und der Aussicht auf weitere Tests und Untersuchungen. Kaum war er aus der Tür, kam Amber herein. Ihr linkes Handgelenk war in Gips und sie trug einen dicken Pflasterverband an der Stirn.

Neben dem Bett blieb sie stehen. »Du bist wach«, sagte sie mit erstickter Stimme. »Gott sei Dank!« Dann beugte sie sich zu mir herunter und umarmte mich, zumindest bis sich meine gebrochenen Rippen bemerkbar machten und ich gequält aufstöhnte. Sofort fuhr sie zurück. »Entschuldige! Das wollte ich nicht!« Sie zog den Besucherstuhl heran, setzte sich und wandte sich mir mit einem strahlenden Lächeln zu. »Ich habe dir ein paar Sachen gebracht«, sprudelte es aus ihr heraus. »Klamotten, Bücher, deinen MP3-Player, Duschgel und so einen Kram. Ein Krankenhausüberlebenspaket. Ist alles im Schrank, nur der Badkram ist schon … im Bad eben, wo er hingehört.« Schlagartig verschwand das Lächeln aus ihren Zügen. »Du hast keine Ahnung, welche Sorgen ich mir gemacht habe. Ich dachte, du …«

Du dachtest, ich sei tot. Schlagartig erinnerte ich mich wieder daran, wie sie weinend auf der Ladekante des Notarztwagens gesessen und immer wieder meinen Namen gemurmelt hatte. Aber hatte ich das wirklich gesehen oder waren diese Erinnerungen Teil des Schmerzmittelrausches?

»Ich komme schon wieder in Ordnung«, sagte ich. »Was ist mit dir?«

Sie hob die linke Hand. Jetzt erst sah ich, dass es sich nicht um einen festen Gips, sondern um eine Schiene handelte, die mit einem Verband fixiert worden war. »Angebrochen. Aber immerhin keine Gehirnerschütterung, obwohl ich mir den Schädel ordentlich angeschlagen habe.«

Mein nächstes Auto würde Airbags haben oder eine noch sicherere Nachfolgeerfindung von Airbags, die es zu dem Zeitpunkt, zu dem ich mir einen neuen Wagen leisten konnte, sicher bereits geben würde. »Es tut mir leid.«

Amber runzelte die Stirn. »Was?«

»Der Unfall.«

»So etwas passiert.«

Obwohl mich die Unterhaltung anstrengte und meine Augenlider mit jedem verstreichenden Moment schwerer zu werden schienen, brauchte ich Antworten. »Was ist *genau* passiert?«

»Du hast gesagt, der Spiegel sei kaputt«, erzählte Amber. »Vor uns kroch dieser alte Camry über die Interstate, du wolltest ihn überholen und hast dich umgedreht, um zu sehen, ob die Spur frei ist. Dann hast du plötzlich aufgeschrien und im nächsten Moment lagen wir im Graben.«

Ich hatte mich umgedreht, daran erinnerte ich mich wieder. Aber nicht wegen der Spur. »Der Mann!«, entfuhr es mir.

»Welcher Mann?«

»Er war auf dem Rücksitz!« Deshalb hatte ich die Kontrolle über den Wagen verloren! »Wo ist er?«

Amber bedachte mich mit einem langen Blick. Ich wusste, gleich würden die Worte »Kopfverletzung« und »Arzt rufen« fallen. Dem wollte ich zuvorkommen. »Da war niemand?«

Sie schüttelte den Kopf.

»Ich schätze, das sind die Schmerzmittel«, sagte ich lahm, obwohl ich mir sicher war, dass ich mich nicht geirrt hatte. Ich hatte diesem Kerl ins Gesicht geschaut und mich erschrocken – andernfalls hätte ich diesen Unfall nicht gebaut. Trotzdem ließ ich das Thema fallen, zumindest vorerst. »Das Zeug, das sie mir hier geben, ist wirklich hart. Ich dachte sogar, ich hätte Dad gesehen.«

»Das hast du.«

Es dauerte einen Moment, bis mein Gehirn die Antwort verarbeitet hatte. »Er war hier?« Ich wollte mich aufsetzen, der Schmerz jedoch, der mich bei der ersten Bewegung in einer zornigen Welle überrollte, hielt mich davon ab. »Wann?«

»Einen Tag, nachdem du eingeliefert wurdest.«

»Danach nicht mehr?«

»Nein.«

Das war typisch. Vermutlich war er nur hier gewesen, um herauszufinden, ob er meine Beerdigung in die Wege leiten musste. Sobald er sich davon überzeugt hatte, dass ich überleben würde, hatte er sich wieder aus dem Staub gemacht. Genesungswünsche würde er durch seine Sekretärin übermitteln lassen.

Amber deutete auf die weißen Lilien mit den hängenden Köpfen. »Die sind von ihm.«

Mein Dad brachte mir Begräbnisblumen. Großartig! Offensichtlich war er bei seinem Besuch auf alles vorbereitet gewesen. Viel mehr als die Wahl der Blumen erstaunte mich allerdings, dass er überhaupt gekommen war.

Da die Gedanken an Dad nur schmerzten und auch das stärkste Mittel dagegen nichts ausrichten konnte, wechselte ich das Thema. »Was ist mit dem *Bücherwurm*?« *Der Bücherwurm* war unser Laden und die bloße Vorstellung, dass ich mehrere Wochen nicht dort sein würde, ließ mich unruhig werden.

»Jill und Pat kümmern sich um alles. Ich sehe stundenweise nach dem Rechten und sorge dafür, dass die beiden die Finger von der Buchhaltung lassen.«

Das ließ mich aufatmen. Jill und Pat waren gute Freunde und gleichzeitig unsere Aushilfen, die im Laden arbeiteten, wann immer sie konnten. Und obwohl ihnen ihr Studium weit weniger Zeit lassen dürfte, als sie sich bei uns herumdrückten, waren sie immer zur Stelle, wenn sie gebraucht wurden. Dass Amber und ich gleichzeitig ausfielen, war erst ein einziges Mal vorgekommen, als wir uns beide von verdorbenem Sushi eine Lebensmittelvergiftung eingefangen hatten. Damals hatte sich Pat an der Buchhaltung versucht. Es hatte mich Wochen und einige nervenaufreibende Anrufe bei unserem Steuerberater gekostet, das Durcheinander wieder in Ordnung zu bringen. Dass Amber ihn und seine Schwester von meinen Abrechnungen fernhielt, beruhigte mich, denn eines musste man den beiden lassen: Den Laden hatten sie im Griff.

»Um Popcorn brauchst du dir übrigens auch keine Sorgen zu machen«, meinte Amber. »Ich kümmere mich um ihn.«

Popcorn war mein eigensinniger Tigerkater. Er konnte zwar tagelang in der Nachbarschaft herumstreunen und sich von allen möglichen Leuten durchfüttern lassen, die er mal hungrig, mal vorwurfsvoll anmaunzte. Wenn ich jedoch auch nur ein Wochenende nicht zu Hause war, zog er sich in den Schmollwinkel zurück und ignorierte mich, bis ich ihn mit einem Schälchen Sahne und frischem Thunfisch bestach. Davon würde ich eine Menge brauchen, wenn ich wieder nach Hause kam.

Als es mir schließlich kaum noch gelang, die Augen offen zu halten, verabschiedete sich Amber. Ich war eingeschlafen, noch bevor die Tür hinter ihr ins Schloss gefallen war.

In der folgenden Woche holten mich die Ärzte langsam von meiner Schmerzmittelwolke herunter, sodass die Welt jeden Tag ein bisschen mehr an Konturen gewann. Ich schlief weniger und wurde von Untersuchung zu Untersuchung gescheucht, mit dem erfreulichen Ergebnis, dass sich mein Gehirn durch den Zusammenprall mit dem Lenkrad und die fehlende Sauerstoffversorgung nicht in eine gekochte Zucchini verwandelt hatte und ich auch sonst mit keinen bleibenden Schäden rechnen musste.

Amber kam jeden Tag zu Besuch, anfangs nachmittags, später – als sie wieder regulär im Laden arbeitete – erst in den Abendstunden. Obwohl ich ihr sagte, dass das nicht nötig sei, und es sie vermutlich verrückt machte, den Laden jeden Tag lange vor Geschäftsschluss zu verlassen, ließ sie sich die Besuche nicht nehmen.

Einige meiner anderen Freunde schauten ebenfalls vorbei, brachten Blumen und Schokolade und munterten mich mit lustigen Geschichten auf. Dad ließ sich nicht mehr blicken. Wozu auch? Er wusste, dass ich noch lebte – das schien ihm zu genügen.

Nach gut drei Wochen – mittlerweile hatten wir Anfang Juni – war ich wieder vollkommen hergestellt und durfte das Krankenhaus endlich verlassen. Es war ein sonniger Freitag und Amber war gekommen, um mich abzuholen. Obwohl ich mich gut fühlte, bestand sie darauf, meine Tasche zu packen und zum Wagen zu tragen.

»Geht es dir wirklich gut?«, fragte sie, als wir den Parkplatz überquerten.

Erst da fiel mir auf, wie vorsichtig meine Bewegungen geworden waren, seit ich das Gebäude verlassen hatte – als fürchtete ein Teil von mir, zusammenzuklappen, sobald keine Ärzte mehr in meiner Nähe waren, die mich retten konnten. Ich blieb stehen, legte den Kopf in den Nacken und genoss für einen Moment die warme Junisonne auf meinem Gesicht, ehe ich Amber ansah.

»Ja, es geht mir gut«, beruhigte ich sie. »Ich bin heilfroh, wenn ich wieder zu Hause bin.«

»Dann lass uns keine Zeit mehr verlieren.«

An Ambers schwarzem Mustang angekommen, warf sie meine Tasche auf den Rücksitz und öffnete mir die Beifahrertür. Bei der Vorstellung, mich wieder in ein Auto zu setzen, wurde mir mulmig, und das, obwohl Amber eine sehr besonnene und im Gegensatz zu mir alles andere als rasante Fahrerin war. Statt sofort einzusteigen, beobachtete ich, wie sie den Wagen umrundete und sich hinters Steuer setzte.

»Rachel?«

»Schon da.« Ich zwang mich, einzusteigen. Mein Blick wanderte vom Lenkrad zur Rücksitzbank und plötzlich sah ich das Gesicht des Mannes wieder vor mir. An viel konnte ich mich nicht erinnern, dafür war alles zu schnell gegangen. Trotzdem war ich mir sicher, dass er da gewesen war.

Ich saß seitlich im Sitz, sodass ich nach vorne, aber auch nach hinten sehen konnte. Immer wieder glitt mein Blick zur Rücksitzbank. Als Amber auf die I-5 bog, war ich kurz davor, sie zu bitten, eine andere Route zu nehmen. Da uns außer der Interstate aber nur ein riesiger Umweg über die Landstraßen blieb, biss ich die Zähne zusammen und hielt den Mund.

Je näher wir der Unfallstelle kamen, desto größer wurde der Klumpen in meinem Magen. Ich musste mich ablenken, andernfalls würde ich mich in spätestens drei Minuten übergeben.

»Bist du sicher, dass niemand gefunden wurde?« Tolle Ablenkung! Es waren die ersten Worte gewesen, die mir in den Sinn gekommen waren – und jetzt konnte ich sie nicht mehr zurücknehmen.

Amber warf mir einen irritierten Blick zu. »Was meinst du?«

Mir war klar, dass ich mit einem Themenwechsel nicht durchkommen würde, deshalb sagte ich: »Der Unfall.«

»Du glaubst immer noch, dass jemand mit uns im Wagen gewesen ist?«

Ohne den Fremden auf dem Rücksitz wäre der Unfall nicht passiert. Dass niemand ihn gefunden hatte, war merkwürdig und gruselig zugleich. Die Vorstellung, dass seine Leiche unentdeckt zwischen Bäumen und Sträuchern lag und langsam verrottete, ließ den Klumpen in meinem Magen auf doppelte Größe anschwellen. Ich schluckte und konzentrierte mich auf meinen Atem, bis ich nicht länger den Drang verspürte, mich von meinem Mageninhalt zu trennen.

»Rachel«, setzte Amber an und ich konnte genau sehen, wie besorgt sie war. »Außer uns war niemand im Wagen. Du warst aufgebracht wegen deines Dads und dann ist dir ein Fehler unterlaufen. So etwas passiert.«

Wie konnte sie ihn nicht gesehen haben? Die einzig vernünftige Erklärung, die mir einfiel, war, dass sie recht hatte und tatsächlich niemand im Wagen gewesen war.

Bei Seattle Heights verließen wir die Interstate und fuhren weiter in Richtung Westen, nach Ruby Falls. Der Anblick der hübschen viktorianischen Häuser mit ihren bunten Holzfassaden, den übersichtlichen, von Bäumen gesäumten Straßen, und der Geruch des Meeres, der durch die heruntergelassenen Scheiben in den Wagen drang, reichten aus, um mir ein Stück weit das Gefühl von Normalität zurückzugeben. Ruby Falls war eine nette Kleinstadt an der Küste des Puget Sound, der langen Bucht zwischen Seattle im Osten und dem Olympic National Park im Westen, die direkt in den Pazifik überging. Ich hatte mein bisheriges Leben in Seattle verbracht und mich anfangs davor gefürchtet, von dort wegzuziehen. Ein Teil von mir mochte die Anonymität der Großstadt und scheute sich davor, an einem Ort zu landen, an dem jeder alles über den anderen weiß. Glücklicherweise waren meine Bedenken rasch zerstreut worden. Ruby Falls war klein genug, um gemütlich zu sein, aber nicht so klein, dass jeder jeden kannte. Hier gab es all die Dinge, die man auch in einer Großstadt fand, nur in einem heimeligeren Ambiente, und wenn ich doch einmal den Lärm und die Hektik vermisste, war Seattle nur eine Stunde entfernt.

Ich hatte mir ein Haus am westlichen Ortsrand gemietet, von dessen Garten aus ich bei klarer Sicht über den Puget Sound blicken konnte. Amber hielt am Straßenrand vor meinem Haus und wollte aussteigen, um mir mit meiner Tasche zu helfen. Sosehr ich ihr für ihre Hilfe dankbar war, so sehr wünschte ich mir auch, jetzt allein zu sein. Nach einer Unterhaltung stand mir im Augenblick nicht der Sinn – schon gar nicht, wenn diese sich um den Unfall und den Mann drehen würde, den ich gesehen zu haben glaubte.

»Amber«, begann ich, als sie den Sicherheitsgurt löste.

Sie sah mich an. »Du brauchst jetzt erst mal ein wenig Zeit für dich.«

Ich nickte.

Sie bedachte mich mit einem langen Blick, als wolle sie sichergehen, dass ich nicht schon auf dem Weg zur Haustür zusammenbrechen würde, dann ließ sie die Gurtschnalle wieder einrasten.

»Wenn du etwas brauchst, ruf an, okay?«

»Mache ich.« Ich stieg aus und nahm meine Tasche vom Rücksitz. »Danke fürs Heimbringen.«

»Jederzeit.«

Ich warf die Tür zu, trat einen Schritt zurück und wartete, bis Ambers Wagen am Ende der Hillstreet um die Ecke verschwunden war. Dann wandte ich mich dem Haus zu. Der Vorgarten hinter dem Jägerzaun sah um einiges gepflegter aus, als ich es nach drei Wochen erwartet hatte. Insgeheim dankte ich Amber fürs Rasenmähen. Selbst im Schatten der mächtigen Trauerweide am nördlichen Ende des Grundstücks war der Rasen gestutzt. Ich folgte dem Kiesweg zum Haus, dessen rot getäfelte Fassade in der Mittagssonne leuchtete, und freute mich, wieder zu Hause zu sein. Alles sah so vertraut aus, der Erker auf der linken Seite, die überdachte Veranda, das darüber liegende Schlafzimmerfenster mit der zerknitterten Spitzengardine und der Schuppen, der sich ein wenig schief an die linke Hauswand lehnte.

Meine Absätze klapperten über die Holzdielen, als ich über die Veranda ging. Ich fischte den Schlüssel aus meiner Jeanstasche und schloss die Tür auf. Nach den Wochen im Krankenhaus, mit seinen weißen Wänden und der steril wirkenden Einrichtung, erschien mir mein eigenes Haus fremd. Ich verspürte den Drang, durch die Räume zu gehen, mit der Hand über die Möbel zu streichen und mich mit allem wieder vertraut zu machen. Ich warf den Schlüssel auf das Tischchen neben der Tür und stellte meine Tasche am Fuß der Treppe ab. Bevor ich meine Sachen nach oben brachte, wollte ich nach Popcorn sehen. Die größten Chancen, ihn zu finden, hatte ich in der Küche, bei seinem Fressnapf.

»Pop«, lockte ich ihn schon auf dem Weg zur Küche. »Ich bin wieder da!«

Ich hatte die Angewohnheit, mein eigenwilliges Katzenvieh wie einen Mitbewohner zu behandeln. Wann immer ich nach Hause kam, rief ich ihm einen Gruß zu, und wenn er dann angetigert kam – meistens, um mich mit einem vorwurfsvollen Blick darauf aufmerksam zu machen, dass sein Napf fast leer war –, erzählte ich ihm von meinem Arbeitstag oder was ich sonst so erlebt hatte und worüber ich mir Gedanken machte. Popcorn wusste alles über mich. Vermutlich noch mehr als Amber.

Er war eine Fundkatze, nur dass nicht ich ihn, sondern er mich gefunden hatte. Ich war gerade hier eingezogen, überall standen noch volle Umzugskartons herum, als er durch die Katzenklappe hereinkam, geradewegs in mein Wohnzimmer marschierte und maunzend auf eine Kiste sprang, die ich gerade öffnen wollte. »Hey, Fremder, du willst mich wohl von der Arbeit abhalten.« Abgesehen von einer Tüte Milch hatte ich nichts Katzentaugliches im Haus, doch zumindest die wollte ich ihm nicht verwehren. Ich ging in die Küche und goss ein wenig Milch in eine Schale, da hörte ich ein Scheppern aus dem Wohnzimmer und lief sofort hinüber, um nachzusehen, was passiert war. Der Kater hatte die Schale mit dem Popcorn heruntergeworfen, die ich nach dem gestrigen Fernsehabend auf dem Schrank abgestellt hatte, und machte sich über das Popcorn her, das sich über den Boden verteilt hatte. Diese Aktion brachte ihm seinen Namen ein. Obwohl er nach diesem ersten Besuch nie wieder ein einziges aufgepopptes Maiskorn auch nur ansah, schien es ihm bei mir gut genug zu gefallen, um wiederzukommen und schließlich ganz bei mir einzuziehen. Als er nicht mehr nur zum Fressen, sondern auch zum Schlafen in mein Haus kam, erkundigte ich mich bei den Nachbarn, wem der Kater gehörte. Sie alle versicherten mir, dass er ein Streuner sei, der schon immer durch diese Gegend streifte und zu niemandem zu gehören schien.

Die Sohlen meiner Turnschuhe quietschten leise, als ich die geflieste Küche betrat.

»Popcorn?«

Der Fressnapf war beinahe leer, aber das Wasser in der Schale daneben sah frisch aus. Ich schaute mich um. Keine Spur von meinem Kater. Auf dem Tresen lag frisches Brot, und als ich in den Kühlschrank sah, dankte ich Amber im Stillen für ihre Weitsicht. Sie hatte alle verderblichen Lebensmittel entsorgt, auch die, die vermutlich schon lange vor dem Unfall hinüber gewesen waren, und frische Sachen gekauft.

Ich verließ die Küche durch die schmale Seitentür, die in den kleinen Raum führte, wo die Waschmaschine und der Trockner standen, öffnete die Hintertür und warf einen Blick in den Garten. Auch hier war der Rasen gemäht und die Stühle, auf denen Amber und ich noch am Nachmittag meines Geburtstages gesessen hatten, standen ordentlich aufeinandergestapelt in der Ecke der winzigen Terrasse. Ich machte einen Schritt nach draußen und ließ meinen Blick in die Ferne schweifen. Die Sonne spiegelte sich silbern auf der Wasseroberfläche des Puget Sound. Auf der anderen Seite schimmerten die Gipfel der Olympic Mountains in einem fahlen Blaugrün. Ich atmete die frische Meeresbrise ein und freute mich, endlich wieder zu Hause zu sein, als Popcorn um die Hausecke tigerte.

»Hey, Pop.« Ich ging in die Knie, um dem Kater durchs Fell zu fahren. Statt den Beleidigten zu spielen, strich er mir schnurrend um die Beine. »Ich bin wieder da.«

Wird auch Zeit.

Ich erstarrte mitten in der Bewegung. Hatte ich gerade meinen Kater sprechen gehört? Entschieden schüttelte ich den Kopf. Vermutlich war es der Wind gewesen, der um die Hausecken strich wie säuselnde Worte. Das oder die Kopfverletzung. Allerdings weigerte ich mich zu glauben, dass mich Dr. Fiedler zu früh entlassen hatte. Jeder weitere Tag im Northwest Hospital wäre ein Tag zu viel gewesen.

Popcorn marschierte an mir vorbei ins Haus, ich folgte ihm hinein und schloss die Tür hinter mir. Als ich in die Küche kam, erwartete er mich bereits vor seinem Napf. Ich holte eine Dose Katzenfutter aus der Vorratskammer. »Ich hatte eine ziemlich scheußliche Zeit«, sagte ich und griff nach dem Napf. »Ich hoffe, bei dir ist es besser gelaufen.«

Geht so, sagte der Kater.

Mir fiel die Dose aus der Hand. Entweder hatte ich gerade einen Hirnschlag oder ich war auf Schmerzmittelentzug.

Popcorn, den mein Schock nicht im Mindesten zu beeindrucken schien, sah erst mich an und dann die Dose, die auf den Boden gefallen war. *Du könntest sie wenigstens aufmachen.*

Konnte ich nicht. Es erforderte meine volle Aufmerksamkeit, meinen Kater anzustarren, während ich mich fragte, ob ich den Notarzt rufen oder schreiend aus dem Haus laufen sollte.

5

Letztlich tat ich weder das eine noch das andere.

Nachdem sich mein Puls langsam wieder beruhigt hatte, hob ich die Dose auf, öffnete sie mit zitternden Fingern und schüttete den Inhalt in den Napf. »Stell dir vor«, sagte ich zu Popcorn. »Ich dachte doch tatsächlich gerade, du würdest mit mir sprechen.«

Er legte den Kopf schief und sah mich aus seinen unergründlichen grünen Katzenaugen an. *Ich spreche seit Jahren mit dir, du scheinst mich nur endlich zu verstehen. Was sich ganz gut trifft.* Seine Stimme war tief und glich dem zufriedenen Schnurren, das er von sich gab, wenn er sich neben mir auf der Couch zusammenrollte. *Unterhalten wir uns über Sahne und frischen Thunfisch.*

»Unterhalten wir uns darüber, dass ich mit ziemlicher Sicherheit dabei bin, den Verstand zu verlieren«, gab ich zurück.

Ist es verrückt, mit einer Katze zu sprechen?

Ich nickte.

Dann warst du noch nie ganz dicht.

»Nein, so meinte ich das nicht.« Verflucht, was machte ich hier? Ich diskutierte mit meinem Kater über meinen Geisteszustand! »Dass ich mit dir rede, ist normal. Verrückt ist, dass ich dich verstehen kann.«

Du hast eben endlich gelernt zuzuhören. Jetzt lass uns noch mal über die Sahne –

»Halt die Klappe!«, raunzte ich, doch es tat mir sofort leid, dass ich ihn angeschnauzt hatte. »Entschuldige. Ich weiß einfach nicht, ob ich dich wirklich höre oder mir das alles nur einbilde. Du bist ein Tier, ich bin ein Mensch, wir sprechen nicht einmal dieselbe Sprache!«

Wer sagt das?

Ihm zu erklären, dass das doch wohl offensichtlich war, erschien mir sinnlos. Wie sollte ich ihm begreiflich machen, dass wir einander nicht verstehen konnten, nicht verstehen *durften,* auch wenn wir es aus irgendeinem eigenartigen Grund – Gehirnschaden! – doch taten? Eine Weile stand ich einfach nur da, atmete und lauschte in mich hinein, auf der Suche nach einer Veränderung. Doch abgesehen davon, dass ich mit meinem Kater sprechen konnte, war alles wie immer. Mir war weder schwindlig noch übel, ich sah nicht doppelt, die Farben schienen mir normal zu sein und auch sonst funktionierte mein Kopf, wie er sollte – oder zumindest, wie ich ihn kannte.

Mein erster Gedanke war, Amber anzurufen und ihr zu erzählen, was passiert war. Da ich jedoch fürchtete, dass sie mir diese Geschichte ebenso wenig glauben würde wie die Anwesenheit des Fremden in meinem Wagen, ließ ich die Finger vom Telefon. Was, wenn etwas mit mir nicht stimmte? Womöglich hatte ich einen Gehirntumor, der mich halluzinieren ließ. Aber das war nicht möglich. Im Krankenhaus hatten sie ein CT von meinem Kopf gemacht und nichts Auffälliges entdeckt.

Vielleicht war ich ja nicht der einzige Mensch auf der Welt, der mit Katzen sprechen konnte. Als ich Popcorn danach fragen wollte, musste ich allerdings feststellen, dass er sich verdrückt hatte. Das Einzige, was ich noch hörte, war das Rumpeln der Katzenklappe.

Vielen Dank auch. Erst quatschst du mich an und dann lässt du mich mit meinem Problem allein. Undankbares Vieh.

Ich warf die Dose in den Müll, ging ins Wohnzimmer und rollte mich auf der Couch zusammen. Brütend starrte ich ins Nichts und redete mir ein, dass meine Nerven nach dem Unfall noch immer ein wenig angespannt waren und mein sprechender Kater sicher nichts weiter als ein Anzeichen von posttraumatischem Stress war. Wenn ich erst wieder mitten im Alltag steckte, würde aus dem sprechenden Tier bald wieder der schmollend-maunzende Kater werden, der er schon immer gewesen war.

Bis es so weit war, entschied ich, die ganze Angelegenheit einfach zu ignorieren.

Mir war nicht hundertprozentig wohl bei dieser Entscheidung, was in erster Linie daran lag, dass ich mir nicht sicher war, ob es mir gelingen würde, über einen sprechenden Kater hinwegzusehen. Trotzdem war es einen Versuch wert, einfach so zu tun, als wäre alles wie immer.

Nach einer ausgedehnten Dusche und einem kleinen Imbiss fiel die Anspannung langsam von mir ab und ich begann mich besser zu fühlen. Ich hatte es mir gerade mit einer Tasse heißer Schokolade und einem Buch auf der Couch gemütlich gemacht, als das Telefon klingelte.

Amber war dran und wollte hören, wie es mir ging.

»Alles bestens«, behauptete ich und unterdrückte das

Verlangen, ihr von meinem merkwürdigen Erlebnis mit Popcorn zu erzählen. »Danke fürs Einkaufen und den ganzen Rest.«

»Kein Problem. Der Inhalt deines Kühlschranks kam mir praktisch entgegengelaufen, als ich nachsehen wollte, ob du was brauchst«, meinte sie trocken. »Ich musste ihm nur noch den Weg zum Mülleimer zeigen.«

Ihr Seitenhieb entlockte mir ein Lächeln. Auch wenn wir sonst fast immer einer Meinung waren, in Sachen Lebensmittel hätten wir kaum unterschiedlicher sein können. Während ich keine Schwierigkeiten damit hatte, einen Joghurt auch eine Woche nach Ablauf des Verfallsdatums noch zu essen, behauptete Amber bereits drei Tage vorher, die Kulturen wären mittlerweile lebendig und würden sie vermutlich beobachten. Seit wir das verdorbene Sushi gegessen hatten, ging sie allem aus dem Weg, was nicht frisch war. Ich musste zugeben, dass es sie damals auch wesentlich schlimmer erwischt hatte als mich. Während es mir nach einer Woche bereits gut gegangen war und ich wieder problemlos alles essen konnte, hatte Amber sogar drei Wochen danach noch mit ständiger Übelkeit zu kämpfen gehabt. Ich schätze, so etwas vergisst man nicht so schnell.

»Wenn du im Laden in letzter Zeit Hilferufe gehört hast, könnten die von dem Apfel gekommen sein, der noch in meiner Schreibtischschublade liegt.«

»Der wurde bereits erlöst, zusammen mit der halben Zimtschnecke.«

»Da war noch eine Zimtschnecke? Die war dann schon ein paar … äh … Tage älter.« Ich machte ein würgendes Geräusch.

»Irgendwann wirst du dich vergiften.«

»Nur, wenn ich mich vorher nicht auf anderem Weg umbringe.«

Es war als Scherz gedacht, doch die lockere Stimmung, die gerade noch in der Luft gelegen hatte, verpuffte schlagartig, kaum dass ich die Worte ausgesprochen hatte.

»Das ist nicht witzig, Rachel.«

»Glaub mir, das weiß ich.« Obwohl ich keine Schmerzen mehr hatte und nur von Zeit zu Zeit ein leichtes Ziehen der Operationsnarbe zu spüren glaubte, konnte ich nicht vergessen, was passiert war. Es war nicht der Unfall selbst, der sich so in mein Gedächtnis gefressen hatte, nicht einmal der Fremde, von dem ich immer noch überzeugt war, dass er tatsächlich da gewesen war. Was mich verfolgte, waren die Bilder, wie ich an der Unfallstelle umherirrte und niemand mich sah oder hörte. Ganz besonders hatte sich der Moment in meiner Erinnerung festgesetzt, in dem ich mich selbst auf dem Boden hatte liegen sehen. Tot! Ich sagte mir, dass es nur ein Traum gewesen war. Nichts davon war wirklich passiert. Trotzdem schienen die Bilder unglaublich real – und im Vergleich zu einem Traum verblassten sie auch nicht, sondern waren noch immer in derselben Intensität präsent. Ganz zu schweigen davon, dass ich mir immer noch Vorwürfe machte, dass ich nicht nur mich beinahe umgebracht hätte. Alles nur wegen einer Einbildung.

»Ich rufe eigentlich aus einem ganz anderen Grund an«, sagte sie und verscheuchte meine finsteren Gedanken. »Genau genommen aus zwei Gründen.«

»Schieß los.«

»Also, zum einen wollte ich vorschlagen, dass du morgen noch zu Hause bleibst und dir einen schönen Tag machst. Genieß das Wochenende und komm erst Montag wieder in die Arbeit!«

Unter anderen Umständen hätte ich mich wahrscheinlich mehr über die Aussicht auf ein freies Wochenende gefreut. Aber in Anbetracht des sprechenden Katers war ich mir nicht so sicher, ob ich an den freien Tagen viel Spaß haben würde. Andererseits wusste ich nicht, wie sich mein Zustand auf meine Arbeit auswirken würde. Am Ende würde ich mich noch mit den Weberknechten im Lagerraum unterhalten – oder mit Schnuffel, dem rosa eingefärbten Pudel einer unserer Stammkundinnen.

Die letzten Stunden waren ganz gut verlaufen und wer weiß, womöglich gehörte meine Unterhaltung mit Popcorn am Montag bereits der Vergangenheit an. Das Ganze war sicher nur eine vorübergehende Erscheinung. Deshalb stimmte ich zu.

»Sehr schön!«

Dafür, dass ich gerade zugesagt hatte, Amber einen weiteren Tag die ganze Arbeit allein machen zu lassen, klang sie erstaunlich aufgekratzt. »Was ist der zweite Grund?«, wollte ich wissen.

»Das wirst du nicht glauben!«, rief sie in den Hörer.

»Hast du den Jackpot geknackt?«

Ich konnte förmlich hören, wie ihr Grinsen breiter wurde. »Ich habe jemanden kennengelernt«, platzte sie heraus und sprach, ohne Luft zu holen, weiter: »Sein Name ist Nate, er ist mit seiner Schwester vor ein paar Wochen nach Ruby Falls gezogen und ich möchte ihn dir unbedingt vorstellen.«

»Was ist mit der Liste?«

»Nate *ist* die Liste«, rief sie. »Er ist einfach perfekt!«

Ich konnte mich nicht erinnern, Amber jemals so begeistert über einen Kerl sprechen gehört zu haben. Entweder war dieser Nate ein absoluter Traum oder aber er hatte Amber einer Gehirnwäsche unterzogen. So oder so, einen Kerl, der es schaffte, sie derart aus der Fassung zu bringen, musste ich auf jeden Fall kennenlernen.

»Ich dachte an ein kleines Essen, anlässlich deiner Rückkehr«, eröffnete sie mir ihren Plan. »Wir könnten unsere

Freunde einladen, damit es nicht zu sehr … Ich meine, wenn nur wir uns treffen, wäre das ja fast, als würde ich Nate meinen Eltern vorstellen.«

»Danke, Kind«, erwiderte ich trocken.

»Du weißt, wie ich das meine.«

»Und du weißt, dass du dafür ohne Nachtisch ins Bett gehst.«

Wir lachten beide, auch wenn es alles andere als komisch war. Ambers Eltern waren angesehene Mediziner, Koryphäen auf ihren jeweiligen Fachgebieten, der Neurologie und der Herzchirurgie. Beide waren schon immer sehr streng gewesen und hatten hohe Maßstäbe angelegt, sowohl an ihre Tochter als auch an die Menschen, mit denen sie sich umgab. Sie kannten meinen Vater aus dem Golfklub. In ihren Augen war er ein Unternehmer mit tadellosem Ruf, weshalb sie mich als passende Gesellschaft für Amber erachteten und unsere Freundschaft akzeptierten. Davon, wie meine Beziehung zu meinem Vater aussah, wussten sie nichts. Sie waren an den Leistungen ihrer Tochter interessiert und daran, in welcher Gesellschaft sie sich zeigte, nicht an ihren Gefühlen. Es war ohnehin nur selten vorgekommen, dass Amber einen Mann mit nach Hause gebracht hatte, um ihn ihren Eltern vorzustellen. Keiner hatte die Musterung bestanden, nicht einmal die netten Kerle. Wer aus den falschen Gegenden der Stadt stammte, keinen akademischen Titel und keine wohlhabende Familie vorweisen konnte, bekam bei den Fairchilds kein Bein auf den Boden.

»Du weißt, wie wichtig mir deine Meinung ist«, sagte Amber. »Ich mag Nate und ich wünsche mir sehr, dass du ihn ebenfalls magst.«

»Wann soll das große Ereignis denn stattfinden?«

Amber atmete hörbar aus. »Sonntag um sieben im *Pompeji*.«

Das *Pompeji* war unsere Lieblingspizzeria. »Du hast schon alles geplant?«

»Tisch ist bereits reserviert.«

»Dann kann ich wohl nur schwer Nein sagen.«

*

In dieser Nacht träumte ich.

Es war einer jener Träume, die sich anfühlten, als seien sie real. Ich stand in einer riesigen Höhle, und obwohl kein Tageslicht hereinfiel, war sie hell erleuchtet. Aus der Ferne drang das Rauschen des Meeres an mein Ohr, ich hörte das Schlagen der Wellen und das Heulen des Windes, der in eisigen Böen über mich hinwegstrich. Fröstelnd wanderte ich durch die zerklüftete Felslandschaft. Salzkristalle überzogen den Stein wie getrockneter Schnee. Der Boden war uneben, immer wieder musste ich großen Felsbrocken und Stalagmiten ausweichen, die wie Säulen vor mir aus dem Boden wuchsen.

Ich suchte nach dem Ursprung des Lichtes, sah mich nach jemandem um, der hier sein Lager aufgeschlagen hatte. Doch keine Lampe, kein noch so großes Lagerfeuer hätte das kühle bläuliche Licht erklären können, dessen steter Schein die Höhle erleuchtete, so weit das Auge reichte. Der Ort war mir fremd und doch erschien er mir so vertraut, als sei er schon immer ein Teil von mir gewesen.

»Hallo«, rief ich. »Ist da jemand?«

Das Echo war die einzige Antwort.

Langsam ging ich weiter, angezogen von einer gewaltigen, steil in die Höhe ragenden Wand, die Oberfläche ein Muster aus Licht und Schatten.

Ich war mir sicher, nicht allein zu sein. Jemand beobachtete mich. Ich spürte die Blicke wie eine kühle Berührung in meinem Nacken, aber jedes Mal, wenn ich mich umdrehte, war da nur ein endloses Felsenmeer.

»Hallo?«, versuchte ich es wieder. Als ich auch dieses Mal keine Antwort bekam, stieß ich einen Fluch aus, der unzählige Male von den Wänden zurückgeworfen wurde.

Mit jedem Schritt, den ich mich der riesigen Felswand näherte, wurde es kälter. Ich schlang die Arme um den Leib und beobachtete, wie mein Atem in hellen Kondenswolken aus meinem Mund strömte. Erst jetzt bemerkte ich, dass ich keine Schuhe trug. Meine nackten Füße hinterließen bei jedem Schritt Abdrücke in der Salzkruste. Mit jedem Atemzug spürte ich ein schmerzhaftes Brennen in mir, das stärker wurde, je näher ich der Mauer kam. Obwohl mich der Schmerz beinahe in die Knie zwang, konnte ich nicht stehen bleiben. Es zog mich immer weiter. Ich wusste, dass etwas Grauenvolles im Fels auf mich lauerte. Bevor ich jedoch herausfinden konnte, was das war, wachte ich auf.

Statt aus meinem Gedächtnis zu verschwinden, wie Träume es für gewöhnlich taten, verfolgte mich dieser noch eine ganze Weile. Er schlich sich heran, wenn ich gerade nicht daran dachte, und packte mich mit der Erinnerung an die Kälte und den Schmerz. Ich hatte schon weitaus schlimmere Träume gehabt, doch kaum einer hatte je einen derart anhaltenden Nachhall in mir erzeugt.

Erst im Laufe des Vormittags ließ das Gefühl der Bedrohung, das die Bilder in mir geweckt hatten, allmählich nach. Die Beschäftigung mit alltäglichen Dingen wie Wäschewaschen, Staubwischen und Kochen half mir, auch die letzte Erinnerung aus meinem Kopf zu drängen, und bis zum Nachmittag fühlte ich mich wieder normal. Zumindest wenn man außer Acht ließ, dass da noch immer die Sache mit dem sprechenden Kater war.

Popcorn ließ sich den größten Teil des Samstags nicht

blicken, lediglich an seinem Napf konnte ich ablesen, dass er zumindest zum Fressen im Haus gewesen war. Erst am späten Nachmittag, ich saß auf der Couch und blätterte im Fernsehprogramm, kam er angestiefelt. Auf der Schwelle zum Wohnzimmer blieb er stehen und sah mich an, als warte er auf meine Einladung.

»Kannst du immer noch sprechen?«, fragte ich ihn und hoffte, keine Antwort zu bekommen.

Kommt darauf an.

»Worauf?«

Ob du wieder ausflippst, wenn ich es tue.

Ich schüttelte den Kopf. »Kein Ausflippen. Versprochen! Allerdings werde ich gleich Montagmorgen einen Arzttermin vereinbaren.«

Der letzte Satz war an mich selbst gerichtet, trotzdem nahm Popcorn den Faden auf. *Dir fehlt nichts,* erklärte der Kater und kam langsam näher. *Ich rieche keine Krankheit an dir.*

»Du kannst Krankheiten riechen?«

Natürlich.

»Und ich rieche gesund?«

Wenn man einmal von deiner Angst absieht. Angst kann auch krank machen, wusstest du das? Er sprang auf die Couch und machte es sich neben mir bequem, wie er es so oft tat. Ohne darüber nachzudenken, streckte ich die Hand aus und kraulte ihn hinter den Ohren, was ihm ein Schnurren entlockte, ehe er ruckartig den Kopf hob und mich ansah. *Letzte Nacht war jemand auf dem Grundstück.*

Er hätte kaum etwas sagen können, das mich mehr überrascht – oder erschreckt – hätte. »Wann? Wer? Hast du ihn verjagt?«

Entschuldige mal, ich bin doch kein Wachhund!

Ich hob beschwichtigend die Hände und schluckte meine Angst herunter. Ruby Falls war kein Ort, in dem das Verbrechen tobte. Nachdem ich weder im Schlaf ermordet noch ausgeraubt worden war, gab es sicher eine harmlose Erklärung. Vielleicht war es einer der Hartford-Jungs, der auf dem Heimweg von *Will's Bar* eine Pause eingelegt hatte – auch wenn ich nicht wusste, warum er das ausgerechnet in meinem Garten tun sollte.

»Okay«, versuchte ich es noch einmal. »Wer war es?«

Ein Männchen deiner Art, antwortete der Kater und rieb seinen Kopf an meiner Hand. *Er stand unter der Weide.*

»Wann?«

Immer.

»Immer? Die ganze Nacht?«

Mhm.

Jetzt wurde mir doch ein wenig mulmig. Kein Betrunkener würde unter der Weide *stehen* bleiben, schon gar nicht die ganze Nacht. »Wie sah er aus?«

Woher soll ich das wissen?

»Du hast ihn doch gesehen.«

Wie denn? Popcorn gab ein ungeduldiges Schnauben von sich, als versuche er einem kleinen Kind etwas zu erklären, das sich als vollkommen begriffsstutzig erwies. Fehlte nur noch, dass er die Augen verdrehte. *Der Kerl war doch unsichtbar.*

Unsichtbar? Alles klar. Ein sprechender Kater war schon schlimm genug, aber ein sprechender Kater mit Wahnvorstellungen schlug wirklich alles.

Zumindest war ich meine Sorge angesichts eines vermeintlichen Eindringlings los. Ich konnte mir nur schwer vorstellen, dass ein Unsichtbarer es nötig haben sollte, sich im Schatten eines Baumes zu verstecken. Mal ganz davon abgesehen, dass es überhaupt keine unsichtbaren Menschen gab.

Als ich später den Müll rausbrachte, konnte ich es mir trotzdem nicht verkneifen, einen Blick in Richtung der

Weide zu werfen. Auf dem Rasen waren keine Abdrücke zu sehen. Ich ging näher heran und sah mir das Erdreich am Fuß des Baumes an. Nichts. Ich fand weder geknickte Zweige noch andere Spuren, dass jemand hier gewesen wäre.

Mein Kater war genauso verrückt wie ich.

Als ich ins Haus zurückkam, hatte sich Popcorn von der Couch verzogen. Den Rest des Tages ging er mir schmollend aus dem Weg und auch am Sonntag bedachte er mich lediglich mit einem vorwurfsvollen Blick, weil sein Futternapf noch nicht aufgefüllt war. Er hatte seit über vierundzwanzig Stunden keinen Ton mehr gesagt, sodass ich allmählich zu hoffen begann, dass die Episode mit dem sprechenden Kater der Vergangenheit angehörte.

Ich stand vor meinem Kleiderschrank und überlegte, was ich für das Essen am Abend anziehen sollte, als Popcorn in der Tür erschien und mit einem Maunzen auf sich aufmerksam machte. Ein Maunzen! Kein »Hey, Rachel!« Erleichtert wandte ich mich zu ihm um. »Was gibt's, Pop?«

Ich wartete darauf, dass er kam, mir um die Beine strich und meine Aufmerksamkeit einforderte, wie er es für gewöhnlich tat. Stattdessen sagte er: *An meinem Kratzbaum ist ein Brett locker.*

6

Nachdem ich die Schraube am Kratzbaum festgezogen hatte, kehrte ich zum Kleiderschrank zurück. Ich entschied mich für einen roten Rollkragenpullover mit kurzen Ärmeln und eine schwarze Bundfaltenhose. Obwohl ich Jeans liebte, wären sie mir für diesen Anlass zu alltäglich erschienen, während ich ein Abendkleid für übertrieben hielt – mal ganz davon abgesehen, dass ich mein bestes Stück bei dem Unfall ruiniert hatte.

Ich schnappte mir meine Strickjacke und machte mich auf den Weg. Da ich keinen Wagen mehr hatte und es ein schöner Abend war, beschloss ich, zu Fuß zu gehen. Das *Pompeji* war lediglich eine halbe Stunde Fußmarsch entfernt. Ich nahm die Abkürzung über den Friedhof der Baptistengemeinde und den angrenzenden Ruby Falls Park und schaffte es in zwanzig Minuten.

Kaum hatte ich das Lokal betreten, kam mir schon Sebastiano, der Besitzer, entgegen. Sebastiano war das genaue Gegenteil von dem, wie ich mir einen typischen Italiener vorstellte. Er war groß und hager, hatte schütteres blondes Haar und blaue Augen. Insgeheim mutmaßte ich, dass sein wirklicher Name schlicht Sebastian war und ungefähr so viel italienisches Blut durch seine Adern floss wie durch meine.

»Rachel«, rief er mit seinem unnachahmlichen italienischen Akzent. »Wie schön, dich zu sehen! Ich habe gehört, was passiert ist. Wie geht es dir?«

»Gut genug, um dein Essen zu vermissen.«

»Dann geh schon mal nach hinten, du kannst den Tisch nicht verfehlen.«

Das *Pompeji* quoll über von mediterranem Krimskrams. Fischernetze hingen von der Decke herab, in denen sich Plastikfische, Seesterne und Hummer verfangen hatten. Die Wände waren in einem warmen Terrakotta gestrichen und überall prangten Malereien, die italienische Sehenswürdigkeiten zeigten. Auf halbhohen Mauern standen Amphoren, die mich mehr an Griechenland als an Italien denken ließen, und die rot-weiß karierten Tischtücher erinnerten mich jedes Mal an Disneys Susi & Strolch. Auf den Tischen standen kleine Windlichter und die Deckenbeleuchtung war gedimmt, was dem Ganzen ein romantisches Flair verlieh.

Ich ging an den Tischen vorbei, grüßte hier und da ein paar Bekannte, ohne jedoch stehen zu bleiben. Spätestens wenn ich wieder zur Arbeit ging, würde ich genug Fragen zum Unfall und zu meinem Gesundheitszustand beantworten müssen. Zumindest heute wollte ich dem, so weit ich konnte, noch aus dem Weg gehen.

Ich war kaum durch den gemauerten Rundbogen, der den Nebenraum vom vorderen Teil des Restaurants abtrennte, als plötzlich Amber vor mir stand. Das Erste, was mir auffiel, war, dass sie die Gipsschiene nicht mehr trug.

»Rachel, endlich!«, empfing sie mich.

Ich warf einen Blick zum Tisch, der bereits voll besetzt war, und schielte auf die Wanduhr in ihrem Rücken. Es war kurz vor sieben. »Moment mal, ich bin überpünktlich.«

Amber umarmte mich zur Begrüßung. »Ich weiß«, sagte sie neben meinem Ohr, »aber ich kann es einfach nicht mehr abwarten, ihn dir endlich vorzustellen.« Ebenso schnell, wie sie mich in die Umarmung gezogen hatte, ließ sie mich auch wieder los, packte mich an der Hand und zog mich zum Tisch. Bevor sie mich jedoch ihrer Eroberung vorstellen konnte, sah ich mich von Jill, Pat und Steve umringt und fand mich in Jills und Pats Umarmung wieder.

»Schön, dich zu sehen«, sagte Jill. Sie und Pat waren Zwillinge, trotzdem hätten sie kaum unterschiedlicher sein können. Sie rothaarig, zierlich und eher ruhig; er groß, muskulös und so chaotisch wie kein Zweiter.

»Vor allem in einem Stück«, fügte Pat hinzu.

»O ja, ich habe mir wirklich Mühe gegeben.«

»Das musst du uns alles erzählen«, sagte Pat. »Jedes unappetitliche Detail.«

»Aber erst einmal bin ich dran.« Steve schob ihn zur Seite. Einen Moment lang sah er mich nur an, musterte mich mit seinen braunen Augen von oben bis unten, als wolle er sichergehen, dass noch alles dran war. Bis letzten Sommer waren Steve und ich ein Paar gewesen. Ein Jahr hatte unsere Beziehung gehalten, bis mir klar geworden war, dass es mit uns auf Dauer nicht funktionieren würde. Er war ein toller Kerl, einer von diesen Menschen, die man gern um sich hatte und die einen zum Lachen brachten. Unglücklicherweise war genau das der Grund, warum unsere Beziehung nicht funktioniert hat: Wenn ich über Dinge reden wollte, die mich beschäftigten, riss er Witze! Ich wusste, dass er nur versuchte, mich aufzuheitern. Das war ja gut gemeint, aber wenn ich über etwas zu reden versuchte, das mir wichtig war, wollte ich nicht lachen. Es kostete jedes Mal unendliche Mühe, ihn dazu zu bringen, keine Witze zu reißen – häufig gelang es mir gar nicht. Und mit jedem Mal wurde es anstrengender, bis ich eines Tages nicht mehr den Nerv hatte, ihn anzuflehen, wenigstens ein Mal ernst zu bleiben.

Damit, dass ich mich von ihm trennte, verletzte ich ihn tief und zum ersten Mal bekam ich den Steve zu sehen, den ich mir während unserer Beziehung gewünscht hatte. Aber es war zu spät. Für mich gab es kein Zurück mehr, auch wenn er alles getan hatte, um mich davon zu überzeugen, es noch einmal zu versuchen.

Die darauf folgenden Monate waren nicht einfach. Dass er das Café führte, das zu unserem Buchladen gehörte, und wir uns dort täglich über den Weg liefen, machte es nicht leichter. Doch seit unserer Trennung war mittlerweile ein Dreivierteljahr vergangen und allmählich normalisierten sich die Dinge zwischen uns. Wir konnten wieder Freunde sein – zumindest hoffte ich das, denn seine Freundschaft fehlte mir. Als er jetzt vor mir stand und mich so eingehend musterte, fragte ich mich plötzlich, ob ich ihm womöglich unrecht tat und er eine zweite Chance verdient hatte. Aber es war schon einmal schiefgegangen und es hatte lange gedauert, bis wir wieder einigermaßen normal miteinander umgehen konnten – falls es noch einmal schiefging, würde er vielleicht nicht mehr darüber hinwegkommen. Oder ich. Es war besser, alles so zu lassen, wie es war.

»Du siehst gut aus«, sagte er und blies sich eine seiner blonden Haarsträhnen aus der Stirn. »Fühlst du dich auch so?«

Ich nickte. »Die OP-Narbe zieht manchmal noch ein bisschen, aber ansonsten ist alles wieder in Ordnung.«

Ich wartete darauf, dass er einen Witz machen würde, irgendeinen Kalauer über Ärzte oder Frauen am Steuer, doch er zog mich nur vorsichtig an sich. »Ich bin froh, dass du lebst.« Sein Atem strich warm und vertraut über mein Ohr und jagte mir einen angenehmen Schauder über den Rücken. »Ich wollte dich besuchen, aber ich wusste nicht, ob du mich sehen willst.«

Ich löste mich aus seiner Umarmung, trat einen Schritt zurück und legte ihm eine Hand auf den Arm. »Steve, wir sind Freunde. Ich freue mich immer, dich zu sehen.«

Anstatt einer Erwiderung umarmte er mich noch einmal, bevor er mich freigab. Als ich mich zum Tisch herumdrehte, stand sofort Amber wieder vor mir, einen Mann mit blonden Locken im Schlepptau.

»Rachel, das ist Nate Spencer«, stellte sie mir ihren neuen Freund vor. »Nate, du weißt ja schon alles über Rachel. Das ist sie!«

Ein wissendes Lächeln spielte um Nates Mund, sodass ich mich unwillkürlich fragte, was Amber ihm alles über mich erzählt hatte, doch die Wärme in seinen dunklen Augen ließ mich die Frage vergessen. Ich verstand sofort, was Amber an ihm faszinierte. Blonde Locken, warme braune Augen, ein strahlendes Lächeln, das seine ebenmäßigen Zähne zeigte – der Kerl sah aus, als sei er einem Katalog für Surferboys entstiegen. Wenn er nur halb so nett war, wie Amber behauptete, war er tatsächlich perfekt oder wenigstens verdammt nah dran.

Nate schüttelte meine Hand. »Amber hat natürlich nur Gutes über dich erzählt.« Mit einem Zwinkern fügte er hinzu: »Zumindest sagte sie, dass ich das so sagen soll.«

»Nate!« Amber stieß ihn in die Seite. »Elender Verräter. – Lea, komm her.« Sie winkte die junge Frau zu uns, die hinter ihnen stehen geblieben war. Rein äußerlich war sie das komplette Gegenteil ihres Bruders. Während er kaum größer war als Amber, überragte sie uns um einen halben Kopf. Ihr raspelkurzes braunes Haar betonte das fein geschnittene Gesicht und ließ ihre grünen Augen strahlen. Sie war schlank und wirkte so zerbrechlich wie eine Elfe, ein Eindruck, den der schmale Schnitt ihrer Hose und das lange, eng anliegende Oberteil noch verstärkten.

»Hi, ich bin Lea«, stellte sie sich selbst vor. »Der ungehobelte Klotz ist mein Bruder, aber das weißt du sicher schon.«

»Schön, dich kennenzulernen.« Ich schüttelte auch Lea die Hand, folgte ihr und den anderen an den Tisch und setzte mich neben Amber. »Wo ist der Rest?«, fragte ich sie.

»Marc besucht seine Eltern, Sandra und Paul sind übers Wochenende zum Camping gefahren und Jenny hat es geschafft, sich eine Grippe einzufangen.«

Es war schon bei langfristiger Planung schwierig, all unsere Freunde an einem Termin zusammenzubringen. Nachdem Ambers Idee mit dem Abendessen eher ein spontaner Einfall gewesen war, wunderte es mich nicht, dass die anderen bereits Pläne für den Sonntag gehabt hatten. Natürlich hätte ich mich gefreut, sie alle zu sehen, doch dazu würde ich in den nächsten Tagen sicher noch Gelegenheit haben.

Wir saßen keine zwei Minuten, da kam Sebastiano schon an den Tisch. Ich bestellte ein Glas Chianti und eine Flasche Wasser und begann in der Speisekarte zu blättern. An sich wäre das nicht nötig gewesen, denn ich wusste längst, was ich essen wollte. Seit wir uns jedoch gesetzt hatten, wurde ich das Gefühl nicht los, dass alle mich anstarrten. Während Pat mich offen ansah und vermutlich jeden Moment mit seinen Fragen herausplatzen würde, musterten Steve und Lea mich mit verstohlenen Blicken.

Für gewöhnlich störte mich die Aufmerksamkeit anderer nicht, ich erzählte gern von meinen Erlebnissen: Urlauben, Wochenendausflügen, meinetwegen auch größeren oder kleineren Katastrophen in der Arbeit. All das machte mir nichts aus. Nur über den Unfall wollte ich nicht reden.

Amber und Nate hielten die Unterhaltung in Gang. Ich war jedoch so sehr darauf konzentriert, die auf mich gerichteten Blicke zu ignorieren, dass ich davon kaum etwas mitbekam.

Sebastiano kam mit den Getränken und nahm unsere Bestellungen auf – ich hatte mich für Spaghetti mit Meeresfrüchten entschieden. Bevor er den Tisch verließ, sammelte er die Speisekarten ein und nahm mir damit meine Versteckmöglichkeit. Ich nippte an meinem Wein und warf einen Blick über den Tisch. Steve, der mir gegenübersaß, sah mich immer noch an. Je schneller ich es hinter mich brachte, desto eher konnten wir den Unfall zu den Akten legen und zur Tagesordnung übergehen. Und ich konnte endlich aufhören, mich unwohl zu fühlen.

»Du bist so still«, bemerkte Steve. »Geht es dir wirklich gut?«

»Ich habe gehört, du hattest einen Unfall«, ergänzte Lea, bevor ich antworten konnte. »Was ist passiert?«

Mir war klar, dass ich nicht erzählen konnte, was meiner Meinung nach wirklich passiert war, das würde mir keiner glauben, deshalb sagte ich: »Ich war abgelenkt, habe die

Kontrolle über den Wagen verloren und ihn in den Graben gesetzt.«

»In den Graben gesetzt?«, echote Pat. »Das ist ja wohl die Untertreibung des Jahres. Überschlagen habt ihr euch. Wie oft? Zwölf Mal?«

»Drei Mal«, korrigierte Amber.

Es fiel mir schon schwer genug, generell über diesen verflixten Unfall zu sprechen, auch ohne dass sie jedes Detail ausgraben mussten. Wenn auch nur ein einziges Mal ein Wort wie *Reanimation* oder *Wiederbelebung* fiel, würde ich aufstehen und gehen. Ich wusste nicht, warum ich so dünnhäutig auf alles reagierte, was mit dem Unfall zusammenhing. Vielleicht lag es daran, dass mir die Erinnerung immer wieder aufs Neue vor Augen führte, wie viel Glück ich gehabt hatte und wie knapp ich dem Tod noch einmal von der Schippe gesprungen war. Womöglich lag es auch daran, dass ich das Gefühl nicht los wurde, dass die Sache für mich noch nicht ausgestanden war. Immerhin litt ich unter Wahnvorstellungen. Oder fiel ein sprechender Kater eher in die Kategorie Halluzinationen? Wie auch immer, ich würde wohl noch einige Untersuchungen über mich ergehen lassen müssen.

»O mein Gott!«, rief Lea ehrlich entsetzt. »Das ist ja schrecklich.«

Nate hielt Ambers Hand, an der sie wochenlang die Gipsschiene getragen hatte, und betrachtete sie nachdenklich, ehe er seine Augen auf mich richtete. »Ihr hattet wirklich großes Glück, dass ihr so glimpflich davongekommen seid.«

»Der Doc nannte es ein Wunder und meinte, mein Schutzengel hätte Überstunden gemacht.« Vielleicht würde Sarkasmus helfen, dieses Gespräch unbeschadet zu überstehen. »Ich weiß allerdings nicht, ob sie das dürfen – Überstunden machen, meine ich. Es gibt sicher irgendeine himmlische Gewerkschaft, die das verbietet. So gesehen war es wohl wirklich nur schnödes Glück.«

Nate sah mich so lange aus seinen dunklen Augen an, bis ich um ein Haar angefangen hätte, unruhig auf meinem Stuhl hin und her zu rutschen. »Du glaubst nicht an Engel?«

»Wenn es sie gäbe, wären sie ein ziemlich faules Pack.«

Lea, die gerade von ihrem Wein trank, verschluckte sich und hätte ihn beinahe ausgespuckt, als sie zu lachen begann. Halb hustend, halb kichernd stellte sie das Glas auf den Tisch zurück und tupfte sich die Mundwinkel mit ihrer Serviette ab. »Was bringt dich denn zu der Ansicht?«

Ich zuckte die Schultern. »Schau dich doch um. Überall geschehen scheußliche Dinge. Wäre es nicht Aufgabe der Schutzengel, da einzugreifen? Nachdem ich sie nirgendwo sehen kann, existieren sie entweder nicht oder aber sie hocken faul auf einer Wolke und sehen uns zu, wie wir uns Tag für Tag abplagen.« Mit den scheußlichen Dingen meinte ich nicht einmal so was wie Kriege oder Hungersnöte – es ging schon im Kleinen los: Männer, die ihre Frauen und Kinder schlugen, Krankheiten oder Unfälle. Bei der Erinnerung an meinen Vater fügte ich der Liste noch Gleichgültigkeit und Einsamkeit hinzu.

Lachend hob Pat sein Glas. »Lasst uns auf die Engel trinken, die auf Wolken dahinschippern und sich ihre tägliche Seifenoper mit dem Titel *Die Dummköpfe von der Erde* reinziehen!«

Darauf stießen wir an.

Nachdem Nate das Gespräch auf Engel gelenkt hatte, schien das Thema Unfall abgehandelt zu sein und ich begann mich zu entspannen. Um nicht doch noch zur Zielscheibe für weitere Fragen zu werden, wandte ich mich an Lea und Nate. »Was hat euch beide nach Ruby Falls verschlagen?«

Nate deutete mit einem Seufzer auf seine Schwester. »Das ist ihre Schuld. Ich wollte ihr den Umzug hierher wirklich auf ewig übel nehmen.«

»Dieses *auf ewig* hat genau so lange gedauert, bis er Amber getroffen hat«, grinste Lea. »Zwei Tage, nachdem wir hierhergezogen waren.«

Nates Blick war auf Amber gerichtet. »Manchmal gibt es eben doch ein Happy End.« Er gab ihr einen Kuss auf die Wange, ehe er wieder mich ansah. »Lea wollte schon immer raus aus der Stadt. Wir arbeiten beide in Redmond, und auch wenn Ruby Falls weiter entfernt ist als Seattle, ist die Fahrtzeit kürzer, weil wir uns den Großstadtstau sparen.«

Jill, der schon die fünf Minuten Fahrtweg zum Buchladen auf die Nerven gingen, schüttelte ungläubig den Kopf. »Warum seid ihr nicht nach Redmond oder zumindest in einen der Nachbarorte gezogen?«

Nate lachte. »Glaub mir, ich habe versucht, sie davon zu überzeugen, aber Lea wollte unbedingt an die Küste.«

»Ich habe Ruby Falls bei einem Ausflug entdeckt und mich sofort in den Ort verliebt. Nate hatte gar keine andere Chance, als mit mir hier her zuziehen.«

Ich war ein Einzelkind, doch wenn ich Geschwister hätte, bezweifelte ich, dass ich mit ihnen hätte zusammenwohnen wollen, nachdem ich von zu Hause ausgezogen war. Geschwister, die derart eng aneinander hingen, waren mir unheimlich – mit Nate und Lea schien jedoch alles in Ordnung zu sein. Dass Nate Amber mehr Aufmerksamkeit schenkte als seiner Schwester, wertete ich zumindest als ein gutes Zeichen.

»Wie habt ihr euch kennengelernt?«, stellte ich Amber die Frage, deren Antwort mich interessierte, seit sie mir von ihrem Fang erzählt hatte.

»Ich war Futter für Popcorn kaufen«, erzählte sie. »Die

Tüte ist mir aus der Hand gerutscht und Nate auf die Füße gefallen.«

»Seitdem trage ich Sicherheitsschuhe«, grinste Nate. »Abgesehen davon hat es mich wohl auf die Liste der unbeliebtesten Kunden in *Matt's Café* gebracht.«

Pat zog eine Augenbraue in die Höhe. »Wie das?«

»Ich habe dort jeden Abend stundenlang darauf gewartet, dass Amber nach Hause kam, um mit ihr einen Kaffee zu trinken. Matt musste uns jedes Mal rauswerfen, damit er endlich Feierabend machen konnte.«

Der Mann sah gut aus, hatte Humor, machte einen sympathischen Eindruck und war obendrein noch geduldig – kein Wunder, dass Amber ihn gern hatte. Während Nate den anderen sein Leid klagte, wie viel Kaffee er in diesen Wochen getrunken und wie ihn das viele Koffein um den Schlaf gebracht hatte, beugte ich mich zu Amber hinüber.

»Herzlichen Glückwunsch«, sagte ich so leise, dass nur sie mich hören konnte. »Er ist toll.«

Ein Strahlen breitete sich auf ihren Zügen aus. »Du magst ihn?«

»Es wäre schwer, ihn nicht zu mögen.«

»Ich dachte immer, dass man sich einfach erst an einen Partner gewöhnen und sich auf ihn einstellen müsste, aber das ist bei ihm nicht der Fall«, sagte sie. »Er ist der erste Mann, der mir von Anfang an das Gefühl gibt, dass die Dinge richtig laufen.«

Zu diesem Kerl konnte ich sie wirklich nur beglückwünschen. Das Gefühl, sich auf jemanden erst einstellen zu müssen, kannte ich nur zu gut. Die Vorstellung, dass es irgendwo da draußen jemanden geben könnte, der einfach er selbst und trotzdem perfekt für mich sein könnte, gefiel mir.

Amber musterte mich besorgt. »Ist dir der Rummel hier zu viel?«

Ich schüttelte den Kopf. »Mir geht es gut. Ich muss mich nur erst wieder daran gewöhnen, unter Menschen zu sein, die keine weißen Kittel tragen.«

»Sei froh, dass du Dr. Fiedler los bist«, sagte sie. »Sein Humor war noch anstrengender als Steves Scherze.«

Da konnte ich ihr nur zustimmen.

»Wie war dein Wochenende?«, fragte sie mich, während Nate und Lea den anderen von ihrer Arbeit erzählten.

»Aufregend. Wusstest du, dass Pop sprechen kann?« Die Worte waren mir herausgerutscht, bevor mein Gehirn mein Sprachzentrum blockieren konnte.

Für einen Moment bedachte Amber mich mit demselben Blick, der bisher für meine Erzählungen von dem Fremden auf der Rücksitzbank reserviert gewesen war. Dann begann sie zu lachen. »O ja«, grinste sie. »Der kleine Kerl gibt mir mit seinem Gemaunze auch oft das Gefühl, als würde er vor sich hin brabbeln.«

Was Popcorn anging, war ich mittlerweile zu dem Schluss gelangt, dass ich ihn tatsächlich verstehen konnte. Er hatte mir von dem losen Brett am Kratzbaum erzählt, und als ich hingegangen war, um nachzusehen, war es tatsächlich locker gewesen. Das war wohl kaum ein Fall von bloßer Intuition oder Vorahnung. Ambers Reaktion zeigte mir jedoch, dass das ein weiteres Thema war, das ich wohl besser nicht mehr anschnitt.

»Dein Gips ist ab«, kommentierte ich das Offensichtliche, um das Thema zu wechseln.

»Seit heute.« Sie hob den Arm und drehte ihn, damit ich ihn begutachten konnte. »Wie neu! Die ersten Stunden ohne Schiene fühlten sich ein wenig seltsam an – als hätte mir jemand die schützende Haut abgezogen. Aber mittlerweile hat sich mein Arm wieder an das Leben in Freiheit gewöhnt.«

Sebastiano brachte das Essen und für eine Weile wandten

wir uns allgemeineren Themen zu. Jill und Pat erstatteten Bericht darüber, wie die letzten Wochen im Laden gelaufen waren. Abwechselnd erzählten sie von eigenartigen Kundenwünschen, merkwürdigen Büchern und vom üblichen Durcheinander, das sich breitmachte, wenn die beiden den Laden schmissen. Wobei sie sich alle Mühe gaben, mir zu versichern, dass sie tatsächlich die Finger von allem gelassen hatten, was auch nur im Entferntesten nach Buchhaltung aussah. Trotzdem – oder gerade deshalb – wurde ich das Gefühl nicht los, dass viel Arbeit auf mich wartete, wenn ich morgen in den Laden kam.

Der Abend nahm seinen Lauf, nach dem Essen bestellten wir mehr Wein und die Gespräche wurden fröhlicher. Trotzdem fühlte ich mich seltsam. Ich mochte Nate und Lea und freute mich für Amber. Ebenso schön fand ich es, meine Freunde um mich zu haben, auch wenn mir Steves Aufmerksamkeit und Fürsorge ein wenig unangenehm war. Er behandelte mich wie ein rohes Ei – beim Essen hatte er sogar angeboten, meine Spaghetti zu schneiden. Es war ein schöner Abend oder er hätte es sein können, wenn meine Gedanken nicht immer häufiger zurück zum Unfall gewandert wären. Amber glaubte nicht, dass jemand im Wagen gewesen war. Wie konnte ich ihr – oder jemand anderem – erzählen, was ich sonst noch gehört und gesehen hatte? Die einzige Antwort, die ich bekommen würde, wären sorgenvolle Blicke und der dringende Rat, einen Arzt aufzusuchen. Einen Fachmann, der sich mit *so etwas* auskannte. Das Gefühl, mitten im Kreis meiner Freunde allein zu sein, traf mich wie ein Schlag. Plötzlich fühlte ich mich wie ein Außenseiter, jemand mit Geheimnissen, die er niemandem erzählen konnte. Je weiter der Abend fortschritt, desto stiller wurde ich, bis ich es nicht mehr aushielt und entschied, dass es an der Zeit war, eine Auszeit zu nehmen.

»Entschuldigt mich.« Ich legte meine Serviette auf den Tisch und stand auf. »Ich bin gleich wieder zurück.«

Ehe noch jemand etwas sagen konnte, ging ich in Richtung Waschraum und war froh, als außer mir niemand dort war. Nach dem Gerede und Gelächter am Tisch erschien mir die Stille beinahe unnatürlich. Ich drehte den Wasserhahn auf. Während ich mir die Hände wusch, betrachtete ich mein Gesicht in dem riesigen Spiegel, der sich von einem Ende der Wand bis zum anderen erstreckte. Unter meinen Augen lagen dunkle Schatten, deren Existenz ich jedoch auf das gedämpfte Licht schob. Es war viel zu dämmrig, um mein Make-up aufzufrischen, deshalb ließ ich die Puderdose in der Handtasche und spritzte mir nur ein wenig kaltes Wasser auf den Hals. Danach wusch ich mir noch einmal die Hände. Nicht, dass sie schmutzig gewesen wären, es zog mich nur nicht so schnell zu den anderen zurück.

»O Himmel, siehst du müde aus«, erklang die Stimme eines Mannes hinter mir.

Ich hob den Kopf, um ihn im Spiegel anzusehen und ihm klarzumachen, dass er sich in der Tür vertan hatte und in der Damentoilette gelandet war, als mein Blick auf einen blinden Fleck fiel.

Heilige Scheiße, nicht schon wieder!

Noch während ich herumfuhr, riss ich meine Handtasche vom Waschtisch und hob sie zum Schlag. Da war er! Derselbe Typ, den ich auch auf meinem Rücksitz gesehen hatte – nur dass mir dieses Mal genug Zeit blieb, ihn genauer zu mustern. Als Erstes fiel mir auf, wie groß er war, was hauptsächlich daran lag, dass ich den Kopf in den Nacken legen musste, um sein Gesicht sehen zu können. Was mich zu meiner zweiten Erkenntnis brachte: Er war eindeutig zu nah! Ohne ihn aus den Augen zu lassen, wich ich zurück, bis ich mit dem Hintern gegen das Waschbecken stieß. Einzelne Strähnen seines schwarzen Haars fielen ihm in die Stirn und betonten seine dunklen Augen und die kantigen Züge. Ich wusste nicht, ob ich erleichtert sein sollte, dass er existierte, oder ob mich dieser Umstand in Panik versetzen müsste. Die Tasche noch immer erhoben, konnte ich nichts weiter tun, als ihn anzustarren.

»Wer, zum Teufel, bist du?«, würgte ich schließlich hervor.

Er runzelte die Stirn. »Du kannst mich sehen?«

»Natürlich kann ich dich sehen!«, fuhr ich ihn an. »Und jetzt mach den Mund auf oder ich zieh dir das Teil hier über den Schädel!« Ich fuchtelte mit meiner Tasche vor seiner Nase herum und fühlte mich dabei weit weniger mutig, als ich mich anhören mochte.

»Du hast mich nicht gesehen!«

Das klang nicht nach einer Feststellung. Eher nach einem Befehl oder dem Versuch, mir etwas einzureden. Womöglich war ich hier nicht die Einzige, die nicht ganz richtig im Kopf war. Ich hob meine Handtasche ein Stück höher. »Du hast noch genau drei Sekunden Zeit, mir eine Erklärung zu liefern.«

Er sagte nichts, starrte mich nur an, als sei das, was er sah, vollkommen unmöglich.

Ich zählte im Stillen bis drei. Als er auch dann immer noch schwieg, holte ich aus. Er machte einen Schritt rückwärts, um meinem Schlag auszuweichen, und stieß dabei gegen den wuchtigen runden Mülleimer. Das heißt: Er hätte dagegenstoßen *müssen.* Stattdessen begann sein Körper zu flackern und wurde durchscheinend, sodass ich plötzlich die gekachelte Wand hinter ihm sehen konnte. Dann glitt er einfach durch den Mülleimer hindurch. Um ein Haar wäre mir die Tasche aus der Hand gefallen.

Er hob beide Hände, eine Geste, die unter anderen Umständen beruhigend gewirkt hätte. Bei jemandem, der halb durchsichtig war, verlor sich ihre Wirkung jedoch.

»Ich will dir nichts tun.« Seine Stimme war warm und angenehm, doch da schwang noch etwas anderes in seinen Worten mit. Überraschung? Verwunderung?

»Du kannst mir gar nichts tun!«, gab ich zurück. »Halluzinationen sind generell ungefährlich.« Zumindest, solange man sich nicht Dinge vorstellte wie eine nicht vorhandene Brücke, die über einen Abgrund führte, und diese dann zu betreten versuchte.

»Ich bin keine Einbildung.«

Sicher. Als ich gerade den blinden Fleck im Spiegel und kurz darauf ihn gesehen hatte, war ich davon überzeugt gewesen, dass er tatsächlich existierte. Bis zu dem Augenblick, in dem er durchsichtig geworden war. »Was bist du dann? Ein Gespenst?«

»Nein, nicht wirklich.« Der Kerl – oder was immer er sein mochte – hatte tatsächlich den Nerv, zu seufzen. »Ich kann dir das nicht erklären. Ich darf es nicht. Abgesehen davon würde es sich ohnehin zu seltsam anhören.«

»Seltsamer als ein Typ, durch den ich die Fliesen an der Wand dahinter sehen kann?«

»Entschuldige.« Seine Gestalt flackerte kurz, gewann dann an Körper. Jetzt sah er wieder wie ein normaler Mensch aus. Obwohl alles in mir danach schrie, die Flucht zu ergreifen, streckte ich die Hand aus und stieß ihm mit dem Zeigefinger gegen die Brust. Ein bisschen fühlte ich mich, als würde ich mit einem Stock gegen ein am Boden liegendes Tier stoßen, um zu sehen, ob es noch lebte. Mein Finger versank nicht und es geschah auch sonst nichts Merkwürdiges. Die Berührung fühlte sich vollkommen normal an. Damit war mein Mutvorrat allerdings erst einmal aufgebraucht und ich zog mich wieder zum Waschbecken zurück. Dabei erhaschte ich einen Blick in den Spiegel. Einmal mehr stach mir der blinde Fleck ins Auge, an der Stelle, an der das Spiegelbild dieses geisterhaften Kerls hätte sein sollen.

»Du warst im Wagen«, sagte ich. »Deinetwegen habe ich diesen Unfall gebaut!«

»Wie hätte ich ahnen sollen, dass du mich sehen kannst? *Niemand* kann mich sehen, wenn ich es nicht will.«

»Dann hast du es wohl nicht fest genug gewollt.«

Ich weiß nicht, was mich mehr beunruhigte: Dass er indirekt zugab, in meinem Auto gesessen zu haben, oder dass er behauptete, für gewöhnlich unsichtbar zu sein. So oder so, der Kerl jagte mir eine Heidenangst ein. Ich wollte nur noch weg von ihm. Als ich versuchte, zur Tür zu gelangen, hörte ich seine Schritte in meinem Rücken.

»Schneewittchen, warte!«

Wie hatte er mich gerade genannt? Am liebsten hätte ich mich umgedreht und ihm meine Handtasche übergezogen, allerdings bezweifelte ich, dass ich damit bei einem Kerl, der kurz flimmerte und dann mir nichts dir nichts durch Hindernisse hindurchglitt, viel erreichen würde.

Trotzdem blieb ich stehen.

»Also gut«, sagte ich, ohne mich zu ihm umzudrehen. »*Was* bist du und was willst du von mir?«

Schon wieder Schweigen.

Ich atmete einmal tief durch und wandte mich ihm zu.

Er war fort.

Zumindest sah ich ihn nicht mehr. Ob er wirklich nicht mehr da war, konnte ich nicht mit Sicherheit sagen. Wie denn auch, bei jemandem, der durchsichtig werden konnte und angeblich unsichtbar sein sollte?

»He!« Allmählich gewann meine Wut die Oberhand. »Wo steckst du?«

»Stimmt etwas nicht?«

Erschrocken fuhr ich herum und sah mich Lea gegenüber, die mich musterte. Der Geisterkerl musste gespürt haben, dass sie kam, und hatte sich aus dem Staub gemacht. Andere mögliche Erklärungen, von denen die meisten damit zu tun hatten, dass er gar nicht da gewesen war, ignorierte ich.

»Nein«, sagte ich schnell und richtete meinen Blick auf den Boden. »Alles bestens. Mir ist nur mein Lippenstift aus der Tasche gefallen und jetzt kann ich das verdammte Ding nicht mehr finden.«

Lea lachte. »Ich dachte schon, ich hätte die Stimme eines Mannes gehört.«

»Ich habe nur vor mich hin gebrummt«, sagte ich kopfschüttelnd und fügte schnell hinzu: »Wegen des Lippenstiftes.«

Lea half mir bei der Suche, aber da wir nicht finden konnten, was nicht da war, gaben wir schließlich auf. Ich hätte gern gewartet, bis Lea wieder verschwand, um zu sehen, ob mein Gespenst noch einmal auftauchte, doch ich war schon viel zu lange fort. Vermutlich würde sich Amber bereits fragen, ob etwas nicht stimmte. Also wartete ich, bis Lea sich die Hände gewaschen hatte, und kehrte mit ihr zusammen an den Tisch zurück.

Die Stimmung war noch immer ausgelassen, doch obwohl ich mir alle Mühe gab, gelang es mir nicht mehr, mich an den Unterhaltungen zu beteiligen. Als wir schließlich bezahlten und das *Pompeji* verließen, war ich heilfroh, endlich nach Hause zu können. Vor dem Lokal blieben wir stehen. Es war nicht mehr so warm wie während des Tages, weshalb ich meine Strickjacke überzog. Steve, Jill und Pat verabschiedeten sich als Erste und gingen gemeinsam davon. Nate küsste Amber und flüsterte ihr etwas ins Ohr, das ihr ein Kichern entlockte, dann folgte er seiner Schwester um die Ecke zum Parkplatz.

Amber und ich blieben allein zurück.

»Soll ich dich mitnehmen?«, wollte sie wissen.

Ich schüttelte den Kopf. »Es ist ein schöner Abend, ich werde laufen.« Wenn ich jetzt etwas dringend brauchte, dann frische Luft und einen klaren Kopf. Der Fußmarsch würde mir helfen, beides zu bekommen.

»Dann sehen wir uns morgen?«

»Ich freu mich drauf.« Und das tat ich wirklich. Nachdem ich wochenlang gezwungen gewesen war, mehr oder weniger nichts zu tun und meine Zeit mit Lesen und Musikhören totzuschlagen, konnte ich es kaum erwarten, mein gewohntes Leben wieder aufzunehmen. Vermutlich würde es ein paar Tage dauern, bis die Normalität zurückkehrte, aber spätestens, wenn die Fragen nach dem Unfall aufhörten und nicht mehr jeder wissen wollte, ob es mir auch wirklich gut ginge, würde alles wieder so sein wie immer. Ich konnte es kaum erwarten.

Amber umarmte mich zum Abschied. Ich beobachtete, wie sie über die Straße ging, in ihren Mustang stieg und langsam davonfuhr. Als ihre Rücklichter nur noch als ferne rote Punkte zu sehen waren, machte ich mich auf den Weg.

7

Ich ging die Main Street hinunter, vorbei an den malerischen Fassaden der viktorianischen Häuser und den Schaufenstern der Geschäfte. Für gewöhnlich liebte ich es, mir die Auslagen der Läden anzusehen, heute jedoch waren meine Gedanken so abgelenkt, dass ich nicht einmal einen Blick für unseren eigenen Laden übrig hatte.

Ruby Falls war kein Ort, in dem man sich nachts auf der

Straße fürchten musste. Dass ich mich dennoch nicht wohl in meiner Haut fühlte, war zweifelsohne eine Nachwirkung der Begegnung mit diesem Kerl. Ich versuchte immer noch Antworten auf die Fragen zu finden, die er unbeantwortet gelassen hatte. Sosehr mir sein Auftauchen Kopfzerbrechen bereitete, sosehr erleichterte es mich auch. Trotz aller Durchsichtigkeit und seines plötzlichen Verschwindens war er real. Als ich mit ihm gesprochen hatte, war ich mir dessen keineswegs sicher gewesen, aber Lea hatte ihn gehört. Die Stimme eines Mannes! Er existierte – und hatte selbst eingeräumt, auf meinem Rücksitz gesessen zu haben.

Ich war nicht verrückt!

Auch wenn mich diese Erkenntnis erleichterte, stellte sie mich doch vor ein neues Problem: die Existenz unsichtbarer Kerle, die sich auf Rücksitze, in Waschräume und werweiß-wohin noch beamen konnten.

Ungeachtet der Tatsache, dass ich vorhin vor Schreck fast die Wände hochgegangen wäre, hatte er nicht wirklich gefährlich auf mich gewirkt, was nicht bedeutete, dass er es nicht war. Erst im Krankenhaus hatte ich einen Roman gelesen, in dem die Dämonen immer gut aussehend waren und harmlos gewirkt hatten, was es ihnen erleichterte, die Menschen um den Finger zu wickeln und ihre Seelen zu kriegen. Dämonen? Blödsinn! So was gab es nun wirklich nicht. Okay, ein Beispiel aus der echten Welt: Auch Serienmörder sahen meistens harmlos aus – bis jemand ihren Garten umgrub oder einen Blick in ihre Tiefkühltruhen warf.

Ganz egal, wie ich es drehte und wendete, dieser Kerl war alles andere als normal. Himmel, er war erst in meinem Wagen aufgetaucht und jetzt auf der Damentoilette! War er am Ende eine Art übernatürlicher Stalker?

Plötzlich fühlte ich mich beobachtet. Vermutlich kein Wunder, bei all den Gedanken über diesen Typen, der mich zu verfolgen schien. Als ich mich umdrehte, war da aber niemand. Zumindest nicht auf dem Gehweg. In einiger Entfernung fiel mir der Scheinwerfer eines Wagens auf. Im ersten Moment dachte ich, der Wagen würde am Straßenrand parken, dann jedoch bemerkte ich, dass er langsam rollte. Eigenartig. Es sei denn, er folgte jemandem. Jemandem, der bedeutend langsamer war als ein Wagen. Einem Fußgänger. Nur, dass abgesehen von mir niemand unterwegs war.

Unwillkürlich ging ich schneller. Meine Absätze klapperten auf dem Asphalt, das Geräusch wurde von den Häuserfronten hallend zurückgeworfen. Mittlerweile lagen die Geschäfte der Main Street hinter mir. Die kleinen Läden mit den darüber liegenden Wohnungen waren von einer Reihe von viktorianischen Wohnhäusern abgelöst worden. Mit schnellen Schritten eilte ich an den endlosen Reihen von Gartenzäunen vorbei. Bis zum Ruby Falls Park war es nicht mehr weit. Dort hinein konnte mir kein Wagen folgen. Daran, dass – wer immer mir auf den Fersen war – aussteigen und die Verfolgung zu Fuß aufnehmen könnte, wollte ich nicht denken. Verflucht, ich wusste ja nicht einmal, wer hinter mir her sein sollte!

Mein erster Gedanke war, dass es nur mein Stalker sein konnte. Es erschien mir jedoch unlogisch, dass mich jemand mit dem Wagen verfolgen sollte, der überall aus dem Nichts auftauchen konnte.

Kurz bevor ich das schmiedeeiserne Tor zum Stadtpark erreichte, wandte ich mich noch einmal um. Der Wagen war immer noch da und soweit ich das beurteilen konnte, war der Abstand zu mir unverändert. Mein Blick wanderte die Straße entlang, auf der Suche nach anderen Menschen, ohne jemanden zu finden.

»Lauf!« Ein einziges, drängendes Wort.

Ich sah mich um, doch da war niemand.

Plötzlich heulte der Motor auf und der Wagen raste mit quietschenden Reifen auf mich zu.

»Na los!«, erklang die Stimme erneut. »Lauf!«

Und das tat ich.

Ich schoss durch das offen stehende Tor in den Park. Kies knirschte unter meinen Sohlen und ich hatte Mühe, mit den Absätzen nicht umzuknicken oder auszurutschen. Hier standen die Laternen in größerem Abstand zueinander und warfen helle Lichtkreise auf den Weg und einen Teil des Rasens, immer wieder durchbrochen von einem Stück Dunkelheit dazwischen. Bemüht, nicht umzuknicken und mir den Knöchel zu verstauchen oder zu brechen, stolperte ich vorwärts. Mir wurde jedoch schnell klar, dass ich auf diese Weise nicht weit kommen würde. Neben einer Bank blieb ich stehen, streifte mir die Schuhe ab und nahm sie in die Hand. Dabei warf ich einen Blick über die Schulter und sah, wie ein silberner Minivan vor dem Tor stehen blieb. Die Türen flogen auf und zwei dunkel gekleidete Gestalten sprangen heraus, die Gesichter unter Skimasken verborgen.

Ich rannte weiter.

Die Kieselsteine schnitten mit ihren scharfen Kanten in meine nackten Fußsohlen. Nach ein paar Schritten wurde es so schmerzhaft, dass ich auf den Rasen auswich. Mit den Schuhen in der Hand floh ich über das feuchte Gras, fort vom beleuchteten Weg. Auf den ersten Metern glaubte ich, in völlige Dunkelheit zu tauchen, dann jedoch, als sich meine Augen allmählich an die veränderten Lichtverhältnisse gewöhnten, bemerkte ich, dass es nicht vollkommen finster war. Der fahle Schein des zunehmenden Mondes tauchte den Rasen in einen gespenstischen grün-silbernen Schimmer und reichte aus, dass ich zumindest die Umrisse meiner Umgebung erkennen konnte. Büsche und Bäume erhoben sich wie dunkle Schatten aus dem Gras. Im Vorüberlaufen streiften mich die Äste einer Trauerweide und einen verrückten Herzschlag lang fühlten sie sich an wie Arme, die nach mir griffen. Dann lag der Baum hinter mir. Einmal blieb der Saum meiner Jacke an einem Strauch hängen. Ich rannte einfach weiter, bis sich der Stoff mit einem Ratsch löste und ich wieder frei war.

Wann immer ich einen Blick hinter mich warf, sah ich sie: die beiden maskierten Gestalten, die mir in derart atemberaubendem Tempo folgten, dass mein Vorsprung immer weiter zusammenschrumpfte. Ich hatte keine Ahnung, warum diese Kerle hinter mir her waren, alles, was ich wusste, war, dass ich es auch nicht herausfinden wollte.

Ich war versucht, um Hilfe zu rufen, doch abgesehen davon, dass mich im nächtlichen Park ohnehin niemand hörte, würde es mich nur meinen Atem kosten. Atem, den ich für meine Flucht dringend brauchte.

Der Friedhof! Wenn es mir gelang, ihn zu erreichen, könnte ich mich in einer Gruft oder einem Mausoleum verstecken und dort warten, bis meine Verfolger verschwanden. Nein, noch besser: das Pfarrhaus! Ich würde Reverend Daniels um Hilfe bitten! Er würde die Kerle in die Flucht schlagen, davon war ich überzeugt. Zumindest würde er mir Unterschlupf gewähren und die Polizei rufen. Unglücklicherweise waren die Maskierten bereits viel zu nah. Wenn mir nicht schnell etwas einfiel, wie ich sie abhängen konnte, würden sie mich einholen, lange bevor ich den Durchgang zum Friedhof erreichte.

Nur wenn es mir gelang, meinen Vorsprung so weit zu vergrößern, dass sie mich aus den Augen verloren, hatte ich eine Chance.

Ich war nie besonders sportlich gewesen und die Wochen im Krankenhausbett hatten das nicht besser gemacht. Mein Herz raste, ich hatte Seitenstechen und meine Lungen brannten so heftig, dass es sich anfühlte, als würde ich Feuer atmen. Wäre dies ein sportlicher Wettkampf gewesen, ich hätte längst aufgegeben. So jedoch blieb mir nichts anderes übrig, als weiterzulaufen, bis ich die Kerle entweder abgehängt hatte oder einfach zusammenbrechen würde.

Ich schlug einen Haken und rannte den Hügel hinauf, den die Kids im Winter zum Schlittenfahren nutzten. Auf dem Weg nach oben gesellte sich zu meinen ohnehin schon vorhandenen Problemen auch noch ein heftiges Brennen in meinen Oberschenkeln. *Macht schon!*, trieb ich meine Beine in Gedanken an. *Nicht schlappmachen!* Dass ich es bis oben schaffte, ohne einen Krampf in den Beinen zu bekommen, ließ sich vermutlich nur durch ein Wunder erklären. Auf der Hügelkuppe angekommen, sah ich mich nach meinen Verfolgern um.

Verflucht, waren die schnell!

Sie hetzten im Zickzack zwischen Bäumen und Sträuchern hindurch und waren nur noch ein paar Meter vom Hügel entfernt. Ich folgte dem Verlauf der Hügelkuppe ein Stück in Richtung des Friedhofs, ehe ich das Sichtfeld der Maskierten verließ und auf der anderen Seite den Abhang hinunterstürmte. Mit ein wenig Glück hatten sie es gefressen und gingen davon aus, dass ich zum Friedhof wollte. Was ich nicht vorhatte. Kaum waren meine Verfolger außer Sicht, schlug ich einen erneuten Haken und lief einen Bogen, der mich am Fuß des Hügels vorbeiführte, fort vom Friedhof. Nach einem kurzen Stück über die freie Grünfläche tauchte ich in den Schutz einer Gruppe Kiefern ein und suchte mir meinen Weg durch die darunter liegenden Schatten. Ein gedämpftes Plätschern drang an mein Ohr. Der Bach! Wenn es mir gelang, die Brücke zu erreichen, die am hinteren Ende des Parks über den Bach führte, konnte ich mich darunter verstecken!

Als ich mich dem Bach näherte, verwarf ich den Plan sofort wieder. Die Brücke zeichnete sich hell gegen das Mondlicht ab und die tiefen Schatten darunter hätten jeden Verfolger sofort auf die Idee gebracht, dass sich seine Beute dort unten verstecken könnte. Jeder würde dort nachsehen. Ich lief über die Brücke und schlug mich auf der anderen Seite wieder in die Büsche. In meinem Rücken glaubte ich Stimmen zu hören, konnte jedoch niemanden sehen. Ich kam an einem Loch im Boden vorbei, das der Stumpf eines gefällten Baumes hinterlassen hatte, und ließ auch das als zu offensichtliches Versteck hinter mir. Dann fand ich inmitten einer Gruppe von Ahornbäumen eine Mulde. Eigentlich fand die Mulde mich. Sie lag im Schatten der Bäume verborgen, sodass ich nicht sah, wie der Boden plötzlich unter meinen Füßen verschwand. Ich stolperte und fiel mit dem Gesicht voraus in den Dreck. Aber das Versteck war perfekt. Zumindest würde ich wohl auf die Schnelle kein besseres finden. Ich zog die Beine an, schlang die Arme darum und machte mich so klein wie möglich. Jeder Muskel tat mir weh und die unbequeme Haltung machte es nicht besser, trotzdem harrte ich aus. Mir war heiß und kalt zugleich. Dass ich zitterte, lag jedoch nicht an der Kälte. Meine Lungen wollten nicht aufhören zu brennen, die OP-Narbe pulsierte im Rhythmus meines rasenden Herzschlages und mein Kopf schien jeden Augenblick platzen zu wollen. Niemals hätte ich geglaubt, dass so etwas in Ruby Falls passieren könnte. Dies war ein kleines, beschauliches Städtchen, eines, in dem die meisten nicht einmal ihre Haustüren absperrten – etwas, was ich in Zukunft ganz sicher tun würde, sofern ich es heil nach Hause schaffte.

Nicht zu wissen, wer diese Typen waren oder was sie von mir wollten, machte mich verrückt. Ich versuchte mir einzureden, dass sie es auf meine Handtasche abgesehen hatten, obwohl mir eigentlich klar war, dass es das nicht sein konnte. Handtaschenraub war ein schneller Job: sich an das Opfer heranpirschen, Tasche entreißen, flüchten. Ganz sicher würde kein Räuber die Verfolgung aufnehmen, wenn er erst einmal bemerkt worden war. Aber welche Alternativen blieben dann noch? Jemand, der auf eine Vergewaltigung aus war, hätte mir wohl eher im Schatten eines Hauses aufgelauert und mich in eine stille Gasse gezerrt, statt mich durch den Park zu hetzen. Entführer? Mein Dad war zwar vermögend, aber nun auch wieder nicht so reich, dass ich auf der Abschussliste geldgieriger Erpresser gestanden hätte – ganz davon zu schweigen, dass er mich niemals jemandem gegenüber erwähnte und in Ruby Falls niemand wusste, dass er ein erfolgreicher Unternehmer war. Dass meine Verfolger es auf ein Lösegeld abgesehen hatten, konnte ich wohl ausschließen.

Die einzige Erklärung, die mir sonst noch einfallen wollte, war, dass es sich bei den Maskierten um zwei irre Massenmörder handelte, die ihre Nächte mit Menschenjagden verbrachten, ehe sie ihre Opfer auf grausamste Weise verstümmelten und töteten. Eine Vorstellung, die nicht gerade zu meiner Beruhigung beitrug.

In der Ferne erklang der Ruf eines Käuzchens. Das Rascheln von Blättern ließ mich zusammenfahren, bis mir bewusst wurde, dass es nur der Wind war, der säuselnd durch die Baumkronen strich. Ich versuchte das Rascheln ebenso zu ignorieren wie das Knacken von Ästen und Zweigen. Himmel, das war ein Park! Hier lebten Tiere. Natürlich waren Geräusche zu hören. Die Schritte jedoch, die ich kurz darauf in Form von dumpfen Schlägen vernahm, gehörten zu keinem Tier. Ich spähte über den Rand der Mulde hinweg und suchte zwischen den Bäumen nach meinen Verfolgern. Es dauerte nicht lange, bis ich sie entdeckte. Zwei schattenhafte Umrisse, die im Schutz der Bäume voranhuschten, keine zwanzig Meter von meinem Versteck entfernt. Sie waren langsamer geworden und sahen sich genauer um als vorher. Von Zeit zu Zeit blieben sie stehen und lauschten in die Dunkelheit. Als sie näher kamen, duckte ich mich tiefer, sodass ich sie nicht länger im Auge behalten konnte. Nicht mehr zu sehen, wo sie waren und was sie taten, trieb mich beinahe in den Wahnsinn. Hören zu können, wie sie sich bewegten, ohne mit Sicherheit sagen zu können, welche Richtung sie einschlugen, machte es nicht besser.

Als ich erneut die Schritte vernahm, waren sie ganz nah. Ich hielt den Atem an und bereitete mich darauf vor, loszuspurten. Dann jedoch entfernten sie sich. Schließlich hörte ich das gedämpfte Knirschen von Kies. Sie waren auf den Weg zurückgekehrt. Den Weg, der nur eine Richtung hatte – zurück zum Haupteingang. In ein paar Minuten würden sie das schmiedeeiserne Tor erreichen, in ihren Wagen steigen und davonfahren.

Selbst als ich die Schritte schon längst nicht mehr hörte, rührte ich mich nicht vom Fleck. Es konnte ebenso gut ein Trick sein, dazu gedacht, mich herauszulocken. Zusammengekauert harrte ich in meinem Versteck aus und wartete. Eine kühle Brise strich über mein schweißbedecktes Gesicht und ließ mich frösteln. Ich verspürte den Drang zu schreien, aus Wut und Hilflosigkeit, und schlug mir erschrocken die Hand vor den Mund, als tatsächlich ein Laut über meine Lippen kroch. All die Dinge, die in den letzten Tagen und Wochen passiert waren – es war beinahe, als stünde ich auf der Abschussliste des Universums.

Ich trug keine Uhr, weshalb ich nicht sagen konnte, wie lange ich in meinem Versteck verharrte. Meinem Gefühl nach war mindestens eine Stunde verstrichen, seit ich meine Verfolger das letzte Mal gehört hatte. Selbst wenn ich gewollt hätte, hätte ich es nicht länger in der Grube ausgehalten. Mir tat jeder Muskel weh, meine Beine waren eingeschlafen und mittlerweile war mir eiskalt. Wenn ich nicht bald von hier wegkam, handelte ich mir noch eine Lungenentzündung ein.

Ich warf einen vorsichtigen Blick über den Rand der Grube und suchte die Baumreihen um mich herum ab. Nachdem ich auch nach einer Weile nichts Verdächtiges entdeckte, richtete ich mich langsam auf. Meine Knochen knackten und meine Glieder fühlten sich taub an. Wenn jetzt einer von den Kerlen aufgetaucht wäre, hätte ich die Kontrolle über meine Beine verloren und mich auf die Nase gelegt. Ich kletterte aus der Mulde und wagte einen ersten vorsichtigen Schritt, ein wenig schmerzhaft, aber es ging. Humpelnd ging ich weiter und je mehr das Gefühl in meine Beine zurückkehrte, desto schneller wurde ich.

Als aus der Dunkelheit der gemauerte Steinbogen auftauchte, der den Park vom Friedhof trennte, seufzte ich erleichtert auf. Die vor mir liegenden Kieswege erinnerten mich daran, dass ich meine Schuhe immer noch in der Hand hielt. Ich streifte die Pumps über meine eisigen Füße und ging weiter.

Ich hielt mich abseits der großen Wege. Anfangs warf ich immer wieder einen Blick über die Schulter und hatte jedes Mal Angst, einen der Maskierten im Licht einer Laterne zu sehen. Von Zeit zu Zeit blieb ich stehen und lauschte.

Da war niemand.

Allmählich entspannte ich mich ein wenig, was jedoch nicht hieß, dass ich langsamer wurde. Bevor ich morgen früh zur Arbeit ging, würde ich zum Sheriff gehen und den Vorfall melden; wenn es möglich war, würde ich auch Anzeige erstatten. Ich wollte nicht, dass die beiden Maskierten noch einmal zuschlugen. Womöglich hatte ihr nächstes Opfer weniger Glück.

Als ich mich das nächste Mal umsah, war da ein Schatten. Er bewegte sich. Der Weg machte einen Knick und ich verlor ihn ebenso schnell wieder aus den Augen, wie ich ihn entdeckt hatte.

Ich geriet in Panik.

Auch wenn ich mir nicht sicher war, ob ich wirklich jemanden gesehen hatte, legte ich es nicht darauf an, es herauszufinden. Ich bog in einen Seitenweg ein und rannte los. Schon nach wenigen Metern setzte das Brennen in meinen Lungen erneut ein. Meine Beine waren schwer und schmerzten, die Narbe pochte und vor meinen Augen flimmerten rote und schwarze Flecken um die Wette. Weit würde ich nicht kommen, aber womöglich würde ich es weit genug schaffen, um meine Verfolger abzuhängen und mir erneut ein Versteck zu suchen. Sofern da überhaupt jemand gewesen war. Himmel, es war dunkel und ich hatte lediglich einen kurzen Blick über die Schulter riskiert. Was ich gesehen hatte – zu sehen geglaubt hatte –, konnte ebenso gut ein Strauch, ein Grabstein oder sonst etwas gewesen sein. Trotzdem wagte ich es nicht, stehen zu bleiben.

Obwohl mir die Luft ausging und ich mehr humpelte, als dass ich lief, hielt ich nicht an. Die Panik hatte sich so tief in mir festgesetzt, dass vermutlich der Anblick eines Eichhörnchens genügt hätte, um mich aufschreien zu lassen. Doch je weiter ich kam, desto mehr wuchs in mir die Erkenntnis, dass da niemand sein konnte. So langsam, wie ich vorankam, hätte mich jeder Verfolger längst eingeholt.

Vor mir tauchte die Kirche in der Nacht auf. Der vertraute Anblick der mit hellem Holz getäfelten Fassade und des quadratischen Glockentürmchens, das mich immer ein wenig an einen Leuchtturm erinnerte, ließ mich wieder Hoffnung schöpfen. Gleich würde der Friedhof hinter mir liegen. Auch wenn ich mich plötzlich fragte, ob das wirklich ein Grund zur Freude war. Was, wenn die Maskierten immer noch hinter mir waren und ich sie geradewegs zu meinem Haus führte? Unwillkürlich schüttelte ich den Kopf. Sobald das Friedhofsgelände hinter mir lag, würde ich mich zwischen die Häuser schlagen, mir ein Versteck suchen und abwarten, bis ich sicher war, dass mich niemand mehr verfolgte. Erst dann würde ich nach Hause gehen.

Was, wenn sie wussten, wo ich wohnte, und mir dort bereits auflauerten?

Wieder schüttelte ich den Kopf. Wenn sie das wüssten, hätten sie sich die Verfolgungsjagd sparen und von Anfang an zu Hause auf mich warten können. Nein, diese Männer wussten nichts über mich oder mein Zuhause. Ich war nur ein zufälliges Opfer – eines, das das Glück hatte, ihnen zu entkommen.

Trotzdem gefiel mir der Gedanke nicht, nach Hause zu gehen. Ebenso wenig mochte ich die Vorstellung, zurück zur Main Street zum Büro des Sheriffs zu laufen. Was, wenn sie mit ihrem Minivan durch die Straßen kreuzten und nach mir suchten?

Telefon!

Im Laufen kramte ich in meiner Tasche und fischte mein Handy heraus. Glücklicherweise war es eingeschaltet. Ich wählte den Notruf und hielt es mir ans Ohr. Nichts. Kein Freizeichen. Keine Stimme. Ich warf einen Blick aufs Display. *Kein Empfang,* verkündete die Anzeige. Mitten im Ort? Das war noch nie vorgekommen. Nicht einmal auf dem Friedhof. Fluchend warf ich das Mobiltelefon in die Tasche zurück.

Mein Blick schoss an der Kirche vorbei zum Pfarrhaus. Von dort aus konnte ich die Polizei rufen. Es musste mir nur gelingen, den Reverend aus dem Bett zu schmeißen, bevor die Maskierten mich einholten.

Ich schlug einen Haken und hielt auf das Pfarrhaus zu, das neben der steinernen Friedhofsmauer stand. Meine Kräfte neigten sich dem Ende zu und ich konnte nur hoffen, dass ich nicht auf den letzten hundert Metern schlappmachen würde. Das wäre die Art von unrühmlichem Ende, worüber ich mich in Horrorfilmen schon so oft lustig gemacht hatte.

Stolpernd lief ich weiter, vorbei an einem der letzten und größten Mausoleen – als ich von hinten gepackt wurde. Ein Schrei kroch aus meiner Kehle und versickerte zwischen kühlen Fingern, die sich fest über meinem Mund schlossen. Ein muskulöser Arm umklammerte meine Taille, ich wurde von den Beinen gehoben und in die dunkle Eingangsnische des Mausoleums gezogen.

»Still«, zischte mir eine Stimme ins Ohr. »Sie kommen.«

Er hatte die Worte kaum ausgesprochen, als ich Schritte auf dem Kies hörte. Jeden Moment würden sie auf dem Weg erscheinen. Ich war wie erstarrt und wehrte mich nicht, als mein unbekannter Retter seinen Griff von meiner Taille löste, die Hand von meinem Mund nahm und mich neben sich in die Schatten zog, ohne dabei den Blick auch nur einen Herzschlag lang vom Weg zu lösen. Noch waren die Maskierten nicht zu sehen, was mir einen Moment Zeit verschaffte, den Mann neben mir zu mustern. Er verschmolz beinahe vollständig mit den Schatten, was mich zum einen hoffen ließ, dass uns meine Verfolger nicht entdecken würden, es mir zum anderen aber unmöglich machte, viel zu erkennen. Ich sah nur, dass er groß war – vielleicht groß genug, um es mit zwei Irren aufzunehmen, die mich angreifen wollten.

Die Schritte wurden lauter, dann kamen die beiden Maskierten um die Ecke. Ich presste mich fester an die Wand. Die Kanten des unebenen Steins bohrten sich in meinen Rücken, und obwohl es schmerzte, hörte ich nicht auf, mich gegen den Stein zu drücken. Zu groß war meine Angst, sie könnten mich sehen, sobald ich mich nur einen Millimeter nach vorn bewegte.

Die Männer liefen an unserem Versteck vorbei, ohne auch nur in unsere Richtung zu blicken. Das Knirschen des Kieses wurde leiser, je weiter sie sich entfernten, trotzdem wagte ich nicht, mich zu rühren. Auch mein Retter verharrte noch immer reglos. Er sagte kein Wort und sah mich nicht an. Sein Blick war in die Dunkelheit gerichtet und einen Moment fragte ich mich, ob ich womöglich vom Regen in die Traufe geraten war. Dann entspannte er sich sichtlich und drehte sich zu mir herum.

»Sie sind weg.«

Woher wollte er das wissen? »Sind Sie sicher?«

Er nickte und trat aus den Schatten ins Mondlicht. Zum ersten Mal konnte ich ihn genauer sehen. Er war groß und athletisch gebaut, unter seinem engen weißen T-Shirt zeichneten sich seine Muskeln ab wie ein Relief. Sein dunkelbraunes Haar war zerzaust, seine Züge weich und freundlich und in seinen Augen, deren Farbe ich im Mondschein nicht erkennen konnte, lag Sorge. Von dem kleinen Makel einmal abgesehen, dass er ein Fremder war, der sich aus unerfindlichen Gründen mitten in der Nacht auf dem Friedhof herumtrieb – in Trainingshosen und barfuß! –, fand ich ihn ausgesprochen attraktiv. Allerdings hätte ich im Augenblick vermutlich auch einen Kaktus zum Mr Universum erklärt, wenn dieser mich nur vor meinen Verfolgern gerettet hätte.

»Es tut mir leid, wenn ich Sie erschreckt habe.« Seine Stimme war dunkel und ein wenig rau. »Aber jede Erklärung hätte diese Typen auf uns aufmerksam gemacht.«

Ich brachte ein Lächeln zustande, das sich allerdings ziemlich zittrig und schief anfühlte. »Ein kurzer Schrecken ist mir lieber als … als …« Als was auch immer diese Kerle vorgehabt hatten.

»Geht es Ihnen gut?«

Ich wollte nicken, musste aber feststellen, dass ich den Kopf schüttelte. Nein, es ging mir nicht gut. Ich war durchgefroren, mir tat alles weh und ich hatte noch immer eine entsetzliche Angst, dass diese Kerle zurückkommen und mich doch noch erwischen würden.

»Kommen Sie, ich fahre Sie zum Büro des Sheriffs.« Er ging zwei Schritte und blieb stehen, als ihm auffiel, dass ich ihm nicht folgte. »Sie müssen Anzeige erstatten.«

In meinem Kopf herrschte ein heilloses Durcheinander. Ich hatte unzählige Fragen, und auch wenn mich dieser Mann, dessen Namen ich nicht einmal kannte, gerettet hatte, wollte ich nicht zu ihm in den Wagen steigen. Trotzdem ließ ich widerstandslos zu, dass er mich zu seinem Wagen führte, der außerhalb des Friedhofsgeländes an der Straße parkte. Ich musste unter Schock stehen, andernfalls wäre ich ihm sicher nicht so bereitwillig gefolgt. Für einen Moment spielte ich dennoch mit dem Gedanken, zu Fuß zu gehen, ziemlich genau drei Sekunden lang, bis ich mich wieder an die Maskierten erinnerte, die womöglich noch immer irgendwo dort draußen lauerten.

Die Fahrt dauerte nur ein paar Minuten, während derer mir tausend Dinge durch den Kopf schwirrten, die ich meinen Retter fragen und ihm sagen wollte – angefangen mit »Danke!« und »Wer sind Sie?« Aber die Worte wollten mir nicht über die Lippen kommen. Ich saß nur still da und starrte aus dem Fenster.

Im Büro des Sheriffs angekommen, übernahm mein Begleiter das Reden. Er erklärte Deputy Wilkins, was passiert war. Keine zwei Minuten später fand ich mich in einem separaten Raum wieder, einen Pappbecher mit heißem Kaffee vor mir und den Deputy mit einem Aufnahmegerät mir gegenüber, auf der anderen Seite des Tisches. Er erklärte mir, dass mein Begleiter seine Aussage nebenan zu Protokoll geben würde, und bat mich, zu berichten, was passiert war. Als nicht sofort alles aus mir heraussprudelte, begann er Fragen zu stellen, wofür ich ihm wirklich dankbar war.

Nach einem großen Schluck Kaffee, der so bitter war, dass ich ihn fast nicht herunterbrachte, machte ich meine Aussage und erstattete offiziell Anzeige. Viele Fakten konnte ich nicht liefern: Maskierte und ein silberner Minivan, von dem ich nicht einmal die Marke wusste.

Trotzdem gab Deputy Wilkins über Funk den Befehl, dass sich eine Streife auf dem Friedhof umsehen und eine andere die Straßen in der Gegend abfahren und nach einem silbernen Minivan Ausschau halten sollte. Allein das fand ich schon bemerkenswert. Wäre mir etwas Ähnliches in Seattle passiert, hätte der Polizist vermutlich mit den Schultern gezuckt und vorgeschlagen, ich solle wiederkommen, wenn ich Namen und Kennzeichen oder doch wenigstens ein paar DNA-Proben der Verdächtigen hätte. In einem ruhigen Ort wie Ruby Falls war ein derartiger Übergriff jedoch etwas Außergewöhnliches, was keiner der Gesetzeshüter so schnell zu den Akten legen würde.

Es war drei Uhr morgens, als ich endlich fertig war. Nachdem ich meine Aussage unterschrieben hatte, fuhr mich einer der Polizisten nach Hause. Ich wartete am Gartentor, bis er fort war, bevor ich mich zum Haus herumdrehte. Auf dem Dach sah ich ihn: den schwarz gefiederten Engel des Todes. Er breitete seine mächtigen Schwingen aus, doch statt sich in die Lüfte zu erheben, löste er sich in Luft auf.

8

Das Einzige, was mich am nächsten Morgen dazu brachte, überhaupt aufzustehen, war der Gedanke, dass ich zur Arbeit musste – und Popcorn, der vehement sein Futter einforderte. Ich registrierte, dass der Kater mit mir sprach, doch ich war noch so sehr in den Ereignissen der vergangenen Nacht gefangen, dass ich kaum mehr als ein »Hm« für ihn übrig hatte.

Meine Gedanken wanderten – ebenso wie zuvor meine Träume – zwischen meinen maskierten Verfolgern und dem Schwarzen Engel auf meinem Dach hin und her. Mittlerweile war ich zu der Überzeugung gelangt, dass ich mir den Engel nur eingebildet hatte. Wer könnte mir nach diesem Abend eine kleine Halluzination verübeln?

Sobald ich im Haus war, hatte ich die Tür hinter mir verriegelt und überprüft, ob alle Fenster geschlossen waren, dann hatte ich meine Pistole aus der Küchenschublade geholt, überall die Lichter angemacht und Raum für Raum durchforstet, bis ich sicher gewesen war, dass sich außer mir niemand im Haus aufhielt. Nach einer heißen Dusche war die Wärme allmählich in meinen Körper zurückgekehrt und ich war ins Bett gekrochen. Die Pistole hatte ich neben mir auf den Nachttisch gelegt.

Bis zu dieser Nacht hatte die Waffe stets ein unbehagliches Gefühl in mir ausgelöst. Ich hatte sie mir in meinem ersten Jahr auf der Universität angeschafft, als es auf dem Campus mehrere Überfälle gegeben hatte. Obwohl ich mich nicht oft nachts allein auf dem Gelände herumtrieb, wollte ich die wenigen Male, die ich es tat, nicht vollkommen ohne Schutz sein. Nachdem ich nach Ruby Falls gezogen war, hatte ich die Pistole in der Schublade verschwinden lassen und nicht mehr herausgeholt. Ich hatte sogar einige Male darüber nachgedacht, sie loszuwerden. Jetzt war ich heilfroh, dass ich sie noch hatte.

Ich rieb mir den Schlaf aus den Augen und versuchte, die Erinnerungen an die vergangene Nacht abzuschütteln. Die dunklen Schatten unter meinen Augen ließen sich jedoch nur schwer ignorieren. Nachdem ich geduscht, mich angezogen und geschminkt hatte, fühlte ich mich wieder halbwegs wie ein Mensch. Ich nahm die Pistole vom Nachttisch, ging nach unten und steckte sie in meine Handtasche.

Nur zur Sicherheit.

Während ich meine heiße Schokolade trank, kehrten meine Gedanken zu meinem unbekannten Retter zurück. Als ich mit meiner Aussage fertig gewesen war, hatte er das Büro des Sheriffs bereits verlassen gehabt. Ich hätte mich gern bei ihm bedankt, doch ich kannte nicht einmal seinen Namen. Da ich ohnehin vorhatte, heute Nachmittag Deputy Wilkins anzurufen, um nachzufragen, ob die Streifen jemanden aufgegriffen hatten, konnte ich die Gelegenheit gleich nutzen, um mich nach dem Namen des Mannes zu erkundigen.

Da mein Wagen seit dem Unfall ein Wrack war und ich mich noch nicht nach einem neuen umgesehen hatte, blieb mir nichts anderes übrig, als wieder zu Fuß zu gehen. Es war ein warmer, sonniger Morgen und die frische Luft tat mir gut – auf die Abkürzung durch den Friedhof und den Park verzichtete ich jedoch.

Während ich außen an der Friedhofsmauer vorbeiging, wurden die Erinnerungen an die vergangene Nacht ebenso lebendig wie meine Angst. Ich ertappte mich dabei, wie ich jedes Auto musterte, ganz gleich, ob es am Straßenrand parkte oder an mir vorüberfuhr. Beim Anblick des ersten silbernen Minivans zuckte ich zusammen und war kurz davor, die Flucht zu ergreifen. Dann sah ich die Frau hinter dem

Steuer und die beiden Kinder auf dem Rücksitz und entspannte mich wieder. Nach etwa der Hälfte des Weges hatte ich mich an den Anblick der Autos gewöhnt und es durchzuckte mich nicht mehr jedes Mal wie ein Stromschlag, sobald ein silberner Wagen in Sicht kam. Meine Gedanken kehrten zu meinem Retter zurück. Ich konnte mir noch immer keinen Reim darauf machen, was er mitten in der Nacht, ohne Socken und Schuhe, auf dem Friedhof zu suchen gehabt hatte. Abgesehen davon erschien es mir seltsam, dass er so schnell aus dem Büro des Sheriffs verschwunden war. Ich weiß nicht, warum, aber ich hatte irgendwie damit gerechnet, dass er auf mich warten würde. Allerdings konnte ich nicht genau sagen, ob es mich nur überrascht hatte, dass er gegangen war, oder ob ich deswegen auch enttäuscht war.

Je näher der *Bücherwurm* kam, desto besser fühlte ich mich. Unser Laden lag im Herzen von Ruby Falls, inmitten von Cafés, Restaurants und Boutiquen. Die Straße verlief hier um eine Grünfläche herum, in deren Zentrum ein kleiner Pavillon stand. Bei festlichen Anlässen spielten dort Bands oder es gab Stände, an denen Essen und Getränke verkauft wurden.

Für einen Moment dachte ich daran, mich durch den Hintereingang hinein und in mein Büro zu schleichen, in der Hoffnung, so allen Fragen aus dem Weg zu gehen. Daran, dass es Fragen geben würde, zweifelte ich nicht, denn die schlaflose Nacht zeichnete sich trotz meiner Versuche, sie mit Make-up zu kaschieren, deutlich auf meinem Gesicht ab. Der Hintereingang würde mir allerdings auch nicht helfen. Früher oder später würden Amber und Steve merken, dass ich da war, und auch wenn ich mein Büro gern mal als finsteres Loch bezeichnete, so war es bei Weitem nicht finster genug, um die dunklen Schatten unter meinen Augen zu verbergen.

Ich nahm also wie üblich den Vordereingang und sperrte hinter mir wieder ab, da wir erst in dreißig Minuten öffneten. Weil ich den Fragen meiner Freunde und Kollegen ohnehin nicht entkommen konnte, sah ich keine Notwendigkeit, auf meinen gewohnten Spezialkaffee und den Morgenmuffin zu verzichten, und ging hinauf in den ersten Stock.

Das Café lag neben der Kinderbuchabteilung, aber weit genug weg von der Spielecke, sodass man seinen Kaffee selbst bei Hochbetrieb in Ruhe genießen konnte. Steve stand hinter dem Tresen und war gerade dabei, den Geschirrspüler auszuräumen. Als er mich bemerkte, ließ er mir eine Tasse Kaffee aus der Maschine, schüttete einen ordentlichen Schuss Schokoladensirup hinein, legte noch einmal nach, als er meinen Blick sah, und schob mir die Tasse, gefolgt von einem Teller, auf dem ein Bananenmuffin thronte, über die Glastheke zu.

»Danke.« Ich wollte mir beides schnappen und mich in mein Büro verkrümeln.

»Du siehst müde aus, Rachel.«

Mir war klar, dass ich ihn nicht einfach stehen lassen konnte. Wir mochten nicht mehr zusammen sein, trotzdem war er immerhin mein Kollege und Freund. »Es war eine kurze Nacht.« Dass ich nicht unhöflich sein wollte, bedeutete nicht, dass ich darüber sprechen wollte, was passiert war. Allerdings würde Amber sich mit Sicherheit nicht so leicht abspeisen lassen.

Steve nickte. »Ich bin auch noch viel zu lange wach gewesen. Es gibt da etwas, worüber ich gern mit dir sprechen würde.«

Er klang überraschend ernst, aber mir stand im Augenblick nicht der Sinn nach einer tiefschürfenden Unterhaltung. »Ist es dringend?«

Er kniff kurz die Augen zusammen, als würde er darüber

nachdenken, dann schüttelte er den Kopf. »Kann warten. Wann immer du Zeit hast.« Er deutete auf meine Tasse. »Wenn du mehr von dem Zeug brauchst – Hilferuf genügt.«

Auf meine Spezialmischung würde ich heute sicher noch mehrmals zurückkommen. Froh, so leicht davongekommen zu sein, machte ich mich auf den Weg zu meinem Büro.

Ich saß noch nicht lange hinter meinem Schreibtisch, der Schokokaffee war zur Hälfte getrunken, den Muffin hatte ich gerade erst angebissen, als Amber hereinkam. Sie blieb in der Tür stehen und musterte mich. Ich lehnte mich so weit wie möglich im Stuhl zurück, in der Hoffnung, dass ihr meine Augenringe vielleicht entgehen würden. Vergebens, wie ich schnell feststellte. In diesem Moment hatte ich nur einen einzigen Gedanken: Bitte frag mich nicht, ob es mir gut geht.

Abgesehen davon, dass ich diese Frage in der letzten Zeit viel zu oft zu hören bekommen hatte, war ich mir nicht sicher, ob ich auch dieses Mal mit dem obligatorischen »Sicher, alles bestens« antworten konnte.

Amber schien meine Gedanken zu erraten. »Es war zu früh. Ich hätte dich gestern nicht zum Ausgehen zwingen sollen.« Sie seufzte. »Vermutlich wäre es auch besser, wenn du noch eine Woche zu Hause bleiben würdest.«

Sah ich wirklich so schlimm aus?

»Soll ich dich nach Hause fahren?«, fragte sie, als ich nicht sofort antwortete.

Ich schüttelte den Kopf. »Ich bin ganz froh über ein bisschen Ablenkung.«

»Himmel, ich bin wirklich ein Idiot!«, schimpfte sie, bevor ich noch etwas sagen konnte. »Ich war so besessen von dem Gedanken, dir Nate vorzustellen, dass ich überhaupt nicht daran gedacht habe, wie –«

»Amber, es ist okay«, sagte ich, ehe sie sich weiter in

Selbstvorwürfen ergehen konnte. »Der Abend war prima.« Leiser fügte ich hinzu: »Zumindest bis zu dem Augenblick, als mich diese Typen durch den Park verfolgt haben.«

»Rachel, das ist nicht lustig!«

»Nein, das war es auch nicht.«

»O mein Gott, das …« Sie schloss die Tür hinter sich und kam näher. Einen Moment lang blieb sie auf der anderen Seite des Schreibtisches stehen und starrte mich an, als versuche sie in meinen Zügen zu lesen, was passiert war. Schließlich ließ sie sich in den Sessel mir gegenüber fallen. »Rachel?«

Ich erzählte ihr, wie mir die Männer durch den Park gefolgt waren und wie ich – dank der Hilfe eines Unbekannten – schließlich im Büro des Sheriffs gelandet war. Zugegeben, ich fasste mich kurz. *Sehr* kurz. Ich hätte mir von Anfang an denken können, dass ich damit nicht durchkommen würde. Amber bombardierte mich mit Fragen, bis mein Bericht gezwungenermaßen immer ausführlicher wurde. Das Schlimmste war nicht, dass ich alles noch einmal durchleben musste, sondern das Mitleid, das ich in ihren Augen fand und das mich daran erinnerte, dass tatsächlich etwas Furchtbares passiert war – etwas, was leicht noch sehr viel furchtbarer hätte enden können.

Nachdem ich fertig war, stieß sie hörbar den Atem aus. »Du solltest wirklich zusehen, dass du herausfindest, wer dieser geheimnisvolle Unbekannte war, der dich gerettet hat.«

Sie wollte noch mehr sagen, wurde jedoch von Jill nach vorn gerufen, da eine Kundin sie sprechen wollte. Mit einem letzten langen Blick in meine Richtung verließ sie mein Büro und ich sank in meinem Stuhl zurück, erleichtert, dass ich dieses Gespräch hinter mich gebracht hatte. Ich griff nach dem Korb, in dem Jill und Pat während der letzten

Wochen alles für mich gesammelt hatten, und begann, die Papiere nach Wichtigkeit zu sortieren.

Immer wieder schweiften meine Gedanken ab. Es hatte keinen Sinn, ich konnte mich nicht konzentrieren. Also schob ich den Stapel vor mir zur Seite, zog die Tastatur heran und rief eine Internetsuchmaschine auf. Eine Weile starrte ich ratlos auf den blinkenden Cursor und fragte mich, was ich eigentlich wollte. *Nachforschen,* schoss es mir durch den Kopf. In den letzten Wochen hatten sich so viele merkwürdige Dinge zugetragen, dass es höchste Zeit war, mich näher damit zu beschäftigen. Vermutlich hätte ich gut daran getan, meine Nachforschungen damit zu beginnen, indem ich »Halluzinationen« in die Suchmaske tippte. Ich zog es jedoch vor, es mit Schlagwörtern zu versuchen, die den Kerl beschrieben, der auf meinem Rücksitz gesessen und mir gestern im Waschraum erneut begegnet war. *Unsichtbar. Nicht stofflich. Durchsichtig.* Das war nur ein Teil der Begriffe, die ich in die Tastatur hackte, doch ganz gleich, was ich auch eingab, das Ergebnis war immer dasselbe: Geist.

Genervt griff ich nach meiner Tasse und musste feststellen, dass sie leer war. Für das, was ich als Nächstes vorhatte, brauchte ich dringend Koffeinnachschub: Ich wollte Dr. Fiedler anrufen. Nicht dass ich ihm von Popcorn, dem Geist oder dem Engel des Todes erzählen wollte, ich dachte eher daran, nachzufragen, welche Nachwirkungen eine Verletzung wie meine haben könnte. Vollkommen unverbindlich.

Seufzend stand ich auf, um mir einen frischen Kaffee zu holen. Ich war auf halbem Weg zur Treppe, als jemand meinen Namen rief. Nicht Rachel, sondern: Miss Underwood. Neugierig drehte ich mich um und sah mich meinem unbekannten Retter gegenüber. Heute trug er Schuhe. Dazu ein Paar Bluejeans und ein weißes Hemd. Nur die Haare sahen noch genauso zerwühlt aus wie letzte Nacht, was mich zu dem Schluss brachte, dass das wohl so gehörte. Erstaunt stellte ich fest, dass ich ihn immer noch für gut aussehend befand. Irgendwie hatte ich angenommen, dass seine Attraktivität lediglich damit zusammengehangen hatte, dass er mich gerettet hatte – und mit den schlechten Lichtverhältnissen. Doch auch hier, im gnadenlosen Tageslicht, verlor sein Äußeres nichts von seinem Reiz. Wenn überhaupt, dann sah er noch besser aus, was nicht zuletzt an seinen Augen lag. Es waren unglaublich durchdringende Augen, deren Farbe sich mit dem Lichteinfall zu verändern schien. Je nachdem, wie er den Kopf hielt, schimmerten sie mal in durchdringendem Moosgrün, mal in einem warmen Grünbraun.

»Wie geht es Ihnen?«, fragte er.

Allmählich begann ich mir wirklich zu wünschen, dass ich jedes Mal einen Dollar bekäme, sobald mich jemand fragte, ob es mir gut ginge oder alles in Ordnung sei. Noch eine Woche und ich wäre reich!

Es wäre meine Gelegenheit gewesen, mich bei ihm zu bedanken, stattdessen starrte ich noch immer in diese faszinierenden Augen. Irgendwo aus der Ferne hörte ich mich sagen: »Woher wissen Sie, wo ich arbeite?«

»Ich habe den Deputy gefragt.« Sein Lächeln wurde breiter, dann hielt er mir die Hand entgegen. »Kyle O'Neil.«

Ich starrte ihn an.

Er runzelte die Stirn. »Und?«

»Was und?«

»Wollen Sie mich noch länger anstarren oder schütteln Sie mir die Hand?«

Da erst wurde mir bewusst, wie unhöflich ich war. Sicher, ich hatte ein paar gute Ausreden dafür – maskierte Verfolger, Schwarze Engel und all den anderen Kram, der mir zugestoßen war –, doch dieser Mann hatte mir geholfen. Es gab keinen Grund, unfreundlich zu sein. »Entschuldigen

Sie, ich bin wohl noch ein wenig durch den Wind. Rachel Underwood, aber das wissen Sie ja bereits.« Ich zwang mich zu einem Lächeln und schüttelte seine Hand, gab sie jedoch schnell wieder frei. »Was Ihre Frage betrifft: Es geht mir gut. Dank Ihnen!«

Ich wusste nicht so recht, was ich mit ihm anfangen sollte – oder was er von mir erwartete, deshalb hielt ich meine Kaffeetasse in die Höhe. »Ich wollte gerade etwas trinken gehen. Leisten Sie mir Gesellschaft?«

»Gern.«

Gemeinsam gingen wir nach oben ins Café. Ich stellte meine leere Tasse in den Wagen mit dem schmutzigen Geschirr, dann reihten wir uns in die kurze Schlange an der Theke ein.

»Hi Reverend«, begrüßte Steve meinen Begleiter, als wir an der Reihe waren.

Er sagte noch mehr. Alles jedoch, was nach Reverend kam, nahm ich nicht mehr wahr. Mein Retter war Priester? Um ein Haar hätte ich aufgeschrien. Mein Verhältnis zur Kirche war kein besonders gutes. Ich hatte nie verwunden, dass Gott mir erst meine Mom genommen und dann Dad und mich im Stich gelassen hatte. Gott und ich waren geschiedene Leute. Mittlerweile war ich alt genug, um zu wissen, dass es nicht Gott, sondern ein betrunkener Autofahrer gewesen war, der uns Mom genommen hatte. Trotzdem sah ich darin keinen Grund, mich wieder einer Gemeinde anzuschließen.

Ich hatte noch immer an der Nachricht zu kauen, wer mein Retter war, als Steve zwei Tassen über den Tresen schob. Glücklicherweise nahm der Reverend … Nein, so wollte ich ihn nicht nennen! Kyle O'Neil nahm beide Tassen und lotste mich zu einem Tisch am Fenster, von wo aus man einen herrlichen Blick über die Main Street hatte.

»Reverend, also«, platzte es aus mir heraus, kaum dass wir saßen.

Er musterte mich schweigend. Ein Grinsen breitete sich auf seinen Zügen aus. »Kann es sein, dass Sie nicht die geringste Ahnung hatten, wer ich bin?«

»Bis gerade eben waren Sie für mich der Unbekannte, der mich gerettet hat«, räumte ich ein.

»Ich hoffe, ich war wenigstens ein netter Unbekannter.« Sein Grinsen wurde breiter, was ihn noch strahlender aussehen ließ. Verflucht, wie konnte jemand mit so einem Lächeln Priester sein? Um den Gedanken loszuwerden, trank ich einen Schluck von meinem Kaffee und verzog das Gesicht, als das bittere Getränk meine Kehle hinunterrann. Kein Schokosirup! Ich schnappte mir den Zuckerstreuer. Mit jeder Ladung weißer Süße, die in meine Tasse rieselte, wanderte die Augenbraue meines Gegenübers ein Stück weiter nach oben.

»Sie mögen Ihren Kaffee ziemlich süß, was?«

»Ich mag es nur nicht, wenn er zu sehr nach Kaffee schmeckt.« Dass ich für gewöhnlich meine Spezialmischung trank, ließ ich unter den Tisch fallen, um ihn nicht vor den Kopf zu stoßen. Er konnte schließlich nicht wissen, wie ich meinen Kaffee mochte. Abgesehen davon war es meine eigene Schuld. Zu hören, dass er ein Priester war, hatte mich so sehr abgelenkt, dass ich nicht darauf geachtet hatte, was er bestellte. Eine letzte Ladung Zucker, dann rührte ich kurz um und trank noch einen Schluck. So würde es gehen.

»Vielleicht sollten Sie auf Tee umsteigen«, schlug er vor.

»Zu spät«, gab ich zurück. »Ich bin bereits vom Koffein abhängig.« Abgesehen davon mochte ich den Geschmack von Schwarztee noch weniger als den von Kaffee. »Was führt Sie also nach Ruby Falls, Reverend O'Neil?«

»Würden Sie mir den Gefallen tun und mich Kyle nennen?«

»Gern.« Nachdem mir »Reverend« ohnehin kaum über die Lippen kommen wollte, würde ich damit kein Problem haben. »Ich bin Rachel.«

Ich fürchtete schon, ich würde meine Frage wiederholen müssen, doch Kyle hatte sie nicht vergessen. »Reverend Daniels ist überraschend schwer krank geworden und musste sich für längere Zeit in Behandlung begeben«, erklärte er. »Bis zu seiner Rückkehr schmeiße ich den Laden und kümmere mich um seine Gemeinde. Wenn Sie öfter in die Kirche kämen, wüssten Sie das – sogar bei den anderen Religionsgemeinschaften wurde die Nachricht verbreitet.«

»Ich war die letzten Wochen nicht in der Stadt.« Mir stand nicht der Sinn danach, ihm von meinem Unfall zu erzählen und davon, dass ich im Krankenhaus gelegen hatte. Ich wollte nicht, dass mich dieses Bild von einem Mann mit mitleidigem Blick ansah. Ebenso wenig wollte ich ihm die Nachricht um die Ohren hauen, dass ich es nicht so mit Kirchen und Gottesdiensten hatte. »Du meine Güte«, wechselte ich schnell das Thema, bevor er irgendwelche Fragen stellen konnte. »Ich habe mich die ganze Zeit gefragt, was Sie nachts auf dem Friedhof zu suchen hatten. Barfuß!«

»Sie dachten, statt der Verfolger hätten Sie jetzt einen Irren am Hals, der womöglich nachts nackt auf Gräbern tanzt?«

»So etwas in der Art«, gab ich schuldbewusst zu.

Dann lachten wir beide.

»Mein Schlafzimmerfenster war offen«, erklärte er. »Ein Geräusch hat mich aus dem Schlaf gerissen. Ich wollte mich umdrehen und weiterschlafen, doch dann hörte ich es erneut. Schnelle Schritte auf Kies. Als würde jemand rennen. Vom Fenster aus konnte ich nichts erkennen, deshalb ging ich nach draußen, um nach dem Rechten zu sehen.«

»Ohne Waffe?« Wäre ich an seiner Stelle gewesen, hätte ich mir eine Bratpfanne oder einen Baseballschläger geschnappt. Oder eine Pistole.

»Bevor ich Priester wurde, war ich bei den Marines«, erklärte er in einem Ton, als wäre ihm seine Vergangenheit unangenehm. »Ich habe eine Nahkampfausbildung, die mehr wert ist als die meisten Waffen.«

Einen besseren Retter hätte ich mir nicht wünschen können.

Ich starrte ihn noch immer an, als er sagte: »Es tut mir leid, ich wollte Sie nicht schockieren.«

»Schockieren?«, entfuhr es mir. »Ich könnte kaum erleichterter sein!«

Er sah mich überrascht an. »Wirklich?«

Ich nickte. »Zu wissen, dass Sie sich verteidigen können, erspart mir all die Albträume, die sich darum drehen würden, was geschehen wäre, wenn die Kerle uns entdeckt hätten.«

»Interessante Sichtweise.« Das Lächeln kehrte in seine Züge zurück. »Ziemlich pragmatisch.«

Pragmatisch zu sein, war eine meiner herausragenden Eigenschaften. Selbst wenn alles düster und grau schien, hatte ich gelernt, daraus einen Vorteil zu ziehen. Diese Einstellung hatte sich während meines Studiums bestens bezahlt gemacht. Wenn mich damals ein Anruf (oder wohl eher ein *Nicht*-Anruf) meines Vaters mal wieder runterzog und ich den Drang verspürte, mich einzuigeln, nutzte ich die Zeit, in der ich niemanden sehen wollte, um mich auf anstehende Prüfungen vorzubereiten.

»Warum sind Sie so schnell verschwunden?«, wollte ich wissen.

»Aus dem Büro des Sheriffs? Ich habe mir Sorgen gemacht, dass diese Kerle zurückkehren und auf dem Friedhof randalieren könnten.«

Zweifelsohne hätte er sie dann mit seinen Elitesoldaten-Muskeln in ihre Einzelteile zerlegt. »Haben die Männer, die der Deputy geschickt hat, etwas entdeckt?«

Er schüttelte den Kopf. »Sie haben den Friedhof und den Park durchforstet, ohne etwas zu finden, und sind dann wieder abgezogen. Ich bin den Rest der Nacht wach geblieben und habe aus dem Fenster geschaut und von Zeit zu Zeit draußen eine Runde gedreht, aber die Kerle sind nicht zurückgekommen.«

Dass eine schlaflose Nacht hinter ihm lag, sah man ihm nicht an. Im Gegensatz zu mir hatte er keine Ringe unter den Augen und wirkte putzmunter.

»Haben Sie eine Ahnung, wer diese Kerle waren?«, fragte er.

Ein weiteres seltsames Ereignis, das sich zu der Kette unheimlicher Begebenheiten der letzten Zeit gesellte? »Nein. Ruby Falls ist auch nicht gerade ein Ort, an dem ich mit so etwas gerechnet hätte. Zumindest nicht bis gestern Nacht.«

Kyle trank seinen Kaffee aus. Als er die Tasse auf den Tisch zurückstellte, sah er mich an. »Ich muss jetzt wieder zurück. Die Arbeit wartet. Allerdings ...« Er bedachte mich mit einem langen Blick, in seinen Augen lag jetzt ein leichter Schimmer von Bernstein. Dann holte er Luft. »Ich würde mich sehr freuen, wenn Sie Zeit und Lust hätten, einmal mit mir Abendessen zu gehen. Es muss nicht gleich heute oder morgen sein – wann immer Sie möchten. Ich würde Sie auch nach Hause bringen, um sicherzugehen, dass etwas Ähnliches wie gestern Abend nicht noch einmal passiert.« Nach einer kurzen Pause fügte er hinzu: »Natürlich nur bis zu Ihrer Haustür, nicht dass Sie denken, ich erwarte ... Ich meine ... Ich bin wohl besser still, bevor ich mich noch weiter hineinreite.«

Ich wusste nicht, ob ich lachen oder mich darüber freuen

sollte, dass er so ein perfekter Gentleman war. Er fürchtete tatsächlich, ich könne denken, dass er erwartete, in mein Haus gebeten zu werden – auf eine Tasse Kaffee oder ein wenig mehr. »Sie machen das nicht oft, oder?«

»Was?«

»Jemanden um ein Date bitten.«

»Nein, nicht allzu häufig.«

Ich wusste nicht, was ich sagen sollte. Kyle als netten Kerl zu bezeichnen, schien mir die Untertreibung des Jahrhunderts zu sein. Ganz davon abgesehen, dass er mir das Leben gerettet hatte, war er witzig und sah gut aus. Aber er war auch ein Mann Gottes. Natürlich wusste ich, dass es nur katholischen Priestern verboten war, eine Beziehung zu führen, aber die Vorstellung, mit jemandem auszugehen, der sein Leben Gott verschrieben hatte, erschien mir eigenartig. »Kyle, ich …«

Er hob die Hand und brachte mich zum Schweigen. »Sagen Sie jetzt nichts«, bat er. »Behalten Sie einfach meine Einladung in Erinnerung, und wenn Ihnen danach sein sollte, sie anzunehmen, rufen Sie mich an.« Er griff in seine Hosentasche, zog eine ramponierte Visitenkarte hervor und schob sie mir über den Tisch zu. »Wann immer Sie wollen – und wenn Sie es nicht möchten, müssen Sie sich weder rechtfertigen noch entschuldigen. Nur bitte sagen Sie nichts, was mit ‚Sie sind ein netter Kerl, aber …' beginnt, okay?«

»Okay.« Ich nahm die Visitenkarte vom Tisch und steckte sie in meine Hosentasche. Obwohl ich nicht wirklich etwas getan hatte, war ich versucht, mich bei ihm zu entschuldigen. Immerhin konnte er nichts dafür, dass die Welt des Glaubens, der er angehörte, nicht meine Welt war. Da eine Entschuldigung vermutlich ebenso ein Schlag ins Gesicht gewesen wäre wie der »Sie sind ein netter Kerl«-Satz, schluckte ich sie herunter und stand auf. »Wenn Sie möchten, begleite ich Sie noch nach unten.«

»Gern.«

Auf den ersten Metern hing eine peinliche Stille zwischen uns, von der ich schon fürchtete, sie könne die ansonsten so angenehme Begegnung ruinieren. Doch kaum lag das Café hinter uns, erzählte Kyle mir von einem Grillfest, das er für die Gemeinde veranstalten wollte. »Es findet am Samstagnachmittag statt.« Er warf mir einen Blick zu. »Wir … ich freue mich auch über Besuch von Nichtgemeindemitgliedern.«

»Das klingt nett.«

Fast hätte ich aufgestöhnt. Das klingt nett, hörte sich in etwa genauso positiv an, als hätte ich ihm gesagt, wie sehr es mich irritierte, dass er Priester war. Ich schob schnell ein Lächeln hinterher. »Ich meine, es ist toll, dass Sie etwas für die Gemeinde tun.« Halt besser den Mund, Rachel, du machst es nur noch schlimmer!

Als wir das Erdgeschoss erreichten, entdeckte ich Amber an der Kasse. Sie wickelte ein Buch in Geschenkpapier ein und sah kurz auf, als Kyle und ich an ihr vorbeigingen.

Unsere Verabschiedung war, verglichen mit unserer ersten Begegnung, vollkommen unspektakulär: Kyle wünschte mir einen schönen Tag und ging.

Ich war mir nicht sicher, ob ich erleichtert oder traurig sein sollte, dass er keinen weiteren Versuch unternommen hatte, mich einzuladen. Letztlich entschied ich, mich darüber zu freuen, dass er nicht zu jener aufdringlichen Sorte Männer gehörte, die nicht locker ließen, bis sie ihr Ziel erreichten, und gesellte mich zu Amber.

»Das war mein Retter«, sagte ich.

Sie schob das fertig verpackte Buch zur Seite und sah mich an. »Der Reverend?«

»Du kennst ihn?« Dass Steve wusste, wer Kyle war, konnte ich nachvollziehen. Er war Mitglied der Baptistengemeinde und besuchte von Zeit zu Zeit die Gottesdienste. Amber hingegen ging ungefähr genauso häufig zur Kirche wie ich.

»Er war in den letzten Wochen öfter hier und hat sich mit Büchern eingedeckt«, erklärte sie. »Bei seinem ersten Besuch hat er sich vorgestellt. Er liest gern Thriller.« Sie rollte das restliche Geschenkpapier zusammen und verstaute es unter dem Tresen. »Er sieht gut aus«, sagte sie, als sie wieder auftauchte. »Abgesehen davon ist er sehr nett.« Nach einer kurzen Pause fügte sie hinzu: »Und er hat diese unglaublichen Augen, die ständig ihre Farbe zu verändern scheinen.«

Was sollte das heißen? Dass ich ihn mir schnappen sollte? Ich beschloss, nicht weiter auf das Thema einzugehen, und verzog mich in mein Büro. Es wurde Zeit, dass ich mich endlich an meine Arbeit machte. Bevor ich jedoch loslegte, rief ich Deputy Wilkins an, um mich zu erkundigen, ob seine Männer etwas gefunden hätten. Die Antwort war ernüchternd: Weder auf dem Friedhof noch in den Straßen war ihnen etwas Verdächtiges aufgefallen, sie waren jedoch angehalten, weiterhin die Augen offen zu halten. Nachdem ich das Gespräch mit dem Deputy beendet hatte, rief ich bei Dr. Fiedler an, um mit ihm über meine anderen Probleme zu sprechen. Seine Assistentin teilte mir mit, dass er derzeit im OP sei, ich ihm aber eine Nachricht hinterlassen könne, er würde mich dann zurückrufen. Ich lehnte dankend ab, erklärte ihr, dass ich es einfach morgen noch einmal versuchen würde, und legte auf. Welche Nachricht hätte ich ihm denn hinterlassen sollen? Dass ich Geister sah und Stimmen hörte, nämlich die von meinem Kater?

Außerdem wollte ich aus irgendeinem Grund, den ich mir selbst nicht erklären konnte, dass die Entscheidung, ob und wann ich noch einmal anrief, mir überlassen blieb.

Den Nachmittag verbrachte ich mit meiner Arbeit. Nachdem ich mich erst einmal eine Weile in meine Unterlagen vertieft hatte, gelang es mir tatsächlich, mich darauf zu konzentrieren. Der Rest des Tages verlief dann so normal und gewöhnlich, dass ich allmählich das Gefühl bekam, mein Leben könne wieder so werden, wie es vor dem Unfall gewesen war.

9

Nach Feierabend ging ich zu Fuß nach Hause und stellte erleichtert fest, dass ich den Weg am Friedhof vorbei nicht mehr ganz so bedrückend fand wie am Morgen. Auch zuckte ich nicht mehr beim Anblick jedes silbernen Wagens zusammen. Ob es daran lag, dass mein Gehirn die Geschehnisse allmählich verarbeitete, oder ob ich mich sicherer fühlte, seit ich wusste, dass mein Retter im Pfarrhaus wohnte, vermochte ich nicht zu sagen. Offen gestanden war es mir auch egal. Hauptsache, ich fühlte mich besser.

Daheim angekommen warf ich meine Handtasche auf die Kommode im Flur, zog mir etwas Bequemes an und ging in die Küche, um mir was zum Abendessen zu kochen. Ich setzte Nudelwasser auf, und während ich darauf wartete, dass es zu brodeln begann, kümmerte ich mich um Popcorns Futter. Der Kater ließ nicht lange auf sich warten. Als hätte er einen eingebauten Sensor für die Verwendung des Dosenöffners, klapperte die Katzentür im selben Moment, in dem ich das Futter in den Napf füllte. Dann strich er auch schon um meine Beine, als wolle er sagen: »Her damit!«

Tatsächlich jedoch sagte er kein Wort.

Während sich Popcorn seinem Futter zuwandte, kümmerte ich mich um die Tomaten-Sahne-Soße für meine

Nudeln. Es war ein einfaches, schnelles Essen, ganz nach meinem Geschmack. Leckere, aufwendige Gerichte waren eine tolle Sache – solange ich sie nicht selbst kochen musste. Ich war weder sonderlich begabt noch gefiel es mir, Zeit in der Küche zu vertrödeln, die ich für so viele andere Dinge nutzen konnte. Deshalb beeilte ich mich nach dem Essen auch mit dem Abwasch und verzog mich dann ins Wohnzimmer. Ich hatte mich kaum auf der Couch niedergelassen, als Popcorn auf die Polster sprang und es sich neben mir gemütlich machte. Normalerweise hätte ich ihn hinter den Ohren gekrault und ihm von meinem Arbeitstag erzählt. Jetzt jedoch, da er sprechen konnte, zögerte ich. Mit ihm zu schmusen, schien mir plötzlich eine sehr persönliche Sache zu sein. Als würde ich nicht meinen Kater, sondern einen fremden Mann kraulen. Einen, der mir jederzeit seine Befindlichkeit mitteilen konnte. Die Vorstellung, dass der Kater sich über unser bisheriges Zusammenleben beschweren könnte, verunsicherte mich.

Ich versuchte, nicht länger darüber nachzudenken, schnappte mir eine Zeitschrift, schlug sie auf – und gleich wieder zu. Dann sah ich Popcorn an. »Weißt du, was mir gestern passiert ist?« Als er nicht antwortete – dem Himmel sei Dank! –, strich ich ihm über das Fell und erzählte ihm von meinen Erlebnissen. Es war beinahe wie immer: Ich sprach über meinen Tag, kraulte ihn hinter den Ohren und er schnurrte. Nur, dass ich plötzlich nicht mehr wollte, dass er die Klappe hielt!

»Was ist?«, fragte ich, nachdem ich ihm von meiner Begegnung im Waschraum erzählt hatte. »Hast du dazu nichts zu sagen?« Immerhin hatte er angeblich einen Unsichtbaren in meinem Garten bemerkt, und auch wenn meiner nur halb unsichtbar oder eher durchscheinend gewesen war, konnte es durchaus … einen Zusammenhang geben. Ich hatte schon oft davon gehört, dass man Tieren Sinne zuschrieb, die über unsere Vorstellungskraft hinausgingen. Womöglich hatte der Kerl nicht zugelassen, dass Popcorn ihn sehen konnte, aber nicht verhindern können, dass der Kater seine Gegenwart *spürte.* »Heilige Scheiße!«

Sieht so aus, als müsste ich nichts mehr sagen. Er legte seinen Kopf in meinen Schoß und setzte sein Schnurren fort. Kurz darauf richtete er sich auf. *Es kommt Besuch.*

Noch bevor ich fragen konnte, was er meinte, klingelte es. Seufzend schob ich Popcorn zur Seite, stand auf und ging zur Tür. Ich war noch nicht einmal auf halbem Weg dorthin, als es erneut klingelte, gefolgt von einem Klopfen. Du meine Güte, wer war da so ungeduldig?

»Ich komme ja schon!«

In dem Moment, als ich die Tür aufriss, kam mir der Gedanke, dass das womöglich nicht sonderlich klug war. Ich hätte vorher fragen sollen, wer da war, oder zumindest einen Blick aus dem schmalen Fenster neben der Tür auf den Besucher werfen können.

Der Anblick des dunkelhaarigen Waschraumgespenstes, das nun vor meiner *offenen* Tür stand, bestätigte mich in der Überlegung, künftig vorsichtiger zu sein. Sobald ich ihn sah, warf ich die Tür wieder zu. Ehe sie ins Schloss fallen konnte, fing er sie ab und kam herein.

Ich wich zurück.

Er blieb stehen und musterte mich. »Ist mit dir alles in Ordnung?«

Ein Dollar mehr auf meinem Konto für dumme Fragen.

»Sehe ich so aus, als wäre alles in Ordnung?« Fremde in meinem Haus trugen nicht zu meinem Wohlbefinden bei. Ganz besonders dann nicht, wenn diese Fremden halb durchsichtige Geister waren, die ebenso plötzlich verschwinden konnten, wie sie auftauchten. Nur, dass er dieses

Mal kein bisschen durchsichtig war. Der Kerl wirkte so real wie der jährliche Steuerbescheid – und ebenso bedrohlich.

Aus dem Augenwinkel sah ich mich nach meiner Handtasche um. Die Kommode, auf der sie lag, war nicht weit entfernt. Nur ein paar Schritte …

»Du brauchst keine Angst vor mir zu haben.«

»Ach so!«, ätzte ich. »Sag das doch gleich! Ich dachte tatsächlich, ein Fremder in meinem Haus, der die Gabe hat, aus dem Nichts aufzutauchen und mich damit beinahe umzubringen, wäre ein Grund zur Sorge.«

Er ging überhaupt nicht auf meinen Ausbruch ein. »Hat sich etwas verändert?«

Was war das für eine bescheuerte Frage? Zumindest meine Inneneinrichtung hatte sich entscheidend verändert, ich hatte nämlich bis eben keinen Mann in meiner Diele stehen gehabt. Womöglich sollte ich ihm vorschlagen, als Kleiderständer zu fungieren. Ich zwang mich durchzuatmen und verdrängte die merkwürdigen Gedanken an Möbel, die mich vermutlich nur überfielen, damit ich nicht vollends in Panik verfiel. Gestern im Waschraum hatte er mir nichts getan. Allerdings hatte er auch keine meiner Fragen beantwortet, und wer konnte schon sagen, dass er nichts mit den Maskierten zu tun hatte, die mir später gefolgt waren?

»Ist etwas anders als sonst?«, hakte er nach.

»Abgesehen davon, dass ein geisterhafter Typ aus dem Nichts in meinem Wagen erscheint und denselben Stunt noch einmal in der Damentoilette bringt, bevor er am nächsten Tag vor meiner Tür steht? Nein, nichts.« Alles andere ging diesen gruseligen Kerl nichts an.

»Bist du sicher?«

Wusste er nicht, wann es sinnlos war, weiterzubohren? »Du schuldest mir noch eine Erklärung.«

»Ich weiß.« Eine Mischung aus Ernsthaftigkeit und Bedauern lag in seinen dunklen Augen. Aber da war noch etwas anderes in seinem Blick. Etwas, das ich nur schwer deuten konnte. Wärme. Vertrautheit. Als würde er mich nicht erst seit dem Unfall kennen. Was ich sah, gab mir das Gefühl, dass er schon sehr viel länger ein Teil meines Lebens war. Irritiert schob ich den Gedanken beiseite.

»Was ist nun mit meiner Erklärung?« Auch ich konnte beharrlich sein.

Er schüttelte den Kopf. »Ich kann sie dir nicht geben, Schneewittchen. Ich darf es nicht.«

Seine Worte wuschen jeden Anflug von Vertrautheit fort, den ich bei seinem Anblick verspürt hatte, und gaben meiner Vernunft die Chance, sich zurückzumelden. Da stand ein fremder Mann – ein fremdes *Etwas* – in meinem Flur, das mich verfolgte, in mein Haus eingedrungen war und seltsame Fragen stellte, während es behauptete, mir nichts erklären zu können. Verdammt! Jemand, der mein Vertrauen gewinnen wollte, könnte mir doch zumindest ein paar nette Lügen auftischen. Ich wusste nicht, ob es für oder gegen ihn sprach, dass er es nicht einmal versuchte. Ganz sicher jedoch wusste ich, dass er mir Angst machte und ich ihn nicht länger in meinem Haus haben wollte. Abgesehen davon hatte er mich schon wieder Schneewittchen genannt!

»Verschwinde, sonst passiert was!« Ich wich noch weiter zurück, bis ich auf Höhe der Kommode war, und warf einen kurzen Blick auf meine Handtasche. Als ich nach Hause gekommen war, hatte ich den Hausschlüssel herausgeholt und die Tasche offen gelassen.

Mein Gegenüber rührte sich nicht von der Stelle. »Ich meine es ernst, Rachel.«

»Glaub mir, ich auch!« Ich riss die Tasche von der Kommode und zog die Pistole heraus. Kalt und schwer lag das

Metall in meinen Fingern. Mit zitternden Händen richtete ich die Waffe auf ihn. »Raus!«

»Rachel, hör mir zu!«

Ich entsicherte die Pistole.

Als er das metallische Klicken des Sicherungshebels hörte, hob er die Hände und zog sich langsam zurück. »Wenn etwas ist – ganz gleich, was«, er war jetzt auf der Türschwelle angekommen, »dann ruf mich an. Zu jeder Zeit. Mein Name ist Ash.«

Kaum waren seine letzten Worte verklungen, machte er kehrt und ging. Die Waffe noch immer im Anschlag, lief ich zur Tür und sah hinaus. Er war nirgendwo zu sehen. Schnell schlug ich die Tür zu und legte den Riegel vor. Ohne die Pistole aus der Hand zu legen, ging ich durchs Haus und vergewisserte mich, dass alle Fenster und Türen verriegelt waren. Nicht, weil ich glaubte, dass es etwas bringen würde – immerhin war der Kerl bereits zweimal aus dem Nichts aufgetaucht und ins selbige wieder verschwunden, als hätte er sich zur Enterprise zurückgebeamt –, aber es *fühlte* sich gut an. Beruhigend.

Ich war froh, dass er fort war. Gleichzeitig wusste ich, dass er jederzeit in meinem Haus auftauchen konnte. Wenn er vorhatte, mir etwas anzutun, würde ich ihn auf Dauer nicht davon abhalten können. Der Gedanke, ob er ein Vampir war, schoss mir durch den Kopf. Einer, der jetzt, da er einmal in meinem Haus gewesen war, es jederzeit wieder betreten konnte. Die Vorstellung war so dämlich, dass ich das Gesicht verzog. Abgesehen davon, dass er ganz andere Möglichkeiten hatte, an Orten zu erscheinen, hatte er mein Haus auch ohne Einladung betreten.

Warum hatte er wissen wollen, ob sich bei mir etwas verändert hatte? Ahnte er etwas von den seltsamen Begebenheiten der letzten Tage? Wenn ich ihm gegenüber einräumte, dass mein Leben kopfstand, würde er dann versuchen mir zu helfen oder würde ich mich als wissenschaftliches Forschungsobjekt in einem geheimen unterirdischen Labor wiederfinden?

Verflucht, er machte mir Angst! Gleichzeitig war da etwas in seinen Augen gewesen, was mich daran zweifeln ließ, dass er mir etwas antun wollte. In Gedanken ging ich unsere bisherigen Begegnungen noch einmal durch. Er hatte nicht ein Mal auch nur die Hand gegen mich erhoben, sondern im Gegenteil alles versucht, um mich zu beruhigen. Der Unfall schien tatsächlich ein Unfall gewesen zu sein, denn in dem Augenblick, als er begriffen hatte, dass ich ihn sehen konnte, hatte er auf mich ehrlich überrascht gewirkt. Ich bildete mir sogar ein, dass er – wann immer mir seine Gegenwart zu große Angst eingejagt hatte – zurückgewichen war, um mich nicht noch mehr zu erschrecken.

Trotzdem konnte ich unmöglich die Hilfe eines Kerls – wobei ich nicht einmal wusste, ob er mir überhaupt helfen würde – annehmen, der sich weigerte, mir zu sagen, was vor sich ging. Was er war.

»Ruf mich an«, äffte ich ihn nach. »Komiker.« Abgesehen davon, dass ich das ganz bestimmt nicht tun würde, hatte ich nicht einmal seine Nummer.

Nachdem ich sicher war, dass alles sorgfältig verschlossen und verriegelt war, kehrte ich ins Wohnzimmer zurück. Auf dem Couchtisch lag eine Visitenkarte, die vorhin noch nicht da gewesen war. *Ash McCray* stand darauf. Und eine Handynummer.

*

Es dauerte lange, bis ich mich wieder beruhigt hatte. Obwohl ich so zu tun versuchte, als sei nichts geschehen, fiel es mir schwer, mich auf mein Buch zu konzentrieren. Dass ich mir ausgerechnet einen Horrorroman ausgesucht hatte, machte es nicht besser. Ich versuchte durchzuhalten, doch ich erwischte mich dabei, dass ich bei jedem Knarren und Knacken erschrocken zusammenfuhr und häufiger aufsah, als dass ich eine Seite umblätterte. Schließlich entschied ich, dass mein Soll an Horror für heute erfüllt war, legte das Buch zur Seite und sah mir noch eine alte Folge von Dr. House an, bevor ich nach oben ging und nach einer ausgiebigen Dusche ins Bett kroch. Ich startete einen weiteren Versuch, noch ein wenig zu lesen, konnte mich jedoch nicht recht konzentrieren, da ich noch immer auf jedes Geräusch lauschte. Als die angelehnte Tür knarrend aufschwang, fuhr ich hoch. Einen Wimpernschlag später plumpste etwas dumpf auf die Bettdecke und Popcorn saß vor mir.

Mit Herzrasen starrte ich den Kater an.

»Das Haus ist nur gemietet«, sagte ich, nachdem ich mich wieder ein wenig beruhigt hatte. »Du kannst es nicht erben. Es ist also sinnlos, mich zu Tode zu erschrecken.«

Ich glaubte wirklich, dass er die Augen verdrehte.

Der Typ ist wieder da, sagte er in seinem Tonfall, der wie ein Schnurren klang.

»Welcher Typ?«

Der Unsichtbare.

Als er mir das erste Mal vom geheimnisvollen Unsichtbaren erzählte, hatte ich ihn für durchgedreht gehalten. Nach meiner Begegnung mit diesem Ash jedoch war ich mir nicht mehr so sicher, ob Popcorn nicht womöglich doch recht hatte. *Niemand kann mich sehen, wenn ich es nicht will,* hatte Ash zu mir gesagt. Nur, dass ich ihn aus einem ihm scheinbar unerklärlichen Grund doch sehen konnte. Und jetzt stand er in meinem Garten und beobachtete mein Haus. Offenbar nicht zum ersten Mal.

Ich schlug die Decke zurück und stand auf. Ich war schon auf halbem Weg zum Fenster, als ich Popcorn hinter mir sagen hörte: *Er ist bei der Weide.*

Vom Schlafzimmerfenster aus konnte ich lediglich jenen Teil des Gartens überblicken, der zur Straße hinausging. Die Weide lag zu weit links, als dass ich sie hätte sehen können, ohne das Fenster zu öffnen und mich weit nach draußen zu recken. Fluchend und mit der Pistole in der Hand stürmte ich aus dem Schlafzimmer.

Dem Kerl würde ich helfen!

Ich lief die Treppen nach unten, erfüllt von einer Wut, die all meine Angst ausgelöscht hatte. Wie konnte er es wagen, derart in mein Leben, meine Privatsphäre einzudringen? Nachdem ich seine Visitenkarte gefunden hatte, war ich bereit gewesen, noch einmal darüber nachzudenken, ob er mir nicht womöglich doch helfen konnte. Jetzt aber, da ich wusste, dass er sich wie ein Stalker in meinem Vorgarten herumdrückte, kam das nicht mehr infrage.

Unten angekommen entriegelte ich die Haustür und trat auf die überdachte Veranda. Dann sah ich *ihn* und jeder Gedanke an Ash McCray war vergessen.

Der Schwarze Engel, den ich schon zwei Mal zu sehen geglaubt hatte, stand mit halb ausgebreiteten Schwingen im Schatten der Trauerweide, reglos wie eine Statue. Er sah ziemlich echt aus, trotzdem wollte ich sichergehen, dass ich ihn mir nicht einbildete. Ich hätte auf das Wesen schießen können, womöglich auch schießen sollen, doch abgesehen davon, dass ich Hemmungen hatte, auf etwas zu ballern, was keine Blechdose oder Zielscheibe war, würde ein Schuss die ganze Nachbarschaft in Aufruhr versetzen und es würde mich einige Mühe kosten, die Leute wieder zu beruhigen. Statt also meine Waffe anzulegen, hob ich den faustgroßen Stein auf, den ich im Sommer benutzte, um die Tür offen zu halten und frische Luft ins Haus zu lassen. Ich bezweifelte sowieso, dass ich mich in nächster Zeit bei offener Türe in meinem Haus aufhalten wollte.

Ich zielte und warf.

Das Geschoss traf ins Schwarze.

Die geflügelte Kreatur zuckte und rief: »Hey, lass das!«

Sie *war* real.

Plötzlich war ich nicht sicher, was besser war: Halluzinationen zu haben oder dieses Wesen in meinem Vorgarten zu haben, das verflixt echt war. Es war seltsam. Je länger ich auf die Schatten starrte, in denen es sich verbarg, desto besser konnte ich es erkennen. Doch das hatte nichts damit zu tun, dass sich meine Augen allmählich an die Dunkelheit gewöhnten. Es war vielmehr, als könne mein Blick die Finsternis aufweichen und die Farben zurückholen, die der schwindende Tag mit sich genommen hatte. Was ich sah, war ein unglaublicher Anblick. Ein schwarz gefiederter Engel in dunklen Jeans, mit nacktem, muskelbepacktem Oberkörper. Nur das Gesicht konnte ich nicht erkennen, es blieb im Schatten der Äste verborgen.

Ich erwartete, dass die Kreatur verschwand, so wie sie vergangene Nacht verschwunden war, nachdem ich sie auf meinem Dach bemerkt hatte. Doch so oft ich auch blinzelte, dieses Mal löste sie sich nicht einfach in Luft auf. Sie bewegte sich auch nicht, sondern stand einfach nur da, als wäre sie aus Dunkelheit gemeißelt.

Je länger ich sie anstarrte, desto unentschlossener war ich, was ich seltsamer finden sollte: den Umstand, dass ein geflügeltes Wesen, das wie ein Engel aussah, in meinem Garten stand, oder die Tatsache, dass dieses Wesen Jeans trug?

Da das Wesen dieses Mal anscheinend nicht einfach verschwinden würde, lag es wohl an mir, den nächsten Schritt zu tun. Obwohl mir der Gedanke an einen schnellen Rückzug durchaus verlockend erschien, entschied ich mich letztlich doch für die Flucht nach vorn.

»Wer bist du?« Meine Stimme hätte fest und entschlossen klingen sollen – immerhin war ich diejenige mit der Pistole in der Hand –, doch sie hörte sich atemlos und zittrig an und strafte die Sicherheit, die mir die Waffe geben sollte, Lügen.

»Ich bin dein Schutzengel.«

Sanft gesprochene Worte, die mir beinahe den Boden unter den Füßen wegzogen. Nur zu gut erinnerte ich mich an die Zeit nach Moms Tod. Die endlosen Nächte, in denen ich um einen Engel gebetet hatte, der nie gekommen war. Es hätte mich glücklich machen sollen, dass meine Gebete nach all den Jahren doch noch erhört worden waren, aber alles, was ich verspürte, war Wut. Sein Timing war wirklich beschissen. Engel mochten göttliche Geschöpfe sein, denen man womöglich wie allem Kirchlichen mit Ehrfurcht und Respekt zu begegnen hatte. Ich für meinen Teil hatte meine spirituelle Karriere beendet, als die Engel beschlossen hatten, mich mir selbst zu überlassen.

»Du kommst zu spät«, zischte ich. »Ich brauche dich nicht mehr. Verzieh dich aus meinem Garten und komm nie wieder hierher!« Da ich nicht sicher war, ob ich mit einem höheren Wesen fertig werden würde, verzichtete ich vorsichtshalber darauf, eine Drohung auszustoßen, was ich mit ihm anstellen würde, wenn er sich weigern sollte, zu verschwinden.

Unglücklicherweise überhörte er meine unausgesprochene Drohung nicht. »Und was ist, wenn ich nicht gehe?« Er klang nicht wütend, wie ich es an seiner Stelle gewesen wäre. Vielmehr glaubte ich, Neugier aus seinem Tonfall herauszuhören.

»In diesem Fall kann ich dich nur warnen.« Ich suchte

nach Worten, die bedrohlich genug klangen, um ihm meine Entschlossenheit zu zeigen. Alles, was mir einfiel, war: »James Holloway High. Abschlussjahr. Mrs Kellermans Selbstverteidigung für Mädchen. Und jetzt schnapp dir deine Harfe und schwing dich zurück auf deine Wolke!«

Das Wesen gab einen Laut von sich, der verdächtig nach einem Lachen klang. »Wenn Mrs Kellermans Wissen dir einmal nicht mehr weiterhelfen kann, wende dich an eine andere Instanz.«

Dann war er verschwunden. Ich hatte nicht geblinzelt, er war einfach von einem Moment auf den anderen nicht mehr da. Ich war versucht, nachzusehen, ob er tatsächlich fort war, und falls ja, ob er Spuren hinterlassen hatte. Da ich jedoch fürchtete, dass er zurückkehren könnte, zog ich mich ins Haus zurück, verriegelte die Tür hinter mir und drehte noch einmal eine Runde, um zu überprüfen, ob wirklich alle Fenster verriegelt waren. Auch in dieser Nacht schlief ich mit der Pistole auf dem Nachttisch.

10

Akashiel saß auf dem Dach von Rachels Haus und kochte vor Wut.

Nachdem die Sache im Restaurant gestern so gründlich schiefgegangen war und er keine Gelegenheit mehr bekommen hatte, mit ihr zu sprechen, da ihre Freundin in den Waschraum gekommen war, hatte er beschlossen, einen weiteren Versuch zu unternehmen – und damit alles nur noch schlimmer gemacht.

Du meine Güte, sie hatte ihn sogar für ein Gespenst gehalten und das nur, weil er mit seinem stofflichen Körper auf eine andere Ebene ausgewichen war, um nicht gegen den verdammten Mülleimer zu stoßen. Dabei war er ebenso real wie die Menschen. Er aß, schlief und atmete. Sein Herz schlug und pumpte warmes Blut durch seine Adern. Es war kein Zufall, dass er so viel mit den Menschen gemein hatte – der Chef hatte sie schließlich nach dem Abbild der Engel erschaffen, nur ohne deren besondere Fähigkeiten. Und diese Fähigkeiten hatten ihn in Rachels Augen zum Gespenst werden lassen.

Als er an ihrer Tür klingelte, hatte er nicht die geringste Vorstellung gehabt, was er ihr sagen sollte. Vielleicht war das das Problem. Wie sollte er sie davon überzeugen, dass er ihr nichts Böses wollte, wenn er ihr nicht offenbaren durfte, wer er war und warum er bei ihr auftauchte? Anstelle einer Erklärung hatte er sie nach Veränderungen gefragt. Es musste welche geben, andernfalls wäre sie nicht in der Lage gewesen, ihn zu sehen.

Er hatte alles vollkommen falsch angepackt. Zu unüberlegt. Wie sollte er auch wissen, wie man so etwas anging, wenn er sich bisher nie jemandem gezeigt hatte? Seinesgleichen handelte aus dem Verborgenen heraus. Er flüsterte seinen Schützlingen Warnungen zu und gab ihnen positive Schwingungen und Gedanken ein. All das geschah, ohne dass seine Schützlinge auch nur ahnten, dass es ihn gab. Für sie war er keine Person, sondern im besten Fall, sofern sie überhaupt etwas wahrnahmen, reine Intuition oder positive Energie.

Verfluchte Scheiße! Er war geschickt worden, um einen Altfall abzuschließen. Das bedeutete für gewöhnlich nicht mehr, als nachzusehen, was aus seiner Schutzperson geworden war, und den Fall danach ein für alle Mal zu den Akten zu legen. Stattdessen hatte er sie beinahe umgebracht!

Das alles hätte überhaupt nicht passieren dürfen!

Sie hätte überhaupt nicht imstande sein dürfen, ihn zu sehen – und trotzdem hatte sie es getan.

Doch das war nicht das Einzige, was nicht wie gewohnt lief. An der Unfallstelle war ihr Lebensfaden gerissen. Akashiel hatte gesehen, wie der silberne Strang durchtrennt worden war, der ihre Seele mit dem Körper verband. Sie war umhergeirrt und er hätte ihr auf die andere Seite helfen sollen. Dann jedoch hatte er Kyriel und diese andere Präsenz entdeckt und war für einen Moment abgelenkt gewesen. Als er seine Aufmerksamkeit wieder auf Rachel gerichtet hatte, war ihre Seele zusammen mit dem Leben in ihren Körper zurückgekehrt. Er musste sich geirrt haben, der Faden war noch da gewesen, zu dünn, um ihn aus der Ferne zu erkennen, aber stark genug, dass die Ärzte sie reanimieren und ins Leben zurückholen konnten. Trotzdem war er sicher gewesen, dass er die Verbindung zwischen Körper und Seele nicht länger gespürt hatte.

Das alles hätte nicht mehr als ein Job sein sollen, wie er sie seit Jahrtausenden unzählige Male erledigt hatte. Doch dieses Mal war es anders. Im Gegensatz zu sonst, wo er seine Arbeit zu machen pflegte und wieder verschwand, um sich dem nächsten Auftrag zuzuwenden, genügte ihm das dieses Mal nicht. Er wollte an Rachels Seite sein, mit ihr reden und lachen, sie in den Arm nehmen und trösten, ihr zeigen, dass sie nicht allein war. Diese Gefühle irritierten ihn, waren sie ihm doch bisher fremd gewesen. Niemals zuvor hatte er sich zu einer Menschenfrau hingezogen gefühlt – nicht so, wie er sich zu Rachel Underwood hingezogen fühlte. Aber selbst wenn sie ihn nicht gefürchtet und verabscheut hätte, was sie eindeutig tat, wäre es ihm nicht gestattet gewesen, sich ihr auf diese Weise zu nähern. Eine Liaison mit einem Menschen würde ihn nicht nur seinen Job kosten. Sie würden ihm das nehmen, was ihn ausmachte, und ihn verstoßen. Er war bereit, ihr zu helfen und auf sie achtzugeben, aber er würde nicht ihretwegen zum Gefallenen werden.

Es war merkwürdig, denn er hatte im Laufe seiner Arbeit unzählige Schicksale erlebt, die weit schlimmer waren als das ihrige, und doch hatte ihn keines jemals so berührt. Was war so Besonderes an dieser Frau, dass er an nichts anderes mehr denken konnte, seit er den Umschlag mit dem Altfall in seiner Eingangspost gefunden hatte?

Was war so Besonderes an ihr, dass sich Kyriel für sie interessierte?

Vergangene Nacht, als diese Maskierten hinter ihr her gewesen waren, hatte er ihr eine Warnung zugerufen. Am liebsten hätte er die Kerle zerlegt, aber das durfte er nicht. Es war ihm nicht erlaubt, sich über gewisse Grenzen hinaus in die Angelegenheiten der Menschen einzumischen. Schon seine Warnung hatte sich am Rande dessen bewegt, was gestattet war. Dass er ausgerechnet in dem Moment, als Rachel in den Park gelaufen war, zu einem Notfall abbeordert worden war, hatte ihm gar nicht gepasst. Andererseits hatte er es wohl nur diesem Notfall zu verdanken, dass er sich noch immer innerhalb der Spielregeln bewegte. Wäre er in ihrer Nähe geblieben, hätte er nicht dafür garantieren können, dass es ihm gelungen wäre, sich rauszuhalten. Es war ihm schon schwer genug gefallen, dem Ruf zu folgen und sie sich selbst zu überlassen. Einzig die Jahrtausende währende Gewohnheit, Befehlen aus der Chefetage ohne Widerspruch Folge zu leisten, und das Wissen, alles zu riskieren, wenn er bliebe, hatten ihn dazu veranlasst, seine Arbeit zu tun, wie es von ihm erwartet wurde.

Allerdings war er nicht sicher, ob er ihr noch einmal den Rücken zukehren könnte. Er musste einen Weg finden, wie er ihr helfen und gleichzeitig seinen Job erledigen konnte, ohne dabei die Regeln zu brechen. Vielleicht ließen sie sich ein wenig *dehnen.*

Ein Klappern schreckte Akashiel aus seinen Gedanken. Er beugte sich über die Dachkante und erblickte Rachels Kater, der über den Rasen stolzierte. Als würde das Tier seine Anwesenheit spüren, hielt es inne und sah zu ihm hinauf. Für das Tier war Akashiel ebenso unsichtbar wie für jedes andere Lebewesen, Katzen jedoch hatten einen siebten Sinn, wenn es um seinesgleichen ging.

Womöglich konnte ihm der Kater helfen. Akashiel rückte ein Stück näher an die Dachkante heran und lüftete den Schleier, der ihn vor den Augen des pelzigen Geschöpfs verbarg. »Hey, Popcorn«, benutzte er den Namen, den er von Rachel gehört hatte.

Es heißt Mister *Popcorn,* korrigierte das Vieh ihn und erinnerte ihn daran, warum diese Biester neun Leben hatten: Keiner wollte diese versnobten kleinen Klugscheißer allzu schnell oben im Himmel haben.

»Entschuldige.« Akashiel bemühte sich, höflich zu bleiben. Hoffentlich bestand das Vieh nicht auch noch darauf, dass er es siezte. »Ich wollte dich nicht kränken, Mister Popcorn. Kannst du mir einen Gefallen tun und ein Auge auf dein Frauchen haben?«

Neugierig geworden, kam der Kater zwei Schritte näher. *Warum?*

»Es könnte sein, dass sie in Schwierigkeiten steckt.«

Davon hat sie nichts gesagt, gab der Kater zurück.

»Sie spricht mit dir?« Akashiel wusste, dass Menschen oft mit ihren Haustieren redeten, trotzdem irritierte es ihn immer wieder. Es leuchtete ihm einfach nicht ein. Warum sich mit einem Tier unterhalten, das einem doch nicht antwortete? Ebenso gut konnte man Selbstgespräche führen oder mit einer Wand sprechen. »Erzählt sie dir viel?«

Früher ständig, schnurrte der Kater. *Seit sie mich verstehen kann, bin ich ihr wohl ein wenig unheimlich geworden. Zumindest geht sie mir nicht mehr aus dem Weg.*

Akashiel horchte auf. »Sie versteht dich?«

Hast du was an den Ohren, Fledermaus?

»Seit wann?«

Seit sie wieder da ist.

Damit meinte er sicher ihre Rückkehr aus dem Krankenhaus. »Hast du noch andere Veränderungen bemerkt?«, stellte Akashiel dem Tier die Frage, auf die Rachel ihm die Antwort schuldig geblieben war.

Mister Popcorn jedoch hatte die Geduld verloren. *Hör mal, wenn du etwas über sie wissen willst, dann geh rein und frag sie selbst. Ich bin doch nicht die Auskunft!* Mit diesen Worten wandte er sich ab und stiefelte über den Rasen davon.

Es bedurfte nur eines Fingerzeigs und die Barriere, die Akashiel wie ein Schleier vor den Augen der Welt verborgen hielt, war wieder errichtet. Die Worte des Katers hatten ihm bestätigt, was er längst geahnt hatte: Etwas in Rachels Leben hatte sich verändert. Unglücklicherweise war er der Antwort auf die Frage, was das sein könnte, keinen Schritt näher gekommen.

Nachdem sie ihn vorhin mit der Pistole bedroht hatte, war ihm klar geworden, dass er sich besser erst mal nicht mehr bei ihr blicken ließ. Darüber, dass ihm die Kugeln Schaden zufügen könnten, musste er sich keine Gedanken machen – immerhin war er ein unsterbliches Wesen –, was er fürchtete, war Rachels Reaktion, wenn sie erkennen musste, dass sie ihm nichts anhaben konnte.

Was er in ihren Augen gesehen hatte, war auch so schon schlimm genug: Sie fürchtete ihn und er hatte nicht die geringste Ahnung, wie er das ändern konnte. Nach den beiden verpatzten Versuchen gestern und heute brauchte er sich nichts mehr vorzumachen. Er würde ihr Vertrauen nicht gewinnen. Erst recht nicht, nachdem dieser Penner hier aufgetaucht war und behauptet hatte, ihr Schutzengel zu sein. Allein dafür hätte er Kyriel am liebsten den Hals umgedreht.

Solange er nicht wusste, was dieser Kerl von ihr wollte und warum er sich als etwas ausgab, was er nicht war, konnte Akashiel die Akte Rachel Underwood auf keinen Fall schließen.

Er starrte auf die Stelle, wo Kyriel unter dem Baum gestanden hatte. Dieses Arschloch hatte nicht einmal versucht, sich vor ihr zu verbergen. Er hatte einfach dagestanden, sichtbar für Rachel und den Rest der Welt, wenn sich jemand in diesem Augenblick die Mühe gemacht hätte, in die Schatten unter der Weide zu spähen. Abgesehen davon, dass Kyriels Frechheit ihn wütend machte, traf ihn Rachels Reaktion beinahe noch mehr. Sie lehnte einen Schutzengel ab, wollte ihn nicht haben. Sie hatte sogar einen Stein nach ihm geworfen.

Großartig.

Allerdings gab es trotz allem einen Lichtblick. Anfangs war Akashiel stinksauer gewesen, dass Kyriel sich als ihr Schutzengel ausgab. Je länger er jedoch darüber nachdachte, desto deutlicher wurden ihm die Möglichkeiten bewusst, die sich daraus für ihn ergaben. Rachel wusste nun, dass sie einen Schutzengel hatte, auch wenn der, der behauptete, es zu sein, ein Lügner war. Solange Akashiel sich im Verborgenen hielt und dafür sorgte, dass sie ihn nicht noch einmal zu Gesicht bekam, konnte er sie leiten und ihr Hilfestellung geben. Und das, ohne die Regeln zu brechen – zumindest nicht mehr, als er sie bisher schon gebrochen hatte.

11

Am nächsten Morgen saß ich in meinem Büro, eine große Tasse Schokokaffee und einen Muffin vor mir auf dem Schreibtisch. Oben im Café hatte Steve mir seinen »Ich muss mit dir reden«-Blick zugeworfen und ich glaube, als er mir den Teller mit dem Muffin über die Theke schob, hatte er es sogar laut ausgesprochen. Ich war jedoch so mit mir selbst beschäftigt, dass ich nur nickte und ihn mit einem »später« vertröstete.

Zurück an meinem Schreibtisch, gab ich als Erstes McCrays Namen in die Suchmaschine ein. Außer ein paar Profilen bei My Space, allesamt von Teenies, und einem Anwalt mit demselben Namen, spuckte meine Suchanfrage keine weiteren Treffer aus. Auch die Handynummer und Variationen des Vornamens brachten mich nicht weiter. Frustriert wandte ich mich schließlich den Abrechnungen der letzten Tage zu.

Es fiel mir schwer, mich auf die Zahlen zu konzentrieren. Immer wieder schweiften meine Gedanken zu den Ereignissen der letzten Nacht. Als wären dieser McCray und der übergroße Flattermann in meinem Garten nicht schon mehr als genug gewesen, hatte ich auch wieder geträumt.

Ich war zurück in der Höhle, umgeben vom Rauschen des Meeres, dem Schlagen der Wellen und einer durchdringenden Kälte, die die salzige Luft erfüllte. Obwohl ich noch immer die Gefahr spürte, die von diesem Ort ausging, zog es mich weiter. Es fühlte sich nicht wie ein Traum an: Ich sah den graubraunen Fels, roch das Meer und hörte das Knirschen meiner Schritte auf dem salzverkrusteten Boden. Alles schien vollkommen real zu sein.

Wie beim letzten Mal auch, war es hell genug, um mich meine Umgebung erkennen zu lassen. Erst dachte ich, es läge an meiner eigenartigen Fähigkeit, mit meinen Augen die Dunkelheit zu durchdringen, wie ich es gemacht hatte, als der Schwarze Engel unter der Weide gestanden hatte. Dann jedoch erkannte ich, dass das Licht von oben kam. Ich legte den Kopf in den Nacken, auf der Suche nach dem Ursprung der Helligkeit, die wie bläulich schimmernder Nebel über der Höhle lag. Blinzelnd starrte ich ins Licht, bis ich die Quelle dahinter erkannte. Die Felsdecke war über und über von Kristallen überzogen, aus denen die Helligkeit sickerte wie aus einem Meer von Glühbirnen.

Meine Schritte wurden vorangetrieben, angezogen von den Felswänden im hinteren Teil der Höhle, und obwohl ich die Bösartigkeit spürte, die dort lauerte, gelang es mir nicht, stehen zu bleiben. Es war, als hätte ein anderer die Kontrolle über meinen Körper übernommen und drängte mich nun vorwärts. Ich zitterte am ganzen Leib, was nicht allein von der Kälte herrührte, und meine Schritte waren unsicher. Trotzdem zog es mich weiter.

Wenngleich ich mich nicht erinnern konnte, jemals an einem Ort gewesen zu sein, der diesem auch nur im Entferntesten geähnelt hätte, kam mir alles auf erstaunliche Weise bekannt und vertraut vor. Ein wenig erinnerte mich das Gefühl daran, was ich empfunden hatte, als ich Ash McCray in die Augen geblickt hatte – nur ohne die Wärme und das Wissen, dass mir nichts geschehen würde.

Wie schon im ersten Traum, spürte ich die Bösartigkeit, die den Fels bis in seine Wurzeln durchdrang und so greifbar in der Luft lag, dass es mich selbst jetzt, Stunden danach, noch fröstelte.

Im Traum jedoch konnte selbst meine Angst nicht verhindern, dass es mich immer weiter vorwärts drängte, bis ich schließlich vor einem riesigen Wall aus graubraunem Fels stand. Erstaunt stellte ich fest, dass man daran vorbeigehen konnte und die Höhle dahinter noch weiter führte. Doch diese Wand war es, die mich von Anfang an angezogen hatte. Schatten lagen auf der zerklüfteten Oberfläche, und je länger ich auf den Fels starrte, desto mehr veränderte sich meine Wahrnehmung. Was zunächst wie das willkürliche Spiel von Licht und Schatten gewirkt hatte, offenbarte sich als ein Muster, dessen Sinn sich mir erst erschloss, als ich ein paar Schritte zurücktrat, um die Wand als großes Ganzes zu betrachten. Dort im Fels waren riesige Gestalten zu erkennen, teils aufrecht stehend, teils zusammengekauert. Manche blickten in den Himmel und hatten die Arme in einer abwehrenden Geste erhoben, andere die Gesichter zu Fratzen verzerrt und die Finger zu angriffslustigen Klauen verkrümmt. Sie sahen aus, als habe der Stein sie in ihrer letzten Bewegung gefangen. Obwohl ich mich dagegen gewehrt und es zu verhindern versucht hatte, war ich langsam näher getreten und hatte die Hand nach dem Fels ausgestreckt, ohne ihn jedoch zu berühren. Das musste ich auch nicht, denn was ich spürte, war auch so deutlich genug. Da waren Schmerz und rasende Wut, die von diesen Steinfratzen ausgingen.

Diese Gefühle waren es, die mich letztlich lange vor dem Morgengrauen aus dem Schlaf geschreckt hatten, weshalb ich eine Stunde früher als gewöhnlich im Laden gewesen war. Wie schon beim ersten Mal, hing mir auch dieser Traum immer noch nach und es fiel mir schwer, meine Gedanken auf die Arbeit zu konzentrieren. Als mir das gerade einigermaßen zu gelingen schien, wurde die Bürotür geöffnet und Amber kam herein.

Sie ließ sich mir gegenüber in den Sessel fallen und unterzog mich einer eingehenden Musterung. Ich versuchte ein unschuldiges Gesicht zu machen und so zu tun, als sei nichts gewesen, doch Amber kannte mich zu gut, um darauf hereinzufallen.

»Sag jetzt nicht, du bist noch einmal verfolgt worden?«, sagte sie entsetzt.

»Nein, nein«, entgegnete ich hastig und fügte hinzu: »Zumindest nicht von diesen Maskierten.«

»Was ist passiert?«

Ich wollte endlich mit jemandem über all die Merkwürdigkeiten der letzten Zeit reden. Amber war der einzige Mensch, dem ich wirklich bedingungslos vertraute. Ich wollte ihre Meinung hören, wollte mich versichern, dass ich nicht durchdrehte, aber vor allem wollte ich mir endlich alles von der Seele reden.

»Letzte Nacht war jemand in meinem Garten«, platzte ich trotz meiner Angst, dass sie mir kein Wort glauben würde, heraus. Scheiße, ich würde mir ja selbst nicht glauben, wenn ich es nicht mit eigenen Augen gesehen hätte. »Mitten im Gespräch hat er sich plötzlich in Luft aufgelöst.«

»Er ist zwischen den Büschen verschwunden?«

»Nein, direkt vor meinen Augen. Im einen Moment war er noch da – im nächsten verschwunden.«

»Es war dunkel, du hast bestimmt –«

»Der Kerl hat behauptet, ein Engel zu sein!«

»Du hast mit ihm gesprochen?«

»Ich habe einen Stein nach ihm geworfen, damit er verschwindet.« Je mehr ich sagte, desto deutlicher wurde mir bewusst, wie sich das alles anhören musste. Doch es war zu spät, um den Mund zu halten. »Ich weiß, wie das klingt, Amber, aber ich bin ganz sicher nicht verrückt.«

»Das habe ich auch nicht gesagt.« Sie bedachte mich mit einem langen Blick, ein Zeichen, das sie ihre nächsten Worte sorgfältig abwägte. »Womöglich wäre es gut, wenn du noch einmal mit Dr. Fiedler sprichst. Vielleicht sind die Tabletten zu stark, die er dir verschrieben hat.«

Ich verzichtete darauf, ihr zu sagen, dass ich seit meiner

Entlassung keine Tabletten mehr zu nehmen brauchte. Es hätte nichts daran geändert, dass sie mich zu Dr. Fiedler schicken wollte. Dann eben unter der Prämisse, dass ich die Medikamente vermutlich zu früh abgesetzt hatte. Bis gestern wäre ich noch ihrer Meinung gewesen, mittlerweile war ich jedoch davon überzeugt, dass das alles wirklich passierte. Einzeln betrachtet wäre es sicher möglich, sich das eine oder andere von dem, was geschehen war, einzubilden. Aber *alles* auf einmal? So viel Fantasie hatte selbst der durchgedrehteste Irre nicht. Die Dinge, die mir widerfuhren, waren alles andere als normal, doch das hatte nichts mit meinem Geisteszustand zu tun. Viel wahrscheinlicher war es, dass der Unfall etwas ausgelöst hatte. Die Frage war nur, wie ich herausfinden konnte, was das war.

Sprich mit diesem Ash, wisperte mir ein vorlauter Gedanke ins Ohr. Aber wie konnte ich mit jemandem sprechen, der vielleicht für all das verantwortlich war?

»Da war dieser Kerl.« Ehe ich mich bremsen konnte, erzählte ich Amber von Ash McCrays gestrigem Besuch und davon, wie unheimlich ich ihn gefunden hatte. Dass er mir gleichzeitig so vertraut erschienen war, ließ ich ebenso unter den Tisch fallen wie seinen Namen. Im Nachhinein war ich davon überzeugt, dass ich mir diese Vertrautheit vermutlich nur eingeredet hatte, um mir nicht vor Angst in die Hosen zu machen.

»Und dieser Kerl ist einfach in dein Haus gekommen?« Amber war anzusehen, dass sie es nicht fassen konnte und sich selbst jetzt, obwohl ich unbeschadet vor ihr saß, noch Sorgen um mich machte. »Hast du die Polizei gerufen?«

Ich schüttelte den Kopf.

»Du musst Anzeige erstatten. Ich meine, womöglich ist er ja ein gesuchter Verbrecher und …« Sie sah auf. »Vielleicht gehört er zu diesen Maskierten, die dich verfolgt haben!«

»Ich glaube nicht, dass er ein Verbrecher ist.« Ich glaubte ja nicht einmal, dass er ein Mensch war.

»Wieso? Hast du ihn denn vorher schon mal gesehen?«

»Im Wagen«, entfuhr es mir und ich wusste sofort, dass es ein Fehler war. Trotzdem fuhr ich fort: »Einen Sekundenbruchteil vor dem Unfall.«

Amber schnitt eine Grimasse. »Rachel, das ist nicht witzig.«

»Glaub mir, ich finde das auch nicht komisch. Der Typ ist ein Freak! Er wollte wissen, ob sich seit dem Unfall etwas verändert hat.« Da Amber mich noch immer mit diesem »Du brauchst ärztliche Hilfe«-Blick musterte, verzichtete ich darauf, ihr auch noch von meiner Waschraumbegegnung mit McCray zu erzählen.

»Ich weiß, wie sich das anhören muss«, räumte ich ein. »Aber in letzter Zeit passiert so viel, was ich mir einfach nicht erklären kann.« Erstaunt stellte ich fest, dass wir zwar sonst über alles sprachen, uns aber noch nie wirklich über Übernatürliches unterhalten hatten – oder darüber, wie wir dazu standen. Sicher, als Kinder hatten wir uns im Gläserrücken versucht und mit einem Ouija-Brett gespielt, aber das war nichts weiter als ein Spaß gewesen, wie ihn Millionen Teenager vor und nach uns mitgemacht hatten. Ich hatte nicht die geringste Ahnung, ob Amber an diesen Kram glaubte oder ob sie es als Blödsinn abtat. Ihr Horoskop las sie zumindest jeden Morgen.

»Ich halte dich nicht für verrückt, falls du dir deswegen Sorgen machst, aber ich habe trotzdem Schwierigkeiten zu glauben, dass …« Sie seufzte. »Der Unfall hat dich ziemlich mitgenommen und ich weiß, dass du dir immer noch Vorwürfe machst. Vielleicht brauchst du einfach noch ein bisschen Zeit, um wieder auf Normalbetrieb schalten zu können.«

»Ich werde nicht nach Hause gehen, falls du das vorschlagen willst.« Der Gedanke, neben meinem sprechenden Kater zu sitzen und darauf zu warten, dass der nächste Engel auftauchte, war alles andere als reizvoll.

»Dann versprich mir, dass du wenigstens noch einmal mit Dr. Fiedler redest.«

Ich fühlte mich wie ein Vollidiot, aber wie erklärte man seiner besten Freundin, dass einem Dinge passierten, die sich nicht als normal bezeichnen ließen? Konnte ich wirklich erwarten, dass sie mir das abkaufte? Nicht ohne Beweise. Fragte sich nur, woher ich die bekommen sollte. Fürs Erste war es sicherlich das Beste, das Thema ruhen zu lassen.

Zu meinem Glück klingelte das Telefon und erlöste mich von weiteren Bitten, mich noch einmal untersuchen zu lassen. »Entschuldige«, sagte ich. »Ich muss das annehmen. Das ist sicher unser Steuerberater, auf dessen Rückruf ich seit gestern warte.«

Amber warf mir einen durchdringenden Blick zu, ehe sie sich erhob und das Büro verließ. Es war tatsächlich unser Steuerberater, auch wenn ich seinen Anruf gar nicht erwartet hatte. Nach dem Telefonat vertiefte ich mich wieder in meine Rechnungen, bis mich die Unruhe und die Neugierde erneut übermannten und ich nach draußen ging, um nach einem Buch über Engel zu suchen.

Auf meinem Gang durch den Laden kreuzte ich den Weg mehrerer Stammkunden, die mich in Gespräche verwickelten. Ich beantwortete ihre Fragen über den Unfall und zu meinem Befinden so knapp wie möglich, ohne dabei unhöflich zu sein, und entschuldigte mich jedes Mal schnell, indem ich vorschob, ein Buch für einen Kunden suchen zu müssen.

Die esoterischen Bücher befanden sich im hinteren Teil des Ladens, in mannshohen Wandregalen. Ich blieb davor stehen und machte mich daran, den Inhalt der Regale zu überfliegen. Amber hätte mir sofort sagen können, wo welches Buch stand, denn während sich mein Wissen auf die kaufmännische Seite unseres Ladens konzentrierte, waren die Regale und deren Inhalt ihr Leben. Nach unserem Gespräch von vorhin wollte ich ihr Misstrauen jedoch nicht noch weiter schüren, indem ich sie nach Büchern über Engel ausquetschte. Dann lieber selbst suchen.

Ich arbeitete mich langsam über Auren und Schutzgeister vor, bis mir das erste Mal das Wort »Schutzengel« ins Auge sprang. Das Buch stand ziemlich weit oben, sodass ich mich auf die Zehenspitzen stellen und mich strecken musste, um es zu erreichen. Kaum hielt ich es in der Hand, schlug ich es auf und überflog das Inhaltsverzeichnis. Es bestand aus Fragen wie: Woran erkenne ich meinen Schutzengel? Wie kann ich ihn rufen? Welche Aufgaben hat er? Das alles klang ziemlich abgedreht – so abgedreht, dass ich das Buch unter anderen Umständen grinsend zurückgestellt hätte. Dummerweise schien mich das Thema inzwischen unmittelbar zu betreffen, sodass es nichts schaden konnte, die Kapitel zumindest einmal zu überfliegen.

Ich klappte es zu und fragte mich, ob ich damit ins Büro verschwinden oder mich erst nach weiteren brauchbaren Schmökern umsehen sollte. Unentschlossen musterte ich die Buchreihen vor mir.

»Rachel!«, rief jemand. »Vorsicht!«

Auf der Suche nach dem Grund für diese Warnung wirbelte ich herum. Noch in der Drehung sah ich aus dem Augenwinkel, wie das Regal kippte. Es würde mich unter sich begraben! Die Bücher rutschten nach vorn, fielen über die Kante und prasselten in Form eines unbarmherzigen Regens aus Papier und harten Einbänden auf mich herab. Hinter ihnen stürzte mir das Regal entgegen. Ich brachte mich mit einem seitlichen Satz in Sicherheit, nicht einmal einen Herzschlag, bevor das Konstrukt aus massivem Holz auf den Boden krachte.

Schwer atmend stand ich da und starrte auf das Regal, das mich um ein Haar erschlagen hätte.

»Bist du verletzt?« Ich spürte eine Berührung an meinem Arm, und als ich aufsah, blickte ich in Pats erschrockenes Gesicht. »Rachel! Geht es dir gut?«

Ich wollte ihm sagen, dass mir nichts fehlte und dass er mir für seine Frage einen Dollar schuldete, doch mir saß der Schrecken zu tief in den Gliedern, sodass ich nur ein Nicken zustande brachte. Ohne Pats Warnung … Meine Finger klammerten sich um das Buch, bis die Knöchel weiß hervortraten. Um mich herum sammelten sich alle möglichen Leute und redeten auf mich ein. Ich murmelte beruhigende Belanglosigkeiten, an die ich mich schon eine Sekunde später nicht mehr erinnern konnte. Amber drängte sich zwischen den Leuten hindurch und nahm mich zur Seite, als ich Pat darum bitten wollte, mit anzupacken und mir zu helfen, das Regal wieder aufzustellen.

»Lass das Pat machen.«

»Allein?«

»Steve und ich können ihm helfen.«

»Ich kann doch auch …«

»Rachel, du bist leichenblass. Wie wäre es, wenn du in dein Büro gehst und dich hinsetzt, bevor du noch umkippst?«

Natürlich war ich erschrocken, doch ich war meilenweit davon entfernt, aus den Schuhen zu kippen. Himmel, das musste wirklich aufhören, dass sich Amber solche Sorgen um mich machte! Sosehr ich es zu schätzen wusste, so wusste ich doch auch, dass es auf Dauer ziemlich anstrengend werden würde, mich gegen ihre übermäßige Fürsorge zur

Wehr zu setzen. Ich warf einen Blick in die Runde, die aus Pat und Amber und mehreren Kunden bestand, die Zeugen des Vorfalls gewesen waren, und erkannte, dass dies nicht der passende Rahmen war, um eine Diskussion anzufangen. Statt also etwas zu sagen, nickte ich nur und verschwand in mein Büro.

Hinter mir gab Pat Anweisungen. Ich hörte das Scharren von Holz und wie jemand sagte, dass man die Bücher vorerst nicht wieder einsortieren könne, da die Wandhalterungen vollständig aus ihrer Verankerung gerissen wären. Dann schloss ich die Tür hinter mir und sperrte die Stimmen und Geräusche aus. Dankbar für die Ruhe lehnte ich mich mit dem Rücken gegen die Tür und atmete tief durch.

Meine Hände begannen plötzlich so heftig zu zittern, dass mir das Buch aus der Hand fiel. Da ich es vermutlich ohnehin nicht hätte festhalten können, ließ ich es liegen und verschränkte meine Arme vor der Brust, in der Hoffnung, das Zittern so unter Kontrolle zu bringen.

Es war sicher nur ein dummer Zufall, dass mir das Regal ausgerechnet heute beinahe den Schädel eingeschlagen hätte. Merkwürdig war nur, dass mir etwas Ähnliches noch nie passiert war – ich war vorher auch noch nie verfolgt oder überfallen worden.

Ohne das Buch aufzuheben, ging ich zu meinem Schreibtisch und ließ mich in den Stuhl fallen. Meine Hände zitterten noch immer, als ich die Tastatur zu mir heranzog und mich daran machte, die ersten Zahlen der Abrechnung einzugeben. Nach einer Weile wurde ich ruhiger. Meine Arbeit, die mir so vertraut war wie das Innenleben meiner Handtasche, half mir, den Schrecken zu verdauen.

Ich stand auf, um einen Ordner zu holen. Auf dem Weg zum Schrank hob ich endlich das Buch auf und warf es auf den Schreibtisch, ehe ich mich der langen Reihe von Ordnern zuwandte und mir den herauspickte, den ich brauchte. Ich blieb vor dem Schrank stehen, schlug ihn auf und blätterte darin, auf der Suche nach einem Lieferschein.

»Rachel?«

Erschrocken ließ ich den Ordner fallen und fuhr herum.

Da war niemand.

Aber woher war die Stimme gekommen? Kein Mensch in unserem Laden wusste, wie die Gegensprechanlage am Telefon funktionierte – auch wenn ich, weiß Gott, schon oft genug versucht hatte, es ihnen zu erklären.

»Rachel?« Beim Klang dieser Stimme, die mir irritierend vertraut erschien, überkam mich ein eigenartiges Gefühl, als stünde ich kurz davor, etwas zu begreifen. Nur noch ein winziges Detail und der Anflug des Verstehens, der meinen Verstand mit einem Flügelschlag gestreift hatte, würde sich in ein stimmiges Bild verwandeln, das all meine Fragen beantwortete. Ganz ähnlich fühlte es sich an, wenn einem ein Name oder Filmtitel auf der Zunge lag – tief in einem drin wusste man genau, was man sagen wollte, und war kurz davor. Doch das richtige Wort fand einfach nicht den Weg auf die Zunge.

»Ist alles in Ordnung?«

Wieder ein Dollar. Ich sollte allmählich anfangen, das Geld einzutreiben.

»Nichts ist in Ordnung«, schnappte ich. »Ich höre Stimmen und sehe niemanden!«

Ein leises Lachen durchdrang die Stille, die meinen Worten folgte, ein Geräusch, so voller Wärme, dass ich ein Kribbeln in meinem Nacken spürte. »Ich bin dein Schutzengel.«

Nicht der schon wieder! »Der Typ aus meinem Garten?«

»Du hast einen Stein nach mir geworfen«, bestätigte er. »Und das hat wehgetan.«

»Sollte ein Engel nicht …« Ich zuckte die Schultern, auf

der Suche nach dem richtigen Ausdruck. »Ich weiß nicht – irgendwie unverwundbar sein?«

Wieder dieses Lachen, das wie eine Liebkosung über meine Haut rollte. »Ich spreche vom seelischen Schmerz der Zurückweisung. Meinesgleichen wird nicht oft mit Steinen beworfen.«

»Deinesgleichen treibt sich für gewöhnlich auch nicht in meinem Garten herum.« Langsam tastete ich mich an der Wand entlang bis zur Tür. Sobald ich sie erreicht hatte, riss ich sie auf, in der Erwartung, davor jemanden mit einem Mikrofon in der Hand zu finden, der mir einen Streich spielte.

Der Gang vor meiner Tür war verlassen.

Ich streckte den Kopf aus dem Büro und sah mich um, ohne etwas Ungewöhnliches zu entdecken. Amber stand mit einer Kundin neben einem der Tische mit der Stapelware und sprach voller Begeisterung über einen Roman. Jill bediente die Kasse und Pat war im hinteren Teil damit beschäftigt, die esoterischen Bücher vom Boden aufzusammeln und auf einen Rollwagen zu stapeln. Zwischen den Regalen liefen Kunden umher und stöberten in den Büchern. Keiner von ihnen kam für mich als Quelle dieser Stimme infrage.

»Dort draußen wirst du mich nicht finden, Rachel.«

Die Stimme kam aus meinem Büro, daran bestand kein Zweifel. Die Frage war nur, wie sie dahin kam. Ich kehrte ins Zimmer zurück und schloss die Tür hinter mir. »Nehmen wir einmal an, ich würde dir diese Geschichte abkaufen«, sagte ich in den Raum hinein. »Was willst du?«

»Es wäre ein schöner Anfang, wenn du mir glauben würdest.«

»Um ehrlich zu sein, fällt mir das ein bisschen schwer.« Ich dachte daran, zum Schreibtisch zurückzukehren und mich zu setzen, da meine Knie schon wieder wie Pudding waren. Im Augenblick jedoch fühlte ich mich in der Nähe der Tür, mit einer Wand im Rücken, wesentlich wohler.

»Ich weiß, dass du mich nicht hier haben willst; das hast du gestern deutlich genug zum Ausdruck gebracht.« Seinen Worten folgte ein Geräusch, als würde er tief durchatmen oder einen Seufzer unterdrücken. »Aber ich glaube, dass du mich im Augenblick wirklich brauchst.«

Das hat dich damals auch nicht interessiert. »Wenn du von mir erwartest, dass ich mich auf ein ernsthaftes Gespräch einlasse, dann zeig dich!« Sich mit jemandem zu unterhalten, den ich nicht sehen konnte, fühlte sich bescheuert an. Ich kam mir vor wie ein Schwachkopf – jemand, der keine Selbstgespräche führte, sondern sich mit seinen eingebildeten Fantasiefreunden unterhielt. Der Kerl, der sich als mein Schutzengel ausgab, konnte ebenso gut ein zwei Meter großes weißes Kaninchen sein. Ja, ich kenne den Film!

»Es ist mir nicht gestattet, mich zu zeigen.«

»In meinem Garten hattest du damit kein Problem, *Harvey*.«

»Das weiße Kaninchen?«

»Du kennst …«

»… den Film«, vollendete er meinen Satz. »Toll gemacht, und auch wenn ich kein Kaninchen bin, entspringe ich trotzdem nicht deiner Einbildung. Ich bin so real wie du, Rachel.«

»Du bist *unsichtbar!*«

»Das stimmt so nicht«, widersprach er mir. »Ich darf mich dir lediglich nicht zeigen.«

Auch noch ein Wortklauber. Große Klasse!

»In deinem Garten zu erscheinen, war schon gegen die Regeln«, fuhr er fort, als ich nichts sagte. »Wenn ich das noch mal mache, bekomme ich großen Ärger. Aber solltest du in Not sein, brauchst du nur nach mir zu rufen und ich werde dir auf meine Weise helfen.«

»Dazu müsstest du mir erst mal deinen Namen verraten. Oder darfst du das auch nicht?«

Wieder strich sein Lachen über mich hinweg. »Mein Name ist Akashiel.«

»Akashiel also.« Ich hatte nicht die geringste Ahnung, was ich jetzt tun oder wie ich reagieren sollte. Ein Teil von mir wünschte sich, dass dieser Kerl tatsächlich mein Schutzengel war, jemand, der nur für mich da war und auf mich achtgab – etwas, was ich zurzeit durchaus nötig zu haben schien –, während ein anderer Teil skeptisch blieb und eher an eine Nachwirkung der Kopfverletzung oder einen dummen Streich glaubte. Auch wenn ich auf den ersten Blick keine Tricks entdeckt hatte, mit deren Hilfe die Stimme in meinem Büro zu hören war, bedeutete das noch lange nicht, dass es sie nicht gab. Womöglich war es eine raffinierte technische Spielerei, deren Quelle in einem der Schränke oder einer Schublade zu finden war. Allerdings konnte ich mir nicht vorstellen, wer mir einen derart fiesen Streich spielen sollte.

»Wenn du dich schon nicht zeigen darfst, könntest du mir zumindest etwas über dich erzählen.« Etwas, was mir beweist, dass du tatsächlich ein Engel bist.

Ich bekam keine Antwort.

»Kannst du mich hören?«

Nichts.

Akashiel war fort, das wurde mir in dem Moment bewusst, in dem ich nach ihm rief. Die Wärme, die mich erfüllt hatte, war nicht nur von seinem Lachen gekommen, sie war ein Teil seiner Präsenz gewesen.

12

Ich verließ das Büro ein paar Stunden vor Ladenschluss, um eine Idee zu verfolgen, die mir im Laufe des Nachmittags gekommen war. Letzte Nacht hatte Akashiel gesagt, wenn mir Mrs Kellermans Wissen nicht mehr weiterhalf, solle ich mich an eine andere Instanz wenden.

Anfangs hatte ich gedacht, er wäre diese Instanz. Ich hatte nach ihm gerufen. Mehrfach. Es sah ganz danach aus, als hätte er gewusst, dass ich mich nicht in Not befand und lediglich vorhatte, ihn mit Fragen zu löchern, weshalb er es vorzog, verschwunden zu bleiben.

Die nächste Instanz, die mir in den Sinn kam, war Kyle O'Neil. Er war ein Mann der Kirche. Wenn er nichts über Engel und andere Absonderlichkeiten wusste, wer dann? Da es mir ohnehin davor graute, das Internet nach Engeln abzusuchen und mich durch unzählige esoterische Websites zu klicken, beschloss ich, mein Glück zuerst bei ihm zu versuchen. Wenn das nichts half, konnte ich die Nacht immer noch im Netz verbringen.

Mit dem Buch über Engel und meiner Pistole in der Handtasche machte ich mich auf den Weg zur Kirche. Obwohl es helllichter Tag war und jede Menge Menschen auf der Straße unterwegs waren, fühlte ich mit jedem Schritt, den ich der Kirche und dem Friedhof näher kam, die Angst in mir aufsteigen. Dieselbe Angst, die ich auch in jener Nacht verspürt hatte, als die Maskierten hinter mir her gewesen waren.

Während mein Blick wachsam die Umgebung scannte, wanderten meine Gedanken zu dem Gespräch von vorhin, sofern man die Unterhaltung mit einem Unsichtbaren überhaupt so nennen konnte. Je länger ich darüber nachdachte, desto deutlicher wurde mir bewusst, dass ich die Stimme schon einmal gehört hatte. Ich zerbrach mir schon eine ganze Weile den Kopf darüber, doch erst, als das schmiedeeiserne Tor zum Ruby Falls Park vor mir auftauchte, wurde mir klar, woher ich die Stimme kannte.

An dem Abend, als die Maskierten hinter mir her gewesen waren, hatte mir jemand zugerufen, ich solle laufen. Jemand, den ich nirgendwo hatte sehen können. Und war es nicht dieselbe Stimme gewesen, die mich vor dem kippenden Regal gewarnt hatte? Ich hatte angenommen, es sei Pat gewesen, doch plötzlich war ich mir da nicht mehr sicher. Konnte es sein, dass ich tatsächlich einen Schutzengel an meiner Seite hatte, der über mich wachte?

Da mir beim bloßen Anblick des Parks schon ein Schauder über den Rücken lief, blieb ich auf der Straße, nahm den Weg außen herum und verließ die Hauptstraße erst am Friedhof. Es war, als markiere die Friedhofsmauer eine Trennlinie zwischen dem normalen Leben und einer vollkommen anderen Welt, die eigenen Gesetzen unterworfen war – eines davon schien zu sein, dass die Geräusche des Alltags nicht hierher fanden.

Ich hatte Hemmungen, einfach zum Pfarrhaus zu gehen und an die Tür zu klopfen, also beschloss ich, mir noch ein paar Minuten Zeit zu nehmen, um darüber nachzudenken, was ich sagen sollte.

Ich ignorierte die Abzweigung zum Pfarrhaus und folgte dem Kiesweg zur Kirche. Die weiß getäfelte Fassade schimmerte hell im Sonnenlicht und strahlte eine beruhigende Wärme aus, die mich ein wenig an das Gefühl erinnerte, das mich beim Klang von Akashiels Stimme überkommen hatte.

Ich zog die Tür auf und trat in das Zwielicht, das mich drinnen empfing. Die Kirche war einfach ausgestattet. Rechts und links des Mittelganges zogen sich Bankreihen nach hinten und endeten etwa drei Meter vor der Tür, durch die ich hereingekommen war. Die hohen Fenster waren aus einfachem Glas, und abgesehen von Blumengestecken, dem Altarkreuz und einigen Kerzenständern und Gemälden, die wohl verschiedene Bibelstellen wiedergaben, war der Raum weitestgehend schmucklos. Trotzdem wirkte er hell und freundlich und weitaus einladender als so manch andere Kirche, die ich in meinem Leben gesehen hatte.

Ich ging an dem marmornen Weihwasserbecken vorbei, das neben der Tür stand, folgte dem Mittelgang nach vorne und setzte mich auf die Bank in der dritten Reihe. Nach all den Jahren, in denen ich keine Kirche mehr von innen gesehen hatte, fühlte es sich seltsam an, hier zu sein. Vielleicht hätte ich nicht herkommen sollen.

Ich wollte schon aufstehen und gehen, als plötzlich ein Kopf hinter dem Altar auftauchte. Kyle, der die ganze Zeit dort auf dem Boden gekniet haben musste, ohne dass ich es bemerkt hatte, stand auf und wuchtete einen Kupfertopf mit einem Blumengesteck auf den Tisch neben dem Altar.

»Rachel.« Als er mich bemerkte, wischte er sich die erdigen Finger an seinen Jeans ab und kam zu mir.

Ich warf einen Blick an ihm vorbei zum Altar. Erst jetzt sah ich den Sack mit Erde und die Blumen, die dahinter auf dem Boden lagen. »Sie kümmern sich um den Blumenschmuck? Ist das nicht Mrs Foleys Aufgabe?« Mrs Foley war seit über zwei Jahrzehnten Reverend Daniels' Haushälterin. Sie war die gute Seele des Pfarrhauses und kümmerte sich um alles, wofür der Reverend keine Zeit oder schlicht keinen Nerv hatte.

Kyle blieb auf der anderen Seite des Mittelgangs stehen und lehnte sich gegen eine der Bänke. »Ich habe ihr freigegeben, solange der Reverend nicht da ist.«

»Wer schmeißt dann Ihren Haushalt?«

Sein Grinsen, gepaart mit den zerzausten Haaren, verströmte einen jungenhaften Charme, bei dem ich mich unweigerlich fragte, ob ein Mann Gottes wirklich so unverschämt attraktiv sein konnte. *Durfte* er das überhaupt?

»Ich weiß, wie die Mikrowelle und die Kaffeemaschine funktionieren, und kann den Geschirrspüler einschalten. Meine Klamotten sind ziemlich pflegeleicht.«

»Was ist mit den Hemden?«, hielt ich dagegen. Im Augenblick trug er zwar nur ein T-Shirt, doch für den Gottesdienst musste er ein Hemd anziehen. »Wer bügelt die?«

»Ich. Zumindest den Kragen und die Vorderseite. Alles andere wäre Zeitverschwendung, da man das unter dem Jackett ohnehin nicht sieht.«

Und ich hatte *mich* bisher für pragmatisch gehalten.

»Ich gebe Ihnen lieber nicht die Hand, es sei denn, Sie möchten ein wenig mit mir in der Erde buddeln.« Er hob seine Hände in die Höhe und zeigte mir die Handflächen, in deren Linien sich die Erde festgesetzt hatte. »Was führt Sie hierher?«

»Offen gestanden weiß ich das selbst nicht so genau.«

Er setzte eine gespielt gekränkte Miene auf und fasste sich mit der Hand ans Herz. »Rachel, das schmerzt mich! Mein Ego hätte gern gehört, dass Sie meinetwegen gekommen sind.«

»Bin ich«, sagte ich schnell, und als mir klar wurde, wie sich das anhörte, fügte ich hinzu: »Also, irgendwie jedenfalls.« Was meine Worte auch nicht besser klingen ließ.

»Was ist denn?«

»Eigentlich nichts. Es … ich weiß nicht … Es ist … Glauben Sie an Engel?«

Anstelle einer einfachen Antwort sah er mich an und entgegnete: »Tun Sie es?«

»Das ist unfair«, entfuhr es mir. »Ich habe zuerst gefragt.«

Ich hörte mich an wie eine bockige Vierjährige, die nicht bekam, was sie haben wollte. Kyles Grinsen nach zu urteilen, sah er das genauso. »Was ist, wollen wir bei einem Kaffee darüber sprechen? Ich habe vorhin erst welchen aufgesetzt, aber ich kann Ihnen nur Plätzchen aus dem Supermarkt dazu anbieten.«

Obwohl ich genau deswegen hierhergekommen war – nicht wegen der Plätzchen und des Kaffees, sondern wegen eines Gespräches –, fühlte es sich merkwürdig an, von ihm ins Pfarrhaus eingeladen zu werden. Merkwürdig hin oder her, ich war gekommen, um zu reden, jetzt würde ich nicht kneifen. »Gern. Warum nicht?«

Ich folgte Kyle den Gang entlang, am Altar vorbei zu einer Seitentür, die ich bisher noch gar nicht bemerkt hatte. Er hielt mir die Tür auf und trat hinter mir aus der Kirche. Von hier aus waren es nur wenige Meter zum Pfarrhaus. Die helle Fassade passte im Stil voll und ganz zur Kirche. Wie die meisten viktorianischen Gebäude, hatte auch das Pfarrhaus eine Veranda, die von einem Holzgeländer umgeben war. Darauf standen ein Schaukelstuhl und ein kleiner Rattantisch mit einem Windlicht.

Ich folgte Kyle durch die weiß gestrichene Tür nach drinnen, wo wir vom Duft frischen Kaffees empfangen wurden. Er führte mich in die Küche und bot mir einen Platz am Esstisch vor dem Fenster an, ehe er sich die Hände wusch.

»Das Haus ist ziemlich klein.« Er nahm zwei Tassen aus einem der Hängeschränke, goss Kaffee ein und stellte sie, zusammen mit Milch und Zucker, auf den Tisch. »Ich hatte schon Apartments, die geräumiger waren, und trotzdem gefällt es mir hier.« Bei seinen letzten Worten sah er mich so lange an, dass ich um ein Haar angefangen hätte, auf meinem Stuhl hin und her zu rutschen. Glücklicherweise brachte er mich nicht länger in Verlegenheit. Er wandte sich ab, holte eine Packung Kekse aus dem Schrank, riss sie auf und stellte sie auf den Tisch. »Bedienen Sie sich – wo die herkommen, gibt es noch mehr.«

»Der Supermarkt hat immer gut gefüllte Regale«, stimmte ich zu und nahm mir einen Keks. Auch wenn ich nicht hungrig war, tat es gut, dass meine Hände eine Beschäftigung hatten. Als mir jedoch auffiel, dass ich mehr mit dem Gebäck spielte und anfing, es in Einzelteile zu zerlegen, statt es zu essen, schob ich es mir in den Mund und schloss meine Finger um die Kaffeetasse.

»Was ist nun mit den Engeln?«, fragte ich kauend.

Kyle schob mir den Zuckerstreuer zu, von dem ich dankbar Gebrauch machte. »Ist Ihnen einer erschienen?«

»Machen Sie sich über mich lustig?«

Er schüttelte den Kopf und sah mich dabei so ernst an, dass ich es ihm sofort abnahm. »Ich versuche nur, Sie zum Reden zu bringen.

»Eigentlich wollte ich, dass *Sie* reden.«

»Sie wollen also etwas über die Boten Gottes wissen?«

Bote Gottes – das klang, als wären sie Briefträger. Ich spülte den Kommentar mit einem Schluck Kaffee herunter – heiß und sehr süß – und nickte nur.

»Ich kann nicht unbedingt behaupten, dass ich an Engel oder das, wofür sie gemeinhin stehen sollen, glaube«, begann er schließlich. »Ganz sicher aber weiß ich, dass es eine spirituelle Kraft gibt, die die Menschen leitet und ihnen den Weg weisen kann – wenn man nur offen genug ist, auf sie zu hören.«

»Und wenn diese spirituelle Kraft mit einem spricht, sich aber weigert, sich zu zeigen, und deshalb dafür sorgt, dass man sich wirklich dämlich fühlt, weil man sich mit jemandem unterhält, der womöglich gar nicht da ist?«, presste ich ohne Luft zu holen hervor.

»Dann sollte man diese Weigerung akzeptieren. Sie wissen ja: Die Wege –«

»... des Herrn sind unergründlich«, vollendete ich seinen Satz.

»Eigentlich wollte ich sagen, die Wege sind im Winter nicht geräumt und nicht gestreut.«

Zwei Sekunden lang erwiderte er meinen Blick vollkommen ernst, dann brachen wir in Gelächter aus. Obwohl er ein Reverend war, fühlte sich seine Gesellschaft nicht wie die eines Pfarrers an. Vielmehr hatte ich das Gefühl, mit jemandem am Tisch zu sitzen, der mir gar nicht so unähnlich war. Zumindest schien er gern zu lachen, und allein das machte ihn schon sympathisch. Ganz davon abgesehen, dass er mich gerettet hatte.

So verworren und eigenartig mein Leben zurzeit auch sein mochte, in diesem Augenblick fühlte es sich an, als sei alles normal. Unglücklicherweise musste ich fürchten, dass dieses Gefühl verschwinden würde, sobald ich das Pfarrhaus verließ.

»Ich weiß einfach nicht, was mit mir los ist«, gestand ich und brachte es dabei nicht über mich, den Blick von meiner Tasse zu heben. »In letzter Zeit häufen sich die seltsamen Ereignisse.«

»Seit dem Unfall?«

Ich sah auf. »Woher ...?«

»Sehen Sie mich nicht so misstrauisch an, Rachel. So etwas spricht sich herum. Viele Ihrer Kunden sind sozusagen auch meine Kunden. Wenn Sie wüssten, was ich von meinen Gemeindemitgliedern so alles erzählt bekomme – und das, obwohl ich erst seit ein paar Wochen hier bin. Wir leben eben in einer richtigen Kleinstadt.« Er beugte sich zu mir herüber und fügte ein wenig leiser hinzu: »Bei einigen Dingen wäre es mir allerdings lieber, wenn ich sie niemals gehört hätte.«

Mein Misstrauen verflog ebenso schnell, wie es gekommen war. Ich wusste nicht einmal, warum ich so empfindlich regiert hatte. Vermutlich lag es daran, dass dieses ganze Unfallthema im Moment einfach mein wunder Punkt war. Etwas, worin ich den Auslöser für all meine derzeitigen Probleme sah.

Als er über den Tisch hinweg nach meiner Hand griff, hätte ich sie um ein Haar erschrocken zurückgezogen, so sehr überraschte mich die Geste. Meine Finger zuckten schon und es gelang mir gerade noch, mich zum Stillhalten zu zwingen.

Zum ersten Mal war jeder Anflug von Humor aus seinen Zügen verschwunden. »Wenn Sie dieser Stimme vertrauen«, sagte er ernst und drückte meine Finger in einer aufmunternden Geste, »dann wüsste ich nicht, warum Sie nicht auf sie hören sollten.«

»Aber …«

»Auch wenn diese Stimme letztlich nur aus Ihnen selbst käme«, traf er zielsicher den Punkt, den ich gerade zu bedenken geben wollte, »dann entspringt sie zumindest Ihrem Unterbewusstsein, das versucht, Sie zu leiten und Ihnen den Weg zu zeigen. Wie ein Schutzengel. Sollte es aber tatsächlich die Stimme eines Engels sein …«

»Dann was?«

»Dann wäre ich gern der Erste, der es erfährt.«

Seine letzten Worte überzeugten mich davon, dass er an Engel glaubte. Er mochte es nicht offen zugeben und lieber auf Erklärungen wie das Unterbewusstsein zurückgreifen, doch tief in seinem Herzen war er wohl davon überzeugt, dass Engel wirklich existierten. Oder er wünschte es sich zumindest.

»Versprochen.« Ich trank meinen Kaffee aus und stand auf. »Ich muss jetzt los, aber vielen Dank. Auch wenn sich das komisch anhört, aber Sie haben mir wirklich geholfen.« Ich würde mich auf Akashiel einlassen und sehen, wohin mich das führte – sofern er sich noch einmal meldete.

Kyle begleitete mich zur Tür. Auf der Schwelle blieb ich stehen, um mich zu verabschieden, als er sagte: »Nichts im Leben geschieht ohne Grund, Rachel. Auch wenn manches merkwürdig oder verwirrend erscheinen mag, bin ich davon überzeugt, dass alles früher oder später einen Sinn ergeben wird.«

»Danke«, sagte ich noch einmal.

Er lächelte. »Vergessen Sie bitte nicht das Grillfest am Samstag.«

»Ich werde sehen, ob es sich einrichten lässt.«

Mit einem Winken wandte ich mich ab, ging über den Kiesweg davon und verließ das Friedhofsgelände. Auf dem Weg nach Hause beschloss ich, einen Versuch zu wagen, zu Akashiel Kontakt aufzunehmen. Ich rief seinen Namen – genau genommen murmelte ich ihn gerade so laut, wie ich es wagte, ohne die Aufmerksamkeit der Passanten in meiner Umgebung auf mich zu ziehen.

»Akashiel? Kannst du mich hören?«

Ich bekam keine Antwort.

In der Hoffnung, ihn erreichen zu können, versuchte ich mir seine Stimme und die Schwingungen ins Gedächtnis zu rufen, die seine Anwesenheit bei mir hinterlassen hatte.

»Akashiel? Hallo?«

13

Akashiel saß in seinem Arbeitszimmer am Laptop. Er hatte seine Post durchgesehen, sich einen Überblick über die neu eingegangenen Aufträge verschafft und war jetzt dabei, einen Bericht über einen Auftrag zu verfassen, den er heute Nachmittag erledigt hatte. Seine Gedanken jedoch wanderten immer wieder zu Rachel, sodass er schon zum x-ten Mal den letzten Satz löschte, den er getippt hatte. Mehr als fünf Zeilen standen bisher ohnehin nicht auf dem Bildschirm und der Cursor blinkte vorwurfsvoll, als wolle er sagen: Sieh zu, dass du fertig wirst!

Mit einem frustrierten Seufzer schob er den Laptop von sich, lehnte sich zurück und legte die Beine auf den Schreibtisch. Die Kaffeetasse stand leer neben dem Ablagekorb, aber er hatte ebenso wenig Lust, in die Küche zu gehen und sich frischen Kaffee zu holen, wie darauf, diesen verdammten Bericht zu schreiben.

Der Chef wusste nicht, wie viel Zeit er bei Rachel verbrachte, und solange er seine anderen Aufträge verlässlich abarbeitete, würde er es auch nicht erfahren – oder ihn, wenn man seine Allwissenheit in Betracht zog, zumindest nicht rügen, solange er sich an die Regeln hielt.

Scheiß Regeln!

Bisher hatte er sie nicht gebrochen – allerdings hatte er sich heute ziemlich weit aus dem Fenster gelehnt, indem er Rachel zuerst vor dem umstürzenden Regal gewarnt und kurz darauf mit ihr gesprochen hatte.

Es war ein Wunder gewesen, dass das Regal sie nicht erschlagen hatte. Glücklicherweise hatte sie schnell genug auf seine Warnung reagiert und sich gerade noch rechtzeitig in Sicherheit gebracht. Hätte sie sich erst nach dem Ursprung seiner Stimme umgesehen, wäre es zu spät gewesen.

Akashiel war in den Buchladen gekommen, um nach dem Rechten zu sehen. Es war nicht mehr als ein Gefühl gewesen, das ihn dorthin geführt hatte, doch er hatte gelernt, seinen Instinkten zu vertrauen. Wenn sie ihm sagten, dass etwas nicht stimmte, dann war das für gewöhnlich auch so. Für die Menschen unsichtbar, streifte er zwischen den Regalen umher, auf der Suche nach einem Grund für seine Unruhe. Als Rachel ihr Büro verließ und in den Laden kam, war er drauf und dran gewesen, wieder zu verschwinden, da er nichts entdeckt hatte, was sein Unbehagen gerechtfertigt hätte. Doch statt sich mit einem einzigen Gedanken in sein Apartment nach Seattle zu versetzen und sich wieder an die Arbeit zu machen, war er hinter ein Regal getreten und hatte Rachel von dort aus beobachtet.

Noch bevor er sah, wie das Regal kippte, hatte er es gespürt. Als rüttelten unsichtbare Hände daran. Womit er möglicherweise gar nicht so verkehrt lag, denn in jenem endlos erscheinenden Augenblick, in dem er sah, wie das Regal aus seiner Verankerung gerissen wurde, war er sicher, eine andere Präsenz zu spüren. Jemanden, der war wie er. Er hatte Rachel eine Warnung zugerufen – womit er hart an der Grenze des Erlaubten entlangschrammte – und sich, sobald er sicher war, dass es ihr gut ging, auf die Suche nach dieser Präsenz gemacht.

Ohne Erfolg.

Danach hatte er versucht, Kyriel zu finden, doch der hatte seine Signatur sorgsam verborgen, sodass Akashiel ihn nicht aufspüren konnte. Abgesehen davon bezweifelte er ohnehin, dass dieser Idiot etwas mit dem Anschlag auf Rachel zu tun hatte. Sicher, er hatte sich gestern Abend als ihr Schutzengel ausgegeben und das kippende Regal konnte ein Versuch gewesen sein, sie dazu zu bringen, sich an ihn zu wenden. Trotzdem glaubte Akashiel nicht so recht daran. Was er gespürt hatte, glich nicht dem, was er empfand, wenn Kyriel in der Nähe war. Allerdings erinnerte es ihn an jene andere Präsenz, die er schon an der Unfallstelle gespürt hatte.

Nachdem seine Versuche, den Attentäter aufzuspüren, erfolglos geblieben waren, war er in sein Büro zurückgekehrt und hatte Kontakt zu Rachel aufgenommen, um sich zu vergewissern, dass mit ihr alles in Ordnung war. Das war einer der Vorteile, ein Engel zu sein: Er war in der Lage, auch über große Entfernungen hinweg mit ihr zu kommunizieren und bis zu einem gewissen Grad sogar zu sehen, was sie tat – und wenn sie ihn rief, brauchte er nur ihrer Signatur zu folgen, um innerhalb eines Wimpernschlags bei ihr zu sein.

Kyriels Schutzengel-Posse hatte ihm tatsächlich den perfekten Aufhänger geliefert, um mit ihr in Kontakt zu treten. Dadurch, dass sie ihren vermeintlichen Schutzengel vergangene Nacht bereits zu Gesicht bekommen hatte, war es ihm ein wenig leichter gefallen, sie zum Zuhören zu bewegen. Doch selbst wenn es ihm nicht verboten wäre, sich ihr zu zeigen, hätte er es in diesem Fall nicht getan – andernfalls hätte Rachel sofort gewusst, dass er nicht der Engel aus ihrem Garten, sondern der Typ war, der ihren Unfall verursacht und sie auch danach noch in Angst und Schrecken versetzt hatte.

Die Unterhaltung mit ihr hatte ihm gefallen, sodass er nur widerwillig an seine Arbeit zurückgekehrt war. Glücklicherweise war kein großer Aufwand nötig, um die aktuellen Aufträge in seinem Posteingang zu erfüllen. Ein paar geflüsterte Worte hier, ein wenig Hoffnung da – mehr brauchte es meist nicht, um die Menschen aus ihren vielfältigen Depressionen zu reißen und sie dazu zu bewegen, sich Hilfe zu suchen, statt sich vor einen Zug zu werfen.

Die Berichte zu tippen und an den Chef zu schicken, war eine reine Formalität, etwas, was er schon unzählige Male gemacht hatte und was seit der Erfindung der E-Mail um einiges einfacher geworden war. Das half jedoch alles nichts, solange er nicht bei der Sache war.

»Akashiel? Hallo?«

Überrascht, Rachels Stimme zu hören, sprang er auf,

wobei er beinahe die Tasse samt Laptop vom Schreibtisch gefegt hätte. Für gewöhnlich funktionierte die Kommunikation nur in eine Richtung – er konnte Kontakt zu seinen *Klienten* aufnehmen, aber diese nicht zu ihm. Dass Rachel dazu imstande war, bewies ihm erneut, wie außergewöhnlich diese Frau war.

»Schutzengel?«, hörte er sie fragen, nachdem er nicht geantwortet hatte. »Kannst du mich hören?«

»Ich bin hier.«

Seinen Worten folgte Schweigen, als hätte seine Antwort sie überrascht. Akashiel dachte schon, sie mit seiner Antwort verscheucht zu haben, dann jedoch hörte er ein gehauchtes »Wow«, als hätte sie nicht erwartet, seine Stimme zu hören. Dieses eine Wort umfasste ihre ganze Gefühlswelt und gab ihrem Erstaunen ebenso Ausdruck wie ihrem Unglauben.

»Wow«, sagte sie noch einmal und nach einer kurzen Pause: »Du bist *wirklich* ein Engel, oder?«

»Das bin ich«, sagte er mit so viel Ernst, wie er angesichts ihrer Fassungslosigkeit aufbringen konnte.

Er konnte spüren, wie sie nach Worten suchte, und war nicht einmal ansatzweise imstande zu ermessen, was seine Eröffnung für sie bedeuten mochte. Schon immer hatte es Menschen gegeben, die an seinesgleichen glaubten, und das obwohl sie nie einen echten Engel zu Gesicht bekommen hatten. Bei manchen war es der bloße Wunsch, es mögen Wesen existieren, die sie behüteten und über sie wachten. Andere hatten ihre vermeintlichen Engelssichtungen ihrem übermäßigen Drogenkonsum zu verdanken. So oder so, keiner dieser Leute hatte jemals wirklich einen Engel gesehen oder mit ihm gesprochen – ganz im Gegensatz zu Rachel.

»Ich weiß nicht, was ich sagen soll«, flüsterte sie.

»Wie wäre es mit Wow?«, schlug er vor und unterdrückte ein Grinsen.

»Ich fürchte, das drückt nicht einmal annähernd aus, was gerade in mir vorgeht.«

»Das hängt vermutlich von der Betonung ab.«

Sie lachte, ein warmer, angenehmer Laut, den er sich öfter zu hören wünschte. Doch so schnell ihre Fröhlichkeit gekommen war, so schnell war sie wieder verschwunden. »Wo bist du gewesen, als ich dich gebraucht hätte?«

Er wusste sofort, wovon sie sprach, auch wenn es ihn erstaunte, dass ausgerechnet das eine ihrer ersten Fragen war. »Nach dem Tod deiner Mutter war ich bei dir.« Er ging zum Fenster und blickte hinaus auf die Skyline von Seattle, deren Fenster und Dächer in der Nachmittagssonne wie Silberstaub glitzerten. »Ich habe zu dir gesprochen und mein Möglichstes getan, dir den Verlust zu erleichtern, aber es war schwer, an dich heranzukommen.« Sie hatte sich damals so in ihrer Trauer und Einsamkeit verschlossen, dass es ihm kaum gelungen war, sie zu erreichen.

»Warum konnte ich dich damals nicht hören, so wie heute?«

»Weil es so nicht funktioniert.«

»Wie meinst du das?«

Akashiel wusste, dass es ihm nicht gestattet war, darüber zu sprechen, andererseits hatte er die Regeln in Rachels Fall bereits so sehr gedehnt, dass es darauf nun auch nicht mehr ankam. »Meine Arbeit ist gewissen Regeln unterworfen, die ich allein dadurch breche, dass ich mit dir spreche.«

»Ich sag's nicht weiter.«

Angesichts ihres trockenen Kommentars musste er grinsen, wurde jedoch schnell wieder ernst. »Unglücklicherweise hat der Chef mehr Ahnung davon, was hier unten vorgeht, als uns manchmal lieb ist.«

»Der Chef? Du meinst doch nicht etwa …?«

»Doch, den meine ich«, sagte er schmunzelnd.

»Und wenn du sagst, *uns,* dann bedeutet das, es gibt noch andere wie dich?«

»Für mich allein wäre die Arbeit ein wenig viel. Sie ist so schon kaum zu schaffen.« Er seufzte. »Es ist uns verboten, uns zu zeigen und offen mit den Menschen zu kommunizieren. Die meisten Menschen sind ohnehin nicht feinfühlig genug, um überhaupt von meinesgleichen Notiz zu nehmen, und jene, die unsere Gegenwart bemerken, spüren sie für gewöhnlich in Form von positiver Energie. Wenn Menschen von einem unerklärlichen Wunder sprechen, war meistens einer meiner Kollegen daran beteiligt – oder der Zufall, aber den kenne ich nicht persönlich.«

»Der Zufall ist eine Person?«, entfuhr es ihr ungläubig.

Akashiel lachte. »Nein, das war nur ein Scherz.«

Er konnte hören, wie sie nach Luft schnappte. »Wenn dein Dasein so vielen Regeln unterworfen ist, warum hast du dann gestern dagegen verstoßen und dich mir gezeigt?«

»Das war ein Versehen«, sagte er schnell. »Ich konnte nicht ahnen, dass du aus dem Haus kommen würdest, und als du plötzlich auf der Veranda gestanden hast, war es zu spät, um zu verschwinden.« Das klang halbwegs plausibel, auch wenn Kyriel sicher aus einem anderen Grund dort gestanden hatte.

Er kehrte zu seinem Schreibtisch zurück und setzte sich wieder. »Ich weiß nicht, warum du …« *mich sehen kannst,* hätte er um ein Haar gesagt und schaffte es gerade noch, seine Worte in »mit mir sprechen kannst«, zu ändern. »Das ist alles andere als normal.«

»In letzter Zeit ist hier nicht viel normal.«

Die Worte schienen ihr herausgerutscht zu sein, denn als er nachhakte, was Ungewöhnliches geschehen sei, spielte sie es lediglich mit einem »Nicht so wichtig« herunter.

»Rachel?«

»Hm?«

»Ich bin dein Schutzengel. Wenn sich etwas Außergewöhnliches ereignet, sollte ich es vielleicht wissen.«

Er konnte förmlich spüren, wie sie den Kopf schüttelte. »Ich weiß nicht einmal, ob ich überhaupt an Engel glauben soll.«

»Aber du hast einmal an uns geglaubt.«

»Das war, bevor ich von euren Lieferzeiten gewusst habe.«

Hätte sie nicht so traurig geklungen, er hätte gelacht. Doch auch wenn sie es ihm scheinbar nicht abnahm, war er damals wirklich an ihrer Seite gewesen. Er hatte sie nicht jahrelang warten lassen. Statt auf ihre Worte einzugehen, sagte er: »Schließ mich nicht aus.«

»Wie bitte?« Sie klang überrascht und auch ein wenig erschrocken.

Ihm wurde sofort bewusst, dass er eine Grenze überschritten hatte. Himmel, er drängte sich in ihr Leben, als sei er ein Teil davon! Das stand ihm nicht zu, auch wenn ihm der Gedanke durchaus gefiel. »Du sollst nur wissen, dass ich da bin, wenn du mich brauchst. Immer!« Was redete er da? Doch er wusste genau, was er tat: Er bot ihr sozusagen einen Exklusivvertrag an – zumindest für eine Weile. Er hatte nicht vor, weitere Regeln zu brechen. Er würde lediglich dafür sorgen, dass es ihr gut ging, und sobald ausgestanden war, was auch immer im Augenblick ihr Leben durcheinanderbrachte, würde er alle Erinnerungen an sich aus ihrem Gedächtnis löschen. Dann wäre alles wieder so, wie es sein sollte.

»Ich möchte dich sehen«, sagte sie unvermittelt.

»Das geht nicht.«

»Ich habe schon verstanden, dass du deine Spielregeln hast, an die du dich halten musst«, fuhr sie fort. »Aber es ist ja nicht so, als hätte ich dich nicht schon gesehen.«

Nur, dass ich nicht der schwarz geflügelte Engel bin, für den du mich hältst. Abgesehen davon, dass er sich ihr tatsächlich nicht zeigen durfte, würde sie den Kontakt abbrechen, wenn sie herausfand, wer er wirklich war. Möglicherweise würde sie ihre Pistole dann tatsächlich benutzen.

14

Die kommenden beiden Tage verliefen zu meiner großen Erleichterung ohne weitere Katastrophen oder Absonderlichkeiten. Ich erledigte meine Arbeit und nahm einige Dollar für mein fiktives »Geht es dir gut?«-Konto ein.

Da mich Akashiels Ausführungen zu seinem Schutzengel-Dasein größtenteils eher verwirrt hatten, machte ich mich selbst daran, mehr darüber in Erfahrung zu bringen. Zuerst knöpfte ich mir das Buch vor, das ich immer noch in meiner Handtasche mit mir herumtrug.

Es dauerte nicht lange, bis mir klar wurde, dass ich darin nicht viel Hilfreiches finden würde. Das Buch befasste sich tatsächlich auf rein esoterischer Ebene mit dem Thema. Es wurden magische Rituale beschrieben, mit denen man seinen Schutzengel finden und Kontakt zu ihm aufnehmen konnte – nicht, dass ich das noch gebraucht hätte –, außerdem wurde erklärt, dass Engel aus purer Energie geschaffen seien. Es ging um Erzengel und um die Mächte der Finsternis und es gab ein Lexikon der Engelsnamen, in dem Akashiel nicht einmal aufgeführt war. Nun ja, vermutlich hatte der Verfasser keinen Einblick ins himmlische Telefonbuch mit all seinen Namen und Adressen, weshalb er sich die Engelsnamen vermutlich aus irgendwelchen biblischen Geschichten zusammengesucht oder gleich frei erfunden hatte.

Darüber hinaus gab es Kapitel, die sich damit auseinandersetzten, wie sich Engel ernährten, wie viele es von ihnen gab, wann sie geboren wurden und was sie von Menschen und Geistern unterschied. Ganz zu schweigen von der Frage, welches Geschlecht Engel hatten und ob sie sich fortpflanzten. Eine Vorstellung, die mir bei Wesen, die laut Verfasser aus reiner Energie bestehen sollten, merkwürdig erschien.

Das alles kam mir ziemlich abstrakt und abgehoben vor. Andererseits: Wie sollte jemand etwas über Engel wissen, wenn diese nicht über sich und ihre Existenz sprechen, sich nicht einmal zeigen durften?

Da die Informationen mir nicht weiterhalfen, dehnte ich meine Suche auf das Internet aus und musste schnell feststellen, dass sich alle möglichen Gruppen für das Thema Engel interessierten. Von Anhängern der New-Age-Bewegung bis hin zu Gläubigen, Wissenschaftlern und den obligatorischen Spinnern war alles vertreten. Unglücklicherweise war oft nicht sofort ersichtlich, welcher Gruppe der Verfasser des jeweiligen Artikels angehörte.

Generell fand ich heraus, dass der Glaube an Schutzengel auf die Antike zurückging und sich mit dem Christentum weiterentwickelt hatte. Im 15. und 16. Jahrhundert verbreitete sich der Glaube an Schutzengel mit der wachsenden Verehrung des Erzengels Michael, der als Schutzengel der Kranken, Händler, Seeleute und Soldaten galt. Den Theorien zufolge sollte jeder Mensch seinen eigenen Schutzengel haben, der ihm von Gott selbst zugeteilt worden war. Andere Ausführungen besagten, dass nur Kinder einen Schutzengel hatten.

Da ich nicht genug Zeit hatte, um alles zu lesen, kopierte ich mir die interessantesten Links in eine Mail und schickte sie mir in den Posteingang, damit ich sie mir bei Gelegenheit näher ansehen konnte.

Insgesamt waren die tatsächlichen Informationen eher dürftig und beschränkten sich auf himmlische Rangordnungen, Aufgaben von Engeln und Erzengeln und deren Kampf für den Erlöser. Je nach Glaubensrichtung hatten sie unterschiedliche Namen, Zuständigkeiten und Ränge, bis ich bald nicht mehr wusste, wo mir der Kopf stand. Ich folgte Verweisen auf bestimmte Bibelstellen, die die Existenz von Schutzengeln begründen sollten, mich jedoch nach dem Lesen ratlos zurückließen. Ein Textauszug, auf den an mehreren Stellen verwiesen wurde, war Matthäus 18,10. Dort stand: *Hütet euch davor, einen von diesen Kleinen zu verachten! Denn ich sage euch: Ihre Engel im Himmel sehen stets das Angesicht meines himmlischen Vaters.*

Das sollte ein Beweis dafür sein, dass es Schutzengel wirklich gab? Ich fand das mehr als nur vage. Allerdings hatte ich auch nie die Bibel studiert und mich nie damit auseinandergesetzt, wie sie zu deuten war. Immerhin verstand ich jetzt, warum Religion und Kirchengeschichte ein Studienfach war, denn für jemanden, der sich nicht eingehend damit beschäftigte, war es ungefähr so verständlich wie Kernphysik.

Zweifelsohne wäre Akashiel die verlässlichste Quelle, doch solange er nicht bereit war, über sich und sein Dasein zu sprechen, half mir das auch nicht weiter. Nach meiner ersten Kontaktaufnahme mit ihm verbrachten wir jedoch viel Zeit damit, uns zu unterhalten.

In unserem ersten Gespräch nach meinen Nachforschungen sagte ich ihm, dass ich jetzt verstünde, warum er sich mir nicht zeigen wolle – oder könne. Es war natürlich Blödsinn, denn ich hatte ihn ja bereits gesehen, aber vielleicht würde er sich verplappern und ungewollt ein paar seiner Engelsgeheimnisse ausplaudern.

»Ach ja?« Wäre er ein Mensch, hätte er in diesem Moment vermutlich eine Augenbraue in die Höhe gezogen.

»Du bist kein körperliches Wesen, nur reine Energie. Es gibt nichts, was ich sehen könnte, wenn du dich mir zeigst«, posaunte ich mein neu erworbenes (und falsches) Wissen heraus. »Außer vielleicht einem Licht.«

»Dann könnte ich meinen Nutzen immerhin als Leselampe unter Beweis stellen.«

»Mach dich nur über den *Bücherwurm* lustig.« Seufzend lehnte ich mich im Stuhl zurück. »Okay, du bist also bestimmten Beschränkungen unterworfen. Darfst du über deine Arbeit sprechen?«

»Bis zu einem gewissen Grad.«

Besser als nichts. »Du sagst, du konntest mich nicht erreichen, weil ich zu sehr in meiner Trauer versunken war. Warum habe ich deine Anwesenheit nicht gespürt, als es mir besser ging?«

»Ich musste weg.«

»Solltest du nicht rund um die Uhr an meiner Seite sein?« Streng betrachtet war das eine gruselige Vorstellung, ein Engel, der einem wie ein Stalker ständig an den Fersen hing. Andererseits war er mein Schutzengel, und über mich zu wachen, war seine Aufgabe.

»Ich hatte andere Aufträge.«

Ich hatte mich wohl verhört. »Wie bitte?«

»Ich wurde abberufen und bekam deine Akte erst vor … einiger Zeit wieder auf den Tisch«, erklärte er, als wäre das vollkommen selbstverständlich – was es für ihn vermutlich auch war. »Ein Altfall, der noch einmal überprüft und dann endgültig abgeschlossen werden sollte.«

»Altfall?« Seine Worte fühlten sich an wie ein Schlag ins Gesicht. »Akte?« Ich schoss hoch und begann in meinem Büro auf und ab zu tigern. Gerade hatte ich es geschafft, mich mit dem Gedanken an die Existenz von Schutzengeln anzufreunden, und plötzlich sollte ich für sie nichts anderes sein als ein Fall? Einer von vielen! Mit dem Rücken zum Fenster blieb ich stehen, den Blick in die Mitte des Raumes gerichtet, als stünde Akashiel dort. »Wie soll ich das verstehen?«

Er erklärte mir, dass er beinahe täglich aktuelle Fälle hereinbekam, die er bearbeitete und nach einiger Zeit – meistens nach mehreren Jahren – noch einmal zu überprüfen hatte, ehe sie zu den Akten gelegt werden konnten. »Ich hatte eine Eingabe beim Chef gemacht und darum gebeten, noch länger bei dir bleiben zu dürfen, doch es gab Menschen, die mich dringender brauchten.« Beinahe entschuldigend fügte er hinzu: »Es ist immer viel zu tun und wir sind dermaßen unterbesetzt, dass wir kaum hinterherkommen.«

Das hörte sich an, als würde er für eine Behörde arbeiten, statt dem Wohl der Menschheit zu dienen.

»Das mag unromantisch klingen«, sagte er, »aber es ist nun einmal so, dass wir einen Auftrag bekommen, ihn ausführen und uns danach dem nächsten Fall widmen. Wir sind schon heilfroh, wenn wir halbwegs mit der Arbeit auf dem Laufenden sind.«

»Kein Schutzengel für jeden? Kein Wunder, dass die Welt so ein Sauhaufen ist.«

»Wie viele Menschen gibt es auf der Welt?«

»Knapp sieben Milliarden?«

»Und jetzt stell dir das Gedränge vor, wenn neben jedem noch ein Schutzengel stünde – mal ganz davon abgesehen, dass es gerade genug von uns gibt, dass wir uns um ein paar Kleinstädte kümmern könnten.« Nach einer kurzen Pause fügte er hinzu: »Wie viele Tote durch Unfall, Krankheit und Verbrechen gibt es täglich?«

»Viele?«, mutmaßte ich.

»Wir würden einen wirklich beschissenen Job machen, wenn jeder Mensch seinen persönlichen Schutzengel hätte und *das* unsere Erfolgsquote wäre«, sagte er. »Früher einmal hatte tatsächlich jeder Mensch seinen Schutzengel, doch die Welt wurde zu laut, zu hektisch und zu oberflächlich – und mit ihr die Menschen. Viele vergaßen, woran sie glaubten, und damit gerieten auch wir in Vergessenheit. Zu den meisten Menschen könnte ich nicht einmal mehr Kontakt aufnehmen, wenn ich ihnen direkt auf den Kopf trommeln würde. Sie würden mich nicht bemerken.«

»Also keine persönlichen Schutzengel«, sagte ich noch einmal.

»Nicht in diesem Sinne.«

»Dann gehe ich wohl lieber nicht mehr bei Rot über die Straße.« Allerdings verstand ich nicht, warum es so wenige von seinesgleichen geben sollte. Im Buch Henoch hieß es laut meinen Internet-Recherchen, dass es 1000 mal 1000 und 10.000 mal 10.000 Engel geben sollte. Was nichts anderes bedeutete, als dass ihre Zahl unendlich war.

»Das ist wahr, die Anzahl der Engel ist nicht in Zahlen fassbar, aber nicht alle Engel sind Schutzengel«, erklärte Akashiel, als ich ihm davon erzählte. »Die wenigsten wollen das sein, denn dazu müssten sie das Himmelreich verlassen und sich unter die Menschen begeben.«

»Du sagst das, als würden sie davon Ausschlag bekommen.«

»Was vermutlich zutrifft. Die Wahrheit ist, dass sich die meisten Engel etwas auf ihre Herkunft einbilden und lieber unter sich bleiben.«

Ich lehnte mich mit dem Rücken an die Fensterbank und verschränkte die Arme vor der Brust. »Was ist mit verstorbenen Menschen? Kommen die nicht ebenfalls ins Himmelreich? Könnten die nicht …?«

Akashiels Lachen umspülte mich wie eine warme Welle. »Du hast *Ein Engel auf Erden* gesehen, was?«

Mein Gesicht wurde heiß, ich fühlte mich ertappt.

»Auch wenn ein paar unserer Leute Michael Landon bei den Drehbüchern beraten haben, hat das Ganze nichts mit dem wirklichen Business zu tun.« Seine Stimme klang weich und deutlich amüsiert. Ich war mir sicher, dass er grinste. Als er jedoch fortfuhr, war die Fröhlichkeit verschwunden. »Verstorbene Menschen werden nicht zu Engeln und reisen von Ort zu Ort, auf der Suche nach Hilfsbedürftigen.«

»Was passiert dann mit uns, wenn wir … nicht mehr sind?« Was ist mit meiner Mom passiert? »Können wir überhaupt je in den Himmel kommen, wenn die Engel uns derart verabscheuen?«

»Im Himmel ist für jede Seele Platz.«

Das hätte sich lächerlich anhören müssen. Kitschig und pathetisch. Aber er sagte es so ernsthaft, dass ich nicht anders konnte, als ihm zu glauben. Mom war eine gute Seele gewesen, dessen war ich mir sicher. Sie war dort oben.

»Es gibt verschiedene Ebenen des Himmels«, fuhr er fort. »Menschen und Engel haben ihre eigenen Bereiche und müssen einander niemals begegnen, sofern sie es nicht wünschen.«

Gespräche wie dieses führten wir in den kommenden Tagen häufiger. Ich hatte erwartet, dass ein Engel über Gott sprechen und versuchen würde, mich zur Rückkehr zum Glauben zu bewegen. Doch statt über den Chef, wie Akashiel ihn nannte, zu reden und zu versuchen, mich zu missionieren, sprachen wir über andere Dinge. Er interessierte sich für mein Leben und dafür, wie ich die Welt sah und was ich dachte. Anfangs ging ich persönlichen Fragen aus dem Weg, bis mir bewusst wurde, dass ich mit jemandem sprach, der über meine Vergangenheit Bescheid wusste. Moms Tod, meine Trauer und die darauf folgende Einsamkeit. Nur langsam begann ich zu begreifen, dass er damals wirklich bei mir gewesen sein musste – zumindest wollte ich glauben, dass er mir die Kraft gegeben hatte, mein Leben zu leben, statt in einer tiefen Depression zu versinken.

Obwohl seine Sprache zu unserer heutigen Zeit passte, war sein Weltbild an einigen Stellen reichlich veraltet. Vielleicht war es auch die Wunschvorstellung von einer perfekten Welt, die er in sich trug und die in dieser Form zu keiner Zeit existiert hatte. Menschen, die einander achteten und Rücksicht nahmen. Familien, in denen die Liebe an erster Stelle stand und nicht die Probleme des Alltags, Gier oder Zank. Sein Selbstverständnis war, dass der andere immer an erster Stelle kam – noch lange vor irgendwelchen materiellen Werten.

Vielleicht musste man als Schutzengel so denken. Mich würde es zerreißen, Menschen helfen zu müssen, die sich egoistisch, ignorant, gleichgültig oder gar grausam verhielten. Trotzdem gefiel mir Akashiels Einstellung.

Überhaupt musste ich zugeben, dass ich ihn mochte. Ich freute mich jedes Mal darauf, seine Stimme zu hören. Mittlerweile hatte ich auch gelernt, seine Anwesenheit zu spüren, und konnte sagen, wann er da war und wann nicht. Wenn er nicht bei mir war, ging ich meiner Arbeit nach, was mir erstaunlich leicht fiel.

Als es am Freitag Zeit für den Feierabend wurde, lagen drei Tage ohne Unfälle, Verfolger oder unerwünschte Eindringlinge hinter mir, was in mir die Hoffnung weckte, dass mein Leben endlich wieder in normalen Bahnen verlief – wenn man einmal von meinem Schutzengel absah. Gleichzeitig fragte ich mich, wie lange er noch bei mir bleiben würde, wenn es nichts mehr gab, wovor ich mich zu fürchten brauchte.

»Akashiel?«, fragte ich in die Stille meines Büros hinein.

Es dauerte keine zwei Sekunden, bis ich die Wärme spürte und wusste, dass er da war. »Wann ist deine Arbeit hier beendet?«

»Sobald ich weiß, dass du in Sicherheit bist.«

Wenn also niemand mehr hinter mir her war, keine weiteren Verankerungen aus der Wand brachen und sich dieser McCray nicht mehr blicken ließ, würde er weiterziehen und seine volle Aufmerksamkeit anderen Aufgaben zuwenden.

»Ich schätze«, sagte er und beinahe schien es mir, als hätte er meine Gedanken gelesen, »dass ich mir dessen wohl nie vollkommen sicher sein kann und besser auch weiterhin ein Auge auf dich habe. Solange du mich brauchst, werde ich da sein.«

Mir war nicht klar, wie er auf mehrere Leute gleichzeitig aufpassen wollte, ohne dass andere dabei zu kurz kamen, doch ich würde den Teufel tun und ihn darauf aufmerksam machen.

Ich dachte darüber nach, wie ich auf seine letzten Worte reagieren sollte, doch bevor ich zu einem Ergebnis kam, wurde mir bewusst, dass er nicht mehr da war. Einen Herzschlag später wurde die Tür geöffnet und Amber kam in mein Büro. Das erklärte seinen schnellen Abgang. Akashiel hatte es sich zur Gewohnheit gemacht sich zurückzuziehen, sobald jemand Kontakt zu mir suchte. Zu Beginn unserer Unterhaltungen, als er das noch nicht getan hatte, war es öfter vorgekommen, dass Amber, Jill, Pat oder Steve mich dabei erwischten, wie ich Selbstgespräche führte – glücklicherweise hatten sie nur meine, aber nicht Akashiels Stimme gehört –, und ich flüchtete mich jedes Mal in Ausreden, die selbst in meinen Ohren lächerlich klangen: ein von mir geschriebener Brief, den ich laut gelesen hatte, um mögliche Fehler zu entdecken, oder das Anschreiben eines Lieferanten, das ich wohl ebenfalls laut gelesen hatte, ohne dass es mir überhaupt aufgefallen war. Immerhin schien niemand sich an meinen Selbstgesprächen zu stören und selbst Amber sagte nichts dazu. Vermutlich fand sie Selbstgespräche weniger beunruhigend, als wenn ich wieder von dem Kerl auf meiner Rücksitzbank oder dem Engel in meinem Garten angefangen hätte.

»Nate holt mich gleich ab«, sagte Amber. »Wir wollen noch in *Matt's Café*, ein Eis essen. Kommst du mit?«

Ich war versucht abzulehnen, als mir bewusst wurde, dass ich in den letzten Tagen außerhalb des Ladens so gut wie keine Zeit mit ihr verbracht hatte. Bis Dienstag war ich in erster Linie mit meinem eigenen Kram beschäftigt gewesen, und als endlich Ruhe einkehrte und sich mein Leben wieder zu normalisieren schien, hatte Amber keine Zeit für mich gehabt, da sie dauernd mit Nate verabredet gewesen war.

Wann immer sein Name fiel, begannen ihre Augen zu leuchten, ein untrügliches Zeichen dafür, wie ernst es ihr mit ihm war. So wie es aussah, würde er für eine ganze Weile ein Teil ihres Lebens bleiben. Da konnte es sicher nicht schaden, ihn besser kennenzulernen. Auf jeden Fall wurde es Zeit, dass ich mich an den Gedanken gewöhnte, meine beste Freundin in Zukunft nicht mehr für mich allein zu haben.

»Sag bitte nicht Nein, Rachel«, bat sie, bevor ich zu einer Antwort ansetzen konnte. »Seit du wieder da bist, haben wir so wenig Zeit miteinander verbracht.«

»Eigentlich wollte ich zusagen, aber vielleicht sollte ich dich auch noch ein bisschen betteln lassen.«

»Du bist unmöglich!«, lachte sie. »Pat und Jill sind schon weg, Steve ebenfalls. Fahr deinen PC runter, ich warte vor dem Laden auf dich – mit Nate.« Sie machte kehrt und ging zur Tür. Auf der Schwelle blieb sie noch einmal stehen. »Was ist mit dem Grillfest morgen?«

Es machte mich misstrauisch, dass sie mich ausgerechnet jetzt darauf ansprach und nicht gewartet hatte, bis wir gemütlich im Café saßen. Obwohl ich ahnte, welche Richtung das Gespräch nehmen würde, fragte ich: »Was soll damit sein?«

»Gehst du hin?«

»Nein, vermutlich nicht.« Wahrscheinlich wäre ich der einzige Gast, der nicht zur Baptistengemeinde gehörte. Ich würde mich wie ein Fremdkörper fühlen, abgesehen davon würden sich die Leute sicher fragen, was ich dort zu suchen hatte.

»Rachel, du musst hingehen!« Amber kehrte in den Raum zurück. »Immerhin hat er dich eingeladen.«

»Lieber nicht.«

»Warum nicht?«

»Du weißt doch, dass ich meine Samstagnachmittage am liebsten mit einem guten Buch verbringe. Allein.«

»Aber wäre es nicht schön, wenn in Zukunft jemand neben dir säße, der dir die Füße massiert, während du liest?«

Bei dem Gedanken hätte ich um ein Haar losgeprustet. Ich versuchte mir das vorzustellen, doch in meiner Fantasie war ich achtzig Jahre alt und der Kerl, der mir die Füße massierte, trug eine Pflegeruniform. »Amber, er ist Priester!«

»Er ist heiß«, hielt sie dagegen.

»Entschuldige mal, kannst du dir mich als Frau eines Priesters vorstellen, die sonntags in der Gemeinde selbst gebackenen Kuchen verteilt?«

Sie schnitt eine Grimasse. »Ich kenne deinen Kuchen. Das kommt auf keinen Fall infrage. Aber du sollst ihn ja auch nicht gleich heiraten. Lern ihn erst einmal kennen, dann siehst du schon, wohin das führt.«

Geradewegs in eine Katastrophe, würde ich mal annehmen.

»Komm schon, Rachel, gib ihm eine Chance.«

Ich dachte einen Moment nach, dann sagte ich: »Ich werde hingehen.« Amber verzog den Mund bereits zu einem triumphierenden Grinsen, als ich hinzufügte: »Aber nur unter einer Bedingung: Du wirst mich begleiten. Bring Nate mit und vielleicht auch Lea, dann machen wir uns einen schönen Nachmittag.« Und für niemanden aus der Gemeinde würde es auch nur im Ansatz nach einem Date aussehen.

Sie wollte widersprechen, schien aber einzusehen, dass sie mir in diesem Fall keine weiteren Zugeständnisse abringen konnte, also nickte sie. »Nate kommt sicher mit. Schalt endlich deinen PC aus, dann können wir ihn gleich fragen.«

15

Nate war tatsächlich von der Aussicht auf ein Grillfest begeistert und so war schnell klar, dass wir zu dritt hingehen würden. Vielleicht sogar zu viert, wenn Lea ebenfalls zusagte.

Wir verbrachten eine gemütliche Stunde in *Matt's Café*, aßen Eiscreme und unterhielten uns über Gott und die Welt. Nate stellte mir so viele Fragen über mein Leben, meine Pläne und meine Träume, dass es fast schon unheimlich war. Allerdings wurde mir schnell klar, warum er es tat. Wie ich zuvor, schien auch er begriffen zu haben, dass wir beide ein wichtiger Teil von Ambers Leben waren und uns in Zukunft vermutlich oft sehen würden. Dass er sich so darum bemühte, mich besser kennenzulernen, gefiel nicht nur mir. Amber war darüber vollkommen aus dem Häuschen.

»Ist es nicht großartig, wie er sich um deinen Segen bemüht?«, platzte sie heraus, als er zur Toilette gegangen war.

»Meinen Segen?«

»Er weiß, wie wichtig du für mich bist, deshalb will er es sich mit dir nicht verscherzen.«

»Du meine Güte«, lachte ich. »Das klingt ja, als wäre ich der Pate und würde ihm einen Schlägertrupp vorbeischicken, sobald er mal etwas Falsches sagt.«

»Blödsinn!« Amber schlug scherzhaft nach meinem Arm. »Er möchte einfach ein gutes Verhältnis zu dir haben. Und mir ist es offen gestanden auch lieber, wenn sich meine beste Freundin und mein Freund vertragen.«

Da musste ich ihr recht geben. Auf dem College war sie einmal mit einem Kerl zusammen gewesen, den ich nicht ausstehen konnte – und er mich ebenso wenig. Wann immer wir aufeinandertrafen, konnte man bereits bei der Begrüßung spüren, dass Ärger in der Luft lag. Letztlich war mir nichts anderes übrig geblieben, als ihm aus dem Weg zu gehen, was zur Folge hatte, dass ich Amber nur allein – und damit viel seltener als sonst – sehen konnte. Die vier Monate, die sie sich mit diesem Kerl getroffen hatte, waren mir wie eine Ewigkeit vorgekommen, insofern begrüßte ich Nates Bemühungen sehr. Ganz davon abgesehen, dass er mir ohnehin von Anfang an sympathisch gewesen war.

»Mach dir keine Sorgen, Amber«, sagte ich. »Nate ist toll und wir werden ganz bestimmt wunderbar miteinander auskommen.«

»Danke, Rachel.«

Nate kehrte zu uns zurück und wir nahmen unsere Unterhaltung wieder auf. Bis wir uns schließlich voneinander verabschiedeten, wusste er eine Menge über mich. Das nächste Mal war er dran, sein Leben auf den Tisch zu packen.

Als ich auf dem Weg nach Hause war, dämmerte es bereits. Obwohl die Main Street um diese Zeit noch gut besucht war, wollte ich nach Einbruch der Dunkelheit nicht mehr zu Fuß unterwegs sein. Mein Puls raste und wurde vom Anblick des Tors zum Ruby Falls Park noch weiter angetrieben. Ich hetzte am Park und am Friedhof vorbei, die Augen starr auf den Weg vor mir gerichtet, und sagte mir, dass meine Angst irrational und unbegründet sei. Es war das erste Mal gewesen, dass mir etwas Derartiges passiert war. Ein einziges Mal in fünfundzwanzig Jahren. Himmel, diese Maskierten hatten mich nicht einmal erwischt! Wollte ich wirklich mein Leben von der Angst beherrschen lassen, dass etwas Ähnliches noch einmal geschehen *könnte?*

Es war an der Zeit, mein Leben nicht länger von den Ereignissen der letzten Tage bestimmen zu lassen. Dinge, die ich nicht ändern konnte und von denen ich nicht einmal wusste, warum sie mir zustießen. Die ganze Woche über hatte ich nichts anderes getan, als auf die Geschehnisse zu reagieren. Dabei hatte ich mein Leben auf Warteposition gestellt, darauf harrend, dass das nächste außergewöhnliche Ereignis eintrat. Aber so konnte es nicht weitergehen. Ich musste anfangen, mein Leben wieder zu leben. Der gemeinsame Abend mit Amber und Nate war ein Anfang und das morgige Grillfest meine Chance, damit weiterzumachen. Abgesehen davon war es eine wunderbare Gelegenheit, Kyle noch einmal über Engel auszuquetschen.

Ich zwang mich, ein wenig langsamer zu gehen, noch immer zügig, doch nicht mehr so hart an der Grenze zur kopflosen Flucht, und warf einen Blick hinter mich, wo der Friedhof und der Park langsam außer Sichtweite verschwanden. Im Laufe der Zeit würde die Furcht verfliegen, die mich seit dem Sonntag jedes Mal beim bloßen Anblick des Tors oder der Friedhofsmauer überkam. Das zu wissen, hob meine Laune beträchtlich.

Als ich in meine Straße einbog, versank die Sonne über dem Puget Sound und tauchte die Wolken, die sie umgaben, in feuerrotes Licht. Dort, wo die Sonne sie nicht mehr erreichte, schienen sie sich auszubreiten, als hätte allein die Wärme das zuvor verhindert. Getrieben von einer aufkommenden Brise breiteten sich die Wolken wie ein silbergrauer Schleier über den Himmel aus. Die Helligkeit schwand zunehmend und mit ihr verblassten auch die Farben.

Ein eigenartiges Gefühl ergriff von mir Besitz, das nichts mit der herannahenden Dunkelheit zu tun hatte. Es war die eisige Hand der Vorahnung, die mich streifte und meinen Schritt für einen Moment stocken ließ, so deutlich glaubte ich sie in meinem Nacken zu spüren. Meine Handflächen waren schweißnass und mein Herz hämmerte so wild in meiner Brust, dass ich es bis in den Hals hinauf spüren konnte. Natürlich hatte ich schon öfter Vorahnungen gehabt. Das untrügliche Empfinden, dass ein Gespräch schieflaufen oder ein Date ein Reinfall werden würde. Nichts Außergewöhnliches. Das hier war anders. Es tat beinahe körperlich weh und erfüllte mich mit einer Furcht, die es mir schwer machte, meine Bewegungen zu kontrollieren.

Ich blieb stehen und atmete tief durch.

Mein Blick schweifte die Straße entlang, ohne etwas Ungewöhnliches entdecken zu können, und blieb schließlich an meinem Haus hängen, dessen Fassade im schwindenden Tageslicht langsam von Rot zu Grau wurde. Die Fenster starrten mir wie blinde Augen entgegen und die Schatten unter der Veranda hatten etwas von einem Rachen, der mich verschlingen würde, sobald …

Ich schüttelte heftig den Kopf und versuchte diese irrationalen Gedanken abzuschütteln. Mein Haus hatte weder einen Rachen noch waren seine Fenster Augen. Es war nichts weiter als ein Bau aus Holz, Nägeln und Dachschindeln. Ein lebloses Etwas, das mich ganz bestimmt nicht verschlingen würde. Doch was auch immer der Auslöser für meine plötzliche Furcht sein mochte, dort würde ich ihn finden – in meinem Haus. Davon war ich überzeugt.

Ehe ich wusste, was ich tat, hielt ich mein Handy in der Hand.

»Du machst dich lächerlich, Rachel«, sagte ich zu mir selbst.

Wen wollte ich anrufen? Die Polizei? Die würden mir was husten, wenn ich ihnen erzählte, dass ich ein ungutes Gefühl hatte und mein Haus außerdem ziemlich bedrohlich wirkte. Amber? Ganz bestimmt würde sie sofort kommen, wenn ich Alarm schlug. Sollten wir dann jedoch nichts Bedrohliches in meinem Haus finden – worauf ich wirklich hoffte –, müsste ich mich garantiert noch einmal einem ernsten Gespräch über eine weitere ärztliche Untersuchung stellen.

Nein, bevor ich irgendetwas unternahm, wollte ich mich selbst umsehen. Im Falle einer Bedrohung konnte ich immer noch nach Akashiel rufen. Wahrscheinlicher war es jedoch, dass ich einfach überreagierte und schlicht und ergreifend nichts finden würde – höchstens ein paar Rechnungen im Briefkasten.

Ich setzte meine Schritte langsam und mit Bedacht, während ich mich dem Haus näherte. Sobald das Gartentor hinter mir lag, wurde ich noch vorsichtiger. Ich ließ meinen Blick von einer Seite zur anderen schweifen, darum bemüht, selbst den kleinsten Winkel meines Gartens zu erfassen. Trotz der sich ausbreitenden Schatten behinderte mich die heraufziehende Dunkelheit nicht.

Sobald mir das bewusst wurde, blieb ich stehen.

Verwundert ließ ich meinen Blick weiter wandern. Obwohl es mir längst nicht mehr möglich sein dürfte, den Namenszug auf meinem Briefkasten oder dem der Nachbarn zu erkennen, sah ich alles so deutlich vor mir, als stünde ich unmittelbar davor. Ich blinzelte, und als sich nichts an meiner Sicht veränderte, rieb ich mir die Augen, wodurch der Schriftzug auf dem Briefkasten kein Stück unleserlicher wurde.

Nachdem ich mich davon überzeugt hatte, dass der Garten verlassen war, wandte ich mich dem Haus zu, holte einmal tief Luft und ging auf die Tür zu. Schon aus der Ferne sah ich Popcorn, der sich auf der Veranda ausgestreckt hatte und ein Nickerchen hielt. Ebenso merkwürdig wie der Platz, den er sich dafür ausgesucht hatte, war seine Haltung. Er lag auf dem Bauch, alle viere von sich gestreckt, den Kopf zur Seite geneigt und den Blick auf mich gerichtet.

»O mein Gott!«, rief ich, als ich die Leere in seinen grünen Katzenaugen sah.

Ich schoss auf ihn zu, und noch bevor ich die Veranda betrat, sah ich das Blut. Es quoll unter seinem kleinen Katzenkörper hervor, verteilte sich über die Holzbohlen und versickerte in den Ritzen dazwischen. So viel Blut! Viel zu viel für das kleine Tier!

Überall im Holz waren Spuren seiner Krallen.

Drei schnelle Schritte, dann hatte ich den Kater erreicht und fiel neben ihm auf die Knie. »Pop?«

Zum ersten Mal wäre ich wirklich froh gewesen, ihn sprechen zu hören, doch er gab keinen Ton von sich. Seine Augen starrten an mir vorbei ins Nichts. Leer und tot. Ich legte eine Hand an seinen Hals. Dort, wo ich sonst seine Wärme unter dem Fell spürte, fanden meine Finger nur kalte, klamme Haut.

Kein Puls und kein Atem.

Keine Wärme.

Kein Leben.

Meine Hände zitterten, als ich ihn vorsichtig herumdrehte, um mir die Verletzung anzusehen. Der beißende Geruch von Blut stieg mir in die Nase. Ich kämpfte gegen den Würgereiz an, der meine Kehle immer enger werden ließ, und zwang mich, flach zu atmen. Ich war auf einen schlimmen Anblick gefasst, doch was ich sah, war schlimmer als alles, was ich mir je hätte vorstellen können. Popcorns Bauch war von oben bis unten aufgeschlitzt. Das Fell um den klaffenden Schnitt herum war getränkt von Blut, und als ich ihn bewegte, öffnete sich der Schnitt und gab den Blick auf die Organe frei. Schluchzend zog ich das blutige Bündel in meine Arme, nicht begreifend, was ihm zugestoßen war oder wer etwas derart Schreckliches tun konnte.

Ich drückte den Kater an mich und wiegte ihn in meinen Armen. »Ich bringe es wieder in Ordnung«, flüsterte ich. Und obwohl ich nicht wusste, warum ich das sagte, wurde ich das Gefühl nicht los, dass ich es tatsächlich konnte. Ich konnte das in Ordnung bringen. Es ungeschehen machen. Ich wusste nicht, wie, aber ich würde es tun.

Schluchzend klammerte ich mich an das blutige Fellbündel, das leblos in meinen Armen hing, und scherte mich nicht darum, dass sein Blut meine Bluse und meine Hose tränkte. Ich begriff einfach nicht, wer einem wehrlosen Tier so etwas Grauenvolles antun konnte. Oder warum. Wie lange hatte er hier gelegen, gelitten und um sein Leben gekämpft?

Trauer, Wut und Hilflosigkeit nahmen mir die Luft zum Atmen und pressten sich mit eisernem Griff gegen meine Schläfen. Ich versuchte den Schmerz abzuschütteln, doch es wollte mir nicht gelingen. Popcorn war ein Familienmitglied. Ihn zu verlieren, war schlimm. Doch weit entsetzlicher war die Art und Weise seines Todes.

»Rachel?«

Erschrocken hob ich den Kopf. Akashiels Stimme war so durchdringend, dass ich erwartete, ihn vor mir stehen zu sehen, doch da war nichts weiter als die Wärme seiner Präsenz.

»Hörst du mich, Rachel?«

Ich gab einen Laut der Zustimmung von mir, der in einem weiteren Schluchzen unterging.

Akashiel hatte mich dennoch verstanden. »Dem Chef sei Dank! Ich versuche seit einer halben Stunde, zu dir durchzudringen, aber ich konnte dich nicht erreichen. Stimmt etwas nicht?«

»Nein«, würgte ich hervor. »Pop …« Mehr wollte mir nicht über die Lippen kommen. Von einem weiteren Weinkrampf geschüttelt, drückte ich das blutige Bündel fester an mich und strich ihm über den Kopf, die einzige Stelle, an der sein Fell nicht mit Blut verkrustet war.

Die Wärme, die Akashiels Gegenwart stets begleitete, gewann an Intensität, als würde er näher kommen. Als ich jedoch den Kopf hob und mich umsah, war da niemand.

»Leg ihn hin und geh ins Haus«, hörte ich ihn sagen.

»Aber …«

»Geh ins Haus!« Ein unmissverständlicher Befehl. Sanfter fügte er hinzu: »Vertrau mir einfach. Geh hinein, schließ die Tür hinter dir und dreh dich nicht um. Sieh auch nicht aus dem Fenster. Warte, bis ich dir sage, wie es weitergeht.«

Es fiel mir schwer, seinen Worten zu folgen, und es dauerte eine Weile, bis ihr Sinn langsam zu mir durchsickerte. »Was …?«

»Versprich mir, dass du meine Anweisungen befolgst.«

Ich nickte, zu mehr war ich nicht in der Lage.

Vorsichtig legte ich Popcorn auf den Holzboden, darauf bedacht, ihn nicht in die Blutlache zu legen, aus der ich ihn hochgehoben hatte. Dann stand ich auf. Meine Knie zitterten, ebenso wie meine Hände, die – wie meine Bluse und meine Jeans – voller Blut waren. Ein wenig unschlüssig stand ich da und starrte auf den Kater, als könne allein mein Blick ihn wieder lebendig machen.

»Hab Vertrauen«, sagte Akashiel.

Das hatte ich.

Ich wusste, dass ich nicht die Kraft haben würde, mich um Popcorn zu kümmern, und war Akashiel dankbar, dass er mir das abnahm. »Ein Karton«, brachte ich mühsam hervor. »Im Schuppen.«

»Ich kümmere mich um alles.« Akashiels Stimme war ein sanftes Flüstern in meinem Ohr, doch so tröstlich es mir schien, sosehr wünschte ich mir jemanden, der mich in den Arm nahm und an den ich mich in meiner Traurigkeit klammern konnte.

»Ich möchte ihn im Garten begraben, unter den großen Kreppmyrte.«

Akashiels Stimme war sanft wie ein Streicheln. »Ich rufe dich, wenn ich so weit bin.«

Ich nickte.

Mit unsicheren Schritten ging ich zur Tür und nahm meinen Schlüssel aus der Handtasche. Ich brauchte mehrere Versuche, bis ich es schaffte, ihn ins Schloss zu stecken und aufzuschließen, wobei ich Blutspuren auf dem Türrahmen und dem Knauf hinterließ. Kaum war ich im Haus, schob ich die Tür hinter mir zu und blieb an Ort und Stelle stehen.

Trotz des Dämmerlichts sah ich den Flur deutlich vor mir. Ich warf meine Handtasche in Richtung Kommode, verfehlte sie jedoch. Die Tasche landete scheppernd auf dem Boden und ihr Inhalt ergoss sich über den Teppich, so wie sich Popcorns Blut über die Veranda …

Ich stand wie angewurzelt da, nicht in der Lage, mich vom Fleck zu rühren. Selbst wenn ich mich hätte bewegen können, ich hätte nicht gewusst, wo ich hin sollte. Duschen und umziehen, wäre sicherlich die vernünftigste Idee gewesen, denn bei jeder Bewegung und jedem Atemzug stieg mir der Geruch des Blutes in die Nase und erinnerte mich an den armen Popcorn. Aber auch wenn ich die Klamotten loswerden und mich waschen wollte, stand ich noch immer so unter Schock, dass mir die Treppe wie ein unüberwindliches Hindernis erschien. Abgesehen davon würde Akashiel womöglich meine Hilfe brauchen. Was, wenn er keinen Karton fand? Aber wollte ich Popcorn wirklich in diesen Klamotten begraben? Natürlich nicht. Ich würde warten, bis Akashiel ihn in eine Kiste gelegt hatte, mich dann duschen, umziehen und in den Garten gehen, um ihn zu beerdigen.

Ich verharrte an Ort und Stelle und wartete darauf, dass Akashiels Stimme erklang. Mehr als einmal war ich versucht, mich umzudrehen und durch eines der Fenster neben der Tür hinauszuspähen. Könnte ich Akashiel dann sehen oder war er für meine Augen unsichtbar? Der Gedanke, womöglich einen Blick auf meinen Schutzengel zu erhaschen, war durchaus reizvoll. Ich wollte die Person sehen, der diese dunkle Stimme gehörte, deren Wärme mir regelmäßig einen angenehmen Schauer über den Rücken jagte. Aber ich hatte ihm mein Wort gegeben, mich von den Fenstern fernzuhalten, und so groß meine Neugierde auch sein mochte, so wenig mochte ich sein Vertrauen in mich enttäuschen. Am Ende handelte er sich noch Ärger ein, wenn ich ihn zu Gesicht bekam – selbst wenn es gegen seinen Willen geschah.

Da stand ich nun, mit dem Rücken zur Tür, zitterte am ganzen Leib und wartete darauf, Akashiels Stimme zu hören, als plötzlich ein strahlendes Licht durch die Fenster hereinfiel, die Schatten verdrängte und den Flur bis in den hintersten Winkel erleuchtete. Ich fuhr herum und starrte auf eines der beiden Fenster neben der Tür. Dahinter war nichts anderes zu sehen als goldenes Licht, so wunderschön und voll Wärme, dass mir der bloße Anblick erneut die Tränen in die Augen trieb. All meine Sorgen und meine Trauer gerieten in Vergessenheit, weggespült von diesem unglaublichen Strahlen, das mich vollkommen ausfüllte und alles andere unwichtig erscheinen ließ. Niemals zuvor hatte ich etwas Derartiges empfunden. Nichts war mehr von Bedeutung, nicht der Unfall, nicht mein Vater und auch nicht meine Trauer. Im Schein dieses Lichts gab es nichts, was mich länger belasten konnte. Ich existierte einfach, erfüllt von Glück und Zufriedenheit und dem Wunsch, dass es niemals enden möge.

Ein erschrockenes Fauchen erklang, gefolgt von Akashiels Lachen.

Dann versiegte das Licht.

Es tat beinahe körperlich weh, diesen wundervollen Anblick zu verlieren. Ich sehnte mich danach zurück, wollte die Wärme und das Glück wieder spüren, das ich einige Herzschläge lang empfunden hatte. Mir war kalt. Ein Gefühl, wie man es hat, wenn man länger vor einem Heizkörper oder einem Kaminfeuer stand und dann zurücktrat.

»Akashiel?«

»Es geht ihm gut«, hörte ich den Engel sagen. »Ich muss weg, ein dringender Auftrag.«

»Was …?«

Ich bekam keine Antwort. Akashiel war fort, das spürte ich, ebenso wie ich den Verlust der Wärme und des Glücks gespürt hatte, als das Licht erloschen war.

Es geht ihm gut.

Was zum Teufel sollte das heißen?

Ich hatte ein Fauchen gehört und für einen Moment geglaubt, es wäre Popcorn, aber das konnte unmöglich … Ich riss die Tür auf und stürzte nach draußen. Die Veranda lag verlassen in der Dunkelheit. Lediglich die dunklen Flecken, die sein Blut auf dem Holzboden hinterlassen hatten, erinnerten daran, was geschehen war.

Popcorn war nicht da. Er saß nicht auf dem Geländer und blickte mir verschlafen entgegen, wie er es so oft getan hatte.

Natürlich nicht.

Er war tot.

Akashiel hatte ihn in eine Kiste gepackt und hinters Haus gebracht, damit ich ihn begraben konnte. Aber das Licht. Was hatte es mit dem Licht auf sich gehabt? Musste das nicht etwas bedeuten?

Vielleicht war es Popcorns kleine Katzenseele gewesen, die mit Akashiels Hilfe in den Himmel aufgestiegen war. Bei dem Gedanken stieg ein dicker Kloß in meiner Kehle auf, den ich schnell herunterschluckte.

Da ich nicht wusste, was ich tun sollte, und mich im Moment auch nicht dem Anblick des Kartons gewachsen fühlte, der mich im Garten erwartete, ging ich nach oben, um zu duschen. Danach würde ich tun, was getan werden musste. Erst aber ließ ich meinen Tränen freien Lauf, die sich mit dem heißen Wasserstrahl vermischten und im Abfluss versickerten.

Sobald ich angezogen war, kehrte ich nach unten zurück und ging durch die Hintertür in den Garten. Ich hatte erwartet, den Karton auf der Terrasse zu finden, doch da war nichts. Auch im Schuppen wurde ich nicht fündig. Ich suchte überall – ohne Erfolg.

Als ich versuchte, Akashiel danach zu fragen, konnte ich ihn nicht erreichen. Vermutlich nahm ihn sein Auftrag so sehr in Beschlag, dass er mir nicht antworten konnte.

Ratlos kehrte ich ins Haus zurück und ging in die Küche, um mir eine Tasse Kakao zu machen und nachzudenken. Ich holte die Milch aus dem Kühlschrank, schüttete sie in einen Topf und stellte ihn auf den Herd.

Was hatte Akashiel mit Popcorns sterblichen Überresten gemacht und warum hatte er gesagt, dass es ihm gut ginge? Wollte er mich damit trösten, so wie es meine Onkel und Tanten bei Moms Beerdigung versucht hatten? *Es geht deiner Mutter gut, Liebes. Sie ist jetzt an einem besseren Ort.* Diese Sätze hatte ich damals so oft zu hören bekommen, dass ich sie für den Rest meines Lebens nicht mehr vergessen würde. Geglaubt hatte ich jedoch kein Wort. Mom hätte keinen Ort der Welt, an dem Dad und ich nicht waren, als besser befunden. Niemals! Die bloße Vorstellung hatte mich wütend und traurig zugleich gemacht. Erst später hatte ich begriffen, dass es nichts weiter als eine Redensart war. Etwas, das man sagte, um einen Verlust leichter verkraften zu können. Als ob ein paar Floskeln etwas an dem Schmerz ändern könnten!

Akashiel schien mir nicht der Typ zu sein, der sich in leere Worthülsen flüchtete, um Trost zu spenden. Nachdem das Strahlen erloschen war und ich Popcorn nirgendwo gefunden hatte, konnte ich mir keinen Reim auf seine Worte machen.

Gedankenverloren zerbrach ich eine Tafel Schokolade, gab sie zur Milch in den Topf und rührte ratlos darin herum, als ich ein lautes Klappern hörte. Ein Geräusch, das mir so vertraut war, dass ich im selben Moment herumfuhr, als Popcorn in die Küche stiefelte.

Mit einem Schrei ließ ich den Kochlöffel fallen. Sofort war ich bei ihm, riss ihn in meine Arme und drückte ihn an mich. Die Hemmungen, die ich meinem sprechenden Kater gegenüber noch vor wenigen Tagen verspürt hatte, waren verflogen. Ich war einfach glücklich, ihn wiederzuhaben.

»Danke, Akashiel!«, rief ich in den Raum. Ich wusste nicht, ob der Engel mich hören konnte, und es war auch nicht wichtig, denn ich würde mich sicher noch hundertmal bei ihm bedanken.

Ich drückte Popcorn noch fester an mich, dann kam mir ein Gedanke. »O Gott, tut dir etwas weh? Hast du Schmerzen?« Erschrocken lockerte ich meinen Griff und musterte ihn. Vorsichtig hob ich ihn in die Luft und betrachtete seinen Bauch. Nichts erinnerte mehr an die klaffende Wunde, die sich vor nicht einmal einer Stunde dort befunden hatte. Sein Fell war so dicht und sauber wie immer. Es gab keine kahlen Stellen und auch keine Spuren von verkrustetem Blut.

Ich war tot, verkündete er das Offensichtliche. *Um das zu vergessen, gibt es nur einen Weg.*

»Welchen?«

Hast du noch Sahne im Kühlschrank?

Lachend schloss ich ihn wieder in meine Arme und rieb meine Wange an seinem Kopf. »Heute bekommst du deine Sahne!« Das war das Mindeste, was er sich verdient hatte. »Und morgen besorge ich dir ein saftiges Stück frischen Thunfisch.« Sein zufriedenes Schnurren war deutlich vernehmbar, gleichzeitig ließ es meine Fingerspitzen vibrieren. Ich hielt ihn noch eine ganze Weile fest und er ließ es sich gefallen, bis er schließlich ungeduldig wurde und nach der versprochenen Sahne verlangte.

»Kannst du dich erinnern, was passiert ist?«, fragte ich ihn, als ich die Sahne aus dem Kühlschrank holte.

Jemand hat mich von hinten gepackt. Hatten seine ersten Worte noch zornig geklungen, so veränderte sich seine Stimme jetzt, wurde leiser und beinahe angstvoll. Auch seine Körperhaltung passte sich dem an, er stand jetzt geduckt vor mir, den Schwanz aufgebauscht. *Ich wurde mit dem Rücken gegen einen Körper gepresst, die Vorderpfoten nach oben gereckt, sodass ich nichts sehen konnte. Dann war da nur noch Schmerz und schließlich Dunkelheit.*

Meine Hand zitterte so sehr vor unterdrückter Wut und Mitleid, dass ich beinahe die Sahne verschüttet hätte. Ich wischte den Rand der Schüssel ab und stellte sie Popcorn vor die Nase. »Das ist schrecklich«, flüsterte ich.

Gut, dass die Fledermaus da war.

»Fledermaus?«, echote ich.

Der Typ, der neulich auf dem Dach saß.

»Du meinst Akashiel.«

Wenn er so heißt. Wäre er ein Mensch gewesen, hätte er jetzt zweifelsohne mit den Schultern gezuckt. *Wir hätten ihn nicht gebraucht. Du hättest das auch tun können.*

»Was? Wie hätte ich …?«

Du hast nicht einmal versucht, mich zu retten!

»Glaube mir, es gab nichts, was ich noch für dich hätte tun können.«

Wie du siehst, gab es das, erwiderte er und mit einem finsteren Blick in meine Richtung fügte er hinzu: *Nächstes Mal streng dich gefälligst an. Die Fledermaus wird vielleicht nicht immer in der Nähe sein.*

Er glaubte tatsächlich, dass ich ihn hätte wiedererwecken können, wie Akashiel es getan hatte. Sein Vertrauen in mich war rührend, und obwohl ich gern klargestellt hätte, dass er meine Fähigkeiten – und die eines jeden Tierarztes – in diesem Fall bei Weitem überschätzte, sagte ich nichts. Zum einen hoffte ich, dass nie wieder etwas Derartiges geschehen würde, zum anderen war ich noch viel zu aufgewühlt, sodass ich mich nicht auf eine Diskussion einlassen konnte. Nicht einmal mit meinem Kater.

16

Am Samstag nahm ich Kontakt zu Akashiel auf. Ich bedankte mich für das, was er getan hatte, doch er ging gar nicht darauf ein. Er wollte nur wissen, ob es mir gut ginge.

Anfangs war es merkwürdig, mit ihm zu sprechen, denn

plötzlich war er nicht mehr einfach nur mein unsichtbarer Schutzengel, sondern auch jemand, der über Fähigkeiten verfügte, deren gesamtes Ausmaß ich nicht einmal erahnen konnte. Je länger unser Gespräch jedoch dauerte, desto deutlicher wurde mir bewusst, dass er trotz allem noch immer der Mann – das Wesen – war, mit dem ich mich gern unterhielt und dessen Nähe ich so sehr genoss. Auch wenn ich ihn nicht sehen konnte.

An diesem Morgen hatte ich viel zu tun. Bestellungen mussten vorbereitet, Abrechnungen gemacht und Gehälter gebucht werden. »Tut mir leid, dass ich unser Gespräch heute so kurz halten muss«, sagte ich.

»Das macht nichts«, erwiderte er. »Ich habe sowieso noch jede Menge Papierkram zu erledigen. Wenn etwas sein sollte …«

»… rufe ich dich«, beendete ich seinen Satz und wusste, er würde kommen, wann immer ich ihn brauchte. So wie er auch gestern Abend gekommen war.

Ich wunderte mich darüber, dass er sich so viele Gedanken um meine Sicherheit zu machen schien, und fragte mich, ob er mich entweder allein nicht für lebensfähig hielt oder aber Gefahr witterte, die ich nicht sah. Keine der beiden Varianten gefiel mir. Glücklicherweise war ich zu beschäftigt, um länger darüber nachzudenken, und bis vier Uhr hatte ich das Thema erfolgreich verdrängt.

Nachdem wir abgesperrt, die Abrechnung gemacht und aufgeräumt hatten, machten wir uns auf den Weg zur Kirche. Neben Nate und Lea, die vor dem Laden auf uns warten wollten, hatten sich auch Steve und Jill entschlossen, uns zu begleiten. Pat, der am Montag eine Prüfung schrieb, für die er noch lernen musste, machte sich aus dem Staub, sobald seine Arbeit erledigt war.

Als wir den Laden verließen, öffnete Steve die Tür und

ließ Jill hindurchgehen, ehe er ihr nach draußen folgte. Steve war kein unhöflicher Mensch, doch Dinge wie eine Tür aufzuhalten oder einem in den Mantel zu helfen – was angesichts der sommerlichen Temperaturen heute ohnehin nicht infrage gekommen wäre –, hob er sich für jene Momente auf, in denen er jemanden beeindrucken wollte.

Hinter meiner Sonnenbrille beobachtete ich Jill und Steve, die vor mir hergingen und lachend die Köpfe zusammensteckten, und wunderte mich darüber, dass ich nicht schon viel früher bemerkt hatte, wie heftig die beiden miteinander flirteten. War ich wirklich so sehr mit meinem eigenen Kram beschäftigt gewesen, dass mir das flirtende Pärchen vor meiner Nase nicht einmal aufgefallen war? Wie ich es auch drehte und wendete, die Antwort war immer Ja.

Als Jill nach Steves Hand griff, entzog er sie ihr und raunte ihr mit einem Blick in meine Richtung etwas zu. In seinen sonst so fröhlichen Zügen lag ein Anflug von schlechtem Gewissen, wobei ich nicht wusste, ob ich lachen oder ihn trösten sollte. Er würde nicht öffentlich zu Jill stehen, solange er nicht mit mir darüber gesprochen hatte. Ich war mir nicht sicher, ob er meinen Segen wollte oder ob ich die Nachricht lediglich von ihm persönlich erfahren sollte. Seine Rücksichtnahme jedoch sprach für ihn. Auch wenn ich längst über ihn hinweg war und das gar nicht nötig gewesen wäre.

Ich war doch über ihn hinweg, oder?

In dem Versuch, es herauszufinden, beobachtete ich die beiden und versuchte mir vorzustellen, wie es wäre, sie tatsächlich Händchen haltend und einander küssend zu sehen. Es würde sich merkwürdig anfühlen, immerhin waren wir eine ganze Weile zusammen gewesen, und ich würde sicher ein wenig Zeit brauchen, um mich daran zu gewöhnen, trotzdem kam ich zu dem Schluss, dass ich mich für ihn freute und nicht vor Eifersucht zerfließen würde.

Amber ließ sich zu mir zurückfallen. »Und«, meinte sie mit einem vielsagenden Lächeln, »freust du dich schon auf den Abend?«

»Wusstest du davon?«, fragte ich mit einem Nicken in Richtung Steve und Jill, ehe sie erneut anfangen konnte, mir die Vorzüge des attraktiven Priesters aufs Brot zu schmieren.

»Ich wollte es dir sagen, aber Steve hat mich gebeten, die Klappe zu halten. Er wollte selbst mit dir sprechen.«

Plötzlich begriff ich es. Im Laufe der Woche hatte er mindestens zwei Versuche unternommen und ich hatte ihn jedes Mal auf später vertröstet. Er wollte mir von Jill erzählen. Dass ich ihm dazu bisher keine Gelegenheit gegeben hatte, musste für ihn die reinste Folter sein. »Ich schätze, ich muss heute Nachmittag etwas gutmachen«, sagte ich zu mir selbst.

Amber hatte mich trotzdem gehört. »Es kann sicher nicht schaden, ihn aus seinem Gewissenskonflikt zu erlösen. Er will dir nicht wehtun.«

Auch wenn es mich nichts mehr anging, mit wem er sich verabredete, fand ich seine Rücksichtnahme wirklich süß. Ich kannte nicht viele Männer, die das tun würden, und auch wenn Steve und ich an vielen Stellen wie Feuer und Wasser gewesen waren, erinnerte mich sein Verhalten daran, warum ich einmal in ihn verliebt gewesen war.

Als wir die Kirche erreichten, blieb Lea stehen und sah sich um. »Wo müssen wir hin?«

»Vermutlich zum Pfarrhaus.« Steve deutete auf den Kiesweg, der an der Kirche vorbeiführte.

Trotz Sonnenbrille musste ich die Augen mit der Hand abschirmen, um nicht geblendet zu werden. Dann entdeckte ich die Tische und Bänke, die vor dem Pfarrhaus auf dem Rasen aufgebaut waren. Es waren noch nicht viele Gäste da, vielleicht ein Dutzend, soweit ich das aus der Ferne erkennen konnte. Kyle stand am Grill und drehte ein paar Würstchen um. Als er uns bemerkte, legte er die Grillzange zur Seite und kam uns entgegen.

»Schön, dass ihr da seid«, begrüßte er uns, wobei sein Blick ein wenig länger auf mir verweilte und ich den Eindruck hatte, dass sein Lächeln eine Spur breiter wurde. »Mir sind leider meine Helfer abgesprungen, aber ich kümmere mich sofort darum, dass ihr etwas zu trinken bekommt. Mischt euch unters Volk!«

Das »Volk« bestand aus zwei älteren Pärchen, die im *Bücherwurm* zur Stammkundschaft zählten, und ein paar Leuten in unserem Alter, von denen ich die meisten zwar vom Sehen kannte, aber nicht wusste, wie sie hießen. Dann entdeckte ich Marc und Jenny und ging hinüber, um die beiden zu begrüßen. Da sie letzten Sonntag nicht bei unserem gemeinsamen Essen im *Pompeji* dabei gewesen waren, hatte ich mir die ganze Zeit über vorgenommen, sie anzurufen – und es dann doch immer wieder vergessen.

Es war schön, die beiden zu sehen. Sie hatten mich ein paarmal im Krankenhaus besucht, weshalb der Unfall als Gesprächsthema längst abgehandelt war und ich nicht noch einmal alles zu erzählen brauchte.

»Rachel!« Marc umarmte mich zur Begrüßung und machte dann Platz für Jenny.

»Schön, dass du da bist«, sagte sie, sobald sie mich aus ihrer Umarmung entließ. »Wie geht es dir?«

Und schon wieder klingelte meine fiktive Kasse.

»Hervorragend«, gab ich mit einem Lächeln zurück. »Was ist mit deiner Grippe?«

Jenny winkte ab. »Grippe war übertrieben, es war eher eine fiese Erkältung.«

»Sie hat mal wieder zu lange in zugigen Ecken geknutscht«, fügte Marc grinsend hinzu und fuhr ihr über das kurze blonde Haar. »Wenn es dir mit dem Kerl ernst ist, solltest du ihn endlich mit nach Hause nehmen. Der nächste Winter kommt bestimmt und ich will nicht hören, dass du dir wegen deiner Feigheit eine Lungenentzündung einfängst.«

Jenny lebte noch bei ihrer Mutter, und obwohl sie längst erwachsen war, mischte sich diese liebend gern in ihr Leben ein. Sie bewertete ihre Klamotten, ihre Freunde, die Dinge, die sie tat, und ganz besonders die Männer, mit denen sie zusammen war. Vor einem halben Jahr hatte sie nun jemanden kennengelernt, den sie als *den* Mann bezeichnete – einen, bei dem sie sich vorstellen konnte, ihn zu heiraten und mit ihm eine Familie zu gründen. Trotzdem traute sie sich nicht, ihn endlich ihrer Mutter zu präsentieren.

»Also vor der Hochzeit würde ich deine Mutter schon mit ihm bekannt machen«, neckte ich sie.

Jenny seufzte. »Ihr habt ja recht. Aber wenn Mom ihn mir vergrault …«

»Wenn er sich von deiner Mom in die Flucht schlagen lässt, war er sowieso nicht der Richtige«, sagte Marc. »Und dann kannst du immer noch mich heiraten.«

Das war nur halb ein Scherz, denn ich wusste, dass Marc schon lange in Jenny verschossen war. Nur dass die drahtige blonde Sportlerin nie viel mit dem eher gemütlichen Marc hatte anfangen können. Die beiden waren Freunde, doch über dieses Stadium waren sie in all den Jahren nie hinausgekommen und ich bezweifelte, dass sich in Zukunft etwas daran ändern würde.

Amber und die anderen gesellten sich zu uns und schon bald saßen wir in einer gemütlichen Runde beisammen, unterhielten uns und alberten herum. Im Gegensatz zu dem Abend im *Pompeji* fühlte ich mich dieses Mal nicht wie ein Außenseiter. Hier gehörte ich her, auch wenn meine Gedanken von Zeit zu Zeit abschweiften.

Kyle brachte mir ein Glas Fruchtpunsch und setzte sich eine Weile zu uns. Bald jedoch strömten weitere Gäste herein und er kam nicht mehr vom Grill weg – nicht einmal, um Getränke oder Beilagennachschub zu holen. Eine gute Stunde später war er vollkommen am Rotieren, trotzdem ließ er sich nichts anmerken. Er eilte zwischen den Tischen herum, verteilte Essen, hatte für jeden ein freundliches Wort und ein Lächeln übrig – und würde vermutlich in spätestens zwei Stunden einen Nervenzusammenbruch bekommen, wenn ihm niemand half.

Ich stand auf und ging zum Grill hinüber, als ich jemanden am Tisch mit den Salaten und Beilagen sagen hörte: »Ist denn keine Steaksoße mehr da?«

»Kommt sofort, Mrs Custer!«, rief Kyle. »Einen Moment Geduld.«

Wenn ich mir jedoch die Steaks und die Würste ansah, die auf dem Grill vor sich hin qualmten, würden sie entweder in Rauch aufgehen, wenn Kyle sie aus den Augen ließ, oder aber die gute Mrs Custer musste warten, bis alles fertig war, ehe sie ihre Soße bekam.

»Wenn Sie mir sagen, wo ich die Soße finde, kann ich sie holen«, schlug ich vor.

»Würden Sie wirklich?« Dann schüttelte er den Kopf. »Nein, Sie sind mein Gast! Ich kann Sie doch nicht arbeiten lassen.«

»Aber ich bin sehr schlecht darin, Erste Hilfe zu leisten«, gab ich zurück. »Falls Sie also gestresst zusammenbrechen«, und vermutlich würde er selbst das noch mit seinem strahlenden Lächeln tun, »rechnen Sie nicht damit, dass ich Sie dann retten kann. Nehmen Sie meine Hilfe lieber jetzt an.«

Einen Moment betrachtete er mich nachdenklich, dann nickte er. »Im Kühlschrank.«

»Alles klar.« Ich wollte zum Haus gehen, als ich jemanden hinter mir sagen hörte: »Das Bier ist aus.«

Ich drehte mich noch einmal zu Kyle herum. »Wo?«

»Wenn Sie glauben, dass ich Sie auch noch Bier schleppen lasse, haben Sie sich geschnitten, Rachel!«

»Das kann ich übernehmen«, bot Steve an. »Wo steht das Zeug?«

Kyle seufzte resigniert. Offenbar hatte er begriffen, dass er nicht ohne Hilfe zurechtkommen würde. »In der Speisekammer.«

Steve nickte. »Das finden wir.«

»Ach«, rief Mrs Custer, »wenn Sie schon ins Haus gehen, dann bringen Sie doch noch etwas von dem köstlichen Krautsalat mit!«

»Und Ketchup«, rief jemand anderer.

Binnen zwei Minuten hatten wir eine ganze Liste an Bestellungen. Kyle erklärte uns, wo wir alles fanden, und bedachte mich mit einem derart dankbar-schuldbewussten Blick, dass ich regelrecht Mitleid mit ihm bekam.

Steve und ich holten Getränke, Soßen und Beilagen aus dem Haus und übernahmen dann die Essens- und Getränkeausgabe am Beilagentisch, während Kyle sich um den Grill kümmerte. Steve rannte jedes Mal los, wenn etwas ausging, und ich kümmerte mich darum, dass den Leuten die Teller gefüllt wurden. Wir hatten unseren Spaß dabei, uns gegenseitig Ketchup- und Soßenflaschen zuzuwerfen und mit den Getränkeflaschen zu jonglieren. Steve peppte den Fruchtpunsch ein wenig auf, als Kyle gerade nicht zu uns herübersah. Es dauerte nicht lange, bis er uns buchstäblich aus den Händen gerissen wurde. Die Leute tranken das Zeug wie Wasser, was uns nur noch breiter grinsen ließ.

Je mehr Spaß wir hatten, desto finsterer wurde Jills Miene. Ihr rotes Haar schien in der Abendsonne in Flammen zu stehen und genauso glühend war ihr Blick. Erst da wurde mir bewusst, dass es sicher nicht ihre Vorstellung von einem schönen Nachmittag war, ihren Freund mit seiner Ex dabei zu beobachten, wie sie miteinander herumalberten – dass wir nebenbei auch arbeiteten, zählte nicht.

»Weißt du was«, meinte ich schließlich zu Steve, »ich denke, ich komme jetzt allein zurecht. Du kannst ruhig wieder zu den anderen gehen.«

»Und was ist mit der Schlepperei?«

»Wenn es was Schweres zu tragen gibt, rufe ich dich.«

Steve kniff die Augen zusammen. Vermutlich glaubte er, ich wolle ihn loswerden, und so ganz falsch lag er damit ja nicht. Er musste hier weg, wenn ich nicht weiter von Jills Blicken durchbohrt werden wollte.

»Mir macht das nichts aus«, wandte er ein.

Ich sah ihn an. »Aber Jill. Geh lieber zu ihr, bevor sie mir am Montag zur Begrüßung ein Buch an den Schädel schmeißt.«

Steve erstarrte. »Ich wollte es dir sagen, Rachel.«

»Ich weiß. Aber ich war zu dusslig, um zuzuhören. Ich war ein wenig abgelenkt, deshalb habe ich nicht bemerkt, wie wichtig dir dieses Gespräch war.« Ich schaufelte Dr. Morton einen Löffel Kartoffelsalat auf seinen Teller und legte ein paar Stücke Knoblauchbrot dazu. Sobald er zu seinem Tisch zurückging, wandte ich mich wieder Steve zu. »Es ist in Ordnung für mich.«

»Danke, Rachel. Das war mir wirklich wichtig.« Er nahm mich in den Arm und ich fürchtete schon, deshalb endgültig auf Jills Abschussliste zu landen, dann jedoch drehte er sich zu ihr herum und hielt beide Daumen nach oben, woraufhin sich Erleichterung in ihren Zügen ausbreitete.

Die Arbeit war tatsächlich auch allein zu schaffen. Die Gäste waren geduldig und warteten gern ein paar Minuten, wenn ich noch einmal in die Küche musste, um Nachschub zu holen, und ganz wie er es versprochen hatte, kümmerte sich Steve um die schweren Sachen, wann immer ich ihn darum bat.

Bald verabschiedeten sich die ersten Gäste, die meisten anderen hatten mittlerweile gegessen und brauchten nur noch Getränke. Allmählich kehrte ein wenig Ruhe ein und mir blieb Zeit, Kyle zu beobachten, wie er am Grill hantierte, auf dem nur noch drei Würstchen dampften.

Ich war auf dem Weg zu ihm, als Nate an den Grill trat. Da ich mich in seiner Gegenwart nicht über Engel unterhalten wollte, blieb ich am Ende des Beilagentisches stehen.

»Ich nehme ein Steak.« Nate sprach so leise, dass ich Mühe hatte, ihn zu verstehen. Aufmerksam beobachtete er, wie Kyle ein Stück Fleisch auf den Grill warf.

»Medium?«

»Ja, bitte.« Er hätte jetzt an den Tisch zurückkehren und dort warten können, bis das Fleisch fertig war, doch sein Blick war noch immer auf Kyle gerichtet. »Ich kann mir nicht helfen«, meinte er nach einer Weile, »aber Sie kommen mir irgendwie bekannt vor.«

»Ich bin in den letzten Jahren viel herumgekommen, aber um ehrlich zu sein, glaube ich nicht, dass wir uns schon einmal begegnet sind.«

Nate erwiderte Kyles Blick mit einem Lächeln, dann zuckte er die Schultern. »Vielleicht irre ich mich ja auch.«

Ich hörte Kyles Antwort nicht, da in diesem Moment ein paar Leute zu mir kamen, um sich ihren Fruchtpunsch nachfüllen zu lassen. Sobald sie versorgt waren, wandte ich meine Aufmerksamkeit wieder den Männern am Grill zu.

»Wissen Sie«, sagte Nate gerade und klang dabei, als würde er lediglich einen Gedanken laut aussprechen, »so geht es mir manchmal mit Kollegen. Ich sehe jemanden, der früher einmal in meiner Firma gearbeitet hat, und kann ihn einfach nicht mehr einordnen.«

»Ich bezweifle, dass wir in derselben Branche sind«, erwiderte Kyle trocken.

»Nein, wohl kaum.« Nate betrachtete Kyle, dann fragte er: »Sagen Sie, Reverend, glauben Sie eigentlich an Engel?«

Die Frage ließ mich zusammenzucken. Ich fand es eigenartig, dass Nate ausgerechnet auf Engel zu sprechen kam, aber vermutlich lag das nur daran, dass mich das Thema im Augenblick selbst beschäftigte. Bestimmt war es nicht unüblich, einem Priester diese Frage zu stellen.

»Es gehört zu meinem Job, daran zu glauben.« Kyle nahm das Steak vom Grill und legte es auf Nates Teller. »Wie stehen Sie zu Engeln?«

Nates Blick richtete sich auf Amber. »Ich habe meinen gefunden.« Als sie zu ihm herübersah, winkte er ihr kurz zu, nahm seinen Teller und ging zu ihrem Tisch zurück.

Nachdem Nate gegessen hatte, verabschiedeten er und Amber sich. Für eine Sekunde war ich versucht, ebenfalls zu gehen, doch es gab noch immer einiges zu tun und ich wäre mir schäbig vorgekommen, Kyle jetzt im Stich zu lassen. Deshalb verabschiedete ich mich von den beiden, nicht ohne Amber zu versprechen, sie morgen anzurufen, und nahm meinen Posten hinter dem Beilagentisch wieder ein.

Bei Anbruch der Dämmerung brachen die meisten Gäste auf. Der Garten leerte sich mehr und mehr und schon bald waren Kyle und ich allein. Seinen Protest ignorierend, half ich ihm aufzuräumen. Wir schafften Soßen, Fleisch und Essensreste ins Haus, packten die Sachen, die noch genießbar waren, in Frischhaltedosen, den Rest warfen wir weg. Während wir arbeiteten, unterhielten wir uns und alberten herum, sodass ich gar nicht bemerkte, wie die Zeit verflog. Nachdem wir Tische und Bänke zusammengeklappt und in den Schuppen hinter dem Haus geschleppt hatten, warf ich einen Blick auf die Uhr. Es war fast zehn.

»Du meine Güte«, entfuhr es mir. »Ich sollte jetzt wirklich gehen.«

Kyle, der gerade die letzten Pappteller in einen Müllsack versenkte, sah auf. Er wollte etwas sagen, das war ihm anzusehen, doch er schien nicht die richtigen Worte zu finden. Bevor auch nur ein einziger Laut über seine Lippen kam, knurrte mein Magen vernehmlich.

»Sagen Sie nicht, dass Sie die ganze Zeit nichts gegessen haben!«

»Ich habe mal hier und da was probiert«, sagte ich lahm.

»Etwas probiert?« Er schüttelte den Kopf. »Das genügt mir nicht. Niemand verlässt mein Grillfest hungrig.«

»Das ist wirklich kein Problem«, widersprach ich. »Mir hat es Spaß gemacht.«

»Und ich werde das ganze Wochenende an nichts anderes denken können als daran, dass ich Sie erst habe schuften und dann auch noch habe hungern lassen. Das können Sie mir nicht antun.«

»Und was wollen Sie dagegen unternehmen?«

»Der Grill steht noch.«

»Sie wollen doch nicht etwa …?«

»Geben Sie mir zehn Minuten.« Er schob mich zur Couch. »Setzten Sie sich, ich bin gleich wieder da.«

17

Von meinem Platz auf dem Sofa aus konnte ich nicht sehen, was er tat. Ich hörte ihn nur mit verschiedenen Dingen hantieren – *großen* Dingen – und nach nicht einmal zehn Minuten erschien er wieder im Wohnzimmer und hielt mir die Hand entgegen. »Darf ich bitten?«

Ein wenig verunsichert griff ich nach seiner Hand und ließ mich von ihm in den Garten führen. Er hatte zwei Stühle und den Küchentisch nach draußen getragen und ein weißes Tischtuch darüber gebreitet. Im Gegensatz zum Nachmittag war das Geschirr jetzt aus Porzellan, das Besteck nicht mehr aus Plastik und statt der Pappbecher hatte er echte Gläser genommen. Ein Teller mit Brot, mehrere Schalen mit Soßen und Salaten und eine Karaffe mit dem restlichen Fruchtpunsch nahmen beinahe jedes Stückchen freien Platz ein. In der Mitte des Tisches stand ein großes Windlicht, das ein gemütliches orangefarbenes Flackern aussandte, und auf dem Fensterbrett standen mehrere Laternen aufgereiht, die für ausreichend Helligkeit sorgten. Es war wunderschön anzusehen und es roch verdächtig nach einem Date.

Kyle kam mit einem Pullover in der Hand aus dem Haus. »Ziehen Sie den an«, sagte er und hielt ihn mir entgegen. »Es ist kühl geworden und ich will nicht, dass Sie auch noch frieren, wenn Sie schon hungern mussten.«

Unentschlossen betrachtete ich die dunkelblaue Wolle.

»Sie können ihn ruhig anziehen«, meinte er grinsend. »Es ist wirklich nur ein Stück Stoff gegen die Kälte. Ganz ohne Hintergedanken. Die Wolle wird Sie auch nicht fressen, dafür verbürge ich mich.«

Es war tatsächlich kühl geworden und ich hatte keine Jacke dabei. Plötzlich kam ich mir dumm vor und wusste nicht einmal, warum ich überhaupt gezögert hatte. Ich nahm ihm den Pullover aus der Hand und schlüpfte hinein. Die Wolle roch nach seinem Aftershave, frisch und ein wenig herb.

»Danke.«

Kyle nickte. »Wie wäre es jetzt mit einem saftigen Steak?«

Ich ließ mich auf den Stuhl fallen. »O ja«, sagte ich. »Ich komme um vor Hunger!«

Lachend legte er das Fleisch auf den Grill. »Ohne Steve und Sie wäre ich gnadenlos abgesoffen. Dabei dachte ich ernsthaft, ich würde es allein schaffen. Ich weiß gar nicht, wie ich das wiedergutmachen kann.«

»Ein Steak ist schon mal ein Anfang.«

Er sah mich an. »Ein Anfang? Ich soll also noch mehr Abbitte leisten?«

»Da werden Sie wohl nicht drum herumkommen«, neckte ich ihn und konnte mir ein Grinsen kaum verkneifen, als ich sein Gesicht sah. In seinen Zügen zeigte sich eine Mischung aus Skepsis und vorsichtiger Erwartung.

»Was soll ich tun?«

»Sie könnten die Förmlichkeiten lassen.« Amber wäre stolz auf mich gewesen. Tatsache war, dass es mir richtig erschien, ihm das Du anzubieten. Er war höchstens drei oder vier Jahre älter und ich fand es eigenartig, den Mann, der mir das Leben gerettet, mir zugehört und mich zum Essen eingeladen hatte, immer noch zu siezen.

Er betrachtete mich in gespielter Nachdenklichkeit. »Ich denke, das ist ein Anfang. Aber bestimmt haben Sie ... hast du noch ein paar andere Dinge auf Lager, um mich Wiedergutmachung leisten zu lassen.«

»Nein, nicht wirklich.« Ich betrachtete ihn argwöhnisch. »Es sei denn, das mit dem Steak dauert noch sehr lange und ich muss weiter hungern.«

Aber die Steaks waren fertig.

Kyle lud das Fleisch auf unsere Teller und setzte sich zu mir. Während wir aßen, unterhielten wir uns über den Nachmittag und darüber, wie gut das Fest angekommen war. Doch als er von seinem Fruchtpunsch trank, hätte er sich beinahe daran verschluckt.

»Was ist mit dem Zeug passiert?«

»Steve und ich haben die Rezeptur ein wenig verbessert.«

»Ihr habt Wodka reingeschüttet.« Dann grinste er. »Kein Wunder, dass alle so gut gelaunt waren.«

»Das Fest war ein voller Erfolg und ich wette, wenn du das nächste Mal eine Party schmeißt, werden alle nach dem Fruchtpunsch fragen.«

»Und wenn ich Ruby Falls verlasse, wird sich niemand mehr an meine Predigten erinnern«, seufzte er. »Dafür werden sie meinem Punsch nachtrauern.«

Ich grinste. »Ich habe gehört, wie Nate dich gefragt hat, ob du an Engel glaubst«, wechselte ich ein wenig abrupt das Thema. »Das hat mich an unser Gespräch erinnert und mir ist klar geworden, dass ich eigentlich kaum etwas über Schutzengel weiß.« Ich nahm einen Schluck Punsch, und als ich das Glas wieder abstellte, bat ich: »Erzähl mir was darüber.«

Er legte sein Besteck zur Seite, schob seinen leeren Teller von sich und sah mich über den Tisch hinweg an. Im Widerschein des Windlichts schimmerten seine Augen bernsteinfarben. »Was weißt du bisher?«

»Ich habe mich ein wenig im Internet umgesehen«, sagte ich mit einem Schulterzucken, »aber alles, was ich finden konnte, war entweder esoterischer Kram oder widersprüchliche Informationen, die ich nicht verstehe.« Es gelang mir, die Ergebnisse meiner Nachforschungen in fünf Sätzen zusammenzufassen. Als sechsten Satz hängte ich ein »Das ist alles« an.

Halb erwartete ich, dass er zu lachen beginnen würde oder sich zumindest darüber lustig machte, dass ich nicht mehr herausgefunden hatte. Doch er nickte nur, als hätte er nichts anderes erwartet.

»Das Ganze ist auch ein wenig verwirrend«, räumte er

ein. »Jede Religion hat eine andere Sichtweise und über die Schutzengel selbst ist nicht allzu viel bekannt, wenn man einmal vom gewöhnlichen Aberglauben absieht, der besagt, dass jeder Mensch seinen persönlichen Schutzengel hat.«

Was nicht der Fall war, wie ich von Akashiel wusste.

»Ich versuche es einfach mal mit den wichtigsten Grundlagen über Engel im Allgemeinen. Ich kann aber nicht garantieren, dass sie alle genau dem christlichen Glauben entsprechen. Es ist schon eine Weile her, dass wir das im Studium hatten, und es könnte sein, dass ich im Laufe der Zeit das eine oder andere durcheinandergebracht habe. Wenn du es ganz genau wissen willst, müsste ich meine Bücher zurate ziehen.«

»Ich denke, die Kurzfassung für Anfänger genügt fürs Erste.«

Er richtete den Blick auf das Windlicht und folgte den Bewegungen der Flamme mit seinen Augen, als stünden dort im Feuer die Worte geschrieben, nach denen er suchte, um mit seiner Erklärung beginnen zu können. Ich dachte schon, die Flamme hätte ihn hypnotisiert, als er sich plötzlich zurücklehnte und mich ansah.

»Engel werden auch als die Boten Gottes bezeichnet«, begann er. »Ihre Aufgabe ist es, seinen Willen an die Menschen weiterzugeben. Willst du etwas über die Hierarchien wissen oder sollen wir das überspringen?«

»Überspringen.« Wer neben dem Chef das Sagen hatte, interessierte mich nicht. »Ich habe gelesen, dass Erzengel Michael ein Schutzengel ist. Bedeutet das, dass alle Schutzengel auch Erzengel sind?«

»Michael.« Ein Schatten huschte über Kyles Augen, war jedoch verschwunden, als er den Blick wieder auf mich richtete. »Er ist der mächtigste unter den vier Erzengeln und nimmt eine gewisse Sonderstellung ein. Wenn man es so will, ist er die rechte Hand Gottes und ganz bestimmt sein Lieblingskind. Michael genießt Narrenfreiheit. Allerdings ist er längst nicht so toll, wie die Legenden es uns glauben machen wollen.«

Ich runzelte die Stirn. »Das klingt ja fast, als würdest du ihn persönlich kennen.«

Kyle sah mich irritiert an, dann lachte er. »Nein, natürlich nicht. Ich stimme nur nicht mit den Ansichten der Kirche überein, wenn es um Michael geht.«

»Und wo weicht deine Meinung von der deiner Arbeitgeber ab?« Es gehörte zwar nicht zum Thema, aber es kam vermutlich nicht oft vor, dass ein Priester offen zugab, eine andere Meinung zu haben als jene, die ihm die Lehren der Kirche vermittelten – und das fand ich spannend.

»Er wird dafür verehrt, die Rebellion der Engel beendet zu haben, was er auch getan hat – der Bibel zufolge.«

»Aber?«

»Er hat nicht fair gekämpft.« Kyles Blick war jetzt in die Dunkelheit gerichtet, als könne ihm das helfen, sich an die entsprechenden Bibelstellen zu erinnern. »Der Morgenstern, auch als Luzifer bekannt, wollte Gott nicht länger dienen. Man sagt, er sei nicht damit einverstanden gewesen, wie wenig sich Gott um die Belange seiner Geschöpfe kümmerte, seien es nun Engel oder Menschen. Luzifer wollte das ändern. Er wollte regulierend eingreifen und nicht tatenlos zusehen, wie sich die Dinge entwickeln.« Er zuckte die Schultern. »Vielleicht gar keine so üble Idee, wenn man sich ansieht, wie die Menschen ihren Planeten immer weiter zerstören.«

Oder wie Menschen viel zu früh aus dem Leben gerissen werden, so wie meine Mutter.

»Man könnte Luzifers Aufstand als eine Art politische Revolte bezeichnen. Als Mächtigster unter den Engeln, mächtiger noch als Michael es je gewesen ist, hatte er immer wieder versucht, den Schöpfer davon zu überzeugen, zu handeln. Doch Gott schenkte ihm kein Gehör. Da sammelte Luzifer jene um sich, die dachten wie er, und zog gegen Gott und dessen himmlische Heerscharen in den Krieg. In der Offenbarung des Johannes ist von einer apokalyptischen Schlacht die Rede. Der Kampf von Gut gegen Böse, der genauer betrachtet nichts anderes war als das Aufeinandertreffen zweier unterschiedlicher Meinungen.« Kyle verzog die Lippen zu einem schiefen Grinsen. »Johannes hat beim Verfassen seiner Schriften auf jeden Fall Sinn für Dramatik bewiesen.«

»Und was war nun mit Michael?«

»Er hat sich Luzifers Heer angeschlossen und an der Seite des Morgensterns gekämpft«, fuhr Kyle fort. »In der finalen Schlacht, so heißt es, verwandelte sich Luzifer in einen Drachen mit sieben Häuptern und zehn Hörnern, der mit seinem Schwanz ein Drittel der Sterne hinwegfegte. Er hätte gewinnen müssen, doch im entscheidenden Augenblick wandte sich Michael gegen ihn und warf ihn auf die Erde.«

»Auf die Erde?«

»Die Aufzeichnungen sind widersprüchlich. Er hat ein lebenslanges Hausverbot im Himmel und sein Sturz auf die Erde wird in der Bibel auch oft als Höllensturz bezeichnet. An anderen Stellen ist von Schwefel und Feuer und ewiger Nacht die Rede. Vielleicht ein aktiver Vulkan.« Er zuckte die Schultern. »Das ist das Problem mit diesen Überlieferungen. Sieht man sie sich zu genau an, findet man eine Menge Widersprüche.«

»Darfst du so etwas als Priester überhaupt sagen?«

»Wäre ich ein Mitglied der katholischen Kirche, hätte ich in diesem Moment vermutlich eine Mail mit meiner Exkommunikation in meinem Posteingang«, gab er grinsend zurück. »Wir Baptisten sind da glücklicherweise freier und um einiges moderner eingestellt.«

Es gefiel mir, dass er so locker über die Kirche und die alten biblischen Überlieferungen sprach. Seine Art, damit umzugehen, machte das alles für mich greifbarer und verständlicher. Hätte er mir eine Bibel in die Hand gedrückt und mir die entsprechenden Stellen gezeigt, hätte ich sicherlich nicht einmal die Hälfte davon verstanden, was dort stand.

Ich nahm einen Schluck von meinem Punsch. Das Zeug war wirklich stark und allmählich spürte ich, wie es meinen Verstand zu vernebeln begann. »Ich vermute, dass diese Höllensturz-Sache Michael um einiges auf der Beliebtheitsskala nach oben katapultiert hat.«

»So kann man es wohl nennen.« Er schenkte sich noch ein wenig Punsch nach und hielt die Karaffe in einer stummen Frage in die Höhe. Als ich den Kopf schüttelte, stellte er sie wieder auf den Tisch und lehnte sich zurück. »Jetzt sind wir ziemlich weit vom eigentlichen Thema abgeschweift.«

»Spannend war es trotzdem.« Wenn ich nicht gewusst hätte, dass es sich bei dem, was er erzählt hatte, um Überlieferungen aus der Bibel handelte, hätte es ebenso gut der Stoff eines Thrillers sein können.

Eine kühle Brise kam auf und ließ mich trotz des Pullovers frösteln.

Kyle war es nicht entgangen. »Willst du lieber nach drinnen gehen?«

Ich schüttelte den Kopf. »Es ist schön hier.«

»Wie wäre es dann mit Kaffee? Ich habe auch noch Tiramisu – keine Sorge, es ist nicht selbst gemacht, sondern von der Quelle all meiner Süßspeisen.«

»Vom Supermarkt?«

»Ein Quell nicht enden wollender Wunder.«

»Dann hätte ich gern ein Wunder mit Kaffee.«

Wir standen auf, räumten das Geschirr und die Essensreste zusammen und trugen alles ins Haus. Ich wollte die Sachen in den Kühlschrank packen und das Geschirr in die Spülmaschine stellen, doch Kyle nahm mich bei den Schultern und schob mich zurück, bis ich mit dem Rücken an der Arbeitsplatte lehnte. »Du hast heute schon genug getan«, sagte er. »Bleib einfach hier stehen, sieh niedlich aus und warte, bis der Kaffee so weit ist.«

Sieh niedlich aus? Fand er etwa, dass ich das war? Während ich zusah, wie er den Kaffee aufsetzte, die Packung mit dem Tiramisu aus dem Kühlschrank holte und es auf Teller verteilte, ging ich alle möglichen Dinge durch, die niedlich waren. Tierbabys standen definitiv ganz oben auf meiner Liste, gefolgt von kleinen Kindern und Postern mit Einhörnern, rosa Feen und Glitzerstaub. Wie ich es auch drehte und wendete, es war einfach kein passendes Wort, um einen erwachsenen Menschen zu beschreiben. Zumindest nicht in meinen Augen.

Kyle lud alles auf ein Tablett und ging damit zur Tür. »Kannst du das Licht ausmachen?«

Ich legte den Schalter um und folgte ihm nach draußen. »Ich bin nicht niedlich«, brummte ich in die Nacht hinein, und als ich ihn vor mir lachen hörte, wurde mir bewusst, dass er mich gehört hatte. Meine Ohren wurden heiß und ich war dankbar, dass es dunkel war, denn mein Gesicht war mit Sicherheit knallrot angelaufen.

Grinsend stellte er mir einen Teller mit Tiramisu und den Kaffee vor die Nase und schob den Zuckerstreuer zu mir rüber. Um seinem Blick zu entgehen, versenkte ich Unmengen von Zucker in meiner Tasse und beschäftigte mich dann eingehend damit, ihn zu verrühren.

»Du bist mit Sicherheit der erste Mensch, der sich darüber aufregt, dass ich ihn als niedlich bezeichnet habe.«

»Wer waren die anderen?«, schoss ich zurück. »Säuglinge?«

Seine Schultern bebten, dann konnte er das Lachen nicht länger zurückhalten. »Ich schätze, für dich muss ich mir etwas anderes einfallen lassen.«

Das war mehr als ein bloßer Flirtversuch. Es war ein Frontalangriff. Und wenn ich ehrlich war, fühlte ich mich geschmeichelt, auch wenn ich nicht sicher war, ob ich mich darauf einlassen wollte.

Kyle setzte sich, trank einen Schluck von seinem Kaffee und sah mich an. Er schien meine Unsicherheit zu spüren. »Über die Erzengel haben wir gesprochen«, kehrte er zum eigentlichen Thema zurück, statt mich weiter in Verlegenheit zu bringen. »Neben ihnen gibt es noch eine andere Gruppe von Engeln, denen eine große Bedeutung zukommt: die Wächter, auch Grigori genannt.«

Langsam, nicht zuletzt dank der Nachtluft, kühlten sich meine Wangen wieder ab. »Was ist ihre Aufgabe?«

»Sie wurden auf die Erde geschickt, um über die Menschen zu wachen. Früher einmal, noch lange vor der Sintflut, teilten sie ihr Leben und ihr Wissen mit den Menschen. Von ihnen lernten wir Dinge über Kunst und Kosmetik, sie lehrten unsere Vorfahren, Spiegel zu erschaffen, und brachten sie dazu, sich der Technologie zu widmen.«

»Technologie?« Für mich war das Wort mit Computern und Elektronik verbunden, sodass es mir schwerfiel, mir vorzustellen, was man damals darunter verstanden hatte.

»Das Rad. Feuer. Dinge wie Seilwinden und die Fertigkeit, Häuser und Schiffe zu bauen«, zählte Kyle auf. »Aber auch die Entwicklung und den Einsatz von Waffen. Ohne die Grigori hätten die Menschen vielleicht nie ihren Forscherdrang entdeckt und sich womöglich niemals weiterentwickelt.«

»Wächter«, überlegte ich laut. »Dann sind sie unsere Schutzengel?«

»So kann man es wohl nennen.«

Das war es also, was Akashiel war – ein Grigori. *Mein* Grigori.

»Welche Fähigkeiten haben sie?«, wollte ich wissen. »Wenn sie uns Menschen beschützen sollen, müssen sie sicher einiges auf dem Kasten haben, oder?«

»Darüber gibt es eine Menge widersprüchlicher Quellen. Von seelischem Beistand über Heilung und Teleportation sind so ziemlich alle Tricks bekannt, die man heutzutage auch bei den Comic-Superhelden findet.« Kyle zeichnete mit dem Finger unsichtbare Muster auf das Tischtuch. »Vielleicht brauchen sie auch gar keine Superkräfte. Womöglich genügt es, dass uns das Wissen um sie Hoffnung gibt und uns unser Leben aushalten lässt.«

So schön sich seine letzten Worte auch anhören mochten, ich wusste, dass Akashiel weit mehr konnte, als bloße Hoffnung zu verbreiten.

»Was weißt du sonst noch über sie?«

Er schüttelte den Kopf. »Das war es im Großen und Ganzen. Alles andere wären nur noch schwer verständliche Bibelstellen, aus denen man nur mit sehr viel Fantasie überhaupt Hinweise auf Schutzengel herausfiltern kann.«

Ähnliche Stellen wie jene, über die ich im Internet gestolpert war. Nein, danach stand mir nun wirklich nicht der Sinn. Immerhin wusste ich jetzt ein bisschen was über den Ursprung der Schutzengel, und so seltsam es auch klingen mochte, ich fühlte mich Akashiel dadurch näher als zuvor.

18

Wir aßen unser Dessert und tranken den Kaffee, der mittlerweile kalt geworden war, und wandten unsere Unterhaltung wieder allgemeineren Themen zu. Ich erzählte von meiner Arbeit und davon, dass es schon immer unser Traum gewesen war, diesen Laden zu eröffnen. Er hörte mir zu, stellte hin und wieder eine Frage, hütete sich aber davor, mir etwas über sein Leben als Priester zu erzählen.

Eines jedoch war mir während unseres Gespräches klar geworden: Kyle passte ganz sicher nicht in die Vorstellung, die ich bisher von einem Priester gehabt hatte. Die Art, wie er von Engeln erzählte und eingeräumt hatte, dass er nicht mit allen Lehren der Kirche einverstanden war, gefiel mir. Er mochte ein Mann Gottes sein, aber er war es auf eine ausgesprochen unaufdringliche Weise. Ich hätte darauf wetten können, dass ihm die Leute beim Gottesdienst buchstäblich die Türen einrannten.

Nachdem wir gegessen hatten, wollte ich mich verabschieden. Es war schon viel zu spät – nach Mitternacht – und der Gedanke, allein nach Hause zu gehen, bereitete mir Unbehagen.

Bevor ich ihn darum bitten konnte, erklärte er: »Ich fahr dich nach Hause.«

Ich stieß erleichtert die Luft aus, und als ich ihn wieder ansah, stellte ich fest, dass er mich mit gerunzelter Stirn musterte.

»Hast du etwa gedacht, ich würde dich um diese Zeit nach Hause laufen lassen? Allein?«

Er holte seinen Autoschlüssel und kurz darauf saßen wir in seinem Wagen und waren auf dem Weg zu mir. Ich lotste ihn durch die verlassenen nächtlichen Straßen, bis er vor meinem Haus stehen blieb und den Motor abstellte.

»Eine schöne Gegend«, sagte er. »Ich wette, von hier aus kann man das Meer sehen.«

»Die Aussicht hat meine Entscheidung, hier einzuziehen, definitiv schwer beeinflusst«, stimmte ich zu. »Danke, dass du mich nach Hause gebracht hast.«

»Noch sind wir nicht da.«

»Was?« Ich sah ihn irritiert an, doch bevor ich etwas sagen konnte, hatte er schon seinen Sicherheitsgurt gelöst und war ausgestiegen. Keine fünf Sekunden später öffnete er die Beifahrertür, sodass auch ich aussteigen konnte.

»Das ist ein ›Tür zu Tür‹ - Service«, erklärte er und deutete auf meine Haustür, »und ich werde erst verschwinden, wenn du sicher bei *dieser* Tür angekommen bist.«

Statt am Wagen zu warten, bis ich im Haus verschwunden war, begleitete er mich zur Veranda. Die Außenbeleuchtung war nicht an und das Mondlicht konnte die Schatten unter dem Vordach nicht durchdringen. Dank der außergewöhnlichen Nachtsicht, die ich in den letzten Tagen entwickelt hatte, musste ich trotzdem nicht lange in meiner Tasche nach dem Schlüssel suchen.

Mit einem triumphierenden »Ha!« zog ich ihn heraus, steckte ihn ins Schloss und sperrte auf, ehe ich mich noch einmal zu Kyle herumdrehte. »Danke für …« *den schönen Abend,* hatte ich sagen wollen, doch bevor ich den Satz vollenden konnte, beugte er sich vor und küsste mich. Ich drehte den Kopf gerade weit genug zur Seite, sodass seine Lippen die meinen lediglich streiften und meine Wange trafen. Trotz der Dunkelheit sah ich die Enttäuschung in seinen Augen aufflackern. Aber er sagte nichts. Dafür war ich ihm dankbar, denn ich hätte nicht gewusst, wie ich ihm hätte erklären sollen, warum ich seinen Kuss nicht erwidert hatte.

Himmel, ich wusste es ja selbst nicht!

Er war toll – nein, Amber hatte recht, wenn sie sagte, er

war heiß. Soweit ich es beurteilen konnte, war er obendrein ein fantastischer Mensch. Es gab nichts, was mich davon abhalten sollte, ihn zu küssen. Es war dämlich, es nicht zu tun. Sehr, sehr dämlich. Trotzdem hatte ich es nicht getan.

»Gute Nacht, Rachel.«

»Gute Nacht.«

Ich blieb an der Tür stehen und beobachtete, wie er zu seinem Wagen zurückkehrte. Da wurde mir plötzlich bewusst, warum ich ihn nicht geküsst hatte. Meine Gedanken waren bei einem anderen gewesen. Bei einer gesichtslosen Stimme, die – wann immer ich sie zu hören bekam – mein Innerstes berührte. Die Erkenntnis traf mich wie ein Schlag. Am liebsten wäre ich Kyle hinterhergelaufen und hätte ihn gebeten, mich noch einmal zu küssen, aber dieses Mal richtig. Ich konnte mich unmöglich in einen Kerl verliebt haben, der sich mir niemals zeigen würde. Einen *Engel!* Verliebt war vielleicht zu viel gesagt, ganz sicher jedoch hatte Akashiel etwas in mir berührt.

»Du bist wirklich bescheuert«, schalt ich mich selbst. Kyle war der, den ich haben konnte, und er war wunderbar! Aber ich wollte das Unmögliche.

Meine Aufmerksamkeit kehrte zu Kyle zurück. Bevor er einstieg, drehte er sich noch einmal zu mir herum. Sein Blick glitt über die Hausfassade zu mir, und ehe ich wusste, wie mir geschah, kam er erneut mit schnellen Schritten auf mich zu.

Offensichtlich hatte er es sich anders überlegt und wollte nun doch eine Erklärung von mir, und auch wenn ich mir Sekunden zuvor noch gewünscht hatte, dass er mich noch einmal küsste, war dieser Wunsch jetzt verflogen. Was blieb, war die Frage, was ich ihm sagen sollte.

»Kyle, ich …«, setzte ich an, kaum dass er die Veranda erreicht hatte, doch ich kam schon wieder nicht dazu, meinen

Satz zu beenden. Dieses Mal jedoch versuchte er nicht, mich zu küssen.

»Komm mit mir«, sagte er lächelnd und griff nach meiner Hand. »Ganz langsam, als hättest du dich entschieden, mich zu begleiten.«

»Was?«

»Es ist jemand in deinem Haus«, erklärte er, ohne den Blick von mir zu nehmen oder sein Lächeln einzustellen. Für jeden Beobachter musste es aussehen, als würden wir eine banale Unterhaltung führen – zumindest Kyle würde so wirken. Was mich anging, war ich mir nicht so sicher. »Hat jemand einen Schlüssel?«

»Amber«, flüsterte ich.

Er schüttelte den Kopf. »Ich habe den Umriss hinter einem Fenster gesehen. Das ist keine Frau.«

Akashiel. Er musste es sein. Es gab keinen Grund für ihn, sich unsichtbar zu machen, solange niemand in der Nähe war. Hatte er nicht selbst gesagt, dass ich ihn an dem Abend, als er im Schatten der Weide stand, überrumpelt hatte und er sich nicht mehr schnell genug unsichtbar machen konnte?

Ich streckte meinen Geist nach ihm aus, suchte nach der Wärme, die seine Präsenz stets begleitete, doch da war nichts. Kein Prickeln. Keine Wärme. Und auch sonst kein Zeichen.

Wer auch immer sich in meinem Haus befand – es war nicht mein Schutzengel.

Die Maskierten!

»Popcorn«, flüsterte ich.

Kyle sah mich fragend an.

»Mein Kater«, sagte ich schnell. »Wir müssen …«

»Ihm wird nichts geschehen. Du bist diejenige, um die ich mir Sorgen mache.«

Ich biss mir auf die Lippe und schluckte die Worte herunter, die mir auf der Zunge lagen. Wie sollte ich ihm erklären, dass Popcorn erst gestern gestorben war und ich ihn nicht noch einmal verlieren wollte? Womöglich war der Eindringling in meinem Haus dieselbe Person, die Popcorn schon einmal umgebracht hatte. Nichts davon konnte ich Kyle sagen.

»Lass uns sehen, dass wir hier wegkommen.«

Langsam entfernten wir uns vom Haus und näherten uns seinem Wagen.

»Nicht hinsehen«, warnte er mich, und erst da wurde mir bewusst, dass ich im Begriff gewesen war, mich nach meinem Haus umzudrehen. »Tu einfach so, als sei alles in Ordnung. Lächle. Lassen wir ihn in dem Glauben, dass wir noch etwas unternehmen wollen.«

Noch nie war mir mein Garten so fremd und so bedrohlich erschienen. Ich war krampfhaft darum bemüht, meinen Kopf nicht zu bewegen – ein möglicher Beobachter sollte mich für ruhig und ahnungslos halten. Doch mein Blick zuckte wie wild von einer Seite zur anderen. Hinter jedem Busch, in jeder Ecke und jedem Schatten witterte ich eine Gefahr und verfluchte die Dunkelheit dafür, derart undurchdringlich zu sein. Erst da fiel mir auf, dass es tatsächlich finster war. Meine Nachtsicht war fort – vertrieben von meiner stetig wachsenden Angst.

Ich musste mich zwingen, mich nicht zu fest an Kyles Hand zu klammern. Als mir das nicht gelang und meine Finger zu schmerzen begannen, rief ich mir ins Gedächtnis, dass er ein Ex-Marine war. Er würde mit einem Angreifer fertig werden und es würde ihm leichter fallen, wenn ich ihm die Finger nicht abquetschte.

Dann fiel mir etwas anderes ein. »Pistole«, sagte ich leise. »Ich habe eine Waffe in meiner Handtasche.«

Er sah mich erstaunt an, als hätte er nicht damit gerechnet, dass jemand wie ich bewaffnet sein könnte, zwang aber sofort wieder das arglose Lächeln in seine Züge zurück. »Die werden wir hoffentlich nicht brauchen«, erklärte er. »Aber es ist gut, zu wissen, dass du nicht wehrlos bist.«

Ich zwang mich, Kyles Lächeln zu erwidern. Mein Blick war starr auf ihn gerichtet, aus Angst, dass ich sonst doch noch zum Haus zurücksehen könnte. »Was tun wir jetzt?«

Er öffnete die Beifahrertür. »Steig ein.«

Sobald ich im Wagen saß und Kyle die Tür hinter mir zugeworfen hatte, riskierte ich einen verstohlenen Blick zu den Fenstern. Da sah ich ihn – einen Schatten, der sich in meinem Schlafzimmer hinter den Gardinen bewegte. Es war der erschreckendste und beunruhigendste Anblick, den ich je gesehen hatte. Ich fragte mich, ob ich jemals wieder in mein Schlafzimmer gehen könnte, ohne an diesen Eindringling zu denken oder fürchten zu müssen, dass mir jemand darin auflauerte.

Ich lehnte die Stirn gegen die Scheibe. Die Kälte des Glases kroch mir unter die Haut und betäubte meine Panik ein wenig. Ich war weit genug vom Haus entfernt. Hier drohte mir im Augenblick keine Gefahr, und sollte es dennoch ernst werden, hatte ich Kyle.

Und die Pistole.

Genauer betrachtet war es die pure Ironie. Gestern Abend noch hatte ich mir vorgenommen, nicht länger nur auf Ereignisse zu reagieren und mein Leben wieder selbst in die Hand zu nehmen, und heute – keine vierundzwanzig Stunden später – spuckte mir das Schicksal ins Gesicht und zwang mich einmal mehr dazu, abzuwarten, was geschah.

Andererseits hätte die Dinge selbst in die Hand zu nehmen bedeutet, dass ich meine Waffe nehmen und damit ins Haus stürmen müsste. Wenn passiv sein bedeutete, dass die

Cops das für mich übernahmen, wollte ich gern noch ein paar Stündchen länger passiv sein.

Neben mir setzte sich Kyle hinters Steuer, ließ den Motor an und fuhr los. An der übernächsten Abzweigung bog er um die Ecke, wendete den Wagen und fuhr rechts ran. Er griff in seine Hosentasche und stieß einen Fluch aus.

»Hast du dein Handy dabei?«, wollte er wissen.

Ich zog es aus meiner Handtasche und reichte es ihm.

Ein paar Sekunden später hatte er den Notruf gewählt und meldete den Eindringling in meinem Haus. »Wir sind zwei Straßen weiter«, erklärte er und beugte sich nach vorn, auf der Suche nach einem Straßenschild.

»Hancock Avenue«, sagte ich.

Er gab unseren Aufenthaltsort an die Notrufzentrale durch und beendete das Gespräch. »Sie sind auf dem Weg«, erklärte er. »Wir sollen hier warten. Sobald sie die Lage geklärt haben, rufen sie an.«

19

Gähnend verschob Akashiel eine Kopie des gesendeten Berichtes in den Ordner für abgeschlossene Fälle und schloss das E-Mail-Programm. Es war der letzte noch ausstehende Bericht gewesen und endlich, am Ende eines langen Tages, an dem er nichts anderes getan hatte, als sich mit lästigem elektronischem Papierkram herumzuschlagen, hatte er alles erledigt.

Er trank den letzten Schluck kalten Kaffee und lehnte sich zufrieden zurück. Während der letzten Tage hatte er nur das Nötigste erledigt. Dinge, die sich nicht aufschieben ließen, wie die Rettung eines Menschen, oder längst überfällige Berichte, die das Vorzimmer des Chefs bereits mehrmals angemahnt hatte. Alles andere hatte er schleifen lassen und seine Aufmerksamkeit stattdessen Rachel zugewandt.

Dass sie heute beschäftigt war, hatte ihm die nötige Zeit verschafft, für Ordnung zu sorgen. Es hätte ihm nichts ausgemacht, die Berichte noch einige Tage liegen zu lassen, er befürchtete jedoch, dass jemandem in der Chefetage – womöglich dem Chef selbst – auffallen könnte, dass er seine Arbeit nicht mit der gewohnten Sorgfalt erledigte.

Am Ende käme jemand auf die Idee nachzuforschen und würde dabei auf Rachel stoßen. Das wollte er vermeiden. Überhaupt wollte er ihren Namen aus allem heraushalten, was mit seiner Arbeit zu tun hatte, solange es sich nicht um ihre Akte handelte – und dort hinein würde er nichts anderes schreiben, als dass der Fall erledigt war. Irgendwann. Bis dahin durfte niemand Wind davon bekommen, dass er auf einem schmalen Grat wanderte, der ihn verdammt nah an die Höchststrafe heranbrachte.

Obwohl er allein arbeitete und sich den Menschen, denen er half, niemals zeigte, hatte er sich nie einsam gefühlt. Er hatte Kontakt zu anderen Schutzengeln, sie trafen sich regelmäßig, und das nicht nur zu geschäftlichen Besprechungen, sondern auch auf ein Bier nach Feierabend. Diese Jungs waren seine Freunde, sie trieben sich in menschlicher Gestalt in Kneipen und Restaurants herum, gingen ins Kino, zum Bowling oder sahen sich Footballspiele im Fernsehen an, und doch war es anders als mit Rachel. Es machte ihm nichts aus, die Jungs ein paar Tage oder Wochen nicht zu sehen, was durchaus vorkommen konnte, wenn die Arbeit mal wieder wie eine zweite Sintflut über sie hereinbrach. Bei Rachel hingegen erschienen ihm ein paar Stunden, in denen er nicht mit ihr sprechen konnte, schon zu lang.

Und für heute hatte er genug Geduld bewiesen.

Es war mittlerweile nach Mitternacht und wahrscheinlich war sie bereits zu Hause. Er streckte seinen Geist nach ihr aus und suchte nach ihrer Signatur. Binnen eines Sekundenbruchteils fand er sie. Sie war noch nicht im Haus, aber bereits auf dem Grundstück.

»Rachel?«

Keine Antwort.

»Kannst du mich hören?«

Wieder nichts.

Er versuchte es weiter, doch sosehr er sich auch bemühte, es wollte ihm nicht gelingen, zu ihr durchzudringen. Was, wenn etwas passiert war, das ihre Gedanken so sehr beanspruchte, dass es ihren Geist komplett vor der Außenwelt abschirmte? Bisher war das nur zwei Mal geschehen: nach dem Tod ihrer Mutter und als sie gestern ihren Kater auf der Veranda gefunden hatte.

Beim nächsten Versuch gelang es ihm nicht einmal mehr, ihre Signatur aufzuspüren. Sicher, sie konnte in einem Wagen sitzen, wo er sie wegen des vielen Metalls nicht erreichen konnte, aber gerade eben hatte er sie noch auf ihrem Grundstück geortet – und plötzlich sollte sie fort sein?

Sofort war er auf den Beinen und einen Herzschlag später auf dem Dach ihres Hauses. Noch einmal streckte er seine Sinne nach ihr aus – sie war nicht näher gekommen. Etwas schien sie davon abzuhalten. Und als er in ihren Garten blickte, wusste er, was das war.

Vor dem Haus auf dem Gehweg standen zwei Streifenwagen mit blinkenden Lichtern. Die Motoren liefen noch und erfüllten die Nacht mit ihrem dumpfen Wummern, während die roten und blauen Lichter das Haus und den Garten in gespenstisch zuckendes Licht tauchten. Uniformierte Polizisten schwärmten über den Rasen aus, ihre Pistolen gezückt. Zwei sahen sich auf dem Grundstück um, die anderen beiden näherten sich dem Haus.

Da spürte Akashiel, das jemand im Inneren war.

Einer von seinesgleichen.

Die Präsenz kam aus Rachels Schlafzimmer.

Mit einem einzigen Gedanken versetzte er sich ins Haus. Er erschien neben dem Bett, mit dem Gesicht zum Fenster. Der Eindringling war hinter ihm, das konnte er spüren. Er fuhr herum und erhaschte einen kurzen Blick auf einen schemenhaften Umriss. Dann war er verschwunden.

Akashiel spürte der Signatur nach, doch der Eindringling hielt sie vor ihm verborgen, sodass er ihm nicht folgen konnte. Fluchend sah er sich im Zimmer um. Die Schränke waren durchwühlt worden, Wäsche aus der Kommode gezerrt und über den Boden verteilt, Bücher aus den Regalen gezogen und achtlos zur Seite geworfen. Die Nachttischlampe war umgefallen, die Glühbirne zerbrochen. Der Raum war ein einziges Durcheinander.

Abgesehen davon, dass er noch nie einem Engel begegnet war, der es nötig gehabt hätte, etwas zu stehlen, hatte dieses Chaos nichts mit einem Einbruch zu tun. Der Eindringling hatte weder die Armbanduhr noch die Schmuckschatulle mitgenommen. Es war ihm nicht um Wertsachen gegangen, sondern darum, Rachel Angst einzujagen. Vielleicht hätte er ihr auch aufgelauert und sie angegriffen, wenn er die Gelegenheit dazu bekommen hätte.

Dass Kyriel behauptete, ihr Schutzengel zu sein, war eine Sache, in ihr Haus einzudringen, um wer weiß was zu tun, eine andere. Damit war er entschieden zu weit gegangen!

»Dafür werde ich dir den Arsch aufreißen!«

Zuerst einmal musste er ihn jedoch finden. Solange dieser Penner seine Signatur abschirmte, waren Akashiel die Hände gebunden. Er konnte nur warten und darauf lauern, dass er seine Tarnung fallen ließ und sich zu erkennen gab. Dann würde er ihn sich schnappen.

Stinksauer und in Sorge um Rachel kehrte Akashiel binnen eines einzigen Gedankens aufs Dach zurück. Zumindest musste er, solange sie nicht in der Nähe war, nicht fürchten, gesehen zu werden. Für die Polizisten und jeden anderen Menschen war er unsichtbar.

Die Polizisten hatten die Durchsuchung des Grundstücks und des Schuppens abgeschlossen und stießen zu ihren Kollegen, die vor dem Eingang auf sie warteten. Drei hielten ihre Waffen im Anschlag, während der vierte vortrat. Akashiel erwartete, dass er die Tür aufbrechen würde, doch sie war bereits offen. Er brauchte lediglich dagegenzudrücken.

Die Pistolen schussbereit, schlüpften die Männer ins Haus. Hinter den Fenstern gingen Lichter an, als sie sich von Zimmer zu Zimmer voranarbeiteten. Auf der Suche nach jemandem, der längst nicht mehr da war.

20

Die Zeit ist anderen Gesetzen unterworfen, wenn man Angst hat oder sehnlichst auf etwas wartet. Trifft beides zu, wie es bei mir der Fall war, bleibt sie gänzlich stehen. Es kam mir vor, als seien Stunden vergangen, seit Kyle in der Notrufzentrale angerufen hatte, bis wir endlich die Streifenwagen an unserer Seitenstraße vorbeifahren sahen.

Danach passierte lange nichts mehr.

Ich starrte auf die Uhr am Armaturenbrett und fragte mich, ob sich die Zahlen wirklich veränderten oder ob es lediglich mein Wunschdenken war, das sie vorantrieb.

Ich unterdrückte das Verlangen, nach Akashiel zu rufen.

Solange ich nicht allein war, konnte ich keinen Kontakt zu ihm aufnehmen, ganz egal, wie sehr ich mich danach sehnte, seine Stimme zu hören und seine Nähe zu spüren.

»Mach dir keine Sorgen«, brach Kyle endlich das Schweigen. »Die Cops wissen, was sie tun.«

Ich hatte auch keine Angst um die Polizisten, sondern davor, was passieren würde, wenn sie mein Haus wieder verließen und ich dorthin zurückkehren musste. Allein. Ganz sicher würde ich alle Türen absperren, die Fenster verriegeln und in jedem Zimmer die Lichter anlassen, während ich keinen Schritt mehr ohne meine Waffe machen würde.

Die Wahrheit war, dass ich mir nicht vorstellen konnte, heute Nacht in mein Haus zurückzukehren. Auch nicht morgen. Frühestens dann, wenn mir ein Fachmann eine Alarmanlage mit Videoüberwachung installiert und die Schlösser ausgetauscht hatte.

Und auch dann nur mit einem unguten Gefühl.

Das Haus, das mehrere Jahre mein Heim und meine Zuflucht gewesen war, hatte sich in dem Augenblick, als ich die Gestalt hinter der Schlafzimmergardine gesehen hatte, in etwas Feindseliges und Erschreckendes verwandelt.

Das schrille Klingeln meines Handys durchbrach die angespannte Stille. Ich fuhr so heftig zusammen, dass Kyle, der es immer noch in der Hand hielt, es beinahe fallen ließ. Er drehte es in der Hand, drückte einen Knopf und hielt es sich ans Ohr.

»Hallo?«, meldete er sich. Eine Weile lauschte er der Stimme am anderen Ende der Leitung, die in Form eines Wisperns ins Wageninnere drang, dann sagte er: »Verstanden!«, legte auf und sah mich an. Ich erkannte sofort an seiner Miene, dass mir nicht gefallen würde, was er zu sagen hatte. »Das war Deputy Wilkins«, erklärte er. »Wir sollen zum Haus kommen.«

»Und weiter?« Es fiel mir schwer, ihn nicht mit Fragen zu löchern, von denen er die meisten vermutlich ohnehin nicht beantworten könnte.

Kyle startete den Motor und fuhr los. »Wer auch immer im Haus war, war nicht mehr da, als die Polizei ankam.«

Ich sank im Sitz zurück und schloss die Augen. Der Kerl war entkommen, er konnte jederzeit zurückkehren und vielleicht war ich das nächste Mal ebenfalls daheim. Der Gedanke fraß sich in meinem Kopf fest und ließ sich erst zurückdrängen, als Kyle vor meinem Haus hielt.

Wir stiegen aus und liefen an den Streifenwagen vorbei. Ungläubig starrte ich auf die blinkenden Lichter. Kein Wunder, dass der Kerl längst über alle Berge war – er war frühzeitig gewarnt gewesen, dass die Cops kamen.

Die Erkenntnis, dass die Polizisten ihn lange vor ihrem Eintreffen verscheucht hatten, machte mich wütend, und die Wut half mir, mich zusammenzureißen und nicht länger im Selbstmitleid zu ertrinken.

Mit großen Schritten ging ich über den Rasen auf das Haus zu. Auf halber Strecke kam uns Deputy Wilkins entgegen und blieb vor uns stehen. »Miss Underwood, Reverend«, begrüßte er uns.

Meine Nachtsicht war zurückgekehrt, sodass ich jede Einzelheit seines wettergegerbten Gesichts, jede Falte und jedes Muttermal erkennen konnte, nur seine Augen lagen im Schatten der Hutkrempe verborgen.

»Das Schlafzimmer ist durchsucht worden«, berichtete er. »Ich muss Sie bitten, mit mir nach oben zu kommen, um nachzusehen, ob etwas gestohlen wurde.«

Ich nickte. »Was ist mit dem Täter? Haben Sie eine Spur?«

»Er war bereits weg, als wir kamen«, erklärte er. »Am Haus gibt es keine sichtbaren Einbruchsspuren, weder an den Fenstern noch an den Türen.«

Mein Blick fiel auf die Eingangstür; halb erwartete ich, gesplittertes Holz zu sehen, das durch rohe Gewalt aus der Verankerung gerissen worden war, doch die Tür war unversehrt. Da erinnerte ich mich daran, dass ich sie vorhin aufgesperrt, aber nicht mehr geschlossen hatte, bevor ich mit Kyle zum Wagen zurückgekehrt war.

»Bitte folgen Sie mir«, sagte der Deputy und führte uns zum Haus. Auf der Veranda bedeutete er uns stehen zu bleiben und hielt mir ein paar Überzieher aus Plastik entgegen. »Ziehen Sie das über ihre Schuhe – es verhindert, dass sie Spuren im Haus hinterlassen.«

Nicht, dass es in *meinem* Haus nicht ohnehin genug Spuren von mir gegeben hätte.

Sobald ich die Schonbezüge über meine Schuhe gestreift hatte, reichte er mir ein Paar Latex-Handschuhe.

»Reverend, Sie warten bitte draußen«, sagte er, während ich die Handschuhe anzog. »Je weniger Leute im Haus waren, desto leichter wird die Arbeit für die Spurensicherung.« Dann wandte er sich wieder an mich. »Wenn wir drin sind, fassen Sie so wenig wie möglich an. Durchsuchen Sie Ihre Sachen damit.« Er hielt mir einen etwa dreißig Zentimeter langen Holzstab von der Dicke eines Zeigefingers vor die Nase. »Das benutzen Sie, um Sachen anzuheben, und wenn möglich lassen Sie sie danach wieder an dieselbe Stelle zurückfallen. Alles verstanden? Dann los!«

Mit einem Nicken nahm ich den Stab entgegen und folgte ihm hinein.

Es war ein komisches Gefühl, sich von einem Fremden durch das eigene Haus führen zu lassen. Wir fingen unten an, gingen Raum für Raum durch, doch mir war schnell klar, dass weder etwas fehlte noch etwas anders war. Vermutlich hatte sich der Eindringling nicht mit den unteren Zimmern aufgehalten und war gleich nach oben gegangen.

Als ich hinter dem Deputy die Treppe hinaufstieg, hatte ich Mühe, ruhig zu bleiben. Meine Beine zuckten und ich wäre am liebsten losgelaufen, nur dass ich nicht wusste, ob ich aus dem Haus flüchten oder voranstürmen wollte, um mich umzusehen. Oben angekommen sah ich mich zuerst im Bad und im Gästezimmer um, das mir gleichzeitig als Arbeitszimmer diente. Auch hier schien alles unberührt. Es fehlte nichts und es war auch nichts durchsucht worden – ich hatte hier schon länger nicht mehr Staub gewischt, weshalb es mir sofort aufgefallen wäre, wenn jemand etwas verschoben hätte.

Der Anblick des Schlafzimmers ließ mich noch auf der Schwelle erstarren. Alles war durchwühlt worden, Schubladen herausgerissen und auf den Boden gekippt, die kleine Leselampe zerbrochen. Der Raum war eine einzige Katastrophe. Wie sollte ich herausfinden, ob etwas fehlte, ohne viel zu berühren?

Tränen brannten in meinen Augen, als ich mich umsah. Moms Schmuck! Erschrocken sah ich mich nach den Erbstücken um. Ich bezweifelte, dass sie sonderlich wertvoll waren, für mich jedoch waren sie eine der wenigen Erinnerungen, die mir an meine Mutter geblieben waren. Das Schmuckkästchen stand unangetastet auf der Kommode. Auch das Geld, das ich in einer der Schubladen zwischen meiner Wäsche versteckt hatte, war noch da. Soweit ich es nach einigen Minuten beurteilen konnte, fehlte nichts.

Auf dem Weg aus dem Zimmer heftete ich meinen Blick auf Deputy Wilkins' Rücken, um nicht länger sehen zu müssen, was aus meinem Schlafzimmer geworden war.

»Warum bricht jemand in ein Haus ein, ohne etwas mitzunehmen?«, fragte ich, sobald wir die Treppe erreicht hatten.

Wilkins drehte sich zu mir herum und sah mich lange an. Es kam mir beinahe so vor, als versuche er herauszufinden, wie viel Wahrheit ich vertragen konnte. Schließlich sagte er: »Dass die Wertsachen noch da sind, bedeutet nicht, dass er nichts mitgenommen hat.«

»Sie meinen ...?«

»Dass es Ihnen vermutlich nicht auffallen würde, wenn etwas von Ihrer Unterwäsche fehlen würde«, bestätigte er meine finstersten Vermutungen.

Vor dem Haus wartete Kyle auf uns. »Fehlt etwas? Hat er was gestohlen?«

»Zumindest keine Wertsachen.« Wie erklärte ich jemandem, den ich gerade erst ein paar Tage kannte und der obendrein noch Priester war, dass wir es womöglich mit einem Triebtäter zu tun hatten, der sich an meiner Unterwäsche vergriffen hatte?

Doch Kyle verstand mich auch ohne Worte. »Du kannst heute Nacht auf keinen Fall hier bleiben!«

»Das wäre ohnehin nicht möglich«, mischte sich Deputy Wilkins ein. »Sie können nicht ins Haus zurück, bevor die Spurensicherung da war.«

»Du könntest –«

»... zu Amber«, fiel ich ihm ins Wort, bevor er mir vorschlagen konnte, bei ihm zu übernachten.

Kurz darauf saß ich wieder in Kyles Wagen auf dem Weg zu Amber. Sie wohnte nur ein paar Straßen weiter in einem zweistöckigen viktorianischen Haus mit Erker und einem pittoresken Türmchen auf dem Dach, umgeben von einem großzügigen Garten. Die Eigentümer hatten es frisch renoviert und sogar eine Garage angebaut, ehe sie eingezogen war. Eine dichte Hecke umgab das Grundstück wie eine grüne Mauer.

Auf dem Weg zur Tür blieb Kyle stehen und griff nach meiner Hand, um mich zurückzuhalten. »Hast du irgendwelche Feinde? Jemanden, der dich belästigt?«

Ich schüttelte den Kopf. »Nicht dass ich wüsste.«

»Aber dir passieren in letzter Zeit ziemlich viele seltsame Dinge?«

Das ließ sich nicht leugnen.

Kyle dachte einen Moment nach, dann sagte er: »Vielleicht kann ich dir helfen. Zuerst muss ich allerdings ein paar Nachforschungen anstellen.«

Was das für Nachforschungen waren, behielt er für sich, und als ich nachfragte, schüttelte er nur den Kopf und klopfte an die Tür. »Ich erkläre dir alles später. Und jetzt lass uns zusehen, dass du ins Haus kommst. Du siehst hundemüde aus.«

Das war ich auch, trotzdem bezweifelte ich, dass ich so schnell Ruhe finden würde.

Es dauerte eine ganze Weile, bis im Haus und auf der Veranda Licht anging.

»Wer ist da?« Selbst durch die geschlossene Tür hindurch klang Amber verschlafen.

»Ich bin es. Rachel.«

»Um zwei Uhr morgens?« Amber riss die Tür auf. »Ist etwas passiert?«

Sie trug einen dünnen Morgenmantel und ihre Füße steckten in riesigen »Winnie the Pooh«-Plüschpantoffeln, bei deren Anblick sich Kyle ein Grinsen nicht verkneifen konnte. Ihre Locken waren zerzaust, doch der Schlaf wich mit jedem Herzschlag mehr aus ihren Augen und machte der Sorge Platz.

»Bei mir wurde eingebrochen«, sagte ich schnell. »Ich kann nicht in mein Haus, solange die Spurensicherung nicht da war.« Nicht, dass ich danach sonderlich scharf darauf war, zurückzukehren. »Kann ich vielleicht bei dir …?«

»Das fragst du noch? Natürlich! Komm rein.« Sie warf einen Blick auf Kyle. »Sie auch, Reverend.«

Er schüttelte den Kopf. »Danke, aber ich muss morgen früh raus.« Mit einem Seitenblick auf mich fügte er hinzu: »Ich habe einiges zu erledigen.«

Zweifelsohne meinte er die Nachforschungen, von denen er gesprochen hatte und von denen ich immer noch nicht wusste, um was es sich handelte.

Sein Blick richtete sich auf mich. »Wenn du etwas brauchst, egal was, ruf mich an. Jederzeit.«

Ich nickte. »Danke. Für alles.«

Einen Moment lang sah es so aus, als wollte er sich vorbeugen, um mich zu umarmen oder mir einen Kuss zu geben, doch er rührte sich nicht vom Fleck. Stattdessen streckte er seine Hand aus, griff nach meiner und drückte sie kurz. »Pass auf dich auf.«

Dann ging er.

21

Akashiel saß auf dem Dach von Ambers Haus und lauschte der Unterhaltung, die unter ihm auf der Veranda stattfand. Zu gern hätte er sich ein Stück nach vorn gebeugt, um über die Dachkante hinweg einen Blick auf Rachels Begleiter zu erhaschen, doch auch wenn die anderen nicht in der Lage waren, ihn zu sehen – Rachel konnte es.

Das wollte er nicht riskieren.

Er war froh, dass Rachel in Sicherheit war und die Nacht nicht allein verbringen würde. Als der Mann sich verabschiedete, rückte Akashiel ein Stück nach vorn, um eine bessere Sicht auf ihn zu haben, sobald er den Schutz der Veranda verließ.

Die Stimmen der beiden Frauen wurden leiser, dann fiel

die Tür ins Schloss und sie waren nicht länger zu hören. Die Dielen knarrten unter den Schritten des Mannes. Einen Atemzug später erschien sein dunkler Schopf unter Akashiel, als er sich auf den Weg zu seinem Wagen machte.

Akashiel erstarrte, als er den schlanken dunkelhaarigen Mann erkannte.

Was hatte Kyriel hier zu suchen?

Er schluckte einen Fluch herunter und überprüfte rasch seine Tarnung. Nachdem er sicher war, dass der andere ihn nicht bemerken würde, versetzte er sich an die Grundstücksgrenze und blieb im Schatten der Hecke stehen. Nahe genug an der Stelle, wo der Wagen parkte.

Es hatte ihm schon nicht gefallen, dass Kyriel sich als ihr Schutzengel ausgegeben hatte. Zu sehen, dass er nun auch in menschlicher Gestalt Rachels Nähe suchte, gefiel ihm noch viel weniger.

Was wollte der Kerl von ihr?

Womöglich war es an der Zeit, sich zu zeigen und den anderen zur Rede zu stellen. Akashiel machte einen Schritt nach vorn, bereit, den Schleier fallen zu lassen, der ihn vor Kyriel verborgen hielt, als er bemerkte, dass sie nicht allein waren.

Rasch zog er sich wieder zurück und verstärkte seine Tarnung. Nicht einmal zwei Meter von ihm entfernt trat eine Gestalt aus der Hecke. Zumindest sah es so aus, als käme sie geradewegs zwischen den Büschen hervor. In Wahrheit hatte er vermutlich, wie Akashiel selbst, im Schatten der Hecke gestanden und seine Unsichtbarkeit abgeworfen, während er nach vorne trat.

Beim Anblick des blonden Mannes hätte Akashiel um ein Haar nach Luft geschnappt. Auch wenn er nie mit ihm gesprochen hatte, war ihm sein Anblick dennoch vertraut. Da Kyriel hier war, hätte es ihn vermutlich nicht erstaunen dürfen, auch ihn zu sehen, trotzdem hätte Akashiel gut darauf verzichten können.

»Ist sie eine von ihnen?« Der Blonde hielt sich nicht mit einer Begrüßung auf und Kyriel schien von seinem plötzlichen Auftauchen nicht sonderlich überrascht.

»Das weiß ich noch nicht.« Er blieb neben dem Wagen stehen und wartete, bis sich der andere zu ihm gesellt hatte. »Manchmal glaube ich, etwas in ihr zu spüren, doch es ist zu schwach, als dass ich mir sicher sein könnte. Aber sie stellt Fragen. Etwas passiert in ihrem Leben und ich möchte wetten, dass es mit unserer Sache zu tun hat.«

»Es ist an der Zeit, dass du dir Gewissheit verschaffst«, erklärte der Blonde. »Wenn es sein muss, bring sie dazu, dir den Beweis zu liefern, und dann finde heraus, ob ihre Kraft ausreicht.«

»Ich wusste gar nicht, dass du so ungeduldig sein kannst«, grinste Kyriel. »Nur die Ruhe, mein Freund, die Ewigkeit gehört uns. Aber ich denke, du hast recht: Die Zeit ist reif. Sie vertraut mir, sodass ich den nächsten Schritt machen kann.« Sein Grinsen wurde breiter. »Sie denkt, ich würde Nachforschungen anstellen. In Wahrheit lasse ich nur ein wenig Zeit verstreichen, ehe ich ihr die Dinge eröffne, die ich längst weiß. Was ich ihr offenbare, wird ihr Angst machen und sie nur noch weiter in meine Arme treiben.«

Der andere lachte. Ein Strahlen hüllte sein überirdisch schönes Gesicht in warmen Glanz. »Sie wird dir aus der Hand fressen. Damit dürfte es für dich ein Leichtes sein, sie dazu zu bewegen, uns zu helfen – sofern sie diejenige ist, nach der wir suchen. Du hast mich noch nie enttäuscht, mein Freund. Wenn du es allerdings versaust …« Seine letzten Worte kamen einer unausgesprochenen Drohung gleich. Dann jedoch lachte er und schlug Kyriel auf die Schulter. »Aber das wirst du nicht.«

Auch Kyriel lachte, wenngleich sein Lachen mit weniger Humor erfüllt war als das seines Gegenübers. »Mach dir keine Sorgen«, sagte er schließlich. »Ich habe alles unter Kontrolle.«

Der Blonde nickte und verschwand.

Da Akashiel nicht wusste, ob er sich an einen anderen Ort versetzt hatte oder lediglich unsichtbar geworden war und die Umgebung noch immer beobachtete, verharrte er weiterhin an Ort und Stelle.

Kyriel stieg in seinen Wagen und fuhr davon.

Auch wenn Akashiel noch immer keine Ahnung hatte, was die beiden von Rachel wollten, so wusste er zumindest, dass keiner von ihnen in ihr Haus eingedrungen war. Kyriel war die ganze Zeit über bei ihr gewesen und der andere … nun, es entsprach nicht seinem Stil, derartige Arbeiten selbst zu übernehmen. Dass er jedoch in die Vorgänge rund um Rachel verwickelt war, war kein gutes Zeichen. Die Dinge standen schlimmer, als Akashiel zunächst angenommen hatte.

Er erinnerte sich daran, dass Kyriel nicht der Einzige am Unfallort gewesen war. Akashiel hatte noch eine andere Präsenz verspürt. Womöglich dieselbe, die er vorhin in Rachels Schlafzimmer wahrgenommen hatte.

Es war an der Zeit, jemanden um Rat zu fragen, und es gab nur einen, auf den er sich so absolut verlassen konnte, dass er mit ihm über die Ereignisse – und über Rachel – sprechen konnte, ohne Konsequenzen fürchten zu müssen. Er suchte nach der vertrauten Signatur und machte sich bemerkbar. Als er spürte, dass der andere seinen Geist öffnete, folgte er der Einladung.

22

Was ist passiert, Rachel? Bist du verletzt?«, fragte mich Amber zum gefühlten fünfzehnten Mal, seit wir das Haus betreten hatten. »Ich koche uns Kakao. Du willst doch einen, oder?«

Ich wollte nichts lieber als das. Eine heiße Tasse Schokolade, so süß, dass sie mir hoffentlich einen Zuckerschock samt Gedächtnisverlust verpassen würde. Allerdings wusste ich, dass ich vermutlich schon lange vor dem ersten Schluck einige Erklärungen abliefern musste.

»Mir fehlt nichts«, beruhigte ich sie. »Ich bin nur ein wenig … durcheinander.« Außerdem schockiert und aufgewühlt, fügte ich in Gedanken hinzu. Und wirklich, wirklich wütend, dass ausgerechnet mir so etwas passieren musste.

Als würde all der andere Mist der letzten Tage nicht reichen!

»Okay, ich will alles hören.« Sie nahm einen Topf aus dem Schrank und stellte ihn auf den Herd. »Von Anfang an. Kannst du mir die Milch geben?«

Ich ging zum Kühlschrank, nahm eine Flasche Milch heraus und reichte sie Amber. »Kyle hat jemanden in meinem Schlafzimmer gesehen.« Ich erzählte ihr, wie er zum Haus zurückgekommen war und was er gesagt und getan hatte, um mich zum Auto zurückzulotsen. Als ich an dem Punkt anlangte, wo ich mit Deputy Wilkins ins Haus ging, um zu sehen, ob etwas gestohlen worden war, fiel es mir zunehmend schwerer, weiterzusprechen. Amber wusste beinahe alles über mich, trotzdem fühlte ich mich seltsam nackt und verwundbar. Über einen Eindringling zu sprechen, der möglicherweise meine Unterwäsche geklaut hatte, um sich daran …

»Es fehlte also nichts?« Sie nahm zwei Tassen aus dem

Schrank, stellte sie auf die Anrichte und holte einen Kochlöffel aus dem Schub. »Bist du sicher?«

»Die Wertsachen sind alle da, Deputy Wilkins meinte allerdings, dass der Täter –«

»O mein Gott!« Sie fuhr zu mir herum. »Es war ein Perverser! Er hat deine Unterwäsche durchwühlt und vermutlich hat er was davon mitgehen lassen.«

»Sieht ganz danach aus«, seufzte ich.

»Hast du eine Ahnung, wer es sein könnte?«

Ich war Amber unendlich dankbar, dass sie sich lieber mit konstruktiven Fragen beschäftigte, statt mich mit Mitleid zu überschütten, von dem sie wusste, dass ich es nicht haben wollte – es nicht aushalten würde, ohne darunter in die Knie zu gehen.

»Hat dich jemand beobachtet oder verfolgt?«, fragte sie.

Ich schüttelte den Kopf. »Nein, niemand.« Bis auf die Maskierten und … »McCray!«

Amber strich sich eine honigblonde Locke aus der Stirn. »Wer?«

Verflucht! Das hätte ich nicht laut sagen sollen! Ich hatte ihr schon einmal von Ash McCray erzählt und das Gespräch war alles andere als gut verlaufen. Dummerweise hatte ich nun seinen Namen ausgesprochen. Amber würde nicht locker lassen, bis ich damit rausrückte, wer der Kerl war. Ebenso gut konnte ich es gleich hinter mich bringen und dann auf teilweise Unzurechnungsfähigkeit plädieren. »Der Typ, der vor ein paar Tagen in meinem Haus aufgetaucht ist.«

Amber kniff die Augen zusammen. »Wir sprechen hier nicht von dem blinden Passagier, den du gesehen zu haben glaubst, oder?«

»Es war ein langer Tag«, wich ich aus. »Vielleicht sollte ich –«

»Versuch nicht, dich aus der Affäre zu ziehen, Rachel Underwood!« Sie deutete mit dem Kochlöffel auf mich, als sei er ein Zauberstab, mit dem sie mich zwingen konnte, zu reden. Milch tropfte bei jeder Bewegung vom Löffel auf den Boden. Amber schien es nicht zu bemerken. Falls doch, interessierte es sie nicht. Ihr Blick war noch immer auf mich geheftet – und es war ein Blick, dem man sich nur schwer entziehen konnte. »Ich weiß nicht, was es mit diesem McCray auf sich hat, aber klar ist, dass in deinem Leben gerade einige sehr merkwürdige Dinge passieren.«

Damit traf sie den Nagel auf den Kopf und das, obwohl sie bestenfalls einen Bruchteil davon wusste, was wirklich los war. Plötzlich wünschte ich mir, ich könnte ihr alles erzählen, von Akashiel und meinem sprechenden, wieder zum Leben erweckten Kater. Alles. Aber was würde passieren, wenn ich es tat? Würde sie mich auslachen oder mir ein paar Beruhigungstabletten einflößen und einen Arzt rufen?

»Die Milch ist heiß. Gibst du mir bitte den Kakao?«

»Wo?«

Sie deutete auf den Eckschrank. »Ganz oben.«

Kaum hatte ich die Schranktür geöffnet, sah ich ihn schon. Ich stellte mich auf die Zehenspitzen und reckte mich, doch die Packung stand ein Stück von der Kante des Bretts entfernt, sodass mir noch mindestens dreißig Zentimeter fehlten. Ich stieß einen Fluch aus und versuchte es noch einmal, stützte mich dabei auf der Arbeitsplatte ab und drückte mich nach oben. Das Ergebnis war dasselbe: Die Kakaopackung stand außer Reichweite.

Amber, die meine Bemühungen beobachtet hatte, sagte: »Bevor du auf die Arbeitsplatte kletterst und herunterfällst, nimm lieber die kleine Leiter aus der Kammer.«

»Holst du jedes Mal die Leiter, wenn du Kakao willst?«

»Du bist diejenige von uns, die Kakao trinkt.«

Sie hatte ihn also nur meinetwegen im Haus. Vermutlich schon so lange, dass er längst abgelaufen war. Seufzend streckte ich den Arm aus und nahm zu einem letzten Versuch Maß. Meine Hand war noch einen halben Meter entfernt, als das Päckchen plötzlich zu wackeln begann. Es ruckte und wankte, dann flog es mir entgegen. Mit einem erschrockenen Schrei sprang ich zurück. Die Packung klatschte auf den Boden und platzte auf. Kakaostaub stieg wie dunkler Nebel daraus empor und senkte sich gleich darauf auf den hellen Fliesenboden herab.

Heilige Scheiße!

Ungläubig starrte ich auf die Packung zu meinen Füßen.

»Zum Teufel, was war das?«, rief Amber hinter mir.

Da erst wurde mir bewusst, dass sie ja auch noch da war. Ich drehte mich zu ihr herum und brachte ein unsicheres Lächeln zustande. »Ein Punkt mehr auf der Liste der Merkwürdigkeiten der letzten Zeit?«

In Ambers dunkelbraunen Augen stand nicht der geringste Funke von Humor. »Was immer es ist, es scheint nichts zu sein, wobei Dr. Fiedler dir helfen könnte.« Ihr Blick wanderte von mir zu dem Haufen, der von der Kakaopackung noch übrig war, und heftete sich dann wieder auf mich. »Mach das noch mal!«

»Was?«

Abgesehen davon, dass von der Packung nicht gerade viel übrig war, um sie durch die Luft wirbeln zu lassen, war ich mir nicht sicher, ob ich es noch einmal tun konnte – oder wollte.

Doch Amber ließ nicht locker. Sie deutete auf die Arbeitsplatte. »Der Pfefferstreuer. Lass ihn in deine Hand fliegen.«

Auch wenn mir das Ganze auf der einen Seite ziemlich unheimlich war, musste ich zugeben, dass ich andererseits wirklich neugierig war, ob es noch einmal funktionieren würde. Ich fixierte den Pfefferstreuer mit meinem Blick und streckte die Hand nach ihm aus.

Er rührte sich nicht.

Komm schon!, feuerte ich ihn in Gedanken an und machte einen Schritt auf ihn zu, in der Hoffnung, dass die geringere Distanz helfen würde.

Nichts geschah.

Ich versuchte es weiter, konzentrierte mich, starrte ihn an und stellte mir vor, den Kunststoff in meiner Hand zu spüren, aber das verdammte Ding bewegte sich keinen Millimeter.

Schließlich ließ ich die Hand sinken. »Es geht nicht.«

Die Milch kochte mit einem Zischen über. Amber zog den Topf schnell von der Kochplatte und schaltete den Herd ab. Der Geruch angebrannter Milch breitete sich in der Küche aus. »Tut mir leid, Rachel. Es sieht so aus, als würde es gleich aus mehreren Gründen heute nichts mit dem Kakao werden.«

Angesichts dessen, was gerade passiert war, erschien mir ihre Enttäuschung über den missglückten Kakao plötzlich unglaublich komisch. Ich versuchte mir das Lachen zu verkneifen – mit mäßigem Erfolg. Als die Muskeln um meinen Mund herum einige Sekunden lang wild zuckten, konnte ich nicht länger an mich halten und prustete los. Es war eine Mischung aus Gelächter und sich lösender Anspannung, in das Amber keine zwei Sekunden später einstimmte.

»Wie wäre es mit einem Glas Rotwein?«, schlug sie vor, nachdem wir uns allmählich beruhigt hatten.

»Der soll gut für die Nerven sein«, nickte ich.

Wir fegten den Kakao zusammen, wischten die übergelaufene Milch auf und weichten den Topf ein, bevor wir uns mit einer Flasche Wein und zwei Gläsern ins Wohnzimmer verzogen. Ich hätte müde sein sollen, ich war noch nie ein ausgeprägter Nachtmensch gewesen und das war definitiv keine Uhrzeit, zu der ich für gewöhnlich noch auf den Beinen war. Trotzdem war ich hellwach, was angesichts der Ereignisse eigentlich nicht weiter verwunderlich war.

Bevor ich es mir auf der Couch gemütlich machte, ging ich noch einmal in die Küche zurück. Ich holte den Pfefferstreuer und stellte ihn vor mir auf den Couchtisch, um es später noch einmal zu versuchen. Vielleicht hatte ich meine mentale Kraft – oder was auch immer das sein mochte – mit dem Kakao aufgebraucht und musste eine Weile warten, ehe es noch einmal funktionieren würde. Womöglich war es auch nur eine einmalige Sache gewesen.

Amber goss Wein in die Gläser, schob mir eines über den Tisch zu und lehnte sich im Sessel zurück, den Blick auf mich gerichtet.

Ich wusste, was sie von mir erwartete, und ich war auch bereit, ihr alles zu erzählen. Es fiel mir nur schwer, den Punkt zu finden, an dem ich beginnen sollte. Schließlich entschied ich mich für die Nacht des Unfalls, und auch wenn ich schon mehrmals versucht hatte, mit ihr über den blinden Passagier auf dem Rücksitz zu sprechen, hörte sie mir dieses Mal zu. Sie unterbrach mich kein einziges Mal, warf mir keine skeptischen Blicke zu und schien nicht einmal mehr zu atmen, so gebannt hing sie an meinen Lippen. Zum ersten Mal sprach ich über die Dinge, die ich gehört und gesehen hatte, nachdem ich außerhalb des Wagens zu mir gekommen und an der Unfallstelle umhergeirrt war, bis meine Seele – oder was immer es gewesen sein mochte – wieder in meinen Körper zurückgezogen worden war. Schritt für Schritt ging ich die Ereignisse mit ihr durch und erzählte wirklich alles. Nach dem Bericht über den Unfall, meinen sprechenden Kater und die Begegnung mit McCray im Waschraum des *Pompeji* hörte ich mich bald auch von dem Schwarzen Engel in meinem Garten sprechen, der sich mir als mein Schutzengel vorgestellt hatte. Zwischendurch, wenn ich ein wenig durchatmen musste, weil mir die Ereignisse selbst zu verrückt erschienen, streckte ich immer mal wieder die Hand nach dem Pfefferstreuer aus, in dem Versuch, ihn mit meinen Gedanken in Bewegung zu setzen. Es blieb bei einem Versuch. Das Ding rührte sich keinen Millimeter.

Als ich von Popcorns Tod und seiner Wiedererweckung sprach, liefen mir die Tränen über die Wangen und auch Amber weinte und murmelte etwas über »den armen kleinen Kerl«. Ansonsten sagte sie kein Wort und rührte sich, nachdem sie sich ein Kissen gepackt und die Arme darum geschlungen hatte, nicht mehr von der Stelle.

Nachdem ich fertig war, sah sie mich lange an. Es war kein unangenehmes Schweigen, das zwischen uns herrschte, doch je länger es andauerte, desto ungeduldiger wurde ich. Ich musste endlich hören, was sie dazu zu sagen hatte.

»Wenn ich das mit dem Kakao vorhin nicht mit eigenen Augen gesehen hätte«, setzte sie schließlich an.

»... würdest du die Männer mit den weißen Turnschuhen rufen«, beendete ich den Satz für sie.

»Zumindest würde ich dir wohl dringend empfehlen, dich untersuchen zu lassen.«

»Und nachdem du das gesehen hast, glaubst du mir den ganzen verrückten Rest?«

Sie dachte einen Moment nach, dann nickte sie. »Ich denke schon. Es ist ziemlich starker Tobak. Sprechende Katzen, Schutzengel und Nahtoderfahrungen – das allein könnte man vielleicht auf ein Trauma schieben, ausgelöst durch den Unfall. Aber fliegenden Kakao? Den kann ich mir beim besten Willen nicht rational erklären. Und wenn das Wirklichkeit war, warum sollte es der Rest nicht ebenfalls sein?«

»Ich verstehe einfach nicht, warum mir das alles passiert und was es zu bedeuten hat«, seufzte ich.

»Muss es denn einen tieferen Sinn haben?«

Ich riss erstaunt die Augen auf. »Du denkst, das ist einfach eine Veränderung, die mein Leben genommen hat – ganz ohne jeden Grund?« Die Vorstellung erschien mir trostlos und erschreckend zugleich. Während Akashiels Gegenwart etwas Wunderbares war, das ich nicht mehr missen wollte, waren gleichzeitig so viele Dinge geschehen, die mich erschreckten – wie das Auftauchen von McCray, von dem ich immer noch nicht wusste, ob ich mich vor ihm fürchten sollte oder nicht. Und möglicherweise steckte er ja hinter dem Einbruch von heute Nacht. Immerhin hatte die Polizei keine Einbruchsspuren gefunden und ich hatte schon einmal gesehen, wie er aus dem Nichts aufgetaucht und wieder ins Selbige verschwunden war. Doch so einleuchtend diese Erklärung war, ich weigerte mich doch, sie zu glauben. Er hatte mich weder bedrängt noch in sonst einer Weise belästigt – wenn man einmal davon absah, dass er gern ungebeten aufzutauchen schien.

Die Frage war nur: Wenn er es nicht war, wer war es dann?

»Denkst du, dass die Männer, die dich durch den Park verfolgt haben, dieselben waren, die auch Popcorn umgebracht haben?« Sie rieb sich die Schläfe. »Er war wirklich tot, oder? Mein Gott, ich glaube, es wird eine Weile dauern, bis ich das alles verdaut habe, Rachel. Denkst du, es waren diese Maskierten?«

»Popcorn konnte nicht sehen, wer ihn angegriffen hat.«

Einen Moment lang sah sie mich verwirrt an, dann nickte sie. »Ich hatte vergessen, dass du mit ihm sprechen kannst. Was ist das für ein Gefühl?«

»Abgesehen davon, dass er nun nicht nur maunzt, sondern seinem Wunsch nach Sahne und Thunfisch mit Worten Ausdruck verleihen kann?« Ich zuckte die Schultern. »Es ist wirklich seltsam. Ich gewöhne mich nur allmählich daran.« Ich erzählte ihr, wie schwer es mir in den ersten Tagen gefallen war, mich ihm gegenüber wie immer zu verhalten, und welche Schwierigkeiten ich gehabt hatte, ihn überhaupt anzufassen. »Es legt sich langsam und ich denke, in ein paar Wochen ist alles wie immer, nur dass er eben spricht.«

Wir saßen noch eine ganze Weile beisammen, diskutierten über die Ereignisse, betrachteten sie aus verschiedenen Blickwinkeln und versuchten ihnen zum einen einen Sinn abzutrotzen und zum anderen einen Zusammenhang zu finden. Beides ohne Erfolg.

Als wir das Bett im Gästezimmer bezogen, sagte ich: »Es wäre mir recht, wenn du niemandem von diesen Dingen erzählst. Auch Nate nicht.«

Amber zog den Reißverschluss des Bezugs zu und schüttelte das Federbett auf. »Er würde dich nicht für verrückt halten.«

»Darum geht er mir auch nicht.«

»Dann müsste er mich ebenfalls für verrückt halten«, fuhr sie fort, »denn ich habe gesehen, was du mit dem Kakao gemacht hast.«

»Trotzdem möchte ich dein Wort, dass es unter uns bleibt.«

Sie runzelte die Stirn.

»Amber, bitte.«

»Keine Angst, wenn du es nicht willst, werde ich ihm auch nichts sagen.«

23

Akashiel folgte der Signatur und fand sich am Ende einer Stahlbrücke in einer ländlichen Gegend wieder. Die Brücke war zwar hoch, aber nicht breit – gerade mal eine Fahrspur, die sich der Verkehr in beide Richtungen teilen musste. Jetzt jedoch, mitten in der Nacht, gab es keinen Verkehr. Die einzigen Geräusche kamen aus den umliegenden Wäldern und vom Rauschen des Flusses, der in einem raschen Strom zwanzig Meter unter dem Bauwerk hindurchfloss. Die unruhige Wasseroberfläche glitzerte hell im Mondschein und in der Ferne waren die Lichter einer Großstadt hinter den Baumkronen zu erkennen.

»Was führt meinen Lieblingsengel mitten in der Nacht in diese vom Chef verlassene Gegend?«

Akashiel drehte sich zu der Stimme herum, die aus der Dunkelheit an sein Ohr gedrungen war, und sah sich Japhael, dem Obersten der Schutzengel, gegenüber. Der Oberste war eine imposante Erscheinung, schlank und groß, das dichte Haar ebenso schlohweiß wie seine Brauen, die Augen klar, der Blick so durchdringend, dass Akashiel davon überzeugt war, dieser Mann könne alles sehen. Wie gewöhnlich verweigerte er sich der gegenwärtigen Mode und trug lediglich eine einfache hellgraue Robe und Sandalen.

Respektvoll neigte Akashiel das Haupt. »Meister«, begrüßte er seinen einstigen Mentor.

Der schlug ihm ungezwungen auf die Schulter. »Schön, dich zu sehen, Junge!«

Akashiel grinste. »Das letzte Mal ist schon eine Weile her.«

»Die Fähre vor Vancouver Island, vor fast dreißig Jahren.« Japhael verzog das Gesicht, ein deutliches Zeichen dafür, dass er sich selbst heute noch über den Kapitän und seinen Ersten Offizier ärgerte, die sich immun gegen seine und Akashiels Einflüsterungen gezeigt hatten und trotz des Nebels rausgefahren waren – mit dem Ergebnis, dass die Fähre auf einer der Felsinseln vor der Küste aufgelaufen und gesunken war. Danach hatten sie alle Hände voll zu tun gehabt, um zumindest zu den Passagieren durchzudringen. Dass es keine Toten gegeben hatte, war nicht etwa einem Wunder, sondern ihrer Arbeit zu verdanken gewesen. Mit vereinten Kräften hatten sie die Menschen beruhigt und auf den Geist jener eingewirkt, die drauf und dran gewesen waren, mit ihrer Angst eine Massenpanik zu verursachen. Sie hatten Ruhe und Vernunft ausgestrahlt, was letztlich zu einer geordneten Evakuierung mittels der Rettungsboote geführt hatte.

»Du hättest dich ruhig mal melden können.«

»Du weißt ja, wie das ist.« Akashiel zuckte die Schultern. »Die Arbeit.«

»Wenn man sie gut machen will, muss man ein wenig Zeit investieren. Offensichtlich hast du nicht alles vergessen, was ich dir beigebracht habe.« Er hob eine seiner buschigen weißen Augenbrauen und musterte seinen einstigen Schüler eingehend. »Du scheinst dich gut angepasst zu haben.«

»Das war schon immer eine meiner Stärken.«

»Eines Tages wirst du dich zu sehr an die Menschen gewöhnen.«

Das habe ich bereits. Zumindest, wenn es um diesen einen, besonderen Menschen ging. »Lass das nur meine Sorge sein.«

Es hatte eine Zeit gegeben, in der er Japhael ohne nachzudenken von Rachel und seinen Gefühlen für diese Frau erzählt hätte. Der Oberste Engel war nicht nur sein Mentor, sondern gleichzeitig sein Freund, auch wenn sie sich in den vergangenen Jahrzehnten nur selten gesehen hatten. Japhael würde ihm zuhören und ihn nicht dafür verurteilen, was er empfand. Womöglich konnte er ihm sogar helfen zu verstehen, warum er sich so sehr von dieser Frau angezogen fühlte. Der Oberste würde ihn auffordern, sich von ihr abzuwenden und den Fall an jemand anderen zu übergeben, aber er würde Akashiel nicht verraten. Im Augenblick jedoch ging es darum, herauszufinden, warum sich sowohl Kyriel als auch ein dritter, unbekannter Engel für Rachel interessierten. Japhael von seinen eigenen Gefühlen zu erzählen, würde die Sache nur verkomplizieren und die Antworten, nach denen er suchte, unnötig hinauszögern.

»Was führt dich zu mir?« Japhaels Blick war auf eine Stelle hinter Akashiel gerichtet, und als Akashiel sich umwandte, sah er einen bärtigen Mann am Brückengeländer stehen, die Finger so fest um das Metall geklammert, dass seine Hände im Mondlicht beinahe weiß zu sein schienen. Seine Lippen bewegten sich unaufhörlich, doch die Worte wurden vom Rauschen des Wassers davongerissen und verklangen ungehört.

»Du arbeitest«, stellte Akashiel fest. Die Verzögerung gefiel ihm nicht, trotzdem konnte er kaum ein Menschenleben opfern, um ein anderes zu retten – sofern Rachels Leben tatsächlich in Gefahr war. »Nur zu, lass dich nicht aufhalten. Wir reden, nachdem du ihn davon abgehalten hast, zu springen.«

Japhael holte mit der Hand aus, eine Geste, als wolle er eine Fliege verscheuchen. Schlagartig wurde es totenstill. Das Rauschen des Wassers erstarb ebenso wie das Wispern des Windes. Lediglich die Stimme des Bärtigen war noch zu hören. Dieses Mal verstand Akashiel die Worte. »Ich bin ein Fremdkörper«, lamentierte er. »Ich gehöre nicht dazu. Nirgendwohin gehöre ich. Es ist an der Zeit, zu gehen.«

Noch ließ er das Geländer nicht los, doch als er den Kopf

zur Seite wandte, richtete sich sein Blick für einen Moment auf die beiden Engel – als könne er sie sehen. In seinen Augen lag die Entschlossenheit eines Menschen, der nichts mehr zu verlieren hatte.

»Willst du nicht eingreifen?«, fragte Akashiel, als der Mann ein Bein über das Geländer schwang.

Japhael schüttelte den Kopf, ohne den Mann jedoch aus den Augen zu lassen. »Noch nicht.«

»Du willst ihn zappeln lassen? Hoffst du etwa immer noch, dass die Menschen ihr Leben dann mehr zu schätzen wissen?«

»Nicht ganz.«

Akashiel verzog das Gesicht angesichts der Wortkargheit seines Mentors. Der Oberste war vollkommen auf seinen Klienten fixiert, trotzdem unternahm er nichts. Der Bärtige schwang nun auch das andere Bein über das Geländer. Die Hände an das Metall in seinem Rücken geklammert, stand er auf dem schmalen Grat, der ihn noch vom Abgrund trennte. Eine Windböe erfasste ihn, zerrte an seinem Hemd und ließ ihn wanken. Sofort packte er das Geländer fester und presste sich mit dem Rücken dagegen. Zwanzig Meter unter ihm strömte der Fluss dahin.

Die Angst des Mannes änderte nichts an seiner Entschlossenheit. Er hatte mit seinem Leben abgeschlossen und daran konnte selbst die Einmischung des Obersten Schutzengels nichts mehr ändern.

Manchmal konnte einem dieser Job wirklich den letzten Nerv rauben. Akashiel fragte sich oft, warum sie Leuten wie dem da, zur Seite stehen mussten. Es gab so wenige Schutzengel, und einen Lebensmüden, der gar nicht gerettet werden wollte, vor dem Tod zu bewahren, war Zeitverschwendung. Zeit, die sie besser für Menschen, die ihre Existenz zu schätzen wussten, nutzen könnten.

Akashiel machte diesen Job seit einer Ewigkeit – und Ewigkeit war in diesem Fall durchaus wörtlich zu nehmen. Tausend Jahre, in denen die Arbeit nicht leichter geworden war, vor allem nicht, seit die Menschen zu glauben verlernt hatten. Daran würde sich so bald auch nichts ändern. Heutzutage regelten Angebot und Nachfrage den Markt. Gutes Marketing war essenziell, stand ihnen aber nicht in ausreichendem Maße zur Verfügung, da es ihren menschlichen Boten nicht mehr gelang, die Leute in entsprechenden Massen in die Kirchen zu locken. Andererseits waren sie angesichts der explodierenden Bevölkerungszahlen ohnehin hoffnungslos unterbesetzt, um den gesamten Markt abdecken zu können. Es war schon jetzt kaum zu schaffen, und solange der Chef nicht weitere Engel zum Schutze der Menschen abkommandierte, was er nicht tun würde, solange die Menschen nicht wieder zu glauben lernten, würde sich an der Situation nichts ändern.

Es war ein Teufelskreis.

Trotzdem war es Teil des Jobs, auch lebensmüden Trotteln wie diesem zu helfen. Auftrag war Auftrag. Und der Typ hier war Japhaels Auftrag – auch wenn Akashiel nicht verstand, warum sein Mentor noch immer nicht eingriff.

Ein Schrei durchschnitt die künstlich erschaffene Stille, als der Bärtige die Hände vom Geländer riss und sprang. Sobald sein Körper in der Luft war, verstummte der Schrei. Er ruderte nicht mit den Armen und bewegte sich auch sonst nicht. Er stürzte kerzengerade nach unten, schlug auf die Wasseroberfläche auf, die aus dieser Höhe beinahe so hart wie Beton sein musste, und versank wie ein Stein.

»Japhael!«

»Komm mit.« Kaum hatte der Oberste die Worte ausgesprochen, war er auch schon verschwunden.

Akashiel folgte seiner Signatur und fand sich im nächsten

Atemzug am moosigen Flussufer neben der Brücke wieder. »Verflucht, hilf ihm!«

»Das ist nicht mein Auftrag.«

»Dann ist es jetzt eben meiner.« Zornig darüber, dass ausgerechnet sein Mentor einen Menschen einfach sterben lassen wollte – lebensmüde hin oder her –, tastete Akashiel mit seinem Geist nach dem Ertrinkenden, um ihn mit der Kraft seiner Gedanken aus dem Wasser zu ziehen.

Japhael griff nach seinem Arm und riss ihn aus der Konzentration. »Du darfst dich nicht einmischen.«

Der Kopf des Mannes tauchte über der Wasseroberfläche auf. Hustend und würgend schlug er mit den Armen um sich, ehe er ein weiteres Mal versank.

»Was soll das, Japhael? Was geht hier vor?«

»Warum bist du hier, Akashiel?«

»Japh! Tu etwas! Oder lass es mich tun, ganz egal!« Er machte einen Schritt auf den Uferrand zu, doch Japhael hielt ihn zurück. Dabei sagte er kein Wort, sah ihn nur an und schüttelte langsam den Kopf.

Japhaels Reaktion zeigte deutlich, dass er nicht bereit war, zu erklären, was vor sich ging. Womöglich war es ihm nicht gestattet. Es gab solche Aufträge, auch wenn Akashiel selbst noch keinen bekommen hatte. Sosehr er es verabscheute, seine Zeit mit Menschen wie diesem zu verschwenden, so schwer fiel es ihm, dessen Todeskampf mit anzusehen, ohne einzuschreiten. Er wusste, dass sein Mentor nicht zulassen würde, dass er eingriff, abgesehen davon hatte er schon vor sehr langer Zeit gelernt, darauf zu vertrauen, was Japhael tat. Auch wenn es ihm im Augenblick schwerfiel.

Sein Blick hing noch immer an der Wasseroberfläche, wo nun Luftblasen emporstiegen, während er versuchte, seine Frage so neutral wie möglich zu formulieren. »Kannst du dir einen Grund vorstellen, warum sich Kyriel und ein mir nicht bekannter Engel für meine derzeitige Schutzperson interessieren könnten?«

Japhael zog die Brauen zusammen, bis sie sich beinahe über seiner Nasenwurzel berührten. »Irgendwelche besonderen Vorkommnisse?«

Er wollte schon den Kopf schütteln. »Ein Autounfall«, sagte er dann stattdessen. »Ich habe gesehen, wie ihr Lebensfaden riss, zumindest dachte ich, es gesehen zu haben. Die Sanitäter konnten sie reanimieren.«

Interesse blitzte in Japhaels hellen Augen auf. »Gerissen sagst du?«

»Sie hätte tot sein müssen.«

»Aber sie ist es nicht.«

»Ich habe gespürt, wie der Faden riss.« Je länger er darüber nachdachte, desto sicherer war er, dass er sich nicht geirrt hatte. Und dennoch …

Der Oberste richtete den Blick aufs Wasser. »So wie bei ihm?«

Akashiel streckte seinen Geist aus, tastete nach dem Lebensfaden des Selbstmörders – und griff ins Leere. Der Faden war gerissen und die Seele des Mannes hatte sich von seinem Körper getrennt. Es war dasselbe Gefühl des Verlustes, das er auch bei Rachel gespürt hatte. »Ja, genau wie –«

Plötzlich schoss der Kerl wie eine Rakete aus dem Wasser, schnellte drei Meter in die Höhe, umgeben von einem Regen aus silbern schimmernden Wassertropfen, um kurz darauf abzustürzen und wieder auf der Wasseroberfläche aufzuschlagen. Wild mit den Armen rudernd, kämpfte er dagegen an, erneut zu versinken.

Der Lebensfaden war wieder da. Akashiel spürte die Verbindung sofort, als er danach tastete, und wenn er sich konzentrierte, konnte er den silbrigen Glanz sehen, der den

Körper des Mannes einhüllte. Seelenglanz. Der Mann lebte, daran bestand kein Zweifel.

»Heilige Scheiße«, entfuhr es Akashiel. »Was ist das denn? Er war tot!« Es sei denn, er war von Anfang an für ein anderes Leben bestimmt. Doch das war undenkbar.

Japhael machte noch immer keine Anstalten, dem Mann im Wasser zu Hilfe zu kommen. Er richtete seine Aufmerksamkeit wieder auf Akashiel. »Was du hier siehst, unterliegt strikter Geheimhaltung«, erklärte er. »Ich vertraue dir, Akashiel – das habe ich schon immer getan. Doch wenn ich nach unserem Gespräch das Gefühl haben sollte, dass diese Informationen bei dir nicht gut aufgehoben sind, werde ich die Erinnerung daran aus deinem Gedächtnis tilgen.«

»Du könntest dein Wissen einfach für dich behalten. Warum gehst du das Risiko ein?«

»Deine Schutzperson könnte etwas mit meinem Auftrag zu tun haben, deshalb muss ich mehr über sie wissen.« Er verzog das Gesicht. »Ich hätte über ihren Tod informiert werden müssen. Das verdammte Warnsystem scheint in letzter Zeit nicht sonderlich zuverlässig zu funktionieren.«

Warnsystem? Mit einem Mal hatte Akashiel das Gefühl, dass Japhaels Arbeit nicht länger die eines Schutzengels war. Der Gedanke, ihm mehr über Rachel zu erzählen, behagte ihm plötzlich nicht mehr. Misstrauisch geworden fragte er: »Was ist dein Auftrag?«

»Mich um Menschen wie diesen hier zu kümmern. Direkte Order vom Chef.« Er wandte sich wieder dem Fluss zu. Eine Welle der Macht ging von ihm aus, so stark, dass sie beinahe greifbar schien, als er mit seinem Geist nach dem Mann im Wasser griff und ihn herausfischte. Am Ufer ließ er ihn unsanft ins Gras fallen, wo er hustend und Wasser spuckend auf der Seite liegen blieb.

Sie waren für menschliche Augen noch immer unsichtbar, trotzdem schien es Akashiel, als würde der Mann sie anstarren.

»Er kann uns sehen«, bestätigte Japhael seine Vermutung und sprach im nächsten Atemzug aus, was Akashiel vor wenigen Sekunden noch für unmöglich gehalten hätte: »Er ist ein Nephilim.«

»Verarsch mich nicht!« Die Nephilim waren vor Tausenden von Jahren vom Angesicht der Erde getilgt worden – und sie hatten ganz sicher nicht ausgesehen wie dieses nasse Bündel Mensch vor ihnen im Gras.

»Ihr hättet mich sterben lassen sollen«, beklagte sich der Bärtige, halb hustend, halb jammernd. »Ich gehöre nicht hierher!«

Japhael betrachtete ihn kalt. »Ersteres war leider nicht möglich und mit Letzterem hast du sogar recht.«

Der Bärtige glotzte ihn an, in dem Versuch, gleichzeitig zu husten, zu atmen und den Sinn der Worte zu erfassen. Es wirkte nicht so, als hätte er dabei besonderen Erfolg.

»Es gibt nicht viele«, fuhr Japhael an Akashiel gewandt fort. »Im Augenblick wohl nicht mal ein Dutzend. Und sie sind anders als früher – fast schon bedauerlich«, fügte er mit einem geringschätzigen Blick in Richtung des Mannes hinzu. »Harmlos. Ungefährlich. Erbärmlich. Trotzdem werden sie gejagt und getötet. Meine Aufgabe ist es, sie aufzuspüren und in Sicherheit zu bringen.«

»Warum will man sie umbringen?«

Der Oberste zuckte die Schultern. »Lange Geschichte. Dazu gehört wohl, dass ihre Mörder sie für eine minderwertige Rasse ohne Daseinsberechtigung halten. Traurig ist nur, dass diejenigen, die diese Morde begehen, welche von uns sind.« Er schnitt eine Grimasse. »So viel zu den lichten und erhabenen Wesen, die wir vorgeben zu sein.«

Die letzten Minuten im Leben dieses Mannes glichen

dem, was er bei Rachel beobachtet hatte – zumindest so weit er es beurteilen konnte. War das möglich? Konnte Rachel wirklich eine Nephilim sein? Ein Schauder kroch über seinen Rücken und hinterließ eine Gänsehaut, als ihm bewusst wurde, welche Auswirkungen das hätte.

Japhaels Aufmerksamkeit richtete sich auf ihre Umgebung. Mit seinem Blick scannte er den Waldrand und das Flussufer. »Wir müssen hier weg!« Er stieß einen ausgesprochen unengelhaften Fluch aus. »Du hättest deine Kräfte nicht einsetzen dürfen«, sagte er an den Nephilim gewandt.

»Welche Kräfte?« Das Wesen, das vor wenigen Minuten noch ein Mensch gewesen war, blickte ihm in einer Mischung aus Verwirrung, Angst und Wut entgegen. Für jemanden, in dessen Adern das Blut der Erhabenen floss, wirkte er ausgesprochen jämmerlich. »Was ist hier los?«

»Ist dir entgangen, dass du wie ein Gummiball aus dem Wasser geschossen bist? Ganz davon zu schweigen, dass dich die Strömung nicht mitgerissen hat.«

»Das ist wirklich passiert?«

Statt zu antworten, wandte sich Japhael wieder an Akashiel. »Der Einsatz der Kräfte ist wie ein Signalfeuer für sie. Es wird sie zu uns führen.« Er sah sich nach allen Seiten um. »Verflucht«, brummte er. »Es macht weit weniger Schwierigkeiten, sie einzusammeln, bevor sie sich verändern.«

»Du meinst, bevor sie sterben.« Akashiel folgte seinem Beispiel. Er streckte seine Sinne aus und tastete nach fremden Signaturen. Solange sich ihre Gegner jedoch bewusst verborgen hielten, würde er nichts spüren – möglicherweise nicht, bis es zu spät war.

»Wer sind diese *sie?*« Der Nephilim kämpfte sich auf die Knie. Wasser troff von seinem Hemd und seinen Jeans und tränkte das Erdreich. »Wer soll kommen? Und warum?«

»Du stellst zu viele Fragen, für deren Beantwortung im Augenblick keine Zeit ist. Verschwinden wir!«

Er hatte die Worte kaum ausgesprochen, als Akashiel sie spürte. Andere Engel. Dann sah er sie. Mit flammenden Schwertern in den Händen, geschmiedet aus Glaube und Hoffnung, schossen sie aus dem Nachthimmel wie Feuerstrahlen auf sie herab. Vier Engel, getragen von mächtigen weißen Schwingen, deren Konturen sich deutlich von der Dunkelheit abhoben. Akashiel schob sich vor den Nephilim und ließ ebenfalls ein Flammenschwert in seiner Hand entstehen. Japhael baute sich neben ihm auf, anstelle eines Schwertes manifestierte sich in seinen Händen ein Speer.

Der erste Angriff kam aus der Luft. Im Sturzflug warfen sich die Engel ihnen entgegen. Ihre Schwerter zischten über Akashiels Kopf hinweg, eine der flammenden Klingen konnte er gerade noch mit seiner eigenen abwehren.

»Flügel!«, rief Japhael ihm zu und duckte sich unter einem weiteren Angriff hinweg. »Du musst in die Luft!«

»Keine gute Idee.« Sobald sie aufstiegen, gaben sie ihren Gegnern mehr Raum auf dem Boden, wo der Nephilim hilflos mit ansehen musste, was geschah. Sie würden ihn töten, ehe Akashiel auch nur einen Vorstoß machen konnte. Die einzige Möglichkeit, den Mann zu beschützen, war, in seiner unmittelbaren Nähe zu bleiben. Auch wenn ihn das auf den Boden fesselte.

Japhael schien das ebenfalls erkannt zu haben. Er bewegte sich ein paar Schritte seitwärts, bis sich der Nephilim zwischen Akashiels und seinem Rücken befand, den Speer in ständiger Bewegung, um den Gegnern keine Lücke in seiner Deckung zu bieten.

»Wir müssen ihn von hier fortschaffen!«, rief Japhael ihm über die Schulter zu und wehrte eine erneute Folge von Angriffen ab.

Sich selbst hätte Akashiel im Bruchteil einer Sekunde an einen anderen Ort versetzen können. Um den Nephilim in Sicherheit zu bringen, musste ihn jedoch einer von ihnen mit beiden Händen berühren und sich konzentrieren. Eine andere Person mitzunehmen, kostete deutlich mehr Zeit und Anstrengung. Zeit, die sie im Augenblick nicht hatten. Solange sie ihre Aufmerksamkeit nicht von ihren Gegnern nehmen konnten, gab es keine Möglichkeit, sich mit ihm an einen sicheren Ort zu versetzen.

Er riss sein Schwert in die Höhe und begegnete einem weiteren Angriff. Die Luft schien in Flammen zu stehen, doch es war ein kaltes Feuer, das ihre Waffen umhüllte – zumindest solange es ihn nicht berührte. Akashiel ließ sich auf einen Tanz aus Angriff und Abwehr ein. Wieder und wieder hob er sein Schwert, schlug zu oder parierte und suchte nach einer Lücke in der Verteidigung seiner Angreifer, bemüht darum, die eigene Deckung nicht zu öffnen. Akashiel war kein Krieger, und auch wenn er im Umgang mit dem Schwert geübt sein mochte, so hatte er es seit Luzifers Rebellion der Engel nicht mehr zu einem ernsthaften Kampf in Händen gehalten. Er war ein geschickter Kämpfer, doch abgesehen davon, dass sein Können im Laufe der Jahrtausende ein wenig eingerostet war, lagen seine wahren Talente auf anderen Gebieten, weshalb er den Kriegsengeln in einem längeren Kampf nicht gewachsen sein würde. Was sie auch taten – sie mussten schnell handeln, wenn sie eine Chance haben wollten, das hier zu überstehen.

Verfluchte Scheiße, sie waren Schutzengel und keine Krieger!

Japhaels künstliche Stille hielt noch immer an. Kein Laut drang aus der Umgebung zu ihnen. Es war so unnatürlich still, dass Akashiel neben dem Wimmern des Nephilim, dem todbringenden Zischen der Schwerter und dem Rauschen der Schwingen, wenn die Engel zum Angriff ansetzten, seine eigenen Atemzüge hören konnte.

»Zum Wald!«, rief er Japhael zu.

Die dichten Baumkronen würden ihnen Schutz bieten und ihre Angreifer auf den Boden zwingen. Sie mussten die Bäume nur erreichen, dann hätten sie genug Zeit gewonnen, um zu verschwinden.

Akashiel warf einen Blick über die Schulter, um sich Japhaels Bewegungen anzupassen und den Nephilim in seinem Rücken nicht versehentlich niederzurennen. Schritt für Schritt zogen sie sich in Richtung Waldrand zurück.

»Ihr werdet alles abfackeln«, jammerte der Nephilim wenig erhaben. »Dann werden wir geröstet statt aufgeschlitzt.«

Akashiel sparte sich die Mühe, ihm zu erklären, dass es kein normales Feuer war, mit dem sie kämpften, sondern dass die Kräfte des Herrn in ihm lagen. Waffen, geschmiedet, um Luzifers Heerscharen zu besiegen, die aber nicht in der Lage waren, die menschliche Welt mit ihrem Feuer zu verheeren.

Für einen Engel jedoch waren sie tödlich.

Als die Kriegsengel begriffen, was sie vorhatten, verstärkten sie ihre Attacken. Akashiel versuchte ein Muster in ihrem Vorgehen zu entdecken, doch wenn es eines gab, erkannte er es nicht. Wie Harpyien schossen sie auf Japhael und ihn herab, mal einzeln und dicht hintereinander, sodass ihre Angriffe einem feurigen Hagel glichen, mal zu zweit oder zu dritt, um sie von mehreren Seiten zugleich in die Mangel zu nehmen.

Immer näher kämpften sie sich an den Waldrand heran, als Akashiel sich einem Sturmangriff gegenübersah. Den ersten Schlag konnte er noch parieren, dafür musste er aber seine Deckung vernachlässigen. Sofort schoss ein zweiter Engel heran, das Schwert erhoben. Akashiel hatte keine

Chance, sein Schwert noch rechtzeitig herumzureißen und der feindlichen Klinge entgegenzustrecken, um sie abzufangen, ehe sie ihm den Kopf abschlug. Ihm blieb keine andere Wahl, als ein paar Schritte zur Seite zu machen – fort von Japhael und dem Nephilim. Selbst das würde ihn jedoch nicht retten. Er warf sich zu Boden, tauchte unter dem Schlag weg und sprang wieder auf.

Ein paar Meter entfernt hielt Japhael die Feinde in Schach, die sich nun auf ihn konzentrierten, und versuchte gleichzeitig den Nephilim gegen die Angriffe zu schützen, die von allen Seiten auf sie herabprasselten.

Es war ein Kampf, den er allein nicht gewinnen konnte.

Akashiel stürmte vor, das Schwert erhoben, bereit sich wieder in den Kampf zu stürzen. Er zwang zwei der Angreifer zurück. Mächtige Schwingen peitschten durch die Luft, die Spitze eines Flügels streifte ihn und warf ihn ins Gras. Sofort rollte er sich herum und war wieder auf den Beinen, um dem nächsten Hieb zu begegnen. Er wehrte ein Flammenschwert ab und schlug nach den Schwingen eines anderen Engels. Sein Schwert drang in das dichte Federkleid, durchtrennte Fleisch, Muskeln und Sehnen, ehe ein Teil des Flügels herabfiel. Dunkler Rauch stieg in zischenden Wirbeln aus der Schnittfläche empor. Der Engel brüllte – ob vor Schmerz oder vor Zorn, vermochte Akashiel nicht zu sagen. Er war zurück an der Seite des Nephilim, bereit ihn weiter zu verteidigen, während sie ihren Rückzug Schritt für Schritt fortsetzten.

Seine Arme schmerzten vom ständigen Heben und Senken der Klinge und seine Lungen brannten vor Anstrengung. Engel verfügten über beeindruckende Kräfte – solange sie es mit Menschen zu tun hatten. Im Kampf gegen Ihresgleichen zehrten sie sich gegenseitig aus, bis einer zu schwach war und einen Fehler beging.

Akashiel hatte nicht vor, einen Fehler zu begehen.

Noch zehn Meter bis zum Waldrand.

Sie würden es schaffen.

Er duckte sich unter einem weiteren Angriff hinweg, wirbelte herum und schlug zu. Sein Angriff war überhastet und traf den Gegner nur mit der Breitseite seines Schwertes, trotzdem genügte das, um ihn zu Boden zu werfen. Akashiel setzte nach. Aus dem Augenwinkel bemerkte er eine Bewegung und fuhr herum, um einen weiteren Gegner abzuwehren, doch es war der Nephilim.

»Nicht!«, brüllte Japhael.

Aber es war zu spät.

Der Nephilim hatte sich aus der Deckung gelöst und rannte auf den Waldrand zu. Sofort zogen sich die Kriegsengel in die Luft zurück, außer Reichweite von Akashiels Schwert und Japhaels Speer.

Akashiel spurtete los.

Ein Flammenschwert streckte den Nephilim nieder. Die Klinge fuhr in seinen Rücken und schickte ihn, in einen Feuerball gehüllt, zu Boden. Die vier Engel hielten in der Luft inne, schwebten wenige Meter über dem Boden, die Schwingen ausgebreitet, und blickten mitleidslos auf ihr Opfer herab. Die Flammen, die ihre Schwerter umgaben, erstarben langsam.

»Trauert nicht um ihn«, sagte einer von ihnen an Akashiel und Japhael gewandt. »Er war ein wertloses Halbblut.«

Dann waren sie fort und alles, was noch an sie erinnerte, waren die verkohlten Überreste des Nephilim, die langsam zu Staub zerfielen und vom Wind aufgenommen und davongetragen wurden.

Japhael blickte auf den Ring aus verbrannter Erde. »Jammerlappen hin oder her, das hat er nicht verdient. Es ist schwer, sie in Sicherheit zu bringen, sobald sie sich verwandelt haben. Die meisten von ihnen ereilt dasselbe Schicksal wie diesen hier.« Der Speer verschwand aus seiner Hand, als er sich Akashiel zuwandte. »Hat deine Tote irgendwelche besonderen Fähigkeiten gezeigt?«

»Nicht, dass ich wüsste.«

»Dann ist sie für den Augenblick in Sicherheit. Sie werden ihr nichts tun, solange sie sich nicht mit eigenen Augen davon überzeugt haben, dass sie tatsächlich eine Nephilim ist.«

»Ich schätze, du hast mir einiges zu erklären, damit ich weiß, wovor ich sie beschützen muss.«

»Lass gut sein«, meinte der Oberste Schutzengel, »ich kümmere mich darum.«

Akashiel schüttelte den Kopf. »Ich habe diesen Auftrag bekommen, ich werde ihn auch zu Ende bringen.« Ganz sicher würde er Rachels Schicksal nicht in die Hände eines anderen legen. Nicht einmal in die seines Mentors und Freundes.

»Das ist kein Auftrag mehr, der nur dich allein angeht.« Japhael musterte ihn lange, als wolle er herausfinden, ob Akashiel damit fertig werden würde. Schließlich seufzte er. »Komm mit, dann erfährst du alles, was du wissen musst.«

24

Obwohl ich mich wie erschlagen fühlte und beim Zähneputzen glaubte, im Stehen einschlafen zu können, war ich hellwach, sobald mein Kopf das Kissen berührte. Ich lag im Dunkeln und starrte die Wand an, auf die der Mond die Schatten des Kirschbaumes zeichnete, der vor dem Fenster wuchs. Die Zweige schwangen leicht im Wind, ihr Schatten bewegte sich wie ein Tänzer, der sich zu einer Melodie wiegte, die ich nicht hören konnte.

Ich kannte den Anblick, schließlich war es nicht das erste Mal, dass ich bei Amber übernachtete. Im Gegensatz zu sonst, wenn es nach einem langen DVD-Abend zu spät geworden war oder ich etwas getrunken hatte und nicht mehr Auto fahren wollte, waren es heute jedoch andere Umstände. Meine Gedanken drehten sich noch immer um den Eindringling in meinem Haus. Jede Bewegung und jedes Geräusch ließ mich wie eine Fünfjährige aufschrecken, der ihr großer Bruder vor dem zu-Bett-Gehen Gruselgeschichten erzählt hatte.

Nur dass mein Horror real war.

Resigniert knipste ich die Nachttischlampe wieder an und drehte den Schirm so, dass das Licht einen möglichst großen Teil des Zimmers erfasste. Die Dunkelheit, die sich in die abgelegenen Winkel zurückzog, konnte ich ertragen. Solange sie sich nicht bewegte.

Ich rollte mich auf den Rücken, richtete meinen Blick an die Decke und wartete darauf, dass die Müdigkeit zurückkehrte, die mich vorhin fast übermannt hätte. Doch statt müde zu werden, gingen meine Gedanken auf Wanderschaft.

In der letzten Zeit waren so viele Dinge passiert, die schon für sich allein gesehen mehr als merkwürdig waren. Wie wahrscheinlich war es da, dass sich zu der Reihe dieser Merkwürdigkeiten jetzt auch noch ein Perverser hinzugesellte, der in mein Haus einbrach, weil er es auf meine Unterwäsche abgesehen hatte? Daran, dass er sich nur mit der Unterwäsche zufriedengegeben hatte, weil er aufgeflogen war, bevor er mich in die Finger bekam, wollte ich lieber nicht denken.

Ach verflucht, ich wusste ja nicht einmal, ob tatsächlich

etwas von meiner Wäsche fehlte. Das Ganze war doch nur eine Überlegung von Deputy Wilkins gewesen, an der überhaupt nichts dran sein musste. Trotzdem: Warum sollte jemand in mein Haus einbrechen und sich dann nicht für die Wertsachen interessieren?

Keine der Antworten, die mir darauf einfielen, war dazu geeignet, mich zu beruhigen. Wie ich es auch drehte und wendete, es deutete alles auf einen Perversen hin. Und neben den Maskierten fiel mir nur einer ein, der mich in der letzten Zeit belästigt hatte: Ash McCray.

Mir war klar, dass ich Deputy Wilkins von McCray erzählen sollte, damit er der Sache nachgehen konnte. Allerdings dürfte es der Polizei schwerfallen, einen Kerl hinter Gitter zu bringen, der sich von einem Ort zum anderen beamen konnte.

McCray betreffend, war die Polizei nicht der geeignete Ansprechpartner für mich. Wahrscheinlicher war es, dass ich im Internet oder in einem der Bücher über Hexerei etwas finden würde, um ihn festzusetzen. Eine Art Bannkreis vielleicht. Nicht, dass ich davon Ahnung gehabt hätte – von den Fantasyromanen einmal abgesehen, die ich gelesen hatte, in denen die Helden so etwas machten.

Mir fiel nur einer ein, der mit einem Kerl wie McCray fertigwerden konnte.

»Akashiel?«, rief ich in die Stille des Gästezimmers. »Kannst du mich hören?« Ich wartete auf seine Antwort und darauf, die Wärme zu spüren, die seine Anwesenheit stets begleitete, und war tief enttäuscht, als beides ausblieb. Ich fühlte mich, als hätte man mich in einem winzigen Boot mitten auf dem Ozean ausgesetzt. Ohne Ruder und ohne Segel, den Naturgewalten hilflos ausgeliefert. Diese Hilflosigkeit machte mich verrückt!

Wie besessen versuchte ich weiterhin Akashiel zu erreichen, doch jeder Versuch ging buchstäblich ins Leere. Schließlich schlief ich ein.

Als ich aufwachte, schien mir die Sonne ins Gesicht. Ich verfluchte mich dafür, die Vorhänge nicht zugezogen zu haben, dann hätte ich wenigstens noch ein oder zwei Stunden länger schlafen können. Ein Blick auf den Radiowecker verriet mir jedoch, dass ich das ohnehin getan hatte. Es war bereits nach Mittag.

Seufzend knipste ich die Nachttischlampe aus, stand auf und ging ins Bad. In Ermangelung frischer Klamotten zog ich nach dem Duschen die Sachen von gestern wieder an, an denen noch der Geruch des Grillfeuers haftete, und ging nach unten. Amber saß auf der Couch und blätterte in einer Zeitschrift, die sie zur Seite legte, sobald sie mich bemerkte.

»Hey«, begrüßte sie mich. »Wie geht's dir?«

Ich nickte nur, notierte mir einen Dollar mehr auf meinem imaginären »Geht es Rachel gut?«-Konto und murmelte etwas, das man vermutlich als »Ich bin in Ordnung« auslegen konnte. In Wahrheit war ich alles andere als in Ordnung, was jedoch nichts mit dem Eindringling in meinem Haus zu tun hatte, sondern damit, dass ich Akashiel nicht erreichen konnte. Auch wenn ein Schutzengel wohl kaum von einem Auto überfahren oder bei einem Haushaltsunfall verletzt werden konnte, machte ich mir Sorgen. Abgesehen davon wusste ich nicht recht, wie ich mich Amber gegenüber verhalten sollte. Was, wenn sie im Laufe der Nacht zu dem Schluss gekommen war, dass ich doch durchgedreht sein musste und all diese Dinge, von denen ich ihr erzählt hatte, sich niemals so zugetragen haben konnten? Was, wenn ihr eine fliegende Kakaopackung nicht als Beweis genügte?

»Das Büro des Sheriffs hat angerufen«, sagte sie. »Die Spurensicherung ist fertig und du kannst das Haus wieder betreten. Allerdings würde ich vorschlagen, dass wir zu dir fahren, du ein paar Sachen einpackst, dir Popcorn unter den Arm klemmst und dann wieder mit mir hierher kommst. Zumindest, bis du eine Alarmanlage hast.«

Erleichtert, dass sie mich noch eine Weile bei sich aufnehmen wollte, ging ich zu ihr und umarmte sie. »Danke, Amber.«

»Hör mal«, sagte sie dann. »Ich habe eine Liste mit allen Ereignissen gemacht. Die können wir uns nachher ansehen. Vielleicht finden wir ja irgendwo einen Zusammenhang, wenn wir lange genug darüber nachdenken.«

Sie hätte kaum etwas sagen können, das mich mehr erleichtert hätte. Bevor ich jedoch etwas erwidern konnte, meinte sie: »Aber jetzt lass uns erst mal was essen.«

Ich wollte ihr sagen, dass ich keinen Hunger hatte. Ich war ungeduldig und konnte den Gedanken nicht ertragen, länger tatenlos herumzusitzen, und wenn mir ihre Liste ... Aber verflucht, noch während ich zu einer Antwort ansetzte, merkte ich, wie hungrig ich tatsächlich war. Die Liste konnte auch noch ein paar Minuten warten. Mein Widerspruch wäre ohnehin zu spät gekommen, denn Amber war bereits auf dem Weg in die Küche. Kurz darauf kehrte sie mit einem Tablett zurück, auf dem eine Flasche Cola, zwei Gläser und ein Teller mit Sandwiches standen.

»Ich habe schon ein wenig vorgearbeitet«, sagte sie mit Blick auf die Sandwiches.

Während des Essens sprachen wir nicht viel, doch sobald wir fertig waren, schoben wir das Tablett und die Gläser zur Seite und richteten unsere Aufmerksamkeit auf Ambers Liste. Es war erstaunlich, denn obwohl es gestern spät gewesen war und ich meine Geschichte vermutlich ziemlich durcheinander und viel zu schnell erzählt hatte, war ihr kein Detail entgangen. Es stand alles auf dem Papier. Unglücklicherweise erschlossen sich mir auch auf diesem Wege keine Zusammenhänge.

Auf einem anderen Blatt notierten wir uns Fragen, spannen Gedanken und ersannen Theorien, doch sosehr wir uns auch den Kopf zerbrachen, es schien immer etwas zu fehlen – jener eine Punkt, der die Verbindung zwischen all den anderen Ereignissen sein konnte. Mit ein wenig Fantasie ließ sich zwischen den Maskierten, dem Mord an Popcorn und dem Eindringling in meinem Haus durchaus ein Zusammenhang erkennen. Zumindest verfolgte Amber die Überlegung, dass es womöglich jemand auf mich abgesehen hatte, um meinen Vater zu erpressen.

»Wie soll Popcorn in dieses Bild passen?«

Amber zuckte die Schultern. »Vielleicht hat er sie überrascht, als sie ins Haus einbrechen wollten.« Sie trank einen Schluck Cola, dann seufzte sie. »Das hört sich jetzt an, als wäre er ein Zeuge, dessen Aussage sie hätte überführen können. Aber so meine ich das gar nicht.«

»Du meinst, sein Auftauchen hat sie so überrascht, dass sie ihn in einer Kurzschlusshandlung …«

»Exakt!«

Ich schüttelte den Kopf. »Wenn ich ein Tier aus dem Affekt heraus töte, würde ich vermutlich danach treten oder ihm den Schädel einschlagen. Etwas, das schnell geht – bevor ich dazu komme, darüber nachzudenken.« Was Popcorn passiert war, schien mir eher geplant gewesen zu sein und es passte ebenso wenig ins Bild wie Ash McCray. Wenn er zu den Maskierten gehörte, hatte er keinen Grund, vor meiner Tür aufzutauchen, um mit mir zu sprechen. Es sei denn, er wäre mit dem Vorgehen seiner Komplizen nicht länger einverstanden gewesen und hätte mich vor ihnen warnen wollen.

»Hast du nicht gesagt, dass er wissen wollte, ob sich etwas

verändert hat?«, wandte Amber ein. »Das klingt nicht gerade nach einer Warnung.«

Nachdenklich starrte ich auf die einzelnen Stichpunkte und hoffte darauf, dass es Klick machen und alle Puzzleteile an ihren Platz fallen und ein stimmiges Bild ergeben würden, doch abgesehen davon, dass Ambers geschwungene Schrift vor meinen Augen zu verschwimmen begann, geschah nichts.

Schließlich gaben wir auf und beschlossen, es später noch einmal zu versuchen. Vielleicht kämen uns mit ein wenig Abstand noch andere Ideen.

In der Hoffnung, mehr über den Kern seiner Nachforschungen zu erfahren, und neugierig, ob diese uns womöglich helfen konnten, das fehlende Bindeglied für unsere Liste zu finden, rief ich Kyle an. Unglücklicherweise meldete sich nur der Anrufbeantworter. Ich hinterließ ihm eine Nachricht, dass alles in Ordnung sei und ich ihm seinen Pullover in den nächsten Tagen zurückbringen würde. Außerdem erkundigte ich mich nach seinen Nachforschungen und gab ihm meine Handynummer durch, damit er mich jederzeit erreichen konnte, falls es etwas Neues gab.

Gerade, als wir das Haus verlassen wollten, um zu mir zu fahren, klingelte das Telefon. Mein Herz machte einen aufgeregten Satz. Womöglich hatte Kyle etwas herausgefunden! Als Amber den Anruf annahm, wurde mir schnell klar, dass es nicht Kyle war – er hatte ihre Nummer ja gar nicht –, sondern Nate. Sie musste nicht einmal seinen Namen sagen, ich erkannte schon an ihrem Strahlen, dass nur er es sein konnte. Damit die beiden in Ruhe ihr Liebesgesäusel austauschen konnten, ging ich nach draußen und zog die Tür hinter mir zu.

Ich wartete auf der Veranda und ließ mir die Sonne ins Gesicht scheinen. Die Wärme linderte das Gefühl der Surrealität ein wenig, das sich seit gestern Nacht in mir festgesetzt hatte. Einmal mehr streckte ich meinen Geist nach Akashiel aus und tastete wieder ins Nichts. Als habe sich die Erde aufgetan und ihn verschlungen. Die Leere, die ich verspürte, tat beinahe körperlich weh, so sehr sehnte ich mich danach, seine Stimme zu hören.

Ehe ich einen weiteren Versuch unternehmen konnte, zu ihm durchzudringen, kam Amber aus dem Haus. »Das war Nate«, sagte sie und sperrte die Haustür ab. »Er hat mich zum Essen eingeladen. Ich wollte dich aber nicht allein lassen, deshalb –«

»Meinetwegen musst du nicht absagen. Ich bin froh, dass du mich aufgenommen hast, aber du brauchst wirklich keine Rücksicht auf mich nehmen.« Mit einem Grinsen fügte ich hinzu: »Wenn du weg bist, könnte ich diesen Badezusatz ausprobieren, den du dir extra aus New York schicken lässt.«

Das Zeug war sündhaft teuer, doch aus irgendwelchen Gründen war Amber so verrückt danach, dass sie weder Kosten noch Mühen scheute, sich den Kram zu besorgen.

»Auf keinen Fall!« Sie ließ den Schlüssel in ihrer Handtasche verschwinden und drehte sich zu mir herum. »Um sicherzustellen, dass du keinen Blödsinn machst, wenn ich nicht da bin, wirst du mich begleiten.«

»Zu eurem Date?«

Wir gingen den Weg entlang, zu Ambers Mustang, der vor der Garage parkte.

»Es ist kein richtiges Date. Lea wird auch dabei sein, außerdem ein Arbeitskollege der beiden. Nate meinte sogar, du könntest ebenfalls jemanden mitbringen, wenn du willst.«

Ich dachte an Akashiel und daran, dass ich mit ihm niemals irgendwohin gehen würde. Das machte mich traurig. Himmel, was zerbrach ich mir den Kopf über eine Begleitung? Ich wusste ja noch nicht mal, ob ich überhaupt zu diesem Essen gehen wollte. Andererseits: Was sollte mich davon abhalten? Ein Einbrecher, der mir womöglich in meinem Haus aufgelauert hätte, wenn Kyle ihn nicht bemerkt und die Polizei gerufen hätte? Davon durfte ich mich nicht einschüchtern lassen, sonst würde ich mich bald nicht mehr trauen, überhaupt noch einen Fuß vor die Tür zu setzen. Abgesehen davon war es ja nicht so, dass ich vorhatte, den Abend allein auf der Straße zu verbringen. Ich war in Gesellschaft, und wenn es etwas gab, das einem ein Gefühl von Sicherheit vermitteln sollte, dann doch wohl die Gegenwart mehrerer Menschen. Ich würde Amber also begleiten.

»Was ist mit Kyle?«, hakte sie nach, als ich mich noch immer nicht über eine Begleitung geäußert hatte.

Nach dem gescheiterten Kuss letzte Nacht wollte ich ihm keine falschen Hoffnungen machen, indem ich ihn zu etwas einlud, das durchaus als Date missverstanden werden konnte. Großartig! Statt mich mit einem wunderbaren Mann zu verabreden, der aus seinem Interesse für mich keinen Hehl machte, dachte ich an ein unsichtbares weißes Kaninchen, das ich niemals zu Gesicht bekommen würde.

Als wir an einer roten Ampel hielten, warf mir Amber einen langen Blick zu. Es dauerte einen Moment, bis ich begriff, dass ich ihr noch nicht geantwortet hatte.

»Ich glaube, das ist keine gute Idee.« Ich erzählte ihr von dem Kuss und davon, bei wem meine Gedanken in Wirklichkeit waren.

Amber setzte den Blinker und bog in meine Straße ein. »Du bist in deinen Schutzengel verliebt!«

25

Nachdem ich genügend Klamotten für die nächsten Tage zusammengepackt hatte, brachte ich einen Katzenfuttervorrat, das Katzenklo und ein paar Näpfe zum Wagen und machte mich auf die Suche nach Popcorn. Der Kater saß auf der Terrasse und ließ sich die Sonne auf den Pelz scheinen. Als er mich kommen hörte, war er sofort auf den Beinen und wich nach hinten zurück. Zu sterben, hatte ihn schreckhaft werden lassen.

»Hey, ich bin es nur«, beruhigte ich ihn.

Musst du dich so anschleichen?

Mir stand nicht der Sinn nach einer Diskussion. »Ich werde für eine Weile nicht hier wohnen«, sagte ich. »Und du kommst mit. Wir fahren zu Amber.«

Wegen der Leute, die durch das Haus gelaufen sind?

Da kam mir ein Gedanke. Was, wenn er den Eindringling gesehen hatte? Vielleicht konnte er ihn sogar beschreiben! »Letzte Nacht war jemand im Haus. In meinem Schlafzimmer. Du hast nicht zufällig …?«

Jemanden gesehen? Er reckte sich und gähnte ausgiebig. *Nein, aber ich habe gespürt, dass jemand oben war.*

»Und nach allem, was geschehen ist, wolltest du nicht abwarten, bis derjenige nach unten kam.« Wenn mir jemand ein paar Tage zuvor den Bauch aufgeschlitzt hätte, wäre ich auch nicht scharf darauf, mir einen Einbrecher aus der Nähe anzusehen.

Popcorn strich mir um die Beine und rieb seinen Kopf an meiner Schuhspitze. *Es ist niemand nach unten gekommen. Die Fledermaus hat ihn vertrieben.*

»Akashiel?«

Mhm.

Er war hier gewesen und hatte den Eindringling verjagt.

Mir wäre nichts passiert, auch wenn Kyle nicht zurückgekommen wäre, denn ich hatte einen Schutzengel, der auf mich achtgab. Nur, dass ich diesen Schutzengel seit letzter Nacht nicht mehr erreichen konnte. Was, wenn ihm doch etwas zugestoßen war?

»Gab es einen Kampf? Wurde Akashiel verletzt?«

Der andere war fort, bevor die Fledermaus ihn erwischen konnte.

Da Popcorn sonst nichts mehr zu berichten hatte, trug ich ihn zu Ambers Wagen. Beim Anblick der Transportbox, mit der ich ihn sonst zum Tierarzt brachte, fauchte er und versuchte sich aus meinem Griff zu befreien. »Halt still«, schimpfte ich. »Das ist nur, damit dir im Wagen nichts passiert. Sobald wir bei Amber sind, darfst du wieder raus.«

Versprochen?

»Versprochen.«

Was ist mit einer Entschädigung?

»Du willst schon wieder Sahne?« Ich hob ihn hoch, um ihm warnend in die grünen Katzenaugen zu sehen. »Du wirst noch kugelrund enden, ist dir das klar?«

Kugelrund, aber glücklich.

»Spricht er gerade mit dir?« Amber kam zu mir und betrachtete Popcorn eingehend. »Ich höre nur Miauen. Was hat er gesagt?«

»In erster Linie versucht er, mir mal wieder Sahne abzuschwatzen.«

Schließlich ließ er sich doch in die Transportbox setzen und beklagte sich kein einziges Mal, bis wir ihn in Ambers Haus wieder freiließen. Statt sich länger mit uns aufzuhalten, begab er sich sofort auf Erkundungstour.

Amber stellte das Katzenklo im Bad auf und räumte das Futter in die Vorratskammer, während ich meine Sachen nach oben brachte, um sie im Schrank zu verstauen. Ich war gern bei Amber und heilfroh, dass sie mir Asyl gewährte, trotzdem hätte ich es vorgezogen, in meinem eigenen Haus sein zu können und meine Zeit bei Amber auf gemeinsame Nachmittage und Abende zu beschränken. Gleich morgen würde ich mich im Internet über Alarmanlagen informieren und mir eine Firma suchen, die mir ein funktionierendes System installierte. Mit ein bisschen Glück war bis Ende der Woche alles eingebaut und ich konnte nach Hause zurück – auch wenn es vermutlich trotzdem noch eine ganze Weile länger dauern würde, bis ich mich dort wieder sicher fühlen würde.

Bis ich alles ausgepackt hatte, war es an der Zeit, mich für das Essen bei Nate fertig zu machen. Ich entschied mich für ein Paar schwarze Jeans und ein rotes Trägertop, legte ein dezentes Make-up auf und steckte mir die Haare hoch. Um kurz vor fünf stieg ich zu Amber in den Wagen. Nate und Lea wohnten am östlichen Rand von Ruby Falls, von uns aus gesehen am anderen Ende der Stadt. Da sonntags jedoch nie viel Verkehr herrschte, brauchten wir gerade einmal zehn Minuten.

Das Haus der beiden war in den Hang eines Hügels gebaut, der sich auf dieser Seite am Ortsrand entlangzog. Amber parkte den Wagen am Straßenrand, dann stiegen wir die zehn ausgetretenen Steinstufen hinauf, die durch den steil abfallenden Vorgarten zum Haus führten. Je nachdem, aus welchem Winkel man es betrachtete, wirkte das Haus entweder in die Länge gezogen oder gedrungen. So wie es in den Hügel gebettet war, sah es aus, als würde es sich jeder Veränderung der Umgebung anpassen. Beinahe wie ein lebendiges Wesen.

Am oberen Ende der Treppen blieb ich stehen und sah mich um, nicht wissend, was ich faszinierender fand: das Haus, das sich so natürlich an den Hang schmiegte, oder die steile Garagenauffahrt, bei deren Anblick ich mich unwillkürlich fragte, ob eine angezogene Handbremse wirklich ausreichte, um zu verhindern, dass ein Wagen einfach rückwärts hinunterrollte.

Mein Blick wanderte über den kurzen Vorgarten und richtete sich dann in die Ferne. Mein eigenes Zuhause mochte nahe am Meer sein und eine wunderbare Aussicht auf den Sound bieten, von hier aus jedoch hatte man einen Überblick über die Dächer von Ruby Falls bis zum Meer. Wenn ich die Augen zusammenkniff, konnte ich im Stadtzentrum sogar den *Bücherwurm* sehen. Dahinter, umgeben von Reihen viktorianischer Häuser, deren helle Holzfassaden im Licht der Abendsonne rötlich schimmerten, lagen in sattem Grün der Park und der Friedhof. Der Himmel war klar und die Sicht war gut, sodass ich weit auf den Puget Sound hinausblicken konnte. Die Wellen kräuselten sich in der leichten Brise und spiegelten die warmen Rot- und Goldtöne der Sonne wider, die sich über das Blau des Wassers legten.

»Hübsch, was?«

Unbemerkt war Lea zu mir getreten und blickte nun mit mir aufs Meer hinaus.

»Es ist atemberaubend«, stimmte ich zu.

»Die Aussicht war der Grund, warum ich das Haus unbedingt haben wollte«, sagte sie, ohne den Blick vom Meer zu nehmen. »Der größte Teil des Gartens ist wegen des Hangs nicht wirklich zu gebrauchen, aber es reicht, um ein paar Stühle auf die Veranda zu stellen und aufs Meer hinauszuschauen.« Mit einem Lächeln wandte sie sich mir zu. In ihren grünen Augen lag ein goldener Schimmer, als hätte die Sonne auch dort ihr Farbenspiel hinterlassen. »Schön, dass du gekommen bist.«

»Danke für die Einladung.«

Leas Lächeln wurde breiter. »Du bist uns immer willkommen, Rachel. Weißt du, Nate und ich fangen erst an, uns hier einzuleben. Sicher, Seattle ist nicht aus der Welt, aber mit jeder Meile, die man sich weiter entfernt, wächst auch eine Art geistige Distanz. Besuche werden weniger, irgendwann werden auch die Anrufe seltener, und auch wenn man sich tausendmal geschworen hat, in Verbindung zu bleiben, funktioniert das in den wenigsten Fällen tatsächlich. Da ist es gut, wenn man neue Freundschaften schließt, dann trifft einen die Einsamkeit nicht so hart.«

Auch wenn nicht all meine Freundschaften aus der Zeit in Seattle im Sande verlaufen waren, lag Lea sicher nicht verkehrt. Telefonate waren in der Tat seltener geworden, meistens beschränkten wir uns auf kurze E-Mails, und zu Gesicht bekam ich meine Freunde von früher nur noch zu Geburtstagsfeiern oder auf Hochzeiten.

Ich mochte Leas offene Art. Nicht jeder hätte einer nahezu Fremden gegenüber zugegeben, dass ein Umzug in den meisten Fällen auch einen schleichenden Prozess der Einsamkeit mit sich brachte.

»Lasst uns nach drinnen gehen.« Lea lief den Hang so leichtfüßig hinauf, dass ich mich fragte, ob man das tatsächlich noch als Gehen bezeichnen konnte oder ob es bereits unter Schweben fiel. Sie wirkte immer so anmutig und zerbrechlich auf mich, obwohl ich den Verdacht hatte, dass sie verdammt zäh sein konnte, wenn es nötig war.

Amber wartete an der Tür auf uns. »Ist Nate nicht da?«

Lea schüttelte den Kopf. »Er müsste aber jeden Moment kommen. Ich habe ihn noch mal losgeschickt, um Brot und Wein zu besorgen.«

Wir betraten einen kleinen, rechteckigen Vorraum. Lea nahm uns die Handtaschen ab und hängte sie an die Garderobe. Als wir ins Wohnzimmer kamen, war ich überrascht.

So herzlich, wie ich Lea bisher kennengelernt hatte, hatte ich ein gemütlich eingerichtetes Nest erwartet, stattdessen war der Raum nur spärlich möbliert und ohne jeden persönlichen Akzent.

Lea deutete auf die linke der beiden Türen am hinteren Ende des Raumes. »Dort ist die Küche und da«, sie deutete auf die rechte Tür, »geht es zum Bad.« Dann wandte sie sich wieder uns zu und breitete die Arme aus. »Und hier, wie unschwer zu erkennen, ist unser Wohn- und Esszimmer.«

Den größten Teil des Wohnbereiches nahmen ein riesiges Ecksofa und zwei Sessel ein, die mit einem verblichenen Blümchenstoff bezogen waren. Davor stand ein Couchtisch aus schartigem Holz. Die Einbauregale an den Wänden waren bis auf ein paar Bücher und einen künstlichen Efeu, auf dem sich der Staub abgesetzt hatte, nahezu leer. Ich konnte keinen Fernseher und auch keine Stereoanlage entdecken. In der Essecke, die die linke Seite des quadratischen Raumes einnahm, dominierte ein rechteckiger Tisch, um den herum sechs Stühle gruppiert waren. An der Wand stand eine Anrichte, deren Ablagefläche so leer war wie der Rest des Raumes. Es gab keine Bilder oder Blumen, der einzige Wandschmuck war ein mit kunstvollen Schnitzereien verziertes Holzkreuz über der Anrichte. So spartanisch, wie alles eingerichtet war, erstaunte es mich kaum noch, dass anstelle von hübsch drapierten Stoffgardinen lediglich beige Lamellenvorhänge vor den Fenstern hingen, die besser in ein Büro gepasst hätten als in einen Wohnraum. Alles in allem erinnerte mich das Haus mehr an ein zweckmäßig eingerichtetes Ferienhaus als an ein bewohntes Heim.

»Es ist grausam.« Lea war mein Blick nicht entgangen. »Die meisten unserer Sachen stehen noch in Kisten verpackt bei unserer Tante. Wir wollten erst renovieren, bevor wir alles holen. Allerdings müssen wir noch bis nächsten

Monat warten, wenn die Bonuszahlung fällig ist, bevor wir loslegen können. Aber das Erste, was ich rauswerfen werde, sobald wir wieder flüssig sind, ist dieses grauenvolle Ungetüm von einem Sofa. Wenn ich dieses Blümchenmonster sehe, muss ich immer an die Blütenschalen denken, die oft in den Waschräumen von Restaurants oder Kinos stehen.«

Der Vergleich war nicht von der Hand zu weisen. »Vielleicht könntet ihr statt der Sessel ein paar Kabinen …«

Lea und Amber prusteten los, noch bevor ich meinen Satz vollendet hatte. Ich konnte nicht anders als in ihr Gelächter einzustimmen, als plötzlich ein hochgewachsener Mann auf der Schwelle zum Wohnzimmer erschien. Die beiden anderen standen mit dem Rücken zu ihm, sodass ich die Erste war, die ihn sah. Sein Anblick löste etwas in mir aus, das mich schlagartig verstummen ließ. Ich wollte ihn begrüßen, doch ich brachte keinen Ton hervor, konnte ihn nur anstarren.

Ich schätzte ihn auf Anfang vierzig, er war groß und durchtrainiert. Sein Haar war von einem Blond, dass es beinahe schon golden aussah, die Züge ebenmäßig und voller Stolz, die Augen so blau wie das Meer an einem stürmischen Tag. Alles an ihm, von der aufrechten Haltung bis hin zu dem Winkel, in dem er den Kopf hielt, strahlte eine Selbstsicherheit aus, wie man sie nur selten zu sehen bekam. Er trug ausgeblichene Jeans und ein graues Poloshirt, doch er hätte ebenso gut einen Smoking anhaben können, so elegant wirkte selbst diese lässige Freizeitkleidung an ihm. Das war zweifelsohne einer der attraktivsten Männer, die ich je gesehen hatte. Doch das war nicht der Grund, warum mir die Begrüßung im Hals stecken blieb. Es war nicht sein Aussehen, das mich schweigen ließ, sondern das Gefühl, diesem Mann schon einmal begegnet zu sein. Gleichzeitig wusste ich, dass ich ihn noch nie zuvor gesehen hatte. An einen Mann wie diesen hätte ich mich erinnert.

»Hi, Lea. Die Tür war offen, da dachte ich, ich lasse mich einfach selbst herein.« Seine sonore Stimme brach den Bann, der mich hatte erstarren lassen, und lenkte die Aufmerksamkeit der anderen auf ihn. »Ich bin Mike«, sagte er und hielt Amber, die ihm am nächsten stand, die Hand hin.

Ich erwartete, Erstaunen in ihren Zügen zu sehen oder zumindest einem Ausdruck, der meiner Reaktion auf das Erscheinen dieses Mannes gleichkam, doch Amber zögerte nicht einmal, als sie seine Hand ergriff. »Amber. Freut mich, Sie kennenzulernen.«

»Die Freude ist ganz auf meiner Seite.« Mike wandte sich mir zu, um mir ebenfalls die Hand zu reichen. Sein Blick blieb länger an mir hängen, als es sich gehörte, doch statt mich unwohl zu fühlen, spürte ich etwas Vertrautes in der Art, wie er mich ansah. Verflucht, war ich ihm wirklich noch nie begegnet? Als ich seine Hand ergriff, durchfuhr mich ein Schlag. Nichts Schmerzhaftes, sondern eher ein warmes Prickeln. Ein Gefühl der Geborgenheit durchströmte mich, wie ich es nach dem Tod meiner Mutter nicht mehr verspürt hatte, und trieb mir die Tränen in die Augen. Ich blinzelte sie rasch fort und brachte es fertig, meinen Namen zu sagen.

»Sind wir uns schon einmal begegnet?«

Ich weiß nicht, was mich mehr überraschte, dieselbe Frage aus seinem Mund zu hören, die ich mir insgeheim gestellt hatte, oder der lange, eindringliche Blick, mit dem er mich musterte. Es schien eine Ewigkeit zu vergehen, bis ich es schaffte, den Kopf zu schütteln. »Nicht, dass ich wüsste.«

Ehe er noch etwas sagen konnte, kam Nate zur Tür herein, eine braune Papiertüte aus dem Supermarkt unter dem Arm. »Ihr seid ja schon alle da! Wie schön! Ich hoffe, ihr habt auch Hunger, denn nachdem ich nun die Zutaten ergattert habe, die unsere Einkaufsfee hier«, er deutete mit dem Kopf in Leas Richtung, »vergessen hat, sind wir auch schon so gut wie fertig.«

Er ging an Mike vorbei und verschwand in die Küche, um kurz darauf ohne Tüte zu uns zurückzukehren und Amber mit einem Kuss zu begrüßen. »Wie ich sehe, habt ihr Mike bereits kennengelernt.«

»Ich habe sie einander gerade vorgestellt«, erklärte Lea.

»Woher kennen Sie Lea und Nate?« Amber hatte schon immer ein Gespür für Fragen gehabt, deren Antworten auch mich brennend interessierten.

»Wir arbeiten zusammen.« Lea warf einen kurzen Blick in seine Richtung, dann fügte sie hinzu. »Mike ist unser Boss.«

Ich hatte angenommen, er wäre Leas Date oder zumindest ein guter Freund.

»Wisst ihr was, warum setzt ihr euch nicht einfach schon mal«, schlug Lea vor. »Ich muss nur noch den Salat machen, dann kann es auch schon losgehen.«

»Soll ich dir helfen?«

Sie winkte ab. »Nicht nötig, Rachel, das schaffe ich schon.«

Nate fragte, was wir trinken wollten, und versorgte Amber und mich mit Rotwein, während er und Mike sich an Bier hielten. Kaum waren die Getränke aufgetischt, zog Nate zwei Zigarren aus einer Schublade. »Kommt ihr mit nach draußen?«, fragte er Amber und mich. »Lea bringt mich um, wenn wir die Dinger im Haus anstecken.«

Wir wechselten einen raschen Blick und schüttelten dann gleichzeitig die Köpfe.

»Ich hasse den Gestank«, sagte Amber, kaum dass die Männer auf die Veranda verschwunden waren. »Lass uns sehen, ob Lea nicht vielleicht doch eine helfende Hand brauchen kann.«

Obwohl sie sich wehrte, zwangen wir Lea, uns zu verraten, wo das Geschirr stand, und deckten den Tisch, während sie in Töpfen und Pfannen rührte. Aus der Küche drang der Geruch von Braten so verführerisch in meine Nase, dass mir der Magen zu knurren begann. Ein Geräusch, das Amber mit einem breiten Grinsen quittierte. »Ich hoffe, du weißt es zu schätzen, dass ich dich überredet habe, mitzukommen«, meinte sie. »Bei mir hättest du nur Sandwiches bekommen. Bestenfalls Käsemakkaroni.«

Da wir mit dem Tisch nicht lange brauchten, halfen wir Lea auch noch beim Salatschneiden und retteten das Knoblauchbrot aus dem Ofen, ehe es Rauchzeichen geben konnte. Nach zwanzig Minuten war alles fertig. Die Männer hatten ihre Zigarren geraucht, das Essen war aufgetragen und wir saßen gemeinsam am Tisch und überließen es Nate, den Lammbraten zu zerlegen und auf die Teller zu verteilen.

Was dann kam, überraschte mich. Sobald die Teller gefüllt waren, senkten Lea, Nate und Mike den Blick und sprachen ein Tischgebet. Ein wenig unangenehm berührt, senkte ich den Kopf und schielte zu Amber. Ihrem Blick nach zu urteilen, hatte das Gebet sie ebenfalls überrascht. Vermutlich war Mike gläubig und Nate und Lea beteten aus Rücksichtnahme auf ihn. Mein Blick fiel auf das Kreuz an der Wand. Nein, Mike war nicht der einzige Gläubige hier.

Nach dreißig Sekunden war der Spuk vorbei und wir wandten uns unseren Tellern zu.

Das Essen war wirklich lecker. Nate und Lea hielten die Unterhaltung in Gang und sparten nicht mit Anekdoten aus ihrem Arbeitsalltag; allerdings erwähnten sie Mike dabei nur am Rande. Lea erzählte von Seattle und davon, dass sie ihre Freizeit am liebsten mit Squash oder in der Tanzschule verbracht hatte, wo sie an den Wochenenden ausgeholfen hatte. Von Zeit zu Zeit gaben auch Amber und ich ein paar Ereignisse aus dem *Bücherwurm* zum Besten. Die meisten hatten mit Pat zu tun, denn wann immer sich irgendwo eine Katastrophe anbahnte, hatte er in der Regel seine Finger im Spiel.

Wir aßen und lachten viel und es machte Spaß, so ungezwungen zusammenzusitzen, alte und neue Geschichten auszutauschen und sich darüber zu amüsieren. Mike war der Einzige, der nicht viel zu den Gesprächen beitrug. Wann immer ich jedoch aufsah, bemerkte ich, dass sein Blick auf mir ruhte. Nachdem mir das zum ersten Mal aufgefallen war, glaubte ich sogar, seine Augen auf mir zu spüren, wenn ich nicht zu ihm hinsah. Seine Aufmerksamkeit wurde mir zunehmend unangenehmer, sodass ich meinen eigenen Blick mehr und mehr auf meinen Teller und die anderen Anwesenden beschränkte, es aber vermied, ihn direkt anzusehen. Es war nicht sein Äußeres, das mich einschüchterte, sondern etwas, das unterschwellig in seinem Verhalten mitschwang, ohne dass ich den Finger darauf hätte legen können, was es war.

Als sich unsere Blicke erneut kreuzten, flüchtete ich mich in ein freundliches Lächeln und wollte mich schon abwenden, als Mike fragte: »Wie sagten Sie, war noch einmal Ihr Nachname, Rachel?«

»Underwood.«

Er hielt mit der Gabel über seinem Brokkoli inne und musterte mich nachdenklich, wobei mich einmal mehr das Gefühl überkam, dass dieser Mann unmöglich ein Fremder sein konnte. Da war etwas in seinen Augen …

Mikes Verhalten verunsicherte mich zunehmend. Wenn

er nicht schleunigst aufhörte, mich so anzustarren, würde ich anfangen auf meinem Stuhl hin und her zu rutschen.

Ich zwang mich, seinen Blick offen zu erwidern. »Stimmt etwas nicht?« Mir stand nicht der Sinn danach, mich mit ihm zu unterhalten – nicht mehr –, trotzdem entschied ich, dass in diesem Fall vielleicht Angriff die beste Verteidigung war.

»Ihre Mutter war nicht zufällig eine geborene Farnsworth?«

Ich ließ die Gabel sinken. »Woher wissen Sie das?«

Statt einer Antwort murmelte er nur: »Dachte ich es mir doch.«

Ab diesem Moment wurde er mir wirklich unheimlich. Hatte er mich zuvor lediglich angestarrt, lag jetzt eine Mischung aus Überraschung, Freude und etwas, das ich im ersten Moment für Abscheu hielt, was mir jedoch nicht so recht zu den anderen Gefühlsregungen zu passen schien, in seinen Zügen.

»Mike?« Mir war bewusst, dass uns mittlerweile die Aufmerksamkeit der anderen gehörte, doch das interessierte mich nicht. Ich wollte – nein: *musste* – wissen, woher er den Namen meiner Mutter kannte.

Als hätte ihn meine Stimme in die Wirklichkeit zurückgeholt, rettete er sich in ein Lächeln. »Entschuldigen Sie, ich war einen Moment … abwesend.« Er tupfte sich mit der Serviette die Mundwinkel ab und trank einen Schluck von seinem Bier. »Sie fragen sich sicher, woher ich das weiß«, sagte er, sobald er das Glas wieder abgestellt hatte.

Worauf du wetten kannst!

»Ich bin ein alter Bekannter Ihrer Eltern«, erklärte er und fügte rasch hinzu: »Wir haben uns während des Studiums kennengelernt. Danach ist der Kontakt leider im Sande verlaufen.« In seinen Augen lag ein eigenartiger Glanz, jene

Patina, die einem manchmal den Blick verschleiert, wenn wir in Gedanken weit in der Vergangenheit weilen. »Wie geht es Sarah?«

Es war lange her, dass jemand den Vornamen meiner Mutter ausgesprochen hatte, und noch länger, dass ich jemandem begegnet war, der nicht zu wissen schien, dass sie nicht mehr am Leben war. Wie jedes Mal, wenn das Gespräch auf meine Mutter kam, fühlte ich eine Mischung aus Freude darüber, die Gelegenheit zu bekommen, über sie zu sprechen – mit Dad war das nie möglich gewesen –, und der alten Trauer, die jedes Mal aufflammte, wenn ich an sie dachte.

»Mom lebt nicht mehr«, sagte ich.

Mikes Kopf ruckte hoch. »Wie …?«

»Ein Verkehrsunfall.« In knappen Worten schilderte ich, was damals passiert war.

Als ich geendet hatte, griff Mike nach seinem Bierglas, ohne jedoch davon zu trinken. Seine Finger umklammerten es so fest, dass ich schon glaubte, es würde jeden Moment unter dem Druck zerspringen. »So lange schon«, sagte er leise. »Das wusste ich nicht.« Mit einem Seitenblick zu Lea und Nate schob er das Glas von sich, nahm sein Besteck wieder auf und setzte die Mahlzeit fort.

Nach seinen letzten Worten hatte sich Stille über den Raum gebreitet, jene beklemmende Stille, mit der ich es jedes Mal zu tun bekam, wenn ich über Moms Tod sprach, und die es mir so schwer machte, unbekümmert über sie zu sprechen.

»Ach«, durchbrach Amber das Schweigen, wofür ich ihr unendlich dankbar war – eine Dankbarkeit, die unter ihren nächsten Worten zerbröckelte wie ein trockener Muffin in Kinderhänden, »wisst ihr schon, dass bei Rachel gestern eingebrochen wurde?«

Gab es keine anderen Themen als meine tote Mutter oder einen möglicherweise perversen Einbrecher? Etwas Nettes, Lustiges, worüber sich alle Anwesenden amüsieren konnten, statt mir noch mehr mitleidige Blicke zuzuwerfen, als sie es ohnehin schon taten.

»Während wir auf dem Grillfest waren?«, nahm Lea den Ball auf.

Ich schüttelte den Kopf. »Er war noch da, als ich nach Hause kam. Wenn Kyle ihn nicht bemerkt hätte …« Mir blieb keine andere Wahl, als die ganze Geschichte zu erzählen. Ich war noch nicht weit gekommen, da entschuldigte Mike sich mit einem verkrampften Lächeln, um zur Toilette zu gehen. Er sah aus, als sei ihm das Essen nicht bekommen. Womöglich waren es auch die Nachrichten, die wie ein verdorbener Eintopf auf sein Gemüt gewirkt hatten.

Kurz bevor ich mit meinem Bericht, den ich so knapp wie möglich hielt und in dem nicht ein einziges Mal die Worte »fliegende Kakaopackung« vorkamen, zum Ende kam, gesellte sich Mike wieder zu uns. Die Blässe war aus seinem Gesicht gewichen und das Lächeln, mit dem er mir gegenüber Platz nahm, wirkte nicht länger gequält.

»Hast du den Täter am Fenster erkannt?«, wollte Nate wissen.

»Nicht mehr als einen Schatten.«

»Und die Cops haben ihn verjagt?«, hakte Lea nach.

Wohl eher Akashiel. »Vermutlich.«

»Gibt es Spuren?«

So ging es eine Weile hin und her, bis der Wissensdurst der beiden gestillt war und wir uns wieder angenehmeren Themen zuwenden konnten. Nach dem Essen bestand Lea darauf, dass wir es uns auf der Couch gemütlich machten, während sie abräumte.

»Ich habe eine bessere Idee«, meinte Nate. »In zwei Stunden geht die Sonne unter. Setzen wir uns nach draußen, solange es noch warm ist.« Er zog Amber an sich. »Du wirst den Anblick des Sonnenuntergangs lieben.«

»Ich habe schon einmal einen gesehen.«

»Aber nicht von hier oben.« Jetzt wandte er sich an uns alle. »Es ist großartig!«

Draußen war es tatsächlich noch angenehm warm. Die Sonne spiegelte sich auf dem Dach von Nates silbernem Minivan, der vor der Garage parkte, und zwang mich, die Augen zusammenzukneifen. Nate holte vier Stühle hinter dem Haus hervor, stellte sie auf die Veranda und verschwand noch einmal, um einen kleinen schmiedeeisernen Tisch zu holen, auf den er unsere Getränke stellte.

Es war schön hier und erstaunlich still, wenn man bedachte, dass wir nur wenige Meter von einer der größten Durchfahrtsstraßen entfernt saßen, die quer durch Ruby Falls verliefen. Vermutlich war es unter der Woche wesentlich weniger gemütlich.

Ich lehnte mich zurück, nippte an meinem Wein und betrachtete das Farbenspiel, das Sonne und Wolken auf das Wasser malten.

Amber saß neben Nate, er war mit seinem Stuhl nah an sie herangerückt und hatte den Arm ausgestreckt, sodass er ihre Hand halten konnte.

»Lea hat schon recht«, meinte er. »Das ist wirklich ein netter Fleck zum Leben.«

Eine Weile saßen wir stumm da und bewunderten die Aussicht, bis Mike plötzlich aufstand. »Ich werde mal sehen, ob ich Lea zur Hand gehen kann.« Noch bevor Nate etwas erwidern konnte, war er im Haus verschwunden.

Ein Mann, der sich um Küchenarbeit riss? Ein Vorgesetzter, der das tat? Wenn da nicht mehr dahintersteckte. Wahrscheinlich versuchte er mit Lea anzubandeln.

Mike war noch nicht lange fort, als der Wein seinen Tribut forderte. Ich entschuldigte mich und ging nach drinnen. Ich durchquerte das Wohnzimmer, verließ es auf der anderen Seite durch die rechte Tür und fand mich in einem langen Gang wieder, auf dessen rechter Seite eine Treppe nach oben führte. Durch die angelehnte Küchentür zu meiner Linken drangen gedämpfte Stimmen. Obwohl ich neugierig war, ob Mike sich tatsächlich an Lea heranmachte, blieb ich nicht stehen, um zu lauschen, sondern schlüpfte durch die Tür am anderen Ende des Gangs ins Bad.

Als ich wenig später die Toilette wieder verließ, unterhielten sich Lea und Mike immer noch. Dieses Mal jedoch glaubte ich, meinen Namen gehört zu haben, und konnte meine Neugier nicht mehr beherrschen. Ich schlich den Gang entlang – glücklicherweise knarrten die Dielen nicht – und blieb vor der Küchentür stehen. Sie war angelehnt, sodass ich durch den Spalt einen Blick auf die beiden erhaschen konnte. Mike stand neben Lea an der Anrichte. Das Geschirr stapelte sich nach wie vor unangetastet in der Spüle und auch die Essensreste waren noch nicht in den Kühlschrank geräumt worden.

Was hatte Lea die ganze Zeit getrieben?

»Wie weit seid ihr mit ihr?« Mikes Stimme war kaum mehr als ein Flüstern, trotzdem konnte ich ihn so deutlich verstehen, als seien seine Worte direkt an mich gerichtet.

Supersicht im Dunkeln und jetzt auch noch ein Supergehör? Vielleicht hatte mich eine Spinne gebissen, und ehe ich mich's versah, konnte ich Spinnenfäden aus meinen Handgelenken werfen und über Hauswände klettern.

»Uns fehlt immer noch der Beweis«, antwortete Lea ebenso leise. Sie hielt das Messer in der Hand, mit dem Nate das Lamm zerteilt hatte, und drehte es bedächtig hin und her, sodass sich das Licht in der Klinge widerspiegelte.

»Ganz gleich, was wir auch tun, wir konnten sie noch nicht dazu bringen, ihre Kräfte einzusetzen – nicht einmal durch einen fingierten Überfall.«

Überfall? Wovon redete sie da? Der Anblick der beiden Maskierten, die aus dem Minivan gesprungen waren, tauchte aus meiner Erinnerung auf. Sie konnte doch unmöglich etwas damit zu tun haben! Aber wovon sollte Lea sonst sprechen – und sie hatten doch von mir gesprochen, ich hatte meinen Namen gehört.

Ein silberner Minivan, so wie der, der in der Einfahrt stand! Die Erkenntnis traf mich wie ein Schlag, so hart, dass ich mich an der Wand abstützen musste, um nicht ins Wanken zu geraten. Was hatte das zu bedeuten? Und von welchen Kräften sprach sie? Sie konnte doch unmöglich von der Kakaopackung oder davon, dass ich Popcorn verstehen konnte, wissen.

Am Ende steckten sie auch hinter Popcorns Tod!

Ich schloss die Augen und schüttelte den Kopf, in der Hoffnung, meine sich überschlagenden Gedanken wieder unter Kontrolle zu bekommen. Wir sprachen von Nate und Lea – Ambers Freund und seiner unglaublich netten Schwester! Ich konnte doch unmöglich nach einem gehörten Satz, der zweifelsohne vollkommen aus dem Zusammenhang gerissen war, derartige Schlussfolgerungen ziehen.

Sobald sich die Gedanken jedoch einmal in meinem Kopf festgesetzt hatten, ließen sie sich nicht mehr abschütteln. Unwillkürlich fragte ich mich, ob einer der beiden gestern in meinem Haus gewesen war. Hatten sie sich nicht ein wenig zu sehr dafür interessiert, ob die Spurensicherung verwertbare Hinweise entdeckt hatte?

»Ihr scheint mir nicht so recht voranzukommen.« Mikes Miene war eine undurchdringliche Maske, jedes Gefühl, jede Regung war aus seinen Zügen gewichen, die Augen waren klar und kalt wie Eis.

»Wir müssen vorsichtig sein«, sagte Lea. »Die Konkurrenz hat bereits Kontakt zu ihr aufgenommen.«

»Die *Konkurrenz* ist hier?«, schnappte Mike.

Lea wich seinem Blick aus. »Zumindest glaubt Nate, dass der hiesige Reverend zu ihnen gehört. Es ist allerdings mehr ein Gefühl – Beweise haben wir nicht. Wir wissen nicht einmal, ob er in derselben Angelegenheit hier ist oder ob sich unsere Wege nur zufällig gekreuzt haben.«

»Es gibt keinen Zufall.« Jede Freundlichkeit war aus Mikes Zügen gewichen. »Macht endlich eure verdammte Arbeit und bringt diese Angelegenheit zu einem Ende!«

Lea hielt den Kopf in einer respektvollen Geste gesenkt. »Sobald wir uns sicher sein können, eliminieren wir sie.«

»Ich erwarte euren Bericht.«

Das letzte Wort war kaum verklungen, da war Mike verschwunden. Nicht aus dem Raum gegangen, sondern einfach fort. Wie Ash McCray im Waschraum des *Pompeji*. Oder Akashiel in meinem Garten. Was auch immer dieser Mann sein mochte, er war ganz sicher kein Computerspezialist aus Redmond.

Ebenso wenig wie Lea und Nate.

Leas Blick war noch immer auf die Stelle gerichtet, an der Mike gerade noch gestanden hatte. »Ich werde dich nicht enttäuschen.« Sie rammte das Fleischmesser in die Arbeitsplatte. Die Klinge grub sich durch die Kunststoffbeschichtung und blieb zitternd stecken. Als Lea den Kopf hob, erwartete ich, Wahnsinn in ihrem Blick zu lesen, doch ihre Augen waren vollkommen klar. Sie sah in Richtung der angelehnten Tür, hinter der ich mich verbarg. Hastig zog ich den Kopf zurück, entzog mich dem schmalen Streifen Lichts, der aus der Küche fiel, und tauchte in die Schatten des Flurs.

Vor mir flog die Küchentür nach innen auf. Lea stand noch immer vor der Anrichte, den Blick auf mich gerichtet.

»Du!« In einer fließenden Geste hob sie die Hand und zeigte mit dem Finger auf mich. »Komm her!«

Wenn sie glaubte, dass ich ihrer Aufforderung folgen würde, musste sie vollkommen ... Meine Beine setzten sich in Bewegung. Ein erster unsicherer Schritt auf die Küche zu. Was zum Teufel ...? Lea winkte mich nun zu sich. Noch ein Schritt, gefolgt von dem Drang, sofort den nächsten folgen zu lassen. Sie hatte mich zu sich befohlen, dem durfte ich mich nicht entziehen. Ich hatte die Küchenschwelle bereits überschritten, als mir bewusst wurde, dass es nicht meine Gedanken waren, die es mir verboten, mich zu widersetzen. Es war etwas, das mir von außen eingeflüstert wurde. Etwas, das sich in meinem Kopf zu einem unwiderstehlichen Drang formte, der dafür sorgte, dass sich meine Beine in Bewegung setzten.

Ich zögerte mitten im Schritt und zwang mich, stehen zu bleiben.

»Komm, Rachel.« Noch einmal bedeutete sie mir, näher zu kommen. Ihre Worte, gepaart mit der Geste, verstärkten den Zwang und gaben mir das Gefühl, nicht länger über meinen Körper bestimmen zu können. Ich stemmte mich dagegen. Wenn ich ihrem Befehl Folge leistete, würde sie mich umbringen. Meine Beine zitterten unter der Anstrengung und wollten dem Zwang folgen, der von außen auf meinen Körper einwirkte. Wankend machte ich einen weiteren Schritt auf Lea zu.

Dann noch einen.

Nein!

Abrupt blieb ich stehen. »Was geht hier vor?«

Meine Worte rissen Lea aus ihrer Konzentration. Ich spürte, wie der Bann bröckelte, den sie über mich gelegt hatte, und kämpfte darum, die Herrschaft über meinen Körper zurückzuerlangen. Alles, was ich zustande brachte, war ein unkoordinierter Schritt, der mich rückwärts gegen den Türstock taumeln ließ. Ich streckte die Hände aus und fing mich an der Wand ab.

Obwohl ich spürte, dass nicht mehr viel fehlte, bis ich die endgültige Kontrolle über meine Bewegungen zurückgewann, konnte ich mich nicht rühren. Die Kraft, die es mich kostete, mich Leas Macht zu entziehen, trieb mir den Schweiß auf die Stirn.

Lea kam auf mich zu. Ganz langsam, wie man sich einem verschreckten Tier näherte, um es nicht zu verscheuchen. »Ich werde dir alles erklären.« Ihr ruhiger Ton konnte nicht über den Zorn in ihren Augen hinwegtäuschen. Niemals hätte ich geglaubt, dass mir ein zerbrechlicher, geradezu ätherisch anmutender Mensch wie sie derartige Angst einjagen könnte. Dass sie nicht nach dem Messer griff, machte die Sache nicht besser.

Diese Frau brauchte keine Waffe, um gefährlich zu sein.

Die Luft um sie herum begann zu pulsieren. Durchsichtige Wellen umgaben ihren Körper wie ein Hitzeflimmern. In der flirrenden Luft hinter ihr blitzten Flügel auf. Mächtige weiße Schwingen, die jedoch so durchscheinend blieben wie eine Fata Morgana. Dahinter war noch immer die Kücheneinrichtung zu sehen.

»Du hast Dinge gesehen, die nicht für deine Augen bestimmt waren.« Es war nicht länger Leas vertraute Stimme, die zu mir sprach. Diese Stimme war höher und kristallklar. Die Worte hallten in meinem Kopf in unzähligen Echos wider. Ich war mir nicht einmal sicher, ob Lea überhaupt die Lippen bewegt hatte oder ob die Worte direkt in meinem Kopf erklungen waren.

»Und deshalb willst du mich jetzt umbringen«, brachte

ich hervor. Mir war bewusst, dass eine Diskussion fruchtlos sein würde. Doch solange ich noch darum kämpfte, die Beherrschung über meinen Körper zurückzuerlangen, musste ich Zeit gewinnen.

»Das ist mir nicht gestattet.« Dieses Mal war ich sicher, dass sie die Lippen nicht bewegt hatte, und auch wenn ich in der letzten Zeit mehr als nur einmal ungewöhnliche Dinge gesehen oder erlebt hatte, jagte mir der Anblick dieser Frau mit ihren durchsichtigen Flügeln und der Kristallstimme, die so mühelos in meinen Geist eindrang, mehr Angst ein als alles andere.

»Nicht ohne Beweis«, würgte ich hervor.

Lea nickte.

Ich wich einen Schritt zurück. Wacklig, mit Knien so wabbelig wie Götterspeise, aber ich konnte mich bewegen – was ich mir sofort durch einen weiteren Schritt nach hinten bewies.

»Bleib stehen!« Dieses Mal hatte sie die Worte laut ausgesprochen.

Meine Beine gehorchten sofort.

»Ich kann dir nichts tun, aber ich muss deine Erinnerungen an das löschen, was du gehört und gesehen hast.«

»An Captain Kirk, der sich von deiner Küche zur Enterprise zurückgebeamt hat?« Mir war keineswegs nach Scherzen zumute, ich war jedoch nicht länger imstande, ein vernünftiges Gespräch zu führen. Sobald ich nach etwas suchte, das ich sagen oder fragen konnte, begannen meine Gedanken wie wild durcheinanderzuwirbeln, bis ich das Gefühl hatte, durchzudrehen.

Lea nickte noch einmal. »Auch an Mike. Ja.«

Sie kam noch näher.

»Wenn du glaubst, dass ich mich von dir anfassen lasse, hast du dich geschnitten!«

»Was willst du dagegen tun, Rachel?«

Keine Ahnung. »Mich wehren.« Auf der Suche nach etwas, das ich als Waffe benutzen konnte, schielte ich nach links und rechts, doch der Flur war noch spärlicher dekoriert als das Wohnzimmer. Von ein paar Pantoffeln und einem künstlichen Blumengesteck, das vermutlich bereits vor Nates und Leas Einzug hier gestanden hatte, einmal abgesehen, war der Gang leer. Mein Blick schoss an Lea vorbei in die Küche. Wenn es mir gelänge, das Messer zu erreichen, könnte ich sie mir vom Hals halten. Doch außer dass ich dafür erst einmal an Lea vorbeikommen musste, bezweifelte ich, dass ich tatsächlich in der Lage sein würde, die Waffe in letzter Konsequenz einzusetzen.

»Akashiel, ich brauche dich!« Schon als ich die Worte hinausschrie, wusste ich, dass sie ihr Ziel nicht erreichen und in derselben Leere verklingen würden, in der auch meine vorherigen Versuche verklungen waren.

»Akashiel?« Lea blieb stehen. »Du hast einen Schutzengel?« Ich hatte mit vielem gerechnet, nicht jedoch damit, dass sie in Gelächter ausbrechen würde. »Das nenne ich Ironie.«

Ich hatte keine Ahnung, wovon sie sprach. Mir entging jedoch nicht, dass ihre Erheiterung sie ablenkte und sie damit auch das letzte bisschen Kontrolle über mich verlor. Ich sprang zurück, fuhr herum und rannte den Gang entlang in Richtung Wohnzimmer. Lea fing sich schnell wieder. Als ich einen Blick über die Schulter warf, stand sie bereits mitten im Gang. Sie spreizte die Schwingen und setzte zu einem gewaltigen Satz unter die hohe Decke an, bevor sie im Sturzflug auf mich zuschoss.

Schon als ich sie heranrasen sah, wusste ich, dass ich das Wohnzimmer nicht rechtzeitig erreichen würde.

»Nein!« Einem Reflex folgend, streckte ich ihr die Arme

entgegen, um den Angriff abzufangen, und brüllte wieder: »Nein!«

Die geflügelte Kreatur war nur noch zwei Meter von mir entfernt, als ihr Sturzflug abrupt endete. Sie prallte zurück, als sei sie gegen eine unsichtbare Mauer gestoßen, und wurde mit solcher Wucht nach hinten geschleudert, dass erst das Ende des Gangs ihren Flug beendete. Sie knallte gegen die Wand, wobei sie die Tür zum Gästebad aus der Verankerung riss, und ging in einer Wolke aus Holzsplittern und Staub zu Boden.

Meine Lähmung war endgültig verflogen. Ich machte kehrt und stürmte durch das Wohnzimmer in den kleinen Vorraum. Als ich an der Garderobe vorbeikam, bremste ich kurz ab und riss meine und Ambers Handtasche vom Haken.

In der Haustür prallte ich gegen Nate.

Ich schrie auf, als er mich an den Armen packte, und versuchte mich loszureißen. Doch sein Griff war so eisern, dass ich ihm nichts entgegensetzen konnte.

»Rachel!«, rief er. »Was ist denn los? Ist etwas passiert?«

Er klang so normal. Im Gegensatz zu seiner Schwester – oder was auch immer dieses geflügelte Ding sein mochte – wirkte er wie immer. Da war kein Hall in seiner Stimme und auch keine durchschimmernden Flügel an seinem Leib. Wusste er am Ende gar nicht, dass Lea nicht das war, was sie zu sein vorgab?

Verwirrt und misstrauisch zugleich versuchte ich mich zumindest so weit zu beruhigen, dass ich wieder klar denken konnte. »Wir hatten Streit«, presste ich in gezwungener Ruhe hervor, nicht wissend, wie schnell Lea sich aus den Trümmern befreien und die Verfolgung aufnehmen konnte. »Ich möchte jetzt gern gehen.«

»Soll ich mit ihr reden?«, bot er an. »Vermitteln?«

»Ein andermal.« Ich löste mich aus seinem Griff und drängte mich an ihm vorbei.

Amber stand dicht hinter ihm auf der Veranda und sah mich mit einer Mischung aus Neugierde und Schrecken an.

»Lass uns gehen!«, sagte ich und hoffte, dass mein Ton deutlich machte, dass Widerspruch nicht infrage kam.

Amber runzelte die Stirn, aber sie sagte nichts. Als sie einen Schritt auf Nate zutrat, zweifelsohne, um sich von ihm zu verabschieden, hätte ich sie am liebsten am Handgelenk gepackt und mit mir gezogen. Da die Diskussion, die ich damit ausgelöst hätte, mehr Zeit kosten würde als ein flüchtiger Abschiedskuss, beherrschte ich mich und hoffte, dass es tatsächlich nur ein kurzer Abschied werden würde. Andernfalls musste ich doch noch einschreiten.

Noch ehe Amber an mir vorbei war, hörte ich ein Rumpeln aus dem Wohnzimmer, dann brüllte Lea: »Ich habe den Beweis! Schnapp sie dir!«

Nate wandte sich zu mir um. Alle Sorge und Freundlichkeit war aus seinen Zügen gewichen und hatten einem Lächeln Platz gemacht, das sein sonst so gefälliges Gesicht zu einer Fratze werden ließ.

»Zum Wagen!« Ich verpasste Amber einen Stoß, dass sie die Verandastufen heruntertaumelte. »Schnell!«

Nate packte mich am Arm und riss mich herum. Ich holte aus und schlug ihm die beiden Handtaschen ins Gesicht. Es war wohl eher Überraschung als Schmerz, die ihn dazu brachte, mich loszulassen. Mit einem Satz sprang ich von der Veranda auf den Rasen und rannte Amber hinterher.

»Rachel!«, schrie Amber, die über die Schulter zurückschaute. »Vorsicht!«

Ich fuhr herum und sah Nate auf mich zuspringen. Ohne nachzudenken, streckte ich meinen Arm in Richtung des schmiedeeisernen Tisches aus, so wie ich ihn gestern nach der Kakaopackung ausgestreckt hatte. Statt jedoch danach zu greifen, bewegte ich meine Hand mit einem Ruck in Nates Richtung. Der Tisch ruckte und schleifte ein paar Zentimeter kreischend über den Holzboden, ehe er im hohen Bogen durch die Luft flog und Nate niederstreckte.

26

Ich wagte nicht, mich noch einmal nach Nate umzusehen. Zu groß war meine Angst, ich könnte auf dem abschüssigen Grundstück ins Stolpern geraten und stürzen. Es war schon schlimm genug, dass ich meine Aufmerksamkeit vom Weg vor mir nehmen und in Ambers Handtasche nach dem Autoschlüssel suchen musste. Den Gedanken, die Pistole aus meiner Tasche zu ziehen, verwarf ich, da ich das Gefühl hatte, dass sich weder Nate noch Lea davon einschüchtern lassen würden. Ich war mir nicht einmal sicher, ob ich den Mut aufbringen würde, die Waffe tatsächlich abzufeuern.

Der Autoschlüssel war glücklicherweise im ersten Fach, das ich öffnete. Ich zog ihn heraus und rannte die Stufen zur Straße hinunter. Dabei fiel mein Blick auf den silbernen Minivan in der Garageneinfahrt. *Der* Minivan. Daran, dass Nate und Lea die Maskierten waren, zweifelte ich nicht mehr.

Hinter mir hörte ich, wie sich die beiden etwas zuriefen, die Worte jedoch gingen im Keuchen meines Atems und dem heftigen Wummern meines Herzschlags unter. Auf der Straße erreichte Amber jetzt den Wagen. Ich drückte den Knopf, der die Zentralverriegelung entsperrte, und rief: »Auf den Beifahrersitz, Amber!«

Widerspruch blitzte in ihren Augen auf und für einen Moment fürchtete ich, sie würde darauf bestehen, selbst zu fahren, immerhin war es ihr Wagen. Dann jedoch lief sie zur Beifahrerseite und stieg ein. Ich überwand die letzten Stufen, lief um den Mustang herum und riss die Fahrertür auf. Plötzlich zögerte ich. Es war das erste Mal seit dem Unfall, dass ich mich hinter das Steuer eines Wagens setzen wollte, und die Umstände waren alles andere als erfreulich. Trotzdem blieb mir keine andere Wahl. Wir mussten schnell sein und Amber war eine zu defensive Fahrerin.

Bevor ich es mir anders überlegen konnte, warf ich die Handtaschen zu ihr hinüber und glitt auf den Fahrersitz. Ich rammte den Schlüssel ins Zündschloss, ließ den Motor an und schnallte mich im selben Augenblick an, in dem ich die Automatik auf *Drive* schaltete und das Gaspedal durchdrückte. Der Motor heulte auf, dann schoss der Mustang los, die Straße hinunter.

»Was passiert hier, Rachel?«, platzte es aus Amber heraus. »Was hat das zu bedeuten? Von was für einem Beweis hat Lea gesprochen und warum hat Nate dich angegriffen?«

»Ich weiß es nicht«, sagte ich. »Mike ist auf dieselbe Weise aus der Küche verschwunden wie McCray im Waschraum des *Pompeji* und Akashiel in meinem Garten.« Ohne den Blick von der Straße zu nehmen, berichtete ich in knappen Worten, was ich in der Küche gehört und gesehen hatte und was im Anschluss an Mikes Verschwinden passiert war.

Deutlich über der erlaubten Höchstgeschwindigkeit raste ich weiter in den Ort hinein, während mein Blick immer wieder zum Rückspiegel zuckte, wobei ich mir weniger Sorgen machte, den silbernen Minivan darin zu sehen – vielmehr fürchtete ich, dass Nate und Lea sich auf der Rücksitzbank materialisieren könnten. Die bloße Vorstellung ließ meine Hände zittern. Aber der Rücksitz blieb verlassen und nach einiger Zeit tauchte tatsächlich der Minivan im Rückspiegel auf. Ich trat das Gaspedal bis zum Boden durch und beobachtete mit Genugtuung, wie der Wagen hinter uns für einen Moment kleiner wurde, ehe auch er beschleunigte und wieder Boden gutmachte.

Ich überholte ein vor uns fahrendes Fahrzeug, froh darüber, dass nur so wenig Verkehr herrschte, und raste weiter. Geradewegs auf eine rote Ampel zu.

»Rachel, du musst langsamer werden!«

Das hatte ich nicht vor.

»Schau du, ob von rechts etwas kommt!«, forderte ich Amber auf und sah aus dem Augenwinkel, wie sie den Hals reckte, um die Kreuzung so weit wie möglich einsehen zu können. Dasselbe tat ich auf der linken Seite, nur dass ich nebenbei noch lenken musste.

Alles frei – zumindest, so weit ich es erkennen konnte.

»Frei!«, rief Amber.

Ich schoss unter der roten Ampel durch über die Kreuzung, schlug sofort danach das Lenkrad ein und folgte einer Abzweigung, die uns von der Umgehungsstraße direkt in den Ort führte. Auf den kleineren Straßen, zwischen den Häusern, hoffte ich, dass es mir eher gelingen würde, unsere Verfolger abzuschütteln, als auf der über weite Strecken geraden und gut einsehbaren Umgehungsstraße.

Der Abstand war ein wenig gewachsen, da der Minivan an der Kreuzung durch den Querverkehr gezwungen gewesen war, das Tempo zu drosseln. Trotzdem dachte ich nicht daran, vom Gas zu gehen, ganz egal, wie sehr Amber sich neben mir an das Armaturenbrett klammerte.

»O Gott, Rachel, wie sollen wir die loswerden?«

Das wusste ich selbst nicht. Allerdings wollte ich dafür sorgen, dass zumindest Amber aus der Schusslinie kam. Wir näherten uns der Main Street. Hier war mehr Verkehr, sodass ich keine waghalsigen Überholmanöver mehr riskieren konnte – was allerdings auch für unsere Verfolger galt, die im Spiegel ein Stück in die Ferne gerückt waren, von uns durch einen blauen Pick-up getrennt, der aus einer der Seitenstraßen hinter mir auf die Straße gebogen war.

Gleich würden wir eine weitere rote Ampel erreichen. »Ich biege da vorne rechts ab«, erklärte ich. »Nach der Kurve bleibe ich kurz stehen. Du springst raus und verschwindest zwischen den Häusern.«

»Was? Aber …«

»Sie werden mir folgen.«

»Genau davor habe ich Angst!«

»Keine Sorge, die werde ich schon los.« Ich fühlte mich keineswegs so zuversichtlich, wie ich mich gab, doch wenn Amber meine Angst bemerkte, würde sie sich weigern zu gehen und ich wollte sie nicht noch tiefer mit in diese Scheiße hineinziehen.

An der Ampel angekommen, stieg ich in die Eisen, vergewisserte mich mit einem raschen Blick, dass kein Querverkehr kam, ehe ich wieder Gas gab und um die Kurve schoss. Hinter einer Häuserzeile verborgen, sodass man uns von der Kreuzung aus nicht sehen konnte, hielt ich an. Amber hatte ihren Gurt bereits gelöst, schnappte sich ihre Tasche und sprang aus dem Wagen.

»Ich melde mich, sobald ich sie abgeschüttelt habe!«

»Sei vorsichtig«, waren die letzten Worte, die ich zu hören bekam, bevor sie die Tür zuwarf.

Ich trat das Gaspedal durch und fuhr mit quietschenden Reifen los. Im Rückspiegel sah ich Amber zwischen den Häusern verschwinden – keine Sekunde zu früh. Kaum war sie außer Sicht, schoss der Minivan um die Kurve.

Besorgt beobachtete ich das silberne Fahrzeug und seufzte erleichtert auf, als ich sah, wie es an der Stelle vorbeiraste, an der ich Amber rausgelassen hatte. Das Kreischen einer Hupe erklang. Ich riss den Blick vom Spiegel los und schaute nach vorn. Während ich den Van hinter mir beobachtet hatte, war ich weit nach links geraten und fuhr nun halb auf der Gegenfahrbahn. Auf der mir ein Wagen entgegenkam. Ich riss das Lenkrad herum. Der Mustang kam ins Schlingern und ich hatte Mühe, die Kontrolle wiederzuerlangen. Es kostete mich einiges an Kraft, gegenzulenken und den Wagen wieder in die Spur zu bringen. Dann war es geschafft. Mein Herz raste und wollte sich kaum beruhigen. Auf sehr ähnliche Weise war mein Unfall passiert – nur, dass es mir damals nicht gelungen war, die Kontrolle zurückzuerlangen.

Ich schoss über drei weitere rote Ampeln und raste durch den Ort. Der Abstand zu meinen Verfolgern wuchs weiter, nach jeder Kurve dauerte es ein bisschen länger, bis sie hinter mir im Spiegel auftauchten.

Dann wusste ich, wie ich sie abhängen konnte. In einem wilden Zickzackkurs arbeitete ich mich durch mehrere kleine Straßen voran bis zur Main Street und folgte dieser zurück zur Umgehungsstraße. Als ich sie erreichte, war der silberne Minivan lediglich ein kleiner Punkt in meinem Rückspiegel.

Ich lenkte den Mustang auf die Umgehungsstraße und folgte ihr mit Vollgas, bis ich nach zehn Meilen die Auffahrt zur I-5 erreichte. Statt auf die Interstate zu fahren, fuhr ich darunter hindurch und raste weiter bis zum nächsten Waldstück. Als ich in den Rückspiegel blickte, war hinter mir niemand zu sehen. Ich bremste auf Schrittgeschwindigkeit ab und fuhr von der Straße. Der Wagen holperte über den breiten Grünstreifen auf die Büsche zu, die sich wie eine dunkelgrüne Wand vor mir am Straßenrand erhoben. Ich dachte schon, ich hätte mich getäuscht und die Straße an der falschen Stelle verlassen, als sich vor mir in der heraufziehenden Dämmerung ein Forstweg zwischen den Büschen auftat. Vorsichtig, um den Mustang nicht gegen einen Baum zu setzen, folgte ich dem Weg in die Schatten, ehe ich im Schutz einer Baumgruppe anhielt und den Motor abstellte. Ich drehte mich im Sitz herum, um auf die Straße sehen zu können – für einen Moment war ich versucht auszusteigen und im Schatten der Bäume näher an den Straßenrand heranzuschleichen, im Wagen fühlte ich mich jedoch sicherer. Ich löste den Gurt, damit ich mich besser bewegen konnte, und starrte durch die Heckscheibe in Richtung Straße.

Ich musste nicht lange warten, bis der Minivan an meinem Versteck vorbeirauschte. Kein Quietschen von Bremsen, kein Aufleuchten der Bremslichter, nur die Rücklichter, die wie rote Augen in der Dämmerung glommen.

Sie fuhren einfach weiter.

Erleichtert ließ ich mich im Sitz zurücksinken, stieß den Atem aus, wobei ich nicht einmal bemerkt hatte, dass ich ihn angehalten hatte, und schloss die Augen. Ich hatte nicht die geringste Ahnung, wie es jetzt weitergehen sollte. Lediglich, dass es sinnlos war, das Büro des Sheriffs einzuschalten, war mir klar. Was sollte ich den Beamten sagen? »Ich werde von geflügelten Wesen verfolgt, die mich umbringen wollen, nachdem sie Beweise für etwas haben, wovon ich nicht einmal weiß, was das sein soll?«

Der Einzige, der mir weiterhelfen konnte, war Akashiel. Als ich jedoch nach ihm tastete, fand ich nicht einmal mehr die Leere vor, auf die ich seit letzter Nacht immer wieder gestoßen war. Stattdessen fühlte es sich an, als würde ich gegen eine Wand laufen.

Zu mir nach Hause konnte ich nicht, ebenso wenig zu Amber oder zu einem meiner Freunde. Kyle schied auch aus. Nachdem Lea und Nate wussten, dass er mir letzte Nacht beigestanden hatte, würden sie dort als Erstes nach mir suchen. *Die Konkurrenz ist hier.* Ich hatte nicht die leiseste Ahnung, was das bedeuten sollte und in welcher Form ein Ex-Marine etwas mit diesen Kreaturen zu tun haben könnte, allerdings hätte ich meinen Hintern darauf verwettet, dass jeder, den Lea und Nate so bezeichneten, mein Verbündeter war. Das änderte jedoch nichts daran, dass ich mich besser von Kyle fernhielt, wenn ich verhindern wollte, dass mich die beiden sofort aufspürten.

Ich musste an einem Ort untertauchen, den sie nicht kannten und wo ich keinen meiner Freunde in Gefahr bringen würde. Die vernünftigste Lösung schien mir zu sein, in Richtung Seattle zu fahren und mir ein Hotel zu suchen. Wenn ich erst einmal von der Straße runter war, konnte ich mir in Ruhe überlegen, was ich jetzt tun sollte.

Ich ließ noch eine Viertelstunde verstreichen, während der mein Blick wie festgezimmert auf der Straße hing, bevor ich es wagte, mein Versteck zu verlassen und auf die Interstate zu fahren.

Unterwegs kam ich an mehreren Ortschaften vorbei, in denen ich bestimmt eine Unterkunft gefunden hätte, ich zog es jedoch vor, in die Stadt zu fahren, weil ich hoffte, in der dort herrschenden Anonymität leichter untertauchen zu können.

Ich folgte der I-5 nach Seattle hinein, mittlerweile war es dunkel geworden, und verließ sie auf Höhe der Madison Avenue, in der Nähe des Stadtzentrums. Es dauerte nicht lange, bis ich ein Hotel fand, das zum einen erschwinglich aussah und zum anderen über eine Tiefgarage verfügte, in der ich den Mustang verschwinden lassen konnte.

Ich fuhr den Wagen in die Garage und suchte mir einen Stellplatz, der nahe am Treppenhaus und den Aufzügen war, falls ich überstürzt aufbrechen musste.

Sobald ich den Motor abgestellt hatte, griff ich nach meiner Handtasche. Ich musste mich vergewissern, dass Amber in Sicherheit war. Nicht auszudenken, wie sie sich fühlen musste, nachdem mich ausgerechnet ihr Freund angegriffen hatte.

Ich fischte das Handy aus der Tasche und drückte die Kurzwahltaste, unter der Ambers Nummer gespeichert war. Sie musste ihr Telefon in der Hand gehalten haben, denn sie ging gleich nach dem ersten Klingeln ran.

»Rachel? Ist alles in Ordnung?« Die Verbindung war nicht die Beste, sodass ich mich auf ihre Worte konzentrieren musste.

»Alles klar.« Ich zwang mich, aus meiner Stimme das Beben zu verbannen, das meinen Körper erfasste, nachdem mein Adrenalinspiegel langsam wieder absank. Ich begann so heftig zu zittern, dass ich das Mobiltelefon mit beiden Händen umfassen musste.

»Wo bist du?«

Ich schüttelte den Kopf. Als mir bewusst wurde, dass sie das nicht sehen konnte, sagte ich: »Es ist besser, wenn du das nicht weißt.« Meine Güte, ich klang schon wie eine Figur aus einem Thriller. »Was ist mit dir?« Ich war mir ziemlich sicher, dass Nate und Lea es nur auf mich abgesehen hatten, trotzdem machte ich mir Sorgen um sie. »Hast du einen sicheren Unterschlupf?«

»Ja, aber es ist besser, wenn du das nicht weißt.« Es war ein lahmer Witz, dem jeder Humor abging, aber ich wusste ihren Versuch, mich aufzuheitern, zu schätzen. Nachdem sie gerade ihren Freund verloren hatte, brauchte sie mindestens genauso viel Aufmunterung wie ich, nur dass mir die erheiternden Sprüche im Augenblick ausgegangen zu sein schienen.

»Hey«, erklang eine vertraute männliche Stimme aus dem Hintergrund. »Sprichst du mit Rachel? Grüß sie von mir!«

»Du bist bei Steve?«

»Im Ferienhaus seiner Tante«, sagte Amber.

»Am Deer Lake?«

»Noch sind wir auf der Fähre, aber wir legen jeden Moment auf Whidbey Island an.«

»Weiß Steve …? Hast du …?«

Amber schwieg einen Moment. Als sie zu sprechen begann, klang ihre Stimme gepresst. »Ich habe ihm gesagt, dass ich einen schlimmen Streit mit Nate hatte und dass ich Abstand brauche. Außerdem habe ich ihm eingeschärft, weder Nate noch Lea zu sagen, wo ich stecke.«

Das sollte genügen.

»Was wirst du jetzt tun, Rachel?«

»Ich weiß es noch nicht. Aber sobald ich einen Plan habe, rufe ich wieder an. Okay?«

»Sicher.«

Wie konnte ein einziges Wort nur so traurig klingen?

»Es tut mir leid«, flüsterte ich.

»Dass mein Freund ein mieses Schwein ist, das es darauf abgesehen hat, dir etwas anzutun?«

»Dass ich jetzt nicht bei dir sein kann.«

Amber schnaubte, doch es klang mehr wie ein Schluchzen. »Wir arbeiten das später zusammen auf«, sagte sie tonlos. »Tonnenweise Eiscreme, alte Filme und jede Menge Taschentücher. Jetzt ist es erst einmal wichtig, dass dir nichts passiert. Melde dich, ja?«

»Versprochen.«

Ich legte auf, warf das Mobiltelefon zurück in die Handtasche und stieg aus.

Das Glück war mir zur Abwechslung einmal hold, das Hotel war nicht ausgebucht, sodass ich problemlos ein Zimmer anmieten konnte – natürlich unter falschem Namen.

An der Rezeption war nichts los, sodass es keine zwei Minuten dauerte, bis ich mit der Zugangskarte für mein Zimmer in der Hand im Aufzug stand und den Knopf für den zwölften Stock drückte.

Im Zimmer angekommen, drückte ich die Tür hinter mir ins Schloss und legte den Riegel vor. Nur zu gern hätte ich mir eingeredet, in Sicherheit zu sein. Ich bezweifelte jedoch, dass es mich auf Dauer vor Lea und Nate schützen würde, mich in einem Hotelzimmer zu verkriechen. Wären sie Menschen gewesen, hätte das vielleicht funktioniert.

Aber sie waren etwas anderes.

Mir ging der Anblick der Flügel nicht aus dem Kopf. Wie durchscheinend sie gewesen waren – genau wie McCrays Gestalt im Waschraum des *Pompeji*. Was auch immer McCray sein mochte, zumindest Lea war von derselben Art. Ich war mir ziemlich sicher, dass das auch auf Nate zutraf, auch wenn ich an ihm weder Flügel noch besondere Fähigkeiten gesehen hatte. Dafür war ich nicht lange genug geblieben.

Es war noch nicht mal eine Minute vergangen, seit die Zimmertür hinter mir zugefallen war, und ich fühlte mich bereits wie in einem Käfig. Was ich brauchte, war ein Plan. Ich würde mir eine Liste mit all den Dingen machen, die ich nachforschen konnte, und die dann Stück für Stück abarbeiten. Zuerst jedoch musste ich mich ein wenig abkühlen.

Ich ging ins Badezimmer, schloss die Tür hinter mir und trat an den Spiegel. Meine Frisur hatte sich aufgelöst, ein paar der Nadeln hingen noch haltlos in meinen Locken, die anderen hatte ich verloren. Von meinem Make-up war auch nicht mehr viel übrig, die Wimperntusche war verschmiert, der Puder hatte sich in Luft aufgelöst und vom Lipgloss war nichts mehr zu sehen. Meine ohnehin helle Haut wirkte beinahe durchscheinend und unter meinen Augen zeichneten sich dunkle Ringe ab. Ich zupfte die Haarnadeln heraus und warf sie auf die Ablage neben dem Waschbecken.

»Wo steckt dieser verfluchte Schutzengel, wenn man ihn braucht?« Ich hatte Angst, gleichzeitig machte ich mir Sorgen um Akashiel und fragte mich, warum es mir nicht mehr gelang, zu ihm durchzudringen.

Mit einem Ruck drehte ich den Kaltwasserhahn auf und wusch mir das Gesicht. Als ich den Kopf hob, um noch einmal in den Spiegel zu sehen, stand eine Gestalt hinter mir. Ich schrie auf, fuhr herum und griff nach dem erstbesten Gegenstand, den ich in die Finger bekam, um mich zu verteidigen. Dummerweise handelte es sich dabei um ein Handtuch.

Es war weder Nate noch Lea, die sich in meinem Badezimmer materialisiert hatten. Stattdessen stand McCray vor mir. Der Kerl hatte wirklich eine Schwäche für Waschräume. Dieses Mal jedoch war seine Gestalt kein bisschen durchscheinend, selbst sein Spiegelbild war klar und deutlich gewesen und hatte keinerlei Ähnlichkeit mit dem blinden Fleck gehabt, den ich zu anderen Gelegenheiten gesehen hatte.

»Verschwinde!« Ich machte einen Schritt zur Seite, wollte an ihm vorbei, raus aus dem Badezimmer, aber er vertrat mir den Weg.

»Du hast nach mir gerufen und jetzt willst du abhauen?« Er deutete auf das Handtuch in meiner Hand. »Oder willst du lieber mich aus dem Bad prügeln?«

Ich kannte diese Stimme! Sicher, ich hatte schon einmal mit McCray gesprochen, aber das war es nicht. »Akashiel?« Ich stolperte rückwärts, bis ich mit dem Hintern gegen den Waschtisch stieß. Der Kerl, dessen Erscheinen die Ursache für den Unfall gewesen war, bei dem ich beinahe draufgegangen wäre, sollte mein Schutzengel sein? »Ich habe dir vertraut!«, stieß ich hervor, unfähig, einen klaren Gedanken zu fassen.

»Und das kannst du auch weiterhin.«

O Gott, diese Stimme. Wie sehr hatte ich mich danach gesehnt, sie zu hören, und wie sehr wünschte ich mir, ihm tatsächlich vertrauen zu können. Aber konnte ich das?

Plötzlich neigte er den Kopf zur Seite, als lausche er.

»Was –«

Er hob die Hand und brachte mich zum Schweigen. »Da kommt jemand.«

Meine Knie wurden so weich, dass ich mich an den Waschtisch klammern musste, um nicht umzukippen. Sie hatten mich gefunden! Sicher, ich könnte mir einreden, dass es ein Angestellter des Hotels war oder jemand, der ein Zimmer auf der Etage gemietet hatte und jetzt auf dem Weg dorthin den Gang entlang marschierte. Ich bezweifelte jedoch sehr, dass ich so viel Glück hatte.

McCray–Akashiel musterte mich noch eingehender. Die Sorge, die ich in seinen dunklen Augen sah, erstaunte und erschreckte mich gleichermaßen. Als wüsste er Dinge über mich, von denen ich keine Ahnung hatte.

»Du steckst in Schwierigkeiten, Rachel.«

»So kann man es wohl nennen.«

Er machte einen Schritt auf mich zu. Unwillkürlich wollte ich weiter zurückweichen, der Waschtisch bremste mich jedoch und zwang mich, zur Seite auszuweichen.

Akashiel blieb stehen und hob die Hände. »Ich tu dir nichts.« Er strich sich über das kantige Kinn. »Ich weiß, dass du wütend auf mich bist und Angst hast. Du hast mein Wort darauf, dass ich dir alles erklären werde. Aber jetzt möchte ich, dass du mir vertraust. Sie werden jeden Moment hier sein und ich kann dich von hier fortbringen. Dazu muss ich dich aber berühren.«

Ich sah ihn an, versuchte in seinen Zügen ein Anzeichen dafür zu finden, dass er mich hereinzulegen versuchte, doch in seinen Augen fand ich nichts anderes als die Wärme, die ich schon von seinem letzten Auftritt als McCray kannte – dieselbe Wärme, die stets in Akashiels Stimme gelegen hatte. Wenn er mir wirklich etwas antun wollte, hätte er es längst getan. Ich streckte den Arm aus und er ergriff meine Hand. Dort, wo er mich berührte, begann meine Haut zu prickeln. Dann löste sich die Welt in ihre Bestandteile auf.

27

Als sich die Welt um mich herum wieder zusammenfügte und sich die Schwärze zurückzog, die sich über meine Augen gelegt hatte, war das Badezimmer verschwunden. Ich stand in einem Arbeitszimmer, den Blick auf einen ramponierten Schreibtisch gerichtet, auf dem mehrere leere Kaffeetassen neben einem Laptop standen. Nichts davon sah aus, als gehöre es zu dem Hotel, in dem ich mich gerade noch aufgehalten hatte.

»Du hast mich fortgebeamt.« Obwohl ich es ausgesprochen hatte, drang die Bedeutung der Worte nur langsam zu mir durch. Er hatte mich versetzt. Teleportiert. Meinen Körper in seine Einzelteile zerlegt, diese an einen anderen Ort transportiert und wieder zusammengesetzt. So oder so ähnlich funktionierte es zumindest bei Star Trek. Mit meinen Knien schien beim Zusammenbau allerdings etwas schiefgegangen zu sein. Sie fühlten sich an, als befände sich kein einziger Knochen und kein Muskel mehr darin. Als sie unter mir nachgaben, war ich auf einen harten Aufprall gefasst. Stattdessen landete ich mit dem Hintern auf einem Sofa, dessen dunkelbrauner Lederbezug ebenso abgenutzt war wie der Schreibtisch.

Ich öffnete den Mund, wobei ich nicht sicher war, ob ich lediglich nach Luft schnappen oder auch etwas sagen wollte. Mir war bewusst, dass ich etwas sagen *sollte.* Allerdings vertraute ich meiner Stimme im Moment nicht und fürchtete, meine Stimmbänder würden nicht mehr als ein Krächzen oder Stammeln zustande bringen.

Akashiel ging vor mir auf die Knie und musterte mich so eindringlich, dass mir abwechselnd heiß und kalt wurde. »Alles in Ordnung?«, wollte er wissen, wofür er mir einen Dollar für mein »Geht es Rachel gut?«-Konto schuldete. »Ist dir schwindlig?«

Ich schüttelte den Kopf, nicht sicher, ob das die Antwort auf seine erste oder die zweite Frage sein sollte.

»Nach dem ersten Mal ist es nicht ungewöhnlich, wenn du dich ein wenig benebelt fühlst«, fuhr er ruhig fort. »Du kannst dich hinlegen, wenn du möchtest. Hier wird dir nichts geschehen.«

Erst jetzt wurde mir bewusst, dass seine Hände auf meinen Knien lagen. Ich wollte sie wegstoßen, doch als ich es versuchte, griff er nach meinen Händen und hielt sie fest. Er sagte kein Wort und rührte sich auch nicht, er kniete einfach nur da, hielt meine Hände und sah mich an. Wenn ich in seine kantigen Züge blickte, war es noch immer das Gesicht des Mannes, dessen Auftauchen auf meiner Rücksitzbank so schreckliche Folgen gehabt hatte. Seine Stimme jedoch war die vertraute Stimme eines Freundes. Es war nicht leicht, zu akzeptieren, dass der unheimliche McCray und mein Schutzengel ein und dieselbe Person waren.

Je länger ich ihn ansah, desto mehr Fragen schossen mir durch den Kopf. Wie ist das möglich? Wer bist du wirklich? Wo bist du gewesen, als ich dich gebraucht hätte? Warum darf ich dich plötzlich sehen? Und nicht zuletzt: Was, zur

Hölle, ist hier eigentlich los? Das alles wirbelte durch meinen Kopf, immer schneller und immer lauter.

»Wo sind wir?«, ließ ich die erste Frage heraus, in der Hoffnung, damit dem Durcheinander in meinem Gehirn Einhalt zu gebieten.

»In meiner Wohnung«, sagte er. »Das ist mein Arbeitszimmer.«

»Arbeitszimmer?« Mein Blick wanderte über die Kaffeetassen, den Laptop und den Papierverhau auf dem Schreibtisch, streifte die Stehlampe, deren Schein den Raum in warmes Licht tauchte, an einer großen Fensterfront vorbei und kehrte dann zu Akashiel zurück. »Dann war das alles nur ein dummer Scherz. Du bist überhaupt kein Schutzengel.« Wozu sollte ein Engel ein Büro oder gar eine Wohnung haben?

Er war aufgestanden, sodass ich zu ihm aufsehen musste, um in seine Augen zu blicken. Darin entdeckte ich keine Falschheit. Nicht, dass ich so etwas wie ein wandelnder Lügendetektor wäre, aber ich bildete mir zumindest ein, über eine gewisse Menschenkenntnis zu verfügen. Ich konnte nur hoffen, dass diese mich bei einem Engel nicht im Stich ließ.

Plötzlich durchfuhr es mich wie ein Schock. »Amber!«, platzte ich heraus. »Wenn sie mich finden konnten, können sie dann auch …«

»… deine Freundin lokalisieren?« Er nickte. »Sofern sie sie schon einmal berührt haben, ist das jederzeit möglich.«

Mir wurde eiskalt, als mir die Bedeutung seiner Worte bewusst wurde. »Sie werden sie aufspüren, um über sie an mich heranzukommen.«

»Wo ist sie?«

»Bei einem Freund.«

»Die Adresse«, drängte er. »Schnell.«

Ich nannte sie ihm, doch noch ehe ich mehr sagen konnte, war er verschwunden. Er löste sich vor meinen Augen auf, und obwohl ich nicht zum ersten Mal Zeugin dieses Phänomens wurde, konnte ich nichts anderes tun, als auf die Stelle zu starren, an der er eben noch gestanden hatte. Womöglich hätte ich seine Abwesenheit nutzen und den Schreibtisch durchsuchen oder den Laptop nach verdächtigen Dateien filzen sollen, nach irgendwelchen Hinweisen, die mir einen Anhaltspunkt liefern konnten, womit ich es wirklich zu tun hatte. Sosehr es mich drängte, die Wahrheit herauszufinden, so war ich doch nicht imstande, mich zu bewegen. Die Aufregung der letzten Stunden hatte mir alle Kraft aus den Gliedern gesogen. Statt aufzustehen, lehnte ich mich zurück und schloss die Augen.

»Sie ist in Sicherheit.«

Erschrocken fuhr ich hoch und riss die Augen auf. Akashiel war zurückgekehrt, ohne dabei den geringsten Laut zu verursachen. Amber war nicht bei ihm. »Wohin hast du sie gebracht?«

»Sie ist immer noch in ihrem Unterschlupf«, erklärte er. »Ich habe lediglich einen Schleier über ihre Signatur gelegt, sodass niemand sie aufspüren kann. Das hält ein oder zwei Tage, dann werde ich ihn erneuern. Deine Freundin weiß nicht einmal, dass ich dort war.«

»Danke.«

»Das gehört zum Job«, erwiderte er lächelnd. »Mein persönliches Rundumschutzpaket. Ich war noch mal in deinem Hotelzimmer.« Er stellte meine Handtasche auf den Tisch. »Mehr habe ich nicht gefunden.«

»Mehr war auch nicht dort.«

»Ach ja, bevor du dich fragst, ob deine Verfolger dich finden können: Deine Signatur habe ich schon im Hotel verborgen.«

»Dann bist du also wirklich ein Engel.« Es war mir leichter gefallen, an Engel zu glauben, solange Akashiel noch eine gesichtslose Stimme gewesen war. »Wo sind deine Flügel?«

»Zu unpraktisch für den täglichen Gebrauch.«

Trotzdem musste er welche haben, ich hatte sie gesehen – in jener Nacht in meinem Garten. Womöglich konnte er sie wie Lea auch unsichtbar machen oder in irgendeiner Form verschwinden lassen.

»Ich kenne die Gemälde«, sagte er. »Ich weiß, dass ihr Menschen euch vorstellt, meinesgleichen würde in einem weißen Hemd, Harfe spielend auf einer Wolke sitzen.«

»Mit Pausbacken und Plüschflügeln«, ergänzte ich. Meine Worte entlockten ihm ein Grinsen, bei dem sich ein Paar Grübchen auf seinen Wangen bildeten.

Der einzige Ansatz einer Gemeinsamkeit, den er mit einem dieser pausbackigen Engel hatte, war die Wolke. Nur, dass sie in seinem Fall vom Duft seines Aftershaves stammte – das zugegebenermaßen ziemlich verführerisch roch.

»Du lächelst«, sagte er plötzlich. »Das ist schön.«

Ich lächelte tatsächlich, was mir erst durch seine Worte bewusst wurde. Doch auch wenn unsere Unterhaltung auf den ersten Blick leicht und locker wirken mochte, war es für mich der Versuch, mit der neuen Situation klarzukommen. Daran, dass ich noch immer unzählige Fragen hatte und durchaus wütend war, änderte es nichts.

»Wusstest du, dass –«

»Ich will nichts mehr über moppelige Engel hören.« So gelassen und entspannt ich mich vor zwei Sekunden noch gefühlt hatte, so ungeduldig wurde ich jetzt. »Ich brauche Antworten, Akashiel – und das am besten, bevor mir der Schädel platzt.«

»Und du wirst sie bekommen. Willst du eine heiße Schokolade?«

»Nein!«

Er neigte den Kopf zur Seite. »Wir können reden, während ich sie mache.«

Das war ein Argument, dem ich mich nur schwer entziehen konnte. Akashiel wusste das. Er hielt mir die Hand entgegen, und als ich sie ergriff, half er mir hoch und führte mich aus dem Arbeitszimmer.

»Wozu brauchst du eine Wohnung?«

Wir gingen einen karg möblierten Gang entlang, dessen dunkles Parkett edler war als jeder Fußbodenbelag, der sich in meinem Haus finden ließ. An den Wänden hingen ein paar hübsche mediterrane Gemälde, die von in die Decke eingelassenen Halogenspots ins rechte Licht gerückt wurden.

»Ich brauche einen Ort, an dem ich meine Aufträge bekommen und den Papierkram erledigen kann. Ich kann dir allerdings versichern, dass mein Internetanschluss ein wenig anders ist als gewöhnlich.«

Er hatte einmal davon erzählt, dass er Berichte über seine abgeschlossenen Fälle verfassen musste – unwillkürlich fragte ich mich, was in meinem wohl stehen würde, wenn es so weit war. Allerdings war ich nie auf den Gedanken gekommen, dass er das tatsächlich in Schriftform erledigte.

»Dann bist du hier gewesen, wenn wir uns unterhalten haben?«

»Meistens in meinem Arbeitszimmer«, bestätigte er meine Vermutung.

»Aber warum?«

»Warum was?«

»Warum diese Wohnung? Wozu ein Büro? Könntest du das nicht alles ...« Die Worte *vom Himmel aus* wollten mir einfach nicht über die Lippen kommen. »... von deiner Wolke aus erledigen?«

Akashiels Mundwinkel zuckten verdächtig.

»Wenn du über mich lachst, werde ich sauer.«

»Das tue ich nicht, Rachel.« Er legte mir eine Hand auf die Schulter und lotste mich zu einer Tür am anderen Ende des langen Ganges. Dahinter befand sich eine große, modern ausgestattete Küche mit einer Kochinsel in der Mitte. Er deutete auf den Tresen, vor dem drei hohe Hocker standen. »Setz dich.«

Nur zögernd folgte ich seiner Aufforderung und beobachtete, wie er einen Topf aus einem der Schränke holte und auf den Herd im Zentrum des Raums stellte.

»Der Himmel ist kein Ort, der über den Wolken liegt und von dem aus man nach unten auf die Erde blicken kann.« Er öffnete den chromblitzenden Kühlschrank, förderte eine Flasche Milch aus seinen Eingeweiden zutage und stellte sie neben dem Herd ab, ehe er sich daran machte, die Küchenschränke einen nach dem anderen zu durchsuchen. »Am ehesten trifft wohl zu, wenn ich dir sage, dass der Himmel, wie ihr meine Welt nennt, in einer anderen Dimension liegt.« Im dritten Schrank wurde er fündig. Mit einem triumphierenden »Ha!« griff er nach einer Flasche Schokoladensirup und kehrte damit an den Herd zurück, um die Milch in den Topf zu schütten.

»Auf der Erde bin ich in der Lage, mich binnen eines Herzschlages an einen Ort zu versetzen, an dem ich gebraucht werde. Eine Reise von meiner Heimat zur Erde nimmt deutlich mehr Zeit in Anspruch – Zeit, die ich im Ernstfall nicht habe.« Er stellte die leere Milchflasche zur Seite und sah mich an. »Deshalb sind wir auf der Erde stationiert. Wir haben Wohnungen und menschliche Identitäten, die es uns möglich machen, uns unter euch zu bewegen.«

»Sagtest du nicht, es sei dir verboten, dich den Menschen zu zeigen?«

»Das ist es auch – in meiner Funktion als Schutzengel.«

Er lehnte sich seitlich gegen die Arbeitsplatte, den Kochlöffel in der Hand, als wisse er nicht, ob er damit ein Orchester dirigieren oder jemanden erschlagen solle. »Deshalb gibt es Ash McCray. Er ist mein Alter Ego, wenn ich mich unter den Menschen bewege. Sein Name steht in meinem Pass, im Mietvertrag und auf meiner Kreditkarte. Es ist Ash McCray, der im Supermarkt einkaufen geht oder sich mit dem Pförtner oder den Nachbarn im Aufzug unterhält. Er ist es, der den Leuten Normalität vorgaukelt, sodass niemandem auffällt, dass ich weder jeden Morgen zur Arbeit fahre noch jemals ausgehe, um mich mit Freunden zu treffen – zumindest nicht mit menschlichen.«

Je mehr er erzählte, desto mehr Fragen gesellten sich zu denen, die ohnehin schon durch meinen Kopf wirbelten. »Du kaufst im Supermarkt ein?«

»Schau in den Kühlschrank, der ist randvoll.« Zum Beweis riss er beide Türen auf und ließ mich hineinsehen. Das Zeug, das sich darin stapelte, war noch schlimmer als der Kram in meinem Kühlschrank. Schokoriegel, Fertiggerichte, ein wenig Obst, Milch, Säfte, Limonaden und Bier. Außerdem Sandwichbrot, Wurst und Käse. Ganz hinten entdeckte ich noch ein großes Glas Mayonnaise.

»Dann musst du also essen?«

»Müssen nicht, aber ich tue es gern.«

In Anbetracht des ganzen Junks, der in seinem Kühlschrank lagerte, war seine körperliche Verfassung geradezu erstaunlich. Soweit ich es beurteilen konnte, hatte er kein Gramm Fett zu viel auf den Rippen und gerade ausreichend Muskelmasse, um als trainiert durchzugehen, ohne dabei aufgepumpt zu wirken. Auch wenn ich mit ihm in den letzten Tagen viel und oft gesprochen hatte, wusste ich doch nur wenig darüber, was sein Dasein ausmachte. Er bestand nicht aus Energie, sondern war ein körperliches Wesen, so viel war klar. Darüber hinaus wusste ich so gut wie nichts über ihn. »Atmest du?«

Meine Frage entlockte ihm ein Lächeln, als hätte er nur auf sie gewartet. Er warf einen kurzen Blick auf den Topf mit der Milch und reduzierte die Hitze, ehe er sich wieder mir zuwandte. »Die Schöpfung der Menschen erfolgte nach unserem Abbild. Ich atme, habe einen Herzschlag und auch sonst funktioniert mein Körper nicht anders als der deine.«

»Von gewissen Aspekten einmal abgesehen.«

»Ja, sicher. Du bist eine Frau, ich ein Mann. Da gibt es natürlich Unterschiede.«

»Die ich nicht meinte.« Es fiel mir schwer, mich zu konzentrieren. Ich wollte so viel wissen und musste mich ständig zwingen, ihn nicht nur mit Fragen zu bombardieren, sondern ihm auch Gelegenheit zu geben, sie zu beantworten. Dummerweise warf jede seiner Antworten ein Dutzend neue Fragen auf. »Ich sprach von Dingen wie Unsichtbarkeit, dem Beamen und der Tatsache, dass du meinen Kater wieder zum Leben erweckt hast.«

»Wir wären keine überlegenen Wesen, wenn der Chef euch all unsere Eigenschaften gegeben hätte.«

Es irritierte mich immer noch, wenn er vom Chef sprach. Abgesehen davon klang das Gerede von überlegenen Wesen ziemlich arrogant.

»Wenn du das arrogant findest, erzähle ich dir lieber nicht, wie die meisten Engel über euch Menschen denken.«

»Woher …? Gehört auch Gedankenlesen zu deinen Fähigkeiten?«

»Nur, solange dir deine Gedanken so deutlich ins Gesicht geschrieben stehen.«

Um ein Haar hätte ich laut aufgeatmet. Ganz gleich, wie verbunden ich mich ihm während der letzten Tage gefühlt haben mochte – vermutlich immer noch fühlte, sobald ich meine Wut und Verwirrung erst einmal überwunden hatte –, die Vorstellung, er könnte in meinen Gedanken lesen wie in einem offenen Buch, war einfach zu erschreckend. »Was denken denn die meisten Engel über uns?«, erkundigte ich mich vorsichtig, obwohl er das bereits angedeutet hatte.

»Für sie seid ihr eine minderwertige Rasse, mit der sie nichts zu tun haben wollen. Sie halten euch für eine Art Sozialprojekt des Chefs und wir Schutzengel sind alles andere als wohl gelitten. Allein die Tatsache, dass der Chef jemanden abstellt, der auf die Menschen aufpassen soll, empfinden sie als Skandal, und dass wir den Himmel verlassen und unsere Arbeit von der Erde aus erledigen, sehen sie als glatten Affront.«

»Moment! Soll das heißen, dass ihr Schutzengel …«

»Wir sind der Bodensatz der Engelsgesellschaft, wenn du so willst.« Er sagte es mit einem Lächeln, dennoch entging mir der Hauch von Bitterkeit nicht, der sich dahinter verbarg.

»Du würdest gern wieder dort leben statt hier auf der Erde, oder?«

Zu meinem Erstaunen schüttelte er den Kopf. »Nein. Das könnte ich gar nicht mehr. Dafür bin ich schon viel zu lange hier und habe mir die Gewohnheiten der Menschen zu sehr zu eigen gemacht. Ich würde mir nur wünschen, dass die Arbeit, die wir hier leisten, oben mehr Anerkennung fände.«

»Das klingt verbittert.«

»Eher desillusioniert.«

Nach allem, was er mir bisher über seine Aufgabe berichtet hatte, konnte ich das durchaus verstehen. Explodierende Bevölkerungszahlen, die es schwer machten, mit der Arbeit hinterherzukommen, und das, obwohl sich viele Menschen längst vom Glauben abgewandt hatten, und dann noch die eigenen Leute, die einem in den Rücken fielen und die Arbeit nicht guthießen. Dass einen das auf Dauer zermürben konnte, lag auf der Hand. Trotzdem schien Akashiel nach wie vor daran zu glauben, was er tat. Auch wenn es manchmal ein einsamer Kampf zu sein schien.

»Was ist mit Schlafen?«, platzte ich so unvermittelt mit der nächsten Frage heraus, die mir durch den Kopf ging, dass er zu lachen begann.

»Entschuldige«, winkte er ab. »Ich lache nicht über dich, aber die Gedankensprünge, die du hinlegst, sind einfach phänomenal!«

»Kein Wunder, so wie es in meinem Kopf zugeht«, brummte ich. »Du solltest langsam mal die Schokosoße in die Milch geben.«

Es war ihm hoch anzurechnen, dass er nicht noch einmal in Gelächter ausbrach, sondern sich bis auf ein Zucken der Mundwinkel beherrschen konnte. »Das Ansehen meiner Arbeit, ob ich schlafe und jetzt die Schokoladensoße«, sagte er mehr zu sich selbst, als er die Flasche öffnete und eine ordentliche Ladung in die Milch gab. »Das meinte ich mit Gedankensprüngen. Um auf deine Frage zurückzukommen«, er stellte die Flasche zur Seite und rührte die Milch um, die nun ein verführerisches Schokoladenbraun annahm, »ja, ich schlafe. Diese besonderen Fähigkeiten, von denen du einige bereits kennst, kosten Kraft. Im Schlaf regenerieren wir und laden unsere Akkus wieder auf.«

Allmählich bekam ich Kopfschmerzen. Davon wollte ich mich jedoch nicht bremsen lassen, solange ich noch so viele Fragen hatte, und eine Ungereimtheit lag mir ganz besonders am Herzen. »Wenn du dich nicht zeigen darfst, warum bist du dann in meinem Auto aufgetaucht und wieso standest du plötzlich als McCray vor meiner Tür? Von deinem Auftritt im Waschraum ganz zu schweigen.«

Akashiel schaltete den Herd ab, holte zwei Tassen aus

einem Schrank, goss die Schokoladenmilch hinein und stellte sie auf ein Holztablett. Dazu legte er noch eine Packung Kekse. »Lass uns ins Wohnzimmer gehen, dann erkläre ich dir alles.« Er nahm das Tablett und führte mich hin.

Beim Anblick der riesigen Fensterfront, hinter der sich die beleuchteten Silhouetten der Wolkenkratzer abzeichneten, blieb ich erstaunt stehen und starrte nach draußen. Die Space Needle schien zum Greifen nah. »Wir sind in Seattle?« Ich wusste nicht, was ich geglaubt hatte, wohin er mich bringen würde, aber damit, dass seine Wohnung in einem sehr weit oben gelegenen Stockwerk eines Wolkenkratzers mitten in einer Großstadt liegen könnte, hatte ich nicht gerechnet.

Akashiel stellte das Tablett auf dem Couchtisch ab und kam zum Fenster. Er blieb so dicht neben mir stehen, dass sich unsere Arme berührten. »Ich mag die Aussicht«, sagte er. »Abgesehen davon ist das die Ecke, für die ich zuständig bin – nicht allein, trotzdem gibt es genug Arbeit.«

»Ihr habt die Welt aufgeteilt?«, fragte ich ungläubig. »Wie Handlungsreisende, die für bestimmte Landstriche zuständig sind?«

»So in der Art.« Er legte mir einen Arm um die Schultern und drehte mich in Richtung der Couch. »Komm, setz dich, es gibt noch viel zu besprechen.«

Ich ging hinüber und ließ mich in die Polster sinken. Es war höllisch bequem – so sehr, dass ich fürchtete – offene Fragen hin oder her –, binnen zwei Minuten einzuschlafen, wenn ich sitzen blieb. Da ich jedoch zu müde war, um zu stehen, rutschte ich nach vorn, bis ich auf der äußersten Kante saß. Das war unbequem genug, um mich wach zu halten.

Akashiel stellte mir eine der Tassen vor die Nase und

schob die Kekse zu mir herüber. »Ich habe dir ja bereits erzählt, dass ich deine Akte auf den Tisch bekam und noch einmal nach dem Rechten sehen sollte«, begann er.

»Der Altfall.« Die Bezeichnung gefiel mir noch immer nicht – immerhin betraf sie mich und mein Leben. Nichts davon war alt.

Akashiel nickte. »Nur, dass ich deine Akte schon wesentlich früher hereinbekommen habe – am Tag deines Unfalls.«

Ich zog eine Augenbraue in die Höhe und wartete darauf, dass er weitersprach. Stattdessen griff er nach seiner Tasse und drehte sie auf dem Tisch hin und her, bis mir der Geduldsfaden riss. »Akashiel!«

Er sah auf. »Entschuldige.«

Während der nächsten Minuten erklärte er mir, wie er sich in meinen Wagen versetzt hatte – die Engel nannten es nicht beamen –, um zu sehen, ob es mir gut ging. Obwohl ich dazu gar nicht in der Lage hätte sein dürfen, konnte ich ihn sehen – woraufhin ich den Wagen in den Graben setzte. »Ich wollte herausfinden, ob es dir gut geht, deshalb war ich in diesem Waschraum. Unglücklicherweise konntest du mich dort auch sehen. Damit hatte ich nicht gerechnet. Ich wusste nicht, wie ich dir erklären sollte, was ich nicht erklären durfte, und ehe ich auch nur ansatzweise *irgendetwas* erklären konnte, wurden wir gestört.«

»Du meinst die Engelssache?«

Er nickte. »Wir haben Regeln, die sehr ernst genommen werden, und plötzlich steht jemand vor mir, der mich sehen kann, obwohl ich mich bewusst verborgen hielt! Ich habe es falsch angefangen und dir durch meinen Besuch in deinem Haus noch mehr Angst gemacht, statt dich zu beruhigen. Ab da blieb mir nichts anderes übrig, als außer Sicht zu bleiben.«

»Weshalb du zur Stimme in meinem Kopf wurdest.«

»Dein Freund Harvey, das unsichtbare weiße Kaninchen«, ergänzte er in Anlehnung an unsere erste Unterhaltung.

Ich trank von meiner Schokolade und wärmte meine kalten Fingerspitzen an der Tasse, doch das reichte nicht aus, um die Kälte zu vertreiben, die sich in einer Mischung aus Müdigkeit, Angst und Verwirrung immer mehr in mir ausbreitete. Akashiel stand auf, um die Klimaanlage auszuschalten. Als er zurückkehrte, hatte er eine Decke dabei. Er breitete sie aus und legte sie mir um die Schultern.

»Du solltest ein paar Stunden schlafen.«

»Abgesehen davon, dass es gerade einmal halb elf ist, würde das sicher großartig funktionieren, mit all den Fragen, die mir noch durch den Kopf schwirren.«

Seufzend ließ er sich wieder im Sessel nieder. »Wenn es dir zu viel wird, sag Bescheid, dann machen wir eine Pause.«

»Wenn es nach mir ginge, war dein Erscheinen auf meinem Rücksitz bereits zu viel.«

Als ich sah, dass er unter meinen Worten zusammenzuckte, wurde mir klar, wie das Gesagte auf ihn wirken musste. »Ich meine nicht, dass ich dir nie hätte begegnen wollen«, sagte ich schnell, »allerdings hätte ich es vorgezogen, wenn unsere erste Begegnung unter anderen Umständen stattgefunden hätte.«

»Verständlich.«

Ich zog die Decke über meinen Schultern zusammen und sah ihn an. »Warum bist du vorhin im Hotelbad aufgetaucht, wenn es gegen die Regeln ist, dich den Menschen zu zeigen?«

»Die Regeln haben sich geändert.«

28

Seine letzten Worte hatten Rachel zum Schweigen gebracht. Stumm saß sie da und sah ihn an, die Züge von einer Müdigkeit erfüllt, die nichts mit der Uhrzeit zu tun hatte. Am liebsten hätte Akashiel sie dazu gezwungen, sich hinzulegen und auszuruhen. Aber sie hatte recht: Ohne Antworten würde sie keine Ruhe finden.

»Letzte Nacht wurde in mein Haus eingebrochen«, beendete sie schließlich die Stille. »Ich habe versucht, dich zu erreichen, aber ich stieß immer nur auf diese schreckliche Leere.« Sie fuhr sich über die Augen. »Ich dachte, dir sei etwas zugestoßen.«

Akashiel lehnte sich im Sessel vor und griff nach ihrer Hand. »Ich war nur an einem Ort, zu dem du nicht durchdringen konntest. Es tut mir leid, dass dir das Angst gemacht hat, aber mir blieb keine andere Wahl.«

Dieser Ort, an den Japhael ihn geführt hatte, war eine Höhle weit unter der Erdoberfläche gewesen, deren Fels ringsum von Erzen und Metalladern durchzogen war, die es unmöglich machten, dort eine Signatur aufzuspüren. Es war der Ort, an dem Japhael die geretteten Nephilim vor ihren Verfolgern versteckte.

Rachel erwiderte den sanften Druck seiner Finger, eine Geste, die ihm zum ersten Mal in der langen Zeit, die er unter Menschen lebte, das Gefühl gab, wirklich lebendig zu sein.

»Ich weiß von dem Einbruch«, sagte er. »Ich war dort.«

»Popcorn sagte, du hättest den Eindringling vertrieben, aber danach … Warum bist du verschwunden?«

»Ich brauchte Antworten und die konnte ich hier nicht finden.«

»Du sprichst in Rätseln.«

»Seit dem Unfall gab es in deinem Leben einige Veränderungen, nicht wahr?«

Sie nickte.

»Rachel«, setzte er an, unschlüssig, wie er fortfahren sollte. »Was ich dir jetzt sagen werde, ist sicher nicht leicht zu verdauen, aber …« Wie brachte man jemandem schonend bei, dass er nicht der war, für den er sich sein Leben lang gehalten hatte?

»Spuck es einfach aus.«

»Bei dem Unfall … du bist in jener Nacht gestorben.«

»Für ein paar Minuten, ehe ich wiederbelebt wurde.«

»Das war keine Wiederbelebung.«

Seine größte Angst war es gewesen, dass sie ihm nicht glauben würde. Als er jetzt jedoch spürte, wie sich ihre Finger fester um seine Hand klammerten, wurde ihm bewusst, wie unbegründet diese Angst gewesen war. Sie sprach mit ihrer Katze und hatte die Existenz ihres Schutzengels akzeptiert. Sie würde nicht lange daran zweifeln, was er ihr zu offenbaren hatte, doch es würde ihr eine Höllenangst einjagen. Er strich mit dem Daumen über ihren Handrücken. »Du wurdest wiedergeboren.«

Er hatte damit gerechnet, mit Fragen – oder zumindest mit Widersprüchen – überhäuft zu werden, doch Rachel sagte nichts. Sie sah ihn einfach nur an, mit einer Miene, so undurchdringlich wie ein Fels.

»Keine Fragen?«

Sie schüttelte den Kopf. »Nicht, wenn die Antworten meine geistige Gesundheit gefährden könnten.« Dann seufzte sie. »Okay, vielleicht eine: Sollte man nach einer Wiedergeburt nicht als Säugling zur Welt kommen? Klein und unversehrt? Vielleicht kommt man auch als Tier oder Pflanze zurück, das hängt wohl vom Karma ab. Ich bin auf einer Intensivstation zu mir gekommen, so groß wie immer, nach wie vor menschlich und alles andere als unversehrt. Ich kann dir die Narbe an meinem Bauch zeigen, wenn du mir nicht glaubst.« Sie löste ihre Hand aus seiner und schob ihr Top ein paar Zentimeter nach oben, weit genug, um den hellroten Wulst zu offenbaren, der quer über ihren Bauch verlief.

Akashiel wollte ihr sagen, sie solle das lassen; stattdessen streckte er die Hand aus und berührte die Narbe, folgte ihr langsam und zog sich rasch zurück, als der Drang größer wurde, seine Finger weiterwandern zu lassen. »Ich weiß, dass das schwer zu verstehen ist«, fuhr er in erzwungener Ruhe fort. »Aber du bist nicht länger der Mensch, der du einmal warst. Du bist eine Nephilim.«

Rachel kniff die Augen zusammen. »Eine was?«

»Nephilim sind Mischwesen, gezeugt von einem Engel und einer Menschenfrau. Du bist ein Halbengel.«

Sie erwiderte Akashiels Blick starr, dann brach sie in Gelächter aus. »Entschuldige«, brachte sie hervor, nachdem sie sich wieder ein wenig beruhigt hatte, »aber wenn du meinen Vater kennen würdest, wäre dir klar, wie abwegig der bloße Gedanke ist, er könnte ein Engel sein.«

Akashiel erwiderte nichts.

»Warte!« Schlagartig wich alle Fröhlichkeit aus ihren Zügen. »Soll das heißen … willst du damit sagen, dass mein Vater – der Mann, den ich mein Leben lang dafür gehalten habe – nicht mein Vater ist?«

»Er ist nur der Mann, bei dem du aufgewachsen bist. Dein wirklicher Vater ist ein Engel.«

Rachel sah ihn mit großen Augen an. »Ist das der Grund, warum er nach Moms Tod so abweisend war?«

Akashiel nickte. Unter anderen Umständen hätte er dieses Wissen nicht mit ihr teilen dürfen, doch die Rahmenbedingungen hatten sich geändert – Rachel war nicht länger nur eine Schutzperson. Sie war so viel mehr als das. »In den Unterlagen deiner Mutter fand er einen verschlossenen Umschlag. Darin war ein Vaterschaftstest, der belegte, dass er nicht dein leiblicher Vater ist. Er ließ den Test wiederholen, aber das Ergebnis blieb dasselbe.«

»Das war der Grund für seine Veränderung.« Die Erkenntnis trieb ihr die Tränen in die Augen. »Deshalb wollte er nichts mehr mit mir zu tun haben und auch nie mit mir über Mom sprechen. Er konnte es nicht ertragen an sie zu denken, und mein Anblick hat ihn jeden Tag aufs Neue an ihren Betrug erinnert.«

Als Akashiel nach dem Tod ihrer Mutter nicht zu ihr durchgedrungen war, hatte er ihr Umfeld näher in Augenschein genommen und war dabei auf den Umschlag gestoßen. Rachels Vater mochte auf Außenstehende kalt und berechnend wirken, doch in Wahrheit war er ein gebrochener Mann, der nie die Kraft gefunden hatte, mit seinem Schmerz umzugehen.

»Erzähl mir mehr über diese Nephilim«, bat Rachel. »Was bedeutet es, einer zu sein?«

In erster Linie Gefahr. »Was ist mit deinem Vater? Wir können auch zuerst über ihn sprechen.« Akashiel wollte sie nicht mit allem überfallen und sie dann vollkommen überfordert mit all dem neu erworbenen Wissen sich selbst überlassen.

Sie schüttelte den Kopf. »Wenn das hier vorbei ist, werde ich mit Dad sprechen. Ihm sagen, dass ich von dem Umschlag weiß. Vielleicht können wir uns einander wieder annähern, wenn keine Geheimnisse mehr zwischen uns stehen. Abgesehen von dieser Nephilim-Sache. Ich vermute, dass ich darüber nicht sprechen darf, oder?«

»Schon um deiner eigenen Sicherheit willen nicht.«

»Das dachte ich mir.« Sie seufzte. »Also gut, ich bin bereit. Erzähl mir alles, was ich wissen muss.«

Akashiel griff nach seiner Tasse. Er ließ die Schokoladenmilch darin hin und her schwappen und beobachtete, wie sie sich träge im Kreis bewegte. Als er wieder aufsah, wusste er, wo er anfangen musste. »Einst wandelten einige Engel auf Erden, vom Chef gesandt, um über die Menschen zu wachen …«

Rachel sah auf. »Die Wächter«, sagte sie. »Diesen Teil der Geschichte kenne ich bereits. Sie haben die Menschen unterrichtet und ihr Wissen mit ihnen geteilt. Du bist einer von ihnen – ein Grigori.«

»Hast du das aus dem Internet?«

»Nein, von Kyle.«

»Wer ist Kyle?« Er hatte bereits einen Verdacht.

»Die Vertretung des Reverends.«

»Der Mann, der dich gestern Abend zu Amber gebracht hat?« Als sie nickte, unterdrückte er einen Fluch. »Hör zu, Rachel, dieser Mann ist nicht, was er zu sein vorgibt. Sein Name ist nicht Kyle, sondern Kyriel, und er ist ganz sicher kein Reverend. Er ist nicht mal ein Mensch. Ich weiß nicht, warum er hier ist, und auch nicht, was er von dir will, aber was er dir über die Grigori erzählt hat, ist falsch.«

Rachel starrte ihn an, als hätte er ihr einen Eimer Eiswasser ins Gesicht geschüttet. »Kyriel? Soll das heißen, er ist ebenfalls ein … Es würde Sinn ergeben, immerhin hat er mich gerettet, mehr als einmal.«

»Er ist kein Schutzengel«, sagte Akashiel schärfer als beabsichtigt. Die bloße Vorstellung, mit ihm in einen Topf geworfen zu werden, machte ihn wütend. Dabei traf Rachel keine Schuld. Sie wusste es nicht besser und war dem ausgeliefert gewesen, was ihr dieser Bastard eingeredet hatte. »Du musst mir vertrauen, wenn ich dir sage, dass er gefährlich ist.«

»Dann ist er wohl kein Ex-Marine?«

»Er ist ein gefallener Engel.«

»Ein was?«

»Vor Äonen waren einige Engel nicht mit dem Führungsstil des Chefs einverstanden und rebellierten gegen ihn. Was als verbale Auseinandersetzung begann, wurde bald zu einem bewaffneten Kampf.«

»Du sprichst von Luzifer, nicht wahr? Erzengel Michael wiegte ihn in Sicherheit, gab vor, sich ihm angeschlossen zu haben, und fiel ihm dann in den Rücken, um ihn in der letzten, alles entscheidenden Schlacht doch noch zu besiegen.«

Zumindest diesen Teil der Geschichte schien Kyriel wahrheitsgemäß erzählt zu haben. »Der Höllensturz«, nickte er. »Luzifer und seinem Gefolge wurden die Flügel genommen, ehe sie aus dem Himmel geworfen wurden und auf die Erde fielen. Hier wandeln die Gefallenen unerkannt und oft auch ungesehen unter den Menschen, so wie wir Schutzengel es tun. Sie gewinnen jene, die nicht stark genug sind zu widerstehen, mit ihren Einflüsterungen und scharen ihre Seelen um sich, in der Hoffnung, eines Tages ein Heer zu haben, das mächtig genug ist, erneut in die Schlacht zu ziehen. Kyriel war schon vor der ersten Schlacht Luzifers engster Vertrauter.« Nachdem Akashiel die beiden letzte Nacht zusammen gesehen hatte, zweifelte er nicht daran, dass er diese Position noch immer innehatte. »Er wirkt freundlich und hilfsbereit, aber er ist ein Opportunist, der nichts unternimmt, was ihm nicht in irgendeiner Form zum Vorteil gereicht. Wenn er dir also geholfen hat, dann nur, weil er sich etwas davon erhofft.«

»Meine Seele?«

»Ich denke, es hat eher etwas damit zu tun, was du bist.« Gestern Abend noch war ihm die Unterhaltung zwischen Luzifer und Kyriel rätselhaft erschienen. Nachdem er jedoch mit Japhael gesprochen hatte, sah er klarer. Nun wusste er, was Rachel war und was ihresgleichen bewerkstelligen konnte. Darauf hatten es die beiden abgesehen. Allerdings wollte er das im Augenblick lieber für sich behalten. Rachel hatte genug zu verdauen, auch ohne dass er sie mit dem Inhalt einer uralten Prophezeiung belastete. »Wenn du ihm noch einmal begegnen solltest, ruf sofort nach mir«, bat er. »Rede nicht mit ihm und lass dich auf nichts ein. Versprichst du mir das?«

Rachel sah ihn lange an. Er konnte sich vorstellen, wie es hinter ihrer Stirn arbeitete und wie sie abzuwägen versuchte, ob sie seinen – Akashiels – Worten mehr Gewicht und Vertrauen schenken sollte als denen eines Mannes, den sie als Reverend kennengelernt und von dem sie noch nie Schlechtes erfahren hatte. Akashiel jedoch kannte Kyriel. Im Laufe der Jahrtausende hatten sich ihre Wege immer wieder gekreuzt und nicht nur einmal war Kyriel hinter einer Seele her gewesen, die Akashiel schützen sollte. Ein Kampf – ohne Waffen ausgefochten –, den nicht immer die Guten gewonnen hatten. Der bloße Gedanke, der Gefallene könne Rachel bereits eingewickelt und für sich gewonnen haben, lastete wie ein dunkler Schatten auf ihm. Doch erst, als sie nickte, wurde Akashiel bewusst, wie angespannt er tatsächlich gewesen war. »Ich werde dein Vertrauen niemals enttäuschen, Rachel.«

»Das weiß ich.« In ihren Augen lag nicht der Schimmer eines Zweifels.

»Der schwarz gefiederte Engel, den du in deinem Garten gesehen hast, war nicht ich. Es war Kyriel.«

»Warum hast du …? Warum hat er …?« Verwirrung machte sich in ihren Zügen breit. »Ich dachte, er hat keine Flügel mehr.«

»Sie waren eine Illusion.« Akashiel konnte nur darüber spekulieren, warum Kyriel sich entschieden hatte, als ihr

Schutzengel aufzutreten. »Womöglich hat er sich erhofft, dein Vertrauen zu gewinnen oder dich durch diesen Auftritt zumindest in die Arme des Reverends zu treiben, damit er sich in dessen Rolle dein Vertrauen erschleichen konnte. Was mich angeht: Meine Versuche, als McCray Kontakt zu dir aufzunehmen, waren gescheitert, und als das, was ich wirklich bin, durfte ich mich dir nicht zeigen. Die Chancen, dass du mir abkaufen würdest, dein Schutzengel zu sein, statt sofort zum nächsten Psychiater zu laufen, waren größer, nachdem du bereits einen Engel gesehen hattest.«

»Du hast behauptet, dass ich dich zu Gesicht bekommen habe, sei ein Versehen gewesen.«

»Ich brauchte eine Ausrede.«

Wut blitzte in ihren Augen auf, war jedoch so schnell verschwunden, wie sie gekommen war. Sie atmete tief durch. »Luzifers Schergen sind also hinter mir her«, fasste sie zusammen. »Dann weiß ich jetzt zumindest, wie ich Lea und Nate einzuordnen habe.«

»Wer ist das?«

»Die beiden, die mich verfolgt haben.«

»Sie haben nichts mit Luzifer zu tun – sie sind Engel.«

Sie wirkte, als würde sie jeden Moment aufspringen und umherlaufen, doch sie blieb auf der Kante der Couch sitzen und verschränkte die Finger ineinander. »Bist du sicher?«

»Hundertprozentig.« Obwohl sie ihre Signatur verborgen hielten, konnte er sie im Hotel spüren; etwas, das immer dann möglich war, sobald er nahe genug dran war, wenn ein Engel auf seine Fähigkeiten zurückgriff. Ihnen hatte nicht die geringste Spur von Luzifers Aura angehaftet.

Sie grub ihre Finger in den Stoff ihrer Hose und zog daran, auf der Suche nach den nächsten Worten. »Ihr könnt euch gegenseitig aufspüren und offenbar auch uns … die Menschen. Wie macht ihr das?«

»Jedes Wesen hat ein einzigartiges geistiges Muster, ähnlich einem Fingerabdruck«, erklärte er. »Sobald wir einen Menschen – oder Engel – einmal berührt haben, kennen wir dieses Muster und sind in der Lage, ihm auch über weite Strecken hinweg zu folgen. Es ist wie ein Peilsender, wenn du so willst.«

»Warum haben sie mich dann erst im Hotel aufgespürt und nicht schon viel früher?«

»Wie bist du zum Hotel gekommen?«

»Mit dem Wagen.«

Das Auto hatte ihr das Leben gerettet und es ihm überhaupt erst ermöglicht, noch rechtzeitig einzuschreiten. Eine Stunde früher und er wäre noch in der Höhle gewesen und hätte ihren Ruf nicht gehört. »Das Metall hat die Signatur abgeschirmt und verhindert, dass sie dich aufspüren konnten.«

»Wenn das der Fall ist«, sagte sie nach einer kurzen Pause, »wie konntest du mich damals in meinem Wagen aufspüren und auf meiner Rücksitzbank landen?«

»Wegen des Stoffverdecks. Es war schwieriger als an einem Ort ohne Metall, aber das Verdeck hat mir genug Zugang gelassen, um dich dennoch zu finden.«

»Ist das auch der Grund, warum ich dich nicht erreichen konnte? Warst du an einem Ort mit Metall?«

Akashiel nickte.

In ihren Augen lag ein fiebriger Glanz, ein deutliches Zeichen dafür, dass sie allmählich an ihre Grenzen zu stoßen schien. Trotzdem bat sie: »Erzähl mir mehr über die Nephilim.«

Er setzte dazu an, ihr eine Pause vorzuschlagen, doch sie würde sie auch jetzt wieder ablehnen – und er konnte es verstehen. »Es gab zweihundert Grigori auf der Erde. Sie kamen den Menschen näher, als es für ihren Auftrag nötig gewesen wäre, und lebten schließlich unter ihnen, fasziniert vom Wesen der Menschen, das um so vieles einfacher und zugleich vielfältiger zu sein schien als das ihre. Sie beobachteten die Menschen und unterrichteten sie, wie es ihre Aufgabe war. Doch statt ihnen Kunst, Handwerk und Technologie nahezubringen, lehrten sie die Menschen verbotene Dinge wie Zauberei. Sie weihten sie in die Himmelsgeheimnisse ein, ließen sich mit den Menschenfrauen ein und zeugten Kinder mit ihnen. Eine Mischrasse.«

»Die Nephilim.«

»Die damaligen Nephilim haben jedoch nichts mit dir gemein. Auch die Menschen waren damals anders. Sie wurden weitaus älter als heute, mehrere Hundert Jahre – wie Methusalem –, und verfügten über Magie, weshalb die Kinder, die sie mit den Grigori zeugten … sie waren die Riesen der Vorzeit. Erfüllt von Boshaftigkeit, plünderten sie die Erde, fraßen Mensch und Vieh und wurden zur Gefahr für die Welt. Nichts auf der Erde konnte sie besiegen, deshalb beschwor der Chef die Große Flut herauf, um sie zu vernichten.«

»Die Sintflut?«

Akashiel nickte. »Vorher jedoch sandte er den Erzengel Uriel aus, um Noah zu warnen. Auf diese Weise verhinderte er, dass mit den Nephilim auch die Menschen ausgerottet wurden.«

»Was ist schiefgelaufen?«

»Die Nephilim wurden von ihren Erzeugern gerettet«, erklärte er. »Die Grigori bannten sie in Stein. Es heißt, dass sie dort noch heute ruhen und auf den Tag warten, an dem ihre Schöpfer sie befreien.«

»Warum haben sie das nicht längst getan?«

»Ich glaube, dass sie zwar eine Möglichkeit fanden, ihre Kinder zu schützen, aber damals noch nicht wussten, wie sie die Verwandlung wieder rückgängig machen sollten. So wie es aussieht, haben sie bis heute keinen Weg gefunden.«

Zumindest war es ihnen bisher nicht gelungen, denn der Weg existierte sehr wohl.

»Als der Chef Wind davon bekam, dass die Grigori ihn hintergangen und ihre Kinder vor der Sintflut in Sicherheit gebracht hatten, nahm er ihnen ihre Flügel und verbannte sie aus dem Himmel, woraufhin sich die Grigori Luzifer anschlossen.«

»Ist das der Grund, warum es euch verboten ist, euch zu zeigen?«

»Solange wir uns vor den Menschen verborgen halten, laufen wir nicht Gefahr, ihnen noch einmal zu nahe zu kommen.« In Rachels Fall hatte das allerdings von Anfang an nicht funktioniert. »Es ist uns verboten, uns mit Menschen einzulassen. Die Strafe dafür ist unsere Existenz. Es würde uns die Flügel kosten und alles, was uns ausmacht.«

»Aber die Regeln haben sich geändert«, wiederholte sie seine Worte von vorhin.

Wieder nickte er. »In deinen Adern fließt das Blut meines Volkes. Auch wenn du noch immer zum Teil ein Mensch bist, so bist du doch auch eine von uns.« Die Grenze existierte nicht mehr. Die Regeln waren hinfällig. Er durfte sich Rachel nähern, wann immer und wie immer er es wollte.

Eine Weile sagte sie nichts. Akashiel drängte sie nicht. Er wusste, dass sie ihre Zeit brauchen würde, um all das zu verarbeiten – weit mehr, als diese paar Augenblicke –, und er war bereit, sie ihr zu geben. Geduldig wartete er, bis sie so weit war, das Gespräch fortzusetzen.

»Wenn diese Riesen in Stein gebannt sind«, begann sie schließlich, »und diejenigen, die sich mit Menschen einlassen, derart drastische Strafen erwarten, wie kann es dann sein, dass es auch heute noch Nephilim gibt?«

Bis letzte Nacht hatte Akashiel selbst geglaubt, die Nephilim seien ausgestorben. Doch sie existierten nach wie vor, zwar in veränderter Form und in derart geringer Zahl, dass sie kaum auffallen mochten, aber es gab sie. »Ich schätze, in dieser Hinsicht sind wir Engel nicht anders als die Menschen. Nicht jeder kann einer verbotenen Versuchung widerstehen, ganz gleich, wie schlimm die Strafe auch ausfallen mag.« Er warf einen Blick in Rachels Tasse. Sie war leer. »Möchtest du noch etwas?«

»Im Augenblick nur Antworten.«

Er nickte. »Bis gestern hielt ich die Nephilim selbst noch für eine ausgestorbene Rasse.« So knapp und schonend wie möglich berichtete er, wie er an der Unfallstelle beobachtet hatte, dass ihr Lebensfaden gerissen war – und wie dieser kurz darauf plötzlich wieder zu sehen und zu fühlen war. »Ich dachte, ich hätte mich geirrt und es sei nicht weiter von Bedeutung. Nachdem ich jedoch diese andere Präsenz gespürt habe, die in dein Haus eingedrungen war, wusste ich, dass mehr dahinterstecken musste. Ich brauchte Antworten, deshalb wandte ich mich an Japhael. Er ist mein Freund und Mentor. Von ihm erfuhr ich, dass die Nephilim noch immer existieren und dass er es war, der das herausgefunden hat. Ich wurde sogar Zeuge einer Wiedergeburt.« Das tragische Ende, das diese Geburt genommen hatte, behielt er jedoch für sich. »Japhael ist für das Wohlergehen der Nephilim verantwortlich. Er spürt sie auf und bringt sie in Sicherheit.«

Dabei war es nichts weiter als ein Zufall gewesen, dass Japhael überhaupt herausgefunden hatte, dass es noch immer Nephilim gab. Seine kristallklaren Augen sahen nicht nur anders aus als alle Augen, die Akashiel jemals gesehen hatte, sie funktionierten auch auf andere Weise. Er sah die Welt nicht nur in ihren Farben, sondern auch mit allen vertretenen Auren. Menschen, so hatte ihm sein Mentor erklärt, waren von einer grauen Aura umgeben, während Engel stets in einem weißen Schein dahinschritten. Eines Tages jedoch hatte ihn ein Auftrag zu einer Frau geführt, die in eine silbergraue Aura gehüllt war. Es war Japhaels Aufgabe gewesen, sie von ihrem Liebeskummer zu befreien und zu verhindern, dass sie sich aus lauter Verzweiflung das Leben nahm. Er hatte auf ihren Geist eingewirkt und es war ihm tatsächlich gelungen, ihre depressive Stimmung zu vertreiben. Dennoch hatte er sie verloren. Sie war bei einem Ausflug in die Berge abgestürzt. Ihr Lebensfaden war gerissen und – wie bei Rachel – kurz darauf wieder deutlich sichtbar gewesen. Sie hatte mit zerschmetterten Knochen auf einem Felsvorsprung gelegen, unfähig sich zu bewegen und schon gar nicht in der Lage, sich ohne fremde Hilfe zu retten. Trotzdem hatte sie es geschafft. Im einen Moment hatte sie noch unten am Fuß des Berges gelegen, im nächsten Augenblick fand sich ihr zerschmetterter Körper an der Kante des Abhangs wieder, wo andere Wanderer sie gefunden und dafür gesorgt hatten, dass sie in ein Krankenhaus kam. Sie hatte sich mit der Kraft ihres Willens von einem Ort zum anderen versetzt.

Japhael suchte den Chef auf, um mit ihm über seine ungewöhnliche Beobachtung zu sprechen. Diesem war sofort klar, womit sie es zu tun hatten. Er zog Japhael von seiner Aufgabe als Schutzengel ab und übertrug es ihm, die Nephilim aufzuspüren und in Sicherheit zu bringen. Niemand durfte von der Existenz der Halbengel erfahren, denn das Wissen hätte Angst und Schrecken unter den Engeln verbreitet, hieß es doch, dass es die Hand eines Nephilim sein würde, die den Kampf zwischen Himmel und Hölle entscheiden würde.

Seither durchstreifte Japhael die Welt, auf der Suche nach Menschen mit jener besonderen Aura. Er spürte sie auf und brachte sie in jene Höhle, deren erzhaltiges Gestein ihre Signaturen verbarg. Die Höhle, in der Akashiel gestern gewesen war.

Anfangs war alles gut gegangen. Japhael hatte die Nephilim gesucht und in die Höhle geschafft. Jene, die er vor ihrer Verwandlung entdeckte, machten ihm kaum Schwierigkeiten. Der Mann auf der Brücke war eine der seltenen Ausnahmen gewesen. Japhael hatte ihn lange vor seinem Tod gefunden. Jeder Versuch, mit ihm zu sprechen und ihm behutsam klarzumachen, dass er etwas Besonderes war, scheiterte. Der Mann war so tief in Depressionen versunken, dass er nicht zuhören wollte. Deshalb war Japhael nichts anderes übrig geblieben, als abzuwarten, bis er als Nephilim wiedergeboren wurde. Der Feind jedoch, der in diesem Fall aus ihren eigenen Reihen stammte, hatte schneller reagiert als angenommen. Japhael hatte keine Erklärung dafür, doch sobald ein Nephilim seine Wiedergeburt durchlaufen und seine Fähigkeiten eingesetzt hatte, waren die Kriegsengel zur Stelle, um ihn zu töten. So wie gestern. Es war ein ungleicher Kampf, den er nur gewinnen konnte, wenn er verdammt schnell war oder wenn der wiedergeborene Nephilim noch nicht auf seine Kräfte zurückgegriffen hatte.

Jemand gab sich sichtlich Mühe, die Nephilim auszurotten, um zu verhindern, dass sie ihre Bestimmung erfüllen konnten.

»Dann werde ich verfolgt, weil ich eine Nephilim bin?«

Akashiel nickte. »Es gibt eine geheime Gruppe von Engeln, deren einziges Bestreben es ist, das unreine Blut der Nephilim auszulöschen.« Morgen oder in ein paar Tagen, wenn sie ein wenig Zeit gehabt hatte, sich mit alldem auseinanderzusetzen, würde er ihr den wahren Grund offenbaren, warum diese Kriegsengel versuchten, die Nephilim auszulöschen. »In Japhaels Unterschlupf wärst auch du in Sicherheit.«

»Wie lange soll ich dort bleiben?«

Darauf wusste Akashiel keine Antwort.

»Für immer?« Sie schnappte nach Luft. »Ich soll mich in einer Höhle verstecken, fernab vom Tageslicht, ohne meine Freunde sehen und mein gewohntes Leben weiterführen zu können?«

»Und unbehelligt von deinen Feinden.«

»Zu einem hohen Preis.«

Ab wann war ein Preis für ein Leben zu hoch? »Was hältst du davon, wenn du es dir zumindest einmal ansiehst? Dann kannst du immer noch entscheiden, ob du bleiben willst.« Japhael würde darauf bestehen, doch Akashiel würde nicht zulassen, dass er Rachel gegen ihren Willen dort festhielt.

»In Ordnung.« Als Akashiel aufatmete, hob sie die Hand. »Das bedeutet nur, dass ich darüber nachdenken werde.«

Es war weniger, als er sich erhofft hatte, doch für den Augenblick musste es genügen. »Wichtig ist«, fuhr er fort, »dass du deine Kräfte niemals einsetzt, um sie nicht auf dich aufmerksam zu machen.« Dann jedoch dachte er an Rachels Verfolger. »Dafür ist es wohl bereits zu spät, was?«

Rachel verzog das Gesicht. »Sieht ganz so aus.«

»Dann achte darauf, dass deine Signatur verborgen ist, wenn du es tust.«

Sie streifte die Decke ab, stand auf und ging zum Fenster. Eine Weile blieb sie vor der Scheibe stehen und blickte in die Dunkelheit hinaus, eine Dunkelheit, von der Akashiel vermutete, dass ihre Augen sie zu durchdringen vermochten. Als sie sich ihm wieder zuwandte, fragte sie: »Welche Fähigkeiten hat ein Engel? Ein paar kenne ich bereits, aber da ist noch mehr, oder?«

»Unter uns Engeln gibt es viele verschiedene Hierarchiestufen, und so unterschiedlich, wie unser Stand in der Gesellschaft ist, so verschieden sind auch unsere Fähigkeiten.« Die Schutzengel gehörten zu den mächtigsten unter ihnen, denn auch wenn sie im Himmel nicht hoch angesehen waren, so war es für ihre Arbeit von entscheidender Bedeutung, dass sie in der Lage waren, bestimmte Dinge zu tun. »Wir können Menschen beeinflussen, sowohl ihre Gefühle als auch ihre Taten.«

»Das war es, was du im *Pompeji* versucht hast, nicht wahr?«

Er hatte damals versucht, ihr einzureden, dass sie ihn nicht gesehen hatte, nachdem er feststellen musste, dass er für ihre Augen nicht unsichtbar war. Doch sie hatte sich auch dagegen immun gezeigt.

Ehe er jedoch etwas erwidern konnte, rief sie: »Lea hat ebenfalls versucht, mich zu beeinflussen. Sie wollte, dass ich zu ihr komme.«

»Aber es hat nicht gewirkt.«

»Anfangs schon. Es war wie … wie ein Bann, dem ich mich nur schwer entziehen konnte. Was noch?«

»Erinnerungen manipulieren.« Eines nach dem anderen zählte er ihr einige Dinge auf, die seinesgleichen konnte: Unsichtbarkeit. Versetzen. Heilung. Mit Tieren sprechen. Telekinese. »Es gibt so vieles, was wir können. Ich wüsste niemanden, der über alle Fähigkeiten verfügt, und bei jedem sind sie unterschiedlich stark ausgeprägt – wie eine Spezialisierung.«

»Was ist mit den Nephilim? Was können sie – wir?«

»Soweit ich Japhael verstanden habe, dieselben Dinge, die wir Engel auch können, wenn auch in abgeschwächter Form.«

»Aber ich fühle mich nicht, als könnte ich all diese Dinge.«

»Manchmal zeigen sich diese speziellen Fähigkeiten erst in einer Situation, in der sie wirklich gebraucht werden.«

29

Die fliegende Kakaopackung in Ambers Küche. Ich hatte den Kakao *wirklich* haben wollen. Mir schwirrte der Kopf von all den Erklärungen und Erkenntnissen, und obwohl ich das Gefühl hatte, dass mein Schädel jeden Moment platzen würde, drängten immer weitere Fragen nach. Gleichzeitig verspürte ich den wachsenden Drang, unkontrolliert zu kichern oder Witze zu reißen – ein deutliches Zeichen für meine Überforderung. Noch zehn Minuten und mir würde Rauch aus den Ohren steigen.

Ich weiß nicht, was mir mehr zu schaffen machte: dass ausgerechnet ich ein halber Engel sein sollte, oder dass es dort draußen tatsächlich Leute gab, die mir ans Leder wollten. Je länger ich darüber nachdachte, desto mehr kam ich zu dem Schluss, dass es eindeutig Letzteres war.

»Wie können Engel böse sein?«, versuchte ich meine Gedanken in Worte zu fassen. »Ich meine, ihr seid göttliche Wesen, denen das Leben heilig sein sollte. Was ist mit den Geboten? Gelten die nicht für euch? Oder gibt es ein elftes, das besagt: Den Nephilim sollst du ausradieren?«

Akashiel unterdrückte ein Grinsen, was einmal mehr diese Grübchen zum Vorschein brachte, deren Anblick mich jedes Mal fast meine Fragen vergessen ließ.

»Du lachst schon wieder über mich«, beschwerte ich mich.

»Entschuldige, aber deine Fragen sind – angesichts der Situation, in der du steckst – doch ziemlich eigenartig.«

»Was steht denn im Handbuch für Neu-Nephilim, wie ich mich benehmen sollte?«

Er zuckte die Schultern. »Das war ausgeliehen, als ich in die Bibliothek kam, ich kann also nur raten. Irgendetwas zwischen völligem Unglauben, Verleugnung und totaler Panik, würde ich sagen.«

»Solange ich mich noch nicht entschlossen habe, wo ich mich auf dieser Skala befinde, bleibe ich bei meinen eigenartigen Fragen.« Über das Stadium des Unglaubens war ich definitiv hinaus, seit mein Kater und mein Schutzengel mit mir sprachen. Verleugnung war ziemlich sinnlos und auch gefährlich, solange meine Feinde – Himmelarsch, ich hatte mein ganzes Leben noch keine Feinde gehabt, zumindest niemanden, der mir ernsthaft schaden wollte – versuchten mich umzubringen, und Panik würde nur die letzten klaren Gedanken dahinraffen und mich verwundbar machen. Aber wo stand ich? Was empfand ich nach all dem Irrsinn, den ich heute erfahren hatte? Erstaunen war das Erste, was mir in den Sinn kam, gefolgt von Unsicherheit. Nicht zu wissen, welche Auswirkungen das Nephilim-Sein auf mein gewohntes Leben haben würde, war ein harter Brocken.

»Du hast meine Frage allerdings immer noch nicht beantwortet.«

Akashiel schien tatsächlich Mühe zu haben, meinen Gedankensprüngen zu folgen. Einen Moment lang wirkte er, als sei er beinahe verzweifelt auf der Suche nach dem Sinn meiner Worte. Dann meinte er: »Die bösen Engel?«

Ich nickte.

»Im Gegensatz zu euch Nephilim, die ihr ein Leben als Mensch hinter euch habt, ehe ihr eure Wandlung und Wiedergeburt erfahrt, wurden wir als Engel erschaffen.« Ich ersparte es mir, einzuwenden, dass es für den ein oder anderen ein reichlich kurzes Menschenleben war, und ließ ihn ohne Unterbrechung fortfahren. »Wesen, die von Grund auf gut und rein waren. Doch über die Äonen haben sich einige verändert. Man könnte meinen, dass das nur die beträfe, die nun als gefallene Engel Luzifer dienen, doch dem ist mitnichten so. Die Gefallenen waren es, die ihren Gefühlen Ausdruck verliehen und dazu standen, bereit, den Preis dafür zu bezahlen und den Himmel zu verlassen – wenn auch nicht ganz freiwillig. Es sind die anderen, die ich für weitaus schlimmer halte. Jene, die noch immer unter uns im Himmel leben. Sie haben sich von der Macht ihrer Existenz verführen lassen und sind arrogant geworden.«

»So arrogant, dass sie selbst euch Schutzengel verachten.«

»Damit kann ich leben.« Er wirkte tatsächlich, als hätte er sich damit abgefunden. »Was es mir schwer macht, diese Typen zu akzeptieren, ist die Tatsache, dass sie die Schöpfung des Chefs ablehnen. Für sie sind die Menschen nicht mehr als ein Hobby, das sie belächeln, verachten oder hinter vorgehaltener Hand mit Spott überziehen.«

»So, wie ich jemanden auslachen würde, der gehäkelte Deckchen sammelt.«

Da war es wieder, dieses Grinsen! Plötzlich kam ich mir schrecklich einsam vor, mit all den Neuigkeiten, die ich zu verdauen hatte. Ich neigte dazu, Dinge mit mir selbst auszumachen, anstatt meine Probleme zu anderen zu tragen – jetzt jedoch wünschte ich mir eine Schulter, an die ich mich anlehnen konnte. Jemanden, der mich auffing und mir versicherte, dass alles gut werden würde. Da ich schlecht zu einem Engel gehen und ihn bitten konnte, mich festzuhalten, bis ich wieder Bodenhaftung hatte, blieb ich vor dem Fenster stehen, schlang die Arme um den Oberkörper und starrte in die Nacht hinaus. Nach und nach weichte die Finsternis hinter der Scheibe auf. Konturen wurden schärfer und Farben deutlicher, bis es kaum dunkler war als an einem wolkenverhangenen Tag.

Ich starrte noch immer auf die Linie der Wolkenkratzer, als ich eine Berührung in meinem Rücken spürte. Akashiel war hinter mich getreten, so leise, dass mir nicht einmal aufgefallen war, dass er sich bewegt hatte.

»Wie fühlst du dich?« Sein Mund war dicht neben meinem Ohr, nah genug, um mich die Frage unter dem Atem vergessen zu lassen, der warm über die Seite meines Halses strich.

»Okay«, presste ich hervor und vergaß jedes weitere Wort, als er seine Hände auf meine Schultern legte. Seine Handflächen strahlten eine Wärme ab, die mir durch und durch ging. Ich lehnte mich zurück. Nicht viel, gerade weit genug, um seine Körperwärme auch an meinem Rücken zu spüren. Schlagartig fühlte ich mich nicht mehr so allein.

»Ich habe dir heute viel zugemutet«, sagte er leise. »Das tut mir leid. Ich hätte es gern vermieden.«

»Ich schätze, in meiner Situation ist es nicht möglich, Informationen in leicht verdaulichen Häppchen serviert zu bekommen.«

»Nicht, wenn du genug wissen sollst, um dich nicht in Gefahr zu bringen.«

Es war ja nun wirklich nicht so, dass ich die Gefahr gesucht hatte – vielmehr hatte sie mich, ganz ohne mein Zutun, gefunden.

Seine Fingerspitzen strichen sanft über meine Schultern. »Du solltest dich jetzt wirklich ausruhen, Schneewittchen.«

»Warum nennst du mich so?«

»Du siehst aus, als hättest du Disney Modell gestanden.«

Was erwiderte man, wenn einem ein Engel ein Kompliment machte? Ich entschied mich für: »Deine Ähnlichkeit mit Harvey ist nicht ganz so groß«, und hätte mir am liebsten auf die Zunge gebissen, kaum dass die Worte meinen Mund verlassen hatten.

Akashiel lachte stumm in sich hinein. Ich spürte es mehr am Beben seines Brustkorbs und der Bewegung seiner Hände, als dass ich es hörte. »Nein, ich werde die Rolle als weißes Kaninchen wohl nicht bekommen.«

Daraufhin mussten wir beide lachen.

*

Schließlich gelang es Akashiel doch noch, mich dazu zu überreden, schlafen zu gehen. Vermutlich hätte ohnehin nicht mehr viel gefehlt und ich wäre tatsächlich im Stehen eingeschlafen. Er bestand darauf, dass ich in seinem Bett schlief und er die Wohnzimmercouch nahm. Auch wenn ich gern widersprochen hätte, war ich einfach zu müde, um mich auf eine lange Diskussion einzulassen. Nicht einmal fünfzehn Minuten, nachdem ich ihn als Harvey-Double ausgeschlossen hatte, lag ich in seinem frisch bezogenen Bett. Akashiel hatte die Tür nur angelehnt und das Licht auf dem Gang eingeschaltet gelassen, damit ich mich leichter orientieren konnte. Ein wenig fühlte ich mich dabei wie ein kleines Kind, das ein Nachtlicht brauchte, um schlafen zu können. Gleichzeitig fand ich es süß, dass er sich so viele Gedanken um meine Nachtruhe machte.

Obwohl ich davon überzeugt war, dass ich nach all dem, was heute geschehen war und was ich gehört und erfahren hatte, kein Auge zu tun würde, war ich eingeschlafen, noch bevor Akashiel zur Tür hinaus war.

Ich träumte wieder von der Höhle. Der Geruch von Salz und Meerwasser stieg mir in die Nase, eine eisige Brise zerrte mit solcher Gewalt an meinen Kleidern, als wolle sie mich auf etwas aufmerksam machen, doch ich war nicht in der Lage, meinen Blick von der Felswand abzuwenden. Dieses Mal brauchte ich mich nicht zu konzentrieren, um die Umrisse ausmachen zu können, die sich unter den Schatten im Fels verbargen. Ich wusste, dass sie da waren. Ihre Gegenwart war so greifbar, dass es unmöglich war, sie nicht zu spüren. Ich betrachtete die im Stein gefangenen Gestalten, meine Sinne erfüllt von brennendem Zorn, der von den Felswänden aufloderte wie riesige Stichflammen und meine Seele zu versengen drohte. Sie würden mich umbringen, bei lebendigem Leib auffressen, so, wie sie alles in ihrem Umkreis verschlingen würden. Ich krümmte mich vor Angst und versuchte zu schreien, doch kein Laut wollte über meine Lippen kommen.

»Hab keine Angst«, vernahm ich eine hallende Stimme. »Du bist, wo du hingehörst.«

Dann löste sich eine der Gestalten aus dem Fels und zerquetschte mich wie ein Insekt unter seiner riesigen Fußsohle.

Ich schreckte mit einem unterdrückten Schrei hoch. Licht zeichnete sich in einem kantigen Umriss auf dem Boden ab und einen Augenblick lang rechnete ich damit, jeden Moment die Gesichter im Fels zu sehen. Dann wurde mir bewusst, dass es das Ganglicht war, das durch den Türspalt in mein Schlafzimmer fiel. Akashiels Schlafzimmer. Ich atmete tief durch und wartete darauf, dass sich mein Herzschlag wieder beruhigte. Die grüne Leuchtanzeige des Weckers auf dem Nachttisch zeigte 2:37 Uhr – ich hatte gerade mal etwas über eine Stunde geschlafen.

Du bist, wo du hingehörst.

Die Träume hatten nach dem Unfall begonnen; keine drei Tage, nachdem ich die Schmerzmittel endgültig abgesetzt hatte. Beinahe so, als habe mein Unterbewusstsein nur darauf gewartet, dass die Drogen aus meinem Blut verschwanden, ehe es begann, mir Nachrichten zu senden. Hatte ich die ersten beiden Male nichts anderes als Angst verspürt, so begriff ich nun zumindest, was ich im Traum sah: die ersten Nephilim. Die Riesen der Vorzeit in ihrem Gefängnis aus Stein.

Frustriert darüber, dass ich wohl doch keine Ruhe finden würde, setzte ich mich auf. Mein Blick fiel auf den Fernseher, der am Fußende des Bettes auf einer Kommode stand. Vielleicht würden mir ein paar alte Filme oder Serien helfen, wieder einzuschlafen. Die Fernbedienung lag auf dem Fernseher und ich hatte nicht die geringste Lust, aufzustehen und das verflixte Ding zu holen. Akashiel hatte mich gewarnt, meine Kräfte nur einzusetzen, wenn meine Signatur verborgen war. Er hatte mich abgeschirmt, das hatte er selbst gesagt. Also war ich auf der sicheren Seite. Ich streckte die Hand aus und murmelte: »Komm her, Fernbedienung!«

Sie rührte sich nicht.

»Mach schon! Zwing mich nicht, dich zu holen.« Wie hatte ich es mit dem Kakao gemacht? Ich konnte mich nur noch erinnern, dass ich die Hand ausgestreckt hatte, kurz darauf war er mir auch schon entgegengeflogen.

Ich schloss die Augen und stellte mir die Fernbedienung vor, wie sie auf dem Gerät lag. Dann begann ich das Bild abzuwandeln, malte mir aus, wie sie sich vom Fernseher in die Luft erhob und auf mich zubewegte. Ganz langsam schwebte sie vor meinem inneren Auge, als hätten die Gesetze der Schwerkraft jede Wirkung verloren. Als ich etwas Kühles, Festes in meiner Hand spürte, riss ich die Augen auf.

Die Fernbedienung!

Überrascht ließ ich sie auf die Bettdecke fallen – und versuchte sofort, sie noch einmal mit bloßer Willenskraft in meine Hand zu zwingen. Sie ruckte und wackelte, hob aber nicht mehr ab. Trotzdem hatte es dieses Mal schon besser funktioniert als mit der Kakaopackung. Allerdings war es auch anstrengender gewesen. Mir war heiß und ich hatte das Gefühl, ersticken zu müssen, wenn ich nicht sofort frische Luft bekam.

Ich schlug die Decke zurück, stand auf und ging auf den Balkon hinaus. Eine kühle Brise schlug mir ins Gesicht und ließ meine Lebensgeister zurückkehren. Gleichzeitig weckte die kalte Luft jedoch unangenehme Erinnerungen an die Höhle in mir. Trotzdem wollte ich nicht ins Zimmer zurück, um mir eine Decke zu holen. Ich brauchte die Kälte, um den Kopf freizubekommen.

Die Aussicht von hier oben war wirklich atemberaubend. Ich trat an die Brüstung und blickte nach unten. Ein weiter Weg. Weit genug, um die Schwingen auszubreiten und sich vom Wind wieder nach oben treiben zu lassen? Ich hatte nicht einmal Flügel. Oder doch? Vorsichtig ließ ich meine Schulterblätter kreisen. Ich spürte den Muskeln und Sehnen nach, die sich unter den Bewegungen mal zusammenzogen, mal dehnten und suchte nach einem Hinweis auf etwas, das vorher noch nicht dort gewesen war. Etwas Großes wie ein Paar mächtiger weißer Schwingen.

Aber da war nichts.

Nicht mal ein Jucken.

Natürlich nicht.

Ich schaffte es gerade einmal, eine Fernbedienung eineinhalb Meter durch die Luft schweben zu lassen, und das nur unter großer Mühe und Anstrengung. Nicht auszudenken, was es mir abverlangen würde, zu fliegen.

Manchmal zeigen sich diese speziellen Fähigkeiten erst in einer Situation, in der sie wirklich gebraucht werden. Ich konnte mich wohl kaum einfach vom Dach stürzen, in der Hoffnung, dass mir rechtzeitig Flügel wachsen und mich davor bewahren würden, auf dem Straßenpflaster zerschmettert zu werden.

»Kannst du nicht schlafen?«

Akashiels Stimme ließ mich herumfahren. Lediglich mit einer seidenen Pyjamahose bekleidet, stand er in der Schiebetür und musterte mich. Sein halblanges Haar war vom Schlaf zerzaust und erweckte in mir das Verlangen, es mit den Fingern glatt zu streichen. Ich ballte meine Hände zu Fäusten und presste sie fest an den Körper, um gar nicht erst in Versuchung zu kommen.

»Nach einer Stunde war Schluss«, sagte ich frustriert.

»Und seitdem stehst du halb nackt hier draußen und frierst?«

Halb nackt war wohl nicht ganz zutreffend. Barfuß ja, aber ich trug noch immer meine Jeans und das Trägertop. »Erst habe ich versucht, die Fernbedienung fliegen zu lassen. Die hat sich aber nur eingeschränkt kooperativ gezeigt.«

»Und jetzt?« Er kam langsam näher, so vorsichtig, als fürchte er, mich zu verschrecken, wenn er sich zu schnell bewegte. Wofür hielt er mich? Ein Reh im Scheinwerferlicht? Sein Blick glitt an mir vorbei zur Brüstung in meinem Rücken. »Du versuchst doch nichts Dummes?«

»Du meinst etwas wie fliegen?«

»Zum Beispiel.«

»Vielleicht sollte ich einfach springen, um herauszufinden, ob ich es kann.«

»Du kannst es nicht!«, rief er mit einem Anflug von Panik in der Stimme.

Er glaubte doch nicht ernsthaft, dass ich mich in die Tiefe stürzen würde? Andererseits war er jetzt hier. Er könnte mich retten, falls etwas schiefging. Unschlüssig schob ich mich ein Stück näher an die Brüstung heran und spähte nach unten. Verdammt hoch. »Hast du nicht gesagt, manche Fähigkeiten würden sich erst zeigen, wenn sie gebraucht werden?«

»Nephilim haben keine Flügel!«

»Oh.«

Auch wenn mir der Gedanke ans Fliegen zu einem gewissen Grad Angst einjagte, enttäuschte es mich, dass ich dazu gar nicht imstande sein sollte.

»Was ist mit beamen?«, wollte ich wissen.

»Versetzen.«

»Okay. Was ist mit Versetzen?«

»Manche können es.«
Ich vermutlich nicht.
»Kann ich denn gar nichts von den coolen Sachen?«
»Gegenstände fliegen zu lassen, ist uncool?« Da war wieder dieses verführerische unterdrückte Grinsen. »Willst du wissen, wie es sich anfühlt, zu fliegen?«
»Mit dir?«
Sein Grinsen wurde breiter. »Ich kann dir auch einen anderen Engel rufen, wenn dir das lieber ist.«
»Was? Nein! Ich …« Mit ihm zu fliegen, bedeutete, ihm nah zu sein. Sehr nah. Das machte mich nervös, ganz besonders nachdem ich mich wieder daran erinnerte, dass Akashiel der Grund war, warum ich Kyles – Kyriels – Kuss nicht erwidert hatte. Herr im Himmel, mich hatte ein Anhänger des Teufels zu küssen versucht!
»Rachel?«
Jäh aus meinen Gedanken gerissen, sah ich ihn an. »Hm?«
»Stimmt etwas nicht?«
Ich zwang mich zu einem Lächeln. »Nur ein paar Gedankensprünge. Mach dir keine Hoffnungen, ich lass dich nicht daran teilhaben. Du würdest ohnehin nur wieder lachen.«
»Dir ist aber klar, dass ich nicht über dich lache, oder?«
»Ich denke schon.«
Er kam näher, so nah, dass ich zu ihm aufsehen musste, und legte mir die Hände auf die Oberarme. »Ich würde niemals über dich lachen«, sagte er ernst. »Dafür bedeutest du mir zu viel.«
Wie sollte ich das verstehen? Er war ein Engel, ich ein Mensch – zumindest zum Teil – und er kannte mich gerade einmal seit ein paar Tagen. Wie sollte ich ihm da etwas bedeuten? Andererseits war es nicht gerade so, dass ich mich nicht von ihm angezogen fühlte. Anfangs von seiner Stimme und dem, was er zu sagen hatte. Jetzt hatte diese Stimme

ein Gesicht – eines, das ich mit seinen kantigen Konturen, die so sehr im Gegensatz zu den warmen Augen standen, ausgesprochen faszinierend fand. »Ich würde gern wissen, wie es ist.« Und ich meinte wohl nicht nur das Fliegen.

Akashiel drehte mich herum, sodass ich mit dem Rücken zu ihm stand, und schlang die Arme von hinten um mich. »Mach dir keine Sorgen«, sagte er neben meinem Ohr. »Ich hab dich.«

Mit einem mächtigen Satz sprang er auf die Balkonbrüstung und nahm mich dabei so mühelos mit, als sei ich nur eine Feder und nicht jemand mit einer Vorliebe für Kakao und Kekse. Mein Blick schoss nach unten in die Tiefe, vorbei an meinen Zehenspitzen, die haltlos in der Luft hingen. Heilige Scheiße! Wenn ich wirklich mit dem Gedanken gespielt hatte, dort hinunterzuspringen, um herauszufinden, ob ich fliegen konnte, hatte ich nicht mehr alle Tassen im Schrank!

Ich war kurz davor einen Rückzieher zu machen, als er sich nach vorn fallen ließ und sich mit mir in die Tiefe stürzte. Der Wind erstickte meinen Schrei, riss ihn mir von den Lippen, ehe ich einen Laut formen konnte. Der Boden raste uns in sagenhaftem Tempo entgegen und für einen Moment fragte ich mich, was zuerst passieren würde: der Aufprall, unter dem mein Körper zerschmettert werden würde, oder dass mir das Herz stehen blieb.

Etwa zwanzig Meter über dem Boden endete der jähe Fall in einer sanften Kurve, an deren Ende wir über der Straße dahinglitten. Ein Schatten lag über mir, und als ich den Kopf wandte, sah ich ein Paar grauer Schwingen, das seinen Ursprung zwischen Akashiels Schulterblättern zu nehmen schien. Der Anblick war atemberaubend! Plötzlich wusste ich nicht mehr, wo ich zuerst hinsehen sollte – auf die nächtliche Stadt, die unter uns vorüberzog, oder auf den Engel, der mich fest in seinen Armen hielt. Beides war so wundervoll, dass es mir die Tränen in die Augen trieb – auch wenn ich mir einzureden versuchte, dass daran einzig und allein der Luftzug schuld war.

Getragen von der Strömung glitten wir dahin, unser Gleitflug nur hin und wieder von einem vereinzelten Flügelschlag unterbrochen, dessen Rauschen mich an eine stürmische See denken ließ. Ich lachte vor Freude und wünschte mir, dass dieses unglaubliche Erlebnis niemals enden würde. Es war unbeschreiblich! Akashiels Arme um meinen Körper, die mich sicher hielten, der Wind in meinem Gesicht und meinem Haar und unter mir die vorbeiziehenden Straßenschluchten Seattles.

Da ich nicht wusste, wo ich mit meinen Armen hin sollte, legte ich meine Hände auf seine Arme, die er fest um meine Taille geschlungen hatte. Ihm so nah zu sein, war beinahe ebenso unglaublich wie das Fliegen selbst. Ich fühlte mich so berauscht und ausgelassen wie schon lange nicht mehr.

Mein Blick glitt die nächtliche Straße entlang, wanderte über die beleuchteten Auslagen der Geschäfte mit ihren Neonreklamen und folgte den Rücklichtern und Scheinwerfern der wenigen Fahrzeuge, die zu dieser Zeit noch unterwegs waren.

»Was die wohl denken, wenn sie uns sehen?«

»Sie sehen uns nicht.«

»Nein?«

»Für sie sind wir so unsichtbar, wie ich es damals für dich hätte sein sollen. Solange sich nicht zufällig ein Nephilim zwischen ihnen aufhält, sind wir für die Menschen dort unten nicht vorhanden.«

Wir rauschten die First Avenue entlang, begleitet von der Musik, die aus den Nachtklubs und Diskotheken drang, schossen an bunt beleuchteten Bars und dunklen Geschäften vorüber und folgten der Waterfront am Pike Place Market vorbei, der um diese Zeit ausgestorben dalag, zwischen den Wolkenkratzern von Downtown Seattle hindurch. Am Westlake Center hielten wir uns über der Monorail in Richtung des Seattle Center, auf dessen Gelände sich auch die Space Needle in den nächtlichen Himmel reckte.

»Ich möchte da oben stehen!«, rief ich Akashiel zu, als wir auf den Ufo-förmigen Aussichtsturm zuflogen.

»Besser nicht.«

»Hast du Angst, dass ich abstürze? Du hältst mich doch.«

»Das schon, aber es ist windig und kalt. Du würdest nur frieren.«

Warm war es tatsächlich nicht und mein Trägertop war sicher nicht die geeignete Bekleidung, um mitten in einer windigen Nacht auf der Spitze eines 160 Meter hohen Turms zu stehen. Trotzdem war ich enttäuscht. Natürlich war ich schon öfter dort oben gewesen, dieses Mal wäre es jedoch definitiv eine ganz neue Erfahrung.

»Du willst das wirklich, oder?«

Ich nickte.

»Also gut. Nächster Halt: Space Needle.«

Wir wurden langsamer, und kurz bevor wir die Space Needle erreichten, brachte Akashiel uns in eine aufrechte Position, dann landeten wir sicher auf dem Dach oberhalb der Aussichtsplattform. Meine Knie waren weich vom Flug und hätten nachgegeben, wenn Akashiel mich nicht nach wie vor festgehalten hätte. Der Wind zerrte mit seinen kalten Fingern an mir, doch Akashiel hielt mich so fest umschlungen, dass ich nicht einmal ins Wanken geriet. Ihm selbst schienen die heftigen Böen nichts anhaben zu können.

Ich bewegte mich vorsichtig, obwohl das vermutlich gar nicht nötig gewesen wäre, denn Akashiel folgte jeder meiner Bewegungen, ohne seinen Griff auch nur ein wenig zu lockern.

Im Südosten zeichnete sich hinter den Wolkenkratzern im Stadtkern der verschneite Gipfel des Mount Rainier im Mondlicht ab. Mein Blick schweifte jedoch schnell weiter, fasziniert und angezogen von den Lichtern der Großstadt. Ich war in Seattle aufgewachsen und bildete mir ein, die Stadt in- und auswendig zu kennen, heute erschien sie mir hingegen zum ersten Mal aufregend fremd und neu. Wie mein Mathematikprofessor einmal gesagt hatte: Alles im Leben war eine Frage des Blickwinkels.

»Du zitterst.«

»Das macht nichts.« Es war mir nicht einmal aufgefallen, bevor er es ausgesprochen hatte. Dennoch hätte ich das hier um nichts in der Welt missen wollen.

Ich vernahm ein Rascheln, als er seine Flügel bewegte, und einen Herzschlag später legten sie sich wie ein schützender Kokon um mich und sperrten den Wind und die Kälte aus. Mit einem wohligen Seufzer lehnte ich mich gegen Akashiels Brust, während meine Augen sich nicht von der unglaublichen Aussicht lösen wollten.

Alles sah so winzig und unwirklich aus – ein Absturz aus dieser Höhe würde die Realität jedoch schnell wieder zurechtrücken. Vorsichtig wich ich ein Stück von der Kante zurück und wandte den Kopf, um Akashiel ansehen zu können. »Bin ich unsterblich?«

»So unsterblich wie wir Engel.«

Ich weiß nicht, ob es das war, was ich hören wollte. Natürlich hatte die Vorstellung ihren Reiz, für immer jung zu sein, niemals alt und krank zu werden und zu sterben. Aber was, wenn das ewige Leben gar kein so großer Spaß war? Wie würde es sein, den Menschen, die man liebte, dabei zuzusehen, wie sie langsam dahinsiechten, während man selbst sich nicht veränderte?

»Was ist mit Verletzungen?« Die Schmerzen, die ich nach

meinem Erwachen im Krankenhaus gespürt hatte, waren mir noch deutlich in Erinnerung.

»Du spürst Schmerz, doch selbst schwerste Verletzungen heilen – und das weitaus schneller als normal.«

Offen gestanden ist es ein Wunder, dass wir uns miteinander unterhalten können. Das waren Dr. Fiedlers Worte gewesen, nachdem ich im Krankenhaus zu mir gekommen war. »Ich müsste tot sein.« Nein! Ich war in jener Nacht gestorben. Dass ich noch hier war, lag einzig und allein an meiner Wiedergeburt, wie Akashiel es nannte. Die Erkenntnis traf mich so plötzlich, dass mir schwindlig wurde. Unwillkürlich klammerte ich mich fester an Akashiels Arme.

»Unfälle oder auch Menschen können uns verletzen, uns sogar so schlimmen Schaden zufügen, dass wir in ein Heilkoma fallen, töten jedoch kann uns nur ein anderer Engel.«

Und Engel waren die Guten, himmlische Heerscharen! Sie würden niemanden ihresgleichen umbringen – es sei denn, man war ein unreiner Mischling wie ich.

Als wir uns auf den Rückweg machten, versuchte ich jedes Detail meiner Umgebung aufzusaugen und zu einer unvergesslichen Erinnerung werden zu lassen. Meine Knie waren weich und ich wankte ein wenig, als Akashiel mich schließlich wieder sicher auf seinem Balkon absetzte.

Sobald er mich freigab, drehte ich mich zu ihm herum, um mir seine Flügel genauer anzusehen. Sie waren nicht einfach grau, wie ich erst gedacht hatte. Im Licht, das aus dem Schlafzimmer nach draußen fiel, schimmerten sie silbern. Obwohl ich sie bereits gespürt hatte, scheute ich davor zurück, sie einfach so zu berühren. Vorhin hatte Akashiel sie um mich gebreitet, doch womöglich mochte er es nicht, wenn jemand seine Flügel anfasste. Woher sollte ich wissen, ob ich damit nicht seine Intimsphäre verletzte?

»Du kannst sie ruhig anfassen.« Als ich noch immer zögerte, nahm er meine Hand und legte sie vorsichtig auf einen Flügel. Er fühlte sich weich und zugleich widerstandsfähig an. »Unter dem Gefieder sind Haut, Knochen, Muskeln und Sehnen.«

»Wie bei einem Hühnchen?«

Für einen Moment entgleisten seine Gesichtszüge, dann brach er in Gelächter aus. »Ja, wie bei einem Hühnchen.« Er hatte sichtlich Mühe, seine Fassung zurückzugewinnen. »Nur, dass du mich nicht in einen Grill bekommen wirst.«

»Und du hast behauptet, keine Flügel zu haben.«

Er schüttelte den Kopf. »Ich habe nur gesagt, dass sie für den täglichen Gebrauch zu unpraktisch sind. Sie sind immer da, gehören zu mir und sind ein Teil meines Wesens, allerdings verstehen wir uns darauf, sie zu dematerialisieren, solange wir ihrer nicht bedürfen.«

»Du stellst dir also vor, dass sie nicht da sind, und schwupp!, sind sie verschwunden, bis du sie wieder brauchst?«

»So in etwa.« Er strich sich über das Kinn, ein sinnloser Versuch, sein Schmunzeln zu verstecken.

»Das ist alles so verrückt.« Ich lehnte mich mit dem Rücken gegen die Brüstung und starrte auf den Boden zu meinen Füßen. Das Hochgefühl, das der Flug in mir geweckt hatte, war der Ernüchterung gewichen. Als ich aufsah, bemerkte ich, dass er mich aufmerksam musterte. »Denkst du, ich werde mich je daran gewöhnen, kein richtiger Mensch mehr zu sein?«

Akashiel kam näher. »Du weißt gerade mal seit ein paar Stunden von deiner Herkunft und du schlägst dich wirklich tapfer. Ich denke, du wirst schnell lernen, damit zu leben.« Seine Schwingen wurden durchscheinend, lösten sich langsam vor meinen Augen auf und waren einen Atemzug später zur Gänze verschwunden. Er legte mir einen Arm um die Schulter und führte mich nach drinnen. »Leg dich hin.«

Mit sanftem Druck schob er mich zum Bett und beobachtete, wie ich unter die Decke schlüpfte, ehe er die Balkontür schloss und Anstalten machte, das Schlafzimmer zu verlassen.

»Ich weiß nicht, ob ich schlafen kann.«

Akashiel blieb auf der Schwelle stehen und drehte sich noch einmal zu mir herum. »Soll ich bei dir bleiben?«

Mein Herz machte einen Satz. »Würdest du?«

Er schloss die Tür und kam zum Bett. Ich rückte ein Stück zur Seite und hob die Decke, um ihn darunter zu lassen.

»Du bist immer noch ganz kalt«, sagte er, als er neben mir unter die Decke schlüpfte.

Auf einmal war ich mir seiner Nähe so bewusst, dass es mir schwerfiel, einen ganzen Satz herauszubringen. »Nachtluft«, war alles, was mir über die Lippen kam, dann zog er mich in seine Arme. Sein Körper strahlte eine tröstliche Wärme ab und überall dort, wo er mich berührte, begann meine Haut zu kribbeln. Wie es wohl wäre, einen Engel – nein: *diesen* Engel – zu küssen? Unter anderen Umständen hätte ich womöglich einen Vorstoß gewagt, doch hier befand ich mich auf unbekanntem Terrain. Ich wusste nicht einmal, ob Engel überhaupt so etwas wie ein Liebesleben hatten. Womöglich wäre es ein schrecklicher Affront, ihm auf diese Weise nahe zu kommen – andererseits war ich mir ziemlich sicher, tiefere Regionen seines Körpers an meinem zu spüren, die sich ausgesprochen männlich anfühlten und durchaus auf meine Nähe reagierten.

»Wie ist das mit euch Engeln?« Auch wenn es mir grauenvoll peinlich war und ich nicht den Mut hatte, ihm dabei in die Augen zu sehen, musste ich die Frage einfach loswerden, wobei mir die Engel im Allgemeinen herzlich egal waren – mich interessierte nur einer. »Kennt ihr Beziehungen, wie wir Menschen sie führen?«

»Wir sind keine geschlechtsneutralen Wesen, wie wir von den Menschen oft dargestellt werden.«

Das war mir nicht entgangen.

»Durch unsere Unsterblichkeit besteht keine Notwendigkeit zur Reproduktion«, fuhr er fort und klang dabei mehr wie ein Sachbuch als wie ein fühlendes Wesen. »Sex war ursprünglich den Menschen vorbehalten, die Angehörigen meines Volkes sehen darin etwas Abstoßendes, Unreines.«

»Oh«, entfuhr es mir, was ihm ein Grinsen entlockte.

»Wir Schutzengel jedoch sind den Menschen näher als unserem eigenen Volk. Im Laufe der Jahrhunderte haben wir gelernt, dass es dabei um mehr als bloße Fortpflanzung geht.« Er suchte meinen Blick und nahm ihn gefangen. In seinen Augen lag eine derartige Intensität, dass mir ganz heiß wurde. »Es hat uns Jahrzehnte gekostet, das Wesen menschlicher Beziehungen zu erfassen«, sagte er, und obwohl sein Blick nichts von seiner durchdringenden Kraft verloren hatte, klang er wieder wie der Sprecher einer Dokumentation über das Liebesleben von Engeln. »Mit den Jahren jedoch haben wir das Konzept von Liebe und Beziehungen verstanden und begonnen, es auch in unserer Gemeinschaft umzusetzen. Im Laufe der Jahrtausende haben sich die Strukturen unseres Zusammenlebens mehr und mehr denen der Menschen angeglichen. Viele von –«

»Halt! Warte!« Ich setzte mich abrupt auf. »Sagtest du gerade Jahrtausende? Wie alt bist du?«

»Hättest du etwas gegen eine Beziehung zu einem älteren Mann?«

Ich überhörte das Wort Beziehung. Darüber nachzudenken, wie er das meinen könnte, hätte mich vermutlich überfordert. »*Wie* alt?«

»Als Geburtsjahr stünde in meiner Geburtsurkunde wohl: am Anbeginn der Zeit.«

»Das ist ziemlich alt, oder?«

»Aber ich bin noch ganz gut in Form.«

Über jene Teile seines Körpers, die ich bisher zu sehen bekommen hatte, ließ sich in der Tat nicht meckern. »Darum geht es doch gar nicht! Ich versuche nur …«

»Was versuchst du?«, fragte er sanft. »Etwas über unsere Kultur herauszufinden oder darüber, ob ich Single bin?«

Mein Gesicht wurde brennend heiß. »Beides?«, gestand ich kleinlaut.

Ich rechnete damit, dass er einmal mehr in Gelächter ausbrechen würde, doch er blieb vollkommen ernst. »Dann lass mich weitersprechen, ich versuche nämlich gerade, dir beide Fragen zu beantworten.«

»Dann mach schnell«, brummte ich, »bevor ich vor Scham im Boden versinke.«

Akashiel legte es jedoch sichtlich darauf an, mich zu quälen. Ein einfaches »Wir leben und lieben wie Menschen und ich bin ungebunden« – oder gebunden, was ich nicht hoffte – hätte mir vollkommen gereicht. Er jedoch sagte: »Viele von uns leben in Partnerschaften – mit allem, was dazugehört –, und solange wir darüber unsere Arbeit nicht vernachlässigen, hat der Chef auch nichts dagegen einzuwenden.«

»Beziehungen am Arbeitsplatz. Ein schwieriges Feld.« Am liebsten hätte ich ihn gepackt und geschüttelt, doch nach all meinen Fragen hielt er mich vermutlich ohnehin schon für ein durchgedrehtes Engelsgroupie. Weiter in ihn zu dringen, würde das nicht besser machen. »Vielleicht sollten wir das Thema wechseln«, schlug ich vor. »Oder ich drehe mich einfach um und schlafe.« Ich rutschte in seinen Armen nach unten und zog mir die Decke bis zur Nasenspitze hoch.

»Vielleicht kann ich dir aber auch einfach sagen, dass ich

in der Vergangenheit in einigen Beziehungen gelebt habe, darin aber nie die Erfüllung gefunden habe, nach der auch die Menschen suchen?«

»Das wäre durchaus eine Option.«

30

Als Akashiel erwachte, schlief Rachel noch immer in seinen Armen. Es war ihr schwergefallen, Ruhe zu finden. Ihre Unterhaltung schien jedoch geholfen zu haben – zumindest war sie ab einem gewissen Punkt so peinlich berührt gewesen, dass sie sich lieber zusammengerollt und die Augen geschlossen hatte.

Die Erinnerung an das Gespräch entlockte ihm ein teils zufriedenes, teils amüsiertes Lächeln. Zufrieden darüber, dass sein Interesse an ihr nicht von einseitiger Natur zu sein schien, und amüsiert angesichts ihrer teilweise sehr offenen Fragen, die ihr zugleich immer wieder die Röte ins Gesicht getrieben hatten.

Er hatte es genossen, sie zu necken und dazu zu bringen weiterzubohren, und sich mehr als nur einmal innerlich vor Lachen gekrümmt. Nur zu gern hätte er sie geküsst. Da er jedoch nicht wusste, wie weit zu gehen sie bereit war, hatte er sich zurückgehalten und auch versucht, sie die Erregung nicht zu deutlich spüren zu lassen, die ihre Nähe in ihm auslöste.

Bisher hatte sich Akashiel in Beziehungen schnell eingeengt gefühlt. Von Zeit zu Zeit hatte er sich dennoch auf eine eingelassen, hin und wieder mit dem Gefühl, dass es dieses Mal anders sein könnte. Doch das war es nie. Er hatte nie viel empfunden – bis er Rachel begegnet war. Zum ersten

Mal verspürte er den Wunsch, sich wirklich auf jemanden einzulassen – und hatte höllische Angst davor, dass sie seine Gefühle nicht im selben Maße erwidern könnte.

Ihre Reaktion auf all die Dinge, die er ihr vergangene Nacht eröffnet hatte, erstaunte ihn noch immer. Sie musste vollkommen verwirrt und überfordert sein, trotzdem war sie unvoreingenommen an die Sache herangegangen und hatte sowohl ihrer Neugierde als auch einer gesunden Skepsis Raum gelassen.

Sie so dicht an der Balkonbrüstung stehen zu sehen, hatte ihn erschreckt. Einen endlos scheinenden Moment lang hatte er befürchtet, ihr zu viel zugemutet zu haben. Zu seiner Erleichterung hatte er schnell herausgefunden, dass sie zwar mutig und neugierig, aber nicht lebensmüde war. Mit ihr zu fliegen, war einfach wunderbar gewesen. Er hatte es genossen, ihr so nah zu sein und zu spüren, wie viel Vertrauen sie ihm entgegenbrachte.

Als sie sich in seinen Armen zu regen begann, rückte er ein Stück von ihr ab. Sie gab ein unverständliches Murmeln von sich, schlug die Augen auf und blinzelte gegen das Tageslicht an, das zum Fenster hereinfiel.

Sehr vorsichtig, fast schon schüchtern, wandte sie den Kopf und sah Akashiel an. »Auf einer Skala von eins bis zehn – wie peinlich habe ich mich gestern benommen?«

»Minus fünf«, sagte er. »Was den Unterhaltungswert angeht, gebe ich dir allerdings eine Zwölf.«

»Das macht einen Schnitt von sieben, was reichlich peinlich bedeutet.«

»Rachel«, er stützte sich auf den Ellbogen, um sie besser ansehen zu können. »Letzte Nacht wurde alles, was du bisher über dein Leben zu wissen glaubtest, auf den Kopf gestellt. Du hast Fragen gestellt und versucht herauszufinden, was diese Veränderungen für dich und deine Zukunft bedeuten.

Daran ist nichts, aber auch gar nichts, was dir auch nur im Mindesten unangenehm oder gar peinlich sein müsste.«

»Ich habe da ein paar Fragen gestellt …«

»… die durchaus geklärt werden mussten.«

Sie sah ihn lange an, als versuche sie herauszufinden, ob es ihm ernst war oder ob er sie aufzog. Schließlich seufzte sie. »Wie geht es jetzt weiter?«

»Mit uns?«

»Mit allem.«

»Ich würde vorschlagen, du gehst ins Bad, während ich uns Frühstück mache, und dann können wir uns in aller Ruhe darüber unterhalten.«

Sie war so schnell durch die Tür im angrenzenden Badezimmer verschwunden, dass Akashiel sich fragte, ob Schnelligkeit eine ihrer besonderen Fähigkeiten sein könnte, doch es war wohl eher der Wunsch, weiteren unangenehmen Momenten zu entfliehen, der ihr Beine gemacht hatte.

Akashiel tauschte rasch die Pyjamahose gegen ein Paar verwaschene Bluejeans und streifte sich ein weißes T-Shirt über, dann ging er in die Küche und setzte Milch für die Schokolade auf. Da er nicht wusste, was Rachel zum Frühstück mochte, stellte er alles auf den Tresen, was der Kühlschrank und die Speisekammer hergaben – vom Müsli über Toastbrot, Marmelade, Erdnussbutter, Wurst und Käse bis hin zu Keksen und Obst.

Als Rachel hereinkam, blieb ihr Blick sofort am Tresen hängen. »Hast du einen Supermarkt überfallen?«

»Ich wusste nicht, was du magst.«

Sie deutete auf die Tasse, in der die heiße Schokolade dampfte. »Ich fange damit an und arbeite mich dann langsam durch das Angebot.«

Akashiel rückte ihr einen der hohen Stühle zurecht und ließ sich neben ihr nieder. Sie aßen Müsli und Toast, Rachel trank ihre Schokolade, während Akashiel nach der ersten Tasse lieber auf Kaffee umstieg, und sie sprachen nur wenig. Es war eine angenehme Stille, ein Schweigen, wie man es nur mit jemandem teilen konnte, in dessen Nähe man sich uneingeschränkt wohlfühlte.

Nachdem sie gegessen hatten, half Rachel ihm, das Geschirr und das übrige Essen wegzuräumen, ehe sie ins Wohnzimmer hinübergingen und sich auf die Couch setzten.

»Musst du nicht arbeiten?«, wollte Rachel wissen. »Ich will dich nicht von etwas Wichtigem abhalten.«

»Keine Bange, das tust du nicht. Wir beide werden jetzt arbeiten.«

»Willst du mich zu deinem Gehilfen machen?«

»Du musst lernen, deine Signatur zu verbergen«, sagte er. »Sonst wird dich jeder Engel und jeder Gefallene, der dich auch nur einmal berührt hat, immer und überall finden.«

»Das geistige Muster?«

Er nickte. »Damit du geschützt bist, werde ich dir als Erstes beibringen, wie du deinen Geist verschließen kannst. Mach die Augen zu.«

Sie folgte seiner Aufforderung. Bevor er jedoch erste Anweisungen geben konnte, öffnete sie sie wieder ein Stück und spähte unter den Lidern hervor. »Was ist der nächste Schritt, wenn ich das gelernt habe?«

»Dann wirst du lernen, wie du einzelne Personen zulassen oder aussperren kannst.«

Jetzt öffnete sie die Augen ganz. »Heißt das, wenn ich meinen Geist verschließen kann, bist auch du nicht mehr in der Lage, mich zu finden?«

»Deshalb werde ich dir beibringen, zu differenzieren«, sagte er. »Zuerst musst du jedoch die Grundlagen beherrschen.«

»Also gut, legen wir los.« Sie schloss die Augen. Ihre

Hände lagen locker auf den Knien, ihr Atem ging ruhig und regelmäßig und ihre Züge wirkten entspannt.

Akashiel hatte noch nie jemandem beigebracht, seine Signatur abzuschirmen, sodass es ihm zunächst nicht ganz leichtfiel, die richtigen Bilder und Worte zu finden. Wie sollte er jemandem etwas beschreiben, das für ihn selbst vollkommen natürlich und selbstverständlich war?

»Das Gehirn sendet eine ständige Strahlung aus, in der sich die Signatur verbirgt«, begann er.

»Wie ein Sendemast für Mobiltelefone?«, fragte sie, ohne die Augen zu öffnen.

»Ja, in etwa.«

»Kann ich dann auch lernen, andere aufzuspüren?«

Auch das würde er ihr beibringen, zuerst jedoch war wichtig, dass sie sich verbergen konnte. »Lass uns einen Schritt nach dem anderen machen, okay?«

»Okay.«

»Jetzt stell dir deinen Kopf vor, umgeben von einem Strahlenkranz, dessen lange Arme sich in alle Himmelsrichtungen ausstrecken. Hast du das?«

Sie legte die Stirn in Falten und neigte den Kopf zur Seite. Hinter ihren Augenlidern bewegten sich die Pupillen, als versuche sie krampfhaft, ein Bild zu erfassen. Schließlich nickte sie.

»Und jetzt stellst du dir einen Schalter vor – im Augenblick ist er eingeschaltet. Ich möchte, dass du ihn umlegst und damit den Strahlenkranz deaktivierst.«

Seinen Worten folgte eine lange Pause. Die Bewegung ihrer Pupillen wurde rasanter, als folgten ihre Augen einem unglaublich schnellen Tennismatch. »Umgelegt«, meldete sie nach einer Weile.

Akashiel streckte seinen Geist aus und tastete nach ihrer Signatur. Der Schleier, den er darüber gelegt hatte, war noch intakt. Da er ihn jedoch erschaffen hatte, gelang es ihm mühelos, ihn zu durchdringen und dahinterzublicken, wo ihre Signatur deutlich zu erkennen war. »Es hat nicht funktioniert. Versuch es noch einmal.«

Das tat sie. Wieder und wieder. Sie arbeiteten am Bild des Strahlenkranzes und des Schalters, mit dessen Hilfe sie ihn deaktivieren sollte, doch es funktionierte nicht. Sosehr sie sich auch bemühte, die Signatur ließ sich nicht verbergen.

»Wieder nicht«, sagte er nach dem fünfzehnten – vielleicht war es auch schon der zwanzigste – Versuch.

Rachel schlug sich frustriert mit der Faust auf den Oberschenkel und öffnete die Augen. »Ist es möglich, dass ich kein Talent dafür habe?«

Er schüttelte den Kopf. »Du musst nur erst den Dreh rauskriegen.«

Sie blickte so gequält drein, dass er die Hand ausstreckte und ihr über die Wange strich. »Das schaffst du schon.« Er ließ seine Finger auf ihrer Wange ruhen, und als sie ihm in die Augen sah, war ihr Blick so intensiv, dass er nicht länger widerstehen konnte. Er beugte sich zu ihr hinüber und küsste sie. Rachel erwiderte seinen sanften Kuss, und als er seinen Mund mit mehr Leidenschaft auf ihren presste, schloss sie die Augen und ließ ihn gewähren. Akashiel spürte, wie die Erregung der vergangenen Nacht in seinen Körper zurückkehrte. Er hob Rachel auf seinen Schoß und sie schlang die Arme um seinen Nacken. Seine Zunge glitt ihren Mundwinkel entlang, auf der Suche nach Einlass. Als sie die Lippen öffnete und er in ihren Mund vorstieß, entfuhr ihr ein gedämpftes Stöhnen. Er zog sie noch näher heran. Sein Glied pulsierte unter dem Reißverschluss seiner Jeans und es fiel Akashiel schwer, an etwas anderes zu denken als an die wundervolle Frau in seinen Armen. Rachels Zunge begegnete der seinen in einer Intensität, wie er es bisher noch nie erlebt hatte. Mal zärtlich und sanft, mal neckend und dann wieder voller Leidenschaft ergab sie sich seinen fordernden Küssen und erwiderte sie, bis ihm beinahe schwindlig wurde. Sein Atem beschleunigte sich und sein Körper brannte darauf, mehr zu berühren als ihre Lippen. Da spürte er, wie ihre Hände unter sein T-Shirt wanderten und forschend seinen Oberkörper erkundeten. Er schob seine Hände unter ihr Top und ließ sie sanft über ihre Seiten und ihren Rücken gleiten, hinauf zu ihren Brüsten.

Plötzlich erstarrte sie in seinen Armen und löste sich von seinen Lippen. »Mein Gott«, brachte sie atemlos hervor. »Was musst du von mir denken! Normalerweise lasse ich mich nicht so schnell auf jemanden ein. Aber bei dir … Ich habe das Gefühl, dich schon viel länger zu kennen, nicht erst seit gestern Nacht.« Ihre Brust hob und senkte sich unter schnellen Atemzügen, ihre Wangen waren gerötet und die Lippen von seinen Küssen leicht geschwollen.

»Gestern Nacht hast du mich zum ersten Mal *gesehen*«, korrigierte er. »Aber du kennst mich bereits. Wir unterhalten uns seit Tagen, und auch wenn du bisher nicht wusstest, wie ich aussehe, so weißt du zumindest, was ich denke und wie ich bin.«

Sie kniff die Augen zusammen, ein Ausdruck, den er immer dann an ihr beobachtete, wenn sie über etwas nachdachte, und verlagerte ihr Gewicht, wobei sie ihm unabsichtlich noch näher kam. »Du hast recht«, sagte sie nach einer Weile. »Trotzdem fühlt es sich …«

»… merkwürdig an?«

»Ja. Nein!« Sie schüttelte hastig den Kopf. »Das hat nichts damit zu tun, dass ich nicht wollte oder du nicht wunderbar wärst. Es ist einfach …«

»… der falsche Zeitpunkt«, beendete er erneut ihren Satz und spürte Enttäuschung in sich aufsteigen.

Wieder schüttelte sie den Kopf. »Nein, auch nicht. Es ist ungewohnt – das ist es! Ich meine, ich bin es gewohnt, mit jemandem auszugehen, mich zu unterhalten, Kino, Konzerte, Restaurantbesuche, während der man einander kennenlernt, bevor … Ich habe all das noch nie mit jemandem erlebt, der die meiste Zeit während unseres Kennenlernens unsichtbar war.«

»Stell dir doch einfach vor, ich wäre eine Internetbekanntschaft.«

Sie zog eine Grimasse. »Im Internet sind zu viele Verrückte unterwegs.«

Akashiel biss sich auf die Zunge, um nicht laut loszulachen, und strich ihr das Haar aus dem Gesicht. »Ich weiß, dass das alles nicht leicht zu verdauen ist, und du hast eine Menge anderer Dinge, an die du dich jetzt gewöhnen musst. Ich wüsste nur gern, ob es falsch ist, mir Hoffnungen zu machen.«

»Nein, das ist es nicht«, sagte sie ernst. Dieses Mal war ihr Kuss voller Zärtlichkeit und erfüllt von einem Versprechen jener Dinge, die in der Zukunft auf sie beide warten mochten. Nachdem der Kuss geendet hatte, zog er sie in seine Arme und hielt sie für eine Weile einfach nur fest. Es fühlte sich wunderbar an und zum ersten Mal begriff Akashiel, was es bedeutete, jemandem näherzukommen.

»Versuchen wir es noch einmal mit deiner Signatur.« Es fiel ihm schwer, sie freizugeben, dennoch war es wichtig, dass sie lernte, sich abzuschirmen. Womöglich konnte er nicht immer in ihrer Nähe sein, um sie zu beschützen.

Die Zeit flog nur so dahin, während Rachel darum kämpfte, sich ihre Signatur erst vorzustellen und sie dann auszuschalten – zunächst weiterhin ohne Erfolg. Nach einer Weile versuchten sie es mit anderen Bildern. Allesamt grandiose Fehlschläge. Als Akashiel einmal den Raum verließ, um etwas zu trinken zu holen, tastete er bei seiner Rückkehr automatisch nach Rachels Signatur. Und griff ins Leere.

»Wie hast du das gemacht?«

»Meine Signatur ist eine Kerze. Zumindest stelle ich sie mir so vor wie die Hitzestrahlen, die sich von der Flamme ausgehend ausbreiten.«

»Und dann hast du an so ein Metallding gedacht, unter dem die Flamme erstickt wird?«

Sie schüttelte den Kopf. »Nur, wie ich die Flamme ausblase.«

Es war ein Bild, auf das er selbst nicht gekommen wäre, wenn es jedoch für Rachel funktionierte, sollte es ihm recht sein. Nachdem sie ihr Bild gefunden hatte, arbeiteten sie daran, es zu festigen. Anfangs gelang es ihr nur selten, ihre Signatur tatsächlich zu verbergen, oft flackerte sie zwar und wurde ein wenig durchscheinend, war aber nach wie vor greifbar. Je länger sie es jedoch versuchte, desto öfter gelang es ihr vollständig. Noch ein oder zwei Tage Übung, dann würde sie den Bogen heraushaben und er konnte damit beginnen, ihr die Feinheiten beizubringen. Für heute war es jedoch genug. Ihr war die Anstrengung anzusehen und es fiel ihr zunehmend schwerer, sich zu konzentrieren, sodass sich die Fehlversuche erneut zu häufen begannen.

»Das genügt für heute«, entschied Akashiel. »Wir machen morgen weiter, wenn du ausgeruht bist.«

Rachel ließ sich zurücksinken. »Ich hätte nicht gedacht, dass es so anstrengend sein könnte, sich etwas vorzustellen.«

»Es ist ja nicht die bloße Vorstellung, sondern auch das, was du damit bewirkst. Jetzt jedoch, wo du den Bogen raushast, möchte ich, dass du den Schutz aufrechterhältst.«

»Was ist mit dem Schleier, den du über mich gelegt hast?«

»Der ist nach wie vor intakt, aber du musst lernen, dich selbst zu schützen, und die Signatur verborgen zu halten, kostet weniger Energie als das Verbergen selbst.« Er stand auf. »Ich werde jetzt noch mal nach deiner Freundin sehen und ihren Schleier erneuern.«

»Kann ich mitkommen?«

»Heute nicht.« Natürlich konnte er sie nicht ewig hier festhalten, das wollte er gar nicht. Wenn sie sich jedoch gegen Japhaels Unterschlupf entscheiden sollte, musste sie lernen, ihre Signatur aus eigener Kraft zu kontrollieren, ehe sie nach draußen ging – abgesehen davon wollte er sich zunächst einen Überblick über die Lage verschaffen. Da er nicht wusste, wo dieser Nate und seine Komplizin zu finden waren, würde er als Erstes Kyriel einen Besuch abstatten. Er fand es noch immer unglaublich, dass dieser Kerl die Frechheit besaß, ausgerechnet als ein Mann Gottes aufzutreten!

»Ruf sie an, wenn ich zurück bin«, schlug er vor. »Du könntest ohnehin nicht mit ihr sprechen, da ich nicht vorhabe, mich ihr zu zeigen.«

Rachel dachte einen Moment über seine Worte nach. Schließlich nickte sie. »Aber irgendwann möchte ich sie sehen. Bald!«

»Einverstanden.«

Er holte seine Jacke aus dem Schlafzimmer und schlüpfte in ein Paar Schuhe. Obwohl niemand ihn zu Gesicht bekommen würde und er gegen Wind und Kälte immun war, wäre es ihm seltsam erschienen, sich halb angezogen unter die Menschen zu begeben.

»Ich beeile mich. Solange du dich abschirmst, kannst du mich nicht mit deinen Gedanken erreichen. Wenn etwas ist, ich habe mein Handy dabei – die Nummer steht da drauf.« Er deutete auf eine seiner McCray-Visitenkarten, die auf einem Beistelltisch neben dem Telefon lag. Bereit, sich zu versetzen, richtete er seine Konzentration auf Ambers Aufenthaltsort, als ihm noch etwas einfiel. Eine Frage, die er sich schon den ganzen Nachmittag über gestellt hatte. »Rachel, was ist das zwischen uns?«

»Der Anfang von etwas Besonderen.«

31

Seit gestern Abend ging Kyriel durch die Hölle – nicht im wörtlichen Sinne, denn die Hölle war kein real existierender Ort mit Fegefeuern und Folterkammern. Was er jedoch in Gedanken durchlebte, kam dem durchaus nahe.

Bisher war ihnen mit den Nephilim wenig Glück beschieden gewesen. Diejenigen, die nicht abgeschlachtet oder in Sicherheit gebracht worden waren, ehe sie ihrer habhaft werden konnten, hatten sich für ihre Sache als unbrauchbar erwiesen. Es war höchste Zeit für ein Erfolgserlebnis, doch nach allem, was er gestern Abend gesehen hatte, war die Hoffnung auf einen Erfolg in weite Ferne gerückt.

Darauf, ob Rachel diejenige war, nach der sie suchten, hatte er keinen Einfluss. Sollte sie es jedoch sein, durfte er sich keinen Fehler erlauben. Kumpel hin oder her, Luzifer würde ihm den Arsch aufreißen, wenn er das versaute!

Nach seinem Gespräch mit dem Morgenstern war er zu dem Entschluss gekommen, dass es an der Zeit war, den nächsten Schritt zu tun und Rachel ins Vertrauen zu ziehen – zumindest soweit das für seine Pläne erforderlich war. Den Sonntag hatte er im Pfarrhaus verbracht, alte Zeichentricksendungen angesehen und das Telefon – für den Fall, dass Rachel dran sein sollte – gemieden. Sollte sie ruhig glauben, er sei mit seinen Nachforschungen beschäftigt, umso leichter würde es ihm gelingen, später endgültig ihr Vertrauen zu gewinnen.

Es erstaunte ihn immer wieder, wie leicht Menschen doch zu manipulieren waren. Ein paar freundliche Worte hier, eine beiläufige Berührung da und schon fraßen sie einem aus der Hand. Rachel war in dieser Hinsicht keine Ausnahme. Wenn er ihr vermittelte, dass sie etwas Besonderes war, würde sie sich bereit erklären, etwas Besonderes für ihn zu vollbringen.

Als sie seinen Kuss nicht erwidert hatte, war er zunächst nervös geworden. Nach dem gelungenen Abend war er sich seiner Sache zu sicher gewesen und hatte fest damit gerechnet, sie noch in derselben Nacht ins Bett zu kriegen – was ihn seinem Ziel, ihr Vertrauen zu erringen, einen gewaltigen Schritt näher gebracht hätte. Arbeit konnte auch Spaß machen – solange sich nichts Unerwartetes ereignete und er zurückgewiesen wurde. Und so etwas war ihm noch nie zuvor passiert! Dank des Eindringlings in ihrem Schlafzimmer und seines heldenhaften Einsatzes als ihr Retter hatte er aber schnell wieder Boden gutgemacht, sodass sie seinen gescheiterten Annäherungsversuch vermutlich längst vergessen und ihn als ihren strahlenden Ritter in Erinnerung hatte.

So gelegen ihm der Eindringling gekommen war, so eigenartig war ihm die ganze Sache dennoch erschienen. Als er zur Veranda zurückgekehrt war, um Rachel zu holen, hatte er sich des Eindrucks nicht erwehren können, den Hauch einer Aura zu spüren. Keine Signatur im eigentlichen Sinne, sondern die Art von Spur, die ein Engel immer dann hinterließ, wenn er seine Fähigkeiten einsetzte. Wie der Hauch eines Parfüms, der noch einige Zeit im Raum verweilte, obwohl sein Träger ihn längst verlassen hatte. Engelskacke nannte er das. Und genau diesen Geruch von Engelskacke hatte Kyriel vor dem Haus wahrgenommen. Dummerweise hatte er diese Wahrnehmung als Irrtum abgetan – als ob er sich jemals geirrt hätte! – und war dem nicht weiter nachgegangen.

Die Quittung für seine Nachlässigkeit hatte nicht lange auf sich warten lassen.

Gestern Abend hatte er seinen Geist nach Rachel ausgestreckt, sie jedoch nicht bei ihrer nervtötend langweiligen Freundin, sondern an einem ihm unbekannten Ort ausgemacht. Und es war ihm nur möglich, sich an Orte zu versetzen, die er bereits kannte. Ansonsten blieb ihm lediglich die Alternative, einer Signatur zu folgen. Da er jedoch nicht einfach neben Rachel aus dem Nichts auftauchen konnte – er hatte bereits am eigenen Leib erfahren, dass er für ihresgleichen keineswegs unsichtbar war –, wollte er sich nicht einfach dorthin versetzen. Deshalb war ihm nichts anderes übrig geblieben, als den Wagen zu nehmen und ihrer Signatur wie einem Peilsender zu folgen.

Eine halbe Meile entfernt hatte er in einer Seitenstraße geparkt und war zu Fuß weitergegangen. Ihre Signatur hatte ihn zu einem Haus geführt, das sich an den Hang eines Hügels klammerte wie ein Bergsteiger kurz vor dem Absturz.

Der ganze Ort stank nach Engelskacke!

Er hatte sich von hinten angeschlichen und durch ein kleines Fenster ins Haus gespäht, um sich einen Überblick zu verschaffen. Da hatte er sie gesehen: Rachel im Kampf gegen einen Engel!

Er war kurz davor gewesen einzugreifen, als Rachel sich zur Wehr setzte und ihre Gegnerin mit purer Willenskraft quer durch den Gang schleuderte. Einen Atemzug später war sie auch schon auf dem Weg nach draußen, streckte nach einem kurzen Wortwechsel einen weiteren Engel mit einem Metalltisch nieder und ergriff zusammen mit ihrer Freundin die Flucht.

Dieser andere Engel war der Kerl vom Grillfest. Sobald

Kyriel ihn erkannte, ergaben auch die Fragen einen Sinn, die der Kerl ihm gestellt hatte. Während der Engel mühelos seine Signatur und damit sein Wesen vor ihm verbergen konnte, solange er nicht eine seiner Fähigkeiten einsetzte, schwächte die Nähe der Kirche und der Aufenthalt auf geweihtem Boden Kyriels Vermögen, dasselbe zu tun. Der Kerl musste etwas gespürt und Verdacht geschöpft haben, während er selbst vollkommen ahnungslos gewesen war.

Noch bevor Kyriel reagieren konnte, waren die beiden Frauen im Wagen und davongerauscht. Das Metall der Karosserie verhinderte, dass er sich hineinversetzen konnte, weshalb ihm nichts anderes übrig geblieben war, als zu seinem eigenen Auto zurückzukehren und ihnen zu folgen. Bis dahin war ihr Vorsprung jedoch bereits zu groß gewesen – er hatte sie verloren.

Geschlagen war er zum Pfarrhaus zurückgekehrt und hatte von Zeit zu Zeit seinen Geist nach Rachels Signatur ausgestreckt. Einmal hatte er geglaubt, sie gefunden zu haben. Als er sich jedoch darauf konzentrierte, sich zu ihr zu versetzen – inzwischen war es ihm vollkommen gleichgültig, wer ihn dabei sehen würde, er hätte es bereitwillig mit jedem aufgenommen, der hinter *seinem* Nephilim her war –, war sie erneut verschwunden.

Den Rest der Nacht und den größten Teil des darauffolgenden Tages hatte er damit verbracht, nach ihr zu suchen.

Ohne Erfolg.

Schließlich kam er zu dem Schluss, dass er sich etwas anderes einfallen lassen musste. Sein einziger Anhaltspunkt war ihre Freundin, deren Signatur er nicht kannte, und das Haus dieser Engel. In Ermangelung eines besseren Plans versetzte er sich an dieselbe Stelle, von der aus er gestern durch das Fenster den Kampf zwischen Rachel und dem weiblichen Engel beobachtet hatte. Er spähte ins Haus, doch der Gang war verlassen. Im Schatten der Hauswand schlich er voran. Darüber, dass ihn ein Mensch sehen konnte, brauchte er sich keine Sorgen zu machen – sein einziges Problem waren die himmlischen Bewohner dieses Hauses. Er schob sich an der Rückseite entlang, um die Ecke herum, bis er zu einem weiteren Fenster gelangte. Dahinter lag eine verlassene Küche. Die nächste Ecke, das nächste Fenster – noch einmal die Küche, dann ein Esszimmerfenster.

Da waren die beiden.

Sie lehnte mit dem Rücken an der Lehne eines Sofas, die Arme vor der Brust verschränkt, und beobachtete diesen Nate beim Telefonieren. Er kritzelte etwas auf einen Block, dann bedankte er sich bei seinem Gesprächspartner mit vielen blumigen Worten und beendete das Gespräch. Mit einem derart widerwärtig selbstzufriedenen Gesichtsausdruck, dass Kyriel ihm am liebsten gleich eine verpasst hätte, wandte er sich seiner Gefährtin zu.

»Dieser Steve ist wirklich ein Trottel«, grinste er. »Ein bisschen Gejammer, wie sehr ich Amber doch vermisse und dass ich die Sache, die zwischen uns vorgefallen ist, unbedingt klären muss, und schon gibt er mir die Adresse.« Er riss einen Zettel vom Block und wedelte triumphierend damit in der Luft.

Sie riss ihm das Blatt Papier aus der Hand. »Ich weiß, wo das ist.«

»Dann lass uns unser Druckmittel abholen, Lelahel.«

Das letzte Wort war kaum verhallt, da waren sie auch schon verschwunden. Kyriel versuchte ihnen zu folgen, indem er sich an die Signatur dranhängte, doch die beiden waren zu geschickt darin, sich zu tarnen. Er hatte sie verloren, bevor er ihre Spur überhaupt aufnehmen konnte.

Fluchend versetzte er sich ins Innere des Hauses und riss den Block von der Anrichte. Die Spitze des Stiftes hatte sich deutlich durchgedrückt, sodass er die Adresse mit ein wenig Mühe entziffern konnte. Er war zwar noch nicht dort gewesen, doch er kannte einen Ort ganz in der Nähe, an den er sich versetzen konnte. Von da aus würde er das letzte Stück, das ihn noch von seinem Ziel trennte, zu Fuß zurücklegen.

Es musste schon mit dem Teufel zugehen, wenn er zuließe, dass sein Nephilim dieser Todesschwadron in die Hände fiel – und der Teufel war in diesem Fall auf seiner Seite.

32

Akashiel materialisierte sich zwischen den Bäumen, die das Haus am Deer Lake wie ein schützender Kokon umgaben. Dicke grün-gelbe Moosgeflechte überwucherten die Stämme der hohen Nadelbäume, hingen wie fransige Teppiche daran herab und machten es schwer, zu erkennen, wo der Baum aufhörte und der Boden begann. Überall ragten knorrige Wurzeln aus dem Erdreich, teilweise unter den ausladenden Wedeln taufeuchter Farne verborgen, teils vom Moos überwachsen, das hier unten in den Schatten in dunklem Grün schimmerte. Die Luft war schwer und erfüllt vom Geruch feuchter Erde.

Das Moos dämpfte seine Schritte, als sich Akashiel dem Waldrand näherte, um einen Blick auf den flachen Holzbau zu werfen, der im Zentrum der Lichtung kauerte, als schüchterten die Bäume ihn ein. Natürlich hätte er sich direkt zu Rachels Freundin ins Haus versetzen können, doch wann immer er konnte, vermied er es, derart mit der Tür ins Haus zu fallen. Er mochte für die Menschen unsichtbar sein – sie waren es für ihn nicht und er konnte es nicht ausstehen, neben jemandem zu erscheinen, der gerade in der Dusche stand oder sich womöglich mit einem Liebhaber vergnügte. Sich mit einigen Metern Abstand zu materialisieren, hatte ihm im Laufe der Jahrhunderte einige peinliche Anblicke erspart.

Obwohl es noch Tag war, drang aus dem Innern des Hauses bereits Licht. *Kein Wunder,* dachte Akashiel. Die Bäume warfen so viel Schatten, dass es im Haus vermutlich den ganzen Tag über dämmrig war.

Einen Moment noch blieb er im Schutz der Bäume stehen und genoss das Grün und die Stille fernab der Großstadt. Irgendwann, nahm er sich vor, würde er Rachel in einen dieser Wälder mitnehmen. Es sollte ein richtiger Ausflug werden, mit allem, was dazugehörte, einzig die An- und Abreise würde er abkürzen. Nicht nur für seine Arbeit war es praktisch, sich von einem Ort zum anderen versetzen zu können!

Heute war es allerdings ungewöhnlich still. Kein Laut drang zwischen den Bäumen hervor, kein Rascheln im Laub und kein Zwitschern der Vögel.

Es war zu still.

Bis ein Schrei die Lautlosigkeit durchbrach.

Amber.

Mit einem raschen Gedanken versetzte sich Akashiel ins Haus. Noch bevor er sich vollständig materialisiert hatte, spürte er die Präsenz. Dann sah er den weiblichen Engel – Rachel hatte sie Lea genannt –, der Amber von hinten einen Arm um die Taille geschlungen hatte und sie mit eisernem Griff festhielt. Sie war sichtbar – wenn sie Amber mit sich nehmen wollte, blieb ihr gar keine andere Wahl – und presste ihrer Gefangenen mit der freien Hand ein Messer an die Kehle. Unreiner Stahl. Kein Engel würde so etwas freiwillig anfassen … es sei denn, er legte es darauf an, einen

Menschen einzuschüchtern. Dafür eigneten sich die tödlichen Waffen aus Feuer und Eis, mit denen sie für gewöhnlich kämpften, nur bedingt.

Akashiel ließ das Flammenschwert in seiner Hand entstehen.

»Du kommst zu spät, Schutzengel.« Ihre liebliche Stimme vermochte nicht über den harten Unterton hinwegzutäuschen, der bewies, dass sie bei Weitem nicht so zerbrechlich war, wie ihre zarte Gestalt den Betrachter glauben machen wollte.

Statt etwas zu erwidern, streckte er seinen Geist nach Amber aus, die ihn aus weit aufgerissenen Augen anstarrte. Er versuchte die Kontrolle über sie zu gewinnen und die Verbindung aufzuheben, die Leas Berührung zu ihrem Körper und Geist geschaffen hatte und die es ihr erlauben würde, sich mit ihrer Geisel zu versetzen.

Er sah den Angriff zu spät kommen. Eine kurze Bewegung in seinem Augenwinkel, ein heranrasender Schatten, dann traf ihn eine brennende Klinge in der Seite, fraß sich durch den Stoff seiner Jacke und des T-Shirts, durch Haut und Muskeln tief in sein Fleisch.

Der andere Engel – Nate – hatte sich hinter ihm aus den Schatten gelöst und lautlos zugeschlagen. Akashiel riss sein Schwert in die Höhe, die Flammen loderten auf unter der Wucht seines Zorns, der sich mit dem Schmerz verband, der durch seine Adern rauschte. Er riss das Schwert herum und schlug zu. Nate fing die Waffe mit seiner eigenen Klinge ab, konnte aber nicht verhindern, dass ihn die schiere Kraft von Akashiels Angriff nach hinten warf.

Akashiel strauchelte. Warmes Blut rann aus seiner Seite, an seinem Bein herab und tropfte unter dem Saum seiner Jeans hervor. Eine Hand in die Hüfte gepresst, den Geruch des verbrannten Fleisches verdrängend, der seine Sinne erfüllte, kämpfte er gegen den Schwindel an, der ihn zu übermannen drohte.

Er konnte sich keine Schwäche erlauben.

Nicht jetzt.

Sein Arm zitterte, als er das Flammenschwert erneut erhob. Er nahm die andere Hand zu Hilfe, umfasste den Griff mit beiden Händen – die eine glitschig von seinem eigenen Blut. Lea durfte ihm nicht entkommen. Er suchte nach einer Lücke, einem Winkel, in dem er seine Klinge führen konnte, ohne zu riskieren, Rachels Freundin dabei zu verletzen. Vorsichtig bewegte er sich seitwärts und versuchte, in ihren Rücken zu gelangen.

Doch Lea folgte seiner Bewegung. Ihr Tritt kam so unvermittelt, dass Akashiel erst im letzten Moment reagierte und zurücksprang.

»Nathanael!«, rief sie ihrem Gefährten zu.

Der andere Engel hatte sich wieder gefangen und ging erneut zum Angriff über. Akashiel wehrte den Hieb ab. Funken sprühten und stoben knisternd in die Luft empor, als die flammenden Waffen aufeinanderprallten. Er musste Nate loswerden, bevor seine Gefährtin mit Amber entkommen konnte!

Mit einem weiteren wuchtigen Schlag warf sich Akashiel nach vorn, seinem Angreifer entgegen, und stieß ihn so heftig zurück, dass dieser gegen die Wand prallte. Der Weg zu Lea war frei. Akashiel rannte los. Eine Armlänge von seinem Ziel entfernt, löste sie sich vor seinen Augen auf und nahm Amber mit sich.

Er fuhr zu Nate – Nathanael – herum. Dieser tippte sich in einer Abschiedsgeste an die Stirn und verschwand ebenfalls. Akashiel wollte den hauchdünnen Augenblick nutzen, in dem die Signatur des Engels *offen* war, doch seine Kraft reichte nicht aus. Eine Hand in die Seite gepresst, sackte er auf die Knie, mit dem Schwertarm stützte er sich auf dem Boden ab. Die Wunde heilte bereits. Er konnte spüren, wie sich das Fleisch und die zertrennten Sehnen und Muskeln langsam zusammenfügten – doch die Heilung schwächte ihn.

Ambers Spur war verloren. Das letzte Bisschen, das davon noch im Äther zu finden war, würden ihre Entführer unter ihrem eigenen Schleier verbergen und sie damit für ihn unerreichbar machen. Er musste zu Rachel zurück. Jetzt. Denn was immer die beiden mit Amber vorhatten, sie würden versuchen, über sie an Rachel heranzukommen.

Akashiel drängte die Schwäche zurück und konzentrierte sich auf sein Apartment, bereit, sich zu versetzen. Da traf ihn ein Schlag am Hinterkopf und schickte ihn zu Boden. Seine Konzentration war gebrochen. Benommen rollte er sich auf den Rücken und riss das Schwert in die Höhe, um sich zu verteidigen. Ein heftiger Tritt traf ihn am Handgelenk, das Schwert wurde ihm aus den Fingern gerissen und schlitterte ein Stück über den Boden, ehe die Flammen erloschen und es sich auflöste.

Über ihm ragte Kyriel auf. Der Gefallene hielt einen Baseballschläger locker in der Hand und blickte mit beinahe mitleidiger Miene auf ihn herab.

»Hilf mir hoch«, verlangte Akashiel.

Kyriel zog eine Augenbraue in die Höhe. »Das hättest du wohl gern.«

»Komm schon.« Akashiel richtete sich ein Stück auf.

Sofort hob Kyriel den Baseballschläger. »Du rührst dich besser nicht vom Fleck.«

»Hör auf, gegen mich zu kämpfen.« Obwohl es ihm schwerfiel und ihm einiges an Kraft abverlangte, hielt Akashiel sitzend inne. So absurd es auch sein mochte, in diesem Fall stand Kyriel auf seiner Seite. Der Gefallene mochte zwar nicht dasselbe Ziel verfolgen wie er, aber immerhin würde er nicht versuchen, Rachel umzubringen. »Es ist auch in deinem Sinne, dass sie die Nephilim nicht in die Finger bekommen.«

Kyriel betrachtete ihn nachdenklich. Schließlich seufzte er. »Sorry, Kumpel. Ich arbeite allein.« Dann holte er aus und schlug zu.

33

Akashiel zu küssen, hatte sich gut angefühlt, ganz anders als der Kuss, den ich von Kyle – Kyriel – bekommen hatte. Bei Akashiel fühlte ich mich sicher und geborgen und da war dieses Kribbeln in meinem Bauch, wann immer ich an ihn dachte oder ihn ansah.

Ich hatte noch längst nicht alles verdaut, was mein Schutzengel mir vergangene Nacht eröffnet hatte, und wann immer ich zu viel darüber nachdachte, begann ich mich verloren zu fühlen, als wisse ich nicht mehr, wohin ich gehöre. Ich versuchte mir einzureden, dass sich nichts verändert hatte und ich noch immer ich war – Rachel Underwood. Doch wem wollte ich etwas vormachen? Zumindest ein Teil von mir war ein Engel.

Nicht zu wissen, was das für meine Zukunft bedeuten würde, sofern ich überhaupt eine Zukunft hatte, war das Schlimmste. Würde ich auf der Erde bleiben und mein bisheriges Leben weiterführen oder war dort oben eine Wolke mit einer Harfe für mich reserviert? Sollte ich den Rest meiner Tage vor meinen Feinden auf der Flucht sein und mich verstecken müssen, in einer Höhle fernab vom Tageslicht und meinen Freunden?

Immer neue Fragen schossen mir durch den Kopf und vermischten sich mehr und mehr miteinander, sodass ich bald nicht mehr sagen konnte, wo die eine aufhörte und die nächste anfing. Wild entschlossen, das Durcheinander in meinem Kopf zu sortieren, ging ich in Akashiels Arbeitszimmer. Ich setzte mich hinter seinen Schreibtisch, zog ein Blatt Papier aus dem Drucker und nahm einen Stift zur Hand. Dann begann ich, meine Fragen zu notieren.

Ich war vollkommen in Gedanken vertieft, als ich das Klingeln eines Telefons hörte. Mein Handy. Schnell lief ich ins Wohnzimmer und fischte es aus der Tasche, gerade noch rechtzeitig, bevor die Mailbox ansprang.

»Hallo?«, meldete ich mich ein wenig atemlos.

»Verdammt, Rachel, wo steckst du?«, schallte mir Pats Stimme entgegen. »Wir saufen hier ab! Nein, warte: *Ich* saufe hier ab. Jill hat Prüfungen und kann nicht kommen, Amber suhlt sich irgendwo in ihrem Liebeskummer, und wo du dich herumtreibst, hast du wohl vergessen, uns mitzuteilen.«

Scheiße! Pat war wirklich sauer – und das zu Recht. Nach all dem Durcheinander hatte ich völlig vergessen, mich abzumelden, und Amber hatte Steve offensichtlich nur von ihren Problemen erzählt, aber nicht davon, dass ich ebenfalls ausfallen würde. Was hätte sie ihm auch sagen sollen?

Es tat mir leid, Pat so hängen zu lassen. »Meine Tante ist gestorben und ich musste nach Seattle, um mich um die Beerdigung zu kümmern. Es ging so plötzlich, dass ich nicht einmal mehr dazu kam, anzurufen.« Es war die erste Ausrede, die mir eingefallen war, und vermutlich die einzige, die kein Heer von Fragen nach sich ziehen würde.

»O Gott, Rachel, entschuldige«, stammelte Pat. »Ich wollte nicht … es tut mir leid. Geht es dir gut?«

Ein Dollar mehr.

»Ich kümmere mich natürlich um alles«, fuhr er ohne

Unterbrechung fort. »Kann ich sonst irgendwas tun? Vielleicht …« Er brach mitten im Satz ab und schnappte nach Luft. »Es war doch hoffentlich nicht deine Tante Millie?«

»Nein!« Millie war meine Lieblingstante. »Millie geht es gut. Es war eine entferntere Verwandte, zu der ich nicht viel Kontakt hatte.« Dafür, dass sie mich zwangen, meine Freunde zu belügen, würde ich Nate und Lea jede Feder ihrer blöden Flügel einzeln ausreißen! Dass ich vermutlich nicht mal nahe genug an die beiden herankommen würde, um das Gefieder auch nur zu berühren, ignorierte ich.

Pat versicherte mir, dass er den Laden auch allein im Griff hatte, und ich mir so viel Zeit lassen sollte, wie ich brauchte. Ich sagte ihm noch, welche Besonderheiten für die kommenden Tage anstanden und wo er die Bestellungen fand, die dringend an die Auslieferungslager der Verlage geschickt werden mussten, dann beendete ich das Gespräch mit dem Gefühl, einiges gutzumachen zu haben.

Seufzend und mit dem Handy in der Hand kehrte ich ins Arbeitszimmer zurück, um mich wieder meinen Fragen zu widmen. Ich hatte mich kaum hingesetzt, als das Handy erneut klingelte.

»Findest du die Bestellung nicht, Pat?«

»Rachel?« Die Stimme ließ mich innehalten. Es war nicht Pat, sondern Amber. Sie klang gepresst, als hätte sie Schmerzen – oder große Angst.

»Amber, stimmt was nicht? Ist alles in Ordnung?« Hatte sie womöglich Akashiel gesehen und war darüber in Panik geraten?

»Rachel, du darfst nicht –«

Das Plastikgehäuse des Telefons knackte, Ambers Worte verhallten im Nichts, dann erklang eine andere Stimme. »Wir möchten dich sehen.«

Nate!

»Was willst du?«, stieß ich hervor, obwohl ich mir ziemlich sicher war, die Antwort zu kennen. Dann fiel mir etwas anderes ein. »Wo ist Akashiel?«

»Als ich ihn das letzte Mal gesehen habe, schien er große Schmerzen zu haben.«

Ich schloss die Augen und versuchte Akashiel aus meinen Gedanken zu verdrängen, um mich auf Amber zu konzentrieren. »Was willst du?«, fragte ich noch einmal.

»Am Alaskan Freeway zwischen South Main und South Jackson Street stehen die Lagerhallen eines Importeurs. Komm dorthin, dann wirst du es erfahren.«

Bevor ich noch etwas sagen konnte, legte er auf.

Ich richtete meine Aufmerksamkeit auf Akashiel, doch wie er es vorausgesagt hatte, drangen meine Gedanken nicht zu ihm durch. Sein Handy! Ich lief ins Wohnzimmer zurück, wo Akashiels Visitenkarte lag, und wählte die darauf stehende Nummer. Nach dem fünften Klingeln meldete sich die Mailbox.

»Akashiel, wo steckst du? Himmel, ist dir etwas passiert?« Ich atmete tief durch und versuchte meine Sorge um ihn und Amber zu verdrängen. »Ich brauche deine Hilfe. Sie haben Amber und wollen, dass ich zu einer Lagerhalle komme.« Meine Stimme bebte, als ich ihm die Adresse durchgab. Da ich wusste, dass mir keine andere Wahl blieb, fügte ich: hinzu »Ich fahre jetzt hin. Bitte komm!«

Dann trennte ich die Verbindung.

Alaskan Freeway. Zurück im Arbeitszimmer schaltete ich Akashiels Laptop an und war froh, neben seinem Draht nach oben zusätzlich einen normalen Internetanschluss vorzufinden. Rasch rief ich einen Stadtplan auf und gab den Straßennamen ein. Keine zwei Minuten später hatte ich den Ort gefunden, der sich ein Stück südlich des Fährhafens befand. Ich druckte mir den Kartenausschnitt aus und lief zur

Tür. Die Hand an der Klinke, hielt ich inne und machte noch einmal kehrt, um mir ein Messer aus der Küche zu holen. Damit ich mich nicht an der Klinge verletzte, wickelte ich es in ein Tuch, ehe ich es hinten unter den Bund meiner Jeans schob.

Auf dem Weg zum Aufzug tastete ich erneut nach Akashiels Geist und griff ins Nichts. Beim letzten Mal war er an einem Ort gewesen, an dem ich ihn nicht hatte erreichen können. Dieses Mal jedoch wollte er zu Amber. Und die war jetzt in der Gewalt von Nate und Lea. Was also war mit Akashiel? Dass ich ihn auch nicht auf dem Handy erreichen konnte versetzte mich an den Rand einer Panik.

Im Erdgeschoss angekommen, lief ich am Empfangspult vorbei – ohne den Pförtner zu beachten, der mir einen freundlichen Gruß zurief – auf die Straße und winkte das erste Taxi heran, das ich sah.

Ich rutschte auf den Rücksitz und nannte ihm die Adresse. Die Straßen und Häuser, deren Anblick ich vergangene Nacht bei unserem gemeinsamen Flug so sehr genossen hatte, zogen an mir vorbei, ohne dass ich Notiz davon nahm. Stattdessen starrte ich ohne Unterlass auf das Display des Handys in meiner Hand und wartete darauf, dass es klingelte und ich Akashiels Stimme hörte. Doch das Display blieb tot. Immer wieder versuchte ich Akashiels Geist mit meinem zu berühren, doch da war nur Leere.

Wir befanden uns mitten im Berufsverkehr. Der Alaskan Freeway – eine der Hauptverkehrsadern der Stadt – war ein Meer von Bremslichtern, die immer wieder aufleuchteten und mir bewusst machten, dass wir viel zu langsam vom Fleck kamen. Ich drängte den Taxifahrer zur Eile, woraufhin er sich im Zickzackkurs, jede Lücke ausnutzend, durch die Blechlawine voranschob – noch immer nicht schnell genug.

Es erschien mir, als sei eine Ewigkeit vergangen, als wir

endlich das Gelände der Northwestern Importers Company erreichten. Ich bat den Fahrer, an der Ecke anzuhalten, von wo aus mich Nate und Lea hoffentlich nicht sofort entdecken würden, zahlte und stieg aus.

Eine breite Einfahrt führte zwischen zwei langen rotbraunen Backsteinbauten, die das Eckgrundstück hufeisenförmig umgaben, in einen Innenhof. Da ich keinen anderen Zugang sehen konnte, schob ich mich an der Hauswand entlang auf den Hof zu. An der Hausecke angekommen, hielt ich inne und spähte in den Innenhof. Ein rostiger, alter Lieferwagen, der alles andere als fahrtüchtig aussah, parkte am hinteren Ende. Ein Reifen war platt, die Windschutzscheibe gesprungen und die Fahrertür halb herausgerissen. Nachdem ich mich davon überzeugt hatte, dass niemand hinter dem Steuer saß, ließ ich meinen Blick weiterwandern. An einer anderen Stelle stapelte sich rostiges Altmetall, ansonsten war der Hof verlassen. Mehrere Metallschiebetüren führten in die hufeisenförmig angeordneten Lagerhallen – die hohen Fenster blind vor Dreck, manche Scheiben gesprungen, andere gänzlich zerstört. Das Gebäude zu meiner Linken schien das Bürogebäude gewesen zu sein. Hier waren die Fenster kleiner, wenn auch in ebenso schlimmem Zustand wie die der Hallen. Eine geländerlose Betontreppe führte zu einer rostigen Tür.

Ich verharrte still, den Blick von einer Seite zur anderen schweifen lassend, in der Hoffnung, eine Spur von Lea und Nate zu entdecken. Doch da war nichts. Nicht das geringste Zeichen, wo sie sich aufhielten.

Vermutlich würden sie sich mir zu erkennen geben, sobald ich in die Mitte des Hofes trat, doch dazu war ich noch nicht bereit. Ich zog mich in die Schatten der Einfahrt zurück und wählte noch einmal Akashiels Nummer. Wieder die Mailbox.

»Ich bin jetzt da«, sagte ich leise. »Ich weiß nicht, was ich tun soll. O Gott, wo immer du auch stecken magst, ich hoffe, dir ist nichts passiert. Ich brauche dich!«

Da ich nicht wusste, was ich sonst noch sagen sollte, beendete ich das Gespräch und schloss die Augen.

Was, wenn er meine Nachrichten nicht empfangen konnte? Wenn ihm tatsächlich etwas zugestoßen war? Nein! Das durfte einfach nicht sein. Ich brauchte ihn – nicht nur als meinen Schutzengel, sondern auch als den Mann, den ich besser kennenlernen und an meiner Seite haben wollte. Der Gedanke, ihn verloren zu haben, kaum dass ich ihn gefunden hatte, war kaum zu ertragen.

Das Klingeln meines Mobiltelefons riss mich aus meiner Verzweiflung. Erleichtert nahm ich das Gespräch an. »Wo steckst du?«

»Wir warten auf dich.«

Zum zweiten Mal an diesem Tag war es nicht die Person, die zu hören ich erwartet hatte. »Ich bin fast da.«

»Ich fürchte, du musst dich beeilen«, sagte Nate. »Du willst doch nicht, dass Amber für deine Trödelei büßen muss, oder?«

»Natürlich nicht.«

»Ich möchte dir dennoch einen kleinen Anreiz geben, dich zu beeilen.« Das Telefon knackte, gedämpfte Stimmen waren zu hören, vermutlich Nate, der mit Lea sprach. »Nimm das Messer«, hörte ich ihn in einiger Entfernung sagen, dann wurde seine Stimme wieder klar und deutlich, als er sich an mich wandte. »Hör genau hin, Rachel.«

Seine Worte waren kaum verklungen, da schrie Amber auf. Ihre Stimme war klar und deutlich zu hören, vermutlich hielt Nate das Telefon in ihre Richtung, damit mir auch nichts entgehen konnte.

»Komm nicht her, Rachel!«, brüllte sie. »Auf keinen –«

Ein dumpfer Schlag erklang, gefolgt von einem unterdrückten Schrei. Dann herrschte Stille.

Eine Sekunde.

Zwei.

Drei.

Ein Knacken erklang, als Nate sich das Handy wieder ans Ohr hielt. »Du hast drei Minuten, dann bringen wir sie um.«

Obwohl er das Gespräch längst beendet hatte, hielt ich das Telefon noch immer ans Ohr, fassungslos angesichts der Drohung. Drei Minuten. Nicht viel Zeit, um Vorbereitungen zu treffen. Amber im Stich zu lassen, kam nicht infrage. Ich konnte nur hoffen, dass sie sie ziehen lassen würden, wenn sie mich im Austausch bekamen.

Ich schob das Handy in die Hosentasche zurück, wickelte das Messer aus dem Tuch und steckte die blanke Klinge in den Hosenbund, dann trat ich ins Zentrum des Hofes.

»Ich bin hier!«, rief ich.

Ein oder zwei Minuten geschah nichts. Dann ließ mich ein metallisches Scharren herumfahren, als eine der Schiebetüren zu meiner Linken aufgeschoben wurde. Lea stand auf der Schwelle und winkte mich zu sich.

Meine Knie zitterten, als ich den Hof überquerte und an Lea vorbei in die Halle trat. Sofort schloss sie die Tür wieder, verriegelte sie mit einem Metallbolzen und blieb hinter mir stehen. Die einzige Lichtquelle im Innern der riesigen Lagerhalle war das gedämpfte Tageslicht, das träge durch die Ruinen der Fenster sickerte. Staub flirrte durch die Luft und blieb in den Spinnweben hängen, die überall von den Decken hingen. Im Zentrum der leeren Halle stand Nate. Er hielt einen Arm um Amber geschlungen, in der anderen Hand blitzte eine Messerklinge. Amber hing mehr in Nates Griff, als sie aus eigener Kraft zu stehen schien. Blut rann ihr aus einer Platzwunde an der Schläfe über das Gesicht, ihr unsteter Blick zuckte mal hierhin, mal dorthin.

»Ich bin jetzt hier«, sagte ich mit aller Ruhe, die ich aufbringen konnte. »Du kannst sie gehen lassen.«

Nate verzog die Lippen zu einem Grinsen. Zum ersten Mal, seit ich ihn kannte, sah ich das Monster, das sich hinter der oberflächlichen Schönheit verbarg. Dieser Kerl sollte ein Engel sein? Selbst Kyriel schien freundlicher – und der war ein Diener der Hölle. Er warf einen Blick auf Amber und strich ihr mit der Hand über die Wange. »Dich brauchen wir dann wohl nicht mehr.«

Er stieß ihr das Messer von der Seite ins Herz und ließ ihren Körper zu Boden fallen.

34

Ein lästiges Piepen durchdrang die Bewusstlosigkeit, in die Akashiel abgetaucht war, und holte ihn in die Wirklichkeit zurück. Er lag zusammengerollt auf dem Boden. Sein Schädel dröhnte, worin er die Ursache des Pieptons vermutete, und in seiner Seite kämpfte ein pochender und ein brennender Schmerz um die Vorherrschaft.

Rachel!

Der Gedanke an sie durchfuhr ihn wie ein heißer Blitz. Er setzte sich auf und prallte mitten in der Bewegung mit dem Kopf gegen etwas. Erst jetzt öffnete er die Augen – und sah nur Finsternis.

Er hob die Hand über den Kopf und traf, nicht einmal eine Armlänge entfernt, auf eine kühle, leicht aufgeraute Oberfläche. Dieselbe Oberfläche umgab ihn von allen Seiten. Kyriel hatte ihn in eine Kiste gesperrt.

Dieser Narr!

Sein Gefängnis war so klein, dass er mit angewinkelten Knien darin kauern musste. Akashiel drückte gegen den Deckel, er bewegte sich ein Stück, weit genug, um ihn einen feinen Streifen Licht erkennen zu lassen, der durch die Ritzen drängte, aber nicht weit genug, um sich öffnen zu lassen.

Abgeschlossen.

Zumindest fühlte er sich inzwischen ein wenig kräftiger, sein Körper hatte die Bewusstlosigkeit genutzt, um die Heilung voranzutreiben.

Es würde genügen.

Er schloss die Augen, richtete seine Gedanken auf sein Apartment und versetzte sich dorthin. Das heißt: Er *wollte* sich dorthin versetzen. Etwas unterbrach den Strom der Energie und ließ ihn im Nichts versickern, statt Akashiel an sein Ziel zu bringen.

Metall. Seine Fingerspitzen folgten der feinen Riffelung der Oberfläche. Eine Kühltruhe. Kyriel hatte ihn in eine verdammte Stahltruhe gesperrt! Das Eisen in der Legierung unterdrückte seine Fähigkeiten und verhinderte, dass er seinem Gefängnis mit der Kraft eines Gedanken entfliehen konnte.

Er stieß einen ausgesprochen unheiligen Fluch aus und stemmte sich mit aller Kraft gegen den Deckel. Sengender Schmerz fraß sich, einer Stichflamme gleich, durch seine Seite. Trotzdem hörte er nicht auf, seine Hände gegen das Metall zu pressen. Der Deckel hob sich, wurde jedoch nach ein paar Zentimetern von etwas gebremst, das ein Bolzen oder ein Vorhängeschloss sein konnte. Akashiel versuchte es noch einmal. Ohne Erfolg. Trotzdem ließ er nicht locker. Um eine bessere Hebelwirkung zu erreichen, verlagerte er seine Position, bis sein Oberkörper flach auf dem Boden lag, und zog die Knie noch ein Stück weiter an. Sobald er genug Halt hatte, drückte er mit den Füßen gegen den Deckel. Wieder und wieder stemmte er sich dagegen, bis er glaubte, eine erste Verformung zu spüren. Der Stahl war nicht dick, nur eine dünne Schicht, eingearbeitet in den Kunststoff, aus dem diese Truhen zumeist bestanden – dick genug, um ihn am Einsatz seiner Kräfte zu hindern, aber längst nicht ausreichend, um ihn dauerhaft gefangen zu halten.

Immer wieder presste er seine Beine gegen den Deckel. Den tobenden Schmerz in seiner Seite ignorierend, machte er immer weiter. Was auch immer die Truhe verschlossen hielt, war vielleicht stark genug, seinen Versuchen zu widerstehen. Die Scharniere, die den Deckel auf der anderen Seite an seinem Platz hielten, waren es nicht. Mit einem Ächzen gaben sie nach und sprangen schließlich aus ihrer Verankerung. Akashiel schleuderte den Deckel zur Seite. Befreit vom Metall, befanden sich seine Kräfte wieder im freien Fluss und er war zurück in seinem Apartment, noch ehe der Deckel den Boden berührte.

Die Hand in die Seite gepresst, sah er sich in seinem Wohnzimmer um. Es war verlassen.

»Rachel?«

Stille.

Er rief noch mal nach ihr, und als er auch dieses Mal keine Antwort erhielt, suchte er einen Raum nach dem anderen nach ihr ab. Ohne sie zu finden. Er tastete nach ihrem Geist. Nichts. Die Suche nach ihrer Signatur führte ihn zu einem Schleier, der nicht der seine war. Ein Schleier, den er – so sehr er es auch versuchte – nicht durchdringen konnte. Doch es war kein anderer Engel, der diese Mauer errichtet hatte. Es war Rachel selbst gewesen und er – Akashiel – hatte sie dazu gebracht, es zu tun.

Du musst lernen, dich selbst zu schützen.

»Ich verdammter Idiot!«

Er hatte sie auf diese Weise schützen wollen und jetzt konnte er ihr ausgerechnet deswegen nicht zu Hilfe eilen.

Gelähmt vor Entsetzen, lehnte er sich gegen die Wand und rutschte langsam daran entlang zu Boden. Als er die Beine anzog, drückte ihm das Handy in seiner Hosentasche gegen den Schenkel. Das Piepen! Es hatte nichts mit seinem dröhnenden Schädel zu tun gehabt, sondern mit einer Nachricht. Akashiel zog das Telefon aus der Tasche und warf einen Blick auf das Display. Zwei Anrufe in Abwesenheit. Beide von Rachel. Seine Finger hinterließen blutige Abdrücke auf dem Gehäuse, als er die Nummer drückte, um die Mailbox abzuhören.

35

Der Fluss der Zeit verlangsamte sich zu einem zähen Strom.

Wie in Zeitlupe glitt Amber dem Boden entgegen. In einer fließenden Bewegung, deren Langsamkeit eine geradezu tänzerische Anmut innewohnte, zog Nate die Klinge aus ihrem Fleisch. Blut spritzte. Ein tödlicher Regen, der in roten Tropfen auf den Boden fiel. Geräusche erreichten mein Gehör nur dumpf, überlagert von einem nicht enden wollenden schrillen Ton, von dem ich glaubte, dass er meinen Schädel zum Platzen bringen würde, wenn er nicht endlich verstummte.

Amber schlug auf dem Beton auf. Ihr Körper federte noch einmal nach oben, ein letztes Aufbäumen gegen die Gewalt, die ihm angetan worden war. Dann lag sie still, das Haar über ihr Gesicht gebreitet wie ein Schleier.

Die Zeit nahm ihren gewohnten Fluss wieder auf.

Die schrillen Töne waren jetzt näher und so laut, dass ich versucht war, mir die Ohren zuzuhalten. Ich hob schon die Hände, als ich begriff, dass es meine eigenen Schreie waren, die mich fast um den Verstand brachten.

Ich schloss den Mund und die Lagerhalle erstarrte in Stille.

Amber! Während mein Verstand noch zu erfassen versuchte, was geschehen war, setzten sich meine Beine bereits in Bewegung. Ich rannte zu ihr und ließ mich neben ihr auf die Knie fallen. Vorsichtig legte ich ihr eine Hand auf die Schulter. Ihre Haut fühlte sich warm unter meinen Fingern an, doch das Leben strömte aus ihrem Körper mit jedem schwächer werdenden Herzschlag und breitete sich in Form einer dunkelroten Lache über dem Beton aus.

So viel Blut.

Viel zu viel.

»Amber?« Ich strich ihr das Haar aus dem Gesicht, um ihr in die Augen zu sehen. Ihre Lider flatterten und standen dann still, die Augen darunter ins Nichts gerichtet. »O Gott, Amber.«

Sie atmete nicht mehr.

Das konnte nicht sein! Es *durfte* nicht sein. Ich drehte sie herum und presste meine Hände auf die Wunde in ihrer Seite, um zu verhindern, dass noch mehr Blut aus ihr herausfloss. Dass das Herz nicht mehr pumpte und nur noch wenig Lebenssaft aus der Wunde rann, wollte ich nicht wahrhaben. Warm sammelte sich ihr Blut zwischen meinen Fingern, doch ich glaubte zu spüren, wie es bereits abkühlte.

Mein Verstand setzte aus. Alles, woran ich noch denken konnte, war, dass sie meinetwegen ihr Leben lassen musste – für eine Sache, mit der sie nicht das Geringste zu tun hatte.

Meinetwegen.

Tränen füllten meine Augen und raubten mir mehr und

mehr die Sicht. Ich presste meine Handflächen fest gegen ihren Brustkorb, ein hoffnungsloser Versuch, die Blutung zu stillen.

»Komm schon, Amber«, flüsterte ich. »Tu mir das nicht an!«

Sie atmete nicht mehr.

Ohne meine Hände zurückzuziehen, schloss ich die Augen. Schlagartig erfüllte mich eine innere Ruhe, wie ich sie noch niemals zuvor empfunden hatte. Die einzigen Geräusche, die noch zu mir durchdrangen, waren mein eigener Herzschlag und mein Atem, der ruhiger und ruhiger wurde. Ich fühlte den Strom meiner eigenen Lebensenergie, der mit dem Blut durch meine Adern rauschte. Doch da war noch etwas anderes. Eine Kraft – pure Energie –, die sich in meinem Innersten sammelte und in einem machtvollen Strom in meine Fingerspitzen floss. Ich spürte die Hitze und riss die Augen auf, darauf gefasst zu sehen, wie meine Hände in Flammen standen. Die Luft um meine Hände herum flimmerte, als die Lebenskraft durch meine Fingerspitzen in Ambers Körper flutete. Ich spürte den steten Fluss und wartete darauf, dass es mich selbst schwächen würde. Stattdessen machte es mich stärker. Die Macht zu spüren, die durch meine Adern pulsierte wie Blut, versetzte mich in einen Rausch, und als sich Ambers Brustkorb in einem ersten schmerzhaften Atemzug hob, überkam mich ein derartiges Hochgefühl, dass ich vor Glück zu platzen glaubte. Die Wunde, deren klaffende Ränder ich unter meinen Fingerspitzen spürte, schloss sich unter meiner Berührung. Amber atmete weiter, flach, aber regelmäßig. Ihr gebrochener Blick klärte sich. Noch immer von der schieren Macht meines Handelns erfüllt, warf ich den Kopf in den Nacken und stieß einen triumphierenden Schrei aus.

Ich war eine Nephilim! Ich konnte heilen!

Mein Hochgefühl verschwand schlagartig, als Nate mich packte und von Amber fortriss. Lea war neben ihn getreten und blickte auf Amber hinab, dann richtete sich ihr Blick auf mich.

»Ich denke, mehr Beweise brauchen wir nicht.«

»Nein, das war der Letzte.« Nate verzog die Lippen zu einem Grinsen. »Und unsere Seele ist nicht mit dem Tod eines unschuldigen Menschen befleckt.«

Lea nickte. »Michael wartet nebenan. Er will sie noch einmal sehen, bevor wir es zu Ende bringen.«

Wer, zum Teufel, war dieser Michael?

»Dann sollten wir ihn nicht länger warten lassen.« Nate zerrte mich auf eine Türe im hinteren Teil der Halle zu, die in ein kleines Büro führte. Hinter einem alten Stahlschreibtisch, der ebenso schäbig aussah wie die Spinde an der Wand dahinter, saß Mike. Die Füße auf dem Tisch und die Hände über der Brust gefaltet, blickte er mir entgegen. In seinem wunderschönen Gesicht zeigte sich nicht die geringste Regung.

»Lasst uns allein.« Seine Stimme war so klar und kalt wie Kristall.

»Was?«, entfuhr es Lea. »Ist das nicht zu –«

Eine einzige Geste genügte, um ihr das Wort abzuschneiden. Mit demütig gesenktem Haupt drängte sie sich an Nate und mir vorbei und verließ den Raum. Nate schob mich auf den Schreibtisch zu, dann ging auch er und schloss die Tür hinter sich.

Eine bessere Gelegenheit würde sich mir nicht bieten. Mit einem von ihnen konnte ich es womöglich aufnehmen. Vielleicht war das auch gar nicht nötig. Mein Blick wanderte zum Fenster zu meiner Rechten. Die Scheibe war gesprungen und größtenteils aus dem Rahmen gefallen. Wenn es mir gelang …

»Du wirst feststellen, dass es dir nicht möglich ist, dich zu bewegen.«

Mikes Worte rissen mich aus meinen Fluchtfantasien. Sollte er mir drohen, so viel er wollte, ich würde hier sicher nicht wie angewurzelt stehen bleiben und einfach gar nichts tun, während er und seine Komplizen mir mit dem Tode drohten – wobei es sicher nicht lange bei bloßen Drohungen bleiben würde. Ich machte einen beiläufigen Schritt nach rechts, dem Fenster entgegen. Zumindest versuchte ich es. Meine Füße standen allerdings wie festgenagelt auf dem Betonboden und rührten sich keinen Millimeter. Auch nicht, als ich es mit Gewalt versuchte.

»Sinnlos«, kommentierte Mike meine Bemühungen.

Er stand auf, kam um den Schreibtisch herum und blieb vor mir stehen. Sein Blick ruhte so lange auf mir, dass ich zu spüren glaubte, wie er sich unter meine Haut brannte. Eine Ewigkeit verstrich, während der er schweigend vor mir stand und mich einfach nur ansah.

Auch als er schließlich das Wort ergriff, wandte er den Blick nicht ab. »Du bist deiner Mutter wie aus dem Gesicht geschnitten«, sagte er sanft. »Aber die Augen hast du von mir.«

O mein Gott! Das konnte unmöglich sein Ernst sein! Akashiel hatte mir gesagt, dass ein Engel mein Vater sein musste, aber doch nicht er! Nicht dieses Stück himmlischen Abschaums, dessen Spießgesellen mich wegen meines unreinen Blutes umbringen wollten!

»Ganz recht«, fuhr er fort, als hätte er meine Gedanken gelesen. »Ich bin dein Vater, Rachel.«

»Spar dir die Star-Wars-Scheiße.«

Meine Antwort ließ ein Stirnrunzeln auf seinen makellosen Zügen erscheinen, das er jedoch mit einem Wimpernschlag wegwischte. »Du musst mir glauben, wenn ich dir sage, dass ich das hier zutiefst bedaure. Bis gestern Abend wusste ich nicht einmal, dass es dich gibt. Ich wusste nicht, dass ich eine Tochter habe.« Er hob die Hand und strich mir sanft über die Wange. »Ich habe deine Mutter geliebt und ich bin sicher, ich könnte auch dich lieben, aber es darf nicht sein.« Als er die Hand zurückzog, kehrte die Kälte in seinen Blick zurück. »Deine Existenz gefährdet alles, wofür ich gekämpft habe. Jemand wie du wird es sein, der das Gleichgewicht zum Kippen bringen und dem Bösen Tür und Tor öffnen wird. Das kann ich nicht zulassen. Nicht einmal, wenn ich dafür mein eigenes Kind opfern muss.«

»Hast du meine Mutter auch umgebracht?«, presste ich hervor. Ich wollte Zeit gewinnen, weil ich hoffte, einen Plan fassen zu können – zugleich wollte ich die Antwort wirklich hören.

»Um Himmels willen, nein!«, entfuhr es ihm. »Deine Mutter war alles für mich! Aber diese Liebe war verboten und stellte mich auf eine harte Probe. Letztlich musste ich einsehen, dass es nicht sein durfte.« Er wandte sich von mir ab und blickte durch die gesprungene Scheibe nach draußen. Leise fügte er hinzu: »Deshalb habe ich sie verlassen.«

»Warum tust du das?«, wollte ich wissen. »Wie kannst du behaupten, ich würde dem Bösen Tür und Tor öffnen, nur weil ich ein Halbblut bin? Sind wir in deinen Augen so minderwertig, dass wir nichts anderes als den Tod verdient haben?«

Ein Lächeln huschte über seine Züge. »Du bist genauso kämpferisch wie sie.« Dann schüttelte er den Kopf. »Denkst du wirklich, mir macht das Spaß? Glaubst du, es ist schön, das Blut unschuldiger Wesen an den Händen kleben zu haben? Mir bleibt keine andere Wahl, Rachel. Das ist der einzige Grund, warum ich tue, was ich tue. Jemand deinesgleichen wird alles zerstören. Alles, wofür wir seit Äonen kämpfen. Ein Nephilim wird Luzifer die Tore zum Himmel öffnen und nichts wird mehr so sein, wie es einmal war. Euch am Leben zu lassen, wäre das Ende der Schöpfung, wie wir sie kennen. Die Rebellion der Engel, die ich einst mit Luzifers Fall beendete, würde erneut aufflammen.«

Seine letzten Worte brannten sich in mein Ohr. *Er* hatte Luzifers Aufstand beendet? Dann war er … Mike war … »Du bist der Erzengel Michael!«

»Und zum ersten Mal wünschte ich, ich wäre es nicht.« Die Traurigkeit, die seinen Worten anhaftete, schien aufrichtig zu sein. Ich spürte, dass er in einem wirklichen Konflikt steckte, doch ich wusste auch, dass er sich nicht zu meinen Gunsten entscheiden würde. Ich spürte es mit jeder Faser meines Körpers. Dieser Mann lebte für sein Himmelreich. Er würde nicht zulassen, dass jemand zur Gefahr dafür wurde – auch wenn ich nicht einmal ansatzweise verstand, warum er eine Bedrohung in mir sah.

»Ich werde jetzt gehen, Rachel, und du wirst niemandem etwas von meiner Rolle in diesem Spiel erzählen.« Er fuhr mit der flachen Hand von meiner Stirn nach unten zum Kinn. Hitze breitete sich über meiner Haut aus und fraß den Wunsch auf, anderen vom Fehltritt und den Umtrieben ihres Anführers zu berichten.

Obwohl ich es noch immer wollte, wusste ich, dass ich nichts sagen würde – ich konnte nicht, dafür hatte Michael mit seinem kleinen Zaubertrick gesorgt.

»Leb wohl, meine Tochter.«

Er war fort, noch ehe die letzte Silbe verklungen war.

Plötzlich war ich wieder fähig, mich zu bewegen, doch bevor ich auch nur einen Schritt in Richtung des Fensters machen konnte, standen Nate und Lea vor mir. Nate packte mich am Arm und drehte ihn mir auf den Rücken, bis mich der Schmerz in die Knie zwang. Hitze flammte neben mir auf, und als ich den Kopf wandte, lag ein Schwert in Leas Händen, dessen Klinge in lodernde Flammen gehüllt war.

»Ihr hättet mich schon am ersten Abend im Stadtpark umbringen können«, presste ich zwischen zusammengebissenen Zähnen hervor. »Warum habt ihr so lange gewartet?«

»Wir mussten erst sicher sein.« Lea baute sich vor mir auf, das Schwert locker in der Hand.

»Der verdammte Beweis, von dem ihr ständig redet. Wofür braucht ihr den?«

»Ihr Menschen untersteht dem Schutz des Hirten«, sagte Lea. »Einen von euch zu töten, ist eine Sünde, die oben sofort bemerkt und hart bestraft wird. Deshalb müssen wir sicher sein, dass es sich um ein Halbblut handelt.«

»Ihr habt Amber umgebracht! Wo blieb die Strafe dafür?«

Leas fein geschnittene Züge blieben ausdruckslos. »Du hast uns davor bewahrt, indem du sie ins Leben zurückgeholt hast.«

Die Erkenntnis durchfuhr mich wie ein Schlag. »Ihr wusstet, dass ich das tun würde!«

Nate nickte. »Wann immer ein Lebensfaden durchtrennt wird, ohne dass der Mensch stirbt, erhält Michael eine Nachricht. Unsere Aufgabe ist es dann, herauszufinden, ob die Person lediglich reanimiert wurde, wie es meistens der Fall ist, oder ob sie als etwas *anderes* ins Leben zurückgekehrt ist. Sobald wir den Beweis haben, dass es sich um einen Nephilim handelt, obliegt es uns, ihn zu töten.«

»Und um sicherzugehen, muss derjenige in eurer Gegenwart seine Kräfte einsetzen«, fügte ich hinzu. »All die Dinge, die mir während der letzten Tage passiert sind – das wart ihr!« Die Maskierten, das Regal, das mich beinahe erschlagen hätte, der Eindringling in meinem Schlafzimmer, das alles waren Lea und Nate gewesen, die meine Fähigkeiten aus mir herauskitzeln wollten. »Ihr habt meinen Kater umgebracht!«

»Du hättest ihn ebenso wiedererwecken können wie deine Freundin«, erwiderte Nate gelassen.

Wir hätten ihn nicht gebraucht, hatte Popcorn zu mir gesagt, nachdem Akashiel ihn ins Leben zurückgeholt hatte. *Du hättest das auch tun können.* Zum ersten Mal begriff ich den Sinn seiner Worte. Er hatte es gewusst. Mein Kater hatte die ganze Zeit über gewusst, was ich war und welche Fähigkeiten in mir schlummerten. Und das verdammte Vieh hatte es mir nicht gesagt!

Nate legte mir die freie Hand auf den Hinterkopf, mit der anderen hielt er mich noch immer auf den Knien, und drückte meinen Kopf nach unten. Seine Berührung war warm und ich fühlte mich wie eine dieser Puppen, deren Skelett aus Draht bestand und deren Glieder man nach Belieben biegen und drehen konnte – nur, dass ich es nicht mehr vermochte, meinen Kopf aus eigener Kraft zu bewegen. Ich konnte ihn nicht drehen und auch nicht heben. Als er mir das Haar aus dem Nacken strich, durchlief es mich eiskalt. Er bereitete mich auf den Schlag vor, der mir den Kopf vom Nacken trennen würde, und ich konnte nichts dagegen tun!

Ich wollte ihnen sagen, was für ein verlogener Kerl ihr Anführer war, wollte sie mit der Nase darauf stoßen, dass auch Michael – der verdammte Erzengel Michael – nicht gegen die Sünde gefeit war. Aber wie er es prophezeit hatte, war ich nicht imstande, die Worte auszusprechen.

Nates Hände verschwanden von meinem Nacken und meinem Arm. Aus dem Augenwinkel sah ich, wie er zur Seite trat und Lea mit ihrem Schwert näher kam. Ich kniete da, allein, ohne Fesseln oder Hände, die mich niedergedrückt hätten, und konnte mich trotzdem nicht rühren. In meinem ganzen Leben hatte ich mich noch nie so ausgeliefert gefühlt wie in diesem Augenblick. Es war, als seien meine Glieder von Blei umhüllt, zu schwer, um sie auch nur ein winziges Stück zu bewegen.

Neben mir blieb Lea stehen. Ich spürte die Hitze der Flammen in meinem Nacken, als sie Maß nahm, sie leckten über meine Haut, ohne sie zu versengen. Ein Zischen durchschnitt die Luft, als sie die Klinge hob.

Ich kniff die Augen zusammen.

Und riss sie wieder auf, als ich einen festen Griff um meine Taille spürte. Ein Blitz flammte auf, so blendend hell, dass er mir die Sicht nahm. Für einen Moment fühlte ich mich entwurzelt, als löse sich mein Körper auf, nur um sofort wieder an einer anderen Stelle im Raum zusammengesetzt zu werden. Die erzwungene Lähmung war von mir abgefallen und einer natürlichen Starre gewichen, die meiner Panik entsprang. Ich fand mich in der Ecke des Büros wieder. Vor mir stand Kyriel mit einem dampfenden Schwert aus Eis in Händen. Er hatte mir den Rücken zugewandt und seine volle Aufmerksamkeit auf Nate und Lea gerichtet.

»Ihr seid unvorsichtig geworden.« Was wie ein Tadel klingen sollte, troff vor Hohn und Spott. »Ihr solltet eure Spuren wirklich besser verwischen.«

Lea setzte zu einer Antwort an, doch ehe ein Laut über ihre Lippen kam, sprang Kyriel auch schon los. Er setzte über den Schreibtisch hinweg, als sei er keinerlei Hindernis, holte mit der Klinge aus und schlug ihr den Kopf vom Rumpf. Ich wartete auf den Aufprall, doch noch bevor ihr Körper oder der Kopf den Boden berührte, lösten sich ihre sterblichen Überreste in Rauch auf und senkten sich in Form eines feinen Ascheregens herab.

Nate schrie auf und sein Schrei war noch nicht verklungen, da formte sich eine flammende Klinge in seiner Hand. Die Waffe zum Schlag erhoben, stürmte er Kyriel entgegen. Der Gefallene hob sein Schwert und schleuderte es wie einen Speer. Die Klinge durchschlug Nates Brustkorb. Knochen knackten und brachen unter der schieren Wucht. Nate taumelte rückwärts, das Flammenschwert entglitt seinen Fingern, Unglaube blitzte in seinen Augen auf.

Sein Blick war auf Kyriel gerichtet. »Du«, formten seinen Lippen lautlos. »Elender Bastard.« Blut sprudelte aus seinem Mund. Er hob die Hand und wischte es fort, als sei es nichts. Wankend wich er bis an die Wand zurück, lehnte sich mit der Schulter dagegen und legte beide Hände um das Heft des Schwertes, das in seiner Brust steckte. Dann zog er – und schrie, als sich die Klinge in seinem Leib bewegte und Zoll um Zoll aus seinem Fleisch ruckte.

Du spürst Schmerz, hatte Akashiel zu mir gesagt. *Doch selbst schwerste Verletzungen heilen – und das weitaus schneller als normal.* Wenn es ihm gelang, die Klinge aus seinem Leib zu ziehen, konnte er mir dann noch immer gefährlich werden?

Meine Frage blieb unbeantwortet. Ohne jede Hast trat Kyriel zu Nate. Er legte seine Hände über die blutigen Hände des Engels, die noch immer den Schwertgriff umklammert hielten, und drückte die Klinge nach oben. Als Nate den Mund zu einem Schrei öffnete, hauchte Kyriel ihm seinen Atem ein. Doch es war nicht einfach nur Atem, es war ein milchiger Nebelstrom, von dem sich dampfende Kälte in die Luft erhob. Nates Gesicht erstarrte. Seine Züge gefroren zu Eis, erstarrt in dem Entsetzen, das ihn in jenem Augenblick durchfuhr, als sich eine dünne bläulich schimmernde Schicht über seiner Haut ausbreitete wie eine schnell voranschreitende Infektion. Es knackte und knisterte, während das Eis weiterkroch, sein Haar und seine Kleidung erfasste und unter einer dünnen Schicht ewiger Kälte gefrieren ließ.

Kyriel schloss seinen Mund. Der Strom der Kälte versiegte. Er löste Nates Hände vom Schwertgriff, stemmte sein

Knie gegen die Brust des Engels und zog die Klinge mit einem kräftigen Ruck aus dessen Körper. Nate wurde zurückgeworfen, prallte gegen die Wand und zersprang in Millionen einzelner Eiskristalle, die sich in einer schimmernden Schicht über den Boden ausbreiteten.

Die Überreste des Engels knirschten unter Kyriels Schuhsohlen, als er sich umdrehte und zu mir zurückkehrte. »Höchste Zeit, dass wir verschwinden.« Er nahm meine Hand, Kälte fraß sich durch meine Haut und ließ mich schaudern, dann zerfiel die Welt vor meinen Augen.

36

Kyriel versetzte sich mit Rachel in die Höhlen. Er mochte diesen Ort nicht, mit seinen Wänden aus dunklem Stein, den tückischen Pfaden, die zwischen den zerklüfteten Felsen durch die riesigen Kammern führten, und dem eisigen Wind, der selbst den letzten Winkel zu erreichen schien.

Eine Bewegung seines Kopfes genügte und die Kristalle, die sich wie ein Spinnennetz über der kuppelartigen Decke ausbreiteten, begannen zu leuchten und erfüllten die Höhle mit ihrem bläulichen Licht. Dies war der Ort, an dem das Schicksal über die Zukunft entscheiden würde. Für den Augenblick war sie hier in Sicherheit. Doch auch wenn er diese Todesschwadron eliminiert hatte, bedeutete das nicht, dass sich nicht in Kürze eine weitere an seine Fersen heften würde.

Bereits zu oft hatten Kyriel und die Seinen einen Nephilim verloren, bevor sie ihr Ziel erreicht hatten – getötet von Engeln, die das Leben schützen und ehren sollten, statt es auszulöschen. Dieses heuchlerische Pack mit seiner Doppelmoral! Als wäre es nicht schon schwierig genug, einen Nephilim in die Finger zu bekommen und lange genug am Leben zu erhalten, hatten sich die wenigen, die seine Leute vor den Todesschwadronen schützen konnten, für die bevorstehende Aufgabe als ungeeignet erwiesen. Einer wollte sich nicht von der Notwendigkeit einer Zusammenarbeit überzeugen lassen und wählte den eigenen Tod statt des ewigen Lebens und die beiden anderen waren nicht stark genug gewesen, um zu vollbringen, wofür sie erschaffen worden waren.

Jetzt hatte er Rachel – und er konnte nur hoffen, dass es diesmal anders sein würde. Unglücklicherweise hatte er nicht verhindern können, dass sie ihn kämpfen sah. Andererseits hatte er sie gerettet und er konnte nur hoffen, dass sie diesen Umstand ausreichend zu würdigen wusste. Erst jedoch musste er dafür sorgen, dass die Angst aus ihren Augen wich und sie begann, wieder den Freund in ihm zu sehen, der er sein musste, um seine Aufgabe zu Ende zu bringen.

Als er sich nach ihr umsah, knirschte Salz unter seinen Sohlen wie vorhin die eisigen Überreste des Engels. Nachdem er Rachel aus seinem Griff entlassen hatte, war sie an die Felswand zurückgewichen. Sie stand stocksteif da und starrte die Wände an, als suche sie nach etwas.

»Ich kenne diesen Ort«, flüsterte sie. »Hier werde ich sterben.«

»Unsinn.« Kyriel machte einen Schritt auf sie zu, hielt aber inne, als sie vor ihm zurückwich. Beschwichtigend hob er die Hände. »Du bist hier in Sicherheit. Niemand wird dir etwas tun.«

»Du meinst, du willst mich nicht in handliche Eiswürfel verwandeln?«

Er verkniff sich ein Grinsen. Rachels Humor war zweifelsohne die Eigenschaft, die er am attraktivsten an ihr fand – nicht, dass sie hässlich gewesen wäre, sie entsprach nur nicht seinem Beuteschema. Wenn er sich eine Märchenfigur aussuchen dürfte, dann lieber ein blondes Dornröschen statt dieses Schneewittchens. »Ich habe dich gerettet! Denkst du wirklich, ich hätte mir diese Mühe gemacht, nur um dich selbst umzubringen?« Er schüttelte den Kopf. »Von mir hast du nichts zu befürchten.«

»Entschuldige, wenn es mir ein wenig schwerfällt, das zu glauben.«

»Ich kann dir alles erklären.«

»Spar dir die Mühe. Ich weiß, was du bist, *Gefallener*.«

Er zog eine Grimasse. »Ich hätte es dir gern selbst gesagt.«

»Ach ja? Bevor oder nachdem du mich verführt hättest?«

Im Idealfall danach. »Ich hatte nie vor, dich zu verführen, Rachel. Zumindest nicht, um dich zu irgendetwas zu überreden.« Seine Belohnung für einen ausgeführten Auftrag war Luzifers Wohlwollen. Wenn es ihm jedoch zusätzlich gelang, eine Frau flachzulegen, war das wie eine Bonuszahlung. »Wenn du bereit bist mich anzuhören, werde ich dir alles erklären.« *Und dich wieder einwickeln.*

Sie musterte ihn mit zusammengekniffenen Augen. »Wie hast du mich überhaupt gefunden?«

»Ich suche nach dir, seit du gestern aus dem Haus der Engel entkommen bist.« Er erzählte ihr, was er im Haus beobachtet hatte und wie er ihr gefolgt war, ihre Spur aber wegen der Metallkarosserie ihres Wagens verloren hatte. »Deine Freundin war ebenso vom Erdboden verschluckt wie du. Deshalb habe ich mich an die beiden Engel gehängt. Sie kamen mir zuvor und konnten mit der Kleinen verschwinden.« Dass er dabei Akashiel aus dem Verkehr gezogen hatte, behielt er erst einmal für sich. Rachel erzählte er lediglich, dass er Amber erneut verloren hatte. »Ich habe vermutet, dass du früher oder später am selben Ort auftauchen würdest wie deine Freundin, deshalb habe ich nach euren Signaturen Ausschau gehalten.« Immer wieder hatte er den Äther danach gescannt. Ohne Erfolg. Bis er plötzlich auf Ambers Spur gestoßen war, die ihn in die Lagerhalle geführt hatte. »Nachdem du dort warst, schenkten sie ihr keine Aufmerksamkeit mehr und machten sich nicht länger die Mühe, ihre Signatur zu verbergen, weshalb ich dich finden konnte.«

»Amber! Sie braucht einen Arzt!« Rachel wollte an ihm vorbei, um nach ihrer Freundin zu suchen – nicht ahnend, dass diese sich viele Tausend Meilen entfernt befand.

Kyriel hielt sie am Arm zurück. »Mach dir keine Sorgen, es geht ihr gut«, sagte er ruhig. »Du hast sie geheilt und von einem heftigen Schrecken einmal abgesehen, fehlt ihr nichts.« Er lockerte seinen Griff und drehte sie zu sich herum, sodass sie ihn ansehen musste. »Ich gebe zu, ich habe dich belogen, was meine Identität angeht, Rachel, aber die Gründe dafür sind andere, als du vermutlich annimmst.«

Sie schlang die Arme um ihren Oberkörper, was er zunächst für eine Abwehrreaktion hielt, dann jedoch bemerkte er die bläulichen Lippen und die Gänsehaut an ihren Schultern. Da er gegen Kälte immun war, vergaß er gern, wie eisig diese Höhlen für jemanden mit menschlichem Blut in den Adern waren. Er legte ihr eine Hand auf die Schulter und führte sie zu einem größeren Felsbrocken. »Setz dich hierhin.« Mit ein wenig Nachdruck brachte er sie dazu, sich vor dem Stein niederzulassen. Sobald sie saß, legte er seine Hände auf den Fels und ließ die Energie fließen, bis er sich aufheizte und wie ein gewaltiger Ofen Wärme abstrahlte.

Rachel rückte näher heran und streckte ihre Hände aus, um sie zu wärmen.

»Nicht anfassen!«, warnte er. »Der Stein ist wirklich heiß.«

Er ließ sich im Schneidersitz neben ihr nieder, amüsiert über die Zerrissenheit, die ihr deutlich anzusehen war. In ihr kämpfte der Wunsch nach Wärme gegen das Bedürfnis an, auf der Hut zu bleiben, und gipfelte letztlich darin, dass sie sich halb ihm und halb dem erhitzten Stein zuwandte.

»Wenn ich die Zeichen richtig deute«, begann er, »weißt du mittlerweile, was du bist.« Andernfalls wäre sie spätestens beim Anblick der beiden Engel, die versucht hatten, sie umzubringen, schreiend davongelaufen. Rachel bestätigte seine Vermutung mit einem Nicken. »Weißt du auch, warum sie hinter dir her waren?«

»Sie glauben, dass ein Nephilim das Ende der Schöpfung sein wird.«

»Glaubst du das auch?«

»Woher soll ich das wissen?«, schnappte sie. »Ich verstehe nicht einmal die Hälfte von dem, was während der letzten Stunden passiert ist! Ich weiß nur, dass eindeutig zu viele Leute – oder wie auch immer man euch nennen soll – Interesse an mir haben.«

»Es gibt eine Prophezeiung, so alt wie der Himmel selbst«, erklärte er. »In ihr heißt es, dass eines Tages ein Nephilim kommen und seine Vorfahren aus dem Stein befreien wird. Irgendjemand im Himmel scheint zu glauben, dass es den Riesen der Vorzeit vorherbestimmt ist, gegen den Himmel in die Schlacht zu ziehen und sich an jenen zu rächen, die ihre Väter dazu zwangen, sie in einem Kerker aus Stein vor der Vernichtung zu schützen.«

Rachel runzelte die Stirn. »Das ist der Grund«, stellte sie fest. »Deshalb interessierst du dich für mich. Du willst, dass ich diese Nephilim befreie, damit sie sich Luzifer in seinem Kampf gegen die himmlischen Heerscharen anschließen!«

»Das ist es, was der Anführer dieser Todesschwadronen

glaubt. Hast du dir schon einmal überlegt, dass es gar nicht um einen Kampf, sondern um Gerechtigkeit gehen könnte?«, sagte er. »Diese Kreaturen sind seit Äonen im Stein gefangen, denkst du nicht, dass sie Erlösung verdient haben?«

»Der Teufel ist also an Erlösung und Gerechtigkeit interessiert.« Ihre Worte troffen nur so vor Sarkasmus.

»Zumindest versucht er nicht, deinesgleichen auszurotten oder wegzusperren.«

»Wegsperren?«

»Neben den Todesschwadronen gibt es noch einen Kerl, dessen Aufgabe es ist, solche wie dich aufzuspüren und in Sicherheit zu bringen.«

»Damit ihnen niemand etwas antun kann.«

»Oder damit sie keine Gefahr für das Himmelreich werden können«, schoss er zurück. »Sie in *Sicherheit* zu bringen, schützt sie nicht nur vor ihren Verfolgern, sondern hindert sie auch daran, sich länger frei zu bewegen.«

Rachel schnappte nach Luft. »Eingesperrt und überwacht, um sicherzugehen, dass sie nicht tun können, was ihnen vorherbestimmt ist.«

Kluges Mädchen. »Dein Akashiel hat dir vermutlich erzählt, dass es zu deinem Besten wäre, wenn du dorthin gehst. Aber er hat unrecht. Womöglich hat er dich auch bewusst belogen.«

»Warum sollte er das tun?«

»Weil sie, wenn es um den Schutz ihres Allerheiligsten geht, alle gleich sind.«

»Und du handelst aus purer Menschenfreundlichkeit.«

Wohl kaum. Das würde er ihr allerdings nicht auf die Nase binden. »Ich möchte dich davon überzeugen, diese gefangenen Kreaturen von ihrem Leid zu erlösen.«

»Du meinst, du willst mich zwingen.«

Er schüttelte den Kopf. »So läuft das nicht. Das ist etwas, das du nur aus freien Stücken tun kannst.«

»So wie meine Seele zu verkaufen?«

»In diesem Fall hat es zwar nichts mit deiner Seele zu tun«, stimmte er zu, »aber das Prinzip ist ähnlich.«

»Du glaubst nicht ernsthaft, dass ich das tun werde, oder?«

Er zuckte mit den Schultern. Wenn sie sich weigerte, hatte er ein paar gute Trümpfe im Ärmel, um sie dennoch von einer Zusammenarbeit zu überzeugen.

Eine Weile sagte sie nichts mehr. Sie rückte näher an den warmen Felsen heran und starrte auf den Stein, als wolle sie ihn hypnotisieren. »Wie bist du an die Stelle des Reverends gekommen?«, fragte sie, ohne den Blick vom Fels zu lösen. »Hast du ihn umgebracht?«

»O bitte!« Er verdrehte die Augen. »Nur weil mein Chef zufällig auch Teufel genannt wird, sind wir noch lange nicht die Bösen.«

Er hatte sich gerade in der Nähe von Seattle aufgehalten, als Luzifer von dem gerissenen Lebensfaden erfuhr, deshalb hatte er den Auftrag bekommen, herauszufinden, ob es sich um eine gewöhnliche Reanimation oder die Wiedergeburt eines Nephilim handelte. Glücklicherweise hatte Luzifer noch immer den einen oder anderen Informanten, der ihn über die Vorgänge oben auf dem Laufenden hielt. Auf diese Weise hatten sie auch von dem *Alarm* erfahren. Einer Art automatisches Warnsystem, das immer dann anschlug, wenn ein Mensch das Leben verließ und kurz darauf zurückkehrte. Dieser Alarm – der offiziell gar nicht existierte – sollte es Japhael erleichtern, potenzielle Nephilim aufzuspüren und aus dem Verkehr zu ziehen. Dank seiner guten Verbindungen war es Luzifer vor Kurzem gelungen, nicht nur das System anzuzapfen, weshalb sie nun ebenfalls informiert wurden, sobald ein möglicher Kandidat auf der Bildfläche erschien, sondern es auch so weit zu manipulieren, dass Japhael nicht mehr in jedem Fall benachrichtigt wurde. Allerdings hatte Kyriel den Verdacht, dass auch der Anführer der Todesschwadronen Zugriff darauf hatte. Anders konnte er sich nicht erklären, warum diese Arschlöcher so oft schneller waren als seine eigenen Leute.

»Dem Pfaffen geht es gut«, fuhr er fort. »Nachdem ich den Auftrag bekam, nach Ruby Falls zu gehen und herauszufinden, ob du eine Nephilim bist, dachte ich, dass ich es wohl als Priester am einfachsten haben würde, dein Vertrauen zu gewinnen. Ich habe den Reverend im Keller gebunkert, wo ihn niemand hören und sehen kann.« Als Rachel auffuhr, hob er beschwichtigend die Hände. »Keine Sorge, er hat genug zu essen und zu trinken und ein Eimerchen für alles andere.«

»Wie konntest du seinen Platz einnehmen?«

»Ich habe den Verantwortlichen klargemacht, dass er krank ist, seine Arbeit eine Weile nicht ausüben kann und dann mich als passende Vertretung empfohlen.« Bewusstseinskontrolle war eine wunderbare Fähigkeit, die manchmal viel zu leicht anzuwenden war, sodass es schon fast keinen Spaß mehr machte. Aber nur fast.

»Du hast sie hypnotisiert?«

»Es funktioniert eher wie diese Gedankentricks der Jedi-Ritter.«

Da sie darauf nichts erwiderte und ihrer Miene nicht anzusehen war, was sie dachte, streckte er seinen Geist nach ihr aus, um ihre Stimmung zu erfassen. Sie war ruhiger geworden. Die Angst schien von ihr gewichen zu sein, und wenn er nicht vollkommen danebenlag, würde sie nicht versuchen zu fliehen. Nur noch ein paar Minuten und er hätte ihr Vertrauen zurückgewonnen.

Er lehnte sich zurück, bis er mit dem Rücken die Felswand berührte, und fuhr sofort wieder hoch, als ihm ein scharfkantiger Stein gegen die empfindsame Stelle an seinem Schulterblatt drückte. Sein T-Shirt blieb allerdings an der Kante hängen und er riss es sich auf. Einen Fluch unterdrückend fuhr er herum, um zu sehen, wo er sich schmerzfrei anlehnen konnte.

»O Gott«, wisperte Rachel hinter ihm. Die Salzkruste knirschte, als sie sich bewegte. Misstrauisch wandte Kyriel ihr den Kopf zu, um zu sehen, was sie vorhatte. Sie ging neben ihm in die Hocke, den Blick auf seinen Rücken gerichtet, und streckte die Hand nach den Stellen an seinen Schulterblättern aus, deren Anblick das zerrissene T-Shirt ihr offenbarte: die vernarbten Stümpfe seiner Flügel.

Kyriel ließ zu, dass sie sie berührte, jene Narben, die ihn selbst nach all der Zeit noch immer peinigten wie ein amputiertes Glied. Ihre Finger brannten auf seiner Haut und ließen seine Schulterblätter noch mehr schmerzen als gewöhnlich. Schlimmer jedoch als der pochende Schmerz, den er all die Jahrtausende ertragen hatte, war das Gefühl, nicht vollständig zu sein.

Schließlich hielt er die beinahe zärtliche Berührung ihrer Fingerspitzen nicht mehr aus. Er drehte seinen Rücken weg von ihr und ließ sich wieder vor der Wand auf dem Boden nieder, sodass sie die Stelle nicht länger sehen oder berühren konnte.

»Wie ist es in der Hölle?«, wollte sie wissen.

»Himmel und Hölle existieren nicht. Zumindest nicht in dem Sinn, wie ihr Menschen sie euch vorstellt.«

Sie zog eine Augenbraue hoch. »Ich komme für böse Taten nicht in die Hölle?«

»Das habe ich nicht gesagt.« Dass sie Fragen stellte, war ein gutes Zeichen und gab ihm die Gelegenheit, sie erneut für sich einzunehmen. »Die Hölle ist kein Ort mit Fegefeuer, ewigen Qualen und dem ganzen Tamtam. Es sind die Erinnerungen an all die schlimmen Dinge, die jemand in seinem Leben getan hat. Ein Platz im Innersten eines Menschen, der mit jeder Sünde wächst und an dem man seine Missetaten immer wieder durchlebt.«

»Dann sitzen in den Gefängnissen wohl eine Menge Leute, die eine verdammt große Hölle in sich tragen.«

»Ebenso wie in den Chefetagen der Konzerne, in Regierungen und an jedem anderen Ort. Wir sind ein weltweit agierendes Unternehmen.«

»Was passiert, wenn diese Menschen sterben?«

»Dann steigen ihre Seelen, so sie diese nicht uns verschrieben haben, in den Himmel auf. Für die anderen haben wir einen Ort, an dem wir sie … aufbewahren.« Bis sie eines Tages als Seelenkrieger in die Schlacht gegen den Himmel gerufen würden.

»Kein angenehmer Ort, vermute ich mal.«

»Nun, die Jungs von der Konkurrenz sind auch keine Heiligen. Der Himmel auf Erden ist das, was man bekommt, wenn man mit sich selbst seinen Frieden geschlossen hat. Du kannst mir allerdings glauben, wenn ich dir sage, dass es dadurch nicht einfacher wird.«

»Aber der Ort, der einen nach dem Tod erwartet, ist ein besserer.«

Was sollte er darauf erwidern? Die Wahrheit würde sie nur desillusionieren – andererseits war das vielleicht genau das, was er brauchte, um sie endgültig auf seine Seite zu ziehen. »Ich fürchte, die Engel benehmen sich den Menschen gegenüber nicht ganz so engelhaft, wie man es von ihnen erwarten würde.«

»Weil sie uns für eine niedere Rasse halten.«

»Exakt.«

Eine Weile sagte sie nichts, sah ihn einfach nur an, als sei sie imstande durch seine Augen geradewegs in sein Herz – oder noch tiefer – zu blicken. »Warum tust du das?«

Sie hätte kaum eine Frage stellen können, die ihn mehr überraschte. *Mir bleibt keine andere Wahl.* »Es ist mein Job.«

»Ein Job«, echote sie. »Du glaubst also nicht an das, was du tust?«

»Ich glaube an die Dinge, die mich am Leben halten und selbiges Leben so angenehm wie möglich gestalten.« Solange er in Luzifers Gunst stand, hatte er nichts zu befürchten. Gnade Gott den armen Teufeln, die diese Gunst verloren.

Allmählich wurden ihm ihre Fragen zu persönlich. Seine Beweggründe gingen sie ebenso wenig etwas an wie der Anblick der Flügelstümpfe auf seinem Rücken. Es war an der Zeit, den nächsten Schritt zu wagen und herauszufinden, ob sie stark genug war, zu tun, was getan werden musste.

Als er nun seinen Geist nach ihr ausstreckte, blieb er mit seinem Tasten nicht an der Oberfläche ihrer Gefühle. Dieses Mal drang er tiefer, vorbei an ihren Empfindungen, geradewegs ins Herz ihrer Gedanken. Er spürte ihre Rastlosigkeit und all die Fragen, die sie umtrieben, und noch etwas anderes, was er jedoch erst zu erfassen vermochte, als er ihr in die Augen sah: Misstrauen. Kyriel wusste nicht, woher es kam, doch womöglich würde er seinen Ursprung finden, wenn er ein wenig danach suchte. Zuerst jedoch musste er sich Gewissheit verschaffen. Er arbeitete sich weiter vor bis zu jener Stelle, an der ihre Fähigkeiten verborgen lagen. Sie selbst mochte noch nicht einmal ahnen, zu welchen Dingen sie als Nephilim in der Lage war. Er hingegen würde es in wenigen Augenblicken wissen – ausgebreitet wie eine Landkarte würden all ihre Anlagen und Begabungen vor ihm liegen.

Schon der erste Blick überzeugte ihn, dass sie mehr konnte als jeder Nephilim, den er bisher gesehen hatte. Er schob seinen Geist näher heran, um sich einen besseren Überblick zu verschaffen, als sich seine Sicht plötzlich verdunkelte. Alles, was offen ausgebreitet vor ihm gelegen hatte, verschwand schlagartig unter einem Schleier. Kyriel versuchte ihn zu entfernen, doch er entzog sich ihm. Ein heftiger Stoß schleuderte ihn zurück und riss ihn aus seiner Konzentration.

Als er die Augen öffnete, lag er auf dem Boden. Rachel stand über ihm und blickte zornig auf ihn herab. »Versuch das nie wieder!«

Ein heißer Schauer durchlief ihn. Sie wusste, was er getan hatte! Das war unmöglich! Noch nie zuvor hatte jemand bemerkt, wenn er einen fremden Geist erforschte. Sie war ohne jeden Zweifel die, nach der sie suchten. Es war an der Zeit, dass Luzifer davon erfuhr.

37

Akashiel erreichte die Lagerhallen, deren Adresse Rachel ihm auf seiner Mailbox hinterlassen hatte. Er blieb unsichtbar in der Einfahrt stehen, um sich einen Überblick über das Gelände zu verschaffen, das genauso heruntergekommen und ungepflegt wirkte wie der hufeisenförmige Backsteinbau mit den zerstörten Fenstern und den rostigen Metalltüren. Es kostete ihn nur einen Moment, um die Essenz von Lelahel und ihrem Gefährten aufzuspüren. Ohne zu zögern versetzte er sich an den Ort, wo sie am stärksten war, und ließ, noch während er sich materialisierte, das Flammenschwert in seinen Händen entstehen.

Die Waffe kampfbereit erhoben, sah er sich in dem kleinen Raum um, in den ihn die Spur der beiden geführt hatte. Er war darauf gefasst gewesen, dass sie ihn sofort angriffen, sobald er sich zeigte. Doch hier war niemand. Da er nicht vorhatte, sich noch einmal überrumpeln zu lassen, warf er einen

Blick unter den Schreibtisch und filzte die Stahlschränke an der Rückwand. Der Raum war verlassen. Was merkwürdig war, denn er konnte die Anwesenheit der Engel noch immer riechen. Er trat an die Wand zurück und blickte suchend zur Decke, als ihn ein Knirschen unter seinen Schuhsohlen aufhorchen ließ. In diesem Teil des Raumes war der Boden über und über mit Eiskristallen bedeckt. Er machte ein paar Schritte zur Seite, fort von der Eisschicht. Seine Schuhe wirbelten Asche in die Luft, hellgraue Flocken, die sich deutlich im hereinfallenden Sonnenlicht abzeichneten. Der Boden war überzogen von den Überresten der beiden Engel, deren Präsenz er noch immer mit jeder Faser seines Körpers zu spüren glaubte. Doch da war noch mehr. Wenn er seine Sinne ausstreckte, empfing er das deutliche Echo von Kyriels Anwesenheit. Der Gefallene war hier gewesen. Der ganze Raum stank nach seiner Gegenwart! Er hatte Lelahel und Nathanael getötet und Rachel mitgenommen.

Zum wohl hundertsten Mal streckte er seine Sinne nach ihrer Signatur aus. »Verflucht, Rachel!« Wie sollte er sie finden, wenn sie sich abschottete! Hatte er ihr überhaupt beigebracht, wie sie den Schleier fallen lassen konnte? Das alles war neu für sie. Während der letzten Stunden hatte sie so viel gehört und gesehen. So viele Dinge, die sie schlichtweg überfordern mussten, sodass sie womöglich gar nicht auf den Gedanken kam, dass er sie nicht finden konnte, solange sie sich hinter dem Schleier verbarg.

»Denk nach«, drängte er sich selbst. »Wie kann ich sie dennoch finden?«

Ein Geräusch außerhalb des Büros, so leise, dass er es nicht einordnen konnte, schreckte ihn auf. Noch immer unsichtbar, das Flammenschwert erhoben, verließ er das Büro und versetzte sich ins Zentrum der Halle, aus der die Laute gekommen waren. Von einer dicken braunen Staubschicht und unzähligen Spinnweben abgesehen, war die Halle leer, sodass er sich schnell einen Überblick verschaffen konnte. Das Erste, was er sah, war das Blut, das den Boden unmittelbar neben seinen Füßen bedeckte. Der Anblick der dunklen Lache, die sich deutlich auf dem Beton abzeichnete, ließ seine Sorge um Rachel ins Unermessliche steigen.

Er sah sich weiter um, suchte nach dem Ursprung der Geräusche und fand ihn in einer dunklen Ecke. Rachels Freundin kauerte an der Wand, von heftigem Schluchzen geschüttelt, und versuchte sich so klein wie möglich zu machen. Akashiel ließ das Schwert verschwinden und ging zu ihr. Amber zitterte am ganzen Leib, ihre Kleider waren über und über von Blut besudelt, das Gesicht hinter einem Vorhang honigblonder Haare verborgen, in denen ebenfalls Blut klebte. War sie verletzt oder hatte sie versucht, Rachel zu helfen, und das war ihr Blut?

Um das herauszufinden, musste er sich sichtbar machen.

Da sie ohnehin nichts von ihrer Umwelt wahrzunehmen schien, verzichtete er darauf, die Halle dafür zu verlassen. Er ließ den Schleier einfach an Ort und Stelle fallen und ging vor der Frau in die Hocke.

»Amber?«, fragte er vorsichtig.

Ihr Kopf ruckte hoch, das Haar rutschte zur Seite und offenbarte ein bleiches Antlitz, dessen linke Seite von getrocknetem Blut überzogen war. Noch immer hingen ihr einzelne Strähnen ihrer blonden Locken ins Gesicht. Sie starrte ihn aus verquollenen Augen an, ihr Blick leer und abwesend.

Akashiel hob beschwichtigend die Hände. »Keine Angst, ich tue Ihnen nichts. Sind Sie verletzt?«

»Ja. Nein.« Ein Funken Leben flammte in ihren Augen auf, gepaart mit Angst und Verwirrung. »Ich weiß es nicht.«

Akashiel suchte nach dem Ursprung des Bluts in ihrem Gesicht und an ihrem Körper, konnte jedoch keine Verletzung finden. Dort, wo das meiste Blut klebte, war ihre Bluse zerfetzt. Als hätte ihr jemand eine Klinge ins Herz gestoßen.

»Sie waren verletzt«, mutmaßte er. »Aber jetzt nicht mehr?«

Sie nickte.

»Jemand hat Sie geheilt.«

Wieder ein Nicken.

»Kyriel?« Noch ehe er die Frage in ihren Augen sah, erinnerte er sich an die Maske, hinter der sich der Gefallene verbarg. »Der Reverend – hat er Sie geheilt?«

Ihre Antwort bestand lediglich aus einem Kopfschütteln.

Es wäre wirklich hilfreich, wenn sie in vollständigen Sätzen antworten würde, doch aus ihr etwas herauszubringen, war schwieriger, als eine ganze Halle Menschen durch bloße Einwirkung auf ihren Geist zu beruhigen. Am liebsten hätte er sie angeschrien, bis sie ihm endlich sagte, was passiert war und wo er Rachel finden konnte. Ihr Anblick genügte ihm jedoch, um zu erkennen, dass er damit nicht weit kommen würde. Abgesehen davon, dass sie offensichtlich unter Schock stand, tat sie ihm leid. Sie hatte Schreckliches durchgemacht und nichts davon war ihre Schuld. Sie anzuschreien, war weder sonderlich nett noch fair.

Er wollte gerade nachhaken, als sie sagte: »Es war Rachel.«

Ihre Worte durchfuhren ihn wie ein Blitz. »Rachel hat Sie geheilt?«

Amber wischte sich mit dem Ärmel über das Gesicht und verschmierte Schmutz und Blut darauf, bis es wie eine starre Maske erschien. »Sie hat mehr getan als das«, flüsterte sie. »Ich glaube, ich war … tot.«

Dass Rachel sie geheilt haben könnte, war bereits undenkbar. Aber *das* war unmöglich. Dazu reichte ihre Macht nicht aus. Amber musste sich irren. Vielleicht war sie bewusstlos gewesen und bildete sich nun ein, von den Toten zurückgekehrt zu sein.

»Was ist hier passiert? Wo ist Rachel?«

»Sie haben sie gezwungen, hierherzukommen. Nate … O Gott, er war mein Freund! Ich dachte, er liebt mich!« Zu Akashiels Erstaunen schien sie eher wütend als traurig zu sein. »Aber er hat mich nur benutzt, um an Rachel heranzukommen. Sobald sie hier war, hat er mir ein Messer in die Seite gestoßen. Als ich wieder zu mir kam, war ich allein.« Sie schnappte nach Luft, als ihr bewusst wurde, was das bedeutete. »Sie haben Rachel!«

»Die beiden sind keine Gefahr mehr«, sagte Akashiel. »Rachel ist beim Reverend.« Amber atmete sichtbar auf. Sie musste ja nicht wissen, dass das nur insoweit eine Verbesserung war, als Kyriel sie nicht umbringen würde. Zumindest nicht, bevor sie nicht getan hatte, wofür sie sie brauchten.

»Kommen Sie.« Er hielt ihr seine Hand entgegen. »Ich bringe Sie nach Hause.«

Sie ergriff seine Hand und ließ sich von ihm auf die Beine ziehen, dann jedoch zögerte sie plötzlich. »Sie sind ein Fremder. Ich kann doch nicht –«

»Mein Name ist Ash McCray«, holte er die Vorstellung nach. »Ich bin für Rachels Sicherheit verantwortlich.«

»Sie sind also ihr Schutzengel.«

»So kann man es auch nennen«, murmelte er und ließ offen, ob Schutzengel im wörtlichen Sinne gemeint oder lediglich so dahingesagt gewesen war. Er musste Rachel klarmachen, dass sie nicht über ihn und seinesgleichen sprechen durfte – nicht einmal mit ihrer besten Freundin. Zuerst musste er sie jedoch finden.

Alles in ihm drängte danach, sich auf die Suche nach Rachel zu machen. Da er jedoch nicht wusste, wo er anfangen sollte, und Amber in diesem Zustand nicht einfach einen ihrer Freunde darum bitten konnte, sie abzuholen, ohne in Erklärungsnot zu geraten, entschied er, sich zuerst um sie zu kümmern. Er nahm sie an der Hand. Einen Atemzug später standen sie in ihrem Wohnzimmer in Ruby Falls.

Als Amber die veränderte Umgebung sah, schnappte sie überrascht nach Luft. Ehe sie sich noch mehr aufregen konnte, legte er ihr eine Hand auf die Stirn und tastete nach ihrem Gedächtnis. Er löschte die Tatsache, dass Rachel ihn ihren Schutzengel genannt hatte, und gab ihr statt des Versetzens die Erinnerung an eine Autofahrt von Seattle hierher ein. Dann zog er die Hand zurück.

Für einen Moment sah sie ihn verwirrt an, dann lächelte sie unsicher. »Danke, dass Sie mich hergebracht haben.«

Akashiel nickte. »Ich werde jetzt nach Rachel sehen.« Dass er nicht die geringste Ahnung hatte, wo sie sich befand, behielt er für sich. Amber hatte genug durchgemacht. Sie musste sich nicht auch noch um Rachel sorgen – es genügte, wenn er das tat. »Nehmen Sie ein heißes Bad und legen Sie sich hin«, riet er ihr. »Danach werden Sie sich besser fühlen.«

Er war schon fast durch die Tür, als sie fragte: »Wie haben Sie das gemacht?«

Akashiel drehte sich noch einmal zu ihr herum. »Was meinen Sie?«

»Im einen Moment standen wir noch in der Lagerhalle, im nächsten waren wir hier.«

»Sie erinnern sich daran?«

»Natürlich. Ich leide schließlich nicht unter Gedächtnisverlust.«

Er war sicher, dass er keinen Fehler gemacht hatte. Er hatte sogar noch einmal das Muster der Erinnerungen überprüft, ehe er ihren Kopf verlassen hatte. Alles war, wie es hätte sein sollen. Bis auf die Tatsache, dass sie sich trotzdem daran erinnerte, was wirklich geschehen war – als sei sie gegen seine Beeinflussung immun.

Er sparte sich einen zweiten Versuch, denn er wusste, dass der nicht anders enden würde als der vorherige, außer, dass sie vielleicht bemerken würde, dass er in ihrem Kopf herumstocherte, wenn er es zu oft tat.

Etwas stimmte nicht mit dieser Frau – und er wurde das Gefühl nicht los, dass die Kräfte, die bei ihrer Heilung auf sie eingewirkt hatten, damit in Zusammenhang standen. Damit würde er sich jedoch später befassen. Im Augenblick hatte Rachel Priorität.

»Ich erkläre es Ihnen beim nächsten Mal.« Er zog die Haustür hinter sich zu und wurde noch im selben Augenblick unsichtbar.

Unschlüssig stand er im Schatten des Vordachs und ging in Gedanken noch einmal alle Fakten durch. Ganz gleich, wie er es auch drehte und wendete, er wusste nur, dass Rachel sich in Kyriels Gewalt befand.

Und das war die Antwort, nach der er suchte!

Luzifers Leute verfolgten ein bestimmtes Ziel. Sobald sie Rachel hatten, würden sie mit der Umsetzung beginnen und sie dafür an den Ort bringen, an dem das alles geschehen sollte. Akashiel wusste weder, wie dieser Ort aussah, noch wo er sich befand, aber er kannte jemanden, der es ihm sagen konnte.

Ohne zu zögern, nahm er Kontakt auf. Nicht einmal eine Minute später materialisierte sich Japhael neben ihm. »Das Notsignal?« Sein Mentor hob eine Augenbraue. »Wo brennt es, Junge?«

In knappen Worten beschrieb Akashiel ihm die Situation. Hatte Japhaels Miene zunächst ungerührt und gelassen gewirkt, wurden seine Züge zunehmend sorgenvoller, je weiter Akashiels Bericht fortschritt. Als er am Ende ankam, ragten die buschigen Augenbrauen des obersten Schutzengels steil empor.

»Du weißt, wohin sie sie bringen, oder?« Japhael *musste* es einfach wissen!

Sein Mentor nickte. »In das Land, das wir einst als Kanaan kannten. Dort sind die Riesen gefangen.« Er dachte kurz nach, dann sagte er: »Folge mir.«

»Warte!«, hielt Akashiel ihn auf. »Wie werden sie wiedererweckt?«

»Ich weiß es nicht. Aber wenn die Nephilim den Riesen zu nahe kommt, müssen wir sie töten.«

Das war es, was Akashiel befürchtet hatte. »Sagt wer?«

»Jeder Nephilim, der sich den steinernen Riesen nähert, ist nötigenfalls zu eliminieren. So hat es der Chef befohlen.«

Mir nicht, dachte Akashiel und folgte der Signatur seines Mentors – wild entschlossen, nicht zuzulassen, dass Rachel etwas geschah.

38

»Komm mit, ich möchte dir etwas zeigen.«

Kyriel hielt mir die Hand entgegen, doch auch wenn ich ihm nicht mehr ganz so misstraute wie zu Anfang, war ich noch immer misstrauisch genug, um ohne seine Hilfe aufzustehen.

»Du müsstest mich berühren, damit ich dich hinbringen kann.«

Nach kurzem Zögern ergriff ich seine Hand dann doch und einen Atemzug später spürte ich das Gefühl des Entwurzeltseins, das mich jedes Mal überfiel, wenn ich von einem Ort zum anderen versetzt wurde.

Als die Welt um mich herum wieder sichtbar wurde, befanden wir uns noch immer in der Höhle, wenngleich in einem anderen Teil. Unwillkürlich fragte ich mich, wie riesig diese Höhlen sein mochten, wenn er sich mit mir versetzen musste, statt einfach an den Ort zu laufen, den er mir zeigen wollte.

Ich musste den gewaltigen Felswall vor mir nicht sehen, um zu wissen, dass dies die Höhle aus meinen Träumen war. Ich hatte es schon die ganze Zeit gespürt. Alles war genau so, wie ich es im Traum gesehen hatte. Der schroffe Fels, die Salzkruste, die wie ein Grabtuch über allem lag, die Kristalle unter der Decke, die auch hier auf Kyriels Zeichen hin aufleuchteten und ihren milchig-blauen Schimmer in die Weiten der Höhle aussandten. Die Luft war vom Geruch des Meeres geschwängert und ich glaubte, eine entfernte Brandung zu hören, hohe Wellen, die gegen den Fels schlugen und sich daran brachen. Fort von der Wärme des erhitzen Steins, kroch mir die Kälte dieses Ortes sofort wieder unter die Haut.

Ich versuchte die Gestalten im Fels vor mir auszumachen, doch ich war zu nah dran. Den Kopf in den Nacken gelegt, trat ich zwei Schritte zurück und betrachtete die Felswand. Es war noch immer schwer, etwas zu erkennen, doch mit ein wenig Konzentration schälten sich schließlich die grobschlächtigen Umrisse der Riesen aus dem Fels. Schon in meinen Träumen waren sie mir gewaltig erschienen, doch sie waren viel mehr als das: riesig, einschüchternd und faszinierend zugleich.

»Hab keine Angst, du bist, wo du hingehörst.«

Als ich die Worte aus meinem Traum hörte, gesprochen von derselben Stimme, die ich auch im Schlaf vernommen hatte, fuhr ich herum. Vor mir stand ein Mann mit blondem Haar und strahlend hellgrauen Augen. Haar und Augen, gepaart mit einem athletischen Körper, dessen Muskelstränge sich unter dem engen olivfarbenen T-Shirt deutlich abzeichneten, und einem Lächeln, das kein Wässerlein trüben konnte, machten ihn zum Inbegriff eines Traummannes. Zumindest äußerlich. Mein Blick wanderte an ihm vorbei zu den Männern, die ihn begleiteten. Ein Dutzend Krieger, gerüstet in dunkelgrüne Lederharnische, mit Schwertern und Speeren aus Eis in den Händen.

»Sie sind zu deinem Schutz hier«, sagte der Blonde. »Gestatte mir, dass ich mich vorstelle.«

»Nicht nötig. Ich weiß, wer du bist, Luzifer.«

»Ich bevorzuge Morgenstern, das weckt weniger negative Assoziationen.«

Es interessierte mich einen Dreck, wie er sich nannte – ich wusste, wer er war, und allein das ließ mir das Herz verdammt weit in die Hosen rutschen. Aber ich würde den Teufel – Verzeihung – tun und ihn das merken lassen, weshalb ich rasch meine Arme vor der Brust verschränkte. Das ließ mich nicht nur kämpferisch wirkten, sondern verbarg gleichzeitig meine zitternden Hände. Solange meine Knie sich nicht der aufsteigenden Panik geschlagen gaben und einknickten, sollte es mir gelingen, halbwegs souverän zu wirken. *Lass ihn deine Angst nicht merken.* Wenn es bei Hunden funktionierte, dann vielleicht auch bei Luzifer.

»Wir können das Ganze auch gern abkürzen«, sagte ich betont gelassen und versuchte krampfhaft, das Beben aus meiner Stimme zu verbannen. »Ich weiß, dass du mich hierzu nicht zwingen kannst. Ohne meine freiwillige Mitwirkung wirst du nichts erreichen – und die bekommst du nicht.« Herr im Himmel, ich hoffte wirklich, dass die Sache mit der Freiwilligkeit nicht gelogen war!

»Sie denkt, dass die Nephilim im Felsen gut aufgehoben sind«, erklärte Kyriel. »Dass sie Gefangene sind und auch ihre Nachfahren zu Gefangenen gemacht werden, wenn auch nicht in Stein, interessiert sie nicht.«

Versuch nur, mir ein schlechtes Gewissen zu machen. Das zieht nicht!

Der Morgenstern nickte. »Ich vermute, du zweifelst daran, dass mein Freund Kyriel dir die Wahrheit gesagt hat.«

Streng genommen zweifelte ich an einer Menge von dem, was Kyriel gesagt hatte.

»Aber es stimmt«, fuhr er fort. »Du musst es wollen. Andernfalls passiert gar nichts.«

Binnen eines Wimpernschlags stand er vor mir, griff nach meinem rechten Arm und löste ihn mit solcher Mühelosigkeit aus seiner Verschränkung, dass ich überrascht nach Luft schnappte. Bevor ich auch nur ansatzweise reagieren konnte, packte er meine Hand. Als ich begriff, was er vorhatte, stieß ich einen Schrei aus, doch es war zu spät. Er presste meine Handfläche flach auf den Felsen und hielt sie dort.

Der Fels fühlte sich rau und kühl unter meinen Fingern an. Leblos. Ich wartete darauf, dass etwas passieren würde. Knirschen. Stimmen. Hitze, die vom Stein abstrahlte. Doch nichts geschah.

Schließlich gab der Morgenstern meine Hand frei. »Siehst du. Nichts.«

Sofort verschränkte ich meine Arme wieder, doch sein Lächeln zeigte mir deutlich, dass mein Zittern ihm nicht entgangen war.

»War dir das Beweis genug, dass ich das nicht tun will?« Mir zu zeigen, dass nichts geschehen würde, wenn ich es nicht wollte, brachte ihn keinen Schritt weiter. Aber warum tat er es dann? Die Bösen konnten doch im wahren Leben unmöglich genauso dämlich sein, wie sie in Filmen oft dargestellt wurden. Andererseits konnte es mir nur recht sein, wenn er anfing, mir all seine Pläne zu offenbaren, während ich die Zeit nutzen konnte, um nach einem Fluchtweg zu suchen.

Kyriel trat neben seinen Chef und sah mich an. »Erinnerst du dich, dass ich sagte, ich sei in Ambers Versteck gewesen?«

Ich nickte.

»Ich war nicht der Einzige.«

»Akashiel«, flüsterte ich.

»Ganz recht.« Er legte den Kopf schief und betrachtete mich. »Ich schätze, das bringt uns deiner Freiwilligkeit ein Stück näher. Zumindest, wenn du Wert darauf legst, ihn wohlbehalten zurückzubekommen.«

»Du bluffst!«

»Er war bei deiner Freundin, als Lelahel und Nathanael auftauchten«, fuhr er ungerührt fort. »Die drei haben gekämpft und er – man muss es leider sagen – hat nicht sonderlich gut dabei abgeschnitten. Sie haben ihn nicht umgebracht, das wäre eine Sünde gewesen, aber sie ließen ihn zurück. Als ich ihn fand, dachte ich, er könnte sich womöglich noch als nützlich erweisen.«

Kyriel sagte die Wahrheit, das spürte ich. O mein Gott! Akashiel war verletzt – und in der Gewalt dieser Irren!

Der Morgenstern umfasste mit der Hand mein Kinn und zwang mich, ihn anzusehen. »Wenn du uns nicht diesen kleinen Gefallen erweist, wird er eines langen und ausgesprochen unangenehmen Todes sterben.«

Ich hatte noch zu deutlich vor Augen, mit welcher Leichtigkeit Kyriel sich Leas und Nates entledigt hatte. Zweifelsohne würde er ebenso wenig mit der Wimper zucken, wenn sein Herr und Meister ihm Akashiels Tod befahl.

Aber konnte ich das wirklich tun? Konnte ich wirklich diese Kreaturen aus dem Stein befreien, auf dass sie gegen den Himmel in den Kampf zogen? Andererseits, wen schützte ich schon, wenn ich mich weigerte? Einen Haufen hochnäsiger Engel, von denen einige versucht hatten, mich umzubringen! Nein, ich würde nicht zulassen, dass Akashiel starb. Nicht er!

Entschlossen, zu tun, was getan werden musste, um sein Leben zu retten, hob ich die Hand und machte einen Schritt nach vorn.

»Nicht!«

Ich riss die Hand zurück und drehte mich nach der Stimme um. Keine zwanzig Meter von mir entfernt und lediglich durch Luzifers Krieger von mir getrennt stand Akashiel. Unversehrt. Er befand sich in Begleitung eines weißhaarigen Kerls, der aussah wie Gandalf, der Zauberer, und zwölf – nein fünfzehn – Kriegern in goldenen Rüstungen, bewaffnet mit Schwertern, um deren Klingen herum Flammen züngelten.

Akashiel musterte mich, und erst, als ich nickte, um ihm zu signalisieren, dass es mir gut ging, wandte er sich an Kyriel. »Deine Kühltruhe ist kaputt.«

Der Gefallene lachte. »Dafür bist du umso schwerer kaputt zu kriegen.«

»Japhael, alter Freund!« Der Morgenstern trat einen Schritt vor, sofort von seinen eigenen Kriegern umringt, und wandte sich Gandalf zu. »Wir haben uns seit einer Ewigkeit nicht mehr gesehen.« Seine Worte klangen leicht dahingesagt, beinahe fröhlich, umso bedrohlicher wirkten sie im Zusammenspiel mit der eisigen Miene, die er trotz seines Lächelns an den Tag legte. »Ich schlage vor, du ziehst dich mit deinen Engelchen zurück – es soll sich doch niemand wehtun.«

»Du weißt, dass ich das nicht tun werde«, erwiderte Japhael kalt.

Der Morgenstern stieß einen theatralischen Seufzer aus, dann zuckte er die Schultern. »So sei es.« An Kyriel gewandt, fügte er hinzu: »Du weißt, was du zu tun hast.«

Dann verschwand er.

Was für eine Führungskraft! Nachdem es für ihn hier nichts mehr zu gewinnen gab, überließ er die Drecksarbeit seinen Lakaien und machte sich aus dem Staub. Die beiden Parteien standen einander mit gezückten Waffen gegenüber, erstarrt in eisigem Schweigen, aber bereit, jederzeit aufeinander loszugehen.

Ich wollte zu Akashiel, doch Kyriel hielt mich zurück. »Keine gute Idee«, raunte er mir zu. Er deutete mit dem Kopf in Richtung Japhael. »Der Opa da drüben mag zwar nett aussehen, aber er ist nicht so sehr an deiner Gesundheit interessiert.«

Als wolle er Kyriels Worte bestätigen, sagte Japhael in diesem Moment zu seinen Männern: »Sie ist zu nah.«

Ich wusste, dass er von mir sprach. Von mir und der Wand mit den versteinerten Riesen in meinem Rücken.

Akashiel wirkte alarmiert. »Sie wird nichts tun!« Er richtete sich kerzengerade auf und ließ seinen Blick über die Distanz wandern, die uns trennte. Sofort waren zwei von Japhaels Kriegern bei ihm und versperrten ihm mit gekreuzten Speeren den Weg. Er versuchte durchzubrechen, doch anders als seine Gegner war er unbewaffnet. Sein Drängen gegen die Speere, in der Hoffnung, dass sie nachgaben, blieb erfolglos.

Unauffällig sah ich mich nach einem Fluchtweg um, falls der Kampf losbrechen würde. In meinem Rücken ragte der Wall mit den versteinerten Nephilim auf, zu meiner Rechten eine weitere Wand. Vor mir standen Luzifers Krieger, zwanzig Meter von ihnen entfernt Akashiel und seine Begleiter. Der einzige Ausweg lag zu meiner Linken, wo die Höhle sich weit öffnete, durchzogen von einem Gewirr tückischer Pfade, die sich zwischen gewaltigen Felsen und wie Säulen aufragenden Stalagmiten hindurchschlängelten.

Ich wusste nicht, wohin der Weg führte – ich hatte ja nicht einmal eine Ahnung, wo sich diese ganze verflixte Höhle befand. Trotzdem war ich entschlossen, die erstbeste Gelegenheit zu nutzen.

Auf der anderen Seite gab Japhael seinen Männern ein Zeichen, woraufhin vier von ihnen ihre Speere hoben und auf mich zielten. Kyriel schob sich vor mich und befahl Luzifers Kriegern, anzugreifen.

Dann brach die Hölle los.

Ich duckte mich hinter Kyriel und spähte an ihm vorbei auf das Chaos, das sich vor mir auszubreiten begann. Engel und Gefallene stürmten mit erhobenen Waffen aufeinander zu. Den Engeln wuchsen Flügel aus dem Rücken. Sie spreizten ihre Schwingen und stiegen in die Luft auf, während die Gefallenen von unten ihre Speere nach ihnen schleuderten. Für jede geworfene Waffe erschien sofort eine neue in ihren Händen. Sie warfen Speere oder wehrten die im Sturzflug auf sie herabschießenden Engel mit Schwertern ab.

Die Höhle war erfüllt vom Rauschen der Schwingen, den Rufen der Krieger und dem Knistern und Zischen, wenn die Waffen aus Feuer und Eis aufeinandertrafen.

Waren sich Engel und Gefallene zuvor noch auf recht engem Raum gegenübergestanden, so breitete sich der Kampf nun mehr und mehr aus. Engel durchschnitten mit peitschenden Schwingen die Luft und stießen auf ihre Gegner hinab.

In Akashiels Händen lag nun ebenfalls ein Flammenschwert, mit dem er sich die beiden Krieger vom Leib hielt, die ihn eben noch bewacht hatten – seine eigenen Leute! Er kämpfte gegen sie, versuchte an ihnen vorbei zu mir zu gelangen, doch sie drängten ihn immer wieder zurück.

Einige Meter von ihm entfernt befand sich Japhael im Kampf gegen zwei von Luzifers Kriegern, die ihn so heftig bedrängten, dass es ihm nicht möglich war, die Schwingen auszubreiten und sich in die Luft zu erheben.

Es fiel mir schwer, in dem Durcheinander aus Flügeln, Schwertern und Speeren, das die Höhle erfüllte, eine Struktur zu erkennen. Es schien, als stürzten sich Engel und Gefallene wild aufeinander, ohne jedes System und jede Taktik, mit dem einzigen Ziel, den Gegner niederzumachen. Einer von Japhaels Kriegern schlug sich seinen Weg durch die Reihen der Kämpfenden frei und kam Kyriel und mir immer näher – zwei weitere näherten sich aus der Luft. Als sie herabstießen, stellte sich Kyriel ihnen entgegen. Einen schlug er mit seinem Eisschwert zurück. Der andere jedoch hatte freie Bahn und raste im Sturzflug auf mich herab. Er war zu schnell, als dass ich hätte davonlaufen können. Vor dem Felswall war der Boden eben und frei von Felsbrocken, hinter denen ich Deckung hätte suchen können. Der Angriff würde sein Ziel finden. Er legte seinen Speer an. Flammen züngelten um die Spitze herum und hypnotisierten mich in ihrer grausamen Schönheit.

Kyriel warf seinen Angreifer zurück, fuhr herum und verpasste mir einen Stoß, der mich gegen die Felswand taumeln ließ. Ich stolperte und fiel. Funken sprühten, als der Speer meines Angreifers neben mir in den Boden fuhr.

Kyriel wirbelte herum und drosch meinem Angreifer sein Eisschwert mit solcher Wucht in den Rücken, dass dieser zu Boden ging und liegen blieb. Sofort gingen die beiden anderen Engel in die Offensive und drängten Kyriel immer weiter von mir ab.

Plötzlich stand ich allein da. Umgeben von Kämpfenden. Der Engel, den Kyriel niedergeschlagen hatte, lag immer noch vor mir auf dem Boden. Er kam allmählich wieder zu sich und richtete sich bereits auf.

Höchste Zeit, zu verschwinden.

Ich verpasste ihm einen Stoß, der ihn zurück auf den Boden warf, und rannte los, hinein in das Labyrinth aus Felsbrocken und Stalagmiten. In wildem Zickzack hetzte ich zwischen den Gesteinsmassen hindurch, ohne zu wissen, wohin mich der eingeschlagene Weg führen würde. Ich warf einen Blick über die Schulter. Der Engel hatte sich mittlerweile erhoben. Er spreizte seine Schwingen, stieß sich vom Boden ab und stieg in die Luft auf. Mein verzweifelter Wunsch, er möge sich wieder in den Kampf werfen, zerbröckelte wie die Salzkruste unter meinen Schuhsohlen, als er unter der Höhlendecke eine Kurve zog und auf mich zuhielt.

Meine Aufmerksamkeit wieder auf den Boden vor mir gerichtet, der immer wieder von Geröll überzogen war, rannte ich tiefer in die weitläufige Höhle hinein. Trotz der Kälte brach mir der Schweiß aus, der meine Haut bald wie ein dünner Film überzog. Von Zeit zu Zeit zwang mich ein Felsblock oder eine Spalte im Boden, meinen Kurs zu ändern, über andere Hindernisse konnte ich mit einem Sprung hinwegsetzen.

Immer wieder warf ich einen Blick nach hinten zu dem Engel. Er war näher gekommen, doch auch ihm bereitete die Beschaffenheit der Höhle Schwierigkeiten. Waren es bei mir Felsbrocken und Stalagmiten, die mich zum Ausweichen zwangen, so hinderten ihn die zahllosen weit nach unten ragenden Stalaktiten daran, schneller aufzuholen. Andernfalls hätte er mich längst eingeholt gehabt. Meine Flucht hatte mich an den rechten Rand der weitläufigen Felskammer geführt. Einige Meter entfernt machte ich einen Schatten an der Wand aus, der sich als Öffnung entpuppte, sobald ich näher kam. Dahinter schien ein Weg weiterzuführen. Ich lief jedoch daran vorbei, tiefer in den Bauch der riesigen Höhle hinein, und sah mich nach meinem Verfolger um. Er flog einen weiten Bogen, um einer Ansammlung von Stalaktiten auszuweichen, die wie endlos lange Finger aus der Höhlendecke ragten, den Blick auf die Hindernisse gerichtet. Ich nutzte seine Unaufmerksamkeit, schlug einen Haken, rannte im Schutz der Felsen zurück und schlüpfte durch die Öffnung. Dämmerlicht hüllte mich ein und machte mir schmerzlich bewusst, dass es hier keine Kristalle unter der Decke gab, die den Gang erhellten. Selbst wenn sie da gewesen wären, hätte mir das nichts geholfen, da ich nicht die leiseste Ahnung hatte, wie man sie aktivierte.

Ich blieb stehen und sah mich um.

Nach nur wenigen Schritten öffnete sich der anfangs schmale Gang zu einer weiteren Höhle. Der von der großen Höhle hinter mir hereinfallende Lichtschein wurde schon nach wenigen Schritten schwächer, versickerte mehr und mehr zwischen den Felsen, bis schließlich alles in Dunkelheit versank. Vor mir war es so finster, dass mir nicht einmal mein verbesserter Sehsinn half.

Hier konnte ich nicht weiter.

Aber zumindest konnte ich mich verstecken, bis mein geflügelter Verfolger die Suche aufgab und zu seinen Kameraden zurückkehrte. Ich tastete mich im Halbdunkel tiefer in die Schatten hinein, bis das Licht aus der großen Höhle nur noch ein fahler Schimmer war, der in meinem Rücken durch die Öffnung sickerte. Auch hier war der Fels zerklüftet und der Boden von kleineren und größeren Brocken bedeckt, sodass ich aufpassen musste, wohin ich meinen Fuß setzte. Ich ertastete einen großen Felsblock, umrundete ihn und zog mich dahinter zurück, sodass man mich vom Durchgang her nicht einmal dann sehen konnte, wenn die ganze Höhle in gleißendes Licht getaucht gewesen wäre. Der Schweiß auf meiner Haut kühlte aus. Mit eisigen Fingern grub sich die Kälte in mein Fleisch und kroch in meine Knochen. Die Finsternis schien die Kälte noch zu verstärken. In dem vergeblichen Bemühen, mich warm zu halten, schlang ich die Arme um meinen Oberkörper.

Ich wusste nicht, wie lange ich dort saß, vermutlich waren es erst ein paar Minuten, mir jedoch kam es vor wie Stunden. Die Zeit zog sich endlos, ohne dass etwas geschah – außer, dass ich immer unruhiger wurde.

Ein Rauschen erklang, erst gedämpft und weit entfernt, dann näher. Flügelschlag. Der Engel war auf dem Rückweg. Doch dann verstummte das Geräusch. Es wurde nicht einfach leiser, bis es nicht mehr zu hören war – es brach abrupt ab. Ein Schatten legte sich über den Durchgang und sperrte auch noch das letzte bisschen Licht aus.

Er hatte die Höhle entdeckt!

Ich zog mich zurück, bis ich den kantigen Fels der Höhlenwand in meinem Rücken und die glattere Oberfläche des Steinbrockens in meiner Seite spürte, und machte mich so klein wie möglich. Hier konnte er mich vom Eingang aus unmöglich sehen – allerdings konnte ich ebenfalls nicht mehr erkennen, was vor sich ging.

Schritte knirschten über den Fels. Kamen näher. Sehr langsam. Dann war er nah genug, dass ich seinen Atem hören konnte. Durch die Akustik in der Höhle war es unmöglich, zu sagen, wo er sich aufhielt. Die Geräusche schienen von allen Seiten gleichzeitig zu kommen.

Plötzlich war es still.

Hatte er die Höhle wieder verlassen oder stand er in diesem Augenblick unmittelbar vor mir, ohne dass ich es bemerkte?

Ich war versucht mich vorzubeugen, um zu sehen, wo er war, doch ich hatte Angst, dass mich das geringste Geräusch verraten würde, falls er noch da war. Die Hände zu Fäusten geballt, so fest, dass es wehtat, verharrte ich reglos an Ort und Stelle. Meine eigenen Atemzüge erschienen mir plötzlich entsetzlich laut, nur noch übertönt vom Donnern meines Herzschlages und dem Rauschen des Blutes in meinen Ohren.

Nicht einmal einen Meter von mir entfernt flammte ein Schwert auf. Die Feuerzungen hinterließen glühende Echos in der Dunkelheit, als die Klinge mir entgegenraste.

Ich warf mich nach vorn, tauchte unter der Klinge durch und hechtete an meinem Angreifer vorbei. In seinem Rücken kam ich stolpernd auf die Beine. Er fuhr herum – die Flügel hatte er zusammengefaltet, sodass sie ihn auf dem engen Raum nicht behinderten – und trat nach mir. Sein schwerer Stiefel traf mich in der Seite. Die Wucht des Tritts ließ die Luft aus meinen Lungen entweichen und schickte mich zu Boden. Ich fing den Sturz mit den Händen ab, wobei ich mir die Handflächen aufschürfte. Auf Händen und Knien kroch ich vorwärts, versuchte gleichzeitig von meinem Angreifer fort und wieder auf die Beine zu kommen. Ich hatte den Durchgang zur großen Höhle erreicht, als ich ihn hinter mir hörte.

Ein Blick über die Schulter genügte mir, um zu erkennen, dass er mich dieses Mal treffen würde.

Als er zum Schlag ausholte, hob ich schützend den Arm über den Kopf – was mit Sicherheit völlig nutzlos war. Da gruben sich Finger von der anderen Seite des Durchgangs in meine Schulter, packten mich und rissen mich mit Wucht nach vorn.

Das Flammenschwert verfehlte mich um Haaresbreite.

Der Griff an meiner Schulter schmerzte, als ich auf die Beine gezogen und hinter einen Felsen gestoßen wurde. Ich sah mich nach Akashiel um, wollte wissen, ob er gegen den Engel antrat oder mit mir flüchten wollte, doch statt auf die vertrauten kantigen Züge blickte ich in ein weich geschnittenes Gesicht mit bernsteinfarbenen Augen.

Kyriel.

Das Schwert erhoben, fuhr er herum und spaltete den Engel, der in diesem Augenblick aus dem Durchgang trat, mit einem einzigen Hieb in zwei Teile.

»Ich werde trotzdem nicht tun, was ihr von mir verlangt«, presste ich hervor. Nicht gerade ein Dankeschön, aber es waren die ersten Worte, die mir durch den Sinn gingen. Warum sonst sollte er mir das Leben retten, wenn nicht um sicherzustellen, dass ich die Pläne des Morgensterns noch immer in die Tat umsetzen konnte.

Doch Kyriel überraschte mich.

»Ich weiß«, sagte er und war verschwunden, bevor ich noch etwas erwidern konnte.

Einen Moment lang hing mein Blick an der Stelle, an der er eben noch gestanden hatte, dann wanderte er weiter zu dem niedergestreckten Engel im Höhleneingang, dessen Körper sich bereits auflöste.

Aus Sorge, Kyriel könne es sich anders überlegen und mich doch noch holen, setzte ich schleunigst meinen Weg fort. Nachdem mir nun kein Verfolger mehr auf den Fersen war, rannte ich nicht mehr, bewegte mich aber trotzdem in flottem Tempo zwischen den Felsen hindurch. Nach kurzer Zeit öffnete sich zu meiner Rechten ein weiterer Durchgang. Er war größer als der, in dem ich mich versteckt hatte, und wurde von denselben Kristallen erhellt wie die große Felskammer. Ich blieb am Zugang stehen und spähte in den breiten Gang, der sich vor mir erstreckte. Eine Brise strich über mich hinweg. Der Geruch von Salz war hier stärker und mit einem Mal glaubte ich, das Rauschen der Brandung zu hören. Ohne weiter nachzudenken folgte ich dem Stollen, bis er nach ein paar Minuten vor einer gewaltigen ovalen Öffnung endete, die wie ein riesiges Bullauge in der Wand klaffte. Dahinter lag das Meer. Mondlicht glitzerte wie Silberstaub auf den Wellen und am Horizont zeigte sich ein erster heller Streifen – der Vorbote eines neuen Tages.

Ich trat dicht an die Kante, auf der Suche nach einem Weg aus der Höhle heraus nach unten, doch dort befand sich nur eine steile Felswand, an der sich die Wellen in ohrenbetäubendem Tosen brachen. Die Finger in den Stein geklammert, beugte ich mich noch weiter vor. Da sah ich ihn – einen schmalen, kaum erkennbaren Pfad, der sich neben mir am Rand der Steilwand entlang nach oben zog. Erleichtert stieß ich den Atem aus.

Ich stand am Abgrund und sammelte Mut für den Schritt über die Kante, auf den schmalen Steg hinaus, als mich ein Gefühl tiefer Verzweiflung überkam. So überwältigend, dass ich ins Wanken geriet und einen Schritt zurück machte, weg von der Steilwand. Das war meine Rettung! Mein Ausweg! Wie konnte ich mich da so verzweifelt und mutlos fühlen?

Ich musste nicht erst in mich hineinhorchen, um zu wissen, wie froh ich über diese Möglichkeit war, den Höhlen zu entkommen – kein bisschen entsetzt oder verzweifelt.

Als ich mich erneut näher an die Kante heranschob, war das Gefühl wieder da, wurde stärker und mischte sich mit Trauer und Enttäuschung. Ich blieb stehen, schloss die Augen und spürte den Emotionen nach, die in immer heftigeren Wellen über mich hinwegwalzten. Sie kamen von außen, das wurde mir nun klar, und drangen tiefer und tiefer in mein Herz, bis sie meine Sinne mit solcher Intensität erfüllten, dass es mir die Tränen in die Augen trieb.

Da begriff ich es.

Was ich spürte, waren die Empfindungen der Nephilim, die sich auf mich übertrugen. Sie wussten, dass ich hier war, und auch, dass ich im Begriff war, wegzugehen, sie zurückzulassen, auf ewig gefangen in ihrem Kerker aus Stein.

Diese Wesen mochten zornig sein, wie ich es aus meinen

Träumen kannte, doch sie waren noch so viel mehr. Einsam und ohne Hoffnung auf Erlösung saßen sie hier seit Tausenden von Jahren fest – bis ich gekommen war. Meine Nähe hatte sie mit Hoffnung erfüllt, ehe ich sie mit meiner Flucht erneut in den Abgrund der Verzweiflung gestürzt hatte. Die Tränen ließen meine Augen brennen, quollen über und liefen mir über das Gesicht. Entschlossen, sie nicht einfach ihrem Schicksal zu überlassen, machte ich kehrt und lief den Weg zurück, den ich gekommen war.

39

In der großen Felskammer wurde noch immer gekämpft. Ich hatte damit gerechnet, dass sie nach meinem Verschwinden aufgehört und sich zurückgezogen hätten. Ohne mich gab es keinen Grund mehr für eine Auseinandersetzung – zumindest hatte ich das gedacht.

An die Wand gepresst, im Schatten eines Stalagmiten verborgen, sah ich mich nach Akashiel um und betete, dass ihm nichts zugestoßen war. Es dauerte eine Weile, ehe ich ihn inmitten des Durcheinanders ausmachen konnte. Nachdem er sich gegen Japhael gewandt hatte, kämpfte er nun nicht nur gegen Luzifers Krieger, sondern auch gegen seine eigenen Leute. Er wurde stark bedrängt und hatte alle Hände voll zu tun, seine Gegner auf Abstand zu halten. Das Schwert schwingend, stieg er immer wieder in die Luft auf, wirbelte herum, fuhr auf seine Gegner herab oder ließ sich zur Seite gleiten. Sie versuchten, ihn auf den Boden zu zwingen, um ihn von allen Seiten und von oben in die Mangel nehmen zu können, doch Akashiel war geschickt genug, sich ihren Manövern immer wieder zu entziehen. Er schlug seine Gegner zurück. Zwei wurden von Luzifers Männern abgelenkt, sodass sich nun nur noch ein Engel vor ihm befand. In einem steten Rhythmus aus Schlag und Abwehr tanzten die geflügelten Wesen einen Tanz, der so alt war wie die Zeit selbst. So brutal der Kampf auch sein mochte, ihre Bewegungen waren doch voller Anmut und überraschender Schönheit. Zumindest bis zu dem Augenblick, als sich in Akashiels Rücken ein weiterer Krieger näherte. Diesen Hieb würde er nicht abwehren können – nicht, ohne seinem anderen Gegner die Deckung zu öffnen. Ich wollte einen Warnschrei ausstoßen, da der Engel in Akashiels Rücken das Schwert hob, und verstummte abrupt, als sich Kyriel dazwischenwarf und die Klinge mit seiner eigenen Waffe abfing. Rücken an Rücken standen Engel und Gefallener jetzt ihren Gegnern gegenüber – ein Anblick, wie er kaum überraschender hätte sein können.

Obwohl es mir schwerfiel, meinen Blick von Akashiel abzuwenden und nicht zu wissen, wie es ihm erging, zwang ich meine Aufmerksamkeit auf die Felswand im Zentrum der Kammer. Sobald sich meine Augen auf die gefangenen Riesen richteten, deren Körper sich wie ein gewaltiges Relief vom Stein abhoben, wurde ich erneut von fremden Gefühlen durchflutet. Angst, gepaart mit vorsichtiger Erwartung, kroch mir unter die Haut und berührten mein Innerstes.

Am einen Ende der Wand, neben der äußersten der zwölf Gestalten, ragte ein zerklüfteter Felsen empor. Ich rannte hinüber, sorgfältig darauf bedacht, einen großen Bogen um die Kämpfenden zu machen. Auf ihre eigenen Gefechte konzentriert, schienen sie nicht einmal zu bemerken, dass ich zurück war. Ich umrundete den zerklüfteten Felsen, bis ich eine den Kämpfen abgewandte Seite erreichte, und machte mich an den Aufstieg. Die kleinen Spalten und Vorsprünge machten es leicht, die Wand zu erklimmen, sodass ich nach kurzer Zeit oben ankam. Ich schwang ein Bein über die Kante, zog mich auf das kleine Plateau und hielt geduckt inne, um mir einen Überblick zu verschaffen. Die Kämpfe gingen in unvermindertem Maße weiter, und sosehr ich mich auch bemühte, wollte es mir nicht gelingen, herauszufinden, welche Seite in der Übermacht war. Für mich war das Ganze ein undurchschaubares tödliches Durcheinander.

Ich richtete meine Aufmerksamkeit auf die Wand.

Nicht einmal eine Armlänge entfernt, ragte das Gesicht eines Nephilim aus dem Fels – in grimmiger Wut erstarrt, die Züge grobschlächtig, die wulstigen Augenbrauen zusammengezogen. Selbst im toten Stein glaubte ich, das Feuer des Hasses in seinen Augen lodern zu sehen.

Ich streckte die Hand nach seiner Wange aus, ohne sie zu berühren. Sie strahlte wilden, brennenden Zorn ab, wie ich ihn in meinen Träumen verspürt hatte, doch darunter lag noch so viel mehr verborgen. Gefühle strömten aus dem Stein, drangen wie glühende Funken in meine Handfläche und durchfuhren mich mit solcher Wucht, dass ich ins Wanken geriet. Bildfragmente blitzten vor meinen Augen auf, zeigten mir die Höhle, wie sie sich im Laufe der Jahrtausende unter der Kraft der Elemente verändert, sich der Stein verschoben und verworfen hatte und so aus glattem Fels im Strom der Zeit eine zerklüftete Felslandschaft geworden war. Das alles vor den Augen der Nephilim. Sie hatten es gesehen …

Als mir die Tragweite dieser Erkenntnis bewusst wurde, taumelte ich zurück. Diese Wesen mochten zu Stein erstarrt sein, doch sie konnten noch immer sehen und fühlen. Sie spürten den Fluss der Zeit und litten Hunger und Durst, ohne jemals sterben zu können. Seit Tausenden von Jahren durchlebten sie unendliche Qualen.

Diese angebliche Prophezeiung besagte, dass ein Nephilim seine Urahnen aus dem Stein befreien würde. Hatte Kyriel nicht gesagt, dass jemand da oben zu *glauben* schien, dass die Nephilim sich gegen die himmlischen Heerscharen stellen würden? Glauben! Nicht wissen. Es war das, was Michael in die Worte hineininterpretierte. Aber wer konnte mit Sicherheit sagen, dass es tatsächlich passieren würde?

Ich musste dem Wesen vor mir nur ins Gesicht sehen, schon überflutete mich eine erneute Welle von Mitleid. Diese Kreaturen hatten lange genug gelitten. Es war an der Zeit, dass sie erfuhren, was Gnade bedeutete.

Ich streckte den Arm aus und presste meine Handfläche auf die steinerne Wange. Sie fühlte sich genauso an wie vorhin, als der Morgenstern mich gezwungen hatte, den Stein zu berühren – kühl und leblos. Trotzdem zog ich meine Hand nicht zurück. Ich wusste nicht, was von mir erwartet wurde, ob es wirklich genügte, es zu wollen, oder ob ich etwas sagen musste. Mir gingen einige schwülstige Sätze durch den Kopf, die damit zu tun hatten, dass die Kreaturen aus ihrem Leid erlöst werden und Vergebung erfahren sollten, ich fand sie jedoch derart peinlich, dass sie mir nicht über die Lippen kommen wollten.

Während ich noch darüber nachdachte, was ich tun sollte, veränderte sich etwas. Zunächst bemerkte ich es nicht, hielt es für meinen eigenen Herzschlag, der in meinen Fingerspitzen vibrierte. Doch es war der Fels, der unter meiner Berührung zu pulsieren begann. Die Oberfläche war wärmer geworden und knirschte leise. Der Stein schien zu atmen. Risse zeigten sich in der Oberfläche, breiteten sich aus und verästelten sich immer mehr. Ich zog meine Hand zurück und wich nach hinten. Erste Stücke brachen aus der rissigen Oberfläche und rieselten zu Boden, gefolgt von immer größeren Brocken, die von den Nephilim abfielen wie eine Schicht uralten getrockneten Lehms. Darunter begannen sich die Riesen zu regen, richteten sich auf und reckten ihre seit Jahrtausenden erstarrten Glieder. Die Gefühle, die sie aussandten, waren jetzt stärker.

Ich empfing Verwirrung, begleitet von Erstaunen.

Immer weiter lösten sich die ungeschlachten Gestalten aus dem Stein und offenbarten mehr und mehr ihre Gestalt. Gekleidet in schmutzige Fetzen, deren Stoff, ebenso wie Haar und Haut, von einer Schicht uralten Steinstaubs überzogen war.

Stein knirschte unter ihren Sohlen, als sie sich bewegten. Sie wandten sich mir zu, sammelten sich in einem Halbkreis um den Felsen, auf dem ich stand, ihre Gesichter auf meiner Höhe. Langsam neigten sie ihre Häupter, als zollten sie mir auf diese Weise ihren Respekt.

Plötzlich wurde mir bewusst, wie still es geworden war. Ich sah über die Schultern der Riesen hinweg in die Höhle. Die Kämpfe hatten aufgehört. Engel und Gefallene standen an Ort und Stelle, die Waffen noch immer in den Händen haltend, und starrten auf die befreiten Riesen. Der Ausdruck auf ihren Gesichtern hätte unterschiedlicher nicht sein können. Während sich auf den Gesichtern der Krieger des Morgensterns ein Anflug von Siegessicherheit ausbreitete, waren die Mienen von Japhaels Leuten erstarrt. Akashiel hatte sein Schwert sinken lassen. Ich sah die Anspannung in seinen breiten Schultern, als sei er bereit, jederzeit loszuspringen. Sein Blick schoss an den Riesen vorbei zu mir. Ich versuchte ihn zu beruhigen und ihm zu signalisieren, dass es keinen Grund zur Sorge gab, doch die Wachsamkeit wich nicht aus seinen Zügen.

Kyriel, der noch immer hinter ihm stand, grinste.

»O Herr, beschütze uns!«, rief einer der Engel.

Die Köpfe der Nephilim ruckten herum, suchten nach dem Ursprung der Worte und fanden ihn in einem mit einem Speer bewaffneten Krieger, der unter dem Blick der Riesen langsam zurückwich.

»Gotteskrieger!«, donnerten die Nephilim mit einer Stimme. »Ihr habt uns gefangen!«

»Nein!«, rief ich und setzte dazu an, ihnen zu erklären, dass keiner der Anwesenden etwas damit zu tun hatte, was ihnen widerfahren war. Doch meine Worte gingen im wütenden Geschrei der Riesen unter. Ihr Zorn tobte durch meine Adern, ein brennender Strom, der sich erst beruhigen würde, wenn sie ihre Rache bekommen hatten.

Jedes Geräusch ging im Triumphgeheul unter, das die Nephilim wie aus einem Mund ausstießen. Einer der Riesen stürmte vor und fegte die vordersten Reihen der Engel und Gefallenen mit einem einzigen Streich beiseite. Ich schrie auf, als ich sah, wie Akashiel gegen die Felswand geschleudert wurde und zu Boden ging. Sofort war er wieder auf den Beinen und spreizte die Flügel, bereit, in die Luft aufzusteigen und zum Angriff überzugehen.

»Nicht!«, rief ich und wusste nicht, ob ich damit einen weiteren Angriff des Riesen verhindern oder Akashiel davon abhalten wollte, sich in den Kampf zu werfen.

Rings um ihn herum erhoben sich nun auch die anderen Engel in die Luft und formierten sich.

Japhael brüllte Befehle.

Noch hielten sich die anderen Riesen zurück, doch sobald die Engel zum Angriff übergingen, würden sie sich einmischen – und dem Kampf ein schnelles Ende bereiten.

Ich riss den, der mir am nächsten stand, am Ohr, um ihn zu zwingen, sich mir zuzuwenden. Er sah mich nicht einmal an. Stattdessen rückte er mit seinen Kameraden vor, bis sie den Engeln in einer Front gegenüberstanden. Einer von ihnen hob die Hand, pflückte einen Engel aus der Luft und brach ihn wie ein Stück morsches Holz entzwei.

»*Neeeeeeeeeeeeein!*« Mein Schrei hallte von den Wänden wider und wurde in unzähligen Echos zurückgeworfen. Was hatte ich getan! Kraftlos fiel ich auf die Knie. Alles in mir zog sich zusammen. Ein weiterer Schrei stieg in mir auf und ging in einem gebrochenen Schluchzen unter. Es war gleichgültig, dass ein Teil der Engel versucht hatte, mich zu benutzen, während der andere mich töten wollte. Alles, woran ich denken konnte, war, dass ihr Blut an meinen Fingern kleben würde. Ihr Tod würde auf meiner Seele lasten und ich wusste nicht, wie ich damit weiterleben sollte.

»Ich wollte euch von eurem Leid erlösen«, flüsterte ich unter Tränen. »Euer Zorn und eure Gier waren es, die euch beinahe vernichtet und in dieses Gefängnis gebracht haben. Habt ihr daraus denn nichts gelernt?«

»Gelernt?«, echote eine raue Stimme.

Ich hob den Kopf. Hinter dem Tränenschleier sah ich die Nephilim, die sich mir erneut zugewandt hatten, ohne den Engeln in ihrem Rücken weiter Beachtung zu schenken. Im Augenwinkel bemerkte ich Japhael, der seinen Kriegern mit erhobener Hand befahl, sich zurückzuhalten.

»Eure Gier«, brachte ich hervor, »hat euch in diese Lage gebracht. Ihr habt die Erde verwüstet, und obwohl eure Erzeuger Schlimmeres verhinderten, wurdet ihr bestraft. Soll das alles nun wieder von vorn losgehen?«

»Werden gejagt«, stieß der Wortführer gebrochen hervor. »Immer.«

»So muss es nicht sein.«

»Nephilim immer gejagt.«

»Und sie werden es auch weiter sein, wenn ihr jetzt nichts ändert. Eure Nachfahren werden verfolgt und getötet, aus Angst davor, was geschehen könnte, wenn sie euch zu nahe kommen.« So wie ich.

»Nachfahren? Noch mehr Riesen?«

Ich schüttelte den Kopf. »Menschen wie ich.«

Er zog die Augenbrauen zusammen, kam näher und sog schnüffelnd die Luft ein. »Du bist wie wir?« Als er die Hand nach mir ausstreckte, wollte ich zurückweichen. Mit angehaltenem Atem zwang ich mich zur Reglosigkeit. Was auch immer er mir antun würde – ich hatte es verdient.

In seinem Rücken sah ich Akashiel, der mit erhobenem Schwert reglos in der Luft verharrte. Er war bereit, das sah ich an seinen Augen. Eine einzige falsche Bewegung der Nephilim und er würde sich nicht länger zurückhalten.

Niemand würde das.

Ich riss meinen Blick von Akashiel los und richtete meine Aufmerksamkeit wieder auf den Riesen vor mir. Die Kuppe seines Zeigefingers war größer als mein Kopf. Es bedurfte keiner ausgeprägten Fantasie, sich vorzustellen, dass er auch mich wie ein Streichholz zerbrechen würde. Stattdessen legte er seinen Finger an meinen Kopf. Für ein Wesen seiner Größe war die Berührung erstaunlich sanft. Sein Finger verharrte an meiner Wange, die schwielige Haut fühlte sich rau, aber warm an.

»Eine von uns«, bestätigte er und zog die Hand zurück.

Ich stieß den Atem aus. »Hört auf zu kämpfen«, flüsterte ich und wusste, dass er mich dennoch verstand. Ich spürte sein Interesse, ebenso wie das seiner Gefährten. Sie alle waren begierig darauf zu hören, was ich zu sagen hatte. Unglücklicherweise wusste ich nicht, was ich ihnen anbieten konnte. Wo sollten Wesen wie sie leben? Und was für ein Leben sollte das sein? Diese Welt war Tausende von Jahren von jener entfernt, die sie einst gekannt hatten. Es gab kaum einen Ort, den die Menschen nicht erreichen und an dem sich die Nephilim verbergen konnten.

Du hast genug getan, vernahm ich plötzlich eine Stimme in meinem Kopf. *Lass mich durch dich sprechen.*

Neue Hoffnung durchflutete mich, gepaart mit einer Wärme, die die Verzweiflung, Ratlosigkeit und Angst, die mich bis eben noch erfüllt hatten, verdrängte. Gleißendes Licht hüllte mich ein und durchdrang mich mit seiner Macht – einer Macht, wie ich sie niemals zuvor verspürt hatte. Sie drängte mich dazu, mich zu erheben. Gelenkt wie eine Marionette, die an den Fäden eines Puppenspielers tanzte, folgte ich dem Drang und richtete mich kerzengerade auf. Mein Handeln mochte fremdbestimmt sein, doch es fühlte sich gut und richtig an.

»Eure Taten seien euch vergeben.« Es war meine Stimme. Die Worte kamen über meine Lippen, doch ich war es nicht, die sie formte. »Es ist an der Zeit für euch, nach Hause zu kommen. Begrabt euren Groll und vergebt, wie auch euch vergeben wird.«

Die Nephilim wechselten lange Blicke. Sie verständigten sich wortlos, womöglich über Gedanken und Gefühle, wie auch ich sie zuvor von ihnen empfangen hatte. Ich versuchte ihre Stimmung aufzufangen, doch es gelang mir nicht. Vielleicht blockierte das Wesen, das mich als sein Sprachrohr benutzte, meine Fähigkeit, sie zu verstehen.

Als sie sich mir – uns – schließlich wieder zuwandten, deutete ihr Anführer auf mich. »Was mit Nachfahren?«

»Ihnen wird nichts geschehen«, sprach die Wesenheit durch mich. Worte, die ich mit Erleichterung aufnahm. Keine weiteren Todesschwadronen. Dazu bestand auch keine Notwendigkeit mehr, wenn die Riesen der Vorzeit keine Gefahr mehr darstellten. »Sie können ihr Leben führen, wie sie es möchten.«

Der Riese nickte. »Dann wir gehen.«

Das Wesen, das mich als sein Sprachrohr benutzt hatte, verließ meinen Körper und mit ihm ging auch die Wärme, die mich erfüllt hatte. Eine Leere durchdrang mich und für einen Moment bereitete mir der Verlust beinahe körperlichen Schmerz – den ich vergaß, als ich das Licht sah. Ein strahlender Schein, der seinen Ursprung unter der Höhlendecke nahm und sich von dort aus immer weiter ausbreitete, bis er sich über die komplette Kuppel erstreckte. Geblendet schirmte ich mir die Augen mit der Hand ab und sah zu, wie sich das Licht nach unten bis zu den Riesen ausdehnte. Ein goldenes Strahlen hüllte sie ein, verlieh ihren groben Umrissen etwas Zerbrechliches, das sie beinahe menschlich wirken ließ. Ihr Anführer, der, den ich berührt hatte, um sie aus dem Stein zu befreien, lächelte mich an. Das Licht zog sich langsam zurück und mit ihm verschwanden die Nephilim. Ihre Konturen zerflossen, die Körper wurden durchscheinend, während sich ihre Leiber vom Boden lösten und in die Luft aufstiegen. Das Licht verflüchtigte sich unter der Höhlendecke, und als es erloschen war, waren auch die Riesen fort.

Ich starrte noch immer auf die Stelle, an der ich die Nephilim zuletzt gesehen hatte, und konnte nicht fassen, was geschehen war. Ich hatte den Tod eines Engels auf dem Gewissen, beinahe einen Krieg ausgelöst und schließlich einem höheren Wesen als Gefäß gedient.

Meine Knie gaben nach.

Ein Paar kräftige Arme fing mich auf. Verwundert blickte ich in Akashiels Augen, die mich in einer Mischung aus Wut, Sorge und Erleichterung ansahen. Er stellte mich wieder auf die Beine, ließ mich aber nicht los. Seinen Arm um meine Taille geschlungen, zog er mich an sich, bis ich an seiner Schulter lehnte.

»Ich …«, setzte ich an, als er respektvoll den Kopf senkte, seine Aufmerksamkeit auf einen Punkt in meinem Rücken gerichtet. Ohne mich aus seinem Griff zu lösen, drehte ich mich herum. Vor uns schwebte ein Engel in schimmernder

Rüstung, die Schwingen ausgebreitet. Ein altersloses Wesen von ätherischer Schönheit, dessen bloße Gegenwart Macht ausstrahlte – eine Macht, wie sie mich vorhin durchdrungen hatte.

40

»Das ist der Erzengel Uriel«, raunte mir Akashiel ins Ohr und zum ersten Mal glaubte ich so etwas wie Ehrfurcht in ihm zu spüren. »Das Sprachrohr des Chefs.«

»Des *Hirten*«, korrigierte der Erzengel ihn. Das amüsierte Glitzern in seinen Augen überwog den sanften Tadel in seiner Stimme. Als er sich mir zuwandte, lag ein Lächeln auf seinen Lippen, das ihn weise und gütig erscheinen ließ. »Der Hirte hat durch mich und letztlich auch durch dich gesprochen und seine verlorenen Söhne nach Hause geholt.«

»Es tut mir leid«, flüsterte ich unter Tränen. »Ich habe diese Prophezeiung erfüllt und um ein Haar alles zerstört.«

Das Lächeln des Erzengels verlor nichts von seiner Wärme. »Der Hirte wusste, dass das eines Tages geschehen würde, und er war bereit, dem Schicksal seinen Lauf zu lassen, darauf vertrauend, dass Gnade und Vergebung mehr wiegen als Zorn und der Wunsch nach Vergeltung.«

»Aber meinetwegen ist ein Engel gestorben.« Ich glaubte noch immer, das Knacken der Knochen zu hören, als der Nephilim den Engel entzweigebrochen hatte. Der Hirte allein wusste, wie viele bereits in den Kämpfen davor zwischen Engeln und Gefallenen ums Leben gekommen waren.

Uriel schüttelte den Kopf. »Seine Seele ist in eine andere Sphäre aufgestiegen. Mach dir keine Sorgen, Kind, dort geht es ihm gut. Er wusste, wofür er kämpfte, und er war bereit, alles dafür zu geben. Sein Andenken lebt auf ewig in uns weiter.«

»Aber …«

»Dieser Kampf tobt schon sehr viel länger«, fuhr er fort. »Und es gab auch früher schon Verluste – auf beiden Seiten. Dein Handeln mag den Krieg nicht beendet haben, doch es hat Luzifer um eine entscheidende Chance gebracht. Es wird lange dauern, ehe er sich erneut gegen uns erheben kann, und das verdanken wir dir.«

Ich wollte ihm gern glauben, doch bei allem, was ich in den letzten vierundzwanzig Stunden erlebt hatte, fiel es mir schwer, weitere Informationen zu verarbeiten. Es würde eine Weile dauern, das alles zu verdauen.

»Schon bald wird jeder wissen, dass von den Riesen der Vorzeit keine Gefahr mehr droht. Wer auch immer Engel aussandte, um Nephilim zu töten, hatte keine Veranlassung mehr für weiteres Morden.« Er kniff die Augen zusammen, was ihn erstaunlich menschlich wirken ließ. »Es ist nur bedauerlich, dass wir nicht wissen, wer hinter alldem steckt.«

Ich hätte es ihm sagen können – verdammt: Ich *wollte* es ihm sagen –, doch Michaels Bann wirkte noch immer. Ich konnte Uriel nicht einmal sagen, dass er mein Vater war, ganz zu schweigen davon, welche Rolle er gespielt hatte. Vielleicht würde ich eines Tages einen Weg finden, die Macht zu durchbrechen, die mich am Reden hinderte. Heute jedoch blieb ich stumm.

»Du und deinesgleichen haben nichts mehr zu befürchten.« Er hielt mir die Hand entgegen. »Lass uns gehen.«

Akashiels Griff um meinen Arm verkrampfte sich, sein ganzer Körper erstarrte in Anspannung. Die Veränderung in seiner Haltung machte mich misstrauisch.

»Wohin?«, wollte ich wissen.

Der Erzengel hob den Blick nach oben. »In dein neues

Zuhause. Es ist an der Zeit, dass du deinen Platz unter uns einnimmst.«

Ich konnte ihn nur anstarren. Mir hatte schon der Gedanke nicht gefallen, mich vor meinen Verfolgern in einer Höhle verstecken zu müssen und nicht zu wissen, wie lange ich meine Freunde nicht mehr sehen würde. Und jetzt sollte ich die Erde gleich ganz verlassen? Ich schüttelte den Kopf. »Mein Platz ist hier.«

Einen Moment lang fürchtete ich, Uriel würde meine Entscheidung nicht akzeptieren. Dann nickte er. »Du kannst deine Meinung jederzeit ändern. – Entschuldige mich, es gibt noch jemanden, mit dem ich sprechen muss.«

Statt seine Schwingen auszubreiten und vom Felsen herabzuschweben, versetzte er sich einfach nach unten. Die Höhle war leer geworden. Japhaels Krieger standen in einer Reihe, ihre Haltung von Ehrfurcht durchdrungen, doch Luzifers Krieger waren fort.

Bis auf Kyriel. Er zuckte nicht einmal, als sich der Erzengel vor ihm materialisierte.

»Warum ist er noch hier?«, fragte ich Akashiel.

»Wer weiß schon, was in ihm vorgeht.«

Gespannt, welche Strafe den Gefallenen erwarten mochte, beobachtete ich, wie Uriel vor ihn trat. »Knie nieder, Kyriel Seelenfänger.«

Misstrauisch folgte Kyriel der Aufforderung und beugte das Knie. Der Erzengel hob den Arm. Seine Hand verharrte über dem gesenkten Haupt des Gefallenen. Ein Strahlen hüllte die beiden ein. Etwas geschah. Im ersten Moment war mir nicht klar, was. Dann jedoch sah ich, wie sich die Stümpfe veränderten, die unter dem zerrissenen Hemd herausragten. Kyriels Leib erzitterte, als aus den vernarbten Stümpfen ein neues Paar Flügel wuchs. Anfangs kaum mehr als ein paar einzelne Federn, breiteten sie sich immer weiter über seinen Rücken aus, bis ihn das schwarze Gefieder wie ein Mantel umhüllte. Kyriel sah auf, die Züge von grenzenloser Freude erfüllt. Er spreizte die Schwingen, als wolle er sichergehen, dass sie real waren. Da erst bemerkte ich, dass sie nicht gänzlich schwarz, sondern von einzelnen silbergrauen Federn durchzogen waren.

»Du hast heute bewiesen, dass noch immer Gutes in dir steckt«, sagte Uriel. »Das soll dir vergolten werden. Erhebe dich nun als Kyriel Schutzengel.«

Kyriel fuhr ruckartig auf. »Was?! Das kannst du nicht machen! Du kannst mich doch nicht auf der Erde lassen!«

Doch Uriel hörte ihn nicht mehr. Er war fort.

»Warte! Uriel! Ich bin doch kein verfluchter Schutzengel!« Seine weiteren Worte verhallten ungehört, als auch er verschwand. Einen Herzschlag später war er wieder da, tauchte so plötzlich vor Akashiel und mir aus dem Nichts auf, dass ich zusammenfuhr. »Jemand sollte einen Blick in den Keller des Pfarrhauses werfen«, meinte er. »Reverend Daniels' Eimerchen ist sicher voll. – Erzengel! Warte!«

Fort war er.

»Ich könnte wetten, dass wir den nicht zum letzten Mal gesehen haben«, brummte Akashiel.

Vielleicht bekam ich dann Gelegenheit dazu, mich bei ihm zu bedanken, denn ganz gleich, was er sonst getan haben mochte, er hatte mir auch mehr als ein Mal das Leben gerettet – und das letzte Mal, obwohl ich ihm zu diesem Zeitpunkt längst nicht mehr von Nutzen war. Nicht zuletzt hatte er auch Akashiel geholfen. Er hätte nichts davon tun müssen und trotzdem …

Ich drehte mich wieder zu Akashiel herum. »Was machen wir jetzt?«

»Ich bin noch unentschlossen, ob ich dich festhalten und nie mehr loslassen oder dir den Hintern versohlen soll.«

»Vielleicht könntest du an einem anderen Ort darüber nachdenken?« Nachdem die Anspannung allmählich von mir abfiel und das Adrenalin auf einen annähernd normalen Level gesunken war, spürte ich die Kälte mit jedem verstreichenden Augenblick ein wenig mehr. Ich war erschöpft und sehnte mich nach einem heißen Bad und einem weichen Bett – ganz gleich, in welcher Reihenfolge. Wenn dazwischen irgendwo eine heiße Schokolade Platz fände, würde ich mich nicht darüber beklagen.

»Junge?« Die Stimme in meinem Rücken ließ mich erstarren. Es war Japhael – der Engel, der den Befehl gegeben hatte, mich zu töten. Auch wenn Uriel mir versichert hatte, dass ich nicht länger in Gefahr war, bereitete mir seine Nähe weiterhin Unbehagen.

Akashiel schlang die Arme fester um mich und hüllte mich in den schützenden Mantel seiner Schwingen. »Was willst du?« Niemals zuvor hatte ich ihn so kalt und abweisend erlebt.

»Ich habe mich geirrt«, gab Japhael an mich gewandt zu. »Dafür bitte ich um Vergebung.«

Da ich nicht wusste, was ich zu jemandem sagen sollte, der vor nicht einmal einer Stunde den Befehl gegeben hatte, mich umzubringen, nickte ich nur.

Dann sah er Akashiel an. »Können wir reden?«

»Nicht heute.«

Japhael nickte. »Melde dich, wenn du dazu bereit bist.«

»Das werde ich.«

Die Höhle verschwand vor meinen Augen, die Welt löste sich auf, und als sie sich erneut zusammensetzte, standen wir – noch immer eng umschlungen – vor dem Panoramafenster in Akashiels Wohnzimmer. Vor unseren Augen erstreckte sich das nächtliche Seattle, ein Anblick, dessen Vertrautheit mir ein Gefühl der Sicherheit vermittelte.

»Ich habe mich entschieden.« Akashiel sah mich so ernst an, dass mir ganz anders wurde. Sein Auftrag war beendet, ich war nicht länger in Gefahr. Er konnte die Akte »Rachel Underwood« schließen und sich anderen Aufgaben zu wenden. Aufgaben, bei denen ich keine Rolle spielte.

»Entschieden?«, echote ich.

»Ich werde dir den Hintern später versohlen.« Der Anflug eines Lächelns stahl sich in seine Züge und ließ seine Augen leuchten. »Für den Moment bin ich zu erleichtert, dich sicher und unversehrt wiederzuhaben.«

Mein Herz setzte vor Erleichterung einen Schlag aus. Ehe ich etwas sagen konnte, beugte er sich zu mir herab und küsste mich. Es war ein sanfter Kuss, voller Zärtlichkeit. Ich schmiegte mich in seine Arme, erwiderte die Liebkosungen seines Mundes und strich mit den Fingern über seine Wange. Seine Lippen waren warm und weich und ließen mich nach mehr verlangen, doch ehe unser Kuss leidenschaftlicher werden konnte, löste er seine Lippen von meinen.

»Halt dir den morgigen Abend frei«, sagte er leise.

»Haben wir etwas vor?«

»Wir gehen ins *La Fontana*.«

»Ein Date?« Das *La Fontana* war eines der romantischsten Restaurants Seattles, mit gedämpftem Licht, leiser Musik und einem wundervollen Ambiente.

»Unsere Beziehung hat ungewöhnlich begonnen. Wir haben ein paar Schritte übersprungen, die ich gern nachholen würde.«

»Woran hast du gedacht?«

»Candle-Light-Dinner, Spaziergänge im Mondschein, Blumen …« Er sah mir fest in die Augen. »Wir haben alle Zeit der Welt, einander kennenzulernen. Abgesehen davon wirst du dich daran gewöhnen müssen, mich in der Öffentlichkeit Ash zu nennen. Und früher oder später werden wir uns entscheiden müssen, ob du zu mir ziehst oder ich zu dir.«

Mein Schutzngel meinte es ernst. Statt mich fortzuschicken, schmiedete er langfristige Pläne. Ich würde mich nicht länger damit zufriedengeben müssen, mich mit einem Unsichtbaren zu unterhalten. Das große weiße Kaninchen war sichtbar geworden. Lächelnd schlang ich meine Arme um seinen Nacken und erwiderte seinen Blick. »Also gut, Ash McCray, lernen wir uns kennen. Mein Name ist Rachel Underwood und ich bin Buchhändlerin. Was machst du beruflich?«

Er verzog die Lippen zu einem Grinsen. »Ich bin im mittleren Management eines weltweit agierenden Personenschutzunternehmens tätig.«